國家圖書館出版品預行編目資料

新譯杜詩菁華／林繼中注譯.－－初版二刷.－－臺北市：三民，2022
面； 公分.－－(古籍今注新譯叢書)

ISBN 978-957-14-6035-2（上冊:平裝）
ISBN 978-957-14-6040-6（下冊:平裝）

851.4415 104012074

古籍今注新譯叢書

新譯杜詩菁華（上）

注 譯 者　林繼中
發 行 人　劉振強
出 版 者　三民書局股份有限公司
地　　址　臺北市復興北路 386 號 (復北門市)
　　　　　臺北市重慶南路一段 61 號 (重南門市)
電　　話　(02)25006600
網　　址　三民網路書店 https://www.sanmin.com.tw

出版日期　初版一刷 2015 年 8 月
　　　　　初版二刷 2022 年 10 月
書籍編號　S033990
I S B N　978-957-14-6035-2

刊印古籍今注新譯叢書緣起

劉振強

人類歷史發展，每至偏執一端，往而不返的關頭，總有一股新興的反本運動繼起，要求回顧過往的源頭，從中汲取新生的創造力量。孔子所謂的述而不作，溫故知新，以及西方文藝復興所強調的再生精神，都體現了創造源頭這股日新不竭的力量。古典之所以重要，古籍之所以不可不讀，正在這層尋本與啟示的意義上。處於現代世界而倡言讀古書，並不是迷信傳統，更不是故步自封；而是當我們愈懂得聆聽來自根源的聲音，我們就愈懂得如何向歷史追問，也就愈能夠清醒正對當世的苦厄。要擴大心量，冥契古今心靈，會通宇宙精神，不能不由學會讀古書這一層根本的工夫做起。

基於這樣的想法，本局自草創以來，即懷著注譯傳統重要典籍的理想，由第一部的四書做起，希望藉由文字障礙的掃除，幫助有心的讀者，打開禁錮於古老話語中的豐沛寶藏。我們工作的原則是「兼取諸家，直注明解」。一方面熔鑄眾說，擇善而從；一方面也力求明白可喻，達到學術普及化的要求。叢書自陸續出刊以來，頗受各界的喜愛，使我們得到很大的鼓勵，也有信心繼續推廣這項工作。隨著海峽兩岸的交流，我們注譯的成員，也由臺灣各大學的教授，擴及大陸各有專長的學者。陣容的充實，使我們有更多的資源，整理更多樣化的古籍。兼採經、史、子、集四部的要典，重拾對通才器識的重視，將是我們進一步工作的目標。

古籍的注譯，固然是一件繁難的工作，但其實也只是整個工作的開端而已，最後的完成與意義的賦予，全賴讀者的閱讀與自得自證。我們期望這項工作能有助於為世界文化的未來匯流，注入一股源頭活水；也希望各界博雅君子不吝指正，讓我們的步伐能夠更堅穩地走下去。

新譯杜詩菁華 目次

卷　二

卷　三

卷四

下冊

卷五

卷六

卷七

卷八

導讀

有人說：「一個民族靈魂的最佳文獻就是它的文學。」是的，有時你只要讀一部《紅樓夢》，甚至只讀一篇〈岳陽樓記〉，你就會感到一個民族的心怦然在動。被譽為「集大成」的杜甫詩，便是此類蟄伏着中華民族之魂的大著作。它誕生在一個我民族最強壯、最有朝氣，卻又忽然陷入痛苦掙扎之逆境的特殊年代。於是，它便獲得了熱烈奔放與堅忍不拔的雙重品格。杜詩，體現的是中華民族最健全的體魄與靈魂；杜甫，則是中國傳統文化的託命之人。

一

杜甫（西元七一二～七七〇年），字子美，陰曆正月初一生於河南鞏縣（今河南鞏義）城東的瑤灣。他家祖籍京兆杜陵，故自稱「杜陵布衣」。又有一度家居少陵，乃自稱「少陵野老」。杜甫有一個頗為顯赫的家世，其十三世祖杜預是西晉平吳的名將，還注過《左傳》。杜家自晉至唐，代有出仕，難怪杜甫會自稱：「先君恕、預以降，奉儒守官，未墜素業。」（〈進雕賦表〉）其中值得一提的還有他的祖父杜審言，是武則天時代的名詩人，杜甫引為驕傲，曾誇口說：「吾祖詩冠古」（〈贈蜀僧閭丘師兄〉），「詩是吾家事。」（〈宗武生日〉）由於中國長期處於宗法加官僚的社會，所以家族對個體的影響不容小覷。杜甫畢生奉儒習文，並將文與儒二者聯繫起來，稱：「法自儒家有」（〈偶題〉），這些都與其家族傳承有直接關係。甚至在個性上，杜甫也有「家族性格」的印記。文獻記載表明，杜家有血親復仇的傳統，如杜審言的曾祖杜叔毗、杜甫的叔父杜并，都曾為父兄洗冤而刺殺仇人。杜甫還有個姑姑，為救少年杜甫而犧牲了自己的兒子，乃稱「義姑」（〈唐故萬年縣君京兆杜氏墓志〉）。無獨有偶，杜甫的一位舅姥爺尚未成人就願為哥哥頂死。這些都強烈表明了杜甫這樣的世家，在倫理道德的內化上，有多麼的入心入骨！史稱杜甫「性褊躁傲誕」，不妨解讀為祖傳的高傲倔強。這種個性一旦與其悲天憫人的情懷相結合，便成就了杜甫超越眾人也超越其家族傳統的獨異的情感主體。過去講杜甫的成就，大多是從時代、儒學、社會、歷史等外部條件去找原因，取得了不俗的成績；但細的個體文化心理卻不可重複、不可替代。這才是杜甫為什麼有別於同時代的李白、王維、高適諸人，而獨得「集大成」之譽的主因。

「集大成」，本是孟子用來讚許孔聖人的，說他的人生就好比一首金聲而玉振的交響樂章，豐富而和諧。稍後於杜甫的元稹則用它來讚許杜甫的詩歌創作，其〈唐檢校工部員外郎杜君墓係銘并序〉云：

> 余讀詩至杜子美，而知小大之有所總萃焉。始堯舜時，君臣以賡歌相和……唐興，官學大振，歷世之文，能者互出，而又沈宋之流，研練精切，穩順聲勢，謂之為律詩。由是而後文體極焉。然而莫不好古者遺近，務華者去實，效齊梁則不逮於魏晉，工樂府則力屈於五言，律切則骨格不存，閒暇則纖穠莫備。至於子美，蓋所謂上薄風騷、下該沈宋、古傍蘇李、氣奪曹劉、掩顏謝之孤高、雜徐庾之流麗，盡得古今之體勢，而兼人人之所獨專矣。……則詩人以來，未有如子美者。……予嘗欲件拆其文，體用相附，與來者為之準，特病懶未就。

看來，元稹所謂的「集大成」，主要是指各種風格與體式的完備及典範性，其中不無豐富而和諧之意。問題是：這種整合如何成為可能？須知整合不是「拼盤」，如果沒有一個強大到足以消化各種風格與體式使之成為一個新範形的主體性，那末「集大成」又從何談起？盛唐是一個眾多個體活力四射的時代，在盛唐的時空上，李白、王維、王昌齡、孟浩然、高適、岑參、李頎、元結……群星燦爛，每個個體無不具有很強的個性。因此，他們都不同程度地消化了範圍不等的多種風格與體式，形成具有個人特色的風格與體式。然而唯有杜甫博大、均衡的個性最為健全，在任何情境下，他都能保持人性的本真，不被異化。真，是杜甫主體性的根基。所以蕭滌非先生《杜詩體別・引言》標舉杜詩：「其一曰真，詩莫貴乎真，杜詩之不可及，亦正在有真情。」這種人不可及的強大主體性，是杜甫超越眾人而能集大成的主因。

個體主體性的內核是情感本體，古人叫「真性情」，是由「才、氣、學、習」交互而成的心理結構（《文心雕龍・體性》）。性情的實質就是心理本體、情感本體，而真性情就是能體現人性本真的性情。然而人的稟性各不相同，各有各的真性情。杜甫的真性情又有何特點呢？我認為其特點就在於真與善無間的結合方式。這種結合方式使個性與社會性渾融一體，使其才性最大化，因而有集大成的消納能力。不妨說杜之真，是以善為內容的；但就其主體性而言，則善只是其本真的表露，善倒成為真的形式。其真與善在生活中介的作用下雙向建構為杜甫獨特的情感結構，從而完成其揚棄與繼承的主體性。

關於真與善的關係，徐復觀先生〈傳統文學思想中詩的個性與社會性問題〉一文有精闢的論析。他認為，詩的個性即社會性，是《毛詩正義》所謂「一人心乃是一國之心」。詩人要獲得此心，就必須先經歷一個把「一國之意」、「天下之心」內化為己心的歷程❶。問題的關鍵就在這個「歷程」上。

首先是這一歷程的「起點」。雖然我尚不能認同「人之初，性本善」的先驗論，但將它看成是人類經歷長期社會化、中華民族歷史文明不斷發展、提升、積澱的成果，如徐先生所指出，它已經是中國文

❶ 該文收入徐復觀：《中國文學精神》，上海書店出版社，二〇〇四。

化的一個「根本信念」；則大體不錯。那末善又是什麼呢？《辭海》有云：凡具有人格者之負責行為，其自身有絕對價值者曰善。這種出自人格的負責行為，我認為就是人際關懷。孔子仁學的基礎就是講親子之愛、泛愛眾，孟子講推己及人，墨子講兼愛，宋道學講民胞物與，都是圍繞關心人、愛護人這一人際關懷的核心問題，它便是中國古代的人道主義、人性自覺。它是個性與社會性之間的臍帶。具有這種自覺的人在處理人際關係時就會有同情心與利他的傾向，經過不間斷的、長期的心理體驗（修養）與實踐，就會內化為人格化的情感，即體現其人性本真的真性情。而上述杜甫「奉儒守法」的家世，就是對其情感結構的形成有深刻影響的重要因素。最為突出的一點是：儒學「親親」之愛已積澱為一種「家族性格」，杜甫由此出發，將儒家仁學當作實現「致君堯舜上」理想的根本，在長期苦難生活經歷的體驗中不斷地實踐着「推己及人」、「己饑己溺」的儒學理念，從而內化為自己穩定的人格情感（其具體情境容下節杜詩分期時述及）。這就是杜甫由「點」運行成「線」的生命歷程，同時也是其主體性形成與強化的過程。

生活經歷與體驗是內在化的催化劑。學問、修養通過親歷親證，使理性融入感性；而融入了理性的感性所激發出來的情感則驅動個體對外在的情境做出超越個體情緒的「合理」反應，通過踐履將仁學融入感性中是杜甫之所以同行獨見的根本原因。終杜甫一生，仁學作為外在的理想與內在的人性自覺，是皮骨並存的，也是杜甫行為發生的原動力之所在。正是這一動力推進了把「一國之意」、「天下之心」內化為己心的歷程，杜詩所展示的正是其歷歷的心跡。茲以戰爭給百姓帶來苦難這一中國文學的「原型主題」為例稍事說明：

如果說杜甫早期之作，更多的是寫自己的「志」；那末天寶十一、十二載〈兵車行〉、〈麗人行〉、〈前出塞〉等樂府詩的出現，便標誌着杜甫已經有意向漢樂府學習，瞄準了社會現實。不過盛唐詩人如李白、高適、王昌齡，乃至陶翰輩都寫過類似的樂府詩，杜與諸人尚未拉開距離。創作於天寶十四載「安史之亂」前夕的五古〈自京赴奉先縣詠懷五百字〉，是杜詩深化的一大節點。經過困守長安十年的歷練，杜甫的情感由「致君堯舜上」向「窮年憂黎元」傾斜，「仁學」的道德內容已內化為個體獨立的情感本體。試讀這樣的詩句：

> 老妻寄異縣，十口隔風雪。誰能久不顧，庶往共饑渴。入門聞號咷，幼子餓已卒。……豈知秋禾登，貧窶有倉卒？生常免租稅，名不隸征伐。撫跡猶酸辛，平人固騷屑。默思失業徒，因念遠戍卒。憂端齊終南，澒洞不可掇！

「庶往共饑渴」，不是同情與憐憫，甚至不止是己饑己溺，是徐復觀所說的：「乃係把他整個的生命，投入於對時代無可奈何的責任感裡面」（引同上書，第四七頁）。「無可奈何」卻不能自已，從內心的劇烈矛盾中掘發出人性深度如〈新婚別〉者，這便是上文所提出的「人格的負責行為」，是把「一國之意」、「天下之心」內化為己心，理性與感性、個性與社會性、真與善的合體。爾後深重的災難更強化了這一情感（只要一讀〈彭衙行〉及「同谷七歌」便能刻骨銘心地感知杜甫所受的苦難有多深重），寫出一大批包括「三吏三別」在內的樂府歌行，展示了杜甫人道主義的博大胸懷，標誌着「原型主題」已向「情感的原型」內化。也就是說，杜甫的情感本體已生發出一種「新感覺」，漢樂府歌詠民間疾苦的精神已溢出本體裁，無論古體今體而無往不備此種精神，外化為杜甫手眼獨具的取材與表達方式。茲舉〈三絕句〉第二首為例，嘗海一勺：

> 二十一家同入蜀，唯殘一人出駱谷。

自說二女齧臂時，回頭卻向秦雲哭。

這首七絕寫的是戰爭與百姓苦難的原型主題，不妨與建安文人王粲的樂府詩〈七哀〉作一比較：

西京亂無象。豺虎方遘患。復棄中國去。遠身適荊蠻。親戚對我悲。朋友相追攀。出門無所見。白骨蔽平原。路有饑婦人。抱子棄草間。顧聞號泣聲。揮涕獨不還。未知身死處。何能兩相完。驅馬棄之去。不忍聽此言。南登霸陵岸。回首望長安。悟彼下泉人。喟然傷心肝。

杜之絕句與王之樂府題材的相似性一望可知。王粲以旁觀者口吻寫出，已十分感人；杜則以受難者本人口吻寫出，誠如《杜臆》所評：「今借其口語倒一轉，而悲不可堪」。然而這不僅僅是個「借其口語倒一轉」的技巧問題，而是杜甫以親身的經驗補寫出最感人的細節：「二女齧臂時」——只要一讀〈彭衙行〉「癡女飢咬我」便知。這就叫己饑己溺，就叫真性情！葉燮《原詩》內篇有云：

千古詩人推杜甫，其詩隨所遇之人、之境、之事、之物，無處不發其思君王、憂禍亂、悲時日、念友朋、弔古人、懷遠道，凡歡愉、幽愁、離捨、今昔之感，一一觸類而起；因遇得題，因題達情，因情敷句，皆因甫有其胸襟以為基，如星宿之海，萬源從出；如鑽燧之火，無處不發……

這「胸襟」就是情感本體。有情感本體就有其個性化的感覺，能「因遇得題，因題達情，因情敷句」，取得藝術創作的自由。我認為這才是杜甫能「集大成」且「開世界」的奧秘所在。

真善一體形成杜甫見人所不見，道人所未道的「新感覺」。新感覺首先表現在對社會成見強有力的挑戰。〈有感五首〉云：

莫取金湯固，長令宇宙新。
不過行儉德，盜賊本王臣。

〈小雅・北山〉：「率土之濱，莫非王臣。」然而杜甫在與底層百姓的親密接觸中，已深深領悟到官逼民反的道理，王臣與盜賊是可以互相轉化的，早先〈無家別〉已喊出「人生無家別，何以為蒸藜」，蒸藜就是百姓、王臣，此詩再進一步不就是漢樂府的〈東門行〉了嗎？杜甫認為要「王臣」不化為「盜賊」，就得釜底抽薪──「行儉德」。約略同時之作〈為閬州王使君進論巴蜀安危表〉則云：「是重斂之下，免出多門，西南之人，有活望矣！」統治者的「儉德」，就是給老百姓留條活路，這才是「長令宇宙新」的固本之舉。杜之「獨見」，就在於不是儒家「民本」說的簡單複製，而是從己饑己溺中得來，王臣與盜賊可以互相轉化，便是新感覺。

對社會成見的挑戰更深刻地表現為對歷來被鄙視的底層百姓美好人性的發露。〈遭田父泥飲美嚴中丞〉云：

步屧隨春風，村村自花柳。
田翁逼社日，邀我嘗春酒。
酒酣誇新尹：「畜眼未見有！」

回頭指大男：「渠是弓弩手。」
名在飛騎籍，長番歲時久。
前日放營農，辛苦救衰朽。
差科死則已，誓不舉家走！
今年大作社，拾遺能住否？
叫婦開大瓶，盆中為吾取。
感此氣揚揚，須知風化首。
語多雖雜亂，說尹終在口。
朝來偶然出，自卯將及酉。
久客惜人情，如何拒鄰叟？
高聲索果栗，欲起時被肘。
指揮過無禮，未覺村野醜。
月出遮我留，仍嗔問升斗。

「感此」兩句，蕭滌非師注云：「這兩句是杜甫的評斷，也是寫此詩的主旨所在。風化首，是說為政的首要任務在於愛民。田父的意氣揚揚，不避差科，就是因為他的兒子被放回營農。」❷此詩不但為至交嚴武能以愛民為政喜，更為農家安居樂業喜。《唐書》本傳稱杜在成都「與田父野老相狎蕩，無拘檢」，道出杜此情正出自真性情。此真情與野老之真情交匯，故能一反士大夫的社會成見而「未覺村野

❷ 蕭滌非：《杜甫詩選注》，人民文學出版社，一九七九，第一九一頁。下引只注頁碼。

醜」，寫出「樸野氣象如畫」（《杜臆》語）。像這樣的詩在集子裡不在少數，我們選譯時會盡情展示。事實上，「新感覺」已體現為杜甫獨特的審美趣味而無往非新：他能從桃樹看到「高秋總饋貧人食」（〈題桃樹〉），從柏樹看到「苦心豈免容螻蟻」、「古來材大難為用」（〈古柏行〉）；與盛唐好豐腴的審美趣味不同，主張「書貴瘦硬方通神」（〈李潮八分小篆歌〉），批評大畫家韓幹畫肥馬是「忍使驊騮氣凋喪」（〈丹青引〉），偏來寫瘦馬、枯棕、病橘；連沒有生命的石頭，他也從「石角皆北向」（〈劍門〉）中感發割據的憂慮；這就是杜甫感性中的社會性。這種獨特的審美趣味催生了杜甫的拗句：「中巴之東巴東山」（〈夔州歌十絕句〉）、「扶藜嘆世者誰子」（〈白帝城最高樓〉），平仄的不和諧正好表達出詩人心中倔強與無奈的張力。情感上的不平衡同時還催生了杜甫式的「反對」：「朱門酒肉臭，路有凍死骨」、「敏捷詩千首，飄零酒一杯」、「新松恨不高千尺，惡竹應須斬萬竿」云云，這就是杜甫創造的與其情感結構相對應的美的形式，是繼承，也是創新。

然而杜甫「集大成」最深邃的意義還在於：將人倫日用的感性的生活經驗通過其情感本體昇華、提煉為具有生命意味的藝術形式，極大地豐富了中國文學中的「社會美」。吃飯，應是最普通、最具動物性的生活經驗了吧？但你讀一下這樣的詩句：「飯抄雲子白，瓜嚼水精寒。」（〈與鄠縣源大少府宴渼陂〉）「白露黃粱熟，分張素有期。已應舂得細，頗覺寄來遲。味豈同金菊，香宜配綠葵。老人他日愛，正想滑流匙。」（〈佐還山後寄三首〉）「長安冬菹酸且綠，金城土酥靜如練。」（〈病後過王倚飲贈歌〉）個中之美，豈是那些面對山珍海味「犀箸厭飫久未下」（〈麗人行〉）的貴人們所能夢見者！名句「香稻啄餘鸚鵡粒」（〈秋興八首〉），人們只注意到它奇特而華美的句式，卻少有人注意到盛世那「稻米流脂粟米白，公私倉廩俱豐實」（〈憶昔〉）的往事，對戰亂中饑寒交迫的百姓是怎樣一種美麗的記憶？關乎生存的稻米的意象於是獲得真、善的內容。當感性不只是感性，形式也不僅僅是形式，真與善就能產生一種獨異之美。

面對大自然，杜甫對生命的感受更易透出其中哲理。人們熟知的〈春夜喜雨〉（好雨知時節），連縫罅裡都迸透生機，「花重錦官城」之「重」，是生命之重。約略同期所作的〈江亭〉云：

坦腹江亭暖，長吟野望時。
水流心不競，雲在意俱遲。
寂寂春將晚，欣欣物自私。
故林歸未得，排悶強裁詩。

中間二聯歷來稱為有「理趣」，然而這種物我皆忘的「無待之境」，卻是末句「排悶強裁詩」所示，只能在詩中淹留。杜甫更重視在人際關係中「活着」。親子之情、夫妻之情、兄弟之情、朋友之情、鄰里之情等，成了杜詩中最活躍的因素。

親子之情是常情，也是杜詩常見題材。〈元日示宗武〉云：

汝啼吾手戰，吾笑汝身長。
處處逢正月，迢迢滯遠方。
飄零還柏酒，衰病只藜床。
訓喻青衿子，名慚白首郎。
賦詩猶落筆，獻壽更稱觴。
不見江東弟，高歌淚數行。

仇注引《杜臆》曰：「啼手戰，見子孝；笑身長，見父慈。」固然，由此可見倫理融入個體之心理，但詩意不在斯。詩意乃在生命的對話與交接，「汝啼吾手戰，吾笑汝身長。」一啼一笑間兩代人感受着生命一盛一衰的「交接儀式」，悲喜交集。不是「天國」，而是親親之愛，成為中國人「活着」的重要「理由」與追求，更是生命得以延續、永恆的安慰。大曆三年，詩人生命歷程已近尾聲，在貧窮潦倒中的大年初一發出這歲月的感慨，其深處卻是生命的悲歌，「喜」只是襯「悲」。事實上苦難歲月中相濡以沫的人際感情，往往構成杜詩中的佳篇，如〈贈衛八處士〉，普通而誠摯的人際友情，千百年來打動過多少人的心！正如上文所說：杜甫「在任何情境下，他都能保持人性的本真，不被異化」。尤其是在困頓之極的逆境中，杜甫不但不去求得個體的解脫，反而是更深地、義無反顧地沉入相濡以沫的人際關懷之中，激發出人性的自覺。試讀為人所熟知的〈茅屋為秋風所破歌〉，或以為其中「南村群童欺我老無力，忍能對面為盜賊。公然抱茅入竹去，脣焦口燥呼不得」數句是「詩人在怨天恨人」。詩人的確是發了脾氣，因為從下文可知，少了這幾把茅草會造成「布衾多年冷似鐵，嬌兒惡臥踏裡裂。床頭屋漏無乾處，雨腳如麻未斷絕」的惡果，發點脾氣是人之常情，尚屬「合理的自私」。關鍵是處於這樣的困境之中，詩人卻能從「小我」躍入「大我」，發出「安得廣廈千萬間……吾廬獨破受凍死亦足」的呼號！詩人畢竟是有血有肉的人，但他能在個體感性自然裡展示出社會的理性，這就叫崇高！這種不顧利害、不留退路、勇往直前的品格，與其說源自儒學（或曰「儒道互補」），毋寧說更逼近屈原。「集大成」的杜甫，雖然沒留下騷體詩，但於不似處似之，最得屈騷高揚個體人格之精神。事實上「盛唐氣象」的核心正是屈騷高揚個體人格這一基本精神。

然而生命意味畢竟要從形式中沁出，「集大成」也畢竟體現為「盡得古今之體勢，而兼人人之所獨專」。王安石曾自稱：「予之令鄞，客有授予古之詩，世所不傳者二百餘篇。觀之，予知非人所能為而為之實甫者，其文與意之著也。」（《鍾山語錄》）王之所以能辨杜，就在於杜之文與意有強烈的個性，

「非人所能為而為之實甫」。可見文與意及其結合方式的個性化是杜詩之為杜詩的關鍵。而杜詩文與意結合方式個性化的特點如上文所論，在於由其真善一體的情感結構孳生出新感覺，新感覺逼出新形式的創構，即在集大成的過程中賦予舊形式以新意義、新功能，同時也因為表達新感覺的需要而構建新話語，創造新形式。總之，意味層又回歸到形式層。

我們先來看看杜甫是如何在集大成的過程中賦予舊形式以新意義、新功能的。〈又呈吳郎〉云：

堂前撲棗任西鄰，無食無兒一婦人。
不為困窮寧有此，只緣恐懼轉須親。
即防遠客雖多事，便插疏籬卻甚真。
已訴徵求窮到骨，正思戎馬淚霑巾。

以往七律這種華麗的形式大都被用來唱和，偶一為之耳。杜甫卻用極大的精力來改造這一詩體，單他一人所存一百五十一首之數，就超過了初盛唐詩人所存之總和。更重要的是，經他之手，可謂「詩料無所不入」（《唐音癸籤》）。這一首便是以詩代書，細訴心曲。詩專為貧婦求情而作，體現杜甫一貫的悲天憫人的情懷。瀼西草堂是杜甫送給後輩親戚吳郎的，卻於題目用「呈」字，不以原主人自居，使對方容易聽進勸告。頷聯寫貧婦的心態，體貼入微；頸聯又為吳郎留下地步，誠如滌非師所分析：「他好像是自己在打別人的棗子，希望主人家不要使自己難堪似的。我們只要一讀到『不為困窮寧有此，只緣恐懼轉須親！』這樣的兩句詩，至今還能彷佛聽到詩人杜甫當時心臟怦怦然的跳動。」❸一枝筆寫出三人心曲，也溝通彼此三顆心，末句則推開去，「一人心，乃一國之心」矣！為了達到打動吳郎的效果，詩中用散

❸ 蕭滌非：《杜甫研究》，濟南，齊魯書社，一九八〇，第八三頁。

文常用的「不為」、「只緣」、「已（訴）」、「正（思）」、「即」、「便」、「雖」、「卻」等虛字作轉接，極盡委婉之能事，是所謂「以文為詩」的創新處，為宋人所樂道。至如五律，是盛唐詩體中最成熟的形式之一，杜甫仍能創新。試讀〈春望〉：

國破山河在，城春草木深。
感時花濺淚，恨別鳥驚心。
烽火連三月，家書抵萬金。
白頭搔更短，渾欲不勝簪。

大凡詩人只能與周遭變化着的語境發生感應，其情緒具有不可重複的「當下」性，杜甫其時因身陷敵佔區，目睹叛軍的燒殺搶掠，尤其是去冬官軍陳陶斜慘敗，「群胡歸來血洗箭」（〈悲陳陶〉），使杜甫處於激憤之中，故景隨情化，見花濺淚，聞鳥驚心，具有很強烈的主觀色彩，是王夫之所謂「情中景」。頸聯寫烽火中盼家書，原本是平常語，但因道出個個亂離人的心思，遂成名句。杜詩「文與意之著」，就在於形式中有意味，意味沁自形式，而這種意味具感性而又超越感性，有「小我」而又融入「大我」。南宋李綱〈重校正杜子美集序〉稱：「子美之詩凡千四百三十餘篇，其忠義氣節，羈旅艱難，悲憤無聊，一見於詩……平時讀之，未見其工，迨親更兵火喪亂之後，誦其詩如出乎其時，犁然有當於人心，然後知其語之妙也。」正是從讀者的角度道出個中的奧妙。蓋人處於相似的遭遇中，心與心之間的距離最小化，最易溝通，取得「人同此心，心同此理」的效應。杜甫以其「一人心，一國之心」的情感特徵，在時代不同而境遇相似的情狀下，勾出人們心中善的種子、悲憫之情懷，在人性的淨化過程中與杜詩共鳴，從形式中品出意味，遂「犁然有當於人心，然後知其語之妙也」。可見人的心理結構與形式結構一旦取得感應式的對稱，便能產生美感。可以斷言，只要人類社會還有戰亂，還有困窮，杜詩就仍然會感人至深。

杜甫的「集大成」不但在乎「兼」，而且在乎「通」——打通各種體式與各種風格。如〈洗兵馬〉長句，誠如《杜臆》所評：「此詩四轉韻，一韻十二句，句兼排律，自成一體。」古體而兼排律，便如閱兵陣，整肅且有動的氣勢。詩又多對偶，如：「鶴駕通宵鳳輦備，雞鳴問寢龍樓曉」，在微妙的對應中襯出肅宗「皇帝」兼「太子」的雙重身分，表達對皇室大統的隱憂。總之，全詩既得七古之長，又得排律之優，是為「盡得古今之體勢，而兼人人之所獨專」之新義。反之，杜之排律又往往得古體之秉氣，如〈釋悶〉「四海十年不解兵」，雖然是七言排律，卻寫來流轉自如，絕無排律常有的太多的並列句式所造成不暢的弊病。故浦注云：「此篇可古可排，為亂極思治之詩。」運古入律、律帶古體，是杜詩中常見的形式。還有些尚屬「實驗」階段的詩，如〈曲江三章，章五句〉、〈八哀詩〉等，其創新處見集中詳釋。總之，畢杜甫之一生都在探索藝術形式的創造，為的是使自己的情感表達能達到最大限度的自由。不妨說，「集大成」的目的還在於「開世界」。

二

與西方「罪惡感」文化不同，與日本「恥辱感」文化也不盡相同，中華民族的「史官文化」的核心是「憂患意識」。該意識少空想而重實際，尤重經驗及其總結。一部《資治通鑑》說盡「史」與「官」結合的「史官文化」的反思致用的性質。史，是反思之產物。從這一角度看，我民族雖然少有荷馬史詩那樣的敘事長篇，卻有着比任何民族都多的帶經驗性的史的反思特質的詩篇。早在晚唐時，孟棨《本事詩》就說過：「杜逢祿山之難，流離隴蜀，畢陳於詩，推見至隱，殆無遺事，故當時號為詩史。」宋人胡宗愈則曰：「先生以詩鳴於唐，凡出處，動息勞逸，悲歡憂樂，忠憤感激，好賢惡惡，一見於詩，讀之可以知世。學士大夫謂之詩史。」（〈成都草堂詩碑序〉）合兩說可見杜甫「詩史」的特質：能將自己的經歷與情感寫入詩中，反映出當時的社會情境。這也就是清代的注家浦起龍所指出的：「慨世還是慨身」，以一己的流離與情感波瀾長江大河般動態地反映出一個時代的氣象。「詩史」者，心與跡合一也。「慨」者，不但是感慨，也是「推見至隱」、「好賢惡惡」式的反思與評價。正是因為這一特質，使杜詩因其發自同一情感主體而前後勾連，一索子貫。所以浦氏主張讀杜詩「須通首一氣讀，若一題幾首，再連章一片讀。還要判成片工夫，全部一齊讀。全部詩竟是一索子貫。」（《讀杜提綱》）這也是本選譯採取編年體的原因。

大略說來，杜詩創作可分三期：一是「安史之亂」前（西元七一二～七五五年），二是「安史之亂」發生後至入蜀前（西元七五六～七五九年），三是入蜀後至死於由長沙往岳陽的途中（西元七六〇～七七〇年）。

第一期又可分兩階段，即三十五歲以前，是他讀書遊歷時期，「讀書破萬卷」、「放蕩齊趙間」二句可概括。時當開元盛世，通過南遊吳越，北放齊趙，攜手高（適）、李（白），輕裘快馬，杜甫身心浸潤着盛唐氣象的那份浪漫，從此，「煌煌太宗業」成為他心中永不熄滅的一盞明燈。緊接下來是十載困守長安，是時為天寶年間，盛唐施行的均田制、府兵制等，已瀕臨瓦解，而「四紀為天子」的玄宗也日見昏庸，政治腐敗，危機四伏。此時的杜甫一方面懷抱「致君堯舜上」的理想，另一方面又過著「朝扣富兒門，暮隨肥馬塵」的屈辱生活。社會下層的生活使他認識了「朱門酒肉臭，路有凍死骨」的現實。他開始發揚漢樂府精神，寫下〈兵車行〉、〈麗人行〉諸傑作，終於建構了他那真善一體的獨特的情感本體，〈自京赴奉先縣詠懷五百字〉是其成熟的標誌。

第二期是杜甫生命歷程中最為激蕩的歲月。其時杜甫身處「安史之亂」的「颱風眼」裡，先是身陷叛軍佔據的長安，後又隻身逃歸唐肅宗的大本營任拾遺。他既看到叛軍的殘暴，也看到官軍將士的苦鬥，更看到百姓在戰亂中遭受的苦難，且以高度的政治敏感嗅到朝廷內在危機與腐朽；他一方面支持衛國戰爭，同時又揭露兵役的黑暗。責任感與對現實「無可奈何」的痛感撕裂着他的心靈。內心的激情與慘烈的現實相撞擊，使杜甫噴湧出諸如〈悲陳陶〉、〈春望〉、〈羌村〉、〈北征〉、〈洗兵馬〉、「三吏三別」等等一系列震爍古今的詩篇，他自己晚年還追憶道：「憶在潼關詩興多」。然而肅宗的剛愎與自私使他忍無可忍，「唐堯真自聖，野老復何知！」他終於棄官遠離朝廷，「一年四行役」，自華州西行越隴阪至秦州，再經同谷入蜀。一路寫下一組組被譽為「圖經」的紀行詩，在同谷縣還寫下興會淋漓的〈鳳凰臺〉及「有血痕無墨痕」的「同谷七歌」。

第三期是杜甫「漂泊西南天地間」的生命最後十一年，斯時割據已成，外族入侵，中興無望。按漂泊的地點又可分為三個階段：一在蜀，二在夔，三在湖南、湖北。雖然在成都草堂老杜有過一段較為安定的日子，寫下一些「樸野氣象如畫」的詩篇，但此後更見窮病潦倒，寫詩幾乎成為他唯一的慰藉。所留下的大量詩作，於形式創構上更見功力。其中如〈茅屋為秋風所破歌〉、〈聞官兵收河南河北〉、〈又呈吳郎〉、〈秋興〉、〈登岳陽樓〉等等，都是堪稱從內容到形式臻乎完美的代表作。

如前所論，「詩史」者，心與跡合一也。非「跡」無以寄其情，留其跡而遺其情，則無詩矣！所以浦起龍《讀杜提綱》鄭重地提醒我們：「史家只載得一時事跡，詩家直顯出一時氣運。詩之妙，正在史筆不到處。若拈了死句，苦求證佐，再無不錯。」極是，極是。苦求「無一字無出處」，或如劉克莊所譏評的：「必欲史與詩無一事不合，至於年月日時，亦下算子」（〈再跋陳禹錫杜詩補注〉），都不是讀杜詩的正確方法。即以「寫實」著稱的「三吏三別」為例，也脫不了文學虛構的特質。〈新婚別〉中新娘子的私房話又「誰聞之歟？」錢鍾書稱「史家追敘真人實事，每須遙體人情，懸想事勢，設身局中，潛心腔內，忖之度之，以揣以摩，庶幾入情合理。」❹史家尚且要據往跡而補闕申隱，更何況詩家敘事抒情！所以蕭滌非先生說：「沒有大膽的浪漫主義的虛構，杜甫根本不可能創作出這首詩。」❺然而這種虛構必須是「入情合理」，符合歷史的基本事實與生活的邏輯。史載，當時河南河北有許多婦女如衛州侯四娘、滑州唐四娘等，「請赴行營討賊」（《舊唐書・肅宗本紀》），新娘子的言行是符合當時許多婦女支持這場衛國戰爭這一基本事實的。至於新娘子的口吻，更是維妙維肖，是為藝術的真實。然而從「三吏三別」中無論男女老少個個都深明大義這一點看來，作者是有選擇的，表達的是自己對衛國之戰所持的態度與感情。

現在，讓我們回到「主體性」的話題上來。無論「集大成」，無論「詩史」，「慨世還是慨身」，各種印象都指向一個方向，歸攏成一個完整的形象，由模糊而趨明晰，那就是周祖譔先生所指出：「一部杜詩為讀者集中地塑造了一個具有時代特徵的、崇高的人物形象，即詩人的自我形象。」❻是的，我們不但從杜詩中看到海立濤翻的唐代，看到鬚眉皆動的唐人，看到曲江歌舞，看到夔府秋色，更看到抒情主人公、中國文化託命之人——杜甫本人！詩中林林總總的一切事物都內化為詩人的「動息勞逸，悲歡憂樂，忠憤感激，好賢惡惡」而感動着一代又一代有良心的中國人。浦起龍說：「小年子弟揀取百篇，令熟復，性情自然誠愨，氣志自然敦厚，胸襟自然闊綽，精神自然鼓舞！」這就是日新不竭的創造源頭、再生原點，也正是本叢書「冥契古今心靈，會通宇宙精神」的不懈追求之所在。於是溝通讀者與作者、文本之間的聯繫便成為本新譯的着力處。

然而，眾所周知，「媒婆」的作用是很有限的，而且肯定還有副作用。用現代釋義學眼光看，文本

❹ 錢鍾書：《管錐編》，北京，中華書局，一九七九，第一六六頁。
❺ 蕭滌非：《杜甫研究》，第二二三頁。
❻ 周祖譔：《百求一是齋叢稿》，廈門大學出版社，第二一一頁。

的意義是作者與讀者共構的——作者寫進意思，而讀者則確定意義。讀者也有其主體性。因此我們在必要時，也提醒讀者諸君「自作主張」，當然是在充分尊重文本原有涵義的基礎之上。舉個例吧，清代學者錢謙益箋注〈洗兵馬〉，自詡「手洗日月」，卻引來聚訟紛紜，便是由於他涉及理解的客觀性、歷史性與闡釋的有效性諸問題。錢注云：

箋曰：〈洗兵馬〉，刺肅宗也。刺其不能盡子道，且不能信任父之賢臣，以致太平也。……收京之後，洗兵馬以致太平，此賢相之任也。而肅宗以讒猜之故，不能信用其父之賢臣，故曰「安得壯士挽天河，淨洗甲兵常不用？」蓋至是而太平之望益邈矣。嗚呼！傷哉！

然而文本呈現的卻是「中興諸將收山東」後君臣上下一片「喜躍氣象」（《杜臆》語），詩人對結束戰亂讓百姓過上太平日子充滿期盼，錢注顯然未能捉住該詩主旨。錢氏又將群臣分為房琯、張鎬、嚴武等玄宗「舊臣」，與李輔國、賀蘭進明等擁立肅宗的「靈武功臣」二黨，而肅宗是挑起黨爭的幕後黑手，箋曰：

請循本而論之：肅宗擅立之後，猜忌其父，因而猜忌其父所遣之臣，而琯其尤也。……自漢以來，鉤黨之事多矣，未有人主自鉤黨者，未有人主鉤其父之臣以為黨而文致罪狀、榜在朝堂、以明欺天下後世者。六月之詔，豈不大異哉！肅宗之事上皇，視漢宣帝之於昌邑，其心內忌，不啻過之。

何謂「六月之詔」？《舊唐書・房琯傳》載乾元元年六月詔曰：「崇黨近名，實為害政之本。……

（房琯）又與前國子祭酒劉秩、前京兆少尹嚴武等潛為交結，輕肆言談，有朋黨不公之名，違臣子奉上之體。……朕自臨御寰區，……深嫉比周之徒，虛偽成俗。今茲所遣，實屬其辜。……凡百卿士，宜悉朕懷。」肅宗指房琯為朋黨明矣，錢氏所言不為無據。問題是歷史乃一前後相承相續的發展過程，不容前後倒置；而每一歷史階段都有其特定的情勢，不容混淆。肅宗乾元年間固然已露宦官與廷臣結為朋黨之端倪，但與中唐以後朋黨左右朝政的情勢不可同日而語，甚至與肅宗上元以後情勢也有所不同。而錢氏所依據的重要文獻「六月之詔」是在乾元元年六月，即錢氏該詩所繫乾元元年春之後。更何況詩與史，文體不同，表現形式也大異其趣。史家往往是事後對時事作追記與整理，而詩家則往往是對「當下」情事的感言。詩人杜甫的「詩史」特徵，並非將詩體當史體，而在乎能將歷史發展過程中不同節點上的真實感受準確地記錄下來，整部的杜詩連貫、整體、動態地反映出唐帝國這段歷史的「氣運」。從杜詩對借兵回紇這一事件的感受看，也是從「花門剺面請雪恥」（〈哀王孫〉）的讚許、期望，到「陰風西北來，慘淡隨回紇。其王願助順，其俗善馳突。……此輩少為貴，四方服勇決」（〈北征〉）的雖稱許而有所保留；再到〈留花門〉對朝廷「隱忍用此物」，借回紇兵平叛政策得失的憂慮，寫出詩人心路歷程，也寫出歷史變數的發展過程。這種與時俱進的動態過程，才是「史」的實質。詩人的「預見性」，只是對事物發展趨勢的敏感，並非「未卜先知」。同樣，對玄、肅父子矛盾的宮廷內幕，作為「芝麻官」的杜甫，不可能知道得那麼清楚，在收二京的「中興」氣氛中，他只能是敏感地提醒最高統治者要處理好這件事，以大局為重。這便是前文提及的「詩人情志」，是闡釋者不能棄之不顧的「客觀性」。

這裡有必要對「鶴駕通宵鳳輦備，雞鳴問寢龍樓曉」一聯稍事討論。錢注認為「鶴駕」、「問寢」都是指肅宗的「太子」身分，「引太子東朝之禮以諷喻也。鶴駕龍樓，不欲其成乎為君也。」「不欲其成乎為君」如上所論，不合杜甫當時的情感實際，而「鶴駕」，指太子居所，的確是暗示肅宗其時既為皇帝又兼太子的雙重身分。《通鑑》所載唐玄宗回京不肯居正殿而肅宗再三避位還東宮而玄宗不許一段文字，維妙維肖地寫出肅宗當時頗尷尬的雙重身分。杜詩所寫，正是該特殊歷史時期的特殊事件。固然，錢注之失在於未能充分尊重文本含義的「客觀性」，扣緊詩中意象，逆得其時其地詩人「當下」之情志；然而，如果我們將杜詩放在一個更為廣闊的視域關聯中去理解，或者說是將眼光越過「忠君」、「溫柔敦厚」的定勢看杜詩，並將〈洗兵馬〉視為後半部杜詩的一個新起點，與之連成一個整體來讀，從「大膽議論君主」的角度重新認識杜詩，則錢注無疑極具啟發性。至少有如下兩事值得重視：

(一)錢注是將〈洗兵馬〉納入後半部杜詩整體來發議論的，與其說〈洗兵馬〉錢箋是對該詩主題的揭示，不如說是對錢氏心目中後半部杜詩主旨的發露。錢箋敏銳地捉住「問寢」這一關鍵詞生發其議論，可謂綱舉目張，有其歷史的合理性與深刻性。「問寢」，也就是「奉晨昏」，向父皇早晚請安，是「家人之禮」，是「天倫」，意味着玄、肅之間正常的封建倫理關係。這是《唐書・肅宗本紀》與《資治通鑑》肅宗至德、乾元年間一再出現的關鍵詞。事實上它關係到肅宗當皇帝的合法性問題，「晨昏」事關大局，是唐室激烈的宮廷鬥爭的煙幕彈。杜甫〈洗兵馬〉於「喜躍之象」中插入「問寢」，絕非偶然。陳寅恪《唐代政治史述論稿》以一半的篇幅專論有唐一代的「政治革命及黨派分野」（中篇），指出「唐代皇位之繼承常不固定，當新舊君主接續之交往往有宮廷革命」，且「皇位繼承既不固定，則朝臣黨派之活動必不能止息。」❼這是帶規律性的東西，杜甫雖然對宮廷鬥爭之內幕未能如當時的大政治家李泌所知之深，但以其詩人的敏感及其不俗的史識，在喜躍之際不忘憂患地點明「問寢」所隱伏的危機，正是杜甫沉鬱頓挫的本色。錢氏以其對唐史的熟悉，及其對明末政治鬥爭的體驗，悟出杜詩文本潛在的意義，自有其合理性與深刻性。至於錢箋「唐史有隱於肅宗，歸其獄於輔國，而讀書者無異辭……何儒者之易愚也」云云，更是超越前人的史識，達到杜詩因時代與作者個人原因而未及的高度，是我們評價該詩的重要參照。

❼ 陳寅恪：《唐代政治史述論稿》，上海古籍出版社，一九八二，第五〇、六〇頁。

㈡基於以上認識，我們對〈洗兵馬〉在整部杜詩中的作用，似應有一個新的定位。以眼光深刻著稱的王安石，編杜詩以該詩壓卷，凸顯其重要性，頗值得深思。事實上〈洗兵馬〉不但氣勢磅礴，風雅頌並作，而且它是杜甫對肅宗期望值最高的一個節點。此後杜甫就從這一情感之顛直跌入失望之淵。乾元二年（西元七五九年）春，杜甫自東京返華州，從沿途所作「三吏三別」中，我們看到詩人「思朝廷」與「憂黎元」之間的矛盾已達到撕肝裂肺的地步。是年秋，杜甫終於決然挈妻攜子遠離朝廷西去。就在杜甫剛翻越隴阪即寫下聲調蒼涼的〈秦州雜詩〉中，詩人道出了遠離朝廷的根本原因：「唐堯真自聖，野老復何知！」仇注：「自聖，見讜言不能入；何知，見朝政不忍聞。」還有什麼比這一行動更能表白杜甫對肅宗失望乃至近乎絕望之情？因其期盼之殷，故其失望也深。只有將〈洗兵馬〉對肅宗致太平之期盼與之合讀，我們才能體悟何以杜甫在「幼子餓已卒」的困危中還要說「生逢堯舜君（指玄宗），不忍便永訣」（〈自京赴奉先縣詠懷五百字〉）；而今因為「關輔饑」就撇下朝廷決然離去。不妨說，是〈洗兵馬〉與「三吏三別」共構了杜詩情感跌宕的分水嶺——前者是山之陽，後者是山之陰。此後野老、野人、野客成了杜詩常見詞，隨處可見野亭、野寺、野水、野航、野徑、野趣、野逸。在野身分的認同使杜甫不再老提「稷與契」，取而代之的是孔明，而且興趣所在不是孔明的功業，而是其與劉備「君臣相得」的魚水關係。他對皇帝的期望值已經從「堯舜」直降到劉備這樣能容得下賢臣的君主。「張後不樂上為忙」（〈憶昔二首〉）這種帶調侃意味的詩句，絕不會出現在〈洗兵馬〉之前。而「思朝廷」的重點也更多地體現在對朝廷政策的批評與建議。我之所以花如許筆墨講這麼一首詩，不過是想強調「詩史」反思致用的特質是不排除讀者的參與的，我認為這對積極理解杜詩很重要。

三

杜甫詩歌藝術的總體風格是「沉鬱頓挫」，已為學人所認同。然而，「沉鬱」又不僅僅是杜甫個人獨特的藝術風格，它源遠流長。要瞭解富有民族特色的沉鬱風格之形成，就有必要上溯我民族先民共同的生活經驗。從根本上說，黃河流域那並不裕如的生存環境與「靠天吃飯」的農業活動，決定了我們這個民族是個具有深廣的憂患意識的民族。《孟子・告子》一段話頗有代表性：

孟子曰：「舜發於畎畝之中，傅說舉於版築之間，膠鬲舉於魚鹽之中，管夷吾舉於士，孫叔敖舉於海，百里奚舉於市。故天將降大任於是人也，必先苦其心志，勞其筋骨，餓其體膚，空乏其身，行拂亂其所為，所以動心忍性，曾益其所不能……人恆過，然後能改；困於心，衡於慮，而後作；徵於色，發於聲，而後喻。入則無法家拂士，出則無敵國外患者，國恆亡。然後知生於憂患而死於安樂也。」

在這段話裡，孟子將人生憂患與社會憂患、個體憂患與群體憂患結合起來思考，從而將憂患意識提升到關係到家國存亡的歷史規律這一層面來認識。他認為，治國者無內憂外患的危機感，國家往往敗亡，所以做出「生於憂患而死於安樂」的結論。而個體也必須有「困於心，衡於慮」的憂患意識，才能成為「天將降大任於是人」的「法家拂士」。(朱熹《四書章句集注》云：法家，法度之世臣也。拂士，輔弼之賢士也。)憂患意識已被視為士大夫個體必備的修養，由此將憂患意識化為個體人格內在的歷史責任感。孟子對憂患的思考，體現了儒家個體皈依於群體的價值觀。正是這種價值觀的整合作用，使憂患意識成為個體人格內在的東西。其中所含的使命感更多的只是一種意緒，通過作家的醞釀，可外化為審美情趣。屈原便是首位將此意緒外化為個人沉鬱風格的大詩人。

後人常借用屈原〈九章・惜誦〉「發憤以抒情」一語來說明屈原的創作動機。司馬遷在〈報任安書〉

中也是以「意有所鬱結，不得通其道」解釋「發憤著書」說的。這就是說，屈原的創作動機是要渲泄心中的鬱結，然而屈子的憂患是深廣的，不可排遣的。誠如林雲銘《楚辭燈・離騷》所云：

屈原全副精神，總在憂國憂民上。如所云「恐皇輿之敗績」、「哀民生之多艱」，其關切之意可見。

感情的糾結使之『『騷』而欲『離』不能也。棄置而復依戀，無可忍而又不忍，難留而亦不易去……『騷』終於『離』而愁將焉避！」❽正是這種「剪不斷，理還亂」的情緒，造就了似往已回，悱惻纏綿的風格。屈原為「沉鬱」定的調子就是「芳菲悱惻」，是怨不是怒。揚雄、阮籍諸人繼承的便是這種調子。

經過長期的積澱，沉鬱風格至杜甫而有了質的昇華，這就是蕭滌非先生所指出的：杜之「沉鬱」不是悒鬱，而是「沉雄勃鬱」（前引）。此種風格之形成，既是現實的，也是歷史的。說它是現實的，是因為杜甫所處的是一個由極盛跌入大亂的特定歷史時期，盛世強烈的印象使之畢生不忘，即使在最困難的環境中仍能有「中興」的信心。說它是歷史的，是因為杜甫從士大夫的集體無意識中汲取了力量。在杜甫情感主體的作用下，個性化的「沉鬱」乃於「厚」、「深」之外又拓之使「闊」，沉鬱風格之「三維」於是乎大備。蓋杜詩境界闊大，古人早有定論，如王安石詩云：「吾觀少陵詩，謂與元氣侔。力能排天斡九地，壯顏毅色不可求。浩蕩八極中，生物豈不稠。醜妍巨細千萬殊，竟莫見以何雕鎪。」（〈杜甫畫像〉）所謂「闊大」，不但指如「吳楚東南坼，乾坤日夜浮」、「錦江春色來天地，玉壘浮雲變古今」之類氣象雄渾、俯仰古今的意境，且指「上感九廟焚，下憫萬民瘡」（〈壯遊〉）的胸襟與視野。也就是說，杜甫的「闊大」，是眼界能溢出「君臣之際」，及乎百姓，這就使文人詩的疆土得到大幅度的開拓，且昇華為一種審美意識：「或看翡翠蘭苕上，未掣鯨魚碧海中。」（〈戲為六絕句〉）杜甫所道出的也正是盛

---

❽ 錢鍾書：《管錐編》，第五八四頁。

唐以壯闊為美的時代特徵，而這種審美特徵在杜詩中又得到最典型的印證。它使杜詩的沉鬱風格獲得了與傳統相區別而與時代相呼應的個性。這一特徵，讀者諸君展卷一讀便知。

至於「頓挫」，應指與「沉鬱」相應的從節奏、聲律，到句式、聯對、篇章結構，乃至意象的合成、組合，反諷、用典等語言形式方面的特點。杜詩之偉大，最終還是要落實在其詩歌的語言形式。然而，如果以為應在語言自身只作「新批評」式的封閉研究則否，因為語言的符號化，要求其指向意味而超越語言自身，對真善美一體化的杜詩更是如此。因列其帶有典型性的數端以見一般，至於倒敘、對比、雙動、反諷、借對、流水對、歧義句、假平行句、名詞獨立句等技法，在在皆有，則於本選集中隨時揭示。

先看意象的合成與組合。意象，盛唐選家殷璠稱之為「興象」。興者，起也；象者，出意者也。興象之活力，就來自「興」與「象」並列，兩端確定而二者間關係則不確定，從而留下很大的空間，有很大的容量。或者說，興象不但指興與象的靜態構成（鮮明生動的形象蘊含興味神韻），而且指由詩人興發感動而物我遇合的興象合成的動態過程。杜詩的語言，便是這種創構情感意象的典型的詩語言。

中國詩與直覺思維有着不解之緣，從來就不想離開這感性世界而去，所以杜甫首先追求的是語言的感覺化：「山豁何時斷，江平不肯流。」（〈陪王使君晦日泛江〉）「不肯流」是詩人此時此地對「江平」的特殊感覺。杜甫用詞下字總是儘量將詞語的指稱功能隱去，凸現其表現功能，使之感覺化。「碧瓦初寒外」（〈冬日洛城北謁玄元皇帝廟〉），無象無形之「初寒」，如何置諸有形有質的「碧瓦」之「外」？但就感受而言，卻是可能的。仰視巍巍玄元寺，覺得碧瓦之高已超然乎充塞於天地人間之寒氣，則非「外」字不可。它將作者對高華壯麗的玄元寺的感受，借碧瓦之實體傳達給讀者，是所謂「逞於象，感於目，會於心」者。又〈船下夔州郭宿雨濕不得上岸〉有云：「晨鐘雲外濕」。鐘聲無形安能濕？鐘聲又如何辨其濕？又〈晚秋陪嚴鄭公摩訶池泛舟〉有句云：「高城秋自落」。「秋」如何落？從何而落？葉燮《原詩》讚歎不已：「所謂言語道斷，思維路絕。然其中之理，至虛而實，至渺而近，灼然心目之間，殆如鳶飛魚躍之昭著也。」虛而實，實而虛，這就是杜詩感覺化之妙。為此，杜詩組詞還有意將景物與情志緊密結合到「化合」的程度。「影著啼猿樹」（〈第五弟豐獨在江左〉），固然可釋為：身羈峽內，每依於峽間之樹，而峽間之樹多著啼猿；但如此分解，「啼猿樹」之意味又何在哉！如果我們將「啼猿樹」看成一個合成意象，則味之無窮。「池要山簡馬，月靜庾公樓」（〈秋日寄題鄭監湖上亭〉）。馬乃今日之馬，樓乃今日之樓，卻冠之以古人的名目，以名詞作形容詞，造成古今時空的交錯，於是主如庾公之雅興，客如山簡之風流如見。

與杜詩語言的情感性質相配套的是：以形象直接取代概念、推理、判斷。「萬事已黃髮，殘生隨白鷗」（〈去蜀〉）。萬事如何？——「已黃髮」。讀者自能悟出「萬事已休」的斷語。殘生又如何？——「隨白鷗」。讀者亦可悟出「漂泊無着」的斷語。「身世雙蓬鬢，乾坤一草亭」（〈暮春題瀼西新賃草屋〉）。密集的意象間無一動詞，只讓意象的張力互相支撐，在對稱中形成反差，互相補明意義。從這些富有個性的「句法」中，我們感觸到杜甫自家的「邏輯」與「秩序」。則杜詩句法，是以情感生命之起伏為起伏的。其詩句極力追摹生命的節奏，讓詩的律動與人的內在生命之律動同步合拍，由此煥發出詩美。詩的律動與心理的律動、情感的律動同構，是杜詩獨到之處。「青——惜峰巒過，黃——知桔柚來」（〈放船〉）。由第一眼的印象到引起感受的情緒，再到理性的判斷，不正是「意識流」所追求的效果？「返照入江翻石壁」（〈返照〉），似乎是在追蹤客觀事象的因果過程，卻正與「不可久留豺虎亂」那忐忑心緒同一軌跡。總歸詩人服從的是強烈的主觀感受而不是語法規則。清人徐增《而庵詩話》稱：

> 論詩者以為杜甫不成句者多；乃知子美之法失久矣。子美詩有句、有讀，一句中有二、三讀者；其不成句處，正是其極得意之處也。

如果我們不拘於只從句讀來理解這段話，那麼「不成句處」杜自覺是「極得意處」，正是杜甫對詩要有詩自家特有的句法的自覺追求。對於迷戀既成事物的人來說，是不可理解的。杜詩「香稻啄餘鸚鵡粒」（〈秋興八首〉）一聯竟至千古聚訟，甚至有認為「簡直不通」、「全無文學價值」者。而為杜甫作辯的人則認為是「倒裝句法」，是「語序顛倒」以便使讀者在弄清其含義時心理上多一層阻力，產生「勁力」云。還是以慣常語法秩序做尺度。然而安知杜甫極得意處不在此？「倒裝句」也罷，「以名詞作形容詞」也罷，「形容短語」也罷，杜甫詩中語序多「以意為之」，正是對形象思維的極力追摹。至如「即從巴峽穿巫峽，便下襄陽向洛陽」（〈聞官軍收河南河北〉），並非實事，只是馳想，「雙動」用法與流水對使還鄉之思迅疾如飛，體現了詩人當時心靈的節奏。

杜詩不可及處，還在於「組合拳」式的意象群的構成，其指向乃在「沉鬱」，以心理的方式重新編織從個人生活經驗中蒸餾出的細節，經詩人主觀感情的點化，以自己獨特的用詞、語句、意象、結構，再造一個全新的感覺世界。試讀被胡應麟譽為「古今七言律第一」的杜甫名篇〈登高〉：

風急天高猿嘯哀，渚清沙白鳥飛迴。
無邊落木蕭蕭下，不盡長江滾滾來。
萬里悲秋常作客，百年多病獨登臺。
艱難苦恨繁霜鬢，潦倒新停濁酒杯。

「萬里」一聯含八、九層意（或云他鄉作客一可悲，經常作客二可悲，萬里作客三可悲，況當秋風蕭瑟四可悲，登臺易生悲愁五可悲，親朋凋零獨去登臺六可悲，扶病而登七可悲，此病常來八可悲，人生不過百年，在病愁中過卻，九可悲），且不覺堆垛，為歷來論者所推許。但尤需發明的是，這八、九層意思是來自萬里、悲秋、作客、百年、多病、獨、登臺諸多意象的交錯組合，各種意象互相映照，你中有我，我中有你，如鏡鏡相攝的「華嚴境界」，意味疊出。甚至整首詩中風急、天高、渚清、沙白、猿嘯、鳥飛、蕭蕭落木、滾滾長江……互為斗拱，交織共時；是秋的和弦，是秋的場景，是秋的氣息。至此，詩中秋景已非夔州實景，而是「離形得似」的藝術幻境，詩中的悲秋之情也不僅僅是杜甫個人獨有的情緒，而是從個人生活經驗中提取的具有普遍性的審美經驗，也就是經特定方式組合而成的一種感人形式，寫現實而超越現實。

節奏、聲律、句式等，更是造成頓挫感的重要元素。再以〈江漢〉為例：

江漢／思歸客，乾坤／一腐儒。
片雲／天共遠，永夜／月同孤。
落日／心猶壯，秋風／病欲蘇。
古來存老馬，不必取長途。

第二句為全詩首腦，沉鬱之情由此感發。前三聯都是平行句式，節奏如上所示，是整齊的，而頷聯句序顛倒，（順序應為「片雲共天遠，永夜同月孤。」）頸聯則有歧義，意思游移在：「一片浮雲像天那樣遙遠」和「天空下，我的心和片雲一樣萬里飄遊」之間。且前三聯都有大小、強弱的對比，這些都造成一種不順暢的隔離感，而末句卻用流水對，「老馬」既是第七句的賓語，又是第八句的主語。這樣，在全詩的四聯中，表現了從最不連續到最連續的級差變化，同時節奏頻率級差變化也是由句法實現的。」尤其是尾聯由上面的意象語言忽然轉入推論語言，「未必」二字使推論的力量得到最強烈的表現❾。句序、歧義、對比、意象、節奏，同時發力，在抑揚頓挫中造成情感的波瀾，無疑強化了詩中因「乾坤一腐儒」所感發的沉鬱情感，而且前六句那片斷式的意象系列造就了往復悱惻的沉鬱，又由尾聯否定句式的顛覆而一瀉直入勃鬱的境界。

用典，也是杜詩造境的一大手段，不妨說是中國古典詩歌最獨異的表現方式之一。首先，典故是濃縮的歷史事件，好比從海水中蒸出鹽來，我們只要取些許的鹽溶於水，就能恢復原味。如果加上調料，就能製成比鹽更有回味的美食。杜甫精於此道，不但用典確切多變，且用得熨貼無痕。如：「杜酒偏勞勸，張梨不外求。」（〈題張氏隱居〉）杜酒，杜康酒，曹操〈短歌行〉：「何以解憂，惟有杜康。」張梨，潘岳〈閒居賦〉：「張公大谷之梨」。酒乃吾家之酒，還要勞你來勸？梨本你家的梨，自然是不必外求。切合賓主雙方之姓氏，且說得機智幽默，平添不少趣味。

用典之妙，還在於造成古今的平行對比，以古逗出未曾言說的今，暗示言外之意。如「昨日玉魚蒙葬地，早時金碗出人間。」（〈諸將五首〉）玉魚、金碗皆漢時帝王墓葬之物，為人盜賣。然而具諷刺意味的是：漢陵被掘在西漢亡後，唐陵被掘卻在唐軍平「安史之亂」後的吐蕃入侵時，奇恥大辱盡顯當朝帝王與諸將的無能。典故在這裡具有很強烈的反諷意味。再如「對棋陪謝傅，把劍覓徐君。」（〈別房太尉墓〉）謝傅即晉太傅謝安，用指唐肅宗時的太尉房琯。謝好奕棋而房好賞琴，但謝安官崇位高受重用，不因好棋藝受責；而房琯卻因琴師董某受賄貶官。「對棋陪謝傅」五字不但暗示作者與房關係之親密，還寫出對房之崇敬並為之抱不平的弦外之音。至如〈鳳凰臺〉，由臺名而聯想到「鳳鳴岐山」，想到周文王的功業，全詩由此起興而浮想聯翩，將詩人為國為民不惜剖心血的激情和盤托出，誠如浦注所云：「是詩想入非非，要只是鳳臺本地風光，亦只是老杜平生血性，不惜此身顛沛，但期國運中興，刳心血，興

❾ 參考高友工、梅祖麟：《唐詩的魅力》，上海古籍出版社，一九八九，第三八～四〇頁。

會淋漓。」一人名、一地名便能勾出如許多的聯想，正是用典能再造藝術幻境的特殊功能。故陳寅恪〈讀哀江南賦〉有云：

> 蘭成作賦，用古典以述今事。古事今情，雖不同物，若于異中求同，同中見異，融會異同，混合古今，別造一同異俱冥、今古合流之幻覺，斯實文章之絕詣，而作者之能事也。[10]

杜甫更是將庾信的「絕活」發揮到極致，讓自然景物與歷史意象錯綜起來，別造一同異俱冥、今古合流之藝術幻境。試讀名篇〈登樓〉：

> 花近高樓傷客心，萬方多難此登臨。
> 錦江春色來天地，玉壘浮雲變古今。
> 北極朝廷終不改，西山寇盜莫相侵。
> 可憐後主還祠廟，日暮聊為〈梁甫吟〉。

春色浩蕩卻心事重重，是王夫之所謂「以樂景寫哀，以哀景寫樂，一倍增其哀樂。」（《薑齋詩話》）又由自然景色之變幻引出世事的多舛，「北極」一聯將對時局變幻不定的擔憂從正面道出，說「終不改」，正是憂其改，遂引出尾聯的歷史意象。後主，就是劉備的不肖子阿斗；〈梁甫吟〉，孔明在隆中喜吟此曲，用指對大賢孔明的思念。此句感歎國事如此，君王平庸如此，正須諸葛亮那樣的大賢來輔政。其中不無詩人報國無門的自嗟。然而此情此景所蘊含的意緒、情感，比上面的概括要豐富、細膩得多。蜀後

[10] 陳寅恪：《金明館叢稿初編》，上海古籍出版社，一九八〇，第二〇九頁。

主還祠廟面對祖宗時，猶懂得懷念孔明，看來還不是「陳叔寶全無心肝」，牽出詩人對唐代宗尚存的一絲希望，其拳拳之心依稀可見。全詩浮雲變幻、世事變幻、意緒變幻，交錯重疊，真是「混合古今，別造一同異俱冥、今古合流之幻覺」。典故之於杜詩，決非摩登人誇富炫麗之衣，實乃魔術師遮物障眼之布——蔽之偏能彰之。

讀經典之作，好比潛海探珊瑚，要自家潛入百度尋覓，方能有得。故黃生〈杜詩概說〉云：「惟讀杜詩，屢進屢得。」注家云云，只是充當導遊，讀者有得，則登岸捨筏可也。謬誤之處，尚乞海內外讀者諸君正之。

本書付梓，得益於三民書局編輯部諸先生之嘉惠良多，謹此鳴謝。

林繼中

壬辰龍年識於面壁齋

凡例

一、本詩選採用依年編次的形式，於正文題下標明詩體，並大略按時、地兼顧篇幅相對勻稱，將所選詩釐為八卷。其繫年主要參照《杜詩鏡銓》，略作調整。

二、杜集版本繁多，茲以影印《宋本杜工部集》為底本，校以明鈔殘本《新定杜工部近體詩先後並解》、郭知達《九家集注杜詩》、仇兆鰲《杜詩詳解》，並參校他本，擇善而從，不出校，必要時於注中說明。

三、本詩選以直注明解為原則，不作繁瑣考證，但杜詩用時事、重史實、巧用典，是一大特色，所以凡有助讀者解讀原詩之史實、典故則加注，力求簡明切當。與該詩相關的背景材料與題旨，則於【題解】下作交代。

四、杜詩歷千年而評析者不衰，儼然成一門「杜詩學」，此乃極可寶貴的資源，因闢【研析】一欄，擇其切當多發明者錄入，而歷來歧見紛紜者，亦擇要介紹，以廣見聞，並表明編者意見，以備參考。至如作者情志、寫作技巧、藝術特徵，亦作點醒。

五、本詩選的白話翻譯，只是輔助讀者整體、連貫地把握該詩內容，或有臆斷處，為譯者個人的理解。要欣賞詩美，還得直接涵泳原作，登岸捨筏可也。

六、書後附篇目索引，其他咸循叢書之總體例。

卷一

望岳（五古）

【題解】開元二十四年（西元七三六年），二十五歲的杜甫始遊齊趙。詩作於是時，為現存杜詩最早的一首。岳，古有五岳，《爾雅・釋山》：「泰山為東嶽，華山為西嶽，霍山為南嶽，恆山為北嶽。」全詩從「望」字馳想，造語警拔，已露出詩人驚人的才華。

岱宗夫如何❶？齊魯青未了❷。
造化鍾神秀❸，陰陽割昏曉❹。
盪胸生曾雲❺，決眥❻入歸鳥。
會當❼凌絕頂，一覽眾山小❽！

【注釋】❶岱宗句　岱宗，泰山的尊稱。岱，始也。宗，長也。泰山為五岳之長，在今山東泰安北。夫，指代泰山，用於句中，兼有加強語氣的作用，放在此句中則帶出一種期待的感情。❷齊魯句　寫遠望泰山，青蒼之色連綿，過齊魯猶未盡。

齊、魯為春秋戰國時的諸侯國，齊在泰山北，魯在泰山南。❸造化句　大自然彷彿將神奇秀美都匯聚在泰山。造化，天地；大自然。鍾，聚集。❹陰陽句　極寫泰山之崇高，其向背黑白，判然如割，「割」字是所謂的「煉字」。❺盪胸句　盪胸，張衡〈南都賦〉：「淯水盪其胸。」盪，搖動。曾，即層。❻決眥　撐開眼角。形容張目極視。❼會當　一定要。會當、會須、會，都是古人口語，含有將要的意思。❽一覽句　此句化用《孟子・盡心上》「孔子登東山而小魯，登泰山而小天下」之意。詩人借此表達自己宏大的情志。

【語　譯】五岳之長的泰山啊是怎麼個樣？那青蒼的山色連綿，過齊魯之境猶望不到盡頭。彷彿是天地情有獨鍾，把所有神奇秀美都匯聚在泰山。它矗立天地間，將陰陽分判：山陰為昏，山陽為曉。升騰的層雲搖盪在它的胸前，而歸飛的鳥兒直撲入我撐開的眼簾。終究有一天我要登上峰巔，俯瞰渺小的群山！

【研　析】杜甫〈進雕賦表〉：「自七歲所綴詩筆，向四十載矣，約千有餘篇。」但早期詩遺存甚少，這首詩蕭滌非先生定為最早的一首。從早期這首詩，不難領略到杜詩未來的一些基本特徵，首先是那獨特的語言風格。杜甫用字穩健準確，堅而難移。如詩題的「望」字，與陶潛「悠然見南山」的「見」字不同，有較強的主觀意味，所以發端用設問句引出「青未了」，造成跌宕語氣，充滿期待，看似平易，其實奇崛。趙秉文〈題南麓書後〉稱：「夫如何三字幾不成語，然非三字無以成下句有數百里之氣象。」因此詩中泰山不僅是眼前景，更是情中景，神與物遊，不必泥定站在何處看山。詩人既可看到「齊魯青未了」的全境，也可以「看到」那「陰陽割昏曉」的虛景。「割」字化虛為實，將無形的「陰陽」與「昏曉」化為可捉搦分割的實物，給人一種親切具體的感受。杜甫用典尤其講究，「割」字與下句「盪胸」都暗用張衡〈南都賦〉：「割周楚之豐壤」，「淯水盪其胸」。歷來注家都以為「盪胸」是指雲彩在詩人胸前飄盪，其實正如「淯水盪其胸」的「胸」是指南都，這裡的「胸」也是指泰山。我們不應忽略「盪胸生曾雲」的「生」字，雲是從泰山胸前「生」出的，故〈對雨書懷走邀許主簿〉又云：「東嶽雲峰起，溶溶滿太虛。」暗用《公羊傳》「觸石而出，膚寸而合，不崇朝而徧雨乎天下者，唯泰山爾。」所以這句寫的是望中泰山半腰上升騰的雲。下句則寫歸鳥撲面而來的奇特感覺，是葛兆光所說：「甚至連視覺與被視物的主被動關係都倒裝了」，「彷彿是人把眼眶撐大便把飛鳥攝進來了似的。」劉熙載《藝概・詩概》稱：「少陵思精，太白韻高。」從以上分析看，這個「精」字在早期詩中已有深刻的表現，只是出手還有點生澀，多少露出「做」的痕跡來。

登兗州城樓（五律）

【題　解】這首和前詩〈望岳〉同是第一次遊齊趙時所作。是他現存最早的一首五律。此詩寫來格律工穩，結構嚴謹，且氣象開闊，感慨遙深。

東郡趨庭日，南樓縱目初❶：
浮雲連海岱，平野入青徐❷；
孤嶂秦碑在，荒城魯殿餘❸。
從來多古意，臨眺獨躊躇❹。

【注　釋】❶東郡二句　東郡，兗州屬秦、漢時之東郡。東郡，有今河北省南部及山東省西北部之地，治濮陽（今河北濮陽南）。趨庭，《論語》：「鯉（孔丘的兒子）趨而過庭。」後以子承父教為趨庭。時杜甫之父杜閑做兗州司馬，杜甫來省視，故曰「趨庭」。初，初次。❷浮雲二句　海岱，指東海與泰山之間。青徐，青州與徐州。海岱青徐，都和兗州接境。入，是「一直伸展到」的意思。❸孤嶂二句　秦碑，指秦始皇登嶧山所刻石碑。餘，殘餘。魯殿，指魯靈光殿，漢景帝子魯共王所建。殿在曲阜縣東二里。❹從來二句　臨眺，登臨眺望，與上「縱目」照應。憑高悲古，故不免躊躇惆悵。

【語　譯】我來東郡探望父親，初次登上南樓極目遠望：天上飄浮的雲喲直連到東海接泰山，平展展的曠野喲向青州徐州伸展；就在城東南的嶧山上，秦碑矗立翠嶂，城東北喲，還殘存着荒蕪的魯殿。文物讓人懷古，登高叫人惆悵。

【研　析】對稱，是各民族、各種藝術共同追求的一種美的形式。然而唯有單音節及其文法疏簡有彈性的漢字，才造成從形式到意義都能整齊對稱的獨特的中國律詩。五言八句的五律於初唐已基本定型，至盛唐詩人手中，更是成為縱橫排闔的重要形式。杜甫的祖父杜審言已是一個寫五律的高手，所以杜甫很早就重視對這一形式的把握，並已顯露出「給一首詩的各個詩行注入了深刻的象徵意義與複雜的文化聯想」的特色（高友工〈律詩的美學〉）。從這首杜甫現存最早的五律中，我們也可以領略到這一點。首尾兩聯互相呼應，扣緊登樓的題意，同時包餃子似地將中間兩聯抱緊而形成一個自足回環的整體。頷聯開闊的視野，頸聯深厚的文化意涵，使其登高懷古的感歎有了時代與歷史的意味。難怪明代注家張綖要說：「凡詩體欲其宏，而思欲其密。廣大精微，此詩兼之矣。」正因其具有典型性，故前人多取以為式。

題張氏隱居二首

【題　解】此詩當是開元二十四年（西元七三六年）後，與高適、李白同遊齊趙時作。杜詩早期多五言，人稱法度森嚴。張氏，或以為即張建封之父張玠。性豪俠，輕財置士，《唐書·張建封傳》載其嘗客兗州；謂張氏即此公，惜無堅實的依據。

其一（七律）

春山無伴獨相求，伐木丁丁山更幽[1]。
澗道餘寒歷冰雪，石門斜日到林丘。

不貪夜識金銀氣❷，遠害朝看麋鹿遊❸。
乘興杳然迷出處❹，對君疑是泛虛舟❺。

【章旨】大體說來，此詩上四句言一路之景，下四句言相見之情。不過全詩都貫穿着「乘興」，是對隱居的遠害與無機心的嚮往。

【注釋】❶伐木句　此句以動襯靜。《詩・小雅・伐木》：「伐木丁丁。」丁丁，伐木聲。山更幽，王籍〈入若耶溪〉詩云：「鳥鳴山更幽。」❷不貪句　此句讚許張氏清廉不貪。《左傳・襄公十五年》，載子罕曰：「我以不貪為寶。」《史記・天官書》：「下有積錢，金寶之上，皆有氣。」❸遠害句　此句言張氏能遠離名利場，無機心，故麋鹿不驚。《關中記》：「辛孟年七十，與麋鹿同群。」❹乘興句　此句隱喻張氏隱居如桃源之幽深。杳然，幽深貌。迷出處，〈桃花源記〉：「太守即遣人隨其往，尋向所志，遂迷不復得路。」❺對君句　此言張氏之恬淡無所求，虛己處世，故能遠害，與之相對能使人名利不縈繫。虛舟，《莊子》：「方舟而濟於河，有虛船來觸舟，雖有惼心之人不怒。」

【語譯】你在春山無伴，我獨自一人來相訪。伐木丁丁，空谷迴響更顯深幽。穿行澗道殘雪有餘寒，石門斜陽照在林丘上。隱居者，隱居者！你因不貪故能識天地之寶，你因遠害無機心故能與麋鹿同遊。我乘興而來，就像進了桃源迷失所在；君能虛己相對，賓主就像那空船相觸自然忘懷。

其二（五律）

之子❶時相見，邀人晚興留。
霽潭鱣發發❷，春草鹿呦呦❸。
杜酒偏勞勸，張梨不外求❹。

前村山路險，歸醉每無愁❺。

【章　旨】上一首是「乘興」初見，這一首已是後來常見，故能詳寫大自然的生機勃勃與人際間的親和無間，寫盡田園自足之樂，強化了詩人對隱居的嚮往。

【注　釋】❶之子　這位先生。❷霽潭句　霽潭，雨後的池潭。鱣發發，《詩‧碩人》：「鱣鮪發發。」形容魚兒活躍，尾兒潑潑。❸鹿呦呦　《詩‧鹿鳴》：「呦呦鹿鳴，食野之苹。」此亦隱喻設宴招待。❹杜酒二句　此聯意思是：酒本是我的本家杜康所製，卻偏勞您來殷勤相勸；梨乃是你們張家所種，自然無須遠求。暗用賓主兩姓，語氣幽默，用典巧而不纖。杜酒，杜康酒。曹操〈短歌行〉：「何以解憂？惟有杜康。」張梨，潘岳〈閒居賦〉：「張公大谷之梨。」❺前村二句　仇注：醉歸忘險，極盡主人之興矣。《莊子‧達生》：「夫醉者之墜車……彼得全於酒而猶若是。」是說醉酒的人從車上跌下，不受傷害。此處暗用其意，故云：山路雖險而無愁。

【語　譯】您現在是時常與我相見，邀我乘着晚興留在山莊吃飯。春雨後潭中魚兒活蹦亂跳，芊芊的春草坪上鹿兒呦呦呦鳴叫。咱杜家的酒偏有勞您來相勸，張家自種的梨自然是毋需遠求。雖然前村回家的山路難走，但醉人能自全我總是不擔憂。

【研　析】隱居一直是中國士大夫一個溫馨的夢。「儒道互補」，體現在行為上也就是出仕與隱逸的交替。不過杜甫早期求仕之情強烈，這裡對隱士的讚許主要還在其清高無名利心。至於形式，其一屬七律，仇注引高棅說：「唐初始專此體，沈宋輩精巧相尚。開元初，蘇張之流盛矣。盛唐作者不多，而聲調最遠，品格最高，若崔顥、賈至、王維、岑參，當時各極其妙。」此詩平順工整，章法分明，誠如葉嘉瑩《杜甫〈秋興八首〉集說》所評：「並未能超越前人而別有建樹。」但從「不貪夜識金銀氣，遠害朝看麋鹿遊」一聯中，我們已隱約感受到杜甫七律造句的奇崛。此句「不貪」、「遠害」二字一讀，上二下四，較好地表達其對隱居的理解：將「不貪」、「遠害」安排在句端，突顯張氏隱居的不貪心、無機心。然而由於其語序「不按常規出牌」，即不是按語法，而是按詩人對事物的直觀感受安排，所以其句讀（逗）有多種斷法，也就造成了句子的不確定性與多義性。如《而庵說唐詩》就認為：「子美七律，一句中有至二讀、三讀者，人都不理會，獨此句無讀。」他的意思是杜甫七律長句往往可以斷為二、三個連續的短語，獨此句「七字當一氣讀下去，不可於『不貪』二字下讀斷」。因為他認為此句的意思是：「今人拜客，無有在抵暮者，子美到張氏林丘，恰當方夜……便覺不安。識金銀氣，必須到夜，訪張氏在識金銀氣之時，乃委曲致不安之意曰：我來乃至夜，非貪識金銀之氣而然也。」事實上他是將此句讀為上一下六，「不」字否定了「貪夜識金銀氣」。對句則仍用上二下四後讀法，只是他認為「看，是子美去看，看張氏與麋鹿遊」。這樣一來，此聯的意指也就僅僅是應酬語：「一句是子美自謝其來訪之晚，一句是子美致其景慕之忱。」何況在節奏的對仗上也就不工了；不過仍不失為另一種解讀，也通。至若金聖歎《杜詩解》，則為之彌縫曰：「說『遠害』句，畢竟未妥。愚謂並不讀斷為是，『害』即妨害之害，猶言『礙』也。蓋云我從『石門斜日』一路行來，到此已夜矣……勢必留宿以待來朝，遂使爾清早款待。眼看麋鹿，不獲忘情與遊，則是我此來害之也。」將「遠害」拆解為遠來而妨礙，未免是「增字解經」，且將本詩主旨推向「興之所至，為朝為夜，無所不可」的玩世態度，既不合「全詩」（二首是一個有機的整體），更不合甫之「全人」（從個性到該時段的情志）。雖然此句有其不確定性，但也斷然不是任意性。我們還是要從對全詩的氛圍與全人的個性詳加斟酌來解詩為宜。

房兵曹胡馬詩

（五律）

【題　解】兵曹，全稱為兵曹參軍，唐時州府中掌管軍防、驛傳的小官。此詩約寫於唐玄宗開元末年，西元七四〇～七四一年之間，公適值而立之年，意氣風發。盛唐人尚武，普遍愛馬。杜甫也能騎射，也愛馬，故集中多詠馬詩，頗見盛唐氣象。浦注稱：「此與〈畫鷹〉詩，自是年少氣盛時作，都為自己寫照。」

胡馬大宛名❶，鋒稜瘦骨成。
竹批❷雙耳峻，風入四蹄輕❸。
所向無空闊，真堪託死生❹。
驍騰❺有如此，萬里可橫行❻。

【注　釋】❶胡馬句　胡馬，泛指塞北、西域所產之馬，這裡則專指西域大宛所產之馬。大宛，漢時西域國名，今屬烏茲別克共和國。❷竹批　批，削也。《齊民要術》：「馬耳欲小而銳，狀如斬竹筒。」❸風入句　虛寫，不說四蹄生風，反說風入四蹄，更能托出一個「輕」字來。❹所向二句　此聯一氣呵成，是所謂「走馬對」，看似率意而成，卻上下句氣象銖兩悉稱，「無空闊」見其氣質，「託死生」見其品德。無，視之若無。有蔑視之意。無空闊，意為：在這樣的神駿面前，什麼空闊遼遠的距離都不在話下。❺驍騰　健捷貌。❻萬里句　與上句合讚健兒快馬，期許房兵曹立功萬里之外。

【語　譯】這是一匹著名的大宛胡馬，你看那有棱有角錚錚的骨架，尖耳豎立像是劈開的竹筒，輕捷無比四蹄生風；在牠面前再遼遠的征途都不在話下，真堪把性命託付給牠！騎上這樣驍勇矯健的馬喲，馳騁萬里都不怕。

【研　析】詠物詩最忌粘皮着骨，寫形不寫神。此詩則由形及神，如寫血性男兒，「無空闊」、「託死生」，直寫出驍勇豪縱、才德兼備的氣質。在外形上瘦骨崚嶒，也是為了表現出馬的清勁神氣，開創了一種新的審美趣味。唐人畫仕女多「豐頰肥體」，畫馬也好肥大，如韓幹《牧馬圖》便是。杜甫卻說：「幹唯畫肉不畫骨，忍使驊騮氣凋喪！」他獨倡「瘦硬通神」，此詩正典型地體現了這一審美趣味。李賀〈馬詩〉云：「向前敲瘦骨，猶自帶銅聲。」無疑是從「鋒稜瘦骨成」化出。吉川幸次郎在《杜甫私記》裡則以其外國人之敏感，指出「鋒稜瘦骨成」一句，寫其骨骼嶙峋，用一「成」字表現出了「非常完美」的意思。又認為杜甫將眼睛像釘子一樣盯住較小的事物，將事物當成鍛煉視力深度的東西，如「竹批雙耳峻」就是抓住具體細節，以簡潔的語言表現了事物的本質特徵。的確，對文藝而言，「上帝在細節中」，這些意見都很有啟發性。

畫鷹（五律）

【題　解】此詩與上一首詩的創作約略同時，是一首題畫之作，句句不脫畫字卻又句句是寫生。仇注稱其「每詠一物，必以全副精神入之，故老筆蒼勁中，時見靈氣飛舞」。

素練風霜起❶，蒼鷹畫作殊。
攫身❷思狡兔，側目似愁胡❸。
絛鏇光堪摘，軒楹勢可呼❹。
何當❺擊凡鳥，毛血灑平蕪❻。

【注　釋】❶素練句　素練，白色的畫絹。風霜起，從畫中生出肅殺之氣，寫出猛禽的精神。❷攫身　聳起身。❸愁胡　孫楚〈鷹賦〉：「深目蛾眉，狀如愁胡。」胡人深目高鼻，加一「愁」字，活脫脫寫出鷹側目若思的神態。❹絛鏇二句　絛，同「縧」。絲繩。鏇，轆轤。這裡是由畫鷹聯想到真鷹，用縧繫鷹足於鏇上，暗示此鷹為獵鷹。軒楹，堂前廊柱，此指畫鷹懸之廊間，呼之欲出。❺何當　猶「安得」。❻平蕪　草原。尾聯寄託了詩人的抱負。

【語　譯】白絹忽地起霜風，原是蒼鷹真氣入畫中。欲搏狡兔先竦翅，側目酷似愁胡凹雙瞳。縧繫足，鏇生光，此畫懸之廊間呼欲出。安得放飛擊凡鳥，欻起毛羽血汙灑平蕪。

【研　析】如果說畫是將實物化為視覺平面的表象，那末題畫詩則往往是將它從平面中解放出來，置於詩語言所構建的虛幻的三維空間，給人予「真實」的幻覺。該詩首句只用一個「起」字，便完成了這一轉換，使人不覺。中間兩聯由畫鷹想像真鷹，寫生欲活。雖然「攫身思狡兔，側目似愁胡」一聯化用了孫楚〈鷹賦〉「深目蛾眉，狀如愁胡」的比喻，但是「攫身」與「側目」卻捕捉到鷹特有的神態，且前者雙聲，後者疊韻，強化了語調的音樂性，更具表現力，已不僅是個比喻。南齊袁嘏自稱：「我詩有生氣，須人捉着，不爾便飛去。」此詩足以當之。最後兩句則拓開去，趙汸云：「末聯兼有疾惡意。」的確，杜甫經常以猛禽比喻敢於搏擊邪惡的直臣，如〈雕賦〉便是典型。

【附錄】

雕　賦

當九秋之淒清，見一鶚之直上；以雄才為己任，橫殺氣而獨往。梢梢勁翮，肅肅遺響；杳不可追，俊無留賞。彼何鄉之性命，碎今日之指掌；伊鷙鳥之累百，敢同年而爭長。此雕之大略也。

若乃虞人之所得也，必以氣凜玄冥，陰乘甲子；河海蕩潏，風雲亂起；雪沍山陰，冰纏樹死。迷向背於八極，絕飛走於萬里。朝無以充腸，夕違其所止；頗愁呼而蹭蹬，信求食而依倚。用此時而椓杙，待尤者而綱紀；表狎羽而潛窺，順雄姿之所擬。欻捷來於森木，固先繫於利觜；解騰攫而竦神，開羅網而有喜。獻禽之課，數備而已。及乎閩隸受之也，則擇其清質，列在周垣；揮拘攣之掣曳，挫豪梗之飛翻。識畋遊之所使，登馬上而孤騫。然後綴以珠飾，呈於至尊；摶風槍纍，用壯旌門。乘輿或幸別館，獵平原；寒蕪空闊，霜仗喧繁。觀其夾翠華而上下，卷毛血之崩奔；隨意氣而電落，引塵沙而晝昏；豁堵牆之榮觀，棄功效而不論。斯亦足重也。

至如千年孽狐，三窟狡兔；恃古塚之荊棘，飽荒城之霜露。迴惑我往來，趑趄我場圃。雖青骹帶角，白鼻如瓠；蹙奔蹄而俯臨，飛迅翼以遐寓。而料全於果，見迫寧遽；屢攬之而穎脫，便有若於神助。是以曉哮其音，颯爽其慮；續下韝而繚繞，尚投跡而容與。奮威逐北，施巧無據；方蹉跎而就擒，亦造次而難去。一奇卒獲，百勝昭着；夙昔多端，蕭條何處。斯又足稱也。

爾其鶬鴰鴇鶂之倫，莫益於物，空生此身。聯拳拾穗，長大如人；肉多奚有，味乃不珍。輕鷹隼而自若，託鴻鵠而為鄰。彼壯夫之慷慨，假強敵而逡巡；拉先鳴之異者，及將起而遄臻。忽隔天路，終辭水濱，寧掩群而盡取，且快意而心驚。此又一時之俊也。

夫其降精於金，立骨如鐵；目通於腦，筋入於節。架軒楹之上，純漆光芒；掣梁棟之間，寒風凜冽。雖趾蹻千變，林嶺萬穴；擊叢薄之不開，突杈枒而皆折，此又有觸邪之義也。

久而服勤，是可吁畏。必使烏攫之黨，罷鈔盜而潛飛；梟怪之群，想英靈而遽墜。豈比乎虛陳其力，叨竊其位，等摩天而自安，與槍榆而無事者矣。

故不見其用也，則晨飛絕壑，暮起長汀；來雖自負，去若無形。置巢巀嵲，養子青冥。倏爾年歲，茫然闕庭；莫試鉤爪，空回斗星。眾雛倘割鮮於金殿，此鳥已將老於巖扃。

夜宴左氏莊

（五律）

【題解】莊，莊園。唐時莊園頗為普遍，文人常於此中聚會作樂，故詩題常有「莊」、「山莊」、「山池」、「池館」、「別墅」之類，都是指莊園。此詩寫左氏莊園中的一次夜宴，其中寫夜景殊勝。

風林纖月❶落，衣露淨琴張❷。
暗水流花徑，春星帶草堂❸。
檢書燒燭短，看劍引杯長❹。
詩罷聞吳詠，扁舟意不忘❺。

【注釋】❶纖月　初生之月，所謂「新月曲如眉」。❷衣露句　此句以夜深猶彈琴寫出主客興致之高。衣露，夜深故露濕衣。淨琴，琴音清，所以說「淨琴」。《杜律啟蒙》云：「琴有弦如弓，可張可弛，故得以『張』名。」這裡以張弦指代彈琴。❸暗水二句　暗水，承上句「月落」，無月景色昏暗，所以但聞水聲而已。帶，襟帶；縈繞。班固〈西都賦〉：「帶以洪河涇渭之川。」因月落，故繁星顯，如帶縈於草堂之上。黃生賞其「就無月時寫景，語更精切」。又云：「上句妙在一『暗』字，下句妙在一『帶』字，見星光之遙映。」❹檢書二句　此聯寫出夜宴氣氛：上句寫檢讀主人藏書入神，不覺燭燃殆盡；下句寫看劍氣旺，自然喝酒痛快，引滿而長飲。❺詩罷二句　吳詠，夜宴時有人用江南的吳音吟詩。杜甫曾遊吳越，今聞吳詠而觸耳生情，遂勾起泛舟江湖之思。

【語　譯】新月如鉤落風林，衣上沾露猶彈琴。暗裡水聲穿花徑，天低草堂縈繁星。檢書不覺燭已短，看劍氣來酒滿斟。忽聞吳音吟詩作，起我泛舟江海情。

【研　析】這首詩寫得很有技巧，扣緊詩題「夜宴」二字作文章。浦注稱：「此詩意象都從『纖月落』三字涵泳出來，乃春月初三四間天清夜黑時作也。」中間二聯極盡渲染襯托之能事，《杜律啟蒙》稱：「『暗』字好，月落故水暗也；『帶』字好，秋天高而春天低，天低故星低，星低故帶草堂也。」下接「燭短」、「杯長」，轉從情緒上落筆，豪縱蕭散，再次重疊渲染主客夜深興高，而尾聯則興猶未盡，直接混茫。陳貽焮《杜甫評傳》稱：「描繪瑣細而渾然不見痕跡，只覺風韻絕妙，情意深長，藝術上頗為成功。」

贈李白（五古）

【題解】天寶三載（西元七四四年），大詩人李白因得罪楊貴妃與高力士，被唐玄宗賜金放歸，道出洛陽，遂與大詩人杜甫相會。這是中國文學史上的一段佳話。杜甫比李白小十二歲，對李白這位傑出的浪漫詩人十分傾慕，平生寫下不少贈李的好詩，這是第一首。

二年客東都❶，所歷厭機巧❷。
野人對羶腥，蔬食常不飽❸。
豈無青精飯❹，使我顏色好。
苦乏大藥資，山林跡如掃❺。
李侯金閨彥，脫身事幽討❻。
亦有梁宋遊，方期拾瑤草❼。

【注釋】❶二年句　客，客居。東都，洛陽。❷所歷句　此句言在東都二年所經歷者，皆令人厭惡的虛偽奸巧之事物。所歷，所經歷。機巧，機詐巧偽。❸野人二句　此聯承首聯「厭」字而發，如《杜臆》所云：「東都之遊，貧所驅耳。人苦機巧，食苦腥羶，而蔬食不飽，無救於貧也。」這是其下文表示決然隨李白遊梁宋的契機。野人，杜甫自己認定的布衣身分。羶，指牛羊之屬。腥，指魚蝦之類。蔬食，蔬菜飯食。❹青精飯　一種用南燭草特製的青色米飯，據說吃了可益壽延年。❺苦乏二句　此聯說因為缺乏煉丹的資金，所以沒走成仙的道路。大藥，即所謂的金丹。唐時道教盛行，服食金丹成風。跡如掃，沒有足跡。❻李侯二句　此句影射李白曾為玄宗所器重，出入朝廷，卻因觸犯權貴，自求還山一事。「脫身」二字寫得瀟灑。侯，尊稱。金閨，宮廷中的金馬門。彥，有才華的人。事幽討，在山林中從事采藥與訪道。❼亦有二句　此聯言杜與李正相約一起去尋仙問道。是年秋踐約，與李白、高適遊宋中，或呼鷹逐兔，或登臺懷古，或渡河訪道。盛唐浪漫的日子對杜甫有深刻的影響，晚年的杜甫還時常回憶起這段往事。梁宋，今河南開封一帶。瑤草，傳說中的仙草。

【語　譯】二年作客在東都，最厭機詐無處無。野夫不慣羶腥味，可憐不飽少菜蔬。我豈不知青精飯，食之可以顏如朱？苦無錢財煉丹藥，至今獨與山林疏。李侯俊才在金殿，棄如敝屣笑訪仙。我亦有意遊梁宋，相約采芝入雲煙。

【研　析】此詩雖曰贈李白，卻於前八句自敘，後四句方及李白。自敘直寫「厭機巧」的真性情，正與脫身金閨的李白之真性情合，故爾一見如故，相約同遊，其發掘人性之深度，非應酬之作所能及。「厭機巧」三字是全詩的靈魂所在，也是杜甫一生寫照，不可輕輕放過。

陪李北海宴歷下亭（五古）

【題　解】是詩乃天寶四載（西元七四五年）夏，在濟南歷下亭即席所賦。李北海即李邕，時為北海太守，是當時文豪兼書家。李林甫素忌邕，天寶六載正月就郡杖殺之，後來杜甫在〈八哀詩〉中為其作傳。歷下亭，因歷山得名，風景絕勝，在濟南大明湖。

東藩駐皁蓋❶，北渚凌清河❷。
海右此亭古，濟南名士多❸。

雲山已發興，玉珮仍當歌❹。
修竹不受暑，交流空湧波❺。
蘊真❻愜所遇，落日將如何？
貴賤俱物役，從公難重過❼！

【注　釋】❶東藩句　東藩，指李邕。李邕時為北海太守，北海在京師之東，故稱「東藩」。藩，屏障。古時封建，王室以諸侯為屏障。皂蓋，青色車蓋。漢時太守皆用皂蓋，借指李太守。❷北渚句　渚，水中沙洲。淩，往；經。清河，即古濟水。❸海右二句　海右，方位以西為右，以東為左，齊地在海之西，故曰海右。名士多，題下自注：「時邑人蹇處士等在座。」聯想濟南自漢伏生以下，有許多名士，故云。❹雲山二句　玉珮，歌伎或懸玉佩，此借指侑酒的歌伎。當，蕭先生注：「是當對的當。語本曹操詩：『對酒當歌』。有人解作應當或讀作去聲，都不對。」❺修竹二句　不受暑，竹林蔭蔽，能自生涼，故曰「不受暑」。交流，指歷水與濼水，二水同入鵲山湖。❻蘊真　蘊含自然真趣。❼貴賤二句　貴賤，貴指李邕，賤杜甫自謂。俱物役，是說無論公私貴賤，同是為事物所役使。因不得自由，故有下句難重遊之歎。

【語　譯】東方的太守停下他的車馬，經北邊的沙洲蒞臨清河。海西此亭真古老，濟南名士實在多。面對雲山興已高，何況勸酒有清歌。暑熱不到竹蔭處，空勞二水交流湧涼波。自然真趣爽人意，夕陽將下奈若何？身不由己貴賤同，隨公再遊恐難逢！

【研　析】《老殘遊記》稱：清代著名書家何紹基曾將「海右此亭古」一聯，改為「歷下此亭古，濟南名士多」，書為對聯，懸在歷下亭上（今改為門聯），與「四面荷花三面柳，一城山色半城湖」同為大明湖名聯，吸引着古往今來的遊人。誠如王嗣奭評〈大雲寺贊公房四首〉所說：「古詩自梁陳以來喜作偶語，故古詩與排律往往相混。」所以杜甫此詩雖是古體，卻有以律入古的現象，在比較寬鬆的對仗中別具一種真趣。即以此聯為例，平仄合律；而對仗呢，「海右」的「右」，是「西」的意思，也是方位詞，對「濟南」豈不工穩？「此亭古」對「名士多」，雖然字面上不算工整，但在意涵上卻旗鼓相當，文物對名人，皆屬雅事。總體上說，要比天對地、花對柳之類更有韻味呢！

贈李白（七絕）

【題　解】此詩約作於天寶四載（西元七四五年）秋於兗州與李白重逢時，是現存絕句中最早的一首。

秋來相顧尚飄蓬，未就丹砂愧葛洪❶。
痛飲狂歌空度日，飛揚跋扈為誰雄❷。

【注　釋】❶秋來二句　尚飄蓬，天寶三載李白被皇帝放還，遂與杜作齊趙之遊，故有此喻。丹砂，即硃砂，道教徒用以煉丹。葛洪，東晉人，聞交趾出丹砂，因求勾漏令，以便煉丹。李白自稱「十五游神仙」，後從道士高如貴受「道籙」，但仍煉丹不成，故曰「愧葛洪」。❷飛揚句　飛揚跋扈，這裡指任性而行，不肯受約束。錢注：「按太白性倜儻，好縱橫術，魏顥稱其眸子炯然，哆如餓虎；少任俠，手刃數人。故公以飛揚跋扈目之，猶云『平生飛動意』也。」一些注家認為對李白有譏諷的意思，其實不然。李杜初識於洛陽，杜贈詩云：「李侯金閨彥，脫身事幽討。」用「脫身」表達其對李白不肯折腰事權貴的讚賞。這裡說「為誰雄」，有規勸，更有高才難為用的不平，屬正話反說。

【語　譯】秋來相看如飄蓬，依舊浪跡各西東。丹砂百煉仍未就，愧對師祖葛仙翁。高才無用唯痛飲，狂歌度日誰與同？自是意氣飛揚在，我行我素空稱雄！

【研　析】寥寥幾筆勾勒出一個虎虎有生氣的李白，並通過李白異常的生活方式提示其出世與入世矛盾所造成的內在痛苦。《杜詩鏡銓》引蔣弱六的話說：「是白一生小像。」是。

鄭駙馬宅宴洞中（七律）

【題解】此詩約作於天寶四、五載（西元七四五～七四六年）歸長安後。鄭駙馬，即代國長公主之子鄭潛曜，尚臨晉公主。鄭駙馬還是杜甫好友鄭虔之姪。杜甫可能是通過鄭虔結識鄭駙馬。洞，指蓮花洞，《長安志》載洞在神禾原，即鄭駙馬之居。

主家陰洞細煙霧，留客夏簟清琅玕❶。
春酒杯濃琥珀薄，冰漿碗碧瑪瑙寒❷。
誤疑茅堂過江麓，已入風磴霾雲端❸。
自是秦樓壓鄭谷❹，時聞雜佩聲珊珊。

【注釋】❶留客句　簟，竹席。清，一作「青」。琅玕，一種玉石，詩人常用以形容竹之蒼翠。❷春酒二句　仇注：「琥珀杯、瑪瑙碗，言主家器物之瑰麗。若三字連用，易近於俗，將杯碗倒拈在上，而以濃、薄、碧、寒四字互映生姿，得化腐為新之法。」浦注：「『琥珀』是『酒』是『杯』，『瑪瑙』是『漿』是『碗』，一色兩耀，精麗絕倫。」杜甫正是通過對字詞不同於日常用語的創造性組合，來構建詩的意象。❸誤疑二句　風磴，淩風而上的石階。趙注：「兩句言在富貴之家，都城之地，而有幽逸之興，故誤疑其人自己所結之茅堂，過越江麓，已深入風磴霾雲端之處也。」這種設疑，本是初唐詩常見的句式。❹自是句　秦樓，《列仙傳》：秦穆公女弄玉與婿蕭史，日於樓上吹簫作鳳鳴，後仙去。鄭谷，漢成帝時人鄭子真，耕隱於谷口不應徵聘，名震京師。這裡反用其意，以見駙馬家恍如仙境。

【語譯】公主家清幽的蓮花洞繚繞着細細的煙霧，客人被挽留，坐在青碧如琅玕的簟席上參加盛宴。薄薄的琥珀杯共濃郁的春酒一色，碧綠的瑪瑙碗與冰漿齊寒。真疑心我家的草堂飛過江來，落在石階直上凌風透霧之雲端。畢竟是公主家的秦樓勝過那鄭子真隱居的谷口——你聽，不時傳來玉佩錯錯落落的聲兒珊珊……

【研析】此詩多拗句，平仄不依常格，故邵長蘅曰：「拗體蒼秀。」可見杜甫早期就已經在着手嘗試新的藝術表現手法了。陳貽焮《杜甫評傳》指出：「有意突破格律、探索拗救之法以發展近體詩表現藝術的，卻是從杜甫開始。」

臨邑舍弟書至，苦雨，黃河泛溢，堤防之患，簿領所憂，因寄此詩用寬其意（五排）

【題解】蕭滌非先生認為：「從詩的總的情調來看，應該是困守長安以前，亦即三十五歲以前（按，即西元七四六年以前）的作品。」臨邑，屬齊州，在今山東省。舍弟，杜甫自稱其弟，仇注認為指杜穎。

二儀積風雨，百谷漏波濤❶。
聞道洪河坼❷，遙連滄海高。
職司憂悄悄❸，郡國訴嗷嗷❹。
舍弟卑棲邑，防川領簿曹❺。
尺書前日至，版築不時操❻。

難假黿鼉力，空瞻烏鵲毛❼。
燕南吹畎畝，濟上沒蓬蒿❽。
螺蚌滿近郭，蛟螭乘九皋❾。
徐關深水府，碣石小秋毫❿。
白屋留孤樹，青天失萬艘⓫。
吾衰同泛梗，利涉想蟠桃⓬。
卻倚天涯釣，猶能掣巨鼇⓭。

【注釋】❶二儀二句　二儀，《易》：「太極生兩儀。」此指天地。積風雨，久雨。漏，泄。此處有傾瀉義。下句意為因雨而眾多的河谷奔泄着波濤。❷坼　即決口。❸職司句　職司，職掌防河的官吏。《詩經》：「憂心悄悄。」❹郡國句　意為各地官府紛紛訴說災民嗷嗷待哺的慘況。❺舍弟二句　臯棲邑，地勢低窪的地方。簿曹，官名。❻尺書二句　尺書，古人書信長約一尺，故稱。版築，用版夾土而築。不時操，指無時不在築堤。❼難假二句　黿鼉力，相傳周穆王至九江，叱黿鼉為橋。烏鵲毛，傳說七月七日烏鵲填河成橋以渡織女。❽燕南二句　燕南，今河北省南部。濟上，今濟南兗州一帶。畎，田中小溝。吹畎畝，指水漫田野。❾螺蚌二句　此言洪水氾濫以致螺蚌蛟螭諸水族橫行陸地。郭，外城牆。蛟螭，傳說中龍一族的東西，有角曰蛟，無角曰螭。九皋，深曲的沼澤地。❿徐關二句　徐關，地名，在今山東省。碣石，山名。《肇域志》：「山東海豐縣馬谷山，即大碣石。」海豐縣即今無棣縣，臨河瀕海。秋毫，秋天鳥獸新換的毫毛，極言其細微。⓫白屋二句　白屋，屋室皆露本材，不施裝飾。此泛指百姓住的茅草屋。下句言雖是沒有狂風暴雨的天候，還是有許多船隻失事沉沒。⓬吾衰二句　衰，微也。當時杜甫還是地位低微的布衣，故曰「吾衰」。梗，桃木偶。泛梗，《戰國策・齊策》：土偶謂桃梗曰：「今子，東園之桃梗也，刻削子以為人，降雨下，淄水至，流子而去，則子漂漂者將何如耳。」杜甫藉以自比。利涉，「利涉大川」是《周易》卦爻辭中常用語，謂利於涉渡大河，喻可克服險阻。蟠桃，《山海經》：「東海度山有大桃，屈盤三千里，名曰蟠桃。」⑬卻倚二句　承上二句，是說要用蟠桃為餌，把大鼇釣上來。掣，制服。鼇，海中巨龜。傳說巨鼇能致河溢之災，故杜甫有此想頭。杜甫說這種大話，意在寬慰兄弟。四句連讀，朱注：「言我雖泛梗無成，猶思垂釣東海，以施掣鼇之功，水患豈足憂耶？」

【語　譯】天地間積滿了下不完的雲雨，眾多川谷都奔泄着洪水波濤。聽說是黃河出現了缺口，連着滄海波遙浪高。職掌防河的官吏憂心悄悄，到處官府都在申訴災民待哺嗷嗷。我弟此時就處在那片低窪的城邑，擔任着掌管簿書的官曹。前天剛剛寫信說，近日天天版夾築堤不辭勞。可惜啊只空看着天上銀河鵲為梁，又不能叱水中黿鼉為橋。忍看燕南水漫農田，濟上浪沒蓬蒿。外城牆上都附滿了螺蚌，蛟螭在大澤上喧囂。徐關成了深深的水府，波濤浩淼喲碣石山小得像秋毫。洪水淹沒了茅屋，只露出孤零零的樹梢。大晴天卻惡浪洶湧，吞噬了多少船舠！雖然我走衰運形同木偶水中漂，可我還想要不怕險阻涉過大川，摘取天邊的蟠桃作餌料，倚天垂大釣，釣起那興風作浪的巨鼇！

【研　析】此詩黃鶴繫於開元二十九年（西元七四一年）。根據是《新唐書・五行志》載「開元二十九年秋，河南河北郡二十四，水害稼。」但張綖駁之，認為「黃河水溢，常常有之」不足為證。這話說得有道理。但他又說：「公是時，年甫三十，而詩中有『吾衰同泛梗』之句，是豈其少作邪？」其實「衰」不一定指衰老，可以指衰微。《杜詩繫詁》認為：正因其地位不高，所以有同於「泛梗」之漂泊。繼二句云：「卻倚天涯釣，猶能掣巨鼇」戲為大言以慰其弟，與其「窮年憂黎元，歎息腸內熱」異趣。「蓋年方云壯，閱世不多，故有憂川漲而戲為大言以喻人之句」，適為早年之作之證。的確，從風格上看，還談不上「沉鬱頓挫」。不過雖有「大言」，但總體形式上也有其寫實的傾向。這是一首五排，除結尾二句屬散行外，都講究對偶。仇注引高棅云：「排律之作，其源自顏、謝諸人，古詩之變，首尾排句，聯對精密。梁陳以還，儷句尤切。唐興始專此體，與古詩差別。貞觀初，作者猶未備。永徽以下，王、楊、盧、駱倡之於前，陳、杜、沈、宋繼之於後，蘇頲、二張又從而申之。其文辭之美，篇什之盛，蓋由四海宴安，萬幾多暇、君臣遊豫賡歌而得之者。故其文體精麗，風容色澤，以詞氣相高而止矣。開元後，作者之盛，聲律之備，獨王右丞、李翰林，諸家皆不及。諸家得其一概，少陵獨得其兼善者。」從這首早期的五排看，雖然尚未臻美，但已經在取材上別開生面，將「由四海宴安，萬幾多暇、君臣遊豫賡歌而得之者」的「精麗」文體，用以寫事關平民百姓生存的災害，變精麗為壯麗奇崛，便是創新之始。

飲中八仙歌

（七古）

【題　解】詩中提到天寶五載李適之罷相事，則此詩當作於天寶五載（西元七四六年）後。浦江清認為：「漢、六朝已有八仙一詞，所以盛唐有飲中八仙。」又唐人李陽冰說李白：「浪跡縱酒，以自昏穢，與賀知章、崔宗之等目為八仙之遊。」不過傳說中的飲中八仙並未固定是哪八個，也並非同時在長安，他們最大的共同點是縱酒與不受禮俗拘束，而後者正是詩人興趣之所在。

知章騎馬似乘船，眼花落井水底眠❶。
汝陽❷三斗始朝天，道逢麴車口流涎，
恨不移封向酒泉❸。
左相日興費萬錢，飲如長鯨吸百川，
銜杯樂聖稱避賢❹。

宗之瀟灑美少年，舉觴白眼望青天，
皎如玉樹臨風前❺。
蘇晉長齋繡佛前，醉中往往愛逃禪❻。
李白一斗詩百篇，長安市上酒家眠，
天子呼來不上船，自稱臣是酒中仙❼。
張旭❽三杯草聖傳，脫帽露頂王公前，
揮毫落紙如雲煙。
焦遂❾五斗方卓然，高談雄辯驚四筵。

【注釋】❶知章二句　知章，賀知章，自號「四明狂客」，官至秘書監，天寶三載（西元七四四年）辭官，曾一見李白便呼為「謫仙人」，解所佩金龜換酒與之為樂。水底眠，《抱朴子・釋滯》：「予從祖仙公每大醉，及夏天盛熱，輒入深淵之底，一日許乃出者，正以能閉炁（氣）胎息故耳。」所謂閉氣胎息，就是嬰兒在母胎中能不用口鼻呼吸。《抱朴子》為道教經典，杜甫因賀知章迷信道教，故用此典形容其醉態。❷汝陽　汝陽王李璡。唐皇室鬥爭一向劇烈，李璡父李憲「讓位」給玄宗，故處於極敏感的地位，在「三斗始朝天」背後有着謹慎的處世態度。❸酒泉　郡名，今屬甘肅省。相傳有泉味如酒，故名。❹左相三句　左相，李適之，天寶元年（西元七四二年）為左丞相，五載（西元七四六年）為奸相李林甫所排斥，貶宜春太守，仰藥而亡。嘗作詩云：「避賢初罷相，樂聖且銜杯。」聖，指清酒。❺宗之三句　宗之，崔宗之。白眼，晉阮籍見庸俗之人，便作白眼。玉樹，《世說新語・言語》載謝安問諸子姪：「子弟亦何預人事，而正欲使其佳？」謝玄答曰：「譬如芝蘭玉樹，欲使其生於庭階耳。」這裡用玉樹臨風形容美少年醉態，同時暗示他是齊國公崔日用的肖子。❻蘇晉二句　蘇晉，少能屬文，被譽為「後來王粲」。他一方面吃齋，一方面又貪杯逃禪，不守戒律，寫出其不受約束的個性。❼李白四句　一斗詩百篇，才飲一斗酒，便能寫百篇詩，形容李白文思敏捷。范傳正〈李公新墓碑〉稱：「他日（玄宗）泛白蓮池，公不在宴。皇歡既洽，召公作序。時公已被酒於翰苑中，仍命高將軍扶以登舟。」杜甫移「翰苑」為「市上酒家」，更能寫出李白桀驁不馴的布衣精神。❽張旭　書法家，世稱「草聖」。《新唐書》稱其嗜酒，每大醉，呼叫狂走乃下筆，或以頭濡墨而書，世呼「張顛」。❾焦遂　布衣，名跡不見他書。《杜詩鏡銓》：「獨以一不醉客作結。」

【語　譯】賀知章，騎馬像坐船，醉眼繚亂搖晃晃，跌入井底居然能睡眠。汝陽王，不喝三斗不上朝。路逢車載麴，口水津津流，恨不移我封地酒泉好！左相發酒癲，每日花錢千又萬，痛飲猶如巨鯨一吸百川乾，口銜酒杯說是嗜酒能讓賢。世家子，崔宗之，好個瀟灑美少年！酒杯高舉白眼對青天，醉步蹣跚恰似那皎潔的玉樹被風牽。蘇晉皈依佛祖吃長齋，醉中逃禪真可愛。李白一斗酒，能噴百篇詩。長安市上酒樓醉眠時，天子召喚不在乎，斜睨使者斥道我是謫仙子！草聖張旭三杯氣最盛，王公貴人面前脫帽露頂真不敬，且看擲筆驅電滿紙起煙雲。焦遂五斗下肚見精神，雄辯凌厲滿座驚。

【研　析】此詩結構奇特，如連山斷嶺，似接不接。誠如《唐詩援》所說：「參差歷落，不衫不履，各極其致。」許學夷《詩源辨體》則稱：「此歌無首無尾，當作八章。然體雖八章，文氣只似一篇。」而一氣貫穿全篇的便是作者對才俊之士的仰慕與同情，正如《唐詩解》所說：「知章則以輔太子而見疏，適之則以忤權相而被斥，青蓮（指李白）則以觸力士（指宦官高力士）而放棄，其五人亦皆厭世之濁而托於酒，故子美詠之。」詩人將八位不同社會階層的飲者集中起來，突出其縱酒與不受禮俗拘束的一面，或兩句、或三句、或四句，各贈幾言，如《唐宋詩醇》所稱：「敘述不涉議論，而身份人人自見。」（如賀知章「騎馬似乘船」以切吳人，李璡「移封向酒泉」以切貴胄），異中見同，同中見異，得趣欲飛。八人中尤突出才華橫溢、最具布衣精神的李白，全詩痛快沉着，與後期沉重的〈八哀詩〉對讀，不難品味出此詩濃郁的盛唐氣息。程千帆〈一個醒的和八個醉的〉一文對詩中八個飲者做了具體分析，認為：「『飲中八仙』並非生活在無憂無慮心情歡暢之中。這篇詩乃是作者已經從沉湎中開始清醒過來，而以自己獨特的藝術手段對在這一特定的時代中產生的一群飲者作出了客觀的歷史記錄。杜甫與『八仙』之間的關係可以歸結為：一個醒的和八個醉的。」錄供參考。

春日憶李白（五律）

【題　解】此詩約於天寶六載（西元七四七年）春，杜甫初至長安時所作。詩中不但表達了對李白深深的思念，同時也表明二人深厚的友誼是建立在志同道合之上。

白也詩無敵，飄然思不群❶。
清新庾開府，俊逸鮑參軍❷。
渭北春天樹，江東日暮雲❸。
何時一樽酒，重與細論文❹？

【注　釋】❶白也二句　白也，李白啊。詩句中夾入散文常用的虛詞，口吻親切，故金聖歎《杜詩解》稱：「『白也』對『飄然』，妙絕。」思，名詞。這裡指詩思。❷清新二句　庾開府，庾信，在北周為驃騎大將軍，開府儀同三司杜甫曾稱讚其詩文「庾信文章老更成」（〈戲為六絕句〉）。鮑參軍，鮑照，劉宋時曾為前軍參軍，杜甫對鮑照的評價也很高：「才兼鮑照愁絕倒」（〈蘇端薛復筵簡薛華醉歌〉）。二人都是六朝的重要作家。❸渭北二句　此二句寫「憶」。渭北，杜之所在。江東，李之所在。只寫兩地景色，景化為情。夏力恕《杜詩增注》：「昔為供奉若春天樹，而今放廢則日暮雲也。」頗開新意，錄供參考。❹細論文　仔細、從容地論文，非「晚節漸於詩律細」（〈遣悶戲呈路十九曹長〉）之「細」。蕭滌非注：「論文，即論詩。六朝以來，通謂詩為文。杜甫最喜歡討論詩文，集中常常提到。」或謂此句是對李白有所微言，嫌其詩粗放；這是曲解了原意。

【語　譯】李白啊！你可真是詩中無敵手，飄然的詩思舉世無雙。清新就像庾信，俊逸好比鮑照。我倆天各一方：我望着渭北迎來春天的樹木，你送走江東暮色裡的雲霞。何時還能與你喝上一杯，再細細將詩文討論？

【研　析】迎面第一句：「白也詩無敵」，趙次公說：「呼人名為某也，起於《左傳》，而回也，賜也，《論語》尤多。」用散文句法呼起，很親切。頸聯「渭北春天樹，江東日暮雲」，仇注云：「公居渭北，白在江東，春樹暮雲，即景寓情，不言懷而懷在其中。」杜甫極善於利用律詩對聯因音節、情景對應所形成的獨立自足的回環句式。這種句式好比兩極形成的磁場，具有看不見的內在聯繫，造成某種導向性的空間，引導讀者不盡的遐思。如此句豐富的內涵，傅庚生《杜詩析疑》曾做過如是的演繹：「自從齊州分手，我西向長安，你又浪跡東吳。春天來了，渭北的花木又披拂着春風，欣欣向榮。我迎着東風站在這裡，翹企着在東方居止的好友；想像你在江東日暮時，遙望着日沒桑榆，雲霞結彩，也會要眷念着在西方數千里外的故人吧？」春樹暮雲，簡單的意象竟能蘊藏如許豐富的內容，「不言懷而懷在其中」，的確是詩歌語言魅力之所在。再者，就情志而言，向來文人相輕，杜甫則否。《杜臆》稱：「世俗之交，我勝則驕，勝我則妒，即對面無一衷論，有如公之篤友誼者哉？」詩中不但對李白推崇備至，且欲與「細論文」，其性情之真，於斯可見；其海納百川的大量，也於斯可見。

送孔巢父謝病歸遊江東兼呈李白（七古）

【題　解】此詩為天寶六載（西元七四七年）春在長安所作。孔巢父，冀州人，《舊唐書》有傳。他早年和李白等六人隱居山東徂徠山（在今山東泰安），號「竹溪六逸」。謝病，指其託病棄官。李白這時正在浙東，詩中又懷念到他，故題用「兼呈」。

巢父掉頭❶不肯住，東將入海隨煙霧。
詩卷長留天地間，釣竿欲拂珊瑚樹❷。
深山大澤龍蛇遠❸，春寒野陰風景暮。
蓬萊織女回雲車，指點虛無是歸路❹。
自是君身有仙骨，世人那得知其故。
惜君只欲苦死留，富貴何如草頭露？
蔡侯靜者意有餘❺，清夜置酒臨前除❻。
罷琴惆悵月照席：「幾歲寄我空中書❼？
南尋禹穴見李白，道甫問訊今何如❽？」

【注釋】❶掉頭　猶搖頭。❷珊瑚樹　由海中珊瑚蟲結成，其形如小樹，故曰「珊瑚樹」。❸深山句　《左傳・襄公二十一年》：「深山大澤，實生龍蛇。」言巢父的遯世高蹈，有似於龍蛇的遠處深山大澤。❹蓬萊二句　蓬萊，傳說中的三仙山之一，在東海中。織女，星名，神話中說是天帝的孫女。這裡泛指仙子。虛無，即《莊子》所謂「無何有之鄉」。歸路，猶歸宿。❺蔡侯句　侯，是對男子的尊稱。靜者，淡薄名利之人。意有餘，情意有餘，言其情深意厚。❻除　臺階。❼罷琴二句　罷琴，彈完了琴。酒闌琴罷，就要分別，故不免「惆悵」。下面三句都是臨別時的囑咐。空中書，蕭先生注：「泛指仙人寄來的信。把對方看作神仙，故稱為空中書，杜甫是不信神仙的。幾歲二字很幽默，意思是說不知你何歲何年才成得個神仙。」❽南尋二句　禹穴，在浙江會稽委宛山上，傳禹於此得仙書。《讀杜心解》云：「呈李白只一點，『今何如』者，前此贈白詩，一則曰『拾瑤草』，再則曰『就丹砂』，至此其果有得乎否也？」

【語　譯】巢父巢父，再三搖頭留不往。說要東入海，尋仙隨煙霧。且任詩卷長留在人間，我自釣鼇玉竿拂珊瑚。遁世高蹈似龍蛇，遠在深山大澤處。送君野陰日又暮，人間苦短春難駐。恰逢織女雲車回蓬萊，為指太虛是歸宿。君本天生有仙骨，脫身訪道誰能悟？只道惜君苦相留，豈知富貴本是草頭露？蔡侯向來淡名利，唯獨意氣足有餘。清夜階前小院為置酒，月如流水琴如訴。忽罷琴聲皆惆悵，敢問何年得道空中為傳書？此去南下尋仙到禹穴，得見李白就說甫也相問今何如？

【研　析】此詩為杜甫集中最早的一首七言古詩。仇注引胡應麟曰：「李、杜歌行，雖沉鬱逸宕不同，然皆才大氣雄，非子建、淵明判不相入者比。」他的意思是說，李杜歌行總體風格雖然非常不同，但都一樣才大氣雄有相通處；不像曹植與陶潛互相之間不發生影響。又曰：「古詩窘於格調，近體束於聲律，唯歌行大小短長，錯綜闔闢，素無定體，故極能發人才思。李、杜之才，不盡於古詩，而盡於歌行。」雖然李、杜歌行雙峰並峙，但是杜甫早期七古卻頗受李白影響，往往有李白式的某些浪漫情調。此詩寫仙界飄渺恍惚，所以《義門讀書記》評曰：「似用太白體，虛景作襯。」雖然如此，杜還是杜，他的仙境其實不離實景，孔巢父之仙骨，也還是士子清狂之傲骨耳。《杜臆》剖析最中肯綮：「孔遊江東，故『東海』、『龍蛇』、『大澤』、『蓬萊織女』皆用江東景物，而牛、女乃吳越分野也。『深山大澤』指江東，而『龍蛇遠』以比巢父之隱。『野陰』、『景暮』以比世之亂。須溪云：『不必有所從來，不必有所指，玄又玄。』此不知其解而故為渾語以欺人往往如此。」意思是說杜甫的仙境，其實是實景的聯想，着一些神仙的色彩而已，劉辰翁說什麼「玄又玄」，是不懂裝懂，用模糊語糊弄人。

高都護驄馬行　（七古）

【題　解】都護，官名。唐置六大都護府，統轄邊疆地區。高都護是高仙芝。高仙芝天寶八載（西元七四九年）

入朝，杜甫此時困守長安，借其驄馬來抒發自己的情志，詩或作於是年。

安西都護胡青驄❶，聲價歘然❷來向東。
此馬臨陣久無敵，與人一心成大功。
功成惠養❸隨所致，飄飄遠自流沙❹至。
雄姿未受伏櫪恩，猛氣猶思戰場利❺。
腕促蹄高如踣鐵，交河幾蹴曾冰裂❻。
五花散作雲滿身，萬里方看汗流血❼。
長安壯兒不敢騎，走過掣電❽傾城知。
青絲絡頭為君老，何由卻出橫門道❾？

【注釋】❶安西句　安西都護，即高仙芝。唐置安西都護府於龜茲。胡青驄，西域的駿馬。馬青白色曰驄。❷歘然　同「忽然」。❸惠養　豢養。❹流沙　泛指西北沙漠。❺雄姿二句　未受，不甘心受。伏櫪，指被豢養。櫪是馬槽。曹操詩：「老驥伏櫪，志在千里。」❻腕促二句　踣，踏也。踣鐵，言馬蹄之堅，踏地如鐵。《齊民要術》：「蹄欲得厚而大，腕欲得細而促。」馬腕要促，促則健；蹄要高（厚二三寸），高則耐險峻。曾，同「層」。幾蹴，不止一次地踢踏。❼五花二句　五花，馬毛色作五花紋。對句極寫驄馬的材力，必須萬里，方見流汗。西北有汗血馬，汗流如血，故名。❽掣電　極言其速如閃電。❾青絲二句　絡頭，馬的羈勒。何由卻出，即怎樣才能再去作戰的意思。卻，還；再。橫門，漢時長安城西北頭第一門叫「橫門」，是通向西域的大道。

【語　譯】高都護，騎青驄。西域天馬高聲價，不意今日忽至東。臨陣所向總無敵，一心助人立大功。功成遠涉流沙飄然到，善自豢養隨主公。受豢養，豈甘心！雄姿矯健猛氣在，猶思戰場鼓角侵。蹄腕堅，踩如鐵，交河踢踏層冰裂。五花毛色如雲錦，飛奔萬里方汗汗如血。長安壯兒哪敢騎，馳雷夾電滿城知。莫作青絲絡頭為君伏櫪死，何時西出橫門再出師！

【研　析】陳寅恪《唐代政治史述論稿》曾指出：「關隴集團本融合胡漢文武為一體，故文武不殊途，而將相可兼任。」文武不殊途的觀念極大地影響了唐代文人士子，鼓舞不少文士投筆從戎，出塞入幕，升於朝廷。杜甫的好友高適、岑參便是成功的例子。是以唐人尚武、任俠，而馬是軍人俠客之至寶，所以即使是文人，也多愛馬、能騎馬。據向達考證，唐時上層社會盛行打馬毬。不但宮城內有毬場，三殿十六王宅也可打毬，甚至街里也可打毬，不一定要在毬場。唐玄宗時諸王駙馬皆能打馬毬，風氣所及，乃至進士也熱衷此戲。如新進士曲江關宴，月燈閣打馬毬尤為盛舉。《唐摭言》曾記載：乾符四年，新進士劉覃與兩軍打毬將對抗賽，「覃馳驟擊拂，風驅電逝，彼皆愕眙。俄策得毬子，向空磔之，莫知所在。數輩慚沮，僶俛而去。時閣下數千人，因之大呼笑，久而方止。」此例可見士風之一斑。晚唐文士尚且矯健如此，盛唐文士之桀驁可想而知。因此，在唐詩中馬一直是與豪氣、俠氣相聯繫的，杜甫此詩便是典型。從表象上看，寫的是邊將的一匹好馬，骨子裡寫的卻是渴望戰鬥、渴望受到重用的士子布衣之才氣、俠氣、意氣。無一句不是寫馬之貌，無一句不是寫己之志，可謂「人馬夾寫，神采奕然」。難怪王阮亭會說：「此子美少壯時作，無一句不精悍。」

奉贈韋左丞丈二十二韻（五古）

【題　解】韋左丞，指韋濟，天寶九載（西元七五〇年）由河南尹遷尚書左丞，詩當作於此後。丈，對年輩較長的人的尊稱。實質上這是一首「干謁詩」，也就是專門為進士科舉的需要而呈獻給達官貴人看，希望得到提攜的詩。唐重進士科舉，所以這類詩當時非常流行。《杜臆》認為：「此篇非排律，亦非古風，直抒胸臆，如寫尺牘；而縱橫轉折，感憤悲壯，繾綣躊躇，曲盡其妙。」

紈袴不餓死，儒冠多誤身❶。
丈人試靜聽，賤子請具陳❷。
甫昔少年日，早充觀國賓❸。
讀書破❹萬卷，下筆如有神。
賦料揚雄敵，詩看子建親❺。
李邕求識面，王翰願卜鄰❻。
自謂頗挺出，立登要路津❼。
致君堯舜上，再使風俗淳❽。
此意竟蕭條，行歌非隱淪❾。
騎驢三十載❿，旅食京華春。
朝扣富兒門，暮隨肥馬塵。
殘杯與冷炙，到處潛悲辛⓫。

主上頃見徵，欻然欲求伸。
青冥卻垂翅，蹭蹬無縱鱗⑫。
甚愧丈人厚，甚知丈人真。
每於百僚上，猥誦佳句新⑬。
竊效貢公喜，難甘原憲貧⑭。
焉能心怏怏，祇是走踆踆⑮？
今欲東入海，即將西去秦⑯。
尚憐終南山，回首清渭濱⑰。
常擬報一飯，況懷辭大臣⑱。
白鷗沒浩蕩，萬里誰能馴⑲！

【注釋】❶紈袴二句　紈袴，細絹做成的褲子，泛指富貴子弟。儒冠，同樣是以物代人，指儒者，這裡是自指。《潛溪詩眼》：「此一篇立意也，故使人靜聽而具陳之耳。」開門見山，托出主題。❷丈人二句　靜聽，諦聽；細聽。賤子，杜甫自稱。❸甫昔句　充，充當，指不及第而言。觀國賓，就是「觀光」，《易》：「觀國之光，利用賓于王。」這裡指在京都參加進士考試。杜甫開元二十三年（西元七三五年）由鄉貢參加進士考試，不第，時年二十四，故稱「早充觀國賓」。❹破　吃透。《對床夜語》：「讀書而至破萬卷，則抑揚上下，何施不可；非謂以萬卷之書為詩也。」《唐詩援》：「起二句潦倒悲憤，得此振起。」❺賦料二句　揚雄，一作「楊雄」，西漢大賦家。敵，匹敵。子建，曹植的字，大詩人。親，接近。❻李邕二句李邕，天寶初為北海太守，人稱「李北海」，文名滿天下。王翰，盛唐着名詩人，豪放不羈，自比王侯，是〈涼州詞〉「葡萄美酒夜光杯」的作者。卜鄰，選擇鄰居。以上連用四位名人來襯托自己的文學成就。❼自謂二句　挺出，特出。津，渡口。要路津，喻重要職位。❽致君二句　堯舜，古代兩位帝王，人們常用「堯天舜日」形容太平盛世。這句表達了杜甫的政治理想：我要輔佐君王，讓他達到堯、舜的水準，使民風重歸淳樸。❾此意二句　蕭條，寂寥。形容上述抱負未能實現的失落感。隱淪，隱逸之士。此句言自己雖然失路行歌，但畢竟並非隱逸之人。❿騎驢句　此為寫實，〈示從孫濟〉：「平明跨驢出，未知適誰門。權門多噂沓，且復尋諸孫。」寫出杜甫困守長安時，騎驢四處奔波、求告無門的實況。三十載，《杜詩闡》認為三十載當作十三載。⓫朝扣四句　寫干謁貴人求薦的屈辱。《杜工部詩說》：「極言困厄之狀，略不自諱。」⓬主上四句　頃，不久前。欻，同「忽」。青冥，指天空。垂翅，鳥垂下翅膀。喻受挫折。蹭蹬，失勢的樣子。無縱鱗，魚不得自由，喻不得意。四句暗寫天寶六載（西元七四七年）事：時唐玄宗下詔徵天下士人有一藝者，皆得詣京師就選。奸相李林甫怕士人說他的壞話，便使全部應試者落選，還上表稱賀：「野無遺賢」。因當時李林甫尚在位，故詩中不便明言。⓭每於二句　猥，謙語，猶「承蒙」。韋濟在公眾之前吟誦杜詩，是一種推薦手段，故杜甫表示感激。⓮竊效二句　貢公喜，漢貢禹與王吉為友，聞王貴顯，彈冠而喜，自知隨之而貴。原憲，孔子的學生，甚窮困。⓯焉能二句　怏怏，氣憤不平貌。踆踆，行步遲重貌。以上四句是說：本期望得韋左丞之薦，擺脫貧困潦倒的處境，不料韋左丞愛而不能薦；我豈能只是心怏怏而走踆踆？故有下句求去之語。⓰今欲二句　東入海，或謂杜甫說是要到吳越去了；但至少暗含孔子「道不行，乘桴浮於海」（《論語・公冶長》）的牢騷。秦，此指長安。⓱尚憐二句　終南山，在長安近郊。清渭，長安有渭水、涇水，人稱：「清渭濁涇」。⓲常擬二句　報一飯，報答一飯之恩。漢代大將韓信曾報答對他有一飯之恩的漂母（洗衣老婦）。大臣，指韋濟。⓳白鷗二句　沒浩蕩，滅沒於浩蕩的煙波之間。《唐宋詩醇》：「一結曠達，收轉前半，意在言外，所謂『篇終接混茫』也。」

【語　譯】遊手好閒的紈袴子弟偏不餓死，我輩兢兢業業的儒者卻大多耽誤了自身。老先生您細聽小子來說個分明：杜甫我年輕時就來京城觀光求前程，讀透萬卷書，作文有神助。賦敢比揚雄，詩能繼曹植。大文豪李邕想和我見面，名詩人王翰願與我為鄰。我也自以為人才出類拔萃，很快取個重要職務沒有問題。我立志要輔助君王達成堯天舜日，世風教化歸於淳樸，豈料只落得個失路行歌壯志難酬！京城居大不易，十三個春秋騎驢奔走風塵僕僕。雞叫便到朱門站隊，日暮還跟着車馬後塵。為求一口殘湯剩飯，到處碰壁我咽下多少酸辛。不久前皇上下詔求賢，我霍然奮起：機會來了！誰知又青冥鎩羽魚跌龍門。愧對您老人家的厚愛呵，深感您對我的真誠。在百官面前承蒙您有意吟誦我新創作的佳句，私下裡我像貢公一樣暗自慶幸，有您的薦舉我定會擺脫潦倒貧困。事雖不成，可我總不能老是這樣心憤憤而步沉沉。我將遠離西秦東去，像孔子一樣「道不行，乘桴浮於海」。終南山呵清渭水，令我依戀徘徊，韓信對漂母一飯之恩尚且未忘報答，更何況我有恩未報將辭別的是您這位大臣！但我是一隻桀驁不馴的白鷗，我還是要出沒在波濤浩淼的江海，一去萬里不再回來！

【研析】此篇前人或取為壓卷之作，最見杜甫真性情。言抱負則直云：「致君堯舜上」，不故作謙語；言困頓則自稱：「朝扣富兒門，暮隨肥馬塵」，不諱言干謁之狼狽。《杜臆》稱其「直抒胸臆，如寫尺牘」。然而，並不是人人都這麼看的。宋人劉克莊就曾尖銳批評杜甫另一首干謁詩云：「張垍雖為詞臣，恩澤侯爾（指垍靠其父宰相張說得官），今有『黃麻似六經』，未之敢聞。」其實杜甫自己也明白干謁畢竟是違心的，對這段屈辱辛酸的日子，杜甫耿耿於懷，晚年還多次提起，如〈狂歌行贈四兄〉云：「兄將富貴等浮雲，弟竊功名好權勢。長安秋雨十日泥，我曹鞴馬聽晨雞。公卿朱門未開鎖，我曹已到肩相齊。」古往今來又有幾人敢於這樣直面自己？這種敢於自我批判的反思精神，正是杜甫最為崇高的品格。歷史現象必需放在歷史語境中評判。當代已有不少研究文章頗為詳盡地論述了「干謁」是唐代士子求仕的一種普遍風氣。「干謁」而能成為一種風氣，說明這一現象不僅僅是與個人「氣節」相聯繫，而且是當時較普遍存在的社會心理的反映。就杜甫而言，他總是念念不忘他那「傳之以仁義禮智信，列之以公侯伯子男」的光榮家世，杜預的文治武功，杜審言的文學淵源等等，他概括成一句話，叫做：「奉儒守官，未墜素業。」（〈進雕賦表〉）這就使杜甫自覺到負有「致君堯舜」與家族中興的雙重使命，無論出身、教養、抱負，都要求他主動、積極地向朝廷靠近。而身處社會下層，生活又使他強烈地感受到現實社會的不平等，愈是靠近上層統治集團就愈分明地嗅到腐敗的氣息，愈能產生離心力。不妨說，干謁詩表現的正是這種向心力與離心力撕心裂肺的矛盾。這種矛盾還決定了詩中「頓挫」的力度。雖然該詩是直抒胸臆，但直抒並非一瀉無餘，而是幾經轉折，振起，極見頓挫功夫。其中「讀書破萬卷，下筆如有神」的自負，「致君堯舜上，再使風俗淳」的理想，「白鷗沒浩蕩，萬里誰能馴」的自尊，便是振起全篇的骨鯁。要是沒有這些傲骨的支撐，恐怕這首干謁詩也難免會成為「扒骨雞」。我們尤其要看到：「致君堯舜上」是在窮愁潦倒中發出的，杜之所以卓然特立者，乃在於困頓中不棄理想，畢其一生而「此志常覬豁」（〈自京赴奉先縣詠懷五百字〉），體現了士無恆產而有恆心的弘毅精神。他是一位能從泥窪地面看到星光映照的詩人。

兵車行

（七古）

【題　解】 題下原注：「古樂府云：『不聞耶娘哭子聲，但聞黃河流水聲濺濺。』」唐玄宗晚年經常發動戰爭。《通鑑》卷二一六：「天寶十載四月，鮮于仲通討南詔，將兵八萬，至西洱河，大敗，死者六萬人。制大募兩京（長安、洛陽）及河南、北兵以擊南詔。……楊國忠遣御史分道捕人，連枷送詣軍所。於是行者愁怨，父母妻子送之，所在哭聲振野。」此詩所反映正是當時此類相當普遍的事實，不必泥於具體某次戰爭。這首詩是杜集中樂府首篇，但不沿用舊題，是「即事名篇」的創格。《蔡寬夫詩話》稱：「唯老杜〈兵車行〉、〈悲青坂〉、〈無家別〉等數篇，皆因事自出己意，立題略不更蹈前人陳跡，真豪傑也。」

車轔轔，馬蕭蕭❶，行人❷弓箭各在腰。
耶娘妻子走相送，塵埃不見咸陽橋。
牽衣頓足攔道哭，哭聲直上干雲霄。

道旁過者❸問行人，行人但云點行❹頻。
或從十五北防河，便至四十西營田❺。
去時里正與裹頭❻，歸來頭白還戍邊。
邊庭流血成海水，武皇❼開邊意未已。
君不聞漢家山東❽二百州，千村萬落生荊杞。
縱有健婦把鋤犁，禾生隴畝無東西。
況復秦兵❾耐苦戰，被驅不異犬與雞。
長者❿雖有問，役夫敢申恨⓫？
且如今年冬，未休關西卒。
縣官急索租，租稅從何出？
信⓬知生男惡，反是生女好。
生女猶是嫁比鄰，生男埋沒隨百草。
君不見青海頭⓭，古來白骨無人收。
新鬼煩冤舊鬼哭，天陰雨濕聲啾啾。

【注　釋】❶車轔轔二句　轔轔，形容車行走時的聲音。蕭蕭，馬鳴聲。❷行人　指行役之人。❸過者　杜甫自指。❹點行　就是按名強徵。❺或從二句　防河，守衛黃河。此指駐守河西，以抗吐蕃侵擾。營田，古來就有屯田制，屯戍的士兵還要開墾、經營農田。❻去時句　里正，《通典・食貨》：「凡百戶為一里，里置正一人。掌按比戶口，課植農桑，檢察是非，催驅賦役。」裹頭，古以頭巾裹頭。因年紀小，所以得里正給他裹頭。❼武皇　漢武帝，唐人往往借指唐玄宗。❽山東　唐人稱華山以東為山東。❾秦兵　此指關中之兵。❿長者　尊稱上文的「道旁過者」。⓫役夫句　敢申恨，豈敢伸說自己的怨恨。《吳禮部詩話》：「『雖』字、『敢』字，曲盡事情。」⓬信　的確。⓭青海頭　即青海邊，為唐代與吐蕃經常交戰之地。

【語　譯】啊，咸陽橋！馬嘶聲洪，戰車轟隆；征人腰上箭配弓，行色急匆匆。爹娘妻子奔走來相送，橋沒塵埃中。或扯衣裳不讓走，或抱一團跺腳慟。哭聲啼聲震天響，隊伍一時亂且鬆。過客見狀問征人，答道：「今年幾次來抓丁，有的十五便去守黃河，四十好幾西行仍當屯田兵。去時裹頭還要村長幫，歸來頭白又應征！邊疆流血已經成海水，皇上開邊拓地意猶興。難道您就沒聽說：華山以東二百州，千村萬落荊棘生？即使有些個健婦能種地，單靠她們田裡還會有收成？唉，就為秦兵耐苦能打仗，總被驅雞趕狗上戰場。您老雖有問，我等役夫怎敢來申恨？再說今年冬，秦兵未放還，縣官依舊來逼租，您說這租稅又打哪兒出？罷罷罷，早知道生男這樣糟，還不如生個女兒好。生女尚可嫁鄰居，生男眼看墳頭長百草！」此話且打住，古往今來多殺戮。君不見青海邊，骸骨枝撐悲滿目。可憐新魂纏舊鬼，悽風苦雨夜夜哭！

【研　析】題下原注：「古樂府云：『不聞耶娘哭子聲，但聞黃河流水聲濺濺。』」可見杜之學樂府是自覺的。杜所學的樂府精神，主要是漢樂府的精神，漢樂府的精神，可以說就是杜詩的靈魂。《漢書・藝文志》指出漢樂府的特點是：「皆感於哀樂，緣事而發。」這一傳統至南朝而邊緣化，樂府遂成被諸管弦、賞心悅目之具。蕭滌非《漢魏六朝樂府文學史》曾感慨言之：「其有歌詠民間疾苦之作如漢樂府者，非惟無入樂之機會，（唐人《新樂府》，實皆未入樂之詩耳。）並其入樂之資格而亦喪失之。……凡此，皆樂府變遷之跡，亦吾國詩歌升降之所由。」事關吾國詩歌之升降，杜甫重振漢樂府精神之巨大意義也由此而突顯。本篇語似歌謠，採用問答形式，淺切感人。《唐宋詩醇》稱：「篇首寫得行色匆匆，筆勢洶湧，如風濤驟至，不可逼視。以下出點行之頻，出開邊之非，然後正說時事，末以慘語結之。詞意沉鬱，音節悲壯。」

關於「邊庭流血成海水，武皇開邊意未已」一聯，無疑是對唐玄宗好大喜功的諷刺，有其正義性與合理性。但鄭文《杜詩檠詁》同時認為：「不可諱言，由於作者推見唐室連年與各族之戰爭，而不瞭解或不理解當時朝廷採取抗拒外寇戰爭之必要；尤其當吐蕃尚在以遊牧為主要生產方式之際，甚至有時採取掠奪財物為生之時，又值吐蕃王朝強盛之候，唐朝不但因其侵逼已失若干番屬，且有不少直轄州郡亦常受到騷擾，如不北防河而西營田，動用全國之人力、物力與財力，則西戎外甥之國，早已傳箭青海，取道河湟，而直驅京畿矣。」就當時情勢而言，唐方是否「防衛過當」尚可討論，但所言不為無見，它已涉及歷史的二律背反問題。李澤厚《探尋語粹》認為：「追求社會正義，這是倫理主義的目標，但是，許多東西在倫理主義的範圍內是合理的，在歷史主義的範圍內並不合理。」對外戰爭一方面使百姓家破人亡，另一方面又起着保家衛國的作用，「歷史總是在這種矛盾中忍受痛苦」。寫出這一悖論帶來痛苦的最成功之作，當屬後來的「三吏三別」。

病後遇王倚飲贈歌 （七古）

麟角鳳觜世莫識，煎膠續弦奇自見❶。
尚看王生抱此懷，在於甫也何由羨❷。
且遇王生慰疇昔，素知賤子甘貧賤。

【題　解】杜甫於天寶十載（西元七五一年）作〈秋述〉稱：「秋，杜子臥病長安旅次」。文中所敘情境，與本篇頗相呼應，可供參照，此詩或當作於病後。仇注稱其「就世俗常談，發出懇至真情」。

酷見凍餒不足恥❸，多病沉年苦無健。
王生怪我顏色惡，答云伏枕艱難遍，
瘧癘三秋孰可忍，寒熱百日相交戰。
頭白眼暗坐有胝，肉黃皮皺命如線。
惟生哀我未平復，為我力致美肴膳。
遣人向市賒香粳，喚婦出房親自饌。
長安冬菹❹酸且綠，金城土酥淨如練❺。
兼求畜豪❻且割鮮，密沽❼斗酒諧終宴。
故人情義晚誰似，令我手腳輕欲漩❽。
老馬為駒信不虛，當時得意況深眷。
但使殘年飽喫飯，只願無事長相見❾。

【注釋】❶麟角二句　意為：世人莫知麟角鳳觜之妙用，煮作續弦膠而其奇自見。暗喻王倚有特異情懷，危難時始驗其奇。麟角鳳觜，傳說煮鳳觜麟角作膠，能連斷弦，故名「集弦膠」。❷何由羨　言不能及其高懷。❸酷見句　酷見，猶甚知。與上句「素知」相應，則王倚素知杜甫甘於貧賤，甚知杜甫不以凍餒為恥，寫出王生知己之深。❹冬菹　酸菜。❺金城句　仇注引《唐書》云，金城縣屬京兆府，後改名興平。《長安志》云，京兆府歲貢興平酥。因為是本地所產，故稱土酥。賒來的粳米，土產的食品，這一切表明王倚自己也並不富裕，而能慷慨如此，尤其感人。如練，形容土酥其色白淨如練。❻畜豪　畜之肥大者。王維詩：「草屐牧豪豨」，豪豨，即大豬。❼密沽　不斷地買酒來。❽漩　一作「旋」。水中回流，此為旋轉的意思。❾老馬四句　馬為駒，舊解紛紜。《讀杜劄記》引許蒿廬云：「似只承上句『手足輕欲旋』言之，俗所謂返老還童也。」此說有一定道理。《詩・角弓》：「老馬反為駒，不顧其後。如食宜饇，如酌孔取。」言老馬反而像小馬駒，竟不顧後果，譬如吃也要吃到飽，喝也要喝個夠。所以杜甫自嘲說：「老馬為駒」這話真不假呵！與下三句連讀，直見杜甫的真率，與王倚相濡以沫之情深。《讀杜詩說》云：「疑老馬為駒，第言久病衰憊，忽遇歡宴，不覺手足輕旋如少年時，猶老馬之反為駒也。」成善楷《杜詩箋記》進一步解釋：杜甫雖用〈角弓〉句，但截去「反」字，跟上肯定的語言——「信不虛」，乃文出於《詩》而意不同於《詩》。故應與上文合讀，即自稱疲憊的「老馬」經王生關懷，居然像一頭小馬駒，手腳「輕欲漩」了。

【語　譯】世人哪知鳳觜麟角妙？煮膠接弦便知曉。要說王生此懷抱，杜甫我是羨其高。王生素來知我甘貧賤，且去相訪了宿願。過慣凍餒不在意，怎耐長年病怏怏。王生一見驚衰顏，答道輾轉臥病不堪言。三秋百日害瘧疾，難忍忽冷忽熱相交替。頭白眼暗坐出繭，肉黃皮皺剩口氣。只你王生憐我未康復，勉力為我管頓好菜好飯吃。讓人市上賒香粳，叫妻出房親主廚。長安醃菜酸又綠，金城白細是土酥，還要大肉取新鮮，酒不斷來終席歡。老友情義誰能比？使我手足輕快想旋轉！「老馬為駒」性情真，一時得意只因眷顧深。但願餘生常能吃飽飯，王生王生無事常來往！

【研　析】這首與下文〈投簡咸華兩縣諸子〉（頁四十七）都是寫窮困時的心境，一是得飽飯而高興到「手足輕欲漩」，一是飢餓時悲傷到「無聲淚垂血」。然而得一飯竟然會歡快如此，更令人為之喟然心酸。其中所發露的底層百姓之間相濡以沫的真情，更是令人感動。讀這首詩有助於我們明白：杜甫的「己飢己溺」不是從道德教條中得來，而是從親歷親證中得來。

【附錄】

（朱注：《年譜》：天寶十載，公年四十，此云四十無位，當作於其時。）

秋述

秋，杜子臥病長安旅次，多雨生魚，青苔及榻。常時車馬之客，舊雨來，今雨不來。昔襄陽龐德公，至老不入州府，而揚子雲草《玄》寂寞，多為後輩所褻，近似之矣。嗚呼！冠冕之窟，名利卒卒，雖朱門之塗泥，士子不見其泥，矧抱疾窮巷之多泥乎？子魏子獨踽踽然來，汗漫其僕夫，夫又不假蓋，不見我病色，適與我神會。我，棄物也，四十無位，子不以官遇我，知我處順故也。子，挺生者也，無矜色，無邪氣，必見用，則風后、力牧是已。於文章，則子游、子夏是已，無邪氣故也，得正始故也。噫！所不至於道者，時或賦詩如曹劉，談話及衛霍，豈少年壯志，未息俊邁之機乎？子魏子，今年以進士調選，名隸東天官，告余將行。既縫裳，既聚糧，東人怵惕，筆札無敵，謙謙君子，若不得已。知祿仕此始，吾黨惡乎無述而止。

曲江三章，章五句（七古）

【題　解】曲江，也叫曲江池，在長安東南角。漢武帝所造，其水曲折，故名。後經唐玄宗疏鑿擴建，南有芙蓉苑，西有杏園、慈恩寺，煙水明媚，為長安遊賞勝地，也是唐代進士經常聚會遊樂的地方。杜甫天寶十載（西元七五一年）獻〈三大禮賦〉，次年（天寶十一載，西元七五二年）春召試文章，仍未被任用。杜甫憑文學才能受重用的幻想破滅，心靈受到極大的刺激，寫下不少抒憤懣的詩，此詩即作於是年秋。即景吟詩，隨意寫懷，七言五句為一章，三章成篇，此為杜甫創體。

其一

曲江蕭條秋氣高，菱荷枯折隨風濤。
遊子空嗟垂二毛❶。
白石素沙亦相蕩，哀鴻獨叫求其曹❷。

【章旨】第一首寫曲江秋景蕭索，自傷不遇與孤獨。

【注釋】❶二毛　頭髮夾雜黑、白二色。❷其曹　其同類。

【語譯】秋來曲江何凋傷，枯菱折荷隨波蕩。遊子空歎鬢毛斑！池中白石白沙相摩漾，孤雁哀鳴也求伴。

其二

即事非今亦非古，長歌激越捎林莽❶。
比屋❷豪華固難數。
吾人甘作心似灰，弟姪何傷淚如雨。

【章旨】第二首放歌自遣，勸弟姪語似曠達而實含鬱憤。

【注釋】❶長歌句　意為長歌當哭，其激越可摧林莽。捎即摧折，木曰林，草曰莽。❷比屋　連屋，多的意思。

【語譯】不今不古即事吟，長歌當哭摧叢林。豪宅連排數不清。我心如灰可奈何，弟姪為我淚滂滂。

其三

自斷❶此生休問天，杜曲幸有桑麻田❷。
故將移住南山❸邊。
短衣匹馬隨李廣，看射猛虎終殘年❹！

【章　旨】第三首以欲歸隱作結，卻以李廣射虎為喻，寄感慨於豪縱。

【注　釋】❶自斷　自了；自己處理。❷杜曲句　杜曲，地名，在長安南，又稱「下杜」。杜甫遠祖杜預是京兆杜陵人，故杜甫自稱「杜陵野老」。困守長安時，杜甫曾住在杜陵，下杜的桑麻田大概是祖業。❸南山　指終南山。杜陵近終南山。❹短衣二句　李廣，漢代名將，嘗在南山射虎。隨李廣，追隨、效法李廣。李廣雖善戰，但一生不得意。漢文帝嘗歎曰：「惜乎，子不遇時！如令子當高帝時，萬戶侯豈足道哉！」杜甫借喻自己之負才不得意，但旗鼓不倒，豪氣猶在焉。浦注：「設無後兩句，則真心如死灰，意索然矣！」

【語　譯】此生自了何必問天公，杜曲好在有田可務農。移家且去南山中。願隨李廣短衣匹馬展雄風，殘生看他射虎終！

【研　析】此詩結構奇特，五句成章，中間一句有意將上下聯間離開來，造成陌生化效果。如第一首「遊子空嗟垂二毛」，《杜詩鏡銓》稱：「前後四句寫景，將自己一句插在中間，章法錯落。」下二句「白石素沙亦相蕩，哀鴻獨叫求其曹」似乎與上句脫節，卻突出了孤寂的意象。故浦注稱：「妙在下二句懸空掛腳，而落魄孤另之況可想。」如果考慮到曲江本是進士及第後歡樂聚會的場所，如今寥落如此，則這種孤寂意象透出強烈的資訊：對仕途的失望與厭倦。

夏日李公見訪（五古）

【題解】詩題一作「李家令見訪」。或繫此詩於天寶十三載（西元七五四年）。待考。李公，疑即宗室李炎，時為太子家令（掌管太子穀倉與飲食的官）。《唐詩快》稱此詩「真樸語，人不能到」。

遠林暑氣薄，公子過我遊。
貧居類村塢❶，僻近城南樓。
傍舍頗淳樸，所須亦易求。
隔屋喚西家，借問有酒不？
牆頭過濁醪❷，展席俯長流。
清風左右至，客意已驚秋。
巢多眾鳥鬥，葉密鳴蟬稠。
苦遭此物聒，孰謂吾廬幽？
水花晚色淨，庶足充淹留❸。
預恐樽中盡，更起為君謀。

【注　釋】❶村塢　村莊。村外築土為堡叫做塢。❷牆頭句　蕭滌非先生注云：「這句很有意思。一來顯得是貧居，牆低，故酒可以打牆頭遞過來；二來也顯得鄰家的淳樸，為了顧全主人家的面子，不讓貴客知道酒是借來的，所以不打從大門而打從牆頭偷偷地送過來。」濁醪，濁酒。❸水花二句　水花，指荷花。庶足，差足；勉強夠。淹留，久留。

【語　譯】林子離城遠，蔭濃暑氣收。赤日正炎炎，公子尋我遊。敝廬簡陋似村社，偏僻卻近南城樓。鄰居挺淳樸，所須也易求。隔壁叫西家，笑問有酒否？牆頭遞過來，鋪席瞰溪流。四面來風多爽氣，客人忽驚已涼秋。巢多鳥兒常爭鬥，葉密蟬稠叫不休。蟬噪鳥鬥鬧吾廬，誰說「鳥鳴山更幽」？荷花明淨晚來好，唯此差可將客留。只怕瓶中酒將盡，容我起身再籌謀。

【研　析】詩人學者林庚在其〈唐詩的語言〉一文中說：「唐詩語言的特點，正在於不僅僅是淺出，而乃是『深入淺出』。這中間的相互關係，其實正因其『深入』，所以才有得可『淺出』，因此不僅是曉暢而且是豐富，不僅是易懂而且是意味深長，這裡的豐富與深入也仍然指的是藝術的精湛。」杜甫此詩的語言正是這樣的語言。就以「牆頭過濁醪」一句為例，明白得像平常生活中的話語，卻又像注❷引蕭先生所分析的那樣，有其多層豐富的內涵與意味。詩中透出的不僅是詩人對民間口語的熟悉，更是詩人對淳真簡樸的平民生活深入的瞭解與體驗，尤其是對底層百姓之間那種慷慨厚道關係的熱愛，乃至引以為傲的真摯感情。正因其這種內在的深入，才有那「質而實腴」的「淺出」。從形式上看，此詩好處還在整首詩都很質樸渾成，像陶淵明的詩一樣不可以句摘。《讀杜心解》云：「詩似擬陶，非杜老本色。」這話半對半不對。此詩風格的確有學陶詩的痕跡，但仍有杜的本色。本色就在寫實，是從自家生活體驗中提煉得來。關於這一特點，我在〈羌村三首〉（頁一六八）研析中有詳論，敬請參看。

樂遊園歌　（七古）

【題解】題下自注：「晦日賀蘭楊長史筵醉中作。」晦日，陰曆每月之最後一日。唐時以正月晦日、三月三日、九月九日為三令節。德宗時廢正月晦日之節，以二月朔為中和節。樂遊園，即樂遊原，漢宣帝樂遊苑故址，在長安東南郊，為郊遊勝地。此詩當作於天寶十載（西元七五一年）獻〈三大禮賦〉後。

樂遊古園崒❶森爽，煙綿❷碧草萋萋長。
公子華筵勢最高，秦川❸對酒平如掌。
長生木瓢示真率❹，更調鞍馬❺狂歡賞。
青春波浪芙蓉園，白日雷霆夾城仗❻。
閶闔晴開詄蕩蕩，曲江翠幕排銀牓❼。
拂水低徊舞袖翻，緣雲清切歌聲上。
卻憶年年人醉時，只今未醉已先悲❽。
數莖白髮那拋得，百罰深杯❾亦不辭。
聖朝亦知賤士醜，一物自荷皇天慈❿。
此身飲罷無歸處，獨立蒼茫自詠詩⓫。

【注釋】❶崒　高貌。❷煙綿　綿延不斷。❸秦川　一名「樊川」，此指長安一帶的平原。《長安志》：樂遊原居京城之最高，四望寬敞。❹長生句　《藝文類聚》引《鄴中記》：「世人謂之西王母長生樹。」傳說用長生木瓢酌酒，飲之可延年。

示真率，一作「樂真率」，成善楷《杜詩箋記》認為，長生木瓢不是一般飲器。不說玉罍金樽，而說「長生木瓢樂真率」，避免了富貴氣。❺調鞍馬　唐人調馬有二義：一為馴馬，一為戲馬。此處取後義，即酒後戲馬取樂，故接云：「狂歡賞」。❻青春二句　此聯為「集錦格」。青春／波浪／芙蓉園，句中無動詞，卻自然洇為一片境，渾然寫出芙蓉園中春光水色。下句：白日／雷霆／夾城仗，同樣句式，與上句剛柔相濟。芙蓉園，在樂遊園西南，中有芙蓉城。夾城，由重牆組成的大明宮通往芙蓉園和曲江的夾道。仗，儀仗。此寫皇帝出遊的聲勢。❼閶闔二句　閶闔，天門，此指皇城的正門。或云閶闔指代天空。詄蕩蕩，廣遠貌。一作「映蕩蕩」，誤。漢樂府〈天門歌〉：「天門開，詄蕩蕩。」曲江，在樂遊園南，亦名曲江池。皇帝節日賜宴，進士及第遊園，使此地成為長安重要的公共場所。翠幕，遊宴時搭成的華麗帳幕。銀牓，銀飾之匾額。仇注引《北史》：「姚萇張翠幕繡簾，掛金篆銀牓。」此言翠幕羅列，上掛銀牓，排列有序；這應是從樂遊園俯瞰曲江的觀感。❽只今句　只今，如今。以下引出「未醉先悲」的原因。❾深杯　大杯，形容其杯深能容。❿聖朝二句　賤士醜，陸機詩：「玄冕無醜士。」玄冕，一作「冠冕」。當官的「無醜士」，則「醜士」當在布衣。一物，杜甫〈回棹〉詩：「勞生繫一物。」錢注：「言此生猶一物耳。」又，杜甫〈秋述〉：「我，棄物也，四十無位。」鄧紹基《杜詩別解》說：「聯繫起來看，詩人自謂『一物』，是不得志、不稱心的語言。」⓫此身二句　蒼茫，《百家注》引趙次公注：「荒寂之貌。」暗示散宴時已是暮色蒼茫，剩下的只是孤寂。此聯《唐詩別裁》評云：「極歡宴時不勝身世之感。」

【語　譯】古老的樂遊園蕭疏陰爽喬木參天，碧草萋萋如煙連綿。公子設宴選在高岡上，舉杯屬酒正對着那掌面般平舒的秦川。不用金樽玉斗，長生木瓢沽酒更顯主人真率，觀賞戲馬將宴會推向狂歡。春色隨波漾入芙蓉園，晴空雷響夾城裡湧出皇上的儀仗。宮門大開坦坦蕩蕩，翠幕懸銀牓有序地排在曲江畔。舞袖翻飛輕拂水面，歌聲清亮緣着雲霞直上。回想此日是年年醉，如今卻未醉已先悲！幾根白髮宣示了歲月不饒人，還管它百次罰酒用深杯！連聖明的朝廷也知道有這麼個醜士布衣，渺小的我也算是領受了浩蕩的皇恩。曲終筵散我仍在彷徨，荒寂中獨自吟唱面對黃昏……

【研　析】此詩給出的情緒相當複雜。一般說來，良辰美景總是使人心情舒暢，可是一個人如果心中有某種情結，忽然被觸發，則悲從中來，樂景反增悲情。前六聯寫宴樂，至「卻憶」一聯，情勢忽然一轉——「只今未醉已先悲」。如果繫年不錯的話，關鍵就在「今」字上。天寶十載發生了什麼事？是年，值唐玄宗行郊廟之禮，杜甫獻〈三大禮賦〉，玄宗命待制集賢院。這事讓他十分激動：「昭代將垂白，途窮乃叫閽。氣衝星象表，詞感帝王尊。」（〈奉留贈集賢院崔于二學士〉）對古代士子而言，它將帶來多大的榮耀與希望呵！但從經驗中他又預感到希望可能破滅（天寶六載他也曾應詔赴試，奸相李林甫悉令刊落，卻表賀「野無遺賢」），而惴惴不安。「聖朝亦知賤士醜，一物自荷皇天慈」寫的正是這種疑是之間的雜糅情感。不幸的是，詩人的預感太準確了——後來召試文章，只落得一個「送隸有司，參列選序」，便泥牛入海無消息。能斷盤根錯節，方為利器。杜詩表達錯綜複雜的心結竟如是利索，的確是人所難及。

還有個問題，樂遊園具體在長安城的什麼位置？據此詩中描寫：「閶闔晴開詄蕩蕩，曲江翠幕排銀牓。拂水低徊舞袖翻，緣雲清切歌聲上。」金篆銀牓、拂水舞袖，皆歷歷在目。那麼，樂遊園應在曲江之近處。舊注或引《唐兩京城坊考》等，認為當在昇平坊高地。然則此高地距曲江一、二公里，且視線為曲江北之修政坊高地所遮，如何可能？今人簡錦松《唐詩現地研究》對實地作了仔細的丈量與考察，得出的結論是樂遊園當在修政坊高地，「當詩人站在原頂向南眺望時，直接下瞰池北諸亭子，只有一百餘米距離，杏園從北到南的岸區也只在五百米～八百米的範圍內。他一邊縱飲、走馬，一邊由相對高度二、三十米的高處欣賞曲江，前無阻隔，周覽可遍，望見人物如畫，（聽見）歌鐘似沸，這才是杜詩的意境吧！」言之成理，錄供參考。

投簡咸華兩縣諸子 （七古）

【題　解】此詩約作於天寶十載（西元七五一年）冬。其時，杜甫已陷入困境，過着「日糴太倉五升米」、「賣藥都市，寄食友朋」的窮日子。投簡，投贈書信。咸華，咸陽與華原二縣。諸子，對兩縣友人的尊稱。杜詩名句「朱門酒肉臭，路有凍死骨」，是杜甫自己切身的體會，在這首詩中已見端倪。

赤縣❶官曹擁材傑，軟裘快馬當冰雪❷。
長安苦寒誰獨悲，杜陵❸野老骨欲折。
南山豆苗早荒穢，青門瓜地新凍裂❹。
鄉里兒童項領成❺，朝廷故舊禮數絕。
自然棄擲與時異，況乃疏頑臨事拙❻。
饑臥動即向一旬，敝裘何啻聯百結❼。
君不見空牆日色晚，此老❽無聲淚垂血。

【注　釋】❶赤縣　指長安。《元和郡縣志》：「唐縣，有赤、畿、望、緊，上、中、下六等之差，京都所治為赤縣，京之旁邑為畿縣。」❷軟裘句　此言諸官騎快馬衣輕裘，自可抵禦冰雪帶來的寒氣。❸杜陵　在長安南。杜甫曾居杜陵，每自稱「杜陵野老」、「杜陵布衣」。❹南山二句　南山豆苗，陶潛詩：「種豆南山下，草盛豆苗稀。」青門，長安東門。秦東陵侯召平嘗種瓜青門，二句寫苦於飢寒。❺鄉里句　里，古代縣以下的基層行政單位，五家為鄰，五鄰為里。鄉里兒童，此指恃勢橫行鄉里的小人，陶潛罵督郵為「鄉里小兒」可證。項領成，脖子挺硬，指有恃無恐。《後漢書・呂強傳》：「群邪項領。」注：「項領，自恣也。」此句意為鄉里惡勢力已成氣候。❻自然二句　此句是說：因為自己不合時宜，自然要被朝廷所拋棄；更何況我生性疏放頑強，遇事也就拙於應付。❼饑臥二句　一旬，十日為一旬。何啻，何止。❽此老　詩人自指。

【語　譯】長安朝中自然是人才濟濟，他們輕裘快馬又何懼風雪。長安城內又是誰在抱寒獨自傷悲?是我杜陵野老呵骨頭都快凍折！南山豆苗早就荒蕪，東門瓜地近來又已凍裂。鄉里是小吏橫行，朝中是故舊斷絕。我不合時宜自然被朝廷拋棄，生性疏頑更是事事碰壁。貧病臥床動不動就十天半月，破衣爛裳何止千穿百結。

諸公啊你看我家徒四壁日色昏昏，欲哭無淚泣下的是兩行血！

【研　析】吳喬《圍爐詩話》說：學杜詩「須是范希文專志於詩，又是一生困窮乃得」。范仲淹是北宋改革派大政治家，有大抱負，但未能專志於詩；杜甫有「致君堯舜上」的大抱負，又專志於詩，且一生困窮，讀透了社會這本大書，這才成就了大詩人。杜甫是如何困窮？讀此詩然後知之。這是杜甫創作成功必要的前提。然而深陷在生活的痛苦中不能自拔，也是寫不出好作品的。王國維曾說過：「詩人對宇宙人生，須入乎其內，又須出乎其外。入乎其內，故能寫之。出乎其外，故能觀之。」杜甫以其敏銳的感性與健全的理性，所以敢於咀嚼自己的痛苦，使之對象化、審美化，故能感之，亦能寫之，不但從中抉發出社會不公的一些帶本質性的現象，而且創造出心理情感的意象。尾聯「君不見空牆日色晚，此老無聲淚垂血」，空牆日色與無聲泣血相互映照是如此融一，就好比「蚌病成珠」，是一種痛苦凝結成的美的興象。

奉留贈集賢院崔于二學士（五排）

【題　解】天寶十載（西元七五一年）杜甫投延恩匭獻〈三大禮賦〉，唐明皇奇之，命待制集賢院，召試文章，送隸有司，參列選序。詩或作於天寶十一載（西元七五二年）四月前。崔、于二學士，宋本《杜工部集》題下注：「國輔、休烈」。則二學士為崔國輔與于休烈。二學士應是「召試文章」時的試官。因杜甫見「參列選序」無望，欲暫回洛陽，特作詩留贈崔、于二人，故曰「奉留贈」。

昭代將垂白❶，途窮乃叫閽❷。
氣衝星象表，詞感帝王尊❸。

天老書題目，春官驗討論❹。
倚風遺鶂路，隨水到龍門❺。
竟與蛟螭雜，寧無燕雀喧❻？
青冥猶契闊，陵厲不飛翻❼。
儒術誠難起，家聲庶已存❽。
故山多藥物，勝概憶桃源❾。
欲整還鄉旆，長懷禁掖垣❿。
謬稱三賦在，難述二公恩⓫。

【注釋】❶昭代句　昭代，猶言明時。垂白，白髮下垂。❷途窮句　途窮，末路。閽，指宮門。叫閽，指向朝廷申訴。仇注：「公獻〈三大禮賦〉，進〈雕賦〉、〈封西嶽賦〉，皆投延恩匭，故曰『叫閽』、曰『詞感帝王』也。」❸氣衝二句　星象，謂天空中星體明暗、位置變動等現象。古人往往以此附會人事之變化。此句係杜甫對自己獻賦行為的極高評價。❹天老二句　天老，謂宰相。春官，謂禮部，蓋武則天曾改禮部為春官，世因稱禮部官為「春官」。驗討論，仇注引《杜臆》：「驗討論，謂考驗其文詞所自出，故赴試者語必典雅，唐詩可為後世羽儀者以此。」❺倚風二句　鶂，同「鷁」。《左傳・僖公十六年》：「六鶂退飛過宋都，風也。」以逆風退飛喻辦事不順利。遺鶂路，期免退飛也。下句，仇注引《三秦記》：「龍門，在河東界，每暮春，有黃黑鯉魚自海及諸州爭來赴之，得上者便化為龍，否則曝腮點額而退。」二句謂詩人獻賦，本意在騰躍。❻竟與二句　上句自謙語，謂待制集賢院，廁身學士間如魚龍混雜（即後來〈奉贈鮮于京兆二十韻〉「且隨諸彥集」的意思）；下句謂這次應試遭小人妄議。蛟螭，類似龍者。燕雀，《史記》載陳涉曰：「燕雀安知鴻鵠之志哉！」❼青冥二句　二句言青天雖遼闊卻不得任情陵厲翻飛。青冥，青天。契闊，此處為闊絕、遼闊的意思。陵厲，一作「淩厲」，此言其飛之迅猛。合上二句，則與〈奉贈韋左丞丈二十二韻〉「主上頃見徵，欻然欲求伸。青冥卻垂翅，蹭蹬無縱鱗」四句同意。❽儒術二句　上句言自己所學的儒學本領使不上，下句言因獻賦受重視，總算是保留了家族的文學聲譽。❾故山二句　二句言老家風景好，又有養生的藥物，暗示將回老家去。故山，當指洛陽老家。多藥物，杜甫〈進三大禮賦表〉自稱：「頃者，賣藥都市，寄食友朋。」大概是懂一點醫藥，欲以此討點生活。勝概，勝景。桃源，桃花源，此指隱居生活。❿欲整二句　上句誇張地說準備打着旗號返鄉，下句說還會長久地懷念朝廷。旆，末端燕尾狀的旗子。禁掖垣，宮禁中有東西兩掖垣，此以禁牆指代朝廷。⓫謬稱二句　詩後原注云：「甫獻〈三大禮賦〉出身，二公常謬稱述。」

【語　譯】恭逢盛世卻白髮將垂，窮途末路便向朝廷告急。英氣上衝星表，文詞感動皇帝。宰相為我出題，禮部考查嚴密。鴟遇順風何必退飛？直抵龍門金鯉隨水。沒想到還能與蛟螭為伍，對此豈無燕雀詆毀？青天依然闊大，惜哉不能衝天一舉！儒術誠然已使不上，好在保住了家族的聲譽。幸有家園多產藥物，那桃源般的勝景時時想起。走吧走吧，我的車馬將插上回鄉的旗。別了別了，我夢魂牽繞的宮牆丹墀。〈三大禮賦〉承謬獎，二位恩公的恩情難再述！

【研　析】《新唐書》本傳稱杜甫獻〈三大禮賦〉，「帝奇之，使待制集賢院，命宰相試文章。」這在古代是非常大的榮耀。尤其是對特重「傳之以仁義禮智信，列之以公侯伯子男」家族傳承，自詡「詩是吾家事」、「吾祖詩冠古」的杜甫來說，它不僅成了一生念念不忘的榮耀，而且成為支撐着他的一根精神上的支柱。就在流落西蜀為輕薄少年所侮時，他寫下〈莫相疑行〉，十分感慨地重提此事：「憶獻三賦蓬萊宮，自怪一日聲烜赫。集賢學士如堵牆，觀我落筆中書堂。往時文采動人主，此日饑寒趨路旁！」晚年在夔州身心交疲：「緩步仍須竹杖扶」、「牙齒半落左耳聾」，他仍在〈秋興八首〉中聲情搖曳地寫道：「綵筆昔遊干氣象，白頭吟望苦低垂！」對這樣一位「窮年憂黎元」，一生正直卻潦倒的老人，我們還忍心責備他一說起「召試文章」這件事就眼睛發亮嗎？

【附錄】

進三大禮賦表

臣甫言：臣生長陛下淳樸之俗，行四十載矣。與麋鹿同群而處，浪跡於陛下豐草長林，實自弱冠之年矣。豈九州牧伯不歲貢豪俊於外？豈陛下明詔不仄席思賢於中哉？臣之愚頑，靜無所取，以此知分，沉埋盛時，不敢依違，不敢激訐，默以漁樵之樂，自遣而已。頃者，賣藥都市，寄食友朋，竊慕堯翁擊壤之謳，適遇國家郊廟之禮，不覺手足蹈舞，形於篇章。漱吮甘液，游泳和氣，聲韻寖廣，卷軸斯存，抑亦古詩之流，希乎述者之意。然詞理野質，終不足以拂天聽之崇高，配史籍以永久，恐倏先狗馬，遺恨九原。臣謹稽首，投延恩匭，獻納上表，進明主〈朝獻太清宮〉、〈朝享太廟〉、〈有事於南郊〉等三賦以聞。臣甫誠惶誠恐，頓首頓首，謹言。

敬贈鄭諫議十韻（五排）

【題　解】此詩當是天寶十載（西元七五一年）杜甫投獻〈三大禮賦〉後作，舊編在天寶十一載（西元七五二年），與上一篇〈奉留贈集賢院崔于二學士〉應為前後之作。諫議大夫，掌諫諭得失，也充理匭使。杜甫獻〈三大禮賦〉，其門路就是投延恩匭，鄭諫議或即分管此事者也。

諫官非不達，詩義早知名❶。

破的❷由來事，先鋒孰敢爭❸。
思飄雲物外，律中鬼神驚❹。
毫髮無遺憾，波瀾獨老成❺。
野人寧得所❻，天意薄浮生❼。
多病休儒服，冥搜信客旌❽。
築居仙縹緲，旅食歲崢嶸❾。
使者求顏闔，諸公厭禰衡❿。
將期一諾⓫重，欻使寸心傾。
君見途窮哭，宜憂阮步兵⓬。

【注釋】❶諫官二句　此聯言諫官雖顯達，但鄭某實際上是以其詩能合乎詩義的要求而早就知名了。詩義，古人稱《詩》有「六義」：風、雅、頌、賦、比、興。孔穎達解釋說：「六義者，賦、比、興是《詩》之用，風、雅、頌是《詩》之所成，用彼三事，成此三事，故同稱為『義』。」❷破的　射箭中靶。此應上句之「詩義」，喻鄭諫議的詩能切合六義的要求。❸先鋒句　此形容鄭諫議之詩能引領風氣，如先鋒之勇。❹思飄二句　雲物，風雲日月星辰之類。外，一作「動」。此句言思窮高遠。律中，符合詩的各種格律要求。與〈橋陵詩三十韻〉「遣詞必中律」同意。鬼神驚，言巧奪化工。《詩序》：「動天地，感鬼神，莫近於詩。」❺毫髮二句　毫髮無憾，謂字斟句酌，務使貼切穩妥。波瀾老成，與上句相對，認為細密之外還要講究整體上的波瀾壯闊，富有變化，且須成熟老練，趨於自然。仇注引王洙曰：「曲盡物理，故無遺憾；才氣浩瀚，故有波瀾。」❻野人句　野人，不仕之人，作者自稱。寧，豈。得所，得到合適的地位。《漢書・主父偃傳》：「彼人人喜得所。」❼天意

句 薄，輕視；鄙薄。浮生，即人生。《莊子》：「其生也若浮。」❽冥搜句 冥搜，謂搜尋幽勝。信，任由。客旅，古時旅店招客之簾。此謂縱意客遊。❾築居二句 築居，即定居，與下句之「旅食」相對。此句言「長安居大不易」，想在長安定居難如求仙；故有下句：旅食京華，歲月坎坷。崢嶸，不平凡，此形容日子過得不平順，多波折。或云：崢嶸，謂年齒日高。〈舞鶴賦〉：「崢嶸而愁暮。」似通，卻與「仙縹緲」難對。❿使者二句 顏闔，有道之士。《莊子》載，魯君使人尋訪之，顏闔對曰：「恐聽誤，而遺使者罪，不若審之。」使者還審，復求之，則已不知去向；所以有「空招賢」、「口惠實不至」的意思。詩以此典故隱喻玄宗天寶間下詔求賢，而奸相李林甫皆使落選，還表賀「野無遺賢」一事。禰衡，字正平，矯時慢物。曹操懷忿，以才名不欲殺之，送劉表。表不能容，以江夏太守黃祖性卞急，送衡與之，為所殺。詩人以此自喻。二句合寫召試不遇。⓫諾 應允。《史記・季布欒布列傳》：「楚人諺曰：『得黃金百斤，不如季布一諾。』」⓬君見二句 晉代阮籍曾為步兵校尉，世稱阮步兵。史傳載其率意命駕，不由徑路，車跡所窮，輒慟哭而返。此亦杜甫自喻。

【語　譯】雖說諫議居官顯要，但你早就以詩知名。你的詩從來就像箭中靶心，切合六義的要求；勇如先鋒破陣，引領風氣誰敢與你爭先？超然象外詩思高遠，巧奪化工格律精嚴；貼切穩妥無遺憾，成熟老練有波瀾。而我呢，只是個布衣豈敢有非分之想，老天有意讓我把命看賤。像我這般病怏怏的人還充什麼儒生？倒不如縱意客遊去尋幽訪勝！想在長安定居真是比昇仙還難，旅食京華的歲月更是坎坷難言。使者訪顏闔倒是有心求賢，無奈禰衡剛正不阿叫大人們討厭。只為你一諾千金，忽使我的期待心存一線。君見阮步兵作途窮之哭，自會伸手為援。

【研　析】這位鄭諫議不知何許人也，也找不到當時能與所稱詩名相應的鄭姓詩人。但從所稱述種種看，倒不如說是杜甫夫子自道。重視「詩義」，正是「法自儒家有」的老杜家數。最能道出杜甫自家詩法的是這四句：「思飄雲物外，律中鬼神驚。毫髮無遺憾，波瀾獨老成。」其中包含兩組矛盾的辯證統一：一是詩思要高遠放得開，舒卷風雲之色，同時在創作實踐上又要符合詩自身的法則，「遺詞必中律」（〈橋陵詩三十韻〉）、「晚節漸於詩律細」（〈遣悶戲呈路十九曹長〉）；一是用字造句、篇章安排務必做到穩妥，盡善盡美毫無遺憾，同時還要整體上渾然一體如波瀾之壯闊多變化，達到老練天成的境界。這兩組四句詩論，無疑完美地涵蓋了整個創作過程，其中對各種關係的辯證統一之深刻描述令人驚歎！日人吉川幸次郎很欣賞杜詩藝術中宏觀與微觀的結合，認為其詩歌特徵是「視野廣闊，感情充沛」，「與此同時，杜甫的眼光也看到了世界最為微小的部分，所以他也努力描寫一個真實的微觀世界。」他還進一步認為：「杜甫畢竟是一個真實的杜甫，他的詩歌最為顯着的特徵，與前者相比其重點還在於後者。如果前者是朝着分散方向發展的話，那末李白的能力也不比杜甫少多少。而後者是朝着凝聚能力的方向發展，這完全是杜甫獨立來完成的。」（《杜甫私記》）這是從比較上、原創上立論的，是富有感性的評論。然而必須補充說明的是：這種「毫髮無遺憾」、「律中鬼神驚」的「細」，是在上述四句形成的張力磁場中的「細」，偏離這一整體，就會失去生命力。

總之，這是杜甫為自己制定的一個非常高的美學追求。美學家宗白華曾以「高、深、大」概括李、杜詩的境界，此四句正是這三者在杜詩創作方法上的體現。以此反觀杜詩，杜詩中不乏達此境界者。我認同莫礪鋒《杜甫評傳》所作如是描述：「沈德潛說：『少陵歌行，如建章之宮，千門萬戶，如鉅鹿之戰，諸侯皆從壁上觀，膝行而前，不敢仰視。如大海之水，長風鼓浪，揚泥沙而舞怪物，靈蠢畢集。』這一風格描述的主要對象就是杜詩那種嚴整細密又波瀾起伏，法度森然又變化莫測的結構，這種結構在杜詩的七古中體現得最為淋漓盡致，但在其他詩體（如五古、五排）以及組詩中也有所體現。」文論家多注重杜之〈戲為六絕句〉、〈偶題〉諸篇，卻往往漏選此篇，應當說多少是個失誤，所以就多說幾句，以提請注意。

同諸公登慈恩寺塔（五古）

【題　解】題下自注：「時高適、薛據先有此作。」同遊同作其實是五人，即杜甫、高適、薛據、岑參、儲光義。薛詩失傳，其他詩尚存。同，就是和。則此詩為和詩。《長安志》：慈恩寺在萬年縣東南八里。詩寫於天寶十一載（西元七五二年）秋。此時唐帝國內部矛盾已趨尖銳，但統治集團仍渾然不覺，杜甫憂心如焚。蕭滌非先生指出：此詩用比興手法，「把對社會現實的諷刺融化在景物的描寫和故事的感歎裡，所以需要我們細心領會。」

高標跨蒼天❶，烈風無時休。
自非曠士懷，登茲翻百憂❷。
方知象教力❸，足可追冥搜❹。
仰穿龍蛇窟，始出枝撐幽❺。
七星❻在北戶，河漢❼聲西流。
羲和❽鞭白日，少昊❾行清秋。
秦山忽破碎，涇渭不可求❿。
俯視但一氣，焉能辨皇州⓫。
迴首叫虞舜，蒼梧雲正愁⓬。
惜哉瑤池飲，日晏崑崙丘⓭。
黃鵠⓮去不息，哀鳴何所投。
君看隨陽雁，各有稻粱謀⓯。

【注釋】❶高標句　標，指塔頂，立木為表記，最頂部為「標」。蒼天，一作「蒼穹」，指天空。❷自非二句　自非，若非。

曠士，超世之士。杜甫認定自己是入世之士，憂患意識使之登高反而易開沉鬱之緒，所以說是「翻百憂」。《唐詩歸》引鍾云：「登望詩不獨雄曠，有一段精理冥悟，所謂令人發深省也，浮淺人不知。」❸象教力　佛教假形象以教人，故又稱「象教」。因慈恩寺塔（即大雁塔）為名僧玄奘所立，所以說是「象教力」。❹冥搜　暗中尋索。此言借助佛塔之高，足以讓我們探頤尋幽，作深入的思考。❺仰穿二句　仰穿龍蛇窟，形容塔內屈曲的蹬道。枝撐，塔中斜柱，《山谷別集》：「慈恩塔下數級，皆枝撐洞黑，出上級乃明。」❻七星　北斗星。❼河漢　銀河。❽羲和　駕日車之神。❾少昊　白帝，秋天之神。❿秦山二句　此二句渾茫的景色與當時詩人對前程的茫然並由此產生的憂患是對應的。秦山，指終南諸山。忽破碎，憑高一望，諸山錯雜，「破碎」是其強烈的主觀印象，與詩人當時「翻百憂」的心緒有關。下句意為：涇水、渭水在暮色中清濁不分。⓫皇州　指長安。⓬迴首二句　自此以下八句寫登塔所感。虞舜，古代賢君，借指唐太宗，是追想國初政治修明的意思。蒼梧，九疑山，傳說舜葬此。杜甫欲「致君堯舜上」，不意玄宗卻越來越昏庸。迴首一叫，將胸中鬱硉吐出，是詩中着力點。⓭惜哉二句　瑤池飲，《列子・周穆王》：周穆王升崑崙之丘，遂賓於西王母，觴於瑤池之上。日晏，日晚。此句暗喻玄宗與貴妃遊宴驪山，荒淫無度。「惜哉」二字已露諷諫之意。⓮黃鵠　傳說中的大鳥，一舉千里。喻賢才君子，兼詩人自比。⓯君看二句　隨陽雁，比喻趨炎附勢者。稻粱謀，個人打算。

【語　譯】塔頂直插雲霄，烈風從未休止。如果不是超然出世的曠達之士，登上高塔反而讓人百感交集。借此高高的佛塔，激發我探頤尋幽的思力。沿着屈曲的蹬道向上攀登，穿過龍蛇窟洞般的幽暗，這才透過錯綜的斜柱見到光明。北斗七星就在窗外，銀河西去彷彿嘩嘩作響。羲和鞭策着太陽，少昊將清秋布向人間。眼前忽見破碎的秦山，涇渭也一派茫茫。下界俯視是渾沌一氣，長安又怎能分辨？回首一聲長叫：虞舜啊吾皇——但見黯黯的愁雲飄浮在蒼梧方向。遺憾的是有人還在仿效周穆王的瑤池痛飲，直到日下崑崙。可憐一舉千里的黃鵠，哀鳴着不知所之；倒是那些平庸的大雁，你看牠隨陽逐暖各自有各自謀利的打算。

【研　析】俗話說，「不怕不識貨，只怕貨比貨」。詩寫得怎樣，在同一組和詩中最易見高下。此詩五人同作於同時同地，都用同一體式，但從現存杜、高、岑、儲四人的作品看，雖然其中高、岑、杜三人寫景狀物各具特色，旗鼓相當，但就思想深度而言，卻不在同一水準上。誠如《杜詩詳注》所說：「三家（高、岑、儲）

結語，未免拘束，致鮮後勁。杜於末幅，另開眼界，獨闢思議，力量百倍於人。」在天寶十一載舉世尚歌舞昇平之際，杜甫卻「迴首叫虞舜，蒼梧雲正愁」，這一叫可謂石破天驚，舉世皆醉而我獨醒！是全詩發力處，也是他人未到處。這一「獨闢思議」，正來自杜甫深沉的憂患意識，是其「致君堯舜上」情志的發露。《孟子》曾將個體的憂患意識與群體的憂患意識結合起來，提升到關係國家存亡的歷史規律這一高度上來認識（「入則無法家拂士，出則無敵國外患，國恆亡。」）；而杜甫正是將這一意識內化為個體的「胸襟」，即主體性，所以隻眼獨具，能隨時隨地隨事隨題發人之所未發，同行而獨見；此詩即其例。

【附錄】

與高適薛據登慈恩寺浮圖

岑參

塔勢如湧出，孤高聳天宮。
登臨出世界，蹬道盤虛空。
突兀壓神州，崢嶸如鬼工。
四角礙白日，七層摩蒼穹。
下窺指高鳥，俯聽聞驚風。
連山若波濤，奔湊如朝東。
青槐夾馳道，宮館何玲瓏。
秋色從西來，蒼然滿關中。
五陵北原上，萬古青濛濛。
淨理了可悟，勝因夙所宗。

誓將掛冠去，覺道資無窮。

同諸公登慈恩寺塔

高適

香界泯群有，浮圖豈諸相。
登臨駭孤高，披拂欣大壯。
言是羽翼生，迥出虛空上。
頓疑身世別，乃覺形神王。
宮闕皆戶前，山河盡簷向。
秋風昨夜至，秦塞多清曠。
千里何蒼蒼，五陵鬱相望。
盛時慚阮步，末宦知周防。
輸效獨無因，斯焉可遊放。

同諸公登慈恩寺塔

儲光羲

金祠起真宇，直上青雲垂。
地靜我亦聞，登之秋清時。
蒼蕪宜春苑，片碧昆明池。
誰道天漢高，逍遙方在茲。
虛形賓太極，攜手行翠微。
雷雨傍杳冥，鬼神中躨跜。

靈變在倏忽，莫能窮天涯。
冠上閶闔開，履下鴻雁飛。
宮室低邐迤，群山小參差。
俯仰宇宙空，庶幾了義歸。
崱屴非大廈，久居亦以危。

送高三十五書記十五韻 （五古）

【題解】高三十五，即詩人高適，字達夫，排行三十五。《唐書・高適傳》：「適少濩落，不事生業，家貧，客於梁宋，以求丐取給。」時為河西節度使哥舒翰掌書記，天寶十一載（西元七五二年）嘗隨哥舒翰入朝，詩大概即作於是年。

崆峒小麥熟，且願休王師！
請公問主將：焉用窮荒為❶？
飢鷹❷未飽肉，側翅隨人飛。
高生跨鞍馬，有似幽并兒❸。
脫身簿尉中，始與捶楚辭❹。
借問「今何官？觸熱向武威❺？」

答云「一書記，所愧國士知⑥。」
人實不易知，更須慎其儀⑦。
十年出幕府，自可持旌麾⑧。
此行既特達⑨，足以慰所思。
男兒功名遂，亦在老大時⑩。
常恨結歡淺⑪，各在天一涯；
又如參與商⑫，慘慘腸中悲。
驚風吹鴻鵠，不得相追隨。
黃塵翳⑬沙漠，念子何當歸。
邊城有餘力，早寄從軍詩！

【注釋】❶崆峒四句　四句為送別的本旨。崆峒，山名，在臨洮，隸屬河西。《唐書・哥舒翰傳》：「吐蕃每至麥熟時，即率部眾至積石軍獲取之，共呼為吐蕃麥莊。前後無敢拒之者。至是，翰設伏以待之，殺之略盡，吐蕃屏跡，不敢近青海。」此為天寶六載十月事，今又當麥熟，但吐蕃天寶六載後已不再入掠，而天寶八載，翰攻吐蕃石堡城，士卒死者數萬，應引為教訓；所以詩人建議休兵息民，毋開邊釁。公，指適。主將，指翰。窮荒，貧瘠邊遠之地。❷飢鷹　比喻高適。❸幽并兒　幽，河北之地。并，山西之地。俗善騎射，多健兒。❹脫身二句　適初為封丘縣尉，《唐書》本傳：「解褐汴州封丘尉，非其好也，乃去位。」有詩云：「只言小邑無所為，公門百事皆有期。拜迎官長心欲碎，鞭撻黎庶令人悲。」今為書記，可不再鞭撻百姓，故曰「脫身」。❺觸熱句　觸熱，冒着暑熱。武威，郡名，屬河西道，今之甘肅武威。❻所愧句　國士知，意為以國之賢者相待。高適客遊河西，哥舒翰見而異之，表為掌書記，故適〈登壟〉詩云：「淺才登一命，孤劍通萬里。豈不思故鄉，從來感知己。」❼人實二句　這兩句是針對「國士知」而發的規戒，雖遇知己，畢竟事人不易，關照他要加倍小心謹慎。❽旌麾　指揮用的軍旗，代表主將。❾特達　猶特出，前途遠大。❿老大時　高適這一年已五十五歲，故曰。⓫結歡淺　方聚復散，未及深遊，故曰結歡淺。⓬參與商　參商二星，一出一沒永不相見，此喻分手後難得見面。⓭翳　蔽也。

【語　譯】崆峒小麥今又熟，吐蕃不來無烽火，但願王師把兵收。借公之口問主將：奪此窮荒之地有用否？飢鷹求食且依人，士於困頓把筆投。高生尚氣據鞍馬，一似幽并射雕手。脫身不做封丘尉，鞭撻百姓令人羞！借問如今任何職，還要冒此酷熱赴武威？答云「節度幕府掌書記，卻以國士待我心感愧！」人逢知己真不易，更須謹慎守禮儀。但願十年苦辛出幕府，自建軍旗為指揮。此去前途大，親友亦心慰。男兒能立功，年紀大何辭。只恨歡聚少，天涯常分離。又如參與商，不見多慘悲。君去急急風吹鵠，不得如鴻緊追隨！黃塵濛濛蔽大漠，思君何時才能歸。若在邊城精力足，早早寄來邊塞詩！

【研　析】楊倫《杜詩鏡銓》評此詩有云：「觀詩，直有家人骨肉之愛，公於同時諸詩人，無不惓惓如此。」的確，杜甫對朋友一向真誠，視同骨肉友于。然而他對摯友還有一個高標準：「文章有神交有道」（〈蘇端薛復筵簡薛華醉歌〉）。高適不但是杜甫的文章友，也是政治上的同道人，所以這首詩寫得特別披肝露膽，用情特至。首四句：「崆峒小麥熟，且願休王師！請公問主將：焉用窮荒為？」先公後私，由幕客而及主將，以諷窮兵黷武之失。就哥舒翰此前石堡之戰而言，這一批評是頗有針對性的。范文瀾《中國通史簡編》是這樣評價這一戰事的：「唐玄宗令哥舒翰率兵六萬三千人攻石堡城，唐兵戰死數萬人才攻下石堡，俘獲吐蕃守軍四百人。……唐玄宗為奪取一個無關戰局的小城，把士卒的生命看作蟻命，除了極度的驕侈心和發狂的好戰心驅使他這樣做，再不能有任何其他理由。」顯然，戰與不戰，不是一個軍區主將所能決定的，事實上前任指揮官王忠嗣就因為主戰不力被判死刑，還是哥舒翰入朝力保不死的。詩不是史論或政論，不必深辯，重要的還在「文章有神交有道」，我們從詩中讀出詩人拳拳之心——為友人，更為國人。而詩情豪邁，正與高適為人相稱，且悃款周至，情理兼融，肝膽相照，是少陵特色。誠如浦注所云：「通首看來，時事憂危之情，朋友規切之誼，臨歧送禱贈處執別之忱，藹然具見於此詩。」

白絲行（七古）

【題解】 此詩或在天寶十一二載間，客居京師而作。仇注云：「此見繰絲而托興，正意在篇末。」又云：「詩詠白絲，即墨子悲素絲意也。『已悲素質隨時染』，當其渲染之初，便是沾汙之漸，及其見置時，欲保素質得乎？唯士守貞白，則不隨人榮辱矣。此風人有取於素絲歟？」

繰絲須長不須白，越羅蜀錦金粟尺❶。
象床玉手亂殷紅，萬草千花動凝碧❷。
已悲素質隨時染❸，裂下鳴機色相射。
美人細意熨貼平，裁縫滅盡針線跡❹。
春天衣着為君舞，蛺蝶飛來黃鸝語。
落絮遊絲亦有情，隨風照日宜輕舉。
香汗輕塵汙顏色，開新合故❺置何許。
君不見才士汲引難，恐懼棄捐忍羈旅❻。

【注　釋】❶繰絲二句　繰，同「繅」。把蠶繭抽為絲。仇注：「欲成羅錦，用尺量絲，故須長；所織花草，色兼紅碧，故不須白。」羅、錦，絲織品。金粟，尺子上表示分寸的星。❷象床二句　象床，指機床。玉手，指織女。亂殷紅，謂經緯錯綜。動凝碧，謂光彩閃爍。❸已悲句　此句意謂絲本是白色，卻可以隨意染上各種顏色，暗喻人的德行也是容易受感染，所以要謹慎。《墨子．所染》：「子墨子言，見染絲者而歎曰：『染於蒼則蒼，染於黃則黃，所入者變，其色亦變。五入必（畢），則已為五色矣。故染不可以不慎也。』」❹美人二句　兩句謂染後之絲被精心製作成舞衣。❺開新合故　啟用新的舞衣，收拾舊的舞衣。❻君不見二句　仇注：「下段有厭故喜新之感。蝶趁舞容，鸝應歌聲，落絮遊絲乘風日而綴衣前，比人情趨附者多。一經塵汗汙顏，棄置何所，見繁華忽然零落矣。士故有鑒於此，不輕受汲引而甘忍羈旅，誠恐一旦棄捐，等於敝衣耳。玩末二語，公之不屑隨時俯仰可知。」

【語　譯】繅絲呀繅絲，不求其白求其長。越之羅，蜀之錦，金粟尺子量一量。象牙機床白玉手，黑紅相間經緯穿。千種花來萬種草，流光溢彩凝錦緞。悲白絲，任意染，扯下機床顏色亂。美人精心熨貼平，裁縫針腳入混茫。春着羅衣為君舞，蛺蝶繞來黃鸝唱。落絮飄，遊絲蕩，隨風映日舞有情，凌波微步輕輕漾。塵埃如煙汗顏色，舞罷衣上漬香汗。新的來，舊的換，多少羅裳一邊放。君不見才士薦拔難，為怕棄捐寧忍流落且深藏。

【研　析】錢箋：「公詩謂白絲素質，隨時染裂，有香汗清塵之汙，有開新合故之置，所以深思汲引之難，恐懼棄捐而忍於羇旅也。」或以為錢箋牽強附會，《杜詩槧詁》駁之：「竊以錢氏就詩證詩，既合子美當時之處境，亦合子美潛藏之深衷，不得以勉強牽附斥之也。」同時也提出一個頗有意思的問題：「然子美在長安，騎驢三十載，朝扣富門，暮隨馬塵，殘羹冷炙，到處悲辛……其於鮮于仲通除陳己之萬事辛酸之外，更言其『交合丹青地，恩傾雨露辰』，甚至言及『有儒愁餓死，早晚報平津』，而不識楊家之勢之如冰山也。為何此詩突又自命守負，欲保素質，不隨人之榮辱耶？」此問題我們在下文所選〈奉贈鮮于京兆二十韻〉的研析中所引聞一多云云，已對這個問題做了回答，則「審其意所在，殆有悔心之萌乎」。兩詩合讀，的確活畫出杜甫內心的矛盾鬥爭。如果我們再從仇注提示的角度看：「詩詠白絲，即墨子悲素絲意也。『已悲素質隨時染』，當其渲染之初，便是沾汙之漸，及其見置時，欲保素質得乎？唯士守貞白，則不隨人榮辱矣。此風人有取於素絲歟？」則該詩是對中國古代士人中長期普遍存在的一個重要問題的思考。「已悲素質隨時染」，也是古往今來各民族的知識階層所關切的「自我批判」（修身養性？）的重要問題。杜甫將這個複雜問題以最貼切的比喻、最新鮮的語言表達出來，本身就是哲理，就有詩意。

前出塞九首（五古）

【題解】〈出塞曲〉為樂府舊題，杜甫寫有此題多首，先寫的九首稱〈前出塞〉，後寫的五首稱〈後出塞〉。將多首樂府詩貫通起來敘事，九首如一首，是杜甫的創格。詩當創作於天寶後期。

其一

戚戚去故里，悠悠赴交河❶。
公家有程期，亡命嬰禍羅❷。
君已富土境，開邊一何多❸。
棄絕父母恩，吞聲行負戈。

【章旨】這一首寫被迫辭別家人應征的心情，其中對皇帝窮兵黷武政策做出批評。

【注釋】❶交河　在今新疆吐魯番，是個天然要塞，明代詩人有云：「沙河二水自交流，天設危城水上頭。」唐太宗時，侯君集滅高昌國，設西州，置安西都護府，其後都護府移龜茲，西州改交河郡，為西北軍事重鎮。❷亡命句　此句意為：想逃命，又怕觸犯法網，禍及家庭。嬰，觸犯。❸君已二句　此二句言皇帝擴大領土貪得無厭。《杜詩鏡銓》引邵云：「二句是〈前出塞〉詩旨。」富土境，擁有足夠大的領土。開邊，開拓疆土。

【語　譯】悲慼慼離開家鄉，路漫漫去交河守邊。官家行程有期限，逃亡家人要受牽連。我們的國土已夠遼闊，君王啊你何必貪得無厭！父母的恩情還沒來得及報，就要忍氣吞聲扛上刀槍。

其　二

出門日已遠，不受徒旅欺❶。
骨肉恩豈斷？男兒死無時。
走馬脫轡頭，手中挑青絲❷。
捷下萬仞岡，俯身試搴❸旗。

【章　旨】此首寫練兵。由於生死無時，故輕生自奮。仇注云：「上四意決，下截氣猛。」

【注　釋】❶出門二句　此二句意為：離家久，默習軍旅生活，也就不再受夥伴們的戲弄了。徒，士兵，指軍旅中的夥伴。❷走馬二句　二句寫騎馬老練。脫轡頭，去掉馬的絡頭不用。挑青絲，信手挑起馬韁。❸搴　拔取。

【語　譯】出得門來漸行漸遠，不再受同袍欺負是有了經驗。雖然說男兒此去生死未卜，骨肉之恩豈能不相連？脫下轡頭讓馬兒疾馳，輕挑韁繩更自在悠然。萬丈高岡放馬下，輕舒猿臂把旗搴。

其　三

磨刀嗚咽水❶，水赤刃傷手。

欲輕❷腸斷聲，心緒亂已久。
丈夫誓許國，憤惋復何有❸。
功名圖騏驎❹，戰骨當速朽。

【章旨】此寫士兵一路上心煩意亂，乃以功業自勉。

【注釋】❶嗚咽水 《三秦記》：「隴山頂有泉，清水四注，俗歌：『隴頭流水，嗚聲嗚咽。遙望秦川，肝腸斷絕。』」詩首句即化用隴頭歌。❷輕 輕忽。寫心不在焉的神情，故有上句看到「水赤」才發覺「刃傷手」之舉。❸丈夫二句 意為：男子漢既以身許國，又有什麼好憤恨留戀的呢？是為自解之辭，似壯而悲。❹圖騏驎 漢宣帝曾將功臣的形像畫在騏驎閣上，以示表彰。

【語譯】磨刀隴水聲嗚咽，水紅才知被刀割出了血。你不睬它偏來的水聲斷人腸，剪不斷理還亂的心事久難絕。大丈夫既以身許國，又何必怨憤激烈？戰死雖然屍骨便朽，青史留名畢竟立功業！

其四

送徒既有長，遠戍亦有身❶。
生死向前去，不勞吏怒嗔。
路逢相識人，附書與六親❷。
哀哉兩決絕，不復同苦辛❸。

【章旨】此寫被驅趕途中所受的欺壓。蕭先生云：「此章用倒敘法，因附書，故行遲，因行遲，故吏怒。若照些順序，便索然無味。」

【注釋】❶送徒二句　送徒有長，送征夫有負責人。亦有身，（征夫）也是一條命，是憤恨語。❷六親　父母兄弟妻子，是為六親。❸哀哉二句　決絕，永別。這一句是說：連苦都不能苦在一起。吳瞻泰云：「並苦辛亦不能同，怨之甚也。」

【語譯】押送征夫你是個官，遠戍守邊我也是個人！是死是生我們都在前行，憑什麼你還來怪罪使性？不就是為了路上碰到熟人，給我的六親寄了封信？爹呀娘呀！妻呀兒呀！從此永別連一起受苦都不再可能。

其五

迢迢萬餘里，領我赴三軍。
軍中異苦樂，主將寧盡聞❶。
隔河見胡騎，倏忽數百群。
我始為奴僕❷，幾時樹❸功勳。

【章旨】此首寫前線之現實，是組詩的分水嶺。以下專寫軍中戰事。

【注釋】❶軍中二句　此二句意為：軍中苦樂懸殊，主將你難道都知道？異苦樂，苦樂不均。寧，豈。❷奴僕　《通鑑》：「戍邊者多為邊將苦使，利其死而沒其財。」將士兵當奴僕是寫實。❸樹　立也。

【語譯】路迢迢，萬餘里，總算領我到駐地。軍中苦樂不平等，主將哪會來管你。隔着交河看敵騎，剎那出沒幾百隊。當兵先要當僕隸，建功談來何容易！

其六

挽弓當挽強，用箭當用長。
射人先射馬，擒賊先擒王❶。
殺人亦有限，列國自有疆。
苟能制侵陵，豈在多殺傷。

【章旨】此首借戍卒之口說出詩人的戰略思想。

【注釋】❶挽弓四句　以謠諺形式寫對戰爭的看法。《杜詩會粹》：「大經濟語，借戍卒口中說出。」

【語譯】挽弓要挽硬弓，用箭要用長箭；射人首先射馬，擒賊首先擒王。打仗殺人得有個節制，立國也總要有個邊。能否制止敵人入侵，並不在於多行殺傷。

其七

驅馬天雨雪，軍行入高山。
徑危抱寒石，指落曾冰間❶。
已去漢月❷遠，何時築城還？
浮雲暮南征，可望不可攀❸。

【章　旨】此首寫寒天築城思家。

【注　釋】❶徑危二句　寫山險路危，築城只能抱石而上，手指遂被凍落。❷漢月　指漢人聚居的內地。❸浮雲二句　因家自在南方，看浮雲南飛而歎不可攀隨而去。

【語　譯】驅馬冒雪雪如雨，部隊進入高山裡。險路貼着冰山轉，凍斷的手指掉進冰層底。離開漢地更遙遠，何時築城完工回家去？暮雲悠悠往南飛，恨不攀上白雲歸！

其　八

單于❶寇我壘，百里風塵昏。
雄劍四五動❷，彼軍為我奔❸。
虜其名王歸，繫頸授轅門❹。
潛身備行列，一勝何足論❺。

【章　旨】此首寫立功過程與不居功的品格。

【注　釋】❶單于　指少數民族酋長。❷四五動　是說沒費多大力氣。❸奔　敗走。❹虜其二句　名王，此泛指敵方要人。轅門，軍行以車為陣，相向為門，即軍門。❺潛身二句　寫戰士有功不居。

【語　譯】犯境敵酋洶洶來，百里濛濛蔽塵埃。幾回雄劍向敵陣，敵軍潰逃比風快。名王馬到便擒來，一繩拴在轅門外。不動聲色歸隊站，一次功勞不足怪。

其　九

從軍十年餘，能無❶分寸功？
眾人貴苟得❷，欲語羞雷同。
中原有鬥爭，況在狄與戎❸。
丈夫四方志，安可辭固窮。

【章　旨】此首以不爭功作結，表現此士兵高尚的品格，同時也揭露了部隊的腐敗現象。

【注　釋】❶能無　豈無；哪無。❷苟得　不該得而得之。❸中原二句　此句字面上的意思是：中原尚且有鬥爭，何況邊疆地區？與上二句聯繫起來看，應指邀功貪賞一事，意為：為了爭功而引起鬥爭這種事，在中原已屬司空見慣，更何況是在與狄、戎戰爭的邊疆，這種事就更不足怪了。所以才有下聯「君子固窮」不與人爭功的高姿態。《杜詩鏡銓》認為：「後半言窮兵不已，非特邊疆多故，並恐釁起蕭牆。」又云：「以『苟得』二字發邊將冒功邀恩之弊，以中原亂警人主開邊黷武之心，託諷尤為深婉。」所言不無道理，只是與上下聯不銜接，有拔高之嫌。錄供參考。

【語　譯】十多年辛苦在軍中，哪能沒有一點半點功？如今能拿就拿已成風，我羞開口與眾同。即便禮義之邦鉤心鬥角也常見，何況邊遠化外在狄戎？男兒自有四方志，君子樂道甘貧窮。

【研　析】古代民族之間的戰爭是個很複雜的問題，尤其是漢唐之際遊牧民族與農業為本的漢族之間的戰爭，更帶有爭奪生存空間與民族大融合的雙重性質。它是歷史的悲喜劇。盛唐名相張說就曾指出：「棄招蹙國之議，取有疲人之患。」（丟棄邊疆會招來縮小國土的譏評，開拓邊陲又會招來勞民傷財的禍患。）杜甫〈前出塞〉既有「虜其名王歸，繫頸授轅門」的頌，又有「棄絕父母恩，吞聲行負戈」的怨，表現的正是這種歷史的悖論。興許是由於邊塞題材中蘊涵的這種豐富的雜糅情感，遂使盛唐邊塞詩成為表達唐人意氣的強力形式，有其相對的獨立性，不應當以政治鬥爭的附屬品視之。周祖譔先生《百求一是齋叢稿》指出：「文學作品自有其自身的美學價值，自有其感人的力量，讀者讀詩往往只從詩的本身獲得直接的感受，並不需要一一考查以戰爭為題材的詩篇寫的是哪一次戰爭，性質正義與否，然後才能對作品作出評價。」這實在是不刊之論。以此觀之，則這組〈前出塞〉塑造了一位有血有肉、感情豐富且身手敏捷、有雄才大略而不邀功的士兵形象，極大地豐富了樂府詩的表現力，它就是史詩，它就是本詩的價值所在。

陪鄭廣文遊何將軍山林十首（五律）

【題解】鄭廣文即廣文館博士鄭虔，《唐會要》載：「天寶九載七月，置廣文館，以鄭虔為博士。」何將軍不知何人，其園林在杜城之東，韋曲之西。《杜臆》稱：「山林與園亭不同，依山臨水，連村落，包原隰，溷樵漁，王右丞輞川似之，非止一壑一丘之勝而已。此十詩明是一篇遊記，有首有尾。中間或賦景，或寫情，經緯錯綜，曲折變幻，用正出奇，不可方物。」黃鶴定此組詩作於天寶十一、十二載之間。

其一

不識南塘路，今知第五橋❶。
名園依綠水，野竹上青霄。
谷口舊相得，濠梁同見招❷。
平生為幽興，未惜馬蹄遙。

【章旨】交代事由，點明「幽興」，引出以下種種詠歎。杜甫困守長安，身心交病，得此探幽機會自然高興。杜甫山林宴遊之作往往與對官場的厭惡有關。

【注釋】❶今知句　第五，複姓。張禮〈遊城南記〉：「第五橋在韋曲西，橋以姓名。」❷谷口二句　此聯的意思是：鄭虔和我是老交情了，今日又得何將軍邀請同遊山水。谷口，揚雄《法言》：「谷口鄭子真耕於巖下，名震京師。」此處以鄭子真喻鄭虔。濠梁，《莊子》：「莊子與惠子遊於濠梁之上。」

【語譯】從未路過南塘，今天才知道這裡有這麼個第五橋。名園就在綠水邊上，野地裡叢竹高上雲霄。廣文先生是耕隱時的故人，承蒙何將軍相邀，有幸同遊山林。顧不得騎馬路途遙遙，我平生探幽尋勝興致最高。

其二

百頃風潭上，千重❶夏木清。
卑枝❷低結子，接葉暗巢鶯。
鮮鯽銀絲鱠，香芹碧澗羹❸。
翻疑柂樓底，晚飯越中行❹。

【章旨】直寫山林景物，自風潭到碧澗再至越中，其勝在水。

【注釋】❶千重　一作「千章」，大木曰章。皆言樹木之多。❷卑枝　低下之枝。❸香芹句　趙次公注：言所煮之羹，乃碧澗之香芹也。❹翻疑二句　兩句意為：昔年南遊曾在柂樓底進晚餐，今於清涼處遊宴，遂觸景生情，恍疑此身猶在越中。柂樓，即「舵樓」，大船尾有舵樓。越中，指今江蘇、浙江一帶。杜甫青年時代曾南遊吳越。

【語譯】風波浩渺，有潭百頃。千重樹木，夏有清陰。低垂的枝上掛着果子，密葉裡藏巢聞鶯。鮮鯽鱠成銀絲，羹用碧澗之香芹。此情此景令我恍惚生疑：難道我這一餐晚飯是在舵樓底層，船兒在吳越水面穿行？

其三

萬里戎王子，何年別月支❶？
異花開絕域，滋蔓匝清池。
漢使徒空到，神農竟不知❷。
露翻兼雨打，開拆漸離披❸。

【章旨】《杜詩言志》：「因池邊瞥見絕域異花，為雨露所離披，即觸着古今多少懷才抱德之士，沉落不偶以沒世者，不禁為之嘆惜。」此詩正是組詩「興」之所在，下一首詩便將沉落不偶之意挑明了。

【注釋】❶萬里二句　戎王子，花草名。月支，即「月氏」，古族名，曾於西域建國。❷漢使二句　此聯意為戎王子不為人所知。漢使，指張騫，曾奉使月支。神農，傳說神農嘗百草。❸開拆句　此句意為：戎王子風吹雨打之下已漸零落。拆，疑當作「坼」，裂開。指花瓣舒張開來。離披，散亂。

【語譯】戎王子，哪一年你離開了故鄉西域？來自遙遠異邦的花啊，花名竟是如此奇異。嘗遍百草的神農，對你竟也一無所記。漢使算是白走了一趟，沒能從西域帶回你。如今你在池邊蔓延，又有誰知道你的名貴？可憐任從風吹雨打，花也凋零葉也破碎！

其四

旁舍連高竹，疏籬帶晚花。

碾渦❶深沒馬，藤蔓曲藏蛇。
詞賦工無益，山林跡未賒❷。
盡拈書籍賣，來問爾東家❸。

【章旨】何氏園與腐朽官場相比，令人有「適我無非新」之感，所以有賣書歸隱的感慨。貫穿組詩的情感線索正是這一感慨。

【注釋】❶碾渦　碾磑（水磨）間旋渦。❷詞賦二句　此聯意為：既然能文沒有什麼用，那麼我來山林與主人為鄰隱居的日子不會太遙遠了。賒，遙遠。❸盡拈二句　此聯言欲賣書買宅，來山林與何氏為鄰。楊倫曰：「言以讀書無益，故欲結避世之鄰也。」拈，一作「捻」，取也。問，「求田問舍」之「問」，買宅厝也。

【語譯】鄰家的房舍與高竹連片，疏斜的籬笆上爬着遲開的野花。水磨激起的旋渦深能沒馬，藤蔓扭曲纏繞好似藏蛇。擅長寫辭賦又有什麼用處？我歸隱山林的日子也許並不遙遠，還不如把那些書都賣了，來買此旁舍與將軍卜為鄰家。

其五

剩水滄江破，殘山碣石開❶。
綠垂風折筍，紅綻雨肥梅❷。
銀甲彈箏用，金魚換酒來❸。
興移無灑掃，隨意坐莓苔。

【章　旨】陳貽焮《杜甫評傳》稱：「寫山林景物和何將軍待客的豪情，意境、興會俱佳。」

【注　釋】❶剩水二句　此聯意為：何氏園林中的水是從滄江分流來的，疊山之石是從碣石開採來的。着一「破」字、「開」字，使剩水殘山與大自然連為一體。仇注：言此間穿池壘石，特大地中剩水殘山耳。破，剖；分。碣石，山名，在今河北昌黎北。❷綠垂二句　此聯一般都說是倒裝句式，拖直了就是：風折筍垂綠，雨肥梅綻紅；只是如此一來就無甚意味了。詩作為一種特殊話語，總是力求感覺化，如此聯就是突出搶眼的色調——紅！綠！這是強烈感覺的第一印象，隨即才意識到綠是折筍之綠，紅是熟梅子綻開。❸銀甲二句　此聯意為：銀甲是用來彈琴的，金魚可拿去換酒，既見何將軍待客之熱誠，又顯示何氏視官符輕於友情。銀甲，銀製之假指甲，用以彈琴。金魚，佩飾，是當官品位的一種標誌。

【語　譯】塘，從滄江剖渠引水；石，自碣石斷脈開採。綠，是風折筍垂；紅，是雨足梅熟綻開。且留銀甲彈琴，沽酒金龜可賣。乘興移席何需灑掃，隨意而坐哪管莓苔。

其　六

風磴吹陰雪，雲門吼瀑泉❶。
酒醒思臥簟，衣冷得裝綿。
野老來看客，河魚不取錢。
只疑淳樸處，自有一山川。

【章　旨】王維的田園山水之作，往往不見人跡。而杜甫則善借人情見山水，別是一番身手：山野之人用河中的魚待客而不取錢，是對桃源式的風土淳樸的讚頌，也是杜甫嚮往何氏山林的內在原因。

【注　釋】❶風磴二句　磴，石階。陰雪，飛瀑噴濺，似夏日飛雪。仇注云：「以下句解上句。」

【語　譯】拾級上山岡，陰風凜冽，卻原來是山口的飛瀑濺霜噴雪。一醉醒來本想找張涼席歇歇，遭冷風反覺得衣薄棉缺。又有當地老者送來溪魚塘藕，笑道是送給客人一錢不收。民風淳樸如此，這裡可真是自成世界、別一仙洲。

其　七

棘樹寒雲色，茵蔯❶春藕香。
脆添生菜美，陰益食單涼❷。
野鶴清晨出，山精白日藏。
石林蟠水府，百里獨蒼蒼。

【章　旨】記山林物產之美，歎其景幽。

【注　釋】❶茵蔯　蒿類，氣味芳烈，可作菜蔬。❷脆添二句　四句連義：鮮菜中因為添了茵蔯、春藕更覺脆美；布單鋪地於樹蔭下更覺涼爽。生菜，新鮮蔬菜。食單，鋪在地上供野宴之布單。

【語　譯】婆娑的酸棗叢色如寒雲，濃蔭下鋪上食單涼而又涼。新鮮的菜蔬瓜果雜陳，添加上茵蔯春藕更覺得又脆又香。清晨有鶴噗噗飛出，白晝裡山精深深隱藏。水底石林蟠屈，百里但見一片蒼蒼。

其　八

憶過楊柳渚，走馬定昆池❶。

醉把青荷葉，狂遺白接䍦❷。
刺船思郢客，解水乞吳兒❸。
坐對秦山晚，江湖興頗隨❹。

【章旨】回憶與想像並行，嚮往脫巾放逸無拘無束的生活。

【注釋】❶憶過二句　楊柳渚，地名，在韋曲旁。定昆池，在韋曲北。❷接䍦　頭巾。《晉書・山簡傳》：山簡常至高陽池，置酒輒醉。兒歌曰：「山公出何許，往至高陽池。日夕倒載歸，茗艼無所知。時時能騎馬，倒着白接䍦。」❸刺船二句　刺船，撐船。郢，楚國古都，在今湖北。乞，與；給。此謂懂水性當讓吳兒。吳兒，泛指江南一帶男子。❹坐對二句　秦山，此指終南山。江湖，泛指江河湖海。浦注：今對此汪洋水勢，忽動「刺船」、「解水」之想。身居秦地，興若江湖。與向之持杯、脫帽，逸趣同飛矣。

【語譯】想當初，也曾馳馬從楊柳渚、定昆池走過；今日裡清狂又作，亂髮丟頭巾醉持一柄青荷。看眼前山光水色，不禁嚮往楚人能撐船吳兒善操舟。雖是坐對秦山夕陽，這裡的山清水秀也叫人江湖興多。

其九

床上書連屋，階前樹拂雲。
將軍不好武，稚子總能文。
醒酒微風入，聽詩靜夜分❶。
絺衣掛蘿薜❷，涼月白紛紛。

【章　旨】寫主人儒雅，夜景清幽。

【注　釋】❶夜分　夜中分，即夜半。❷蘿薜　蘿，女蘿。薜，薜荔。皆植物名。

【語　譯】床上書堆到屋梁，階前樹聳入雲霄。將軍儒雅不愛武事，孩兒能文是株好苗。微風吹來酒醒何處？燭影詩聲夜已中宵。布衣何時掛在薜蘿上？月光零亂色正皎。

其　十

幽意忽不愜，歸期無奈何。
出門流水住，回首白雲多。
自笑燈前舞，誰憐醉後歌。
祇應與朋好，風雨亦來過❶。

【章　旨】寫依依不捨，並期再遊。

【注　釋】❶過　過訪。

【語　譯】幽興忽地不見，歸期叫人悵然！出門溪水為我不流，回頭山林已被白雲遮掩。燈前舞，醉後歌，自賞自憐。山林呵，任憑颳風下雨路遠，我和鄭虔老友還要再來了心願！

【研　析】該組詩反映了杜甫天寶末情志的一個側面，是徘徊於廊廟與山林之間的一串足跡。是時，杜已困守長安多年，身心交病。固然，他「致君堯舜」之志猶在，但對朝廷的用人政策已深感失望，乃至多次表示將要「歸去來」。〈去矣行〉說得明白：「君不見韝上鷹，一飽即飛掣！焉能作堂上燕，銜泥附炎熱？野人曠蕩無靦顏，豈可久在王侯間？」然而此組詩表現的不僅是對朝廷不能用人才的不滿，更要緊的是表現了他「厭機巧」的真性情。這一點從詩中民風淳樸、將軍無貴官氣、山林有太古風的描寫中，自可感受到。

該組詩於句式的創構上也值得注意。杜甫晚年有句云：「香稻啄餘鸚鵡粒，碧梧棲老鳳凰枝」，曾引起許多爭議；其實類似的句式在杜甫早期就開始實驗了，如本組詩中即有：「鮮鯽銀絲鱠，香芹碧澗羹」、「綠垂風折筍，紅綻雨肥梅」。當然，都沒有香稻碧梧句漂亮，可見形式創構非一日之功。陳貽焮《杜甫評傳》對此有深度解讀，錄之以饗讀者：「『綠垂』、『紅綻』是偶然見到的，『風折筍』、『雨肥梅』是隨即意識到的，二者雖連接閃現於瞬息之間，卻有先後之分、有意無心之別。因此，敏銳地體察這些細微的感知差異，為了盡可能多保留一些生活實感而巧妙地加以表現；不簡單地陳述『這是風吹折的筍子』、『那是雨中黃熟的梅子』，而說『綠垂——風折筍』，『紅綻——雨肥梅』，這就會使讀者耳目一新，彷彿也隨着進入何氏山林，親身感受到那夏天裡風雨的多變、那筍折梅熟的生趣和季節感，甚至連詩人當時處在這幽美境地中快意的神情也似乎現在眼前了。王維〈山居秋暝〉中的『竹喧——歸浣女，蓮動——下漁舟』，也是具有同樣藝術魅力的一對倒裝句。竹林裡傳出愉快的喧笑，浣紗姑娘們回來了。蓮葉蓮花紛紛擺動，原來是漁舟歸來從那裡經過。——就這樣，詩人揮動了他神奇的彩筆，竟像今天的電影似的，在動中，巧妙地、有聲有色地再現了山村秋日傍晚生活和景物中的美，同時也烘托出了自己怡然自得的風姿。所謂『倒裝』，只是跟日常平鋪直敘的表達方式相對而言。嚴格地說，若從藝術的感受、構思和表現的角度來看，根本無所謂『正裝』、『倒裝』。像以上講的那些倒裝句，能說它們在思路上是前後倒置的嗎？我這麼說，並不是要否認語法、句式上有所謂『倒裝句』，只是想表明，對於詩人來說，首先需要關心的是生活實感和由此而來的醇厚詩意。」

奉贈鮮于京兆二十韻（五排）

【題　解】據陳貽焮考訂，李林甫死於天寶十一載十一月，十二載十二月坐與阿布思謀反罪剖棺，政治上被徹底搞臭。這首詩當作於天寶十二載（西元七五三年）二月李林甫獄成之後不久。鮮于，複姓，指鮮于仲通，蜀地富豪。鮮于仲通名向，以字行。曾周濟楊國忠，走楊家後門起家，任劍南節度副大使，天寶十一載十一月楊國忠為相後遷京兆尹。京兆尹為京師的行政長官。這是一首干謁詩。

王國稱多士❶，賢良復幾人？
異才應間出，爽氣必殊倫❷。
始見張京兆，宜居漢近臣❸。
驊騮開道路，雕鶚離風塵❹。
侯伯知何算，文章實致身❺。
奮飛超等級，容易失沉淪。
脫略磻溪釣，操持郢匠斤❻。
雲霄今已逼，台衮更誰親❼？
鳳穴雛皆好❽，龍門❾客又新。
義聲紛感激，敗績自逡巡❿。

【章旨】稱鮮于仲通才氣傑出，慷慨能文，晚年始遇。又稱其義聲好客，引出下文自薦。

【注釋】❶王國句　言天子之國向稱人才濟濟。此化用《詩・文王》：「思皇多士，生此王國。」❷異才二句　間出，隔世而出，不常出現。爽氣，豪邁之氣概。殊倫，與眾不同。❸始見二句　張京兆，指張敞。《漢書・張敞傳》：張敞治京兆，「市無偷盜，天子嘉之」。此以張敞喻鮮于仲通。近臣，親近之臣。《漢書》又稱：「元帝即位，待詔鄭明薦敞先帝名臣，宜傳輔皇太子。」此又吹捧鮮于仲通宜如張敞那樣成為皇帝的親信。❹驊騮二句　驊騮，赤色駿馬，喻人才。雕鶚，鷙鳥，喻搏擊之臣。風塵，指世間。杜甫常用此二物稱讚人，如：「雕鶚乘時去，驊騮顧主鳴」（〈奉送郭中丞〉）、「皂雕寒始急，天馬老能行」（〈贈陳二補闕〉）、「蛟龍得雲雨，雕鶚在秋天」（〈奉贈嚴八閣老〉）等。❺侯伯二句　侯伯，爵位分五等：公侯伯子男，此泛指官僚。下句言鮮于仲通是靠文章出仕的。顏真卿〈鮮于公神道碑銘〉云：鮮于仲通鑿石構室，勵精為學，工文而不好為之。年近四十，舉鄉貢進士高第。❻脫略二句　脫略，脫離。磻溪，姜太公垂釣之所。磻溪釣，姜太公釣於磻溪，後為周文王輔臣。後人借言遇合之遲。顏真卿〈鮮于公神道碑銘〉云：仲通年近四十，舉鄉貢進士，五十始擢一第。從宦十年而後超登四嶽。可見其晚年始遇。郢匠斤，斤，斧也。《莊子》：「郢人堊墁其鼻端若蠅翼，使匠石斫之。匠石運斤成風，聽而斫之，盡堊而鼻不傷。」此喻鮮于仲通才藝超凡。❼雲霄二句　雲霄，喻朝廷。台衮，指宰相三公。此暗示鮮于氏與楊國忠有特殊親近的關係。❽鳳穴句　鳳穴，喻書香門第。鳳雛，《晉書》：陸雲幼時，吳尚書閔鴻見而奇之，曰：「此兒若非龍駒，定是鳳雛。」據顏真卿〈鮮于公神道碑銘〉，鮮于仲通六子皆有美名，故以「鳳穴雛」稱之。❾龍門　《後漢書・李膺傳》：「膺獨持風裁，以聲名自高。士有被容接者，名為登龍門。」❿義聲二句　義聲，美譽。顏真卿〈鮮于公神道碑銘〉又云：仲通「輕財尚氣，果於然諾」，故以「義聲」稱之。敗績，本指兵敗，此喻作者事業不成，應指獻賦求仕未果一事。逡巡，徘徊不前。

【語　譯】天子之國向來稱道人才濟濟，但真正的賢良又有幾個？英特之才本不世出，其豪爽的氣概自然與眾不同。我初次見到京兆尹您，便覺得是可與漢代張敞並肩的皇上親信。就像驊騮踏出一條康莊大道，又像雕鶚沖出滾滾風塵。朝中的公卿算也算不清，又有幾個像您是靠文章出身？一舉沖天超越等級，自然是很容易就擺脫困頓。您好比姜太公離開磻溪，風雲際會是大器晚成。又似藝高膽大的郢匠，自如地揮動斧斤。現在您離朝廷最近，和三公宰相誰能比您更親？您的孩子是鳳穴裡的雛鳥，個個都有美名。您獨持風裁聲名高，求薦舉的賓客不斷如雲。您的美譽士子紛紛感激，我只因多次干謁失敗徘徊不前。

途遠欲何向，天高難重陳⑪。
學詩猶孺子，鄉賦忝嘉賓⑫。
不得同晁錯，吁嗟後郤詵⑬。
計疏疑翰墨，時過憶松筠⑭。
獻納紆皇眷，中間謁紫宸。
且隨諸彥集，方覬薄才伸⑮。
破膽遭前政，陰謀獨秉鈞⑯。
微生霑忌刻，萬事益酸辛。
交合丹青地，恩傾雨露辰⑰。
有儒愁餓死，早晚報平津⑱。

【章旨】後半段追敘應舉下第事，因鮮于仲通與國忠輩交合，則施恩正易為力，故託以窮愁之狀，報於平津。

【注釋】⑪途遠二句　承上「敗績」句，言獻賦失敗，前途迷茫，難再找一個向朝廷自薦的機會。言外之意是因此有求於鮮于氏。⑫學詩二句　孺子，小孩子。杜甫自稱：「七齡思即壯，開口詠鳳凰。」鄉賦，鄉試，州縣舉行的考試。杜甫開元二十三年（西元七三五年）參加進士考試，時二十四歲。二句與「甫昔少年時，早充觀國賓」同一意思。⑬不得二句　二句追述開元二十三年應試下第事，自歎運氣不如二人。晁錯，《漢書・晁錯傳》：文帝詔有司舉賢良文學，錯在選中。時對策者百餘人，惟錯為高第，由是選中大夫。郤詵，《晉書・郤詵傳》：泰始中，舉賢良直言之士，郤詵以對策上第，拜議郎。⑭計疏二句　二句與「儒術誠難起，家聲庶已存。故山多藥物，勝概憶桃源」、「盡拈書籍賣，來問爾東家」同意：對以文學求進深感失望，遂稱欲回鄉隱居。計疏，沒多少辦法，指不善干謁。翰墨，指代文章。松筠，松竹，借指隱居。⑮獻納四句　四句指獻〈三大禮賦〉明皇奇之，命待制集賢院一事。進言供採納。紆皇眷，得皇帝垂愛。紫宸，殿名，在大明宮。諸彥，眾才士，指集賢院學士們。⑯破膽二句　前政、秉鈞，咸指前任宰相李林甫。天寶六載（西元七四七年）詔天下通一藝者詣京師，李林甫忌刻文士，皆使落第，還表賀野無遺賢，杜甫在選人中，故曰「破膽」。後獻賦亦遭暗算，故曰「陰謀」。⑰交合二句　此二句謂鮮于仲通官場得意，與楊國忠輩交好，也正是你施恩榮如下雨露之最好時機。交合，交好。丹青地，桓寬《鹽鐵論》：「公卿者神化之丹青。」則丹青指代公卿，丹青地指代官場。⑱有儒二句　二句謂我一儒者耳，潦倒至極，望你能向宰相楊國忠推薦。望汲引，乃贈詩本意。平津，漢代公孫弘為宰相，封平津侯，此喻指楊國忠。

【語　譯】前途迷茫不知要向何方，皇天高遠我難再自薦。從小學詩開口詠鳳凰，鄉試也早已廁身。可惜命運乖舛，不能像晁錯郤詵一舉成名。不善經營難免懷疑文章無用，時機已失就想退隱。我也曾獻賦得到皇上垂青，其間還應試在正殿紫宸。集賢院裡與群賢相聚，看我落筆文才稍伸。不料又遇善搞陰謀的前任宰相，大權在握讓人膽破心驚！薄命偏遭忌刻，萬事更令人感到酸辛。您在朝中如魚得水，也是施恩如下雨露的最好時機。請您早晚向丞相提一提，就說有個儒生窮愁將死矣！

【研　析】說實在的，選譯此詩頗費躊躇。干謁雖說是時代風氣，但「病篤亂投醫」投到臭名昭着的楊國忠頭上（〈進封西嶽賦表〉更以「維嶽，授陛下元弼，克生司空」直接頌揚楊國忠），畢竟是個令人痛心的事實。但是考慮到該詩與〈麗人行〉作於同年，對楊國忠的態度判若兩人，其中深刻的矛盾性豈不正好深度地發露了人性的複雜？聞一多如是說：「夫李林甫之陰謀，不待言。若國忠之奸，不殊林甫，公豈不知？且二人素不協，秉政以來，私相傾軋者久矣。今林甫死後，將有求於國忠，則以見忌於林甫為言，公之求進，毋乃過疾乎？」接着又原諒了他：「雖然，〈白絲行〉曰：『已悲素質隨時染』，又曰：『君不見才士汲引難，恐懼棄捐忍羈旅』，審其意所在，殆有悔心之萌乎！故知公於出處大節，非果無定見，與時輩之苟且偷合，執迷不悟者，不可同日語也。錢謙益曰：『少陵之投詩京兆，鄰於餓死（按贈鮮于詩有「有儒愁餓死」之句），昌黎之上書宰相，迫於饑寒。當時不得已而姑為權宜之計，後世宜諒其苦心，不可以宋儒出處，深責唐人也。』此言雖出之蒙叟，然不失為平情之論。〈投簡華咸兩縣諸子〉曰：『饑臥動即向一旬，敝衣何啻聯百結。』比來公生計之艱若是！」（《少陵先生年譜會箋》）如果與唐代着名的正直人士顏真卿所寫〈鮮于公神道碑銘〉相比較，正如錢謙益所說：「魯公碑記節度劍南，拔吐蕃摩彌城，而不載南詔之役；公詩美其文章義激，而不及其武略。古人不輕談人若此。」天寶十載鮮于仲通討南詔大敗，楊國忠為其掩飾且遣御史分道捕人押送軍前，以謀再戰，這是着名的窮兵黷武之一例，顏公也為之掩蓋過去，可見「金無足赤」。陳貽焮又補充說：「杜甫處在『貧富常交戰』的劇烈思想矛盾中，並不像陶淵明歌詠的那些高尚的貧士那樣，總是『道勝無戚顏』，而往往會講一些違心的話，做一些違心的事。不過，即使這樣，每當他捫心自問時還是有所悔恨，有時他的正義感、是非心甚至會戰勝種種卑微的自私打算，居然使得他不顧身家性命，將諷刺的筆鋒指向那『炙手可熱勢絕倫』的丞相，指向那驕奢淫蕩的『雲幕椒房親』——這就是杜甫難能可貴的地方。」承認杜甫是個有血有肉的現實中人，這也就是對古人理解之同情了。的確，天寶末年是杜甫思想行為處於「常交戰」的階段，所以干謁詩、「田園詩」，與揭露現實黑暗的傑作〈兵車行〉、〈麗人行〉等交錯出現。「安史之亂」的現實可以說是「臨門一腳」，將杜甫踹進苦難的深淵，卻也促成他走出徘徊於廊廟與山林之間的怪圈，最終成就了一個中國文學史上偉大的詩人——這就是現實生活的力量！我們也因此特別欣賞七百三十年前方回以下的一段評論的深刻眼光：「明皇、妃子之酣淫，林甫、國忠之狡賊，養成漁陽之變，史思明繼之，回紇掎之，四方藩鎮不臣，盜賊蜂起，……（杜甫）流離凡十六年。唐中葉衰矣，卻只成就得老杜一部詩也。不知終始不亂，老杜得時行道如姚宋，此一部杜詩不過如其祖審言，能雅歌詠治象耳！」（《瀛奎律髓》卷二十九）

【附錄】

進封西嶽賦表

臣甫言：臣本杜陵諸生，年過四十，經術淺陋，進無補於明時，退嘗困於衣食，蓋長安一匹夫耳。頃歲，國家有事於郊廟，幸得奏賦，待制於集賢，委學官試文章，再降恩澤，仍猥以臣名實相副，送隸有司，參列選序。然臣之本分，甘棄置永休，望不及此。豈意頭白之後，竟以短篇隻字，遂曾聞徹宸極，一動人主，是臣無負於少小多病貧窮好學者已。在臣光榮，雖死萬足，至於仕進，非敢望也。日夜憂迫，復未知何以上答聖慈，明臣子之效。況臣常有肺氣之疾，恐忽復先草露、塗糞土，而所懷冥寞，孤負皇恩。敢攄竭憤懣，領略丕則，作〈封西嶽賦〉一首以勸，所覬明主覽而留意焉。先是御製西嶽碑文之卒章曰：「待余安人治國，然後徐思其事。」此蓋陛下之至謙也。今茲人安是已，今茲國富是已，況符瑞翕集，福應交至，何翠華之脈脈乎？維嶽，固陛下本命，以永嗣業；維嶽，授陛下元弼，克生司空。斯又不可以寢已，伏惟天子霈然留意焉。春將披圖視典，冬乃展采錯事，日尚浩闊，人匪勞止，庶可試哉。微臣不任區區懇到之極，謹詣延恩匭獻納，奉表進賦以聞。臣甫誠惶誠恐，頓首頓首，謹言。

麗人行　（七古）

【題　解】王績〈三月三日賦〉云：「傾兩京之貴族，聚三都之麗人。」詩題本此。詩諷楊國忠兄妹荒淫奢侈。楊國忠天寶十一載（西元七五二年）十二月做右丞相，詩或作於十二載（西元七五三年）春。《峴傭說詩》稱：「〈麗人行〉前半竭力形容楊氏姐妹之游冶淫佚，後半敘國忠之氣焰逼人，絕不作一斷語，使人於意外得之。此詩之善諷也。」

三月三日❶天氣新，長安水邊多麗人。
態濃意遠淑且真，肌理細膩骨肉勻❷。
繡羅衣裳照暮春，蹙金❸孔雀銀麒麟。
頭上何所有？翠為㔩葉垂鬢脣❹。
背後何所見？珠壓腰衱❺穩稱身。
就中雲幕椒房親，賜名大國虢與秦❻。
紫駝之峰出翠釜，水精之盤行素鱗❼。
犀筯厭飫久未下，鑾刀縷切空紛綸❽。
黃門飛鞚不動塵，御廚絡繹送八珍❾。
簫管哀吟感鬼神，賓從雜遝實要津❿。
後來鞍馬何逡巡，當軒下馬入錦茵⓫。
楊花雪落覆白蘋，青鳥飛去銜紅巾⓬。
炙手可熱勢絕倫，慎莫近前丞相嗔⓭。

【注釋】❶三月三日　上巳節，開元時長安仕女於是日踏青遊賞曲江。❷態濃二句　上句狀其丰神，下句狀其體貌。❸蹙金　古代刺繡的一種手法，用金絲銀線繡成縐紋狀織品。❹翠為㔩葉　㔩葉，用翡翠做的婦人首飾。鬢脣，鬢邊。❺衱　衣服的後襟。腰衱指裙帶。❻就中二句　就中，猶「其中」。雲幕，指帳幕。椒房親，此指楊貴妃三姊虢國夫人、八姊秦國夫人。椒房，漢代皇后居室以椒和泥塗壁，故世稱皇后為椒房。大國，古代皇帝將食邑分封給臣下，稱國或邦，大國就是大的邦。《舊唐書·楊貴妃傳》：「太真有姊三人，皆有才貌，並封國夫人，大姨封韓國，三姨封虢國，八姨封秦國，並承恩澤，出入宮掖，勢傾天下。」❼紫駝二句　駝峰，唐人有名食駝峰炙。水精，即水晶。紫、翠、素（白）、水精（透明），以明麗的色彩襯出肴饌之精美。❽犀筯二句　犀筯，犀牛角作的筷子。猒飫，吃膩了。猒，同「厭」。空紛綸，謂大師傅們白忙了一陣。❾黃門二句　此言內廷不斷飛馬送來食品，卻路不動塵，規矩肅穆，寫出皇家氣派，也寫出君臣的驕貴暴殄。黃門，即宦官。鞚，馬的勒頭。飛鞚，即「飛馬」。❿賓從句　此句言楊氏的眾多賓客佔據了朝廷的重要職務。雜遝，眾多而紛亂。實，充滿。津，渡口。要津，此指重要職位。⓫後來二句　逡巡，徐行貌。這裡有大模大樣、旁若無人的意味。錦茵，錦作的地毯。後來者為楊國忠，但「丞相」二字留待末句才點出，更有意味。⓬楊花二句　上句妙用眼前景作隱語。民間說法，楊花入水化為浮萍。而萍之大者為蘋，即萍；與楊花出於一體，則暗喻楊國忠與從妹虢國夫人有不正常關係。北魏胡太后欲與楊白花私通，曾作〈楊白花歌〉：「秋去君來雙燕子，願銜楊花入窠裡。」樂史《楊太真外傳》：「虢國又與國忠亂焉，略無儀檢。」青鳥，傳說西王母以青鳥傳消息。紅巾，婦人用品。此言眼前事已透露出楊家某些隱私。⓭炙手二句　尾聯以勸戒人迴避的語氣，反襯出楊家的不可一世。《杜詩鏡銓》引蔣弱六云：「美人相、富貴相、妖淫相，後乃現出羅剎相。」嗔，怪罪。

【語　譯】三月三日是上巳節，天朗氣清，長安仕女們都來曲水池旁踏青。她們一個個是那麼豐肌秀骨玉立婷婷，意態高遠顧盼生情，一副淑女模樣還透出幾分天真。垂羅曳錦金絲繡出麒麟，流芳動裾嫵婉照暮春。頭上戴的啥？鳴瑤動翠是首飾垂到雲鬢；背後看到啥？明珠璀璨綴滿腰帶貼緊羅裙。綠房翠幕如煙似雲，群星捧月走出楊貴妃的姊妹們。她們齊承恩寵賜夫人，一封虢國一封秦。春水綠波且開宴：那剛出鍋的紫色駝峰切成片，水晶盤上的清蒸魚兒還在擺尾弄鮮。御廚費盡心思烹調，太監們飛馬絡繹送來八珍，奔馳在綠茵上沒有驚起半點沙塵。任憑你如何精雕細切，怎奈再好的美食也打不動飽飫者的心——美人們舉起的犀筯竟半空叫停，大師傅們算是白忙乎了一陣。簫管嗚嗚如慕如怨感動鬼神，賓客雜遝擠滿當朝儘是公卿。最後款款緩轡而來是哪位？直抵軒廊才下馬，鵝行鴨步踏過錦繡的地毯好貴矜！看光景，是本家國忠楊大人。楊花似雪紛紛下，人道是：楊花入水化為萍，楊花浮萍本是同根生——忽刺刺傳情的青鳥銜出楊家姊妹一紅巾。小心小心，燙手的山芋莫靠近，赫赫丞相一怒夠你折騰！

【研　析】這首諷刺詩的最大特點是不動聲色地將自己的評判傾向由所描繪的場景與情節透露出來，結論則由讀者自己得出。所以《讀杜心解》稱：「無一刺譏語，描摹處語語刺譏；無一慨歎聲，點逗處聲聲慨歎。」詩人一臉嚴肅地描述鮮麗的衣錦、精美的飲饌，「絕不作一斷語」，讀者卻不難從中自作斷語。此為「寓主意於客位」的高明手法。批判對象是以楊貴妃為中心的楊氏家族（當然，背後撐腰的是唐玄宗），這一家子稱得上是盛唐這個金蘋果裡的一窩蛀蟲！錄一段史料供諸君參考。《舊唐書．楊貴妃傳》：「姊妹昆仲五家，甲第洞開，僭擬宮掖，車馬僕御，照耀京邑，遞相誇尚。每構一堂，費逾千萬計，見制度宏壯於己者，即撤而復造，土木之工，不舍晝夜。玄宗頒賜及四方獻遺，五家如一，中使不絕。開元已來，豪貴雄盛，無如楊氏之比也。玄宗凡有遊幸，貴妃無不隨侍，乘馬則高力士執轡授鞭。宮中供貴妃院織錦刺繡之工，凡七百人，其雕刻熔造，又數百人。揚、益、嶺表刺史，必求良工造作奇器異服，以奉貴妃獻賀，因致擢居顯位。玄宗每年十月幸華清宮，國忠姊妹五家扈從，每家為一隊，着一色衣，五家合隊，照映如百花之煥發，而遺鈿墜舄，瑟瑟珠翠，燦爛芳馥於路。而國忠私於虢國而不避雄狐之刺，每入朝或聯鑣方駕，不施帷幔。」與史料相比，詩要鮮活得多。陳貽焮《杜甫評傳》認為，「態濃意遠」以下八句回環反復，詠歎生情，是從〈陌上桑〉、〈焦仲卿妻〉等樂府民歌表現手法中變化出來的。甚是。不過，「態濃意遠淑且真，肌理細膩骨肉勻」一聯描寫到位，形神兼備，典雅丰韻，更得貴婦人之神態，難怪《杜臆》會說是「一片清明之氣行乎其中」。至如「黃門飛鞚不動塵」、「慎莫近前丞相嗔」諸句，也都能在白描中傳神阿堵，是所謂「真境逼而神境生」者也。

重過何氏五首

（五律，選二）

【題　解】何氏，指何將軍，見前〈陪鄭廣文遊何將軍山林十首〉。這一組詩當作於初遊後的第二年春天，情調相通，可作一片讀。

其　二

山雨樽仍在，沙沉榻未移❶。
犬迎曾宿客，鴉護落巢兒❷。
雲薄翠微寺，天清皇子陂❸。
向來幽興極，步屧❹過東籬。

【章　旨】寫輕車熟路，重遊之興不減。

【注　釋】❶山雨二句　此聯言雖然有山雨、沙沉之變，但前遊之酒樽在而榻不移，以見事過景不遷。與下句合寫「重過」之興。❷鴉護句　此句言老鴉見有人來，乃警覺地保護雛鴉。趙次公注：「皆道實事之句。」落巢兒，指初生雛鴉，落巢不是巢落。❸雲薄二句　翠微寺，《長安志》：翠微宮在萬年縣外終南山上。皇子陂，《水經注》：潏水上承皇子陂於真川，其此即杜之樊鄉也。❹屧　無跟的小履。

【語　譯】雖經山雨的沖刷，前遊的酒樽仍在原處；沙地雖然有些塌陷，坐床倒也沒有挪移。搖着尾巴的狗還認得舊客，老鴉護着雛鴉未免過慮。雲淡天清，可遠眺翠微寺、皇子陂。我遊興不減，信步走過東籬。

其　三

落日平臺上，春風啜茗❶時。

石闌斜點筆❷，桐葉坐題詩。
翡翠鳴衣桁❸，蜻蜓立釣絲。
自今幽興熟，來往亦無期❹。

【章旨】寫品茶題詩，雅興正濃。

【注釋】❶啜茗　品茶。❷斜點筆　橫斜着筆蘸墨。❸衣桁　曬衣的竹竿。❹自今二句　《杜律啟蒙》：「自今以後，幽興既熟，人之來往無期，則物之來往亦無期也。此正萬物靜觀皆自得意。」

【語譯】夕陽的餘暉落在平臺上，細品香茗在春風裡。石欄置硯斜蘸筆，拾片桐葉坐題詩。釣絲不動蜻蜓悄悄立，曬衣竿上羽雀自在啼。我對山林幽興已是如此癡迷，自今而後常來常往豈有盡期！

【研析】日本杜甫研究名家吉川幸次郎《杜甫私記》（或譯為《讀杜札記》）認為，杜詩有兩個特徵：一是朝輻射發展，視野廣闊，形式自由；一是朝聚焦發展，描寫微觀世界，用詞準確，表現細膩。不錯。杜甫曾夫子自道：「精微穿溟涬，飛動摧霹靂。」（〈夜聽許十一誦詩愛而有作〉）所選二首表明早期杜詩觀察入微的特徵已相當成熟，其中如「鵶護落巢兒」、「蜻蜓立釣絲」諸句，尤見功夫，宋人頗能繼承這一路數。

渼陂行（七古）

【題解】黃鶴注：此天寶十三載（西元七五四年），未授官時作。陂，池也。渼陂，因水味美，故配水以為名，在鄠縣西五里，出終南山諸谷。《杜臆》引胡松〈遊記〉：「渼陂上為紫閣峰，峰下陂水澄湛，環抱山麓，方廣可數里，中有芙蕖鳧雁之屬。」浦注：「紀一遊耳，忽從始而風波，既而天霽，頃刻變遷上，生出一片奇情。」

岑參兄弟皆好奇❶，攜我遠來遊渼陂。
天地黤慘❷忽異色，波濤萬頃堆瑠璃❸。
瑠璃汗漫泛舟入，事殊興極憂思集❹。
鼉❺作鯨吞不復知，惡風白浪何嗟及。
主人錦帆相為開，舟子喜甚無氛埃。
鳧鷖散亂棹謳發，絲管啁啾空翠來❻。
沉竿續蔓❼深莫測，菱葉荷花靜如拭。
宛在中流渤澥清，下歸無極終南黑❽。
半陂已南純浸山，動影裊窕沖融間。
船舷暝戛雲際寺，水面月出藍田關❾。
此時驪龍❿亦吐珠，馮夷⓫擊鼓群龍趨。
湘妃漢女出歌舞，金支翠旗光有無⓬。
咫尺但愁雷雨至，蒼茫不曉神靈意。

少壯幾時奈老何，向來哀樂何其多⑬。

【注　釋】❶岑參句　岑參，天寶三載（西元七四四年）進士，善於描繪邊塞奇異景色，是盛唐最富浪漫情調的著名的邊塞詩人。其兄弟五人，二哥岑況有文名，「兄弟」或指參、況二人。參，據陳貽焮考證，似當讀「餐」。殷璠《河嶽英靈集》稱岑參詩「語奇體峻，意亦造奇」。杜甫此詩也有意以「奇」制勝。❷黤慘　天色昏黑。❸瑠璃　即「琉璃」，一種矽酸化合物燒成的釉料，常見有綠色和金黃色，這裡專指綠色以形容碧波清澈。❹瑠璃二句　汗漫，水勢浩瀚。事殊興極，指風雨欲來偏要乘船出遊且興致很高。憂思集，《讀杜詩說》：「雖遊興已劇，然晴雨事殊，尚不可定，故覺憂思也。」❺鼉　即「揚子鱷」，俗稱豬婆龍。❻鳧鷖二句　鳧鷖，野鴨和水鷗。棹謳，漁歌。上句謂舟人唱歌而野鳥驚飛，倒裝句。絲管啁啾，指弦管奏樂之聲。空翠，指山光水色。❼沉竿續蔓　以竹竿繫上繩子，用來測水的深淺。❽宛在二句　渤澥，海灣，形容渼陂之廣大。終南黑，終南山的倒影呈深色。❾半陂四句　細寫終南山的倒影。渼陂南邊的水面都是終南山的倒影，隨波蕩漾，山光水色交融，如夢似幻。裹窕，形容水中山影搖動。裹，通「裊」。沖融，水波平定貌。船舷句，施鴻保《讀杜詩說》云：「弦，水邊也；戛，轢也，謂船弦經過之聲。今按，船在陂中，寺在岸上，如何經過且有聲？注引《長安志》：雲際山大定寺在鄠縣東南六十里，渼陂在鄠縣西五里。不但相去甚遠，一在縣東南、一在縣西，則尤不能經過。此句猶下『水面』句，皆指水中倒影而言，雲際之寺，遠影落陂，船舷經過，如與相戛。」擦過水影裡的雲際山大定寺，似乎也戛然有聲；而月亮正從倒影中的藍田關升出水面。陳貽焮《杜甫評傳》稱：「船舷是實，山寺倒影是虛，虛實相戛，匪夷所思，足見構思之奇。」❿驪龍　《莊子》：「夫千金之珠，必生九重之淵而驪龍頷下」。⓫馮夷　河神。⓬湘妃二句　湘妃，舜之妃子娥皇、女英。相傳舜死，二妃亦死於湘水，為其女神。漢女，漢水之神。金支，即金枝，飾物。翠旗，以翡翠鳥的羽毛飾旗。此極言湘妃漢女儀仗之美。仇注：「此寫月下見聞之狀：燈火遙映，如驪龍吐珠；音樂遠聞，如馮夷擊鼓；晚舟移棹，如群龍爭趨；美人在舟，依稀湘妃漢女；服飾鮮麗，仿佛金支翠旗。」⓭咫尺四句　此寫天氣忽變，由此引發詩人對人生哀樂無常的感慨。結句暗用漢武帝〈秋風辭〉：「歡樂極兮哀情多，少壯幾時兮奈老何！」仇注引盧世漼曰：「此歌變眩百怪，乍陰乍陽，讀至收卷數語，肅肅恍恍，蕭蕭悠悠，屈大夫〈九歌〉耶？漢武帝〈秋風〉耶？」

【語　譯】岑況、岑參是一對愛尋幽探勝的兄弟，他們帶我一起走出遠郊來到鄠縣西的渼陂。夏天總是陰晴變幻莫測，剛到目的地就天昏地暗，清澈的水面波濤洶湧好似堆起萬頃的琉璃。這叫好奇的岑氏兄弟高興極了，連聲叫着要泛舟到湖裡；而我呢，提心吊膽的，只怕黑風白浪打翻船，被巨鱷一口吞下悔之晚矣！可等到主人升帆開船，卻風吹雲散水淨天空，讓船工好不歡喜。他們高唱漁歌把一片野鴨水鷗撲楞楞驚散，船上弦管齊奏叫人心曠神怡，頓覺天地皆綠。竹管繫繩放進湖裡，一測竟然探不見底——原來是菱葉荷花與山光雲影交融互映，明鏡也似的湖面上終南山倒插直下千丈，黑黝黝的彷彿深得出奇，船就像行駛在滄海之中空碧無際。

日色將暝，舟移近岸。微波動搖，遠影落陂。終南山浸滿半個湖，如夢似幻——月從藍田關倒影中升出水面，船舷擦過水影裡的雲際寺，似乎也戛然有聲。燈火遙映，如驪龍吐珠。音樂遠聞，如馮夷擊鼓。晚舟移棹，如群龍爭趨。美人在舟，依稀是湘妃漢女。儀仗鮮麗，彷彿有金枝翠旗。天色又變得漆黑，一場雷雨就在頭頂。天意高難問，惟歌一曲〈秋風辭〉：「歡樂極兮哀情多，少壯幾時兮奈老何！」

【研　析】這首詩有意模仿岑參的風格而突出其「好奇」的特點。但誠如美國學者宇文所安《盛唐詩》所分析：杜甫「從根本上改造了他所觸及的一切」。岑參總是「小心翼翼地遵守情調一致的要求」，杜甫卻在描寫天氣變化中暗地多次改變情調，繁富變化是其特色。是。不過杜甫與岑參還有共同的一面，即「句句從體驗中來，從閱歷裡出」（鄭振鐸評岑參語）。這種化實為虛的功夫頗得力於《楚辭》。《杜詩鏡銓》稱：「只平敘一日遊景，而渼漾飄忽，千態並集，極山岫海潮之奇，全得屈騷神境。」渼陂浪漫之旅給杜甫留下深刻的印象，晚年〈秋興八首〉的意象與此一脈相通，請參照該組詩之研析。讀此詩有助於我們對杜甫「集大成」風格的理解，「集」中有創新也。

投贈哥舒開府二十韻（五排）

【題解】哥舒開府，即哥舒翰。史傳載：其先為突騎施酋長哥舒部之裔，蕃人多以部落為氏。《舊唐書》：翰好讀《左氏春秋傳》及《漢書》，通大義。天寶十一載（西元七五二年）翰自隴右節度副大使加開府儀同三司，次年進封西平郡王。此詩當作於天寶十三載（西元七五四年）。

今代麒麟閣❶，何人第一功？
君王自神武，駕馭必英雄。
開府當朝傑，論兵邁古風。
先鋒百勝在，略地兩隅空❷。
青海無傳箭❸，天山早掛弓❹。
廉頗仍走敵，魏絳已和戎❺。
每惜河湟棄，新兼節制通❻。
智謀垂睿想❼，出入冠諸公。
日月低秦樹，乾坤繞漢宮。
胡人愁逐北，宛馬又從東❽。
受命邊沙遠，歸來御席同。
軒墀曾寵鶴，畋獵舊非熊❾。

茅土加名數，山河誓始終⑩。
策行遺戰伐，契合動昭融⑪。
勳業青冥上，交親氣概中。
未為珠履客⑫，已見白頭翁⑬。
壯節初題柱⑭，生涯獨轉蓬。
幾年春草歇，今日暮途窮。
軍事留孫楚⑮，行間識呂蒙⑯。
防身一長劍，將欲倚崆峒⑰。

【注釋】❶麒麟閣　漢武帝獲麟，作麟閣以畫功臣。漢宣帝甘露三年，乃圖畫大將軍霍光等十二人於麒麟閣。❷略地句　略地，攻取邊境之地。兩隅，指青海與天山兩地區。❸青海句　無傳箭，趙次公注：「外寇起兵，則傳箭為號，無傳箭，息兵也。」《舊唐書・哥舒翰傳》云：翰初事河西節度使王倕，倕攻新城，使翰經略，三軍無不震懾。後節度使王忠嗣補為衙將，吐蕃寇邊，翰拒之於苦拔海，其眾三行，後山差池而下。翰持半段槍，當其鋒，擊之，三行皆敗，無不披靡，由是知名。天寶六載，翰代王忠嗣為隴右節度使，築神威軍於青海上，吐蕃至，攻破之。又築城於青海中龍駒島，吐蕃屏跡。❹天山句　天山，即祁連山，在今甘肅境內。掛弓，戰事平息。❺廉頗二句　廉頗，趙良將，破齊攻魏，封為信平君。魏絳，春秋時晉國大夫，又稱魏莊子。晉悼公時魏絳說晉侯和戎有五利。公悅，賜之女樂歌鐘。錢箋：翰年已老，素有風疾，故以廉頗為比。《新書》：十二載，賜翰音樂田園。與魏絳賜樂事相類。❻每惜二句　此聯言哥舒翰兼河西節度使以後，始收復失地，邊境通暢無阻。史載：睿宗時，楊矩為鄯州都督，奏請九曲地為公主湯沐。九曲水甘草良，宜畜牧，近與唐接，自是易入寇。天寶十二載（西元七五三年），翰進封涼國公，加河西節度使，攻破吐蕃洪濟、大漠門等城，悉收九曲地，自此邊境可自由來往。每，經常。河湟，黃河、湟水兩流域，用指西戎地界。錢注引〈郡國志〉：湟水，出青海東亂山中，東南流至蘭州，西南入黃河。❼垂睿想　垂，留下。這裡指貫徹、執行。睿想，明智的思想，用指皇帝的意見。❽胡人二句　逐北，戰敗被驅趕。宛馬，漢武帝征西域得大宛汗血馬，又稱天馬。❾軒墀二句　二句言玄宗寵遇哥舒翰，回朝將大用，故有下聯。軒墀，《左傳》：衛懿公好鶴，鶴有乘軒者。軒，指軒車而言。墀，臺階。或以「軒墀」為疑，朱注云：簷宇之末曰軒，取車象也。借用無害。《史記》：文王將獵，卜曰：「所獲非龍、非彲、非虎、非羆，乃霸王之輔。」果遇太公於渭陽，載與俱歸。❿茅土二句　此二句指哥舒翰封西平郡王事。《舊唐書》：天寶十二載九月，隴右節度使涼國公哥舒翰，進封西平郡王，食實封五百戶。茅土，古時王者建諸侯，各割其方色土以茅包與之，使立社，稱「茅土」。名數，指戶籍。山河誓，高祖封功臣，誓曰：「使黃河如帶，泰山若礪，國以永存，爰及苗裔。」⓫策行二句　上句言哥舒翰安邊之策既行，則戰爭可放棄。下句言合乎天意，則天將給予你永久的光明。遺，放棄。動，仇注：發動之動。此句舊注紛紜。《詩．既醉》有云：「君子萬年，介爾昭明。昭明有融，高朗令終。」是對有德君子的讚頌，說老天會賜給你永久的光明，有好結局。事實上這只是杜甫的勸誘，希望他們打仗要有節制，見好就收，這並非玄宗與哥舒翰所「契合」的原意，二人其實是黷武的。⓬珠履客　《史記》：春申君客三千餘人，其上客皆躡珠履。⓭白頭翁　詩人自指。⓮題柱　《成都記》：司馬相如初西去，題升仙橋柱曰：「不乘駟馬車，不復過此橋。」⓯軍事句　孫楚，《晉書》載：孫楚太原人，參石苞驃騎軍事，負其才氣，長揖曰：「天子命我參卿軍事。」此喻哥舒翰能容才士，錢注：翰奏嚴挺之子武為節度判官，河東呂諲為度支判官，前封丘尉高適為掌書記。又，蕭昕亦為翰掌書記，皆委之軍事。⓰行間句　行間，軍旅之間。《三國志．呂蒙傳》：吳使都尉趙咨使魏，對曰：「納魯肅於凡品，是其聰也。拔呂蒙於行陣，是其明也。」錢注：翰為其部將論功，隴右十將皆加封，若王思禮為翰押衙，魯靈為別將，郭英乂亦策名河隴間。又是年奏安邑曲環為別將，皆拔之行間。⓱防身二句　長劍，宋玉〈大言賦〉：「長劍耿耿倚天外。」崆峒，隴右道肅州有崆峒山。此句喻詩人欲參翰軍謀。

【語　譯】 當今誰人能及公？麒麟閣上擺頭功。君王神明又威武，所馭必是蓋世大英雄！滿朝武將從頭數，哥舒開府最傑出，論兵古人也要避其鋒。百勝將軍在，西北邊地一掃空。青海從此無戰事，天山太平不用弓。既有如此上將能破敵，朝廷見好就收該和戎。常惜前朝放棄河湟太大意，賴有將軍新兼節度豪氣沖，收復失地西域通。善體天子意，化為不世功，將軍才智遠勝朝廷內外袞袞諸公。日月普照大唐地，巍巍宮闕屹立天地中！胡人從此被驅逐，西域名馬也來貢。遠從邊塞受命歸，天子賜宴共恩榮。昔曾受寵如衛鶴，今似太公將大用。裂土實封三百戶，山盟海誓子孫接其踵。安邊之策能止戰，動合天意光明有令終。將軍勳業高，將軍情義重。惜我不能早日從軍為上客，如今已成兩鬢斑白一衰翁。壯志曾似相如初題柱，誰知遭際飄零蓬隨風。幾度春草生又滅，幾回哀哀歎途窮。將軍大量能因軍事留孫楚，將軍慧眼能從行伍之中識呂蒙。我有長劍耿耿倚天外，欲隨將軍轉戰氣如虹！

【研析】我們曾在〈兵車行〉研析中討論過盛唐邊塞戰爭的複雜性，這裡也出現類似現象。從倫理的角度看，哥舒翰曾以數萬唐兵生命換取吐蕃邊陲一石堡，可謂「一將功成萬骨枯」。尤其是潼關戰敗投降安祿山，更為後人所詬病。但是從歷史的角度看，哥舒翰收復河湟，屢挫吐蕃，於大唐安定是有功的。天寶年間西部邊陲土着人歌曰：「北斗七星高，哥舒夜帶刀。至今窺牧馬，不敢過臨洮。」這是邊地百姓的公論。哥舒翰還曾經以身家生命力保大將王忠嗣不死，又重用過嚴武、高適等一批英才，《舊唐書》稱其「疏財重氣，士多歸之」。杜甫於儒術無用，獻賦不成，情急之下想投靠他，投筆從戎，這完全是可以理解的。但更要緊的是，這首詩寫得很有氣勢，很能表達杜甫豪邁激揚的意氣。盛唐是一個濃於生命色彩的時代。田園詩與邊塞詩是盛唐詩的左手右臂：士子往往以田園詩表達其自在的志趣，以邊塞詩表達其激昂的意氣。這首詩應屬後者。尤其是在形式上，排律能寫得如此英詞壯采、一氣如虹，值得稱道。胡應麟《詩藪》評曰：「杜排律五十百韻者，極意鋪陳，頗傷蕪碎。蓋大篇冗長，不得不爾。惟贈汝陽、哥舒、李白、見素諸作，格調精嚴，體骨勻稱。每讀一篇，無論其人履歷，咸若指掌，且形神意氣，踴躍毫楮，如周昉寫生，太史序傳，逼奪化工。而杜從容聲律間，尤為難事，真古今絕詣也。」的確，此詩雖極意鋪陳，卻不傷於蕪碎，實在是得力於文氣的貫通。開篇二句不用偶對，陡然有勢，而轉換承接甚是圓健，如《讀杜心解》所稱：「其『策行』一聯，流水下；言帝心默契，不在跡而在神也。又恰好綰合篇首。」《杜詩鏡銓》於「勳業」二句下則引王阮亭云：「入自敘，一句一轉，脫手如彈丸。」「一句一轉」的敘述方式值得注意：由對方的「勳業」一轉至「交親」的態度，再轉至己方入幕之意願，急轉至歲月已逝，終轉至壯志猶在。場景、情境、意念的快速轉換形成「一句一轉，脫手如彈丸」的跳脫式敘述，是杜甫將古體精神運於排律以打破板滯結構的有力手段。

順便提一下，此詩通押東韻，而全詩出句末字則上去入遞用，這些都有助於該詩讀起來響亮、通暢而又頓挫、抑揚。

天育驃騎歌（七古）

【題　解】天育，馬廄名。驃騎，猶飛騎。驃，駿馬的一種，黃白色。唐人好馬，唐政府設有太僕專司養馬。《新唐書・兵志》載自貞觀至麟德四十年間，皇帝的馬廄裡有七十萬六千匹馬。馬不但用來打仗，還用來擊球、雜耍、跳舞，這些都是唐人愛好的生活內容。杜甫自己也善騎馬，尤愛神駿，現存馬詩多首，每首不同，各具精彩。詩作於天寶十三載（西元七五四年）。

吾聞天子之馬❶走千里，今之畫圖無乃是。
是何意態雄且傑，駿尾蕭梢朔風起。
毛為綠縹兩耳黃，眼有紫焰雙瞳方❷。
矯矯龍性合變化，卓立天骨森開張❸。
伊昔太僕張景順，監牧攻駒閱清峻❹。

遂令大奴❺守天育，別養驥子憐神俊。
當時四十萬匹馬，張公❻歎其材盡下。
故獨寫真傳世人，見之座右久更新。
年多物化空形影，嗚呼健步無由騁❼。
如今豈無騕褭與驊騮？時無王良伯樂死即休❽。

【注　釋】❶天子之馬　《穆天子傳》：「天子之馬走千里。」《詩法易簡錄》：「以九字長句起，便有奔放之勢。」❷是何四句　寫馬外形與意態之雄傑。蕭梢，擺尾的樣子。縹，淡綠色。《太平御覽・獸部》引《相馬經》：「眼欲得高巨，眼睛欲如懸鈴紫豔光。」雙瞳方，雙瞳仁呈方形。❸卓立句　天骨，非凡的骨骼。森開張，聳立展開。《杜臆》：「此篇妙在『卓立天骨森開張』，分明畫出豪傑模樣。」❹伊昔二句　伊，發語詞。張景順，開元年間為太僕少卿兼秦州都督監牧都副使，唐玄宗稱讚他說：「吾馬蕃息，卿之力也。」監牧，《新唐書・兵志》：監牧，所以蕃馬也。監牧之制，其官領以太僕。攻，此意為訓練。❺大奴　馬奴的頭目。❻張公　即太僕張景順。❼年多二句　物化，化為異物。此句意為：真馬已死，空留畫馬。畫馬再好，也不能馳騁，故曰「無由騁」。《詩法易簡錄》：「先用『嗚呼』二字頓宕其氣以引起之，趕出末兩長句，乃愈覺酣暢淋漓，極情盡致矣。」❽如今二句　騕褭與驊騮，古代的千里馬。王良，春秋時善御馬者。伯樂，春秋時善相馬者。《石洲詩話》：「無限感慨，一句盡之。」

【語　譯】我曾聽說穆天子的八駿一日走千里，如今所畫不就是其中的一匹？這是怎樣一種矯健的雄姿與神態啊：尾巴電掃北風起，淡青的毛色雙耳黃，方形的瞳仁射出紫焰光。桀傲矯捷有龍善變的本性，昂然而立骨架高張勢不凡。想當初，太僕卿張景順，任監牧，馴馬駒，相中的是牠的清峻。便命馬奴頭專人飼養在天育廄，愛的是這點兒天分。當時雖說有馬四十萬，張公卻歎道：儘是凡才不必問。只為此馬畫像傳世人，常見常新日親近。日久馬死剩圖形，哀哉畫像再好難馳騁！如今難道沒有快馬騕褭與驊騮？就少王良伯樂能相馬，死去有誰知！

【研　析】天寶十三載是杜甫心中充滿矛盾、彷徨的一年。長期求仕不遂，四面碰壁，加上連年災害，靠領救濟糧度日，使他焦躁不安。他時而想歸隱，時而想從戎，還繼續獻賦求知。此詩正是借歎馬而自歎。詩中還不無對「開元盛世」的懷念，也是對天寶末用人「無問賢不肖，選深者留之，依資據闕注官」（《通鑑》）政策的抨擊。在寫法上誠如蕭滌非先生所指出：「句句說真馬，即句句是畫馬。」

醉時歌（七古）

【題　解】題下舊注：「贈廣文館博士鄭虔。」鄭虔善詩、書、畫，唐玄宗稱之為「三絕」。《新唐書・鄭虔傳》：「玄宗愛虔才，更為置廣文館，以虔為博士。」史載，天寶十三載（西元七五四年）秋，霖雨積六十餘日，京城垣屋頹壞殆盡，人多乏貧，令出太倉米一百萬石濟之。是年春，杜甫已自東都攜眷移家至長安，不久則遇此水澇之災，故需日糴五升米。此詩或作於此年秋。《杜臆》云：「此篇總是不平之鳴，無可奈何之詞，非真謂垂名無用，非真薄儒術，非真齊孔、跖，亦非真以酒為樂也。杜詩『沉醉聊自遣，放歌破愁絕』，即此詩之解，而他詩可以旁通。」

諸公袞袞登臺省，廣文先生官獨冷❶。
甲第紛紛厭粱肉，廣文先生飯不足。
先生有道出羲皇，先生有才過屈宋❷。

德尊一代常坎軻❸，名垂萬古知何用。
杜陵野客人更嗤，被褐短窄鬢如絲❹。
日糴太倉五升米，時赴鄭老同襟期❺。
得錢即相覓，沽酒不復疑。
忘形到爾汝❻，痛飲真吾師。
清夜沉沉動春酌❼，燈前細雨簷花落❽。
但覺高歌有鬼神❾，焉知餓死填溝壑。
相如逸才親滌器，子雲識字終投閣❿。
先生早賦〈歸去來〉，石田茅屋荒蒼苔⓫。
儒術於我何有哉，孔丘盜跖⓬俱塵埃。
不須聞此意慘愴，生前相遇且銜杯。

【注釋】❶諸公二句　袞袞，連續不斷；眾多貌。臺，御史臺。省，中書省、尚書省、門下省，都是政府的重要部門。廣文先生，指廣文館博士鄭虔。該館與臺省相比自然屬「冷門」，後因雨館塌，竟無人來修，其「冷」可見。《杜詩鏡銓》引張云：「開手以富貴形貧賤，起得排宕。」❷先生二句　羲皇，指遠古的伏羲氏。出，超出，即陶潛所謂「羲皇上人」，以此讚鄭虔與世無爭的高尚品格。屈宋，即屈原、宋玉，以此讚鄭虔的文才。❸德尊句　此句為鄭虔抱不平，說你是一代道德模範，卻仕途不順，老坐冷板凳。坎軻，即「坎坷」，路途不平坦。❹杜陵二句　嗤，取笑。被褐，穿着粗布衣服。野客、被褐都是表明自己普通百姓的身分。唐人進士及第則稱為「釋褐」，表明從此脫下布衣步入仕途。❺日糴二句　糴，買進米穀。太倉，京師的大倉庫。此句言杜甫家無宿糧，所以要天天去糴米。或云：因救災糧是限購的，所以要每天買五升度日。亦通。同襟，猶「同志」，能同氣相求者。曹慕樊《杜詩雜說》謂此句言赴同氣相求的鄭老之約。「赴……期」為一短語。江淹〈傷友人賦〉：「固齊求而共徑，豈異袖而同襟。」❻忘形句　此句言二人不拘禮數，直呼你我，親密無間。爾汝，《文士傳》：「禰衡有逸才，與孔融為爾汝交，時衡年二十，融年已四十。」❼清夜句　此句寫秋夜喝春酒，時節正與天寶十三載秋糴太倉米事合。清夜，即「秋夜」，是古人約定俗成的用法，杜詩中用清夜也大都作於秋天。動春酌，鄧紹基《杜詩別解》認為，「動春酌」是指喝冬釀或春釀的「春酒」。事實上唐人也往往將酒命名為某春，《唐國史補》卷下稱：「酒則有……滎陽之土窟春、富平之石凍春、劍南之燒春」云云。杜甫寫於冬天的〈野望〉詩云：「射洪春酒寒仍綠。」❽燈前句　簷花，簷前之花。黑夜屋內燈前是看不見外面的細雨與花落的，只是想當然耳，用襯「清夜沉沉」。又，《杜臆》稱：「簷水落而燈光映之如銀花，余親見之，始知其妙。今注者謂近簷之花，有何意味？」雖然未必合杜甫原意，然而與文本不離不即，激發讀者之想像，是所謂「作者未必然，而讀者未必不然」者，因其的確有意味，錄供參考。❾有鬼神　即「詩成若有神」的意思。❿相如二句　相如，司馬相如，漢代大文學家，曾經開酒店親自動手做雜務。子雲，也是漢代文學家的揚雄，字子雲。揚雄曾經教人作奇字，後受株連，從天祿閣跳下，幾死。⓫先生二句　歸去來，陶潛有〈歸去來辭〉，此意在勸鄭虔棄官回鄉。石田，指瘦瘠的山田。⓬盜跖　即「柳下跖」，春秋末年的「大盜」。這裡將聖人與大盜並舉，是用《莊子・盜跖》語，也是自家的激憤語。

【語　譯】諸位先生們，你們憑什麼一個個都接連晉升到御史臺、中書省、門下省什麼的，就鄭老前輩卻孤零零冷清清一人坐冷板凳？你們住豪宅吃魚肉，他卻連飯也吃不飽有上頓沒下頓。廣文先生可是個有道之士，堪稱「羲皇上人」；他才高八斗超過屈原、宋玉。德高望重的人卻遭遇困頓，就是名垂萬古你說又有什麼用處？更不必提像我這樣的野老布衣，不衫不履又老又卑是個被人取笑的小人物。每天到太倉去糴些救濟糧，可我還是時不時的和鄭老相約喝一杯，只要同氣相求還管什麼禮數。有道是：朋友有通財之義，袋子裡只要還有幾個錢，不是你尋我來便是我請你。鄭老啊！你痛飲忘懷真是我的老師。夜色沉沉，秋寒喝春酒真叫愜意；燈影迷離，屋簷下落花兼着細雨。我們酒酣耳熱引吭高歌如有神助，誰還去理會明天或凍死或餓死埋在哪裡！天才司馬相如難免開店親自洗碗刷酒器，揚雄還不是教人奇字受株連跳樓差點沒死去？想開點吧鄭老，賦一篇〈歸去來〉，家鄉好歹還有幾畝薄田幾間破屋在等着你。天哪！飽經術通儒道於我何加焉？孔聖人與盜跖死後骨灰還能兩樣？聽罷我歌休惆悵，相逢即時酒一杯！

【研 析】《十八家詩抄》引張云：「滿紙鬱律縱宕之氣。」的確，此醉歌不同於李白的醉歌，一出於激憤，一出於豪放。酒後狂歌最無顧忌，真性情一瀉而出。仇注曾經認為「孔丘盜跖俱塵埃」一語是醉後牢騷不足為訓，後之注家也大多數強調這只是反語，未免挫鈍了杜詩鋒芒。杜甫正因其能激憤而有別於囁嚅諸生——老杜畢竟不是「純儒」。激憤，正是該詩的內在動力，掀起情感的波浪：不平、反諷、通達、激憤、自尊、惺惺相惜，一波未平一波又起。細讀此詩，有助於我們理解杜甫內涵豐富的沉鬱頓挫的總體風格。

鄭廣文是杜甫困守長安時的同道摯友，杜甫為他寫下多首好詩，如〈戲簡鄭廣文兼呈蘇司業〉：「廣文到官舍，繫馬堂階下。醉則騎馬歸，頗遭官長罵。」〈送鄭十八虔貶台州司戶，傷其臨老陷賊之故，闕為面別情見於詩〉：「鄭公樗散鬢成絲，酒後常稱『老畫師』。萬里傷心嚴譴日，百年垂死中興時。」〈題鄭十八著作丈故居〉：「亂後故人雙別淚，春深逐客一浮萍。……窮巷悄然車馬絕，案頭乾死讀書螢。」〈八哀詩．故著作郎貶台州司戶滎陽鄭公虔〉更是懷舊長篇（見本書所選）。其詩不但見兩人生死不渝之交情，而且刻畫生動，展示出鄭氏的音容笑貌及其不幸遭遇，令人望風懷想；同時也發露了詩人在困頓中與友人相濡以沫的深沉的人際感情。

秋雨歎三首 （七古）

【題 解】史載天寶十三載（西元七五四年）秋，霖雨六十餘日，京師廬舍垣牆，頹毀殆盡。權相楊國忠卻取禾之善者獻玄宗，說是「雨雖多，不害稼也」，玄宗以為然。扶風太守房琯言所部災，使御史追究之，天下無敢言災者。政治如此，詩人焉得不感慨？詩即作於是年。

其一

雨中百草秋爛死，階下決明顏色鮮❶。
着葉滿枝翠羽蓋❷，開花無數黃金錢。
涼風蕭蕭吹汝急，恐汝後時難獨立❸。
堂上書生空白頭，臨風三嗅馨香泣❹。

【章旨】第一首假物寓意，歎自己的老大無成；其中決明「顏色鮮」與百草之「秋爛死」，對比強烈，決明之形象堅強飽滿。

【注釋】❶階下句　決明，決明草，豆科，七月開黃花。作藥材可以明目，故叫決明。一說，甘菊亦名石決，入藥與決明子同功。宋人史鑄認為決明葉極稀疏，不得稱「翠羽蓋」，杜之所指當即甘菊。杜集中有〈詠庭前甘菊花〉，可為佐證。錄供參考。❷翠羽蓋　用翠綠色的鳥羽裝飾的車蓋。❸涼風二句　汝，指決明。後時，謂日後歲暮天寒。❹堂上二句　堂上書生，詩人自指。杜甫身世，與決明有類似之處，故不禁為之傷心掉淚。「臨風三嗅」從假物寓意轉入以情注物，是寫景也是比興。

【語譯】秋之淫雨百草爛，唯有決明草喲階下顏色鮮。茂密的枝葉像那翠羽飾成的車蓋，星星點點的花朵喲就像疊疊的黃金錢。蕭蕭的秋風兼秋雨，不斷地吹打在你身上，只怕你喲挺立難久長！白髮無成的書生在堂上，寒風送來你陣陣的馨香，無端惹得我淚漣漣。

其二

闌風伏雨❶秋紛紛，四海八荒同一雲❷。

去馬來牛不復辨，濁涇清渭何當分❸？
禾頭生耳黍穗黑，農夫田父無消息❹。
城中斗米換衾裯，相許寧論兩相值❺。

【章旨】第二首實寫久雨收成無望，既寫個人感受，亦歎城鄉百姓之苦。

【注釋】❶闌風伏雨　闌，橫斜貌。伏，面朝下；覆也。伏雨即「傾盆大雨」。成善楷《杜詩箋記》對「闌」的字義曾作詳釋，認為：「不按風向，一會兒東，一會兒西，一會兒南，一會兒北，這就是『闌風』，也就是亂了方向的風。」而「伏，覆也」，又有反覆義，故「伏雨就是落落停停，反覆無常的雨。」錄供參考。❷四海句　吳見思云：「四海八荒，同雲一色，則無處不雨，無日不雨矣。」❸去馬二句　因久雨水漲，致牛馬難辨，涇渭莫分。《莊子・秋水》：「秋水時至，百川灌河，兩涘渚涯之間，不辨牛馬。」❹禾頭二句　禾，穀子。《朝野僉載》：「俚諺曰：秋雨甲子，禾頭生耳。」這一句是說穀子有的已發芽捲曲如耳，黍穗則經久雨浸泡而黴黑。無消息，指農夫收成無望。❺相許句　此句言：為了活命，也就不計較衾裯和斗米的價值是否相等了。寫出當時百姓的無奈。相許，相互同意。寧論，豈論。

【語譯】風亂橫，雨傾盆；一朵烏雲罩四海，沒完沒了秋雨來。雨浪浪，天昏昏；牛來馬去誰能辨？渭清涇濁難區分。穀子發芽如耳狀，黍穗浸泡黴黑綻，農夫田父無指望。城中糧食貴，衾裯換斗米。只求不餓死，誰還計較價值是否兩相抵？

其　三

長安布衣誰比數❶？反鎖衡門守環堵❷。
老夫不出長蓬蒿，稚子無憂走風雨。

雨聲颼颼催早寒，胡雁翅濕高飛難。
秋來未曾見白日，泥汙后土❸何時乾？

【章旨】蕭滌非先生稱：「第三首自傷窮困潦倒，兼歎民困難蘇，有『長夜漫漫何時旦』之感。」

【注釋】❶長安句　長安布衣，杜甫自謂。比數，瞧得起。司馬遷〈報任安書〉：「刑餘之人，無所比數。」❷反鎖句　衡門，以橫木作門，貧者之居。環堵，家徒四壁。❸后土　大地。

【語譯】長安城裡最勢利，布衣有誰瞧得起？且鎖柴門守四壁。老夫愁坐庭長草，小兒戲穿風雨無憂慮。雨颼颼，催早寒。南歸的大雁雙翅濕喲，想要高飛難上難！秋雨不放白日出，泥濘大地何時乾？

【研析】這一組詩的結構具有很強的整體性：第一首以決明的鮮明形象發興，與「堂上書生」兩鏡互攝，二而一；第二首寫久雨成災，百姓同病；第三首又拉回寫個人與百姓同困。三首都在淫雨中渾然一片，個體與百姓之利害關係也同樣是「不復辨」、「何當分」，真所謂「概世也是概身」者也。

還有個小問題也辨析一下。「臨風三嗅馨香泣」，三嗅典出《論語・鄉黨》：「色斯舉矣，翔而後集。曰：『山梁雌雉，時哉時哉！』子路共之，三嗅而作。」此章素來無確解。其中「嗅」據唐石經，《五經文字》作「臭」，漢石經作「戞」，《正義》則認為當作「狊」，解為驚顧之意。是寫雌雉多次回頭驚顧，又飛了。顯然與杜詩原意無關，我們只管按「嗅」的字面義解讀就行了。這就涉及杜詩用典的多樣性問題。趙次公序其杜詩注有云：「事則或專用、或借用、或直用、或翻用、或用其意，不在字語中。或專用之外，又有展用、有倒用、有抽摘滲合而用，則李善所謂『文雖出彼而意殊，不以文害』也。」杜詩中的用事手法極其豐富，所以要活參。

九日寄岑參

（五古）

【題解】 與〈秋雨歎〉當是同時之作。九日，指九月九日重陽節。岑參，杜甫詩友之一，與高適齊名。

出門復入門，雨腳但仍舊。
所向泥活活❶，思君令人瘦。
沉吟坐西軒，飯食錯昏晝❷。
寸步曲江頭，難為一相就。
吁嗟乎蒼生，稼穡不可救！
安得誅雲師？疇能補天漏❸？
大明韜日月❹，曠野號禽獸。
君子強逶迤❺，小人困馳驟。
維南有崇山，恐與川浸溜❻。
是節東籬菊，紛披為誰秀❼？
岑生多新語，性亦嗜醇酎❽。

采采黃金花❾，何由滿衣袖？

【注　釋】❶泥活活　走在泥濘中發出的聲音。❷沉吟二句　沉吟，遲疑不決。西軒，西窗。下句言因陰雨而晨昏錯亂。❸安得二句　雲師，雲神。疇，誰。天漏，雨不斷，彷彿天漏洞。❹大明句　大明，指日月之光輝。韜，隱匿。❺強逶迤　勉強緩行。❻維南二句　維，句首助詞。崇山，高山，此指終南山。浸溜，隨水漂流。❼是節二句　是節，指重陽節。東籬菊，用陶淵明「采菊東籬下，悠然見南山」詩意。紛披，盛開。❽醇酎　美酒。《西京雜記》：「正月旦造酒，八月成，名曰九醞，一名醇酎。」❾黃金花　菊花。古人多用菊花釀酒。

【語　譯】出門看天又入門，雨下連綿還依舊。到處都是醬呱唧，想君不見腰圍瘦。思進思退坐西窗，飯頓錯亂倒昏晝。曲江幾步到，就是難聚首。蒼生更可歎，莊稼泡湯唯束手！雲神失責真該殺，有誰能為老天修補此缺漏？日月忙韜晦，禽獸野外吼。達官有車勉強還能行，小老百姓道路泥濘只困守。咦呀終南山，恐怕要被大水漂流走。重陽本是菊花節，如今盛開誰還有心來伺候？岑生岑生詩句新且多，性也嗜酒愛喝夠。採來菊花空滿袖，如此災情怎釀酒？

【研　析】葉燮《原詩》稱杜詩「隨所遇之人、之境、之事、之物，無處不發其思君王、憂禍亂、悲時日、念友朋、弔古人、懷遠道，凡歡愉、幽愁、離合、今昔之感，一一觸類而起。」說得好。像這首詩，極寫雨中對岑參的懷念，卻插入「吁嗟乎蒼生，稼穡不可救！安得誅雲師？疇能補天漏？大明韜日月，曠野號禽獸。君子強逶迤，小人困馳驟」。仇注馬上將它與史料聯繫起來，說：「今按《通鑑》：天寶十二載，秋八月，關中大饑，上憂雨傷稼，國忠取禾之善者獻之，曰：『雨雖多，不害稼也。』扶風太守房琯言所部水災，國忠使御史推之。是歲，天下無敢言災者。高力士侍側，上曰：『淫雨不已，卿可盡言。』對曰：『自陛下以權假宰相，賞罰無章，陰陽失度，臣何敢言？』詩中蒼生稼穡一段，確有所指。雲師，惡宰相之失職。天漏，譏人君之闕德。韜日月，國忠蒙蔽也。號禽獸，祿山恣橫也。君子小人，貴賤俱不得所也。」這對我們瞭解當時天災與人禍之間的關係無疑是有幫助的，尤其是對「安得誅雲師？疇能補天漏」的解讀，更具參考價值。杜甫後來在梓州寫〈喜雨〉：「安得鞭雷公，滂沱洗吳越！」一要止雨，一要催雨，目的相反，手法卻是一樣的，都有暗喻。二句印證了葉氏所說的「無處不發」其思君病民的情志。然而這種情志是與「當下」不同情境相感發而生的，是「這一個」，有其不可取代性。在整首詩中，雨腳、泥濘、菊花與酒，都滲透對友人的思念，從頭到尾都有岑生的影子在。末四句「岑生多新語，性亦嗜醇酎。采采黃金花，何由滿衣袖？」我們不但看到能詩嗜酒的岑參，同時還看到手捧菊花落寞惆悵的詩人自己，而其中的情感已溶入對天災民病的憂慮，可謂「三位一體」。

奉先劉少府新畫山水障歌　（七古）

【題　解】天寶十三載（西元七五四年），秋雨成災，杜甫攜家投奉先縣令楊某，楊為杜甫夫人宗親。此詩當在奉先所作。少府，唐人對縣尉的尊稱（縣令稱明府）。《文苑英華》本有注：「奉先尉劉單宅作。」知劉少府即劉單。奉先，今陝西蒲城。障，上面有題字面的整幅綢布，用作屏障，又稱障子。《說詩晬語》：「唐以前未見題畫詩，開此體者老杜也。」

堂上不合❶生楓樹，怪底❷江山起煙霧。
聞君掃卻赤縣圖，乘興遣畫滄洲趣❸。
畫師亦無數，好手不可遇。
對此融心神，知君重毫素❹。

豈但祁岳與鄭虔，筆跡遠過楊契丹❺。
得非玄圃裂？無乃瀟湘翻❻？
悄然坐我天姥❼下，耳邊已似聞清猿❽。
反思前夜風雨急，乃是蒲城鬼神入❾。
元氣淋漓障猶濕，真宰上訴天應泣❿。
野亭春還雜花遠，漁翁暝⓫踏孤舟立。
滄浪水深青溟闊，欹岸側島秋毫末⓬。
不見湘妃鼓瑟時，至今斑竹臨江活⓭。
劉侯天機精⓮，愛畫入骨髓。
自有兩兒郎，揮灑亦莫比。
大兒聰明到，能添老樹巔崖裡。
小兒心孔開，貌⓯得山僧及童子。
若耶溪，雲門寺⓰，
吾獨胡為在泥滓，青鞋布襪從此始⓱。

【注　釋】❶不合　不應該。❷怪底　疑怪語。「底」是六朝以來方言，相當於「什麼」。❸聞君二句　掃卻，一揮而就。杜詩：「戲拈禿筆掃驊騮。」赤縣，唐人或稱京師畿縣為赤縣，蒲城縣因葬唐睿宗於橋陵，改稱奉先，〈橋陵詩三十韻〉即稱：「居然赤縣立。」赤縣圖當指奉先縣形勢（山），與下句「滄州趣」（水）合讀，則先畫山後畫水，是一幅完整的奉先山水圖。注家或以為先畫一幅地圖，再畫一幅山水；地圖是細活，需精繪者，如何「掃卻」？誤。❹毫素　毛筆與白絹。此指代畫事。❺豈但二句　祁岳、鄭虔，皆與杜甫同時的畫家。楊契丹，隋代畫家。❻得非二句　此聯遙接起句，又用「得非」、「無乃」等若疑若訝之詞，以畫作真，山裂水翻，化靜為動。玄圃，傳說在崑崙山顛，仙人所居。❼天姥　山名，在浙江。❽猨　即猿。❾乃是句　蒲城，即奉先縣。趙次公注：此詩篇中使字，云「不合」，云「怪底」，云「得非」，云「無乃」，云「似聞」，云「乃是」，皆以形容其所畫景物之逼真也。云「玄圃」，云「瀟湘」，云「天姥」，乃取仙山及人間奇境稱比之也。❿元氣二句　元氣，天地自然之氣。元氣淋漓，形容筆墨的飽滿酣暢。真宰，造物主。此句形容此畫有奪天地造化之妙，暗用倉頡造字，天雨粟，鬼夜哭之意。李賀「筆補造化天無功」、「天若有情天亦老」、「石破天驚逗秋雨」的奇想咸從此中化出。⓫暝　黃昏。⓬滄浪二句　滄浪，形容水色清澈。青溟，大海。攲，俗作「欹」，斜也。秋毫末，動物之毫毛，至秋而細銳難察見。以此形容畫之工細，遠處之岸島，或攲或側，僅一痕耳。⓭不見二句　湘妃，舜的兩個妃子。傳說舜死，其二妃以淚灑竹，竹盡斑。《楚辭・遠遊》：「使湘靈鼓瑟兮。」⓮劉侯句　劉侯，即主人劉單，侯是敬稱。天機精，天性聰明。⓯貌　描繪。唐人俗語。⓰若耶溪二句　《大清一統志》云：若耶溪在浙江會稽縣南若耶山下，北入鏡湖。雲門寺在縣北。兩處皆盡泉石之好。⓱吾獨二句　泥滓，泥濁。喻渾濁的社會。結句言畫能動人歸隱之遐想。

【語　譯】怪哉！廳堂之上居然長楓樹，畫障開處江山起煙霧。好個劉少府：揮毫先成山，遣興再為水，掃出一幅赤縣滄洲山水圖。畫師有無數，妙手真難求。君將心神融筆墨，一心只作丹青遊。休道祁岳與鄭虔，前朝楊契丹也歎不如。山，莫非崑崙崩一角？水，豈從瀟湘剪一段？不覺移我坐天姥，耳聞啼猿續還斷。忽憶前夜風聲雨聲急，應是蒲城鬼神聚。至今畫障濕，元氣正淋漓，巧奪天工天亦泣。春歸野亭外，雜花向遠開。黃昏漁翁踏浪立孤舟，水蒼蒼，深似海，天際岸島一絲猜。湘靈鼓瑟今不見，空見臨江斑竹淚痕在。劉侯天分高，愛畫入骨牢。還有兩兒郎，也都善揮毫。大兒使聰明，巧添崖樹老。小兒亦開竅，畫得山僧童子妙。若耶溪，雲門寺，此地泉石好。我又何苦獨自陷濁世，從今而後三山五嶽青鞋布襪且遊遨！

【研　析】宋人吳龍翰云：「畫難畫之景，以詩湊成；吟難吟之詩，以畫補足。」這是大白話，將詩畫互補關係一滾子說盡。詩是時間藝術，不能以目直擊，故倡「興象」，極力追求「如畫」的視覺效果；畫是空間藝術，停於一瞬，故重筆墨之「氣韻」，求其生動而「逼真」。好畫題上好詩，自然是互動兼美的捷徑。杜甫之所以能得風氣之先，就在乎深明詩畫互補之道理，其題詩能接畫中固有之氣韻，且化畫意為詩情，再造藝術幻境。此詩首句便憑空喝起，直認畫境作真景，使畫中筆筆皆活。「對此融心神，知君重毫素」一句，點明「外師造化，中得心源」是畫者能化景物為筆墨情趣之所在。「元氣淋漓障猶濕」一句，寫盡「氣韻生動」，風雨、天泣皆從「濕」字生出，真境逼而神境生矣！無畫處皆成妙境矣！然則，中國山水畫講究的是自然的人化，是陶冶性情，是宋人郭熙所謂「可行可望，不如可居可遊之為得」，故杜甫意不在天姥湘妃，而在乎野亭漁翁。以詩畫陶冶性情，是其能事。天寶十三載杜甫身心俱疲，攜家投奉先令，賞此山水畫能不喟然歎曰：「吾獨胡為在泥滓，青鞋布襪從此始！」

送蔡希魯都尉還隴右因寄高三十五書記（五排）

【題　解】題下舊注：「時哥舒入奏，勒蔡子先歸。」《通鑑》：天寶十四載（西元七五五年）春，哥舒翰入朝，道得風疾，遂留京師。詩當作於此時。都尉，《唐書》：諸府折衝都尉各一人，左右果毅都尉各一人。每歲季冬，折衝都尉率五校之屬，以教其軍陣戰鬥之法。高三十五，指高適。三十五是排行，唐人喜以家族中的排行稱人。書記，哥舒翰曾表薦高適為元帥府掌書記，故稱。

蔡子[1]勇成癖，彎弓西射胡。
健兒寧鬥死，壯士恥為儒。

官是先鋒得，材緣挑戰須❷。
身輕一鳥過，槍急萬人呼。
雲幕隨開府，春城赴上都❸。
馬頭金匼匝，駝背錦模糊❹。
咫尺雪山路，歸飛青海隅❺。
上公猶寵錫，突將且前驅❻。
漢使黃河遠，涼州白麥枯❼。
因君問消息，好在阮元瑜❽？

【注釋】❶子　對男子的尊稱。❷官是二句　此句是說蔡希魯是靠自己的才能得官的，是稱職的。蔡希魯官銜是「都尉」，幹的是「突將」的活，所以要符合善馳突，能「挑戰」的條件。❸雲幕二句　雲幕，帳幕如雲，極言其多。開府，唐制，開府儀同三司，從一品。此指哥舒翰，天寶十一載（西元七五二年）加開府儀同三司。上都，國都，此指長安。❹馬頭二句　匼匝，周繞貌。此言以金絡馬頭。錦模糊，以錦蒙背。史載哥舒翰在隴右，每遣使入奏，常乘白駱駝，日馳五百里。四句寫哥舒赴京隊伍的壯觀與豪華。趙次公曰：「匼匝、模糊」，皆方言。❺咫尺二句　此聯趙次公注：「此謂希魯先勒還隴右，視雪山咫尺，不以為遠，故歸飛西海隅也。」❻上公二句　上公，太師、太傅、太保，古稱上公。哥舒翰天寶十三載拜太子太保，故稱之。突將，能馳突之驍將。❼漢使二句　漢使，唐人往往以漢喻唐，此喻指蔡希魯。涼州，治所在今甘肅武威。白麥，史載涼州曾貢白小麥。❽好在句　好在，問候語，你好。阮元瑜，建安七子之一的阮瑀，字元瑜。曹操辟為管記室，草擬軍國書檄，喻指高適。

【語　譯】蔡兒好勇已成癖，彎弓射敵到河西。健兒寧可戰鬥死，恥為腐儒守刀筆。衝鋒在前得官來，軍中能少挑戰材？槍如驟雨敵陣開，身輕如燕一穿過，萬人驚呼真壯哉！馬頭金絡匝，駝峰錦繡覆。得勝將軍入奏初，從者如雲千帳幕，京都春色迎開府。皇上恩寵留上公，突將受命先遣歸。迢迢雪山似咫尺，蹄疾青海返如飛。遙指黃河送漢使，涼州白麥諒已熟。託君為我問故人，高適書記安好不？

【研　析】首八句鋪寫健兒快馬，明白如話的語言、躍動的句式皆與之相稱。中八句如浦注所稱：「四敘入朝，四敘歸隴。瞥然而來，瞥然而去。」時而在邊塞，時而「赴上都」；方在「黃河遠」，忽歸「青海隅」。這裡是用畫面的急劇切換來實現地理上大跨度的飛躍，時空跌宕與主人公輕捷身手拍合。對偶句於是恰恰成為一種優勢：畫面的對應造成時空的快速切換。至如「身輕一鳥過，槍急萬人呼」，更是充分利用對應關係，以緊密的視覺意象形成張力，擺脫日常語法，造就中國詩歌特有的意象語言。

總的說來，此首寫邊將，虎虎有生氣，不讓善寫人物著稱的李頎。其名篇〈送陳章甫〉云：「四月南風大麥黃，棗花未落桐葉長。青山朝別暮還見，嘶馬出門思舊鄉。陳侯立身何坦蕩，虬鬚虎眉仍大顙。腹中貯書一萬卷，不肯低頭在草莽。東門酤酒飲我曹，心輕萬事如鴻毛。醉臥不知白日暮，有時空望孤雲高。長河浪頭連天黑，津吏停舟渡不得。鄭國遊人未及家，洛陽行子空歎息。聞道故林相識多，罷客昨日今如何。」此詩王夫之《唐詩評選》歎為「頎集絕技」。與上引杜詩相類，都是送俠客式人物，也都寫得痛快沉着。但李詩似寫意畫，逸筆浮紙，提出精神；杜詩則鐵線白描，入木三分，攝入精神。歐陽修《六一詩話》錄一則廣為流傳的杜詩佳話：

> 陳公（從易）時偶得杜集舊本，文多脫誤，至〈送蔡都尉〉詩云：「身輕一鳥」，其下脫一字。陳公因與數客各用一字補之。或云「疾」，或云「落」，或云「起」，或云「下」，莫能定。其後得一善本，乃是「身輕一鳥過」。陳公嘆服，以為雖一字，諸君亦不能到也。

此例極見杜詩用字之準確穩妥，蓋蔡某為先鋒、為突騎，破陣、挑戰是其長。在敵陣如牆、槍驟如雨的敵軍中出入，或云「疾」，或云「落」，或云「起」，或云「下」，都難表現其神勇。「身輕一鳥過」之「過」，猶李太白「兩岸猿聲啼不住，輕舟已過萬重山」之「過」。其從容敵陣之狀可掬，故為「諸君亦不能到也」，雖高手李頎亦不能奪也。元稹譽杜「得人人之所獨專」，果然。

官定後戲贈（五律）

【題解】原注：「時免河西尉，為右衛率府兵曹」。天寶十四載（西元七五五年）十月，杜甫被委派為河西縣尉，但他不肯就任，乃改任右衛率府胄曹參軍（正八品下）。這是看守兵器、管門禁鎖鑰的小官，與杜甫「致君堯舜」的抱負相去甚遠。杜甫有點啼笑皆非，便寫此自嘲詩「戲贈」自己。一說「贈」乃「題」之誤。

不作河西尉，淒涼為折腰❶。
老夫怕趨走，率府且逍遙。
耽酒須微祿，狂歌託聖朝❷。
故山歸興盡，回首向風飆❸。

【注釋】❶不作二句　尉，縣尉。高適為封丘縣尉有詩云：「拜迎官長心欲碎，鞭撻黎庶令人悲！」這正是杜甫「不作河西尉」的原因。故《杜臆》云：「若論得錢，則為尉頗不淒涼，其云『淒涼』者，為折腰且怕趨走，不如率府兵曹且得逍遙。」而「鞭撻黎庶」更是杜甫所不能接受。❷耽酒二句　「須」字，「託」字，表明自己為貧而仕的不得已。《唐詩歸》引譚云：「二語是窮人、狂人至言，『託』字尤深。」❸故山二句　意為：一官羈絆，歸家不得，但臨風回首而已。

【語　譯】河西縣尉當不得：鞭撻黎民心碎，折腰趨走可悲，我輩豈能為！率府兵曹官微，且得逍遙無累。些少俸祿供杯酒，託跡聖朝狂歌沸。故山迷，歸興廢，臨風回首心事違。

【研　析】《杜詩言志》云：「少陵棲棲皇皇，試考功，試尚書，上〈三大禮賦〉，急欲求進，而河西不拜，則前此之不定也。及改右衛府曹參軍乃就職者，亦為貧而仕耳，豈立朝行道之志哉！」算是「踢着杜氏鼻孔」。「官定」而心不定，本以為可以「率府且逍遙」，但很快他就明白「野人曠蕩無靦顏，豈可久在王侯間？」（〈去矣行〉）率府也不易待。不管怎麼說，中國士子總是斷不了奶，繞定朝廷轉，「皮之不存，毛之焉附？」這大概是知識分子缺乏獨立精神的歷史病根，雖偉大如杜甫，不能免也。不過杜甫畢竟偉大，他一生總是與朝廷形成張力，不即不離。在「弱植不足扶」的情況下，他還是會毅然離去的，此是後話。

自京赴奉先縣詠懷五百字（五古）

【題　解】題下舊注：「天寶十四載（西元七五五年）十一月初作。」安祿山作亂於是月，消息尚未傳至長安，玄宗君臣還在驪山作樂。杜甫由長安往奉先縣探親，見此情景，有感而作。此詩在杜甫創作上具有劃時代的意義，堪稱一代史詩。《唐宋詩醇》云：「此與〈北征〉為集中巨篇。攄鬱結，寫胸臆，蒼蒼莽莽，一氣流轉。其大段中有千里一曲之勢而筆筆頓挫，一曲之中又有無數波折也。……前述平日之衷曲，後寫當前之酸楚；至於中幅，以所經為綱，所見為目，言言深切，字字沉痛。」

杜陵有布衣，老大意轉拙。
許身一何愚，竊比稷與契❶。

居然成濩落❷，白首甘契闊❸。
蓋棺事則已，此志常覬豁❹。
窮年憂黎元，歎息腸內熱❺。
取笑同學翁，浩歌彌激烈❻。
非無江海志，蕭灑送日月。
生逢堯舜君，不忍便永訣❼。
當今廊廟具❽，構廈豈云缺？
葵藿❾傾太陽，物性固莫奪。
顧惟螻蟻輩，但自求其穴。
胡為慕大鯨，輒擬偃溟渤❿？
以茲悟生理，獨恥事干謁。
兀兀遂至今，忍為塵埃沒⓫。
終愧巢與由，未能易其節⓬。
沉飲聊自遣，放歌破愁絕⓭。

【章旨】首段敘述自己一貫憂國憂民的志向：「竊比稷與契」是其情志的內核，「窮年憂黎元」是貫穿全詩的情感線索。其中充滿「思朝廷」與「憂黎元」之間的內心矛盾。《杜詩鏡銓》云：「首從詠懷敘起，每四句一轉，層層跌出。」

【注釋】❶杜陵四句　起四句當作一氣讀。布衣，指無官職的平民。此時杜甫已獲小官，屬追述口吻。或云杜甫以布衣自居，如林庚《詩人李白》云：「杜甫當時已初任右衛率府胄曹參軍，卻仍無妨自稱布衣，而杜甫之所驕傲於布衣的，則正是在那『竊比稷與契』的政治抱負上。」錄供參考。拙，迂拙，與第三句的「愚」相應。《杜詩闡》：「凡人老大，則工於世故，杜陵布衣獨不然，至老彌拙。蓋由許身愚，動以稷、契自命耳。」許身，猶自許。稷，周的祖先，教民耕種。契，殷的祖先，推行文化教育。三、四句為全詩總綱。胡曉明〈唐詩與中國文化精神〉評道：「中國文化中，人皆可以成堯舜，布衣也可以為聖賢事業，這是高度的道德自主的。要做知識人，就要多少有點聖賢氣象。」❷濩落　即廓落，大而無用。❸契闊　猶辛苦。❹此志句　此句言常希望稷契之志能有開展之日，至死方休。覬，希企。豁，開展意。❺窮年二句　窮年，一年到頭。黎元，民眾。腸內熱，意為憂心如焚。❻取笑二句　此聯云：旁人越是笑我，我就愈加堅決、慷慨！彌，更加。❼非無四句　表達詩人對朝廷欲去不忍的矛盾心理。❽廊廟具　喻朝廷之棟梁。❾葵藿句　葵花向日，藿是豆葉，不向日；但詩文多葵藿連文，是「複詞偏義」。《淮南子・說林》：「聖人之於道，猶葵之與日也。雖不能與終始哉，其向之誠也。」❿顧惟四句　顧，回視，此處有反思義。螻蟻，此喻小老百姓。杜詩：「顧分竹實及螻蟻。」四句應作一氣讀：念我輩「蟻民」本該安分自求其穴，怎麼搞的會去羨慕巨鯨排海（也想參與國事）？溟渤，茫茫的渤海，此泛指大海。當時詩人心情矛盾，朝廷昏庸，仕途蹭蹬，使詩人想退隱江湖，而「窮年憂黎元」、「葵藿傾太陽」的熱腸又使之不忍永訣，進退維谷。詩人想從哲理上的參悟求解脫。「螻蟻求穴」與《莊子》所謂「鷦鷯巢林」、「偃鼠飲河」在哲理上有相通之處。杜甫多次將自己的在野比作「鷦鷯在一枝」、「飛棲假一枝」。所以接下說：「以茲悟生理。」士大夫失意則以道家思想自解是常有的事。或以為「螻蟻輩」喻目光短淺的朝臣，只知營謀眼前利益，亦通，但與下文「終愧巢與由」句難銜接，錄供參考。⓫以茲四句　以茲，以此，即上注所說的思考。生理，人生的道理、準則。獨，特。干謁，拜見顯貴。此句緊接上四句，意為：由此我悟出了人生的道理，深以干謁為恥。這是杜甫對長安生活沉痛的總結與反思，為其間「朝扣暮隨」的干謁生活深感悔恨。杜甫的內省是深刻而痛苦的，可以說是一種覺醒。敢於正視自己，是其人格偉大之處。歷來注家以「詩聖」解讀杜甫，似未必能得杜詩心，故多寫幾句供參考。兀兀，辛苦貌。忍，豈忍。此句意為：由於「事干謁」，所以不得不過着「朝扣富兒門，暮隨肥馬塵」的辛苦日子，但我又豈忍長此以往，為庸庸碌碌的生活所埋沒？⑫終愧二句　巢與由，巢是巢父，由是許由。嵇康《高士傳》：「堯之讓許由也，由以告巢父。父曰：『汝何不隱汝形？非吾友也！』許由悵然不自得。」二人不肯涉足仕途，故阮籍詩云：「巢由抗高節。」此句與「非無江海志，蕭灑送日月」相應。杜甫多次表示要「歸山買薄田」，但老是「不忍便永訣」，所以這裡說是「終愧巢與由」，像他們那樣「抗高節」，與「苦被微官縛，低頭愧野人」意近。⑬沉飲二句　一面是「竊比稷契」，一面是「終愧巢由」，強烈的矛盾畢杜甫之一生不能解決。痛飲放歌是杜甫常有的無可奈何之舉。以上一大段往復矛盾，一放一收，最能體現杜甫沉鬱頓挫的風格。

【語　譯】杜陵出了我這麼個布衣，越活是越拙迂。你說我什麼不能比，偏要以大賢稷、契自許！這不，最後只落得大而無當，白首困頓為人譏。除非斷了這口氣，實現理想志不移。一年到頭窮歎氣，為百姓心憂如焚，滿腔熱血有誰理？只引來同輩士子的嘲笑，可我的歌唱得愈加激昂清脆。我何嘗沒有歸隱江湖的打算，一日復一日，蕭灑無為。只是生逢聖明的君主，我怎忍心掉頭離他而去。話說回來，朝廷棟梁之材有的是，就缺你這個小人物？只不過葵花向日，生性如此。念我等蟻民，只該安分守己找個安身處，怎麼搞的竟敢仰慕巨鯨，也想要山吞海吐？以此細思量，人生的道理終於有所悟：悔不該從事干謁，辛辛苦苦庸庸碌碌，到底是愧對抗節不仕的許由與巢父！痛飲聊自消遣，放歌一破愁苦！

歲暮百草零⑭，疾風高岡裂。
天衢陰崢嶸，客子中夜發⑮。
霜嚴衣帶斷，指直不得結。
凌晨過驪山，御榻在嵽嵲⑯。

蚩尤塞寒空，蹴蹋崖谷滑⑰。

瑤池氣鬱律，羽林相摩戛⑱。

君臣留歡娛，樂動殷膠葛⑲。

賜浴皆長纓，與宴非短褐⑳。

彤庭所分帛㉑，本自寒女出。

鞭撻其夫家，聚斂貢城闕。

聖人筐篚恩，實欲邦國活。

臣如忽至理，君豈棄此物㉒？

多士盈朝廷，仁者宜戰慄㉓。

況聞內金盤，盡在衛霍室㉔。

中堂舞神仙，煙霧散玉質㉕。

暖客貂鼠裘，悲管逐清瑟。

勸客駝蹄羹，霜橙壓香橘。

朱門酒肉臭，路有凍死骨㉖。

榮枯咫尺異，惆悵難再述㉗。

【章旨】第二段敘述途中所見所聞，夾敘夾議，「朱門酒肉臭，路有凍死骨」一聯，最為警策，感慨成文，字字沉痛。

【注釋】⑭歲暮句　以下三十八句寫過驪山所見所聞所感，是所謂「史筆」，深刻地揭露了社會矛盾。⑮天衢二句　天衢，天空。陰崢嶸，形容寒氣陰森。客子，行人，杜甫自指。⑯凌晨二句　驪山，距長安六十里。《雍錄》：「溫泉在驪山。秦漢隋唐常遊幸，惟玄宗特侈。蓋即山建立百司，庶府皆行，各有寓止。自十月往，至歲盡乃還宮。又緣楊妃之故，其奢蕩益着。」嵽嵲，山高貌。此句言適逢玄宗皇帝下榻驪山。⑰蚩尤二句　蚩尤，黃帝時諸侯。傳說黃帝與蚩尤戰，蚩尤作大霧。此以蚩尤指大霧。塞，充滿。下句言因霧大，故路滑。⑱瑤池二句　瑤池，傳說西王母與周穆王會於瑤池。此借指玄宗與楊貴妃遊幸驪山溫泉。鬱律，熱氣蒸騰貌。羽林，皇帝的衛隊。相摩戛，言其眾多。⑲君臣二句　殷，震動。膠葛，曠遠深大貌。⑳賜浴二句　長纓，貴人服飾，借指貴人。短褐，粗布短衣，借指平民。㉑彤庭句　彤庭，指朝廷，古代宮殿用朱漆塗飾。《通鑑》載天寶八載二月，引百官觀左藏，賜帛有差。是時州縣殷富，倉庫積粟帛，動以萬計。楊釗（國忠）奏請所在糶變為輕貨，及徵丁租地稅皆變布帛輸京師。屢奏帑藏充，古今罕儔，故上（玄宗）帥群臣觀之。上以國用豐衍，故視金帛如糞壤，賞貴寵之家，無有限極。這正是以下幾句所反映的歷史事實。㉒聖人四句　意為：皇帝的賞賜，無非是要臣子們把國家搞活，如果做臣子的連這個道理也不懂，皇帝豈不是白丟了這些財物？此句是對皇帝的回護。聖人，唐人稱皇帝通曰「聖人」。筐篚，盛東西的竹器。筐篚恩，指皇帝賜物之恩。忽，忽視。至理，即上句「實欲邦國活」。吉川幸次郎以為「理」當作「治」，唐人避高宗李治諱，故寫作「理」。是。㉓多士二句　此聯意為，朝廷裡有這麼多的官，其中有良心者對上述現象應感到震驚惶恐！多士，指百官，語出《詩·文王》：「濟濟多士。」㉔況聞二句　內，大內，指宮禁。衛霍，衛青、霍去病，指外戚。此影射楊國忠一夥，大膽的指斥，距明皇只隔一層薄紙。㉕中堂二句　煙霧，形容衣裳的輕飄。玉質，形容美人肌膚潔美。㉖朱門二句　《孟子·梁惠王》：「庖有肥肉，廄有肥馬，民有饑色，野有餓莩（餓死的人），此率獸而食人也。」杜甫「朱門」一聯誠如《甌北詩話》所說：「此皆古人久已說過，而一入少陵手，便覺驚心動魄，似從古未經人道者。」其原因大約有二：一是此為杜甫親身所歷、所感，下文「入門聞號咷，幼子餓已卒」可證，所以有極強烈的情感力量；二是句式凝煉警策，在十字之間，形成極其強烈的對比、碰撞，揭示社會普遍矛盾之深，可謂震鑠古今。歷史與現實、內容與形式的高度統一使其雖用古人意而能如《杜詩鏡銓》所稱：「拍到路上無痕。」㉗榮枯二句　榮，指富裕豪華。枯，指窮愁饑困。咫，周代八寸為咫，比喻近距離。這一大段通過路上見聞，情感上已從個人遭遇的糾葛中擺脫出來，開始從更高角度觀察社會現象，並反映其本質性的問題。

【語譯】百草凋零，又到了歲暮。高岡風急能裂石，寒空烏雲密布。我這個遊子半夜動身，留兩行霜跡趕路。嚴寒凍斷了衣帶，想打個結無奈手指僵直。凌晨經過驪山，皇上正雲臥在此山高處。寒空充塞着濃霧，路滑小心跌入崖谷。溫泉蒸氣正氛氳，羽林禁衛密密層層嚴保護。忽有樂聲徹雲宵，君臣歡娛時光駐。華清池上，賜浴莫非衣朱着紫；皇家宴席，豈容褐衫粗布！朝廷賜帛頒錦，哪一寸不是貧女織成？不惜對其夫家鞭打刑逼，處處暴斂橫徵，這才一車一車輸往京城。天子盈箱滿筐地賜給爾等，無非是要你們盡心盡力使國家昌盛。群臣如果玩忽至治這個大道理，天子這些賞賜豈不是白扔？濟濟滿朝文武，有良心的就該惶恐、驚震。更不可思議的是，皇宮大內的金銀器，都成了外戚楊家的用具。中堂輕歌曼舞的女子賽神仙，煙霧般的綃綺罩着玉體。讓賓客穿上暖和的貂裘，吹起激越的簫笛追和那幽揚的琴瑟；殷勤地勸客嘗一嘗駝蹄羹，玉盤上還堆壓着霜橙與香橘。朱門內吃不完的肉山酒海已發臭，可朱門外多少凍餓而死的人屍骨無人收！咫尺之間一榮一枯別如天淵，哽咽氣噎我難再往下說……

北轅就涇渭，官渡又改轍㉘。
群冰從西下，極目高崒兀㉙。
疑是崆峒來，恐觸天柱折㉚。
河梁幸未折，枝撐聲窸窣㉛。
行旅相攀援，川廣不可越。

老妻寄異縣㉜，十口隔風雪。
誰能久不顧？庶往共饑渴㉝。
入門聞號咷，幼子饑已卒。
吾寧舍一哀，里巷亦嗚咽。
所愧為人父，無食致夭折。
豈知秋未登，貧窶有倉卒㉞。
生常免租稅，名不隸征伐㉟。
撫跡猶酸辛，平人固騷屑。
默思失業徒，因念遠戍卒㊱。
憂端齊終南，澒洞不可掇㊲。

【章　旨】第三段敘述家人處境的悲慘，又推己及人，憂憤深廣。《杜詩鏡銓》引張上若云：「此五百字真懇切至，淋漓沉痛，俱是精神，何處見有語言？豈有唐諸家所能及！」

【注　釋】㉘北轅二句　北轅，向北走。官渡，涇水與渭水合流處的渡口，趙次公注：「涇渭二河，官所置渡也。」即因為政府所設，故稱「官渡」，並非曹操與袁紹決戰之官渡。改轍，是說過了官渡又改道。以下三十句由己及人，歌斯哭斯，敘事、抒情、議論渾然一體，密不可分。㉙群冰二句　此聯寫河流挾冰塊而下，勢如山崩。崒兀，高峻貌。㉚疑是二句　崆峒，山名，在甘肅岷縣，其北則渭水之源。天柱折，《淮南子．天文》：「昔者共工與顓頊爭為帝，怒而觸不周之山，天柱折，地維絕。」此寫冰河洶洶，使人有天崩地塌之感，與當時帝國危機大廈將傾的形勢相應。㉛枝撐句　枝撐，橋的支柱。窸窣，動搖聲。㉜寄異縣　異縣，指奉先。天寶十三載（西元七五四年）冬，杜甫因京師乏食，把家小送奉先寄寓，故云「寄異縣」。見前〈奉先劉少府新畫山水障歌〉題解。㉝庶往句　庶，庶幾。希冀之詞。蕭先生云：「『庶』字深厚，有求之不得的意思。是說自己這番去探望妻子，即使不能解決全家生活問題，但能一道過苦日子也是好的。」㉞豈知二句　登，禾稻收割叫做登。寠，窮。倉卒，急變。卒，同「猝」。這裡指陡然發生的事故——「幼子餓已卒」。㉟生常二句　唐制，凡官僚家庭，都享有免租稅和免兵役的特權。㊱撫跡四句　此四句是說自己是享受特權的人，尚且遭遇如此慘境，一般百姓的痛苦更是可想而知了。這裡最能體現杜甫推己及人的偉大人格。《杜詩鏡銓》引張曰：「只此家常事，曲折如話，亦非人所能及。窮困如此，而惓於國計民生，非希蹤稷契者，詎克有此。」撫跡，猶撫事，指幼子餓死事。平人，即平民。唐人避唐太宗李世民諱，改民為人。騷屑，動搖不安之意。㊲憂端二句　澒洞，即「澒蒙鴻洞」，相連無際貌。言憂思之深廣，如終南山之高，且浩渺無際，不可收拾。陳貽焮《杜甫評傳》云：「詩戛然而止於此，猶如洪流頓遭閘阻，波濤驟湧，高與天齊，勢不可當。如此長篇巨製不費此大力氣不能結束得住。」

【語　譯】車子向北奔涇渭，到了官渡要改道。二水合流西來挾冰澌，遠眺天際銀浪比山高。疑是崆峒順流下，只怕一頭撞上天柱地裂天也塌！幸好橋梁尚未折，撐柱傾斜吱嘎嘎。河廣橋長冒死過，相攙相挽別打滑！想到老妻寄異地，一家十口風雪裡，但求共饑寒，好歹要回去。入門撲面號啕哭，小兒餓死雷轟頂！五內俱焚能不悲，鄰居探望也嗚咽。愧哉為人父，生不能養心打結。誰知豐年有意外，貧困之戶糧仍缺。虧我還是仕宦家，免服差役免租稅。回想此事尚辛酸，平民更是三災六難不待言。靜思更有赤貧無產業，還有遠戍邊疆的將士長離別……憂思高漲齊終南，汗漫無邊不斷絕！

【研　析】此為杜詩中大製作，波瀾迭起，如聞夜潮。詩中的波瀾不但是所敘事件本身的波瀾，更是詩人內心矛盾的波瀾。天寶年間唐王朝積累下來的各種社會矛盾已到總爆發的節點，而詩人天寶年間困守長安所積累下來的「出」與「處」的矛盾也到了要有個分斷的時候。這一矛盾的內核就是忠君與愛民的矛盾。忠君與愛民的矛盾，一直是正直的士大夫心中解不開的死結，也是今人研究杜甫難以理清的難點。蕭滌非先生《杜甫研究》再版前言曾就這一問題做過深入的探討，他認為：在「家天下」的封建社會裡，忠君是封建道德的核心，所有士大夫幾乎無一不打上「忠君」的烙印。下面這段話最為辨證：

忠君與愛國愛民總是交織在一起。如杜詩「時危思報主」之與「濟時肯殺身」，「日夕思朝廷」之與「窮年憂黎元」，便都是明顯的例證。「報主」之中有「濟時」，「濟時」之中也有「報主」；「思朝廷」是為了「憂黎元」，「憂黎元」所以就得「思朝廷」，因為在那個時代老百姓的命就是捏在那個「朝廷」上。杜甫本人也曾用精警的詩句表達了上面這層意思：「上感九廟焚，下憫萬民瘡。」尤其是在國家處於分裂的邊緣，朝廷具有統一的號召力，「忠君」於時有其特殊的意義。然而，即使在這樣的時刻，朝廷與百姓的利益也存在着不一致的一面，尤其是在民族矛盾尚未全面展開的當時。「朱門酒肉臭，路有凍死骨」反映的就是矛盾的這一面。這讓詩人感到徬徨與痛苦，本詩開篇反復地表達了這種痛苦，「生逢堯舜君，不忍便永訣」一聯更是該詩情結之所在。在大廈將傾國家危難的前夕，玄宗君臣猶在驪山作樂，如此「堯舜君」，真該像〈東門行〉主人公那樣說：「吾去為遲！」（俞平伯就曾指出：「說『君臣留歡娛』，輕輕點過，卻把唐明皇一起拉到渾水裡去。」可見杜甫對唐明皇不是沒有微詞的。）然而「致君堯舜上」的承諾又使之「不忍便永訣」。事實是：畢杜一生，無論是在位還是在野，不管君主愛聽還是不愛聽，杜甫總以諫官自居，出於「無可奈何的責任感」，不斷糾正君主的缺失。杜之「忠君」，指歸在「愛民」，這才是「不忍便永訣」的前提，也就是蕭先生所說：「『思朝廷』是為了『憂黎元』」。

是的，在對君與對民的情感上，杜甫還是有所分別的。問題的關鍵在「己饑己溺」上。王嗣奭《杜臆》釋「許身一何愚，竊比稷與契」云：「人多疑自許稷契之語，不知稷契元（原）無他奇，只是己溺己饑之念而已。」己溺己饑乃是「小欲」通往「一國之心」的橋梁。《孟子・離婁上》云：「禹思天下有溺者，由己溺之也。」將同情心上升為一種對「天下」的責任感，便是「一國之心」。然而同情心仍可分為兩個層次：一是出自理性的思考，一是出自親身的體驗。前者如白居易，後者如杜甫。白居易〈新樂府〉、〈秦中吟〉諸多作品，關心民病，為民請命，已屬難能可貴，但他主要是出自儒家「己饑己溺」的「理念」；而杜甫在「入門聞號咷，幼子饑已卒」的處境下，尚能「默思失業徒，因念遠戍卒」，二者相比較，杜甫與底層百姓相濡以沫，更覺「十指連心」，而「庶往共饑渴」一語尤覺平實、深厚、真誠。

去矣行（七古）

【題　解】蕭滌非先生說：「這大概是為右率府胄曹參軍以後不久所作。杜甫最初還以為：『率府且逍遙』，現在方感到在許多王侯中間做這個小八品官實在不是味，所以想走之大吉。」則詩當作於天寶十四載（西元七五五年）十月後。

君不見鞲上鷹，一飽即飛掣❶！
焉能作堂上燕，銜泥附炎熱？
野人曠蕩無靦顏❷，豈可久在王侯間？
未試囊中餐玉法，明朝且入藍田山❸。

【注　釋】❶君不見二句　鞲，放鷹人所縛的臂衣。飛掣，猶飛去。❷野人句　野人，在野之人，猶布衣，作者自稱。曠蕩，灑脫不拘。靦顏，猶厚顏。❸未試二句　餐玉法，道教一種吞食玉屑以求「長生不老」的方法。《魏書・李預傳》：「（李預）居長安，每羨古人餐玉之法，乃採訪藍田，躬往攻掘，得若環璧雜器形者大小百餘。……預乃椎七十枚為屑，日服食之。」藍田，在長安東南三十里，其山出玉，又名玉山。現實中理想不能實現，便以求仙取而代之，表達一種無奈的情緒，不是真實的想法。

【語　譯】君不見臂上的獵鷹，一旦吃飽就飛去。怎肯像堂上的燕子，銜泥築巢依附人氣？在野之人心胸寬廣無愧天地，豈可長久折腰事權貴？我還有餐玉之法沒試過呢，明天我就進那藍田山去採玉。

【研　析】如果我們注意到這首詩是在杜甫長期困守長安，忍辱負重求仕，好不容易得一官的情況下寫的，就會對蕭先生所說杜甫『思朝廷』是為了『憂黎元』表示首肯。一旦當官不能實現這個理想，他就會決然辭去。

後出塞五首（五古）

【題　解】此組詩當作於天寶十四載（西元七五五年）冬，安祿山初叛時。或以為事後的追敘，待考。詩通過主人公從自動應募到認識真相逃離叛軍的具體過程的描寫，深刻地總結了唐明皇的好大喜功，過寵邊將，終於養虎貽患的歷史教訓。錢注：「〈前出塞〉為征秦隴之兵赴交河而作，〈後出塞〉為征東都之兵赴薊門而作也。」事實上與〈前出塞〉相似，它仍是據實構虛的文學創作，不必坐實。

其一

男兒生世間，及壯當封侯。
戰伐有功業，焉能守舊丘❶。
召募赴薊門❷，軍動不可留。
千金買馬鞭，百金裝刀頭❸。

閭里❹送我行，親戚擁道周。
斑白居上列，酒酣進庶羞❺。
少年別有贈，含笑看吳鉤❻。

【章旨】從軍者自敘應募動機及辭家盛況。浦起龍說：「首章便作高興語，往從驕帥者，賞易邀，功易就也。」

【注釋】❶舊丘　故園。❷召募句　召募，這時府兵制廢弛，開始實行募兵制的「彍騎」。薊門，在今北京一帶，當時屬漁陽節度使安祿山管轄。❸千金二句　這兩句模仿〈木蘭詩〉的「東市買駿馬，西市買鞍韉」的句法。❹閭里　古以五家為比，五比為閭；又五家為鄰，五鄰為里。此泛指鄰居。❺斑白二句　斑白，髮半白。泛指老人。酒酣，酒喝到正高興的時候。庶羞，即菜肴。❻含笑句　此句寫出主人公投軍時充滿自信的神態，「含笑」兩字尤可玩味。吳鉤，春秋時吳王闔閭所作之刀，後通用為寶刀名。

【語譯】男兒生在世上，自當趁年輕力壯時求功名爭封侯，豈能老死家園默默無聞！應募投軍急赴薊門，軍令如山不可逗留。不惜千金買馬鞭，百金飾刀頭。親戚站滿路邊，鄉鄰都來送我。老人坐在上頭，又敬酒又送菜，氣氛融和。年輕朋友別有所贈，一柄寶刀合我心意含笑托。

其二

朝進東門營❶，暮上河陽橋❷。
落日照大旗，馬鳴風蕭蕭❸。

平沙❹列萬幕，部伍各見招。
中天懸明月，令嚴夜寂寥。
悲笳數聲動，壯士慘不驕❺。
借問大將誰？恐是霍嫖姚❻。

【章　旨】寫大軍宿營，通過情景的渲染，顯出森肅氣象。《唐詩歸折衷》引吳曰：「於諸作中，氣最高，調最響。」

【注　釋】❶東門營　洛陽東門的營地。❷河陽橋　在今河南孟縣。❸馬鳴句　此句舊注均以《詩經》「蕭蕭馬鳴」為出處，鍾惺更評曰：「『蕭蕭馬鳴』，經語也，加一『風』字，便有颯然邊塞之氣矣。」但《詩．車攻》「蕭蕭」是馬叫聲，杜詩此處則為風聲。《薑齋詩話》云：「『落日照大旗，馬鳴風蕭蕭』，豈以『蕭蕭馬鳴，悠悠旆旌』為出處邪？用意別，則悲愉之景原不相貸，出語時偶然湊合耳。」王夫之說得在理，二者只是字面相似，情景不相貸，是李善所謂「文雖出彼而意殊，不以文害」者也。❹平沙　猶平野。❺悲笳二句　此聯言軍中蕭殺的氣氛，使驍勇的將士們此時亦淒然不再驕縱，情感也由求「封侯」的浮躁轉向臨戰的感奮、緊張。❻借問二句　此聯有疑慮意，《載酒園詩話又編》云：「殊帶怵惕意，妙在一『恐』字，語意甚圓。」霍嫖姚，漢嫖姚校尉霍去病，借指勇悍的統軍主將。

【語　譯】軍情緊急，早晨剛到東門營報到，黃昏部隊已上了河陽橋。落日映紅大旗，風蕭蕭兮烈馬嘶叫。曠漠上萬帳林立，部伍各歸各排列有序。月上中天，號令森嚴，萬幕無聲。幾聲悲笳淒厲，將士心中慘然不復有驕意。請問統軍大將是誰？恐怕是悍將堪比漢代的嫖姚校尉。

其　三

古人重守邊，今人重高勳。
豈知英雄主❶，出師亘❷長雲。
六合已一家，四夷且孤軍❸。
遂使貔虎士，奮身勇所聞❹。
拔劍擊大荒❺，日收胡馬群。
誓開玄冥北，持以奉吾君❻。

【章　旨】黃生曰：「此章滿口誇大，寓諷實深。」主人公已意識到「封侯」的騙局。

【注　釋】❶英雄主　帶有諷刺的意味，邊將貪功正是皇帝好大喜功的結果。❷亘　綿亘不斷。❸六合二句　此聯意為：全國既已統一，無出師必要，卻仍然要孤軍深入。六合，天地四方。四夷，古時稱中國四周的外族。且，尚也。❹遂使二句　此聯意為：由於皇帝的鼓勵，便使得將士們為了滿足其欲望而勇於戰鬥。貔，貔貅，猛獸。這裡以貔虎比喻戰士。所聞，蕭先生注：《漢書・張騫傳》：「天子（武帝）既聞大宛之屬多奇物，乃發間使，數道並出。漢使言大宛有善馬，天子既好宛馬，聞之甘心，使壯士車令等持千金以請宛王善馬。」即此「所聞」二字的本意。❺大荒　荒遠之地。❻誓開二句　玄冥，傳說是北方水神，這裡代表極北的地方。玄冥北，即北方幽遠偏僻之地。荒遠不毛之地要他何用？故此聯暗諷玄宗的黷武。

【語　譯】古之邊將重在守疆土，今之邊將一心圖富貴。偏遇英雄主，接連出師無休止。全國一統還拓邊，邊帥孤軍還深入。皇上有所欲，虎士奮進不顧身。拔劍攻向不毛地，時能搶來胡馬一群群。邊將發大願，誓奪北極之地奉吾君！

其　四

獻凱日繼踵，兩蕃靜無虞❶。
漁陽豪俠地❷，擊鼓吹笙竽。
雲帆轉遼海❸，粳稻來東吳。
越羅與楚練，照耀輿臺❹軀。
主將位益崇，氣驕凌上都❺。
邊人不敢議，議者死路衢❻。

【章旨】集中寫主將的驕橫，諷玄宗養虎貽患。

【注釋】❶獻凱二句　獻凱，獻俘報捷。踵，腳後跟。繼踵，前後接續。《通鑑》載天寶十三載四月安祿山奏擊奚破之，虜其王。十四載四月又奏破奚、契丹。兩蕃，指奚與契丹。靜無虞，平安無事。兩蕃既無寇警，何來獻凱日繼？此聯微諷安祿山生事邀功。❷漁陽句　漁陽，今河北薊縣一帶，治所在今天津薊縣，其地尚武，古屬燕趙，多豪士俠客，故曰「豪俠地」。❸遼海　即渤海。❹輿臺　周代封建社會把人分成十等：王、公、大夫、士、皂、輿、隸、僚、僕、臺。這裡泛指安祿山豢養的爪牙和家僮。以上幾句，寫祿山濫賞以結人心。《通鑑》載天寶十三載二月，祿山奏所部將士勳效甚多，乞超資加賞，於是除將軍者五百餘人，中郎將者二千餘人。祿山欲反，故先以此收眾心也。❺主將二句　凌，凌犯。上都，指京師。此句言主將目無朝廷。❻邊人二句　此聯言主將（暗指安祿山）之淫威。史載玄宗寵信安祿山，有言祿山反者，皆縛送之，由是無敢言者。

【語譯】西邊北邊無寇警，凱旋捷報卻傳頻。漁陽自古豪俠地，擊鼓耀武又吹笙。雲帆轉運經渤海，粳米遠從東吳來。越地的綾羅楚地的練，奴才們穿上煥光彩。更不必說主將地位更崇高，鼻息如虹沖京師。邊地臣民誰敢講？議論之人死在大路上。

其五

我本良家子❶，出師亦多門❷。
將驕益愁思，身貴不足論。
躍馬❸二十年，恐辜明主恩。
坐見❹幽州騎，長驅河洛昏。
中夜間道歸，故里但空村。
惡名幸脫免，窮老無兒孫。

【章旨】訴說從叛軍脫身經過。《杜臆》：「末章與首章相關，前之冀封侯者，志在立功，此之脫惡名者，志在立節。」

【注釋】❶良家子　古代多以罪人、商賈入軍籍，平民入軍籍則稱良家子。❷多門　多種門路。此指曾在多個不同的部隊裡當兵。❸躍馬　指身貴，兼含從軍意，劉孝標〈自序〉：「敬通（馮衍）當更始之世，手握兵符：躍馬食肉。」❹坐見　空見。張相《詩詞曲語辭匯釋》引此聯釋「坐見」云：「此則不為設法意。」也就是說，面對主將叛亂，只能眼睜睜看着，無可奈何。

【語譯】我是良家子弟來從軍，歷經邊塞多軍鎮。眼看邊將驕橫增憂慮，自身富貴何必論？躍馬橫槍二十年，唯恐辜負明主恩。眼睜睜看那叛軍起，鐵騎直下洛陽天地昏。半夜小路逃跑歸，故園遭劫已空村！叛逆惡名雖說幸而能脫去，怎奈窮老無兒孫。

【研　析】《唐詩品彙》引范德機云：「前後〈出塞〉皆傑作，有古樂府之聲而理勝。」所謂「理勝」，就是邏輯力量，通過場景的轉換加深認識，終於徹悟，整個過程一氣轉折到底，合情合理，使主人公有血有肉，有很強的藝術感染力。以組詩寫人物故事，塑造典型人物，在古代中國詩歌中並不多見。其中「落日照大旗，馬鳴風蕭蕭」一聯，對邊塞情景的描繪十分成功，與李白「明月出天山，蒼茫雲海間」、王維「大漠孤煙直，長河落日圓」諸聯，堪稱千古邊塞名聯。

避地（五律）

避地歲時晚❶，竄身筋骨勞。
詩書遂牆壁，奴僕且旌旄❷。
行在❸僅聞信，此生隨所遭。
神堯❹舊天下，會見出腥臊❺。

【題　解】此集外詩，見趙次公本，題下注云：「至德二載丁酉作。」題注有誤。史載，天寶十五載六月叛軍入長安，唐玄宗奔蜀。七月十三日唐肅宗即位靈武，改元至德。此詩云「行在僅聞信」，即是時也，故詩當繫於至德元載丙申（西元七五六年）杜甫聞肅宗即位靈武，欲赴行在（皇帝臨時駐地）而尚未成行之際。寫此詩後，詩人則將家屬安置於鄜州西北之羌村，隻身投奔靈武，中途被叛軍擒送長安，此是後話。

【注　釋】❶避地句　避地，避難之地。歲時晚，陳貽焮云：猶如〈得舍弟消息二首〉所云「憂端且歲時」，是說一年已過大半，不一定是指冬天歲暮。❷詩書二句　上句言戰亂中只好將詩書藏之牆壁暗龕之中。孔安國〈尚書序〉：「及秦滅典籍，我先人用藏其家書於屋壁。」下句言出身低賤的叛黨，如今也各擁旌旗，儼然成了將軍。〈後出塞〉有云：「越羅與楚練，照耀輿臺軀。」輿臺便是奴僕，正與此同義。《杜詩詳注》引盧云：「當是指賤黨，如田乾真、蔡希德、崔乾佑之徒，各擁旌旄耳。」這裡值得重視的是「遂」（於是；就）與「且」（尚且）的用法。本聯無動詞，以連詞充動詞用。「遂」有不得已之意，「且」有不平與輕蔑之意。杜甫往往利用意象間的張力形成對聯的拱力結構，創造杜詩特有的句法，此聯頗為典型。❸行在　皇帝自謂所居為行在所。❹神堯　唐高祖稱神堯皇帝。❺會見句　此句是說：總會擺脫安祿山這群胡人的腥臭。會，可能；一定會。出，離開。腥臊，犬曰腥，羊曰臊，用指叛將安祿山。

【語　譯】倉皇避亂，一年已過半，東躲西逃筋骨散。戰時詩書只好壁裡藏，奴才明目張膽居然豎旗竿！朝廷何在憑傳聞，身不由己隨波蕩。慢！大唐天下堅如磐，豈容犬羊倡狂。

【研　析】杜甫總是將情感的表達放在第一位，由此形成極具個性的詩性句法。所以王安石〈杜工部後集序〉稱：杜詩「每一篇出，自然人知，非人所能為而為之者，惟其甫也，輒能辨之。」該詩首見於趙次公注本，之所以被接受，當與此有關。如「詩書遂牆壁」一聯，借孔氏於秦火中藏經典於屋壁的故事，用一「遂」字，表達了文儒被廢棄的無奈之情；對句又借一「且」字，表達了對叛軍的輕蔑。尾聯與之相應，以無庸置疑的口氣表達堅定不移的信心。南宋陳亮〈水調歌頭〉下半闋云：「堯之都，舜之壤，禹之封。於中應有一個半個恥臣戎。萬里腥膻如許，千古英靈安在，磅礡幾時通？胡運何須問？赫日自當中！」雖然說得更淋漓痛快，但講的也是同一個意思。浦注云此聯「世亂情事，古今同狀」，正見其高度的概括能力。文字的極簡，使情感比重大增，凝聚一點之上，便有千鈞之力。

卷二

月夜（五律）

【題解】至德元載（西元七五六年）八月，杜甫為安史叛軍所俘，陷長安時所作。

今夜鄜州月，閨中只獨看❶。
遙憐小兒女，未解憶長安。
香霧雲鬟濕，清輝玉臂寒。
何時倚虛幌❷，雙照淚痕乾？

【注釋】❶今夜二句　鄜州，今陝西鄜縣，時杜甫妻兒在鄜州。閨中，女子居所，借指妻子。❷虛幌　指薄帷。

【語譯】今夜月在中天，那邊，鄜州的妻子獨自仰望，淒涼。遙想可愛的兒女，還小，怎懂思念我在長安？那人，立久夜霧濕雲鬟，冷月如霜，玉臂寒。何當雙雙倚薄帷，面對面，淚痕乾。

【研析】此詩技巧值得借鑑。《瀛奎律髓彙評》引紀昀曰：「入手便擺落現境，純從對面着筆……後四句又純為預擬之詞，通首無一筆正面。」浦注亦云：「心已馳神到彼，詩從對面飛來。」皆道出個中奧妙。這種易位而思的手法，便是白居易所說：「以我今朝意，想君此夜心。」此寫法首見於《詩・陟岵》，至杜少陵而臻其妙。金聖歎評《西廂記》引斵山云：「他日讀杜子美詩，有句云：『遙憐小兒女，未解憶長安。』卻將自己腸肚，置兒女分中，此真是自憶自。又他日讀王摩詰詩，有句云：『遙知遠林際，不見此簷端。』亦是將自己眼光，置移遠林分中，此真是自望自。蓋二先生皆用倩女離魂法作詩也。」元雜劇《倩女離魂》中的倩女能靈魂與軀體一分為二，各幹各的事；而杜、王二詩借用一「遙」字，便拉開距離，心行往而復，如錢鍾書所說：「分身以自省，推己以忖他。」許印芳對此講得頗為完整，《瀛奎律髓彙評》引其語曰：「三百篇為詩祖，少陵此等詩從〈陟岵〉篇化出。對面著筆，不言我思家人，卻言家人思我。又不直言思我，反言小兒女不解思我，而思我者之苦衷已在言外。五、六緊承『遙憐』，按切『月夜』。寫閨中人，語要情悲。結語『何時』與起句『今夜』相應，『雙照』與起句『獨看』相應。首尾一氣貫注，用筆精而運法密，宜細玩之。」也就是說，這不是一句一聯，而是通篇整體的寫法。

今人有以「香霧雲鬟濕，清輝玉臂寒」一聯為寫廣寒宮中之嫦娥者，引宋人張元幹〈南歌子〉為證云：「香霧雲鬟濕，清輝玉臂寒，休教凝佇向更闌，飄下桂華聞早，大家看。」按：「傾國須通體，誰來獨賞眉？」此聯豈可從上下文中剝離，獨寫嫦娥來着？誠如紀昀所說：「言兒女不解憶，正言閨人相憶耳，故下文直接『香霧雲鬟濕』一聯。」張元幹以杜句寫嫦娥是後人借用，屬斷章取義可也，豈能直認作杜詩原意？幸勿強杜以從我。

哀王孫（七古）

【題　解】至德元載（西元七五六年）八月，杜甫得知唐肅宗在靈武即位，便隻身由鄜州投奔靈武。途中被叛軍俘獲，押送長安。天寶十五載（西元七五六年）六月九日，潼關失守，十三日黎明，玄宗倉皇出逃，許多皇親國戚來不及隨從。叛軍入長安，搜捕百官殺戮宗室，乃至剖心擊腦，皇孫、公主、駙馬以下百餘人遭難，慘不忍睹。詩人時陷長安，目擊其事，作是詩。詩從一個特殊的角度反映了戰亂給人們帶來的痛苦，同時流露了杜甫對唐王室的深厚感情。

長安城頭頭白烏，夜飛延秋門上呼❶。
又向人家啄大屋，屋底達官走避胡。
金鞭斷折九馬死，骨肉不待同馳驅❷。
腰下寶玦青珊瑚，可憐王孫泣路隅。
問之不肯道姓名，但道困苦乞為奴。
已經百日竄荊棘，身上無有完肌膚。
高帝子孫盡隆準，龍種自與常人殊❸。
豺狼在邑龍在野，王孫善保千金軀。
不敢長語臨交衢，且為王孫立斯須❹。
昨夜東風吹血腥，東來橐駝滿舊都❺。
朔方健兒好身手，昔何勇銳今何愚❻。
竊聞天子已傳位，聖德北服南單于❼。

花門剺面⑧請雪恥，慎勿出口他人狙⑨。
哀哉王孫慎勿疏，五陵佳氣無時無⑩。

【注　釋】❶長安二句　起句用比興，得民歌口吻。頭白烏，仇注引楊慎曰：侯景篡位，令飾朱雀門。其日有白頭烏萬計集於門樓。童謠曰：「白頭烏，拂朱雀，還與吳」。此蓋用其事，以侯景比祿山也。延秋門，長安西門，玄宗由此門西逃。❷金鞭二句　此聯言玄宗倉皇逃命，不再顧及骨肉血親。《唐鑑》：甲午既夕，玄宗命陳玄禮及親近宦官宮人，出延秋門。妃主王孫之在外者，皆委之而去。九馬，指皇帝乘坐的馬車。❸高帝二句　高帝，漢高祖劉邦。隆準，高鼻梁。《漢書．高帝紀》：帝隆準龍顏。❹不敢二句　交衢，交通要道。斯須，一會兒。❺昨夜二句　《舊唐書．史思明傳》：祿山陷兩京，常以駱駝運兩京御府珍寶於范陽，不知紀極。❻朔方二句　朔方健兒，指哥舒翰統領的朔方軍。《肅宗實錄》：以翰為元帥，領河、隴、朔方募兵十萬，並高仙芝舊卒，號二十萬，拒戰於潼關。後哥舒翰大敗於潼關，故曰「今何愚」。歷史學家陳寅恪〈書杜少陵哀王孫詩後〉則認為：「朔方健兒」指安祿山統領的同羅部落，號「曳落河」者。同羅部落昔為朔方軍勁旅，今叛變自取敗亡，故稱其「愚」。兩歧皆通，錄供選擇。❼竊聞二句　傳位，天寶十五載（西元七五六年）七月，肅宗即位，改元至德元載。南單于，漢代匈奴王，借指回紇。《通鑑》載玄宗諭太子曰：「西北諸胡，吾撫之素厚，汝必得其用。」❽花門剺面　花門，花門山堡在居延海北，為回紇騎兵駐地，借稱回紇軍。剺面，古代突厥、回紇等民族的風俗，遇大憂大喪，則割面流血以示哀痛、忠誠。❾慎勿句　狙，猴子。猴子常伺伏攫取，借指暗中偵視。❿五陵句　五陵，指唐高祖獻陵、太宗昭陵、高宗乾陵、中宗定陵、睿宗橋陵。佳氣，看風水的據說能「望氣」，此言唐王朝氣數未盡，復興有日。

【語　譯】長安城上盤翔着不祥的白頭老鴉，夜裡又在延秋門上叫呱呱。牠們落在大屋頂上啄屋瓦，屋頂下的大官為避胡人早走啦。皇上快馬加鞭九馬死，為逃命顧不得骨肉之親被拉下。是誰腰懸珊瑚寶玦路邊泣？可憐是位王孫煢煢立。問他他卻不肯道姓名，只說困苦乞求為奴急。已經多日逃竄在荊棘，體無完膚命岌岌。但我還是一眼認出來：據說漢高祖的子孫儘是高鼻梁，龍種當然和普通人是不一樣。可歎如今是豺狼在城龍在野，王孫呀你可要善自保重慎提防。大街人雜不敢與你多說話，長話短說只和你說幾句：昨夜東風吹來血腥味，京城搶劫的財寶胡人用駱駝全拉去。當年何等英勇的朔方軍，今日何以從叛行不義？告訴你一個好消息：聽說天子已傳位，口諭太子回紇可借力。他們割面流血發誓要雪恥，這話到你為止慎防被偵知。哀哉，王孫你可要慎之又慎耐心等待莫疏忽，你看我大唐祖陵王氣冉冉出！

【研析】杜詩往往不以邏輯為秩序，而是以情感的起伏為線索，貫穿全篇，所以梁啟超〈情聖杜甫〉稱此詩一句一意，「他的情感，像一堆亂石，突兀在胸中，斷斷續續地吐出，從無條理中見條理，真極文章之能事」。《原詩》亦稱：「終篇一韻，變化波瀾，層層掉換，竟似逐段轉韻者。七古能事，至斯已極。」

此詩頗見杜甫博愛的胸懷。太平時他對皇親國戚的紈袴子弟並無好感，一旦在戰亂中看到他們無辜受戮，便充滿同情心。事實上杜甫這種感情，是出自其高尚的人格，隨時隨地迸發出來的仁心。當然，「高帝子孫盡隆準，龍種自與常人殊」一聯，未免帶有忠君迷信的色彩，今人厭見，但在那個時代卻是頗為普遍的情感，何況在國難當頭的時候，皇室是那個時代民族與國家的凝聚力之所在。

悲陳陶

（七古）

【題解】此篇為至德元載（西元七五六年）十月所作。《唐書・房琯傳》：至德元載十月，琯自請將兵，收復京都，肅宗許之。琯分為三軍，自將中軍。辛丑（二十一日），中軍與北軍先遇賊於咸陽縣之陳陶斜，接戰，官軍敗績。陳陶，又名陳陶斜、陳陶澤，在咸陽（今陝西咸陽）東。

孟冬十郡良家子，血作陳陶澤中水❶。

野曠天清無戰聲，四萬義軍同日死❷。

群胡歸來血洗箭，仍唱胡歌飲都市❸。
都人迴面向北啼❹，日夜更望官軍至。

【注　釋】❶孟冬二句　此聯寫唐軍陳陶斜之慘敗。孟冬，冬季的第一個月，即十月。十郡，泛指西北各郡。❷野曠二句　無戰聲，猶「殺人如草不聞聲」，形容敗得慘，死得冤。岑參詩：「昨聞咸陽敗，殺戮淨如掃。」《唐書‧房琯傳》：琯用春秋車戰之法，以車二千乘，馬步夾之。既戰，賊順風揚鼓譟，牛皆震駭，因縛芻縱火焚之，人畜撓敗，為（叛軍）所傷殺者四萬餘人。❸群胡二句　血洗箭，箭上沾滿了血，像是用血洗過。不言箭沾血，卻道「血洗箭」，「血洗」二字更具視覺的衝擊力，以見「群胡」之殘忍。下句寫叛軍之驕橫。❹都人句　都人，京都百姓。向北啼，肅宗在靈武，靈武在長安北，故向北啼。浦注云：「結語兜轉一筆好，寫出人心不去。」

【語　譯】初冬氣肅殺，野曠天清。四萬義軍同日死，戰地已無聲。可憐十郡人家子，陳陶澤水血流成！群胡戰勝歸，刀箭血淋漓，一路踏歌市里飲酒去。京都百姓不忍看，回頭面北淚如雨，日夜更盼王師至。

【研　析】此詩寫實：寫官軍之草草，叛軍之驕狠，人心之思唐，歷歷在目。此次唐軍慘敗的主要責任人房琯，是杜甫的好友，但杜仍直筆寫其慘敗，不作回護之辭，故《後村詩話》云：「至敘陳陶、潼關之敗，直筆不恕，所以為詩史也。」但全詩重點還在揭示敵人的兇殘，托出民心向背，「血洗」二字慘不可言，「更望」二字重如九鼎！

悲青坂

（七古）

【題　解】此詩與〈悲陳陶〉約同時作於至德元載（西元七五六年）。《舊唐書‧房琯傳》載，房琯既以北軍、中軍敗於陳陶，存者只數千人，十月癸卯（二十三日）又率南軍作戰，復敗。此仗唐軍主力大傷。青坂，地名，確切地點不詳，當離陳陶斜不遠。

我軍青坂❶在東門，天寒飲馬太白窟❷。
黃頭奚兒❸日向西，數騎彎弓敢馳突。
山雪河冰野蕭瑟，青是烽煙白人骨。
焉得附書與我軍：忍待明年莫倉卒❹！

【注釋】❶青坂　是當時唐軍駐軍之地。❷天寒句　太白，山名，在武功縣，離長安二百里，山頂長年積雪，故稱「太白」。窟，指泉水、水坑。此以太白之泉形容水之冷。❸黃頭奚兒　黃頭，指黃頭室韋，《新唐書・北狄傳》：「室韋，契丹別種。分部凡二十餘：曰嶺西部、山北部、黃頭部，強部也。」奚兒，猶胡兒。《新唐書・北狄傳》：「奚，亦東胡種。元魏時，自號庫真奚。至隋，始去庫真，但曰奚。」又：《安祿山事迹》：「祿山反，發同羅、奚、契丹、室韋、曳落河（胡言壯士）之眾，號父子軍。」此則以黃頭奚兒指代叛軍。❹倉卒　匆匆忙忙。

【語譯】我軍駐紮在青坂，就是咸陽東門外。天寒地又凍，飲馬窟裡水冷似太白。胡兒天天猖狂向西進，幾個騎兵就敢彎弓搭箭放馬來。山河冰，野蕭瑟；青的是烽煙，白的是人骨！哪得寄信告我軍：千萬忍耐且等待，明年再戰別倉卒！

【研析】葉嘉瑩稱杜甫「是一位感性與知性兼長並美的詩人」，「獨能以其健全之才性，表現為面對悲苦的正視與擔荷」。〈悲陳陶〉、〈悲青坂〉二詩體現的正是這種極為難得的健全才性。官軍連連敗績，而且是被敗在自己仰慕的房琯之手，這對身陷敵營而日夜盼官軍的杜子美來說，情何以堪！但在痛心之同時，他仍能面對叛軍善戰的事實，理性地分析失敗之原因。「倉卒」二字，的確捉住要害。朱注：「陳陶之敗，與潼關之敗，其失皆以中人促戰。」證諸《舊唐書・房琯傳》：「及與賊對壘，琯欲持重以伺之，為中使邢延恩等督戰，蒼黃失據，遂及於敗。」且明年唐軍做了充分準備，果然於香積寺一仗獲捷，杜之料事，豈偶然哉！

對雪（五律）

【題解】此篇為至德元載（西元七五六年）冬唐軍陳陶、青坂敗後所作，時詩人仍困長安，窮愁潦倒。

戰哭多新鬼❶，愁吟獨老翁。
亂雲低薄暮，急雪舞迴風。
瓢棄樽無綠，爐存火似紅❷。
數州消息斷，愁坐正書空❸。

【注釋】❶多新鬼　即陳陶、青坂慘敗事。❷瓢棄二句　無綠，即無酒。酒色綠，故以綠代酒。火似紅，是說沒生火。但由於習慣，還是不自覺地伸手向爐取暖，苦況如畫。《唐詩歸》引鍾曰：「一『似』字寫得荒涼在目。」❸書空　《世說新語》：「殷浩坐廢，終日書空，作『咄咄怪事』四字。」

【語譯】戰場鬼哭盡新魂，老翁聞之獨愁吟。已是亂雲壓暮色，風攪急雪更紛紛。酒瓢廢棄杯無酒，火爐雖在火不存。新近戰場斷消息，空中劃字與誰論？

【研析】黃生《杜詩說》引吳東巖曰：「題有正面、側面。貪發正面，一語道盡；若極力傍寫，又涉散漫。此詩三四正面寫雪，五六側面旁襯，一與七又側中之側，然面意卻是正面。」此詩題之正面是寫雪，但就意指而言，卻是寫憂患之思。所以第一句與第七句就寫雪而言是「側中之側」，而就憂患的意指而言，「卻是正面」。也就是說，此詩用烘雲托月的手法，寫雪（三、四兩句）與雪中之寒意（五、六兩句），營造一種壓抑的氛圍，襯出心中對時局的憂慮。大凡個體特殊的情緒是作為普遍性的概念語言所難以表達的，所以唐人的語言策略是以「興象」來超越語言的局限；或者說，是以具體的客觀存在的「象」，來使讀者「感覺」到個體的某種特殊的情緒。比如杜甫此時對時局的憂思，「貪發正面，一語道盡」的只能是一般的情感，只有擺脫常規，以象的組合營造氛圍，在此情景中圈出它的存在，啟發讀者悟入，才能表達個體特殊的不可表達的情緒。所以「三四正面寫雪」，先營造出實的氛圍；「五六側面旁襯」，進一步用虛的「情中景」引出讀者類似的情緒，如風行水上讓人感覺到風的存在。「爐存火似紅」一句尤其出色，誠如藝術史家王朝聞所指出：「詩人利用不肯定的『似』字，把兩個對立的不調和的現象結合在一起，把火紅和沒有火這兩個不可能在同一時間同一空間出現的現象並列在一起；利用不肯定的『似』字，給讀者造成火紅的幻象，同時又打破這一幻象。」在疑是之間給出心理幻象，與下面「愁坐正書空」相呼應，「模擬」出作者對時局的孤憤且紛然無緒的情思，促成讀者有效的聯想。

遣興（五古）

【題解】此亦至德年間（西元七五六～七五七年）在長安陷叛軍時所作。

驥子❶好男兒，前年學語時。

問知人客❷姓，誦得老夫詩。

世亂憐渠小，家貧仰母慈❸。
鹿門攜不遂，雁足繫難期❹。
天地軍麾❺滿，山河戰角悲。
儻歸免相失，見日敢辭遲❻。

【注釋】❶驥子　杜甫幼子宗武，小名驥子。❷人客　客人。❸世亂二句　此聯意為：可憐他年齡尚幼小就逢戰亂，貧窮的家境幸賴有慈母關愛。雖是憶幼子，卻更感懷戰亂中持家的妻子，可謂愛隔情深。渠，他。指驥子。❹鹿門二句　鹿門，鹿門山，在襄陽。傳說東漢時龐德公攜妻子登鹿門山隱居。雁足，《漢書．蘇武傳》載漢使者言天子射上林中，得雁，足有繫帛書，知蘇武所在。後以雁足指稱書信。此聯意為身陷賊中，未能攜家避難，至今全無音信。❺軍麾　軍旗。❻儻歸二句　意為：只要有相見之日，豈敢嫌它來得太遲！《杜臆》稱其「語寬心急」。

【語譯】驥子真是個好孩子，去年呀呀學語時，就會和客人稱姓打招呼，還會吟誦老夫的詩。可憐他年紀尚幼逢亂世，幸好貧寒持家仗母慈。愧我不能像龐德公攜妻隱居登鹿門，又不曾適逢雁足繫書消息無。君不見軍旗天下亂紛紛，山河鼓角悲處處。只求相見免相失，哪敢嫌它來得遲！

【研析】俗話說，父母疼幼子，杜甫也最常提起他的小兒子。不過透過此詩，我們感受到他有一顆博愛的心：他愛國，也愛家；愛妻兒，也愛眾人。這是他的真性情，故《唐詩歸》引鍾云：「極婉極細只是一真。」

哀江頭（七古）

【題解】此詩寫於至德二載（西元七五七年）春，於長安淪陷區。江，指曲江。曲江原是唐代遊賞勝地，權貴雲集，有說不盡的繁華（詳見〈麗人行〉的描寫）。撫今追昔，悲從中來。其中不無對統治集團驕奢招禍的歷史反思。

少陵野老吞聲哭，春日潛行曲江曲。
江頭宮殿鎖千門，細柳新蒲為誰綠❶。
憶昔霓旌下南苑❷，苑中萬物生顏色。
昭陽殿❸裏第一人，同輦❹隨君侍君側。
輦前才人帶弓箭，白馬嚼齧黃金勒❺。
翻身向天仰射雲，一笑❻正墜雙飛翼。
明眸皓齒今何在？血污遊魂歸不得❼。
清渭東流劍閣深，去住彼此無消息❽。
人生有情淚霑臆，江水江花豈終極❾。
黃昏胡騎塵滿城，欲往城南望城北❿。

【注釋】❶江頭二句　《劇談錄》：「曲江池花草周環，煙水明媚，江側菰蒲蔥翠，柳陰四合，碧波紅蕖，湛然可愛。」「為誰綠」是人代物惜，是所謂「無情有恨」，以不變之風物襯易變之人事，與〈黍離〉之悲。則此句感國家興亡，謂今細柳新蒲，風景依舊，國事已非。宋詞人姜夔名句「淮南皓月冷千山，冥冥歸去無人管」與此同一情境。❷憶昔句　霓旌，彩旗。

指天子之旗。南苑，指芙蓉苑，在曲江東南。❸昭陽殿　漢成帝寵倖趙飛燕女弟，居昭陽殿。唐人多以趙飛燕比楊貴妃。❹輦　天子之車。❺輦前二句　才人，宮中的女官，正四品。唐代宮廷有嫻習武藝的宮女，稱「射生宮女」，句中才人，當即指此。黃金勒，黃金做成的馬嚼口。《明皇雜錄》：「貴妃姐妹……競購名馬，以黃金為銜勒，組繡為障泥。」❻一笑　指楊貴妃。才人射中飛鳥，貴妃為之一笑。❼明眸二句　此聯承上陡落，從回憶中猛省。明眸皓齒正是楊貴妃「一笑」的形象。血污遊魂，指貴妃縊死馬嵬驛一事（詳見〈北征〉注）。前聯與此聯對比強烈。❽清渭二句　清渭，即渭水，經長安。劍閣，長安入蜀必經之地，在今四川劍閣北。去住，一去一住，指玄宗入蜀避難，而貴妃卻縊死葬渭水之濱。無消息，猶白居易〈長恨歌〉：「一別音容兩渺茫！」與上文「同輦隨君」、「雙飛翼」形成對比。《峴傭說詩》：「〈麗人行〉何等繁華，〈哀江頭〉何等悲慘！兩兩相比，詩可以興。」❾人生二句　此言花草年年依舊，蒲柳自綠，唯有人情不能自已，更覺纏綿悱惻。臆，胸膛。終極，窮盡。水，一作「草」。❿欲往句　望城北，一作「忘南北」。馮衍〈顯志賦〉：「夫何九州之博大兮，迷不知路之南北。」胡震亨《唐音癸籤》駁云：「靈武行在，正在長安之北，公自言往城南潛行曲江者，欲望城北，冀王師之至耳。若用『忘』字，第作迷所之解，有何意義？」今從胡氏之說。時唐肅宗軍駐靈武，地當城北，故望之，眷眷之情，可與〈悲陳陶〉「都人回面向北啼，日夜更望官軍至」參看。

【語　譯】少陵野老暗自徘徊曲江濱，吞聲之哭有孤憤。人去殿空鎖千門，柳眉蒲芽為誰春？往昔天子彩旗如虹下南苑，苑中萬物盡欣欣。誰與天子同車侍天子？貴妃本是昭陽殿裡第一人！騎白馬，勒黃金，車前才人彎弓射雲墜雙翼，妃子為之一笑百媚生。牙齒白，眸子明，如此麗人今安在？馬嵬坡上血汙魂！東渭水，西劍閣，死者已矣活者呻。人生有情涕淚濕胸襟，無情江水江花長無恨！欲走城南還北望，心祈王師掃胡塵。

【研　析】此詩敘事帶情以行，是所謂「唱歎」，不是實敘。其中尤令人驚歎的是時空錯位式的剪接，讓「明眸皓齒」的楊貴妃從「一笑」直接「血污遊魂」，間不容髮，卻是已隔人鬼。蘇轍〈詩病五事〉稱其「如連山斷嶺，雖相去絕遠，而氣象連絡」，甚是。

關於末句，還有一段公案值得一提。王安石集句詩作「欲往城南望城北」，《九家注》、《杜詩詳注》因之；《宋本杜工部集》作「欲往城南忘南北」，錢注因之，並箋曰：「此詩興哀於馬嵬之事，專為貴妃而作也。……

『人生有情淚霑臆，江水江花豈終極』，即所謂『天長地久有時盡，此恨綿綿無絕期』也。興哀於無情之地，沉吟感歎，瞀亂迷惑，雖胡騎滿城，至不知地之南北，昔人所謂『有情癡』也。」錢鍾書《管錐編》駁之：「『忘南北』意固可通，而無『城南』與『城北』之對照映帶，詞氣削弱。」（按，城南城北與篇中曲江曲、隨君侍君、江水江花的重字句式更協調。）又進而認為「望」，向之而往也，已包含「忘南北」的意思；但「忘南北」卻只道出辨不清方向的猶豫，尚未見行動，而「漏卻塵昏日暮，心亂路失之狀」。更重要的是它關係到對主題的理解。錢注將主題歸結為「專為貴妃而作」，視詩人為「情癡」，實在是誤導。錢鍾書認為：「破國心傷與避死情急，初無乖倍，自可衷懷交錯。」杜甫因楊貴妃生死皇遽之變，遂興破國心傷之情，是為「衷懷交錯」，與「情癡」實在是風馬牛。至於錢鍾書認為此句是自己逃難「孤危皇遽之況」的再現，與本注所引《唐音癸籤》云云互歧，則文學文本的多義性是合理的存在，讀者可作參考。

最後還有一個問題：本篇對楊貴妃持同情的態度，為之一慟，與〈麗人行〉、〈北征〉顯然有別。其實這並不奇怪，情因境生，在破國心傷、叛軍兇焰正張之際，連皇家尚且不免，此時豈是追究其責任之時？待到〈北征〉之作，已是朝廷面臨大反攻的關鍵時刻，加強皇家之凝聚力，事關大局。言「中自誅褒妲」，事出有因，非「忠君」二字可了得。詳參該詩研析。

春望（五律）

【題解】作於至德二載（西元七五七年）三月，仍陷叛軍中。

國破山河在，城春草木深❶。
感時❷花濺淚，恨別鳥驚心。

烽火連三月，家書抵萬金❸。
白頭搔更短，渾欲不勝簪❹。

【注釋】❶國破二句　山河在，河山如故，暗寓河山雖在而國家殘破，京城易主。草木深，草木叢生，暗寓人煙稀少——胡人入長安多燒殺。❷時　指時局。❸烽火二句　上聯，寫季春三月戰事連綿。杜詩「三月師逾整，群凶勢就烹」，正其時形勢。下聯，寫盼得家書心情。此本平常語，但因道得個個亂離人心思，遂成名句。❹白頭二句　此聯意為：搔一下頭上白髮，發現更稀薄了，幾乎連簪也不能插了——詩人忡忡的憂心可見。渾欲，幾乎要。

【語譯】國雖殘破山河在，草木深深古都春。見花灑淚感時局，聞鳥驚心離別人。戰火三月今依舊，家書一封等萬金。百般無奈常搔首，頭白髮短難插簪。

【研析】梁啟超〈情聖杜甫〉曾認為，杜甫有一種特別技能，「幾乎可以說別人學不到：他最能用極簡的語句，包括無限情緒，寫得極深刻。」這真是說到點子上，此首可為範例。極簡，不是簡單化，而是以最少的文字傳遞最多的資訊。〈春望〉用的是五律的形式，這是一種短句、短篇的極簡形式。律詩，雖比古詩多了些規矩，但天才詩人反而能因難見巧，借助律詩講究對仗的特點，擺脫常用語言的束縛，創生出詩歌特有的意象話語。首聯「國破山河在，城春草木深」，由於「破」與「在」的矛盾性，發人深思，使「在」字超越原有明確的意義，染上「破」的悲情，暗寓了河山雖在而國已殘破的意義；反過來，「破」也染上「在」的信念：國雖破而山河在——人心亦在！對句「城」與「草木深」也有矛盾：城裡原不是草木叢生之地，如今卻草木叢生——這是對「在」的補充說明，強化「破」後之「在」的悲情。故吳見思《杜詩論文》云：「『在』字則興廢可悲，『深』字則薈蔚滿目。起聯極沉痛，筆力千鈞。」頷聯「感時花濺淚，恨別鳥驚心」，是情感上的悖論句。正常情況下，人們看到春天花開鳥啼總是感到愉悅的，詩人卻因有感於時局而大放悲聲。故《溫公續詩話》云：「花鳥，平時可娛之物，見之而泣，聞之而悲，則時可知矣。」是所謂「景隨情化」，「愁思看春不當春」。接下來「烽火連三月，家書抵萬金。白頭搔更短，渾欲不勝簪」四句，時空跨度很大，場景快速轉換似「蒙太奇」，難怪一個德國學者稱：「杜甫喜歡把畫面切碎」，重組為一個新的整體。「花鳥」忽轉而「烽火」，「烽火」急轉為「家書」，再轉至「白頭」，跳躍形成空白，空白預設下讀者的聯想空間。這就使「極簡的語句」能「包括無限情緒，寫得極深刻。」葛兆光解釋尾聯「白頭搔更短，渾欲不勝簪」云：「這十字分三層暗示『愁』，白頭即愁白了頭，這是一層；搔即搔頭，心情焦急無可奈何才搔頭，這又是一層；白髮易落，越搔越短，以至於無法插上髮簪，這又是一層。」事實上這個「愁」，早就潛伏在全篇的各個意象之間。

塞蘆子

（五古）

【題解】塞，堵塞；阻斷。蘆子，蘆子關，在唐延州境內，在今陝西安塞西北。詩當作於至德二載（西元七五七年）春，時官軍東征安祿山，因此詩人慮史思明、高秀巖乘機挾懷、衛、山西之兵，西指朔方，動搖根本。所以主張扼守蘆子關，以防不虞。後人多稱其灼見情勢，有謀略。

五城❶何迢迢，迢迢隔河水。
邊兵盡東征，城內空荊杞。
思明割懷衛，秀巖西未已❷。
迴略大荒來，崤函蓋虛爾❸。
延州秦北戶❹，關防猶可倚。

焉得一萬人，疾驅塞蘆子？
岐有薛大夫，旁制山賊起❺。
近聞昆戎❻徒，為退三百里。
蘆關扼兩寇❼，深意實在此。
誰能叫帝閽？胡行速如鬼❽。

【注釋】❶五城　定遠、豐安和三個受降城。都在黃河北。❷思明二句　思明，即史思明，安祿山舊將，本名窣干，突厥雜種胡人。割懷衛，懷衛，二州名。割，放棄。指當時史思明放棄懷、衛而攻太原。秀巖，即高秀巖，哥舒翰舊將，降祿山。《通鑑》：至德二載史思明自博陵，蔡希德自太行，高秀巖自大同，引兵寇太原。此指其事。❸迴略二句　迴略，迂迴包抄。大荒，指西北地方。崤函，崤是崤山，西連函谷，故函谷亦稱崤函。地極險要。《杜臆》云：「西北最高，羌虜據之，故關中視中原，其勢俯；視羌虜，其勢仰。故崤函之險，對中原言耳。若賊從蘆關來，則崤函不足恃，故云『迴略大荒來，崤函蓋虛爾』。」❹延州句　延州，即延安。秦北戶，秦地的北門。浦注：「延州四句乃是扼要本旨。」❺岐有二句　岐，即扶風郡。薛大夫，指扶風太守薛景仙。馬嵬之變，時薛為陳倉令，虢國夫人及楊國忠家屬為其所捕獲；後來扶風失陷，也為其所克復。是時薛兼防禦使，遏止叛軍西進，《通鑑》稱：「江淮奏請貢獻之蜀、之靈武者，皆自襄陽取上津路抵扶風，道路無壅，皆薛景仙之功也。」旁制山賊，指薛景仙除抗擊安史胡兵外，還要提防吐蕃來襲。因其時主要敵人是安史叛軍，而吐蕃是時亦已蠶食隴右，務須提高警惕，故稱「旁制」。❻昆戎　即「昆夷」，古西戎國名，此指屬西羌的吐蕃，亦即上句所謂「山賊」。❼兩寇　指史思明、高秀巖。❽誰能二句　叫帝閽，〈離騷〉：「吾令帝閽開關兮，倚閶闔而望予。」此帝閽是天帝的門子；〈甘泉賦〉：「選巫咸兮叫帝閽。」叫帝閽已是叫門了。這裡則是提醒朝廷的意思，因為叛軍行動迅速，所以塞斷蘆子關要快，表達詩人一種萬分焦慮的心情。

【語譯】朔方五城迢迢遠，遠在黃河之北邊。守兵全都去東征，空城成了荊棘苑。史思明、高秀巖，割捨懷衛攻太原。叛軍迂迴西北來，崤函之險又何在？延州本是秦北門，扼守關防便無害。何處調遣官軍一萬人，急馳蘆子據要塞？扶風有我薛將軍，偏師能制賊。近日聽說西戎輩，為之後退三百里。若用將軍守蘆關，制約史、高兩寇是長計。誰能為我火急訴朝廷？須知胡人行動速如鬼！

【研　析】這首詩的特點很明顯，就是以議論為詩。《杜臆》：「明是條陳邊事，豈可以詩論？」不把詩當詩，太過分了。《杜詩鏡銓》：「以韻語代奏議，洞悉時勢，見此老碩畫苦心。學者熟讀此等詩，那得以詩為無用，作詩為閒事？」這還差不多。從擴大詩的功能這一點上說，杜詩的確幾於無所不能，此論是針對宋道學以詩文為「閑言語」而發。然而詩還是詩，議論須帶情韻以行，所以說能「見此老碩畫苦心」。以議論為詩的關鍵就在於能否像美學家克羅齊所說：「他的判斷和圍繞判斷的激情一起被表現出來」。杜甫對時局的判斷是：朔方軍東征，西北空虛，須防叛軍從西北迂迴南下，直逼唐之大本營，因此急請「焉得一萬人，疾驅塞蘆子」。然而這一判斷是伴隨着一種焦慮的激情表現出來的。蕭滌非先生注末聯曰：「帝閽，天子之門，叫帝閽，就是趕快提醒朝廷。因為胡兵行動，迅速『如鬼』，遲了就怕來不及了。和〈悲青坂〉的最後兩句：『焉得附書與我軍，忍待明年莫倉卒！』是同樣的一種萬分焦慮的心情。無怪他曾對唐肅宗說：『臣以陷身賊庭，憤惋成疾。』（〈奉謝口敕放三司推問狀〉）」浦注：「末四句表明本意，復為危詞以惕之。『速如鬼』者，稍遲則彼乘之矣。」二注說的都是議論中飽含的萬分焦慮之情。至如敵軍「速如鬼」，不但寫其速，還寫其邪惡縱暴，形象奇特卻貼切。杜甫「語不驚人死不休」的藝術追求，正是議論之所以能成為真正的詩的原因。

喜達行在所三首（五律）

【題　解】原注：「自京竄至鳳翔。」至德二載（西元七五七年）四月，杜甫由長安冒死逃歸鳳翔，肅宗拜為左拾遺。行在所，蔡邕《獨斷》：「天子以四海為家，謂所居為行在所。」《唐詩廣選》引趙子常曰：「題曰

〈喜達行在所〉，而詩多追說脫身歸順、間關跋涉之情狀，所謂痛定思痛，愈於在痛時也。」

其一

西憶岐陽信，無人遂卻迴❶。
眼穿當落日，心死著寒灰。
霧樹行相引，蓮峰望忽開❷。
所親驚老瘦，辛苦賊中來。

【章　旨】從倒敘入手，暗寫在淪陷區的心境。中間四句一氣下，寫「自京竄至鳳翔」一路顛沛的心情。結句又從旁人眼中看出艱辛，浦注稱：「『喜』字反迸而出。」

【注　釋】❶西憶二句　岐陽，即鳳翔，在岐山南，故稱。卻回，唐人習慣語，「卻」字加重語氣。此聯意為：盼望西邊的鳳翔有官軍的消息，竟不見蹤影，於是決意從長安逃回去。❷眼穿四句　似敘事，實抒情。《杜臆》：「『眼穿當落日』，望之切也，應『西』字。『心死著寒灰』，則絕望矣，應『憶』字。於是拚死向前，望樹而往，指山而行，見蓮峰或開或合，俱實歷語。」蓮峰，一作「連山」。

【語　譯】回想在長安的日子，天天企盼鳳翔方面有人帶來消息。盼呀盼，始終不見蹤影，我便決心從長安逃回。向西走，向西望，眼看夕陽下了山，心如死灰卻提在嗓口上。迷蒙的遠樹招引着我，走着走着，忽然連綿不絕的群山出現通道！我回來了，親友們又憐又問：怎麼弄成這般憔悴的模樣？哎，真說不盡從賊中逃出的一路艱難。

其二

愁思胡笳夕，淒涼漢苑春❶。
生還今日事，間道❷暫時人。
司隸章初睹，南陽氣已新❸。
喜心翻倒極，嗚咽淚霑巾。

【章旨】此首寫初達行在之喜，卻從憶在長安之苦寫起，中心落在以光武中興比肅宗。此為「喜」之所在。

【注釋】❶愁思二句　憶陷叛軍中時事。❷間道　小道。❸司隸二句　此聯借漢光武喻唐肅宗，寫朝廷新氣象。《後漢書・光武帝紀》：更始（劉玄）以光武行司隸校尉，恢復漢朝舊制，洛陽人皆歡喜不自勝曰：「不圖今復見漢官威儀！」又，望氣術士蘇伯阿為王莽使，至南陽，遙望見春陵郭，歎曰：「氣佳哉，鬱鬱蔥蔥然。」漢光武帝是南陽人。

【語譯】在長安每晚聽那胡笳令人愁緒萬端，春天裡看着皇家園林更覺身世淒涼。不敢想還有回到鳳翔的今天，逃竄路上腦袋只是寄在身上。現在，終於又見到我漢家舊制，中興的新氣象使我振奮不已。喜極反而令人嗚咽，不覺間，淚水已濕透衣裳！

其三

死去憑誰報？歸來始自憐❶。
猶瞻太白雪，喜遇武功天❷。
影靜千官裡，心蘇七校前❸。

今朝漢社稷，新數中興年❹。

【章　旨】脫險回思，更覺驚危；忽睹中興，其喜倍加。《唐詩別裁》：「前章喜脫賊中，次章喜見人主，三章喜睹中興之業，章法井然不亂。」

【注　釋】❶死去二句　憑誰報，靠誰人來報消息？黃生云：「起語自傷名位卑微，生死不為時所輕重，故其歸也，悲喜交集，亦止自知之而已。」梁啟超〈情聖杜甫〉稱：「僅僅十個字，把十個月內虎口餘生的甜酸苦辣都寫出來。」❷猶瞻二句　猶言「得見天日」。太白、武功，皆山名，在鳳翔附近。❸影靜二句　此聯寫拜左拾遺後平靜的心情。影靜心蘇，與第一首眼穿心死的高度緊張形成對比。《杜詩鏡銓》引張曰：「脫險回思，情景逼真，只『影靜』、『心蘇』字，以前種種奔竄驚危之狀，俱可想見。」蘇，蘇醒；蘇活。七校，指武衛，漢武帝曾置七校尉。❹今朝二句　此聯言現在的肅宗朝是又一個中興之年。國家中興有望，是「喜」字的真命脈。漢社稷，漢朝江山，用比唐王朝。新數，新添。

【語　譯】當初要是途中遇難，又有誰人會知道？回來一想轉覺可憐。太白山永恆的雪呀，武功山去天三尺三。今能活着看到這一切，我是多麼歡暢。我的身影靜靜地側身百官，我的一顆心也蘇醒了，不再是一堆死灰。今天的大唐，中興有希望！

【研　析】《讀杜心解》：「文章有對面敲擊之法，如此三詩寫『喜』字，反詳言危苦情狀是也。」浦注接觸到一個心理詩學的問題：人的情感表現是複雜而奇妙的，譬如喜極而泣，怒極而笑，愛極而恨，絕望反而平靜等等，或稱之「情感表現的對立原理」。著名的例子如林黛玉焚稿前「微笑一笑，也不答言」；弘一法師臨終前寫下「悲欣交集」四個字，都是徹悟後的雜糅情感的表現。杜甫此篇好處就在於將兩種對立情感的互涵互動表現得交流電也似地既對立又統一，渾然無痕。以「影靜千官裡，心蘇七校前」為例，形式上的和諧蘊含着情感上的矛盾。《杜詩鏡銓》引張云：「脫險回思，情景逼真，只『影靜』、『心蘇』字，以前種種奔竄驚危之狀，俱可想見。」又王夫之《唐詩選評》卷三：「『影靜千官裡』，寫出避難倉皇之餘，收拾仍入衣冠隊裡，一段生澀情景，妙甚。非此，則千官之靜亦不足道也。」二注互相發明，只有經歷過九死一生奔赴朝廷的人，眼中才有此特殊感受，其背後有多少淪陷區「眼穿當落日，心死着寒灰」的日日夜夜！沒有當年的驚危，便沒有當前這份平靜，當前這份平靜更顯出當年的驚危。三首詩連貫一氣，形成情感起伏的波濤，時過險灘，時泛江渚，時避港灣，使讀者如乘小舟，忽驚、忽乍、忽喜，隨之浮沉。

述懷一首 （五古）

【題解】舊注：「此已下自賊中竄歸鳳翔作。」至德元載（西元七五六年）潼關為叛軍所破，此詩作於次年至德二載（西元七五七年）詩人自長安逃歸朝廷，授左拾遺後的五、六月間。時初授官，故未便探親，心中忐忑。至七、八月即得家書。

去年潼關破，妻子隔絕久。
今夏草木長，脫身得西走。
麻鞋見天子，衣袖露兩肘。
朝廷愍生還，親故傷老醜。
涕淚授拾遺❶，流離主恩厚。
柴門雖得去，未忍即開口。
寄書問三川❷，不知家在否？

比聞同罹禍❸，殺戮到雞狗。
山中漏茅屋，誰復依戶牖？
摧頹蒼松根，地冷骨未朽❹。
幾人全性命，盡室豈相偶❺？
嶔岑猛虎場❻，鬱結迴我首。
自寄一封書，今已十月後❼。
反畏消息來，寸心亦何有❽！
漢運初中興，生平老耽酒。
沉思歡會處，恐作窮獨叟❾。

【注釋】❶拾遺　從八品，因是諫官，常在皇帝左右。杜甫於至德二載（西元七五七年）五月十六日任左拾遺。❷三川　縣名，在今陝西富縣南。❸比聞句　比聞，近來聽說。罹禍，遭難。❹摧頹二句　言摧敗的松根旁有尚未腐朽的白骨，此係揣測想像之詞，承上「殺戮到雞狗」。❺盡室句　此句言闔家團聚豈非夢想？偶，合也。❻嶔岑句　嶔岑，山勢高峻貌。猛虎場，喻叛軍所到之處無不縱暴，成為「屠宰場」。❼十月後　十個月之後。趙次公注：「十月後，非冬之十月也。何以明之？公往問家屋〔室〕乃在閏八月初吉耳。（按，〈北征〉有云：『皇帝二載秋，閏八初吉；杜子將北征，蒼茫問家室。』）」❽反畏二句　因以上揣測，凶多吉少，反而害怕消息來，使希望成為絕望。矛盾心理的刻畫極為深刻。「畏」字是籠罩全詩的情緒。❾沉思二句　此聯意為：就在我苦苦想着全家歡聚之時，恐怕家人早就罹難，我已是個孤獨老人了！歡會處，猶言歡會時。

【語譯】自去年潼關被叛軍攻破，我久困長安不能與妻兒相聚。乘着今年夏天草木茂盛，我才得以脫身往西走。腳着草鞋拜見皇上，身上破衣還露出兩肘。朝廷憐憫我冒死來歸，親友也感傷我的憔悴。流離中授左拾遺，深感君王的恩德我涕淚沾衣。雖然說這時有機會回家省親，可剛剛上班就要請假，怎麼說也開不了這個口。只好先寄封信兒到三川縣去，探問一下全家還在否？近來聽說許多人都慘遭叛軍毒手，他們可是殺人殺雞還殺狗！山中那座破茅屋，是不是還有人倚門等着我？廢圩敗樹旁有多少屍骨未收，能有幾人倖免於難脫虎口？就我全家僥倖能團圓？高危之地不異屠宰場，愁腸百結我頻回首。自從寄去那封信，至今已有十個月了。凶多吉少反倒害怕消息來，整日心裡空蕩蕩一無所有。大唐國運剛復興，本當開懷暢飲——何況我平日就愛酒？只怕就在歡會時，家人罹難我已成個孤老頭子窮愁叟！

【研　析】《杜詩詳注》引申涵光曰：「『麻鞋見天子，衣袖露兩肘』，一時君臣草草，狼籍在目。『反畏消息來，寸心亦何有』，非身經喪亂，不知此語之真。此等詩，無一語空閑，只平平說去，有聲有淚，真三百篇嫡派，人疑杜古鋪敘太實，不知其淋漓慷慨耳。」說得也對，也不對。此詩的確語言較質樸，真情真景，有聲有淚，但並非「只平平說去」，更不會「鋪敘太實」。此詩好處就在實中有虛，在鋪敘過程中插入大段心理活動的描寫——這在古典詩中也是少有的。前十四句可以說是「只平平說去」，但自「比聞同罹禍」以下十四句都是出自「比聞」後的種種揣測，多想像之辭。結尾四句則是寫因揣測而產生的恐懼與反常。「反畏消息來，寸心亦何有」兩句寫反常心理尤為出色，故《說詩晬語》云：「若云『不見消息來』，平平語耳，今云『反畏消息來，寸心亦何有』，斗覺驚心動魄矣。」其中波瀾，是心理波瀾。然而這又是身經戰亂者所道出的實情，並非什麼「反接法」的純技巧。少陵「語不驚人死不休」豈止是在詩法上下功夫者！

送從弟亞赴河西判官（五古）

【題　解】至德二載（西元七五七年）夏作於鳳翔。從弟，即堂弟。河西判官，河西節度使僚佐。《舊唐書・

杜亞傳》：杜亞「少頗涉學，善言物理及歷代成敗之事，至德初，於靈武獻封章，言政事，授校書郎。其年，杜鴻漸為河西節度，辟為從事，累授評事、御史」。詩中描寫頗符合傳中基本事實，且寫來有聲有色，而其中摹擬的皇帝口吻，最具文學「設身局中，潛心腔內，忖之度之，以揣以摩」（錢鍾書語）的虛擬特徵，是唐人特有的大膽創造，宋以後已成絕響矣。

南風作秋聲，殺氣薄炎熾❶。
盛夏鷹隼擊，時危異人至。
令弟❷草中來，蒼然❸請論事。
詔書引上殿，奮舌動天意。
兵法五十家❹，爾腹為篋笥。
應對如轉丸，疏通❺略文字。
經綸❻皆新語，足以正神器❼。
宗廟尚為灰❽，君臣俱下淚。
崆峒地無軸，青海天軒輊❾。
西極最瘡痍，連山暗烽燧❿。
帝曰大布衣⓫，藉卿佐元帥。

坐看清流沙⑫，所以子奉使。
歸當再前席，適遠非歷試⑬。
須存武威郡，為畫長久利⑭。
孤峰石戴驛⑮，快馬金纏轡。
黃羊飫不羶，蘆酒⑯多還醉。
踴躍常人情，慘澹苦士志⑰。
安邊敵何有，反正計始遂⑱。
吾聞駕鼓車，不合用騏驥⑲。
龍吟迴其頭，夾輔待所致⑳。

【注釋】❶南風二句　此聯意為：夏風轉為秋風，秋天肅殺之氣逼走夏天的炎熱。南風，夏天的風。薄，逼近。❷令弟　好弟弟，此指詩人之堂弟杜亞。❸蒼然　草色，引申為青黑色。承上句「草中來」，形容杜亞歷盡艱辛，面色憔悴，與〈喜達行在所三首〉「所親驚老瘦，辛苦賊中來」意近。❹兵法句　《漢書・藝文志》：兵權謀十三家，兵形勢十一家，陰陽十六家，兵技巧十三家，凡兵書五十三家。❺疏通　通達。❻經綸　此指籌劃治國大事。理出絲緒叫經，編絲成繩稱綸。❼神器　此指國家政令。❽宗廟句　宗廟，皇帝的家廟。《新唐書》：安祿山之亂，宗廟為賊所焚。❾崆峒二句　此聯言河西形勢在當前因安史之亂而出現反覆、失控。崆峒，山名。唐有三崆峒，此指河西之崆峒，在今甘肅酒泉東南方向。青海，湖名，在今青海省。軒輊，車前高曰軒，後低曰輊，引申為抑揚輕重。❿西極二句　西極，指西部邊疆。瘡痍，創傷。暗烽燧，白天烽火臺放煙叫烽，夜間舉火叫燧，是古代報警的方式；今日「暗烽燧」，意為隱伏戰爭之危機，蓋此時吐蕃已開始侵襲唐土。⓫布

衣　粗布衣，指平民身分。⑫坐看句　坐，因；為了。流沙，指沙漠，沙隨風移，故稱。浦注：「今沙州外曰大流沙。」此暗喻西部發生的動亂，故欲「清流沙」。⑬歸當二句　二句意為：讓你到邊遠的地方去，不是為了讓你遍試艱辛，而是將來有大用，回朝還要傾聽你的意見呢！前席，移坐而前。《史記・屈原賈生列傳》載漢文帝與賈誼對話，聽得入神，「至夜半，文帝前席。」歷試，《書序》：「歷試諸艱。」遍嘗也。⑭須存二句　武威郡，即涼州。朱注：「武威郡地勢西北斜出，隔斷羌戎，乃控扼要地。河西有事，則隴右、朔方皆擾。是時有九姓商胡之叛，故曰『須存武威郡，為畫長久利。』」畫，謀劃。以上八句模擬皇帝口吻。仇注：「帝曰數句，述天語丁寧，如古詔誥體。」⑮石戴驛　驛路在石岩之上，《爾雅》：「石戴土，謂之崔嵬；土戴石，謂之阻。」⑯蘆酒　以蘆管吸酒。⑰踴躍二句　二句謂踴躍只是常情，苦心經營才是志士進一層的追求。踴躍，奮起狀。慘澹，苦心經營。⑱安邊二句　二句意為：邊境安定，只是使敵人揀不到便宜；而使之歸順才是根本目的。反正，由亂而治，或改邪歸正。⑲吾聞二句　謂以駿馬駕鼓車是大材小用。《後漢書》：建武十三年異國獻名馬，詔以馬駕鼓車。⑳龍吟二句　夾輔，左右輔佐。《左傳》：「夾輔周室。」仇注：「龍馬長吟，迴首京闕，思成夾輔之功，喻（杜）亞雖在河西，乃心不忘朝廷也。」正與上文「歸當再前席」相呼應。

【語譯】夏風已化秋風，送來滿耳的秋聲，肅殺的秋氣逼走了炎熱。盛夏是鷹隼出擊的時候，亂世則是高人出來救世的時機。我的好弟弟，你從草野來，臉上帶着滄桑之色。你匆匆地要見皇上論事，一道詔書將你召進宮殿。奮然鼓動三寸之舌，你打動了皇帝。憑滿腹的學問，論兵廣涉五十家；憑超人的口才，你應答如流。通達不泥於書本，經天緯地都是新見解。你的才華出眾，足以治國安民。如今連宗廟都被叛軍焚毀，提起此事君臣都流下傷心淚。讓人憂心的還有那大西北，崆峒搖晃好比失去地軸，青海震盪似大地傾斜。被侵襲的西疆傷痕累累，祁連山隱伏着殺氣。皇帝說：「大布衣！我借你的才智去河西輔佐元帥，因為我要看到一個安定的西疆。所以我要派你出塞，這不僅是對你的考驗，凱旋歸來還要傾聽你的意見。」依我看先要阨守那武威，再作長遠的考慮。你即將走上征程，高原聳立孤峰，金鑾駿馬快跑在巉岩驛道上。迎接你的是不羶不膩的黃羊宴，小心蘆管吸酒也會使人醉。切記切記，踴躍前行還只是普通人的志向，只有慘澹經營才是志士的苦心。而安定邊境僅使敵人無機可趁，使之歸順才是國防根本。我聽說千里馬不宜讓牠去駕鼓車，龍馬回首長嘶總望着宮闕，還有更重要的輔國大任在等着你呢！

【研　析】《杜詩鏡銓》蔣弱六曰：「極意鼓舞，極意感動，使其竟日汗流，經夜膽戰，自不能不努力竭心。以為誇祝之詞，失之千里。」蔣氏只說出一半：對從弟的勉勵；沒說出另一半：詩人借此表達自己的政見。詩人對西北形勢憂心忡忡，（這一點在〈塞蘆子〉「近聞昆戎徒，為退三百里」中已露端倪。）「崆峒地無軸」以下四句表達充分。所以他提出自己的策略：「須存武威郡，為畫長久利」、「安邊敵何有，反正計始遂」。就是要先扼守武威進而安邊，再使他族歸順，從根本上解決西北之患。歷史事實證明，杜甫的憂慮並非空穴來風，吐蕃很快就成為唐王朝之大敵、腹心之患！再進一層，詩人借題發揮，提出「時危異人至」，要破格用人，將「草中來」的杜亞這個小小的判官放在「佐元帥」、「清流沙」、「存武威」，乃至「正神器」的位置上，甚至借皇帝之口呼為「大布衣」。我認為這才是詩人所要說的「重中之重」。

盛唐，無疑是中國歷史上非常獨特的篇章。就人才環境而言，是讓士子充滿幻想的時代。由於六朝士族制瓦解，科舉取代「九品中正」用人制，仕出多門，士庶都有機會在競奔中「浮出水面」。如馬周、姚崇、郭元振、張九齡一大批士子被委以重任，說明「布衣干政，平步青雲」時代的到來，「布衣」成了士族與庶族興衰交替期的一個特殊符號。與杜甫同時的李泌、張鎬（我們在〈洗兵馬〉中很快就要遇見這位「一生江海客」的「異人」了）更是當時「正神器」的「大布衣」。被杜甫視為同道的房琯早已在〈上張燕公書〉中說道：「嘗聞既往布衣之士，亦賤者也，而一人之下，三公崇之，將欲分其賢愚而繫其理亂。」將布衣放在「繫其理亂」的關鍵位置上。然而，杜甫借皇帝之口喊出「大布衣」，不但是秉承儒家文治與德治的思想，而且具有濃烈的「救時」意義。他借此反對當時朝廷用人唯親與偏重驕兵悍將的用人政策，力倡文治，重用儒臣、布衣，這是貫穿安史之亂後杜詩的一個主題思想，我們將在以後相關篇章的研析中繼續點醒。

月

（五律）

【題　解】此詩仇注編在至德二載（西元七五七年）七月。是時官軍尚在扶風，至閏八月二十三日，始命郭子儀收長安。扶風，在長安西北。

天上秋期近❶，人間月影清。
入河蟾不沒，擣藥兔長生❷。
只益丹心苦，能添白髮明❸。
干戈知滿地，休照國西營❹。

【注　釋】❶天上句　意謂大自然的節氣已將運行到秋天。秋期，《杜詩說》認為指牛郎織女相會之期，即秋之七月七日。❷入河二句　河，指銀河。蟾，蟾蜍；蝦蟆。《後漢書・天文志》劉昭注引張衡〈靈憲〉：「姮娥遂託身於月，是為蟾蜍。」後人以蟾指代月亮。上句言月入銀河而其光不沒。兔，仇注引傅玄〈擬天問〉：「月中何有？白兔擣藥。」《杜詩說》：「月詩入蟾兔最俗，出公手則無不妙，以其別有命意，特借二物為點染耳。」❸只益二句　二句謂看月只會增添愛國愛民的憂心，使頭髮更白。益，增加。❹休照句　國西營，指扶風軍士。朱注：「時官軍營於長安西。舊注：休照，為征人見月而悲也。」

【語　譯】天上已近牛郎織女相會的日子，人間只能仰視那月中的清影。玉蟾在銀河裡浮沉，月光卻不受遮蔽。玉兔雖說擣藥不止頗辛苦，牠卻能永遠長生。月啊月，你永恆的清光只會添加我心中的愁苦，使我白髮增生。現在是干戈滿地戰事吃緊；你千萬可別照到駐紮在長安西北的軍營；征人見月怕要再動思鄉之情，亂我軍心！

【研　析】古人講究比興，有時也會疑神疑鬼走火入魔。仇注引王嗣奭曰：「杜詩凡單詠一物，必有所比，此詩為肅宗而作。天運初回，新君登極，將有太平之望，秋期近而月影清也。然嬖倖已為熒惑，貴妃方敗，復有良娣，入河而蟾不沒也。國忠既亡，又有輔國，擣藥之兔長生也。所以心愈苦，而髮增白耳。」又引張綖曰：「蟾兔以比近習小人。入河不沒，不離君側也。搗藥長生，潛竊國柄也。丹心益苦，無路以告也。白髮添明，憂思致老也。故結言休照軍營，恐愈觸其憂耳。當時寇勢侵逼如此，而近習猶然用事，何時得見清平耶。」另外如《杜詩言志》，則以為『「搗藥兔長生」者，言月中之兔如中興佐治之臣，調和宣力而精勤不倦也」云云，如此類說是「比興」實屬比附者尚多，引不勝引。以影射、比附、穿鑿解詩，是古已有之的老毛病，嚴重地歪曲了詩意，使詩變味。聞一多曾感歎說：「明明一部歌謠集（按，指《詩經》），為什麼沒人認真的把它當文藝看呢！」讀杜詩也存在這一問題，應當引起我們的警惕。首先，要認真地把杜詩當詩來讀。這首詩中有所寄託，有所比興，但那是「物比情合」，是「觸物起情」。月光清虛沉靜易引人遐思，所以詩人特別鍾愛月色。杜甫於戰亂中飽受流離之苦，所以從「月影」中想見嫦娥玉兔，羨其平靜而永存，對比人間干戈滿地之動亂，難免添白髮而增憂心；進而聯想到「國西營」枕戈待旦的將士，恐征人見月而悲，影響士氣，遂發「休照」之奇想。其意脈是水到渠成，所以黃生《杜詩說》乃云：「全首作對月嗔怪之詞，實與〈百五日夜對月作〉同一奇恣。」所謂「奇恣」，黃生舉「入河蟾不沒，搗藥兔長生」為例說「如此二句，只謂月長在天，怪渠如何不死；下照人間，只能益我丹心之苦」云云。就詩中意象來發掘其潛在意蘊，而不是無中生有，這才是正道。

獨酌成詩（五律）

【題解】此詩當寫於至德二載（西元七五七年）還鄜州探親途中。

燈花❶何太喜，酒綠正相親。
醉裡從為客，詩成覺有神。

兵戈猶在眼，儒術豈謀身。
苦被微官縛，低頭愧野人❷。

【注釋】❶燈花　燈心餘燼所爆的火花。古人以燈花為吉。《西京雜記》：「目瞤得酒食，燈火花得錢財。」這裡是以燈花表現旅夜得酒之喜悅，反襯出孤寂的心情。❷苦被二句　仇注：「陶（潛）歎折腰，杜（甫）愧低頭，皆不甘屈節於仕途者。」降清的大書法家王鐸，書此詩筆意奇崛，遂成名帖。我想，他感觸最深的恐怕正是末尾二句。

【語譯】是何喜訊讓燈火爆出燈花？卻原來難得有酒慰我孤寂。醉裡哪管它旅途客寓，乘興作詩自驚人神妙筆。吟罷不覺萬感交集，儒術無用戰亂未去。當官不能濟世只成累贅，隱士高人我真要低頭愧對。

【研析】《杜詩鏡銓》引蔣弱六云：「前半是初酌時，不覺一切放下；後半是酒後，又不覺萬感都集，心事如畫。」是。以燈花兆喜發端，獨酌獨吟獨開懷，但獨酌中國事家事齊上心頭，尤其是亂局中儒術既不被朝廷重視，那末當官也就只成束縛，遂萌退意，心路歷歷，故曰：「心事如畫」。而「醉裡從為客，詩成覺有神」一聯表明：詩是杜甫生活中不可或缺的一部分。

玉華宮 （五古）

【題解】《舊唐書》：貞觀二十一年七月，作玉華宮，詔玉華宮制度，務從菲薄，更令卑陋。二十二年詔曰：「即澗疏隍，憑巖建宇，土無文繪，木不雕鏤，矯鋪首以荊扉，變綺窗於甕牖。」至德二載（西元七五七年）杜甫自鳳翔往鄜州探親，經玉華宮作此詩。

溪迴松風長，蒼鼠竄古瓦。
不知何王殿，遺構絕壁下。
陰房鬼火青，壞道哀湍瀉❶。
萬籟❷真笙竽，秋色正蕭灑。
美人為黃土，況乃粉黛假❸。
當時侍金輿❹，故物獨石馬。
憂來藉草坐，浩歌淚盈把。
冉冉❺征途間，誰是長年者？

【注　釋】❶陰房二句　陰房，背陰的房子。鬼火，磷火，古人迷信謂之鬼火。壞道，已損毀的道路。❷萬籟　大自然發出的各種音響。❸美人二句　粉黛，婦女之化妝品。《杜臆》：「美人借粉黛而美，美人已為黃土，況粉黛原是假飾，今安在乎？」❹金輿　皇帝坐車，指代皇帝。❺冉冉　遲緩貌。

【語　譯】松風長，溪迴環；古瓦上，蒼鼠竄。此殿不知何王殿，留此傑構絕壁間。鬼火熒熒入幽房，急流毀路聲如怨。萬籟有聲吹笙竽，秋色無拘彩翠變。美人已是化黃土，粉黛假飾更免談。當時多少美人侍皇帝，如今只殘石馬蹇。憂從中來且憑草地坐，長歌當哭淚如霰。走在漫漫道路間，誰能長年身永健？

【研　析】「不知何王殿」一句曾引發朱鶴齡的猜想：「玉華宮作於貞觀年間，去公時僅百載，而云『不知何王殿』者，何也？按《高僧傳》載，玄奘嘗於此譯經，意久廢為寺，與九成之置官居守者不同，故人皆不知為何王之殿耳，非公真昧其跡也。」說得也在理，太宗遺殿，雖然曾改為寺院，但詩題分明是玉華宮，又說是「當時侍金輿」，杜甫顯然不是不知。細節總是為主題服務，所以《杜詩鏡銓》評此二句云：「只極言荒涼之意，他解深求反失之。」《說詩晬語》亦云：「杜少陵〈玉華宮〉云：『不知何王殿，遺構絕壁下』，傷唐亂也。」《唐詩別裁》云：「唐初所建，而曰『不知何王殿』，妙於語言。」都將此句看得活了。的確，橫插此語不僅是增濃蕭瑟氣氛，而且將當下蒼鼠古瓦、鬼火哀湍的景色轉換為歷史的迷思、生命的追問與滄桑之感，更具哲理的詩意。

前賢對此篇寫法的典型性也頗感興趣。《麓堂詩話》稱：「五、七言古詩仄韻者，上句末字類用平聲，惟杜子美多用仄，如〈玉華宮〉、〈哀江頭〉諸作，概亦可見。其音調起伏頓挫，獨為矯健，似別出一格；回視純用平字者，便覺萎弱無生氣。自後則韓退之、蘇子瞻有之，故亦健於諸作。」這是從聲律看。更有從唐宋詩風格轉換的大格局着眼者，如仇注云：「洪邁《容齋隨筆》云：張文潛暮年在宛丘，何大圭方弱冠，往謁之。凡三日，見其吟哦老杜〈玉華宮〉詩不絕口。大圭請其故。曰：『此章乃風雅鼓吹，未易為子言。』大圭曰：『先生所賦，何必減此。』曰：『平生極力摹寫，僅有一篇稍似之，然未可同日語也。』遂誦其〈離黃州〉詩曰：『扁舟發孤城，揮手謝送者。山回地勢卷，天豁江面寫。中流望赤壁，石腳插水下。昏昏煙霧嶺，歷歷漁樵舍。居夷實三載，鄰里通假借。別之豈無情，老淚為一灑。篙工起鳴舷，輕櫓健於馬。聊為過江宿，寂寂樊山夜。』此其音響節奏，固似之矣。」唐宋詩風格之轉換自杜始，這已是學界之共識。宋詩的幾個主要特點，如描寫工細、夾敘夾議、正反面參雜着寫，都承襲老杜。今人遂有以此詩為範本，據說參透此詩，則思過半矣。謹錄此意見，供讀者諸君參考。

羌村三首（五古）

【題　解】此詩與〈北征〉同為至德二載（西元七五七年）秋，詩人自鳳翔歸至鄜州省親所作。羌村，在鄜州城北，杜甫家屬在此避亂。是年五月，因房琯罷相，杜甫為之辯護，觸怒了肅宗，詔三司推問，宰相張鎬救之。杜甫對此固然誠惶誠恐，但在〈奉謝口敕放三司推問狀〉中，對房琯被誣仍有所申辯（見附文）。八月，遂放歸探親。這是杜甫人生歷程的又一個拐點，影響深巨。此組詩與〈北征〉合看，有助於加深我們對杜甫「一人心，乃一國之心」的思想特質，及其對家與國之間關係的複雜情感的理解。《古唐詩合解》評云：「三首哀思苦語，淒惻動人，總之，身雖到家，而心實憂國也。實境實情，一語足抵人數語。」

其一

崢嶸赤雲西，日腳下平地❶。
柴門鳥雀噪，歸客千里至❷。
妻孥怪我在，驚定還拭淚❸。
世亂遭飄蕩，生還偶然遂❹。
鄰人滿牆頭，感歎亦歔欷❺。
夜闌更秉燭，相對如夢寐❻。

【章旨】陳式《杜意》：第一首「此歸省到家之作。以年餘陷賊之人，生還事屬可怪，通篇只摹一『怪』字出。」

【注釋】❶崢嶸二句　崢嶸，山高峻貌，這裡形容雲層迭出。日腳，與「雨腳」同樣，屬擬人寫法。陳貽焮說：「腳就是腳，有人覺得彆扭，說『雨腳』就是雨滴，『日腳』就是日光，那當然是不錯的，只是頭腦過於科學，不足以言詩。」話雖幽默，卻須參悟之。❷柴門二句　鳥雀噪，仇注認為「雀」當作「鵲」。《西京雜記》卷三引陸賈曰：「乾鵲噪而行人至。」明寫羌村景色，暗寫初到家之心情。❸妻孥二句　妻孥，即妻子。怪我在，亂世死不足怪，生還反而可怪，「怪」字的確摹寫出「九死一生」後的複雜心理反應。《增訂杜詩摘抄》：「不曰喜，而曰怪，情事又深一層。」對句寫喜極而悲，浦注云：「公凡寫喜，必帶淚寫，其情彌摯。」❹生還句　遂，如願。此句與「怪我在」相呼應，是亂世特有的反常感覺。《唐詩歸》云：「此三詩似詠生還之樂耳，以為『偶然』，以為意外，……流離死亡，反是尋常事也。」❺鄰人二句　此聯寫出農村風情，蓋農村客人少，一家有客，都來圍觀；又因牆頭低矮，露出半身，故曰「滿牆頭」。歔欷，抽泣聲。❻夜闌二句　夜闌，夜深。秉燭，本意為持燭，後來通用為燃燭。更秉燭，因前燭已盡，乃更換新燭，且雖相對，猶疑在夢中，極寫驚喜之情，反襯相見不易。與李商隱「何當共剪西窗燭」意近，都是寫與妻久坐不即就寢情景。如夢寐，寫恍惚的心理狀態。《唐詩別裁》：「不再添一語，高絕。」

【語　譯】西天的火燒雲翻滾出高峻的雲峰，夕陽穿透雲層在地平線上落下它的長腳。柴門外鳥雀喳喳亂叫，千里外的遊子回來了！亂世生還讓妻子驚怪，剛定下心淚水又撲撲往下掉。這也難怪：在戰火中穿梭，死是尋常，活着回來反倒是偶然。左鄰右舍都來圍觀探出短牆，又是感歎又是抽泣。夜已深，孩子們已睡，換上一支蠟燭，兩人相對像在夢裡。

其　二

晚歲迫偷生，還家少歡趣❶。
嬌兒不離膝，畏我復卻去❷。
憶昔好追涼，故繞池邊樹。
蕭蕭北風勁，撫事煎百慮。
賴知禾黍收，已覺糟床注❸。

如今足斟酌，且用慰遲暮❹。

【章　旨】陳式《杜意》：第二首「此有感於嬌兒之作。還家歡趣之少，出於嬌兒之『畏』。」

【注　釋】❶晚歲二句　偷生，杜甫心在國家，這次放還，自視為偷生苟活，深以為恥。少歡趣，「少」字有分寸，不是沒有。❷嬌兒二句　意為：孩子們怕我又要走了。《杜詩解》：「嬌兒心孔千靈，眼光百利，早見此歸，不是本意，於是繞膝慰留，畏爺復去。」卻去，蕭滌非先生認為，「卻」這裡作「即」字講，也就是「就」的意思。卻去，猶便去、即去。對句是上一下四句法，在「畏」字讀斷。❸賴知二句　賴知，幸而知道。承上句「煎百慮」，要是再沒有酒，簡直就得愁死！糟床，即酒醡。醡，通「榨」。聽禾黍收而覺糟床注酒，是所謂「示現」手法。蘇東坡詩：「桑疇雨過羅紈膩，麥隴風來餅餌香。」亦同一手法。❹遲暮　衰老之年。

【語　譯】人到老年還要偷生苟活，雖然回到家中也樂趣不多。嬌兒在膝前依偎着我，生怕為父剛回家匆匆又走。回想去年夏天，為了乘涼特地種些樹木繞在池邊。到如今秋風蕭瑟落葉紛飛，反倒勾起我百慮千愁。好在得知禾黍已收，似乎聽得糟床汩汩酒在流。只要春酒足，衰年暫解憂。

其　三

群雞正亂叫，客至雞鬥爭。
驅雞上樹木，始聞叩柴荊❶。
父老四五人，問❷我久遠行。
手中各有攜，傾榼濁復清❸。
苦辭❹酒味薄，黍地無人耕。

兵革既未息，兒童❺盡東征。
請為父老歌，艱難愧深情。
歌罷仰天歎，四座淚縱橫。

【章　旨】陳式《杜意》：第三首「此有感於客至之作。摹寫客至與聞客之至。繼摹寫客至攜酒，與客至之各有攜酒，酒薄由於黍少，黍少由於從征，則父老謙讓之言；從謙讓味出艱難，從艱難味出深情，則公自道感激之意。在此時憂亂思治，賓主相向哽咽，固有如此。」

【注　釋】❶群雞四句　蘇仲翔《李杜詩選》：「起四句妙在二十字一氣寫出，活現鄉村客到情形。」鄧魁英等《杜甫選集》：「現代的雞絕少上樹，但古代雞棲於樹卻是慣常現象。如漢樂府〈雞鳴〉：『雞鳴高樹顛，犬吠深巷中。』」❷問　慰問。❸傾榼句　榼，盛酒器。濁復清，濁酒與清酒。傅庚生《杜詩析疑》：「『傾榼』，一面寫往外倒酒的動作，一面也有罄其所有，盡其餘瀝之意，有如傾囊相贈一辭的含意。」「『復』字與上句的『各』字有關，父老四五人各有所攜，有的是舊釀較清，有的是新釀較濁，總之是盡可能地把家裡的僅蓄的一點兒酒都分送一些給杜甫了。」❹苦辭　再三地說。苦，一作「莫」。❺兒童　猶言孩子們。

【語　譯】院子裡群雞一陣打鬧，興許是客人來了引起喧囂。將牠們統統趕上樹去，這才聽見有人把門敲。父老四五個，憐我久行乍歸來慰勞。手中各自帶東西，罄其餘瀝清酒與濁醪。再三說是酒味兒薄——只因天荒地亂戰不休，孩子們都去打仗地自種不好。讓我長歌謝父老，艱難時節見情高！歌才罷，仰天歎，四座失聲淚齊拋。

【研　析】《讀杜心解》稱：「三詩俱脫胎於陶（淵明）。」的確，此詩風格與陶淵明〈飲酒〉其九有相似之處：「清晨聞叩門，倒裳往自開。問子為誰與，田父有好懷。壺漿遠見候，疑我與時乖。『襤縷茅簷下，未足為高棲。一世皆尚同，願君汩其泥。』『深感父老言，稟氣寡所諧。紆轡誠可學，違己詎非迷！且共歡此飲，吾駕不可回。』」然而二者的出發點卻有着根本的區別。陶詩中的父老，只是類似楚辭〈漁父〉中「漁父」的角色，藉以表達詩人自己的情志，未必與現實有關；杜詩中的父老，卻是活生生的現實中人的藝術再現。杜甫這組詩最大特點就在於寫實，反映的是民病時艱，有很強烈的時代現實氣息，與「脫胎」二字不相干（至於文學素養與技巧借鑒中有陶的成分，自當別論）。「晚歲迫偷生，還家少歡愉」是本組詩的情感支點，不可輕忽放過。《杜臆》指出：「久客以歸家為歡，今當晚歲，無尺寸樹立，而匆迫偷生，雖歸有何歡趣？此句含有許多不平在。」杜甫愛家，愛國，更是「窮年憂黎元」，理解了這一點，全詩才會通透。以「嬌兒不離膝，畏我復卻去」一聯為例，仇注云：「不離膝，乍見而喜；復卻去，久視而畏：此寫幼子情狀最肖。」似也講得通，但同時所作〈北征〉有云：「生還對童稚，似欲忘饑渴。問事競挽鬚，誰能即嗔喝。翻思在賊愁，甘受雜亂聒。新歸且慰意，生理焉得說。」「競挽鬚」尚且不肯「嗔喝」，嬌兒又何「畏」之有？徐增《而庵說唐詩》云：「嬌兒見父親還家，卻大歡喜，依依不暫離膝。人家兒女，無不儘然。何知其畏我復出門去？此是以己之心推嬌兒腹中語。雖然，先生有官在身，奉詔以歸，家中豈得久住？嬌兒知之，故一則以喜，一則以畏也。」此分析顧及兩頭，頗中肯綮。不但父知兒，兒亦知父。上回（去年八月）杜甫攜家來羌村避難，不久即隻身奔行在所被俘，兒輩記憶猶新，深畏父親又匆匆「卻去」（故曰「復」），杜甫「身雖到家，而心實憂國」之情思已從幼兒眼中寫出矣！

【附錄】

奉謝口敕放三司推問狀

右臣甫，智識淺昧，向所論事，涉近激訐，違忤聖旨，既下有司，具已舉劾，甘從自棄，就戮為幸。

今日巳時，中書侍郎平章事張鎬，奉宣口敕，宜放推問。知臣愚戇，赦臣萬死，曲成恩造，再賜骸骨。臣甫誠頑誠蔽，死罪死罪。臣以陷身賊庭，憤惋成疾，實從間道，獲謁龍顏。猾逆未除，愁痛難過，猥廁衰職，願少裨補。竊見房琯，以宰相子，少自樹立，晚為醇儒，有大臣體。時論許琯，必位至公輔，康濟元元。陛下果委以樞密，眾望甚允。觀琯之深念主憂，義形於色，況畫一保泰，其素所蓄積者已。而琯性失於簡，酷嗜鼓琴。董庭蘭今之琴工，遊琯門下有日，貧病之老，依倚為非，琯之愛惜人情，一至於玷污。臣不自度量，歎其功名未垂，而志氣挫衄，覬望陛下棄細錄大，所以冒死稱述，何思慮未竟，闕於再三。陛下貸以仁慈，憐其懇到，不書狂狷之罪，復解網羅之急，是古之深容直臣、勸勉來者之意。天下幸甚！天下幸甚！豈小臣獨蒙全軀就列，待罪而已。無任先懼後喜之至，謹詣閣門，進狀奉謝以聞。

至德二載六月一日，宣議郎行在左拾遺臣杜甫狀進。

北征

（五古）

【題　解】題下原注：「歸至鳳翔，墨制放往鄜州作。」唐肅宗至德二載（西元七五七年）四月，詩人自長安奔赴當時皇帝所在地鳳翔，五月授左拾遺，是月因疏救房琯觸怒肅宗。八月放還鄜州探親，九月唐軍收京前乃作是詩。因鄜州在鳳翔東北，故曰「北征」。仇注：「班彪作〈北征賦〉，用以為題。」全詩七百字，鋪陳終始，夾敘夾議，氣勢磅礴，是杜詩代表作。《唐宋詩醇》引李因篤云：「其才則海涵地負，其力則排山倒嶽，有極尊嚴處，有極瑣細處，繁則如千門萬戶之象，簡則有急弦促柱之悲。」杜甫以詩的形式，達到散文靈變自如無所不包的藝術效果，的確是一次成功的嘗試。

皇帝二載秋，閏八月初吉❶。
杜子將北征，蒼茫❷問家室。
維時❸遭艱虞，朝野少暇日。
顧慚恩私被，詔許歸蓬蓽❹。
拜辭詣闕下，怵惕❺久未出。
雖乏諫諍姿，恐君有遺失。
君誠中興主，經緯固密勿❻。
東胡反未已，臣甫❼憤所切。
揮涕戀行在❽，道途猶恍惚。
乾坤含瘡痍❾，憂虞何時畢？

【章旨】以上二十句為一段，寫憂國戀闕之情，欲去不忍，既行猶思。

【注釋】❶皇帝二句　皇帝二載，即肅宗皇帝至德二載。因寫國家大事，故鄭重紀年。初吉，朔日；農曆初一。後來泛指月初。❷蒼茫　猶渺茫。《杜詩解》：「只插『蒼茫』二字，便將一時胸中為在為亡，無數狐疑，一併寫出。」參看〈述懷〉。莫礪鋒《杜甫評傳》：「『蒼茫』二字極妙，不但意指家人存亡未知，前途茫茫，而且也意味着自己蒿目時艱而心情迷惘。」❸維時　是時。維，發語詞。❹顧慚二句　顧慚，自思懷慚。恩私被，受皇帝特殊恩惠，指被放還一事，是門面話。蓬蓽，蓬門蓽戶；窮人家。❺怵惕　恐懼不安。❻雖乏四句　這四句講得很委婉，意為：我雖然缺乏諫官的才具，仍擔心陛下處事有所不周；陛下誠然是中興明主，但處理國事還是要周密謹慎才是啊！經緯，紡織的縱線為經，橫線為緯。此喻經國方略。密勿，猶勤謹。❼臣甫　小臣杜甫。《杜臆》引鍾惺云：「『臣甫』，章奏字面，詩中如對君。」此詩格式有意依照奏議。❽行在　皇帝臨時住處。❾乾坤句　意為：到處都是戰爭的創傷。

【語　譯】大唐皇帝至德二載八月初一，我正準備北行探親，音訊渺茫心情迷惘。時遭國家危難，官民哪有閒情？自顧懷慚竟奉詔恩准回家看望。面對宮闕我拜辭皇上，誠惶誠恐徘徊再三。雖然臣當諫官還很不得體，冒死進言近乎狂狷，為的是怕聖上偶失周密。君是中興明主，經天緯地勤謹無比，但東胡尚在叛亂，令臣日夜激憤悲切！留戀朝廷我揮淚灑別，一路心神恍惚心懸宮闕。海內遍地哀鴻處處流血，讓人憂心忡忡何時休歇？

靡靡踰阡陌❿，人煙眇蕭瑟。
所遇多被傷，呻吟更流血。
回首鳳翔縣，旌旗晚明滅。
前登寒山重，屢得飲馬窟⓫。
邠郊入地底，涇水中蕩潏⓬。
猛虎立我前，蒼崖吼時裂⓭。
菊垂今秋花，石戴古車轍。
青雲動高興，幽事亦可悅。

山果多瑣細，羅生雜橡栗。
或紅如丹砂，或黑如點漆。
雨露之所濡，甘苦齊結實。
緬思桃源內，益歎身世拙⑭。
坡陀望鄜畤⑮，巖谷互出沒。
我行已水濱，我僕猶木末⑯。
鴟鳥鳴黃桑，野鼠拱亂穴。
夜深經戰場，寒月照白骨。
潼關百萬師，往者散何卒⑰。
遂令半秦民，殘害為異物⑱。

【章　旨】以上三十六句為第二段，寫途中所見。《杜詩言志》：「此第二節，則述途中之所見。參差歷落，總從『恍惚』二字中來。……不整寫，卻雜寫；不順寫，卻亂寫。真得在路人一片蒼茫恍惚神理。」

【注　釋】⑩靡靡句　靡靡，猶遲遲。《詩．黍離》：「行邁靡靡，中心搖搖。」據說是寫周大夫過故宗廟宮室，彷徨不忍去；後人稱之「黍離之悲」。杜甫此句亦含此意。阡陌，田間道路，南北曰阡，東西曰陌。⑪飲馬窟　古時行軍，遇水窪飲馬，稱飲馬窟。一路是飲馬窟，正戰時景象。⑫邠郊二句　邠州郊原，即今陝西彬縣，是個盆地，自山上俯視，如在地底。〈飛仙閣〉：「歇鞍在地底，始覺所歷高。」同此意。蕩潏，水湧貌。⑬猛虎二句　猛虎，狀蒼崖之蹲踞。吼，形容怒號之山風。

⑭緬思二句　緬思，遙想。拙，不順。「菊垂今秋花」至此十二句，寫山中幽景。《杜詩鏡銓》引張上若稱其「凡作極緊要、極忙文字，偏向極不要緊、極閑處傳神」，是。⑮坡陀句　坡陀，岡陵起伏貌。鄜畤，本為秦文公所築祭天的壇場，此指鄜州。⑯我行二句　木末，樹梢。這裡將圖景平面化了：我已行至水濱，而僕人還在山腰，望過去就好像在樹梢上。平面化是中國畫特有的空間意識，也常見於詩中寫景，乃祖杜審言已有類似寫法：「樹杪玉堂懸」。⑰散何卒　潰敗得何其快。卒，倉促。⑱遂令二句　半秦民，一半的秦地百姓。為異物，人死稱為異物。

【語譯】腳步沉重走過蕭瑟的田野，人煙稀少頓起黍離之悲。一路上遇到的人多帶傷殘，血流不止呻吟不絕。回看鳳翔夕照，旌旗在殘煙中明滅。努力向前寒山重疊，坑坑窪窪到處是軍隊留下飲馬的窟穴。大壑直探地底那是邠州郊野，涇水就在其中蜿蜒穿越。峰迴路轉驀見猛虎就蹲立在我面前——卻原來是青黑的崖石風吼欲裂。野菊開着今秋的新花，岩石上的驛路還留着古時候的車轍。雲峰幽景引發人的興致，鬱悶暫消心情也轉向愉悅。你看那山果雖小卻是滿樹累累，橡實栗子雜陳羅列。有的紅如丹砂，有的黑如點漆。老天無私雨露均沾，甘甜苦辣各色果子一樣能結。此景此情讓人遙想隱士在桃源，此時此刻亂世遭際更叫人悲噎！岡巒起伏何處見鄜州？但見高崖深谷此起又彼迭。我已走到水邊且彳亍，僕人還懸在林端路曲折。夜貓子開始在枯黃的桑枝上啼叫，野鼠也拱足探出亂穴。冰冷的月色照着戰場，白骨支撐讓人毛骨竦然。回想潼關一仗，百萬官兵頓作鳥獸散。可憐秦地百姓半為鬼，家破人亡被摧殘。

況我墮胡塵，及歸盡華髮。
經年至茅屋，妻子衣百結。
慟哭松聲迴，悲泉共幽咽。
平生所嬌兒，顏色白勝雪。

見耶[19]背面啼，垢膩腳不襪。
床前兩小女，補綻才過膝。
海圖坼波濤，舊繡移曲折。
天吳及紫鳳，顛倒在裋褐[20]。
老夫情懷惡，嘔泄臥數日。
那[21]無囊中帛，救汝寒凜慄？
粉黛亦解苞，衾裯稍羅列。
瘦妻面復光，癡女頭自櫛。
學母無不為，曉妝隨手抹。
移時施朱鉛，狼藉畫眉闊。
生還對童稚，似欲忘飢渴。
問事競挽鬚，誰能即嗔喝。
翻思在賊愁，甘受雜亂聒[22]。
新歸且慰意，生理[23]焉得說。

【章　旨】第三段三十六句，寫團聚。此段最見杜甫的人情味與白描功夫。浦注：「節末『翻思』四句，忽然借徑搭入國事，是下半轉關處。」

【注　釋】⑲耶　即爺的俗稱。⑳海圖四句　海圖，繡着海景的圖障。天吳，水神，與紫鳳同為障上所繡。裋褐，毛布短衣。「曲折」、「顛倒」，形容補丁之雜，繡紋錯亂。貧困之境卻以幽默口吻出之，讀者倍覺傷神。㉑那　同「哪」。疑問代詞。㉒聒　吵鬧。㉓生理　即生計。

【語　譯】那時正值我被俘困長安，一朝歸來頭盡白。輾轉一年才到家，妻兒已是鶉衣懸百結。抱頭慟哭風入松，泉水嗚咽聲淙淙。我兒平生最嬌慣，細皮嫩肉白勝雪。今日卻將身子背着爹，滿懷委屈放聲哭，髒腳丫沒穿襪子，只套着鞋。衣如百納才到膝，床前兩個小女兒是更狼狽。東拉西扯各色布，舊繡海圖波濤錯位接。八足海怪顛倒配紫鳳，綴在短褐真一絕！老夫心情孬，連日吐又瀉。強作歡顏起解囊，哪能不帶些許布帛回？至少饑寒暫時能緩解。脂粉墨黛也有些，或布或綢稍排列。瘦妻一時臉上又光鮮，癡女忙着對鏡梳篦。娘親曉妝樣樣學，又是抹粉塗朱又畫眉。一陣忙後亮洋相：滿臉狼藉不像樣！撿回一命能與孩子面對面，飢渴辛勞都不見。七嘴八舌爭問事，來扯鬍鬚哪能怨。轉念當初隻身陷賊營，今日胡纏打鬧也甘願。剛回到家心放寬，明日生計放一邊。

至尊㉔尚蒙塵，幾日休練卒？
仰觀天色改，坐覺祅氣豁㉕。
陰風西北來，慘澹隨回紇㉖。
其王願助順㉗，其俗善馳突。

送兵五千人，驅馬一萬匹。
此輩少為貴，四方服勇決。
所用皆鷹騰，破敵過箭疾㉘。
聖心頗虛佇，時議氣欲奪㉙。
伊洛指掌收㉚，西京不足拔。
官軍請深入，蓄銳可俱發㉛。
此舉開青徐，旋瞻略恒碣㉜。
昊天積霜露，正氣有肅殺㉝。
禍轉㉞亡胡歲，勢成擒胡月。
胡命其㉟能久？皇綱㊱未宜絕。

【章旨】第四段二十八句，對借兵回紇，如何消滅安史叛軍提出看法，議論時事意氣風發。《說詩晬語》稱：「議論須帶情韻以行」，舉此詩為例。

【注釋】㉔至尊　指皇帝。㉕仰觀二句　此聯借天氣言形勢，暗示形勢開始好轉，叛軍氣焰消退。祅，同「妖」。豁，開朗；澄清。㉖陰風二句　此聯承上聯借秋風喻回紇軍氣勢。回紇以驃悍着稱，故以「陰風」、「慘澹」形容其殺氣。㉗其王句　《通鑑》：至德二載九月郭子儀以回紇兵精，請益征其兵擊叛軍，懷仁可汗乃遣其子葉護將精兵四千餘人來鳳翔助戰。對句言其一人兩馬，能作長途奔襲。㉘送兵六句　當與「其王願助順，其俗善馳突」一氣讀。少，少壯。《史記・匈奴列傳》載其風俗「貴壯健，賤老弱」。回紇與匈奴同族。遊牧民族尚武，以下三句皆寫其「勇決」。或云：少，上聲。言杜甫預見到回紇驕悍，多則難制。但從上下文的文氣看，此節先寫國難當頭何時方休？接寫回紇隨秋風而來，「其王願助順，其俗善馳突。」「送兵」二句承「助順」，「此輩」二句承「其俗」，而「少為貴」正是匈奴「貴壯健」之俗。「所用」二句又承「服勇決」。㉙聖心二句　虛佇，虛心期待。氣欲奪，曹慕樊《杜詩雜說》：「奪」借為「脫」，舒也。所以「此句蓋謂，皇上既然傾心希望借回紇兵力，收復兩京，時議亦極為樂觀，以為喘息將舒也。」與上八句合讀，則文從字順，上下團結一致，鼓舞人心，與下文的樂觀情緒相拍合。㉚伊洛句　伊洛，伊水、洛水，借指洛陽。指掌，意為容易辦到。㉛官軍二句　可俱發，言官軍士氣高，已成蓄勢，至此精銳可盡出矣！朱鶴齡注：「公意收復兩京，便當乘勝長驅幽薊，故云『此舉開青徐，旋瞻略恒碣』。當時李泌之議，欲命建寧並塞北出，與光弼犄角以取范陽（按，安祿山老巢），所見與公同也。」則「可俱發」指多路並進。㉜此舉二句　青徐，青州、徐州，今山東、蘇北一帶。恒碣，恒山、碣石，指河北一帶。旋，馬上。略，攻取。㉝昊天二句　昊天，秋天。古人認為秋天肅殺，宜征伐，故曰「正氣」。㉞禍轉　厄運轉向（叛軍）。㉟其　豈。㊱皇綱　王朝正統。

【語　譯】如今皇帝尚落難，幾時撥亂反正甭打仗？仰觀天色氣象新，但覺正氣上、妖氛散。肅殺秋風西北來，回紇鐵騎隨風闖。聽說懷仁可汗肯相幫，遊牧民族風俗本剽悍。五千兵配萬匹馬，健兒快馬速如電。須知此族尊少年，敢打敢拼四方羨。如鷹如隼個個強，搴旗破敵一似離弦箭。聖上處之以虛懷，輿論忽振陰霾開。東京反掌收，西京光復指日待。官軍鼓氣請深入，犁庭掃穴一起來！先取青州與徐州，便向恒山碣山至渤海。霜露降後天氣清，秋乃屬金宜用兵。活該叛軍交厄運，活捉敵酋在如今。胡命豈能久？大唐正統要復興！

憶昨狼狽初㊲，事與古先別。
姦臣竟菹醢，同惡隨蕩析㊳。
不聞夏殷衰，中自誅褒妲㊴。

周漢獲再興，宣光㊵果明哲。
桓桓陳將軍，仗鉞奮忠烈。
微爾人盡非，於今國猶活㊶。
淒涼大同殿，寂寞白獸闥㊷。
都人望翠華㊸，佳氣向金闕。
園陵固有神，掃灑數不缺。
煌煌太宗業，樹立甚宏達㊹。

【章　旨】以上二十句為第五段，以回顧歷史作結。由於善於選擇歷史意象，所以充滿陽剛之氣，鼓舞人心，將激情推至高潮。《唐詩別裁》稱：「『皇帝』起，『太宗』結，收得正大。」

【注　釋】㊲憶昨句　以下十二句寫馬嵬兵變。《舊唐書》：上（玄宗）至馬嵬驛，左龍武大將軍陳玄禮，整比六軍以從。玄禮以禍由楊國忠，欲誅之。命吐蕃使者遮國忠馬，訴以無食。國忠未及對，軍士呼曰：「國忠謀反。」遂殺之，以槍揭其首。上出驛門，慰勞軍士，令收隊。軍士不應，使高力士問之。玄禮對曰：「國忠謀反，貴妃不宜供奉，願陛下割恩正法。」上令力士引貴妃於佛堂，縊殺之。㊳姦臣二句　菹醢，剁為肉醬。蕩析，清除。㊴不聞二句　夏殷，指夏桀王與殷紂王。褒妲，夏桀嬖妹喜，殷紂嬖妲己。褒姒，周幽王女寵。或以為上文應作「周殷」，才與褒妲對得上號，但《日知錄》云：「不言周，不言妹喜，此古人互文之妙。」所謂互文，指上句舉夏殷以包括周，下句舉褒妲以包括妹喜。中自誅褒妲，言唐玄宗賜楊貴妃死是出於主動，故「事與古先別」。但史載，玄宗殺楊貴妃是被逼迫的，詩人只從側面點破：「桓桓陳將軍，仗鉞奮忠烈」。杜甫除了為皇帝諱以外，用心可能在於：當時國家危難，不宜將皇帝說成昏君，故稱其「聖心獨斷」，以收同仇敵愾之效。㊵宣光　周宣王與漢光武，比唐肅宗。㊶桓桓四句　寫龍武大將軍陳玄禮。桓桓，武勇貌。微爾，沒有你。此句化用《論語・憲問》：「微管仲，吾其被髮左衽矣！」意為：沒有你陳將軍，我們都將淪為異族了！這是對陳玄禮逼殺楊氏的肯定。㊷淒涼二句　此聯形容長安宮殿淪陷後的荒涼。大同殿，在義慶宮勤政樓北，玄宗於此朝見群臣。白獸闥，即白獸門，白獸即白虎，唐人避唐高祖李淵祖父李虎諱，稱虎為獸。在凌煙閣之北。㊸都人句　此句言百姓盼唐帝平叛歸京。翠華，天子之旗。㊹煌煌二句　煌煌，光明宏大貌。甚宏達，甚宏偉廣闊。

【語譯】回首往事夠狼狽，馬嵬坡上驚六軍。當機立斷止亂象，畢竟不同古時情：姦臣盡追殺，同惡滌蕩淨。不曾聽說衰敗夏商周，肯將褒姒妲己付罰刑。唯我大唐皇帝真聖明，一似周宣漢光獲中興！偉哉陳將軍，奮起除奸自有忠烈名。要是沒有你，國家百姓難安寧！淒涼大同殿，寂寞白虎門，京師百姓都盼御駕隨霓旌，金闕寶殿彩雲生。先帝陵園禮數到，得佑江山在天靈。彪炳事業太宗開，無疆社稷千秋盛！

【研析】胡小石〈杜甫「北征」小箋〉：「〈北征〉為杜詩中大篇之一。盛唐詩人力破齊梁以來宮體之桎梏，擴大詩之領域，或寫山水，或狀田園，或詠邊塞，較前此之幽閉宮闈低回怨思者，有如出永巷而騁康莊。至杜甫茲篇，則結合時事，加入議論，撤去舊來藩籬，通詩與散文而一之，波瀾壯闊，前所未見，亦當時諸家所不及，為後來古文運動以『筆』代『文』者開其先聲。」將杜甫是篇放在中國詩史的大格局看，的確是開疆闢域之作。歷來對「以文為詩」評價不一，但重要的不是能否「以文為詩」，而在乎「以文為詩」是否還能保留詩味？回答是肯定的。第二段寫途中所見，畫面豐富，剪接生動，自然是上乘的山水紀行詩；第三段寫家庭瑣事，梁啟超〈中國韻文裡頭所表現的情感〉中說是「不寫自己情感，專寫別人情感。寫別人情感，專從極瑣末的實境表出。」他形容這種含蓄蘊藉的表情法是「情感正在很強的時候，他卻用很有節制的樣子去表現它；不是用電氣來震，卻是用溫泉來浸；令人在極平淡之中，慢慢的領略出極淵永的情趣。」其中「床前兩小女，補綻才過膝。海圖坼波濤，舊繡移曲折。天吳及紫鳳，顛倒在裋褐」數句，更是以幽默的口吻寫貧窮家境，令人倍覺傷神，其詩味自不必講。至如末尾二段，雖是議論，但「帶情以行」，文氣如山洪直下，也是中國詩中渾雄一格。整篇散文式布局錯落有致，或含蓄蘊藉，或痛快淋漓，或賦、或比、或興，但總是以道性情為要。至於其間用史家手法、奏議口吻，並不妨此詩之為詩也。這也是其成功之秘，非韓愈輩之「以文為詩」可及。

還有一事要議一議。我在〈哀江頭〉的研析中提到，是詩對楊貴妃的態度與此詩有別。是的，〈哀江頭〉對楊氏是持同情態度的，此詩則似乎持嚴酷的批判態度。當楊妃與明皇一起作為盛唐之象徵時，杜甫總是持同情態度，如〈哀江頭〉；當楊妃作為楊氏家族代表時，杜甫總是持批判的態度，如〈麗人行〉。不過細讀此詩尚有微妙。對「不聞夏殷衰，中自誅褒妲」一句，浦起龍按：「玄禮為親軍主帥，縱凶鋒於上前，無人臣禮。老杜既以『誅褒妲』歸權人主，復贅『桓桓』四語，反覺拖帶。不如並隱其文為快。」浦氏的嗅覺是靈敏的，他覺察到對陳玄禮「活國」的評價事實上是對玄宗的微詞。玄宗在兵變的形勢下，怯懦地犧牲楊妃保自己是明擺着的事，當時人也都心知肚明，杜甫雖然還不能做到王安石那樣，在〈明妃曲〉中明說：「意態由來畫不成，當時枉殺毛延壽」、「君不見咫尺長門閉阿嬌，人生失意無南北。」直指漢元帝為責任人；但王安石畢竟是在講古史，而直陳時事且對唐玄宗感情頗深的杜甫說來，有微詞已屬難能。所以魯迅在《花邊文學・女人未必多說謊》一文中會說：「譬如說罷，關於楊妃，祿山之亂以後的文人就都撒着大謊，玄宗逍遙事外，倒說是許多壞事情都由她，敢說『不聞夏殷衰，中自誅褒妲』的有幾個？」這就是對古人理解之同情了。難怪陳貽焮會語帶幽默地說：「有民主思想的今人嫌老杜對玄宗不敢揭露而故為諱飾之詞，有忠君思想的古人卻嫌他不該讚揚那個『縱凶鋒於上前，無人臣禮』的『親軍主帥』陳玄禮，這真是高不成低不就，教老杜左右為難、進退維谷。不過容我講句公道話，八世紀的老杜思想雖不如二十世紀的我們進步，總比十八世紀的浦起龍（一六七九～？）高明得多。」

行次昭陵 （五排）

【題解】昭陵，在京師之北。《唐書》：京兆府醴泉縣有九嵕山，太宗昭陵在西北六十里。《草堂詩箋》繫於至德二載（西元七五七年）〈北征〉詩後，良是。蓋杜甫是年十月授左拾遺，放歸鄜州省親，特意經往昭陵。楊倫曰：「前半頌昭陵，喬皇典重；後半慨時事，沉鬱悲涼。當是以正雅之體裁，寫變雅之情緒。」

舊俗疲庸主，群雄問獨夫❶。
讖歸龍鳳質，威定虎狼都❷。
天屬尊〈堯典〉，神功協〈禹謨〉❸。
風雲隨絕足，日月繼高衢❹。
文物❺多師古，朝廷半老儒。
直詞寧戮辱❻，賢路不崎嶇。

【章　旨】以上六韻頌太宗，記貞觀之盛還在文治。許顗曰：「『文物多師古』四句，見太宗智勇英特，武定天下，而能如此，最盛德也。」

【注　釋】❶舊俗二句　舊俗，指長期的積習。疲，使動用法，使之疲憊。群雄，指隋末起義軍領袖李密、竇建德諸人。問，問罪。獨夫，眾叛親離之人。庸主、獨夫，皆指隋煬帝。《隋書》：楊玄感謂遊元曰：「獨夫肆虐，陷身絕域，此天亡之時也。」❷讖歸二句　讖，讖語，古時預示吉凶的隱語，往往帶有迷信的性質。龍鳳質，《舊唐書》：太宗方四歲，有書生見之曰：「龍鳳之姿，天日之表，年將二十，必能濟世安民。」虎狼都，《史記・蘇秦傳》：「秦，虎狼之國也。」唐太宗得天下根本，在先據關中；關中，即秦舊地，故稱「虎狼都」。❸天屬二句　二句言唐太宗得大位雖是「禪讓」，但來自父子相承，且其開創之功可追配大禹，強調其合情合理。天屬，指唐太祖李淵與太宗李世民是父子關係，天然之屬性。《莊子》：「彼以利合，此以天屬。」堯典，《尚書》篇名。唐高祖李淵諡號「神堯」，禪位其子李世民，如堯之禪位舜，故曰「尊堯典」。禹謨，即〈大禹謨〉，《尚書》篇名，喻太宗李世民功追夏禹，故曰「協禹謨」。❹風雲二句　絕足，駿馬。此指輔佐太宗的大臣李靖、房玄齡、杜如晦諸人，乘風雲之會，建不世之功。高衢，大道。此指王道。下句以日月喻太宗，言其能繼承大道。如日月行天。❺文物　此指典章制度。❻直詞句　此句言敢於直言者也不會被侮辱殺害。寧，豈；難道。

【語　譯】六朝以來的壞風俗，使昏庸的隋煬帝愈加萎靡，群雄並起劍指這個獨夫。當時輿論眾望所歸——是有龍鳳之姿的太宗皇帝。他手提三尺劍，揚威平定那秦舊都。高祖禪位父傳子，既屬天倫又尊從〈堯典〉制度；何況他功高蓋世，配得上那〈大禹謨〉。風雲際會群賢緊隨着英主，如日月行天吾皇在王道上騁馳。參古定法制成許多典章制度，朝廷重臣也大半是老成的鴻儒。直諫敢言哪裡會被殺被侮辱？坦坦蕩蕩大開賢路！

往者災猶降，蒼生喘未蘇。
指麾安率土，蕩滌撫洪爐❼。
壯士悲陵邑，幽人拜鼎湖❽。
玉衣晨自舉，石馬汗常趨❾。
松柏瞻虛殿，塵沙立瞑途。
寂寥開國日，流恨滿山隅❿。

【章　旨】以上六韻轉入傷今思昔，玉衣石馬，冀得先帝英靈之佑。

【注　釋】❼往者四句　率土，指全國範圍內。《詩．北山》：「率土之濱，莫非王臣。」洪爐，即大爐。撫洪爐，喻太宗治理天下之大才。仇注：陳琳曰：「此猶鼓洪爐燎毛髮耳。」《杜詩鏡銓》引張云：「二句以昔日勘亂之易，慨今日平賊之難，所以『流恨滿山隅』也。」❽壯士二句　壯士，指守陵者。幽人，謁陵者，杜甫自謂。鼎湖，指昭陵。《漢書・郊祀志》：「黃帝鑄鼎荊山下。鼎成，有龍垂胡髯下迎。帝騎龍上天，後人名其地為鼎湖。」❾玉衣二句　玉衣，金縷玉衣，指太宗之殮服。晨自舉，用怪異現象表明太宗神靈猶存。《漢武故事》：高皇廟中，御衣自篋中出，舞於殿上。石馬，即着名的昭陵六駿。《唐會要》：「高宗欲闡揚先帝徽烈，乃刻石為常所乘破敵馬六匹於昭陵闕下。」錢注引《安祿山事迹》：潼關之戰，我軍既敗，賊將崔乾祐領白旗，引左右馳突。又見黃旗軍數百隊，官軍潛謂是賊，不敢逼。須臾，見與乾祐鬥，黃旗軍不勝，退而又戰者不一，俄不知所在。後昭陵奏，是日靈宮前石人馬汗流。李義山〈復京〉詩：「天教李令心如日，可要昭陵石馬來。」楊倫評曰：「二句只是言神靈如在意。」也就是說，「祭如在，祭神如神在。」杜甫用玉衣石馬只是要寫出對昭陵的神秘感、敬畏感，並非迷信，不應看死。❿寂寥二句　言開國盛事概往矣，此地唯留悵恨耳。

【語　譯】想當初，也有天災人禍降臨，蒼生百姓也曾喘不過氣。然而先帝指揮若定，很快就使全國百姓樂業安居，除禍亂一似大爐火將幾根毛髮燒去。看如今，思往昔，烽火連綿何時息？守陵壯士也悲噎；我雖然只是個閒人，情急能不拜陵邑！祭神如神在，玉衣白天能自立，陵前石馬也汗滴。看松柏森森殿空虛，日昏昏，塵沙迷，瘦影如竿立路歧。開國盛典寂寞誰能繼？悲歌流恨滿山隅。

【研　析】此詩可視為〈北征〉結尾四句「園陵固有神，掃灑數不缺。煌煌太宗業，樹立甚宏達」的補注。中國人重祖宗崇拜，雖儒家不能免，故曰：「祭如在，祭神如神在。」杜甫之於太宗，所崇拜者不但在頌其武功，更重其文治——「文物多師古，朝廷半老儒。直詞寧戮辱，賢路不崎嶇。」四句與其說是對「貞觀之治」的總結，毋寧說是杜甫對當前朝政所寄的希望。不久後所作〈重經昭陵〉又云：「風塵三尺劍，社稷一戎衣。翼亮貞文德，丕承戢武威。」貞文德，正文德也；戢武威，止武修文也，這才是致治之道。杜甫的文治思想，遠的說上承儒學「王道」，近接「二張」（張說、張九齡）的「文學」（詳參《汪籛隋唐史論稿・唐玄宗時期吏治與文學之爭》），更主要還在於亂世中對現實深刻的體會。不但叛軍多是殘暴好戰的武人，官軍中也不乏將悍卒暴者，「詩書遂牆壁，奴僕且旌旄」、「攀龍附鳳勢莫當，天下盡化為侯王」、「上將盈邊鄙，元勳溢鼎銘」，此類句卷中舉不勝舉，直至入蜀後還要感慨萬千地說：「王室比多難，高官皆武臣！」文治思想是連貫後半部杜詩的一條頗重要的線索，下文我們所選〈有感五首〉之研析，還會回到這一問題上來，敬請參看。

重經昭陵

（五排）

【題解】此為至德二載（西元七五七年）鄜州省家之後，復至長安時作。

草昧英雄起❶，謳歌曆數歸❷。
風塵三尺劍，社稷一戎衣❸。
翼亮貞文德❹，丕承戢武威❺。
聖圖❻天廣大，宗祀❼日光輝。
陵寢盤空曲，熊羆守翠微❽。
再窺松柏路，還有五雲飛❾。

【注釋】❶草昧句　草昧，《易》：「天造草昧。」注：「草而不齊，昧而不明。」此句言隋末亂世，義軍蜂起。❷謳歌句　曆數，天道；天命。曆數歸，《書・大禹謨》：「天之曆數在汝躬。」劉琨表：「天命未改，曆數有歸。」古人輿論以末世各路起義軍只是「為王前驅」，只有「真命天子」出，這才「曆數有歸」。杜甫亦不能免俗。❸風塵二句　三尺劍，《史記・高祖本紀》：「吾以布衣，提三尺劍取天下。」社稷，社土與糧食，指代國家。戎衣，戰袍。《書・武成》：「一戎衣天下大定」。❹翼亮句　翼亮，輔佐光大。貞，正。貞文德，以文德為正。此句言太宗以武功始，而以文治為正。❺丕承句　丕，大。丕承，繼承偉大事業。戢，收。《國語》：「夫兵戢而時動，動則威。」❻聖圖　皇帝的籌劃。❼宗祀　宗廟祭祀，指皇家的基業。❽陵寢二句　陵寢，陵，山陵。寢，陵廟正殿。指皇帝墓地。盤空曲，寫其形勢高峻盤曲。仇注引《唐會要》：「昭陵因九嵕層峰，鑿山南面，深七十五丈為玄宮，傍巖架梁為棧道，懸絕百仞，繞回二百三十步，始達玄宮門，頂上亦起遊殿。《梁書・陶弘景傳》：「句容之句曲山，中周迴一百五十里，空曲寥曠。」熊羆，猛獸。指代軍隊。翠微，指山。山色青縹，故曰。❾還有句　五雲，五色祥雲。此句即「五陵佳氣無時無」之意。

【語　譯】當年亂世群雄起，終歌大唐天命歸。三尺寶劍風塵裡，大定天下全憑一戎衣。輔佐太祖正文德，繼承大業斂武威。聖上宏圖天廣大，皇家基業日光輝。昭陵盤空形勢峻，守衛青山有熊羆。此番再謁松柏路，陵上依然五色彩雲飛！

【研　析】杜甫鄜州探家後返朝，其時長安已經收復，所以再拜謁昭陵，心情與上回大不相同，由伊鬱一改為振奮。對文治是更為期盼，更有信心。詩中多用經典語而能壯麗生色，顯得典重簡嚴，故《唐詩廣選》引蔣春甫稱：「用經語入詩，拙者便腐。」此法畢竟慎用為好。

喜聞官軍已臨賊境二十韻（五排）

【題　解】至德二載（西元七五七年）八月，廣平王俶為天下兵馬元帥，郭子儀副之，官軍進逼長安，收京在即。此詩當作於是年九月。

胡騎潛京縣，官軍擁賊壕❶。
鼎魚❷猶假息，穴蟻❸欲何逃？
帳殿羅玄冕❹，轅門照白袍❺。

秦山當警蹕❻，漢苑入旌旄。
路失羊腸險，雲橫雉尾❼高。
五原❽空壁壘，八水❾散風濤。
今日看天意，遊魂貸爾曹。
乞降那更得，尚詐莫徒勞❿。

【章　旨】此言兵臨城下，君臣車駕將還京，賊眾如鼎魚穴蟻，難逃覆滅，乃警告乞降叛軍不要使詐。

【注　釋】❶胡騎二句　《唐書》：至德二載閏八月，賊寇鳳翔。崔光遠行軍司馬王伯倫等，率眾捍賊，乘勝攻中渭橋，追擊至苑門，賊大軍屯武功，燒營而去。九月丁亥，廣平王將朔方等軍，及回紇西域之眾十五萬，發鳳翔。壬寅，至長安城西，與賊將安守忠等戰於香積寺之北、澧水之東，賊大敗，斬首六萬。賊帥張通儒棄京城，走陝郡。癸卯，大軍入京師。甲辰，捷書至鳳翔。❷鼎魚　形容叛軍滅亡在即。丘遲〈與陳伯之書〉：「將軍魚游於沸鼎之中。」❸穴蟻　形容賊巢也面臨滅頂之災。《異苑》：晉太元中，桓謙見有人皆長寸餘，悉持槊乘馬，從穴中出。道士令作沸湯，澆所入處，因掘之，有斛許大蟻，死在穴中。❹玄冕　公卿服。《舊唐書》：武德令侍臣服有袞冕、毳冕、繡冕、玄冕。❺轅門句　轅門，軍營之門。《周禮》：「以車轅為門。」白袍，《梁書・陳慶之傳》載陳慶之所統之兵，悉着白袍，所向披靡。此取其所向披靡之意。〈留花門〉詩云「百里見積雪」，知回紇軍皆白衣也。❻警蹕　皇帝的警衛。《漢書・文三王傳》：「出稱警，入言蹕。」❼雉尾　天子儀仗之一。《唐書》：天子舉動必以扇，大駕鹵簿，有雉尾障扇、小團雉尾扇、方雉尾扇、小雉尾扇之屬。❽五原　《長安志》：長安、萬年二縣之上，有畢原、白鹿原、少陵原、高陽原、細柳原，謂之五原。❾八水　《關中記》：涇、渭、滻、灞、澇、滈、灃、潏，為關內八水。❿乞降二句　《通鑑》載至德二載（西元七五七年）十二月，史思明奉表以所部十三郡及兵八萬乞降，高秀巖亦以所部來降。次年乾元元年（西元七五八年），史思明復叛。杜甫雖未能未卜先知此事，但審度事勢預作警示，不幸而言中，正表明杜甫對叛將乃至昏君本質的深刻認知。

【語　譯】胡虜雖然還潛據在京縣，但官軍已兵臨城下。叛軍如魚游於沸水，又何逃於蟻穴！帳殿中肅立着公卿，軍門被白色鎧甲映照。秦山權當侍衛，漢苑暫駐旌旄。大軍踏平小道，儀仗與雲比高。掃蕩五原營壁，平息八水風濤。現在要看天意，是否能寬恕你們這些行屍走肉！甭想乞降使詐，那只能是徒勞。

元帥歸龍種，司空握《豹韜》⑪。
前軍蘇武節，左將呂虔刀⑫。
兵氣回飛鳥，威聲沒⑬巨鼇。
戈鋋開雪色，弓矢向秋毫⑭。
天步艱方盡，時和運更遭⑮。
誰云遺毒螫，已是沃腥臊⑯。

【章　旨】此讚諸將齊心協力征討，還囑應斬草除根。

【注　釋】⑪元帥二句　龍種，指廣平王李俶。《唐書》：至德二載九月以廣平王俶為天下兵馬元帥，郭子儀副之。司空，指郭子儀，先是子儀進位司空。豹韜，古兵書有《六韜》，豹韜即六韜之一，此指郭子儀掌用兵韜略，是實際上的總指揮。⑫前軍二句　蘇武，指李嗣業，李所將皆蕃夷四鎮兵，故以蘇武之典屬國為比。左將句，《晉書》：徐州刺史呂虔有佩刀，工相之，以為必三公可服。此以朔方左廂兵馬使僕固懷恩可佩呂虔刀，示其位高功大。本傳載僕固懷恩於至德二載九月之役，領回紇與官兵擊叛軍，「賊乃大潰」。⑬沒　吞沒。⑭戈鋋二句　二句言兵精器利。鋋，小矛也。向秋毫，言雖微必中。⑮天步二句　天步，國運。《詩經》：「天步艱難。」遭，遇到。《文選》：「遭遇嘉運。」二句言時來運轉。⑯誰云二句　毒螫，毒蟲，喻叛軍。沃，澆洗；蕩滌。腥臊，本指犬羊氣味，此指叛軍。

【語譯】元帥原是皇室龍種，郭子儀司空胸有《六韜》。前軍李嗣業，率四鎮蕃夷兵到。更有左廂兵馬使僕固懷恩，前途看好。我軍氣勢能回飛鳥，威聲可吞巨鼇。兵刃已磨得雪亮，弓箭一發中秋毫。最艱難的日子已經過去，時來便把好運交。誰說還會留下孽種，這回定把妖氛全掃！

睿想丹墀近，神行羽衛牢⑰。
花門騰絕漠，拓羯渡臨洮⑱。
此輩感恩至，羸俘何足操⑲。
鋒先衣染血，騎突劍吹毛⑳。
喜覺都城動，悲憐子女號。
家家賣釵釧，只待獻香醪㉑。

【章旨】最後歸功皇帝，而外族援軍起着先鋒作用，並預想會得到京都百姓歡迎。

【注釋】⑰睿想二句　睿想，深遠之思。丹墀，宮殿上以丹漆塗過的臺階，此指朝廷。羽衛，羽林軍，皇帝衛隊。上句頌揚皇帝想得遠，走得近（時在鳳翔，離長安不遠）；下句言羽林軍行動神速，護衛嚴密。⑱花門二句　花門，指回紇軍。拓羯，當作「柘羯」。《新唐書・西域傳下》：西域安國「募勇士健者為柘羯。柘羯，猶中國言戰士也。」此泛指西域來援之少數民族軍隊。臨洮，臨洮郡屬隴右道，有洮水經過。⑲羸俘句　羸，瘦弱。羸俘，對叛軍的蔑稱，「這些殘匪」的意思。操，執；擒。⑳鋒先二句　鋒先，勇往直前，如劍鋒之先指。騎突，騎兵突進。劍吹毛，向劍刃吹毛髮即斷，形容其鋒利。㉑家家二句　浦注：獻香醪，用壺漿迎師意。《三國志・董卓傳》載呂布殺董卓，長安士女，賣珠玉衣裝，市酒肉相慶。

【語　譯】皇上就近指揮謀略高，羽林軍行動快守衛牢。回紇健兒遠從沙漠馳來，西域勇士也渡過臨洮。他們都為報恩而至，殘匪不足一掃！勇往直前不惜衣染血，騎兵突進好比劍吹毛。已經感到喜氣在京城發動，可憐婦女兒童還在鐵蹄下哀號。城中家家賣珠賣寶，為的是壺漿迎我官軍到！

【研　析】仇注引王嗣奭曰：「此詩二十韻，字字犀利，句句雄壯，真是筆掃千軍者。中間如『今日看天意』、『此輩感恩至』兩聯，排律中不用駢耦，更覺精神頓起。而鋒先騎突，句法倒裝，尤為警露。」今本王嗣奭之《杜臆》還有兩句：「至末『悲』、『喜』兼用，卻是真景，然人不及此。」這真是說到骨子裡去了！「喜覺都城動」云云，雖是預想之辭，卻也是老杜當初身陷賊中的真切體會：「都人迴面向北啼，日夜更望官軍至」、「黃昏胡騎塵滿城，欲往城南望城北」、「喜心翻倒極，嗚咽淚霑巾」云云，哪一句不是親經親歷？哪一句不是當年都城百姓的心聲？正是這種由內心發出的真情真景，驅動了這首排律的文氣，免於平板。「繪事後素」，篇中「句法倒裝」、「排律中不用駢耦」等技巧在這一情感基礎上便覺生色。

還有一事值得一提。詩中強調了以皇室為核心的本國軍隊的主體性，而不抹殺友軍的有力支援，有很強的分寸感。這也是杜甫對這場戰爭的基本立場，以下詩篇還會反復出現，讀者諸公細讀自得，筆者不再囉唣。

收京三首（五律）

【題　解】至德二載（西元七五七年）九月官軍收復西京長安，此詩當是杜甫十月在鄜州時所作。

其一

仙仗離丹極，妖星帶玉除❶。
須為下殿走，不可好樓居❷。

暫屈汾陽駕，聊飛燕將書❸。
依然七廟略，更與萬方初❹。

【章旨】首章追敘往事，從陷京說至收京，後四句言形勢倒轉，河北易定，喜更新氣象。

【注釋】❶仙仗二句　二句意為：玄宗離開宮殿逃亡，而象徵安祿山的妖星正垂照着宮廷。仙仗，皇帝的儀仗，此指唐明皇。妖星，指安祿山。《安祿山事迹》：祿山生夜，赤光旁照，群獸四鳴，望氣者見妖星芒熾，落其穹廬。丹極、玉除，皆指宮廷。❷須為二句　二句婉言玄宗出走，不直指為逃亡，而說成是為了禳除災星，不宜居樓殿也。語帶幽默。朱注按：「玄宗晚節怠荒，深居九重，政由妃子，以致播遷之禍。公不忍顯言，而寓意於仙人之樓居，因貴妃嘗為女道士，故舉此況之。」下殿走，《梁書・武帝紀》：「以諺云：『熒惑入南斗，天子下殿走。』乃跣足下殿以禳之。」好樓居，好，愛好。《漢書・武帝紀》：公孫卿曰：「仙人好樓居。」❸暫屈二句　二句用典故表示玄宗出走是暫時的，而河北叛將面臨覆滅已惶惶然，飛書可定。杜甫後來在梓州寫下〈漁陽〉詩，有云：「繫書請問燕耆舊，今日何須十萬兵。」還對此時形勢下唐軍未能直搗賊巢悻悻不已。汾陽駕，《莊子》：「堯往見四子藐姑射之山，汾水之陽，窅然喪其天下焉。」《杜臆》：「汾陽句，暗藏『喪天下』在內。」燕將書，《史記》：燕將攻下聊城，聊城人或讒之，燕將懼誅，不敢歸。齊之田單攻之，歲餘不下。魯仲連乃為書遺燕將。燕將見書，泣而自殺。朱注按：「時嚴莊來降，史思明亦叛，慶緒納土，河北折簡可定，故以魯連射書言之。」❹依然二句　二句意為：還是朝廷的謀略，將與萬方有一個新的開始。七廟，《禮・王制》：「天子七廟，三昭三穆，與太祖之廟而七。」廟略，趙次公注：「兵謀謂之廟略，蓋謀之於廟也。」更，更始；更新。初，開始。

【語譯】想當初，明皇匆匆西狩；妖星芒角正銳，照在宮殿上頭。據說禳災只得下殿走，當然不宜住高樓。只是暫時喪天下，且看今日飛書能讓燕將俯首。本自朝廷謀略，萬象更新重來過！

其二

生意❶甘衰白，天涯正寂寥。
忽聞哀痛詔❷，又下❸聖明朝。
羽翼懷商老❹，文思憶帝堯❺。
叨逢罪己日，霑灑望青霄❻。

【章　旨】在鄜本已自甘衰白，而忽聞詔書再下，喜何如之。又恐罪己之日，卻增闕失，「羽翼懷商老，文思憶帝堯」二句是憂思之所在。

【注　釋】❶生意　生機。❷哀痛詔　皇帝悔罪自責的詔書。❸又下　天寶十五載八月，玄宗入蜀宣詔罪己，大赦天下；肅宗於至德二載十月還京。十一月御丹鳳樓，下制。前後兩次聞詔，故云「又下」。❹羽翼句　此句言有思於為太子作調護的李泌。仇注引《漢書・張良傳》：四人者隱商雒山，從太子。上召戚夫人指示曰：「彼羽翼已成，難動矣。」又引朱注曰：「羽翼，指廣平王而言。肅宗前以良娣、輔國之譖，賜建寧王死。至是廣平初立大功，又為良娣所忌，潛構流言，雖李泌力為調護，而時已還山。公恐復有建寧之禍，故不能無思於商老也。」❺文思句　此句言當思憶曾是盛世之君的玄宗，與第一首「仙仗離丹極」呼應。《尚書・堯典》：「文思安安。」《釋文》引馬融曰：「經緯天地謂之文，道德純備謂之思。」帝堯，指玄宗，其禪位肅宗似堯之傳禹。❻叨逢二句　二句寫聞詔時且喜且憂慮的心情。霑灑，一作「灑涕」。叨，忝，謙詞。罪己，此指皇帝自責。

【語　譯】白頭衰頹任枯槁，身處邊區正寂寥。忽聞又下哀痛詔，天朝聖明當再造！誰扶太子思高人，經天緯地憶帝堯。恭逢皇帝罪己日，不禁灑淚對天禱。

其　三

汗馬收宮闕，春城鏟賊壕。
賞應歌〈杕杜〉，歸及薦櫻桃❶。
雜虜橫戈數❷，功臣甲第❸高。
萬方頻送喜，無乃聖躬勞❹。

【章　旨】前四句是設想回京後的情景，宮闕已收，賊壕可鏟，賞功薦廟，即在來春時；後四句寫憂慮之事，恐回紇恃功邀賞，諸將僭奢無度，故為之憂慮：萬方送喜之時，無乃皇帝焦勞之始。

【注　釋】❶賞應二句　歌杕杜，《詩序》：「〈杕杜〉，勞遠役也。」上句言應唱〈杕杜〉慶祝勝利。薦櫻桃，《禮記・月令》：「仲夏之月，天子乃羞（饈）以含桃，先薦寢廟。」注：「含桃，櫻桃。」劉須溪云：「不言宗廟，而顛覆之感，收復之幸俱見，非虛點綴者。」❷雜虜句　雜虜，指回紇等外族來援的軍隊。橫戈數，或謂指多次出兵來援，但與下句「功臣甲第高」不相屬，應是指外兵在京城耀武揚威，其恃功乃與諸將之僭奢相對應。後來所作〈留花門〉云：「胡為傾國至，出入暗金闕。」反映的便是回紇軍在京城的驕縱，這種情狀的存在恐怕已非一時。❸甲第　第一等之居宅。《長安志》：安史之後，大臣宿將，競崇棟宇，無有界限，人謂之木妖。❹萬方二句　二句言四方報喜，只怕是皇帝更辛勞的開始。浦注：「晉羊祜既請伐吳，乃曰：『正恐平吳之後，方勞聖慮耳。』意與此同，非『無使君勞』之謂也。」又曰：「此乃是『跂予望之』之詞。」意謂此聯對國君更始中興寄予很高的期待。聖躬，皇帝身體，指代皇帝。無乃，豈不；只怕。

【語　譯】諸將千辛萬苦收復宮闕，到春來定能削平殘賊剩妖。賞功高歌唱〈杕杜〉，還京趕上祭廟用櫻桃。外兵躍馬揚威多驕橫，功臣競修豪宅棟宇高。四面八方頻報喜，恐怕皇上從此更辛勞。

【研　析】由於對時局的認識深刻，對國君無時不在的擔憂（誠心加不放心），且失望中總帶着期盼，所以喜中帶憂，憂中又有所批評、有所期待，乃是杜詩的一個特色。而此首表達此種雜糅感情的方式，與〈喜達行在所三首〉、〈羌村三首〉的白描式寫實有所不同，往往是借巧用典故來表達。

首章「仙仗離丹極，妖星帶玉除。須為下殿走，不可好樓居」四句連用四個典故，有意用「隔」來委婉地表述明皇逃跑一事。「下殿走」雖是用梁武帝跣足下殿以禳災的典故掩飾了明皇倉猝西逃的狼狽相，但同時讓人記起史載：「乙未黎明，上（指玄宗）獨與貴妃姊妹、皇子……陳玄禮及親近宦官、宮人出延秋門，妃、主、皇孫之在處者，皆委之而去……門既啟，則宮人亂出，中外擾攘，不知上所之。」（《通鑑》卷二一八）「下殿走」不也很傳神地寫出這番情景？將不得不拋棄宮殿樓閣說成是「不可好樓居」，不也頗具幽默？漢武帝的好神仙與唐明皇、楊太真的好道教，不能說沒有相似之處，解嘲中也不能說就沒有一點諷喻。同樣，「暫屈汾陽駕」雖然用神堯故事，堂而皇之為其失政解嘲，卻也如《杜臆》所指出：「妙在藏一『窅然喪其天下』語。」對唐明皇這種既憐之且責之的情感，也是雜糅情感。至如「羽翼懷商老，文思憶帝堯」二句，亦用二典故。上句用漢高祖時「商山四皓」輔助太子，使之免於難的故事，朱注云：「羽翼，指廣平王而言。肅宗前以良娣、輔國之譖，賜建寧王死。至是廣平初立大功，又為良娣所忌，潛構流言，雖李泌力為調護，而時已還山。公恐復有建寧之禍，故不能無思於商老也。」我看也切合當時廣平王的處境。下句雖然不必如錢箋、朱注求之過深，將後來發生的玄、肅衝突移來說事，但期盼肅宗能思及上皇，按禮教倫理行事，卻也是當時的輿情，史載甚明，杜甫只是說出這種期盼耳。總之，杜甫總是殷殷期盼皇帝能覺悟、自律，所以對「罪己詔」特別感動。然而他總是失望、期盼，再失望、再期盼，此甫之為甫也。

彭衙行

（五古）

【題解】 彭衙在陝西白水縣東北六十里，今之彭衙堡。至德二載（西元七五七年）杜甫回鄜探親，路經彭衙之西，憶及去年六月間逃難至同家窪，承孫宰招待，結下深厚友誼，因作此詩以志感。《唐宋詩醇》：「通篇追敘，瑣屑盡致，神似漢魏。」

憶昔避賊初，北走經險艱。
夜深彭衙道，月照白水山❶。
盡室久徒步，逢人多厚顏❷。
參差谷鳥吟❸，不見遊子還。
癡女饑咬我，啼畏虎狼聞。
懷中掩其口，反側聲愈嗔❹。
小兒強解事❺，故索苦李餐。
一旬❻半雷雨，泥濘相牽攀。
既無禦雨備❼，徑滑衣又寒。
有時經契闊❽，竟日數里間。
野果充糇糧❾，卑枝❿成屋椽。
早行石上水，暮宿天邊煙。
少留周家窪，欲出蘆子關⓫。
故人有孫宰，高義薄曾雲⓬。
延客已曛黑，張燈啟重門。

暖湯濯我足，翦紙招我魂⑬。
從此出妻孥，相視涕闌干⑭。
眾雛爛熳睡⑮，喚起霑盤餐。
誓將與夫子，永結為弟昆⑯。
遂空所坐堂，安居奉我歡。
誰肯艱難際，豁達⑰露心肝。
別來歲月周，胡羯仍構患⑱。
何當有翅翎，飛去墮爾前。

【注　釋】❶白水山　白水縣的山。杜甫於至德元載六月自白水逃難鄜州。❷盡室二句　盡室，全家。多厚顏，因無車馬，全家徒步，所以覺得很不好意思。❸參差句　山鳥啼聲錯雜。❹癡女四句　四句極寫飢餓之狀：小女兒太餓了，所以咬我；由於怕虎狼尋聲而來，故掩其口使不出聲。但小孩因感到不舒服，哭得更兇。反側，掙扎。聲愈嗔，因生氣而更大聲哭。❺強解事　強作解事，以不知為知。❻旬　十日為一旬。❼禦雨備　防備下雨的工具。❽經契闊　契闊，勞苦。經契闊，則意為經過特別難走的地方。❾糇糧　乾糧。❿卑枝　低枝。⓫少留二句　同家窪，即孫宰的家。少留是短期的逗留。杜甫初意擬挈家直達靈武行在，故欲北出蘆子關。蘆子關在今陝西志丹北。⓬故人二句　宰，縣令。薄，迫近。曾雲，層雲。⓭翦紙句　古代習俗，患病或受驚恐則剪紙作旐，以招人魂。此言孫宰關懷備至。⓮從此二句　孫宰接着喚出妻兒與杜甫家相見，並灑下同情之淚。闌干，橫斜貌，是形容涕淚之多。⓯眾雛句　眾雛，指小兒女們。爛熳睡，形容睡得十分香甜。《杜詩鏡銓》引申云：「『爛熳』二字，寫稚子睡態入神。」⓰誓將二句　代述孫宰語。夫子，指杜甫。弟昆，兄弟。⓱豁達　寬宏大度。⓲別

來二句　歲月周，滿一年。胡羯，指安史叛軍。

【語　譯】想去年避賊始逃難，向北一路歷艱險。白水月色照荒山，趁夜趕路彭衙遠。全家拖兒帶女久徒步，一路狼狽逢人也靦覥。山谷中鳥兒長短啼，逃難人有家也難還。稚女餓急邊啼邊咬我，怕引虎狼捂其口。摟在懷中聲更高，輾轉掙扎不肯收。小兒自作懂事瞎嚷嚷，硬要路旁苦李嘗。十日有五日是雷加雨，道路泥濘相拽牽。既無遮雨具，路滑衣又單。有時歷險阻，數里要走一整天。野果採來當乾糧，低枝便是我屋椽。早起踩石蹚水走，暮宿天邊尋人煙。同家窪裡且小住，前行還出蘆子關。幸有老友孫縣令，此人高義高入雲。天已曛黑迎客入，門都打開還張燈。燒湯讓我燙燙腳，剪紙招魂為壓驚。接着喚出眷屬來相見，兩家灑淚心比心。孩子們早已橫七豎八甜甜睡，趕緊叫醒吃點飯菜療長饑。急難有相知，主人發盟誓：「誓將與先生，永結為兄弟。」即時騰出廳堂讓我住，盡心侍奉得歡娛。誰肯艱危時，肝膽來相照！不覺別後已周年，四海依舊戰火燒。何當生雙翼，飛去落在你跟前！

【研　析】《讀杜心解》：「『盡室』以下，乃追敘初起身至『彭衙』一句以內所歷之苦，正以反蹴下文『延客』『奉歡』一段深情也。」危難見高情，所歷愈苦，情誼愈深。對杜甫來說感恩與同情是一個銀幣的兩面。從中我們體會到杜甫的「憂黎元」與「己饑己溺」是從所歷中來，其人性建構正是在危難時與人互相關心的交際中完成的。《唐詩歸》引鍾云：「自家奔走窮困之狀，往往從兒女妻孥情事寫出，便不必說向自家身上矣。」老杜總是將心放在對方。

送鄭十八虔貶台州司戶，傷其臨老陷賊之故，闕為面別，情見於詩（七律）

【題　解】此詩作於至德二載（西元七五七年）冬。時肅宗由鳳翔回京，杜甫亦於十一月自鄜州回朝，仍任左拾遺。鄭虔，即鄭廣文，其排行十八。祿山之亂，虔陷叛軍中，安祿山授虔水部郎中，虔稱病未就。至德二載十二月，貶台州司戶參軍。台州，今浙江臨海。闕為面別，未能親自送別。

鄭公樗散鬢成絲，酒後常稱老畫師❶。
萬里傷心嚴譴日，百年垂死中興時❷。
蒼惶已就長途往，邂逅無端出餞遲❸。
便與先生應永訣，九重泉路盡交期❹。

【注　釋】❶鄭公二句　樗，落葉喬木，俗稱「臭椿」，質鬆，無所可用，故稱「散木」。《莊子・逍遙遊》：「吾有大樹，人謂之樗。」又〈人間世〉：「匠石之齊，見櫟社樹，其大蔽牛，謂弟子曰：散木也，無所可用。」喻鄭虔有才而不合世用。老畫師，鄭虔詩、書、畫俱佳，世稱「三絕」。這句是酒後發牢騷，認為朝廷未能用其濟世之才，也算是對「樗散」的自嘲。❷萬里二句　上句言遠貶台州；下句言人生百年，至晚年卻遭貶斥，何況是在國家多難好不容易才盼到中興之時，更見其不幸。❸邂逅句　此句言碰上意外事故，未能趕上餞別。邂逅，不期而遇。無端，無緣無故。❹便與二句　此聯言生恐不得再見，但友誼則至死不渝也。九重泉，猶九泉或黃泉，謂死後葬於地下。

【語　譯】散木般的鄭公喲鬢髮白如絲，酒後常稱自己喲老畫師。今日傷心貶萬里，怎堪此生垂死在這中興時！你倉促踏上貶竄漫漫路，我卻碰上事故餞別來得遲。嗚呼！此別恐怕今生是難再見，那就黃泉路上再續前緣死不渝！

【研　析】仇注引盧曰：「虔之貶，既傷其垂老陷賊，又闕於臨行面別，故篇中徬徨特至。如中二聯，清空一氣，萬轉千迴，純是淚點，都無墨痕。詩至此，直可使暑日霜飛，午時鬼泣，在七言律中尤難。末徑作永訣之詞，詩到真處，不嫌其直，不妨於盡也。」因其真，故不嫌其直。內容影響形式，從而一改七律歷來用以應酬的華麗形式，使之具有了質直卻深情的新面目。值得注意的是化質直情深為一氣盤旋的寫法，頸聯與尾聯尤見情感的頓挫迴腸，避免了質直易無韻味的毛病。葉嘉瑩教授評云：「試想鄭虔這一位『有道出羲皇』、『有才過屈宋』的『老畫師』，是何等人物；而其與杜甫之間的『但覺高歌有鬼神，焉知餓死填溝壑』的『忘形到爾汝』的友情，又是何等交誼；而『垂老陷賊』、『萬里嚴譴』的遭遇，更是何等慘事。以如此之人物，如此之交誼，而遇如此之慘事，乃杜甫竟爾邂逅無端闕為一面之別，則更該是如何可憾恨之情意。像這種盡人間之極的作品，又何可以常度來衡量。」（〈論杜甫七律之演進及其承先啟後之成就〉）

奉和賈至舍人早朝大明宮

（七律）

【題　解】題下原注：「舍人先世嘗掌絲綸。」意為賈至的父親賈曾當過中書舍人，為皇帝草擬文書，而賈至當時也任此職。此詩作於乾元元年（西元七五八年）左拾遺任上。唱和是舊體詩頗常見的形式，一人首唱，他人或同詠或依韻而和。此詩是賈至首唱，杜甫、王維、岑參奉和之（見附錄）。七律比五律定型較後，這一回名詩人的唱和，可以說是一次七律形式重大的切磋，後人於四首唱和詩頗多比較與批評，從中獲取寶貴的經驗。

五夜漏聲催曉箭❶，九重春色醉仙桃❷。
旌旂日暖龍蛇動，宮殿風微燕雀高❸。
朝罷香煙攜滿袖，詩成珠玉❹在揮毫。

欲知世掌絲綸美❺，池上於今有鳳毛❻。

【注　釋】❶五夜句　五夜，即五更，又稱甲夜、乙夜、丙夜、丁夜、戊夜。這裡指五更初。箭，指漏箭，古人計時的更籌。❷九重句　九重，古人謂天有九重。此喻皇帝的深宮，連及宮中之桃，亦稱仙桃。「醉仙桃」之「醉」，是「春色醉人」之「醉」。《蘭叢詩話》稱下聯：「又捶琢，又混成。『醉仙桃』不可解，亦正不必求解。」❸旌旂二句　旂，同「旗」。龍蛇動，形容旗幟飛舞之狀。風微而燕雀高，則燕雀身輕可見。燕雀實景，龍蛇虛象，以實襯虛。❹珠玉　比喻文彩，如「字字珠璣」。❺欲知句　絲綸，《禮記》：「王言如絲，其出如綸。」意為帝王哪怕一句極細微的話也有大影響。後稱帝王詔書為絲綸。《新唐書》載唐玄宗傳位，賈至當選冊，帝曰：「昔先天誥命，乃父為之辭，今茲命冊，又爾為之，兩朝盛典，出卿家父子手，可謂繼美矣。」❻池上句　池，鳳池。魏晉南北朝時，中書省設在禁苑，掌機要，人稱鳳凰池。鳳毛，《宋書》：謝鳳子超宗，作〈殷淑妃誄〉，帝大嗟賞，謂謝莊曰：「超宗殊有鳳毛。」又，《世說新語》載王劭風姿似父（王導），桓公望之曰：「大奴（王劭小名）固自有鳳毛。」杜甫合鳳池、鳳毛二典稱美賈至繼美其父賈曾，先後為中書舍人。

【語　譯】五更曉色動，巍峩宮殿在九重。仙桃紅，醉春風；日融融，宮殿風。旗作龍蛇遊，燕雀飛高空。下朝熏爐煙香猶在袖，詩成珠圓玉潤一揮中。要想領略兩代中書舍人文辭美，請看鳳凰池上今日新彩鳳！

【研　析】杜甫律詩對聯不但寫得壯麗，而且對仗精切工整，後人稱為「杜樣」。《東坡志林》有云：「七言之偉麗者，杜子美云：『旌旂日暖龍蛇動，宮殿風微燕雀高』、『五更鼓角聲悲壯，三峽星河影動搖』；爾後寂寥無聞焉。」《瀛奎律髓》則云：「四人早朝之作，俱偉麗可喜，不但東坡所賞子美『龍蛇』、『燕雀』一聯也。」的確，此詩不但「旌旂」一聯好，「朝罷」一聯也好。《薑齋詩話》云：「情、景名為二，而實不可離。神於詩者，妙合無垠。情中景尤難曲寫，如『詩成珠玉在揮毫』，寫出才人翰墨淋漓、自心欣賞之景。」「朝罷香煙攜滿袖」，按《新唐書·儀衛志》：「朝日，殿上設黼扆、躡席、熏爐、香案。」當屬實寫，但香煙如何「攜」？卻又實中有虛；「詩成珠玉在揮毫」，則將揮毫後自得的心象化為「珠玉」這一實象，故曰「情中景」。《瀛奎律髓》又云：「然京師喋血之後，瘡痍未復，四人雖誇美朝儀，不已泰乎！」就是說，當時正是國家危難，不該寫這樣的頌詩。後人頗接受這種說法。紀曉嵐則不以為然，他一方面指出：「此說似是而迂，文章各有體裁，即喪亂之餘，亦無不論是何題目，首首皆新亭對泣之理。」另一方面也認為「然此種題目無性情風旨之可言，仍是初唐應制之體。但色較鮮明，氣較生動，各能不失本質耳。後人扯為公案，評議紛紛，殊可不必。」這話說得比較近人情，總算為「為藝術而藝術」留下一點空間。

【附錄】

早朝大明宮呈兩省僚友　賈至

銀燭朝天紫陌長，禁城春色曉蒼蒼。
千條弱柳垂青瑣，百囀流鶯繞建章。
劍佩聲隨玉墀步，衣冠身惹御爐香。
共沐恩波鳳池裡，朝朝染翰侍君王。

和前　王維

絳幘雞人報曉籌，尚衣方進翠雲裘。
九天閶闔開宮殿，萬國衣冠拜冕旒。
日色才臨仙掌動，香煙欲傍袞龍浮。
朝罷須裁五色詔，佩聲歸向鳳池頭。

和前　岑參

雞鳴紫陌曙光寒，鶯轉皇州春色闌。
金闕曉鐘開萬戶，玉階仙仗擁千官。
花迎劍佩星初落，柳拂旌旗露未乾。
獨有鳳凰池上客，陽春一曲和皆難。

春宿左省（五律）

【題　解】作於乾元元年（西元七五八年）春，左拾遺任上。宮殿坐北面南，左拾遺屬門下省，在東，故稱左省。宿，夜宿，值夜班。

花隱掖垣❶暮，啾啾棲鳥過。
星臨萬戶動，月傍九霄❷多。
不寢聽金鑰，因風想玉珂❸。
明朝有封事，數問夜如何❹。

【注　釋】❶掖垣　宮殿兩側的宮牆。掖是形象的說法，《漢書・高后紀》：「入未央宮掖門。」顏注：「(掖門)在兩旁，若人之臂掖。」❷九霄　天的最高處。形容宮殿之巍峨。❸不寢二句　寫失眠狀態：夜靜，聽到鑰匙開鎖的聲音，便想到早朝，進而想像聽到百官騎馬上朝時其馬絡頭飾物發出的清響。玉珂，馬絡頭上玉製之飾物，代指馬。❹明朝二句　封事，密奏。夜如何，夜多深了？《晉書・傅玄傳》：「每有奏劾，竦踴不寐，坐而待旦，於是貴遊懾伏，臺閣生風。」

【語　譯】暮色中花影迷離宮牆隱約，歸宿的鳥兒啾啾飛過。宮中千門萬戶依傍着星光閃爍，月光如水瀉向碧瓦的波濤大殿巍峨。夜靜不寐聽得見金鑰開鎖，該不是百官將到，遠處馬絡頭響着玉珂？幾次三番我問夜剩幾何？今朝我有密件要奏。

【研　析】李苦禪序《八大山人畫集》，稱其「既不杜撰非目所知的『抽象』，也不甘寫極目所知的『具象』，他只傾心於以意為之的『意象』。」此語可移來評此詩。詩中句句寫的是宮中夜色，確切傳神而不可移易。至如「星臨萬戶動，月傍九霄多」，寫宮中千門萬戶燈光明滅與夜空星光閃爍互相映襯，而月色廣披在巍巍矗立的高樓大殿之上，更覺其「多」。這些都是所謂「實於象、感於目、會於心」的意象。葉燮《原詩》有一段妙語可解頤：「從來言月者，只有言圓缺、言明暗、言升沉、言高下，未有言多少者。……今曰多，不知月本來多乎？抑傍九霄而始多乎？」又曰：「可言之理，人人能言之，又安在詩人之言之！可徵之事，人人能述之，又安在詩人之述之！必有不可言之理，不可述之事，遇之於默會想像之表，而理與事無不燦然於前者也。」詩自有詩之「理」。關鍵還在於杜甫善於將情志與景物結合，創造出心理意象，使「至虛而實，至渺而近」，再現複雜的內心世界。《瀛奎律髓彙評》引查慎行云：「靈武即位以後，缺事多矣。岑嘉州（參）云：『聖朝無闕事』，不如老杜『明朝有封事』為紀實也。」讀此詩，一個忠公勤勉的諫官形象抹之不去矣。

題省中壁（七律）

【題　解】省，指門下省。仇注：「公年四十六始拜拾遺，時已晚矣，乃遲回一官，未盡言責，徒違素心耳。職無補而身有愧，乃題於院壁以自警。」此詩為七律拗體。

掖垣竹埤梧十尋❶，洞門對雪常陰陰❷。

落花遊絲白日靜，鳴鳩乳燕青春深❸。
腐儒衰晚謬通籍，退食遲回違寸心❹。
袞職曾無一字補，許身愧比雙南金❺。

【注　釋】❶掖垣句　掖，旁邊。垣、埤皆牆，高曰垣，低曰埤。竹埤，竹籬；竹屏。尋，古代八尺為一尋。❷洞門句　洞門，《漢書‧董賢傳》：「重殿洞門。」顏注：「洞門，謂門門相當。」對雪，一作「對霤」。黃生駁之曰：「次句與『風磴吹陰雪』、『翛然欲下陰山雪』同意。此言梧樹與洞門相對，涼氣襲人，卻徑下『對雪』字，奇崛之至。」❸落花二句　乳燕，初生的燕子。落花遊絲，鳴鳩乳燕，都是春天裡常見事物，在「白日靜」的襯托下，更顯出「青春深」，是省中雍容的氣象。仇注引張綖注：「白日靜，慨素餐也。青春深，惜時邁也。二句景中有情，故下接云『謬通籍』、『違寸心』。」這是說，「白日靜」表明該是繁忙單位的門下省卻無事幹，尸位素餐者眾；「青春深」，見時光流逝，性命空度。由此引出下面「謬通籍」、「違寸心」的感慨。❹腐儒二句　通籍，宮門管理的花名冊。仇注引應劭曰：「籍者，為二尺竹牒，記其年紀名字物色，懸之宮門，案省相應，然後乃得入也。」謬通籍，忝列朝班。遲回，徘徊。❺袞職二句　二句謂身為拾遺，自愧不能盡職起到補袞的作用，與自我期許有很大差距。袞職，天子的職事。《詩‧烝民》：「袞職有闕，唯仲山甫補之。」為天子進諫則稱「補袞」。許身，猶立志。南金，《韓非子‧內儲說上》：「荊南之地、麗水之中生金。」雙南金，張載〈擬四愁〉詩：「美人贈我綠綺琴，何以報之雙南金。」自比雙南金，言高自期許。

【語　譯】宮牆竹籬旁，梧桐十尋高。門對梧桐如對雪，桐蔭森森寒氣繞。蛛絲自罥花自落，省院白晝靜悄悄。鳩啼雛燕飛，時不我待春色老。書生老去忝朝班，尸位素餐心如搗。身為諫官無一字，致君堯舜空自臊！

【研　析】岑參〈寄左省杜拾遺〉云：「聯步趨丹陛，分曹限紫微。曉隨天仗入，暮惹御香歸。白髮悲花落，青雲羨鳥飛。聖朝無闕事，自覺諫書稀。」杜甫為拾遺，岑參任補闕，職責差不多；杜在左省（門下省），岑在右省（中書省），環境也差不多；「落花遊絲白日靜，鳴鳩乳燕青春深」與「白髮悲花落，青雲羨鳥飛」，所描寫的情景也差不多。然而，感發出來的情志卻差得多！岑參所悲者在歲月流逝，青雲難上；杜甫所悲者在不能盡職，理想不能實現。同為宮廷詩，畢竟也有高低之分。

這首詩是拗格七律。所謂拗格律詩，是指在平仄組合上有意打破固定格式的一種創新，杜甫往往以此形式來表達他那突兀不平的拗倔情緒。故仇注云：「杜公夔州七律有間用拗體者，王右仲謂皆失意遣懷之作，今觀〈題壁〉一章，亦用此體，在將去諫院之前，知王說良是。」拗體雖然不合常見固定的平仄組合，但仍講究聲調之美，故《瀛奎律髓》云：「此篇八句俱拗，而律呂鏗鏘。」

洗兵馬

（七古）

【題解】題下舊注：「收京後作。」此詩大概作於唐肅宗乾元元年（西元七五八年）春。史載，至德二載（西元七五七年）九月唐軍收復西京長安，十月收復東京洛陽，十一月張鎬帥魯炅等五節度使徇河南、河東郡縣，皆下之。史思明、高秀巖以所部降，十二月滄、瀛等州降，河北率為唐有。乾元元年，唐軍繼續向敵佔區挺進，形勢喜人。杜甫不但在詩中表達了這種強烈的樂觀情緒，同時也不忘點醒時弊，並將關注點落在百姓的安定上。詩題「洗兵馬」，雖然出自左思〈魏都賦〉「洗兵海島，刷馬江州」，但要表達的還是自己的關注點——「淨洗甲兵長不用」，儘早結束戰爭，還百姓以太平！《杜臆》稱此詩：「一篇四轉韻，一韻十二句，句似排律，自成一體；而筆力矯健，詞氣老蒼，喜躍之象浮動筆墨間。」且喜中隱憂，頌中寓諫，見沉鬱之本色。王安石選杜詩，以是篇為壓卷。

中興諸將收山東❶，捷書夕報清晝同❷。
河廣傳聞一葦❸過，胡危命在破竹中❹。

祇殘鄴城不日得，獨任朔方無限功❺。
京師皆騎汗血馬，回紇餧肉蒲萄宮❻。
已喜皇威清海岱❼，常思仙仗過崆峒❽。
三年笛裏〈關山月〉，萬國兵前草木風❾。

【章　旨】以上為第一段，寫勝利喜躍之象，但不忘提醒必須居安思危，特別要信任本國軍隊與將帥。

【注　釋】❶中興句　趙次公注：「山東者，今之河北也。蓋謂之山東山西，以太行山分之也。」又曰：「安祿山反，先陷河北諸郡，至二京已復，安慶緒奔於河北之後，史思明降，嚴莊降，能元皓降，而河北諸郡暫復矣，故曰『中興諸將收山東』。」❷捷書句　趙次公注：「夕晚之報，與日晝同，言其好消息之真也。」❸一葦　一束蘆葦。《詩・河廣》：「誰謂河廣，一葦航之。」形容渡河之易。❹胡危句　胡，指安、史叛軍。破竹，《舊唐書・肅宗本紀》：至德二載十一月，下制曰：「靈武聚一旅之眾，至鳳翔合百萬之師。親總元戎，掃清群孽。……勢若摧枯，易同破竹。」❺祇殘二句　此句有深意，指出要依靠本國兵力和對將帥的信任才能取勝，特別是要專任郭子儀率領的朔方軍。鄴城，即相州，今河南安陽。《通鑑》：至德二載十二月：「雖相州未下，河北率為唐有矣。」朔方，指朔方軍。其節度使為郭子儀。獨任，專任；信任。❻京師二句　汗血馬，即西域大宛馬，借指回紇兵。餧，同「餵」。〈北征〉稱回紇軍「所用皆鷹騰」，如猛禽，故用「餵」，即〈留花門〉所謂「飽肉氣勇絕」，既寫其俗，又見其勇。或謂此微言大義，暗示此輩只是為我所用，朔方軍才是依靠的根本。蒲萄宮，漢上林苑宮殿名。漢元帝曾於此安置來朝的匈奴單于，借喻至德二載十月肅宗宴回紇葉護於宣政殿。❼清海岱　清，平定。海岱，今山東一帶。❽崆峒　隋唐有三崆峒，一在肅州，一在岷州，又有原州平涼之笄頭山，一名崆峒山。而此「崆峒」當屬用典。《史記・五帝本紀》云：黃帝「西至空桐，登雞頭。」注稱黃帝於此問道於廣成子，此「空桐」即「崆峒」。〈收京三首〉：「仙仗離丹極」，指玄宗由長安出走奔蜀。將「仙仗」配黃帝西去之典，用指玄宗西入蜀之事，自然切合。〈收京〉又云「文思憶帝堯」，指思念玄宗。史載至德二載九月捷書至鳳翔，肅宗即遣中使入蜀奏上皇，並表請東歸；則此句只是寫時事，並無舊注所云諷諫之意。❾三年二句　自天寶十四載（西元七五五年）十一月安祿山反，至乾元元年（西元七五八年）三月，計兩年四個月，但其橫跨的年度可稱三年。關山月，樂府橫吹曲之一。《樂府題解》：「關山月，傷別離也。」萬國，《周易正義・比》象曰：「先王以建萬國，親諸侯。」萬國，指諸侯，此處泛指各地。草木風，淝水之戰，苻堅登城望見八公山草木皆類人形，風聲鶴唳，疑以為兵。此寫到處人心惶惶，飽受戰禍。

【語譯】中興諸將一舉收復河北，捷報連夜傳來，就如同大白天一般真切！聽說寬廣的黃河一渡而過，我軍勢如破竹，殘匪逃不了覆滅的命運，只剩下鄴城不日可得。這就是專任朔方軍的無限功勞啊！京城到處是騎西域良馬的兵將，天子就在宮中犒勞回紇勇士。可喜呵，現在朝廷權威直達海疆；毋忘啊，西走未歸的太上皇。三年來笛聲只是傳送着傷離別的〈關山月〉，遍地烽火讓人草木皆兵提心吊膽。

成王功大心轉小，郭相謀深古來少。
司徒清鑒懸明鏡，尚書氣與秋天杳❿。
二三豪俊為時出，整頓乾坤濟時了。
東走無復憶鱸魚⓫，南飛覺有安巢鳥⓬。
青春復隨冠冕入，紫禁正耐煙花繞⓭。
鶴駕通宵鳳輦備，雞鳴問寢龍樓曉⓮。
攀龍附鳳勢莫當，天下盡化為侯王⓯。
汝等豈知蒙帝力，時來不得誇身強⓰。

關中既留蕭丞相，幕下復用張子房⑰。
張公一生江海客，身長九尺鬚眉蒼。
徵起適遇風雲會，扶顛始知籌策良⑱。
青袍白馬⑲更何有？後漢今周喜再昌⑳。

【章旨】第二段歌頌文武賢臣再造之功，中間微諷皇家應保持倫常，帝修子職，親賢遠小。

【注釋】⑩成王四句　成王，指肅宗長子李俶，乾元元年三月徙為成王，四月立為皇太子，更名豫，即後來的代宗。郭相，指郭子儀，時為中書令。司徒，指李光弼。尚書，指王思禮，時為兵部尚書。秋天杳，言其為人爽朗，像秋天一樣清遠。即〈八哀詩〉所稱：「胸襟日沉靜，肅肅自有適。」⑪東走句　《世說新語・識鑒》：張翰見秋風起，因思吳中菰菜蓴羹鱸魚膾，遂命駕東歸。此句翻用其意，言天下既定，則可安心仕宦，不必再避亂思歸了。⑫南飛句　曹操〈短歌行〉：「月明星稀，烏鵲南飛。繞樹三匝，何枝可依？」此翻用其意，即〈送李校書二十六韻〉所云：「乾元元年春，萬姓始安宅。」⑬青春二句　當與上聯四句一氣讀，寫出撥亂反正氣象。乾元元年春，杜甫在左拾遺任上寫下的一些「宮廷詩」，多有「青春」的意象，如「天門日射黃金榜，春殿晴熏赤羽旗」、「香飄合殿春風轉，花復千官淑景移」，透露當時君臣上下「喜躍之象」。紫禁，皇宮。正耐，適合；相稱。⑭鶴駕二句　鶴駕，太子的車駕。鳳輦，皇帝的車駕。龍樓，皇帝居所。楊倫注：「言鶴駕通宵，備鳳輦以迎上皇；雞鳴報曉，趨龍樓以伸問寢也。」意為：肅宗當時以太子的身分連夜準備接駕的車輛，在破曉時分就趕到龍樓去，向父親玄宗請安。《資治通鑑》至德二載條，載「上皇至咸陽，上備法駕迎於望賢宮。上皇在宮南樓，上釋黃袍，着紫袍，望樓下馬，趨進，拜舞於樓下。」可見玄宗返京師時，肅宗是自以太子的身分迎駕的。《舊唐書・肅宗本紀》至德二載條：十一月下制曰：「今復宗廟於函洛，迎上皇於巴蜀，導鑾輿而反正，朝寢門而問安。」二句正用其意。⑮攀龍二句　攀龍附鳳指宦官李輔國等攀附張淑妃，得到肅宗重用，勢傾朝野。史載，收京後，肅宗大獎功臣，蜀郡、靈武扈從之臣皆進爵加食邑有差。「天下盡化為侯王」諷其濫賞。⑯汝等二句　即〈收京三首〉所云：「雜虜橫戈數，功臣甲第高。萬方頻送喜，無乃聖躬勞。」斥責那些攀龍附鳳的「功臣」，貪天之功為己有。汝等，你們這夥人。⑰關中二句　漢高祖劉邦以蕭何為相，留守關中，功居第一，以比房琯。房自蜀奉使至關中冊立肅宗，留為相，故云。張子房，當指李泌。張子房即劉邦的主要謀士張良，多智謀，好神仙。而李泌亦多智謀，於收京前為肅宗重要謀士，肅宗置元帥府於禁中，以李泌為侍謀軍國、元帥府行軍長史，亦喜縱談神仙，故以比張子房。或云張子房以下五句並指張鎬。⑱張公四句　史載，張鎬風儀偉岸，廓落有大志，好談王霸大略，自布衣拜左拾遺，後來代房琯為相。江海客，浪跡江湖的人。這裡不但指張鎬由布衣起家，而且含有一直保持布衣品格的意思。⑲青袍白馬　《梁書・侯景傳》載侯景作亂，騎白馬，以青絲為轡。杜甫往往以「青袍白馬」指叛軍。⑳後漢句　以中興之主後漢光武帝與東周宣王比肅宗。

【語譯】成王李俶功大更為謙恭，相國郭子儀深謀遠慮前無古人。還有司徒李光弼明鏡高懸能察秋毫，尚書王思禮意氣如那秋天一般高遠。就憑這幾個應時而出的豪傑，整頓了我大唐乾坤朗朗。再不必像張翰那樣為避亂託辭思歸，百姓們也好比烏鵲終於找到了窩巢。春光又隨着百官上朝的步履歸來，宮殿樓閣，煙花繚繞，適好現出一派新氣象。宵夜備駕，凌晨請安，皇家又恢復了人倫忠孝。那班攀龍附鳳勢傾朝野的小子們！你們只不過是貪天之功因時得利，有什麼能耐值得誇耀？想當初，關中既留堪比蕭何的丞相，幕府又用媲美張良的謀士。如今張鎬公身長九尺鬚眉蒼蒼，平生浪跡江海，恰逢風雲際會，自布衣被徵召，扶危濟難這才知道他策良謀高。那些叛亂者又能怎樣？大唐就好比東周後漢，再現輝煌！

寸地尺天皆入貢，奇祥異瑞爭來送。
不知何國致白環，復道諸山得銀甕。
隱士休歌〈紫芝曲〉㉑，詞人解撰〈河清頌〉㉒。
田家望望惜雨乾，布穀處處催春種㉓。

淇上健兒歸莫懶㉔，城南思婦愁多夢。
安得壯士挽天河，淨洗甲兵長不用㉕。

【章　旨】末段托出題旨：一鼓作氣平叛，及時收功，讓百姓安居樂業。

【注　釋】㉑隱士句　《高士傳》載漢初商山四皓隱居，常歌〈紫芝曲〉。㉒詞人句　《南史・鮑照傳》：宋元嘉中，河、濟俱清，當時以為瑞，鮑照作〈河清頌〉。此言當時文人多寫頌詞。㉓田家二句　望望，眼巴巴地看着。此句言農家眼巴巴地看着寶貴的春雨乾掉，卻不能及時播種。㉔淇上句　淇水在衛州，與鄴城鄰。淇上健兒，指攻鄴唐軍。農家之所以不能及時春種，正由於子弟戰於淇上。歸莫懶，則鼓勵士兵一鼓作氣平叛，早日還鄉。㉕安得二句　此全詩旨意，盼天下太平，永無征戰。《魯通夫讀書記》稱：少陵新樂府皆隨事撰成，空所依傍。「至〈洗兵馬〉一篇，題更奇特，點在篇終，尤見點睛飛去之妙。」

【語　譯】普天下都將再來入貢，爭着呈送異瑞奇祥。不知何方送來白玉環，又說是諸山都挖到貯銀甕。隱士們不必老唱着那〈紫芝曲〉，詞人們也都懂得來寫〈河清頌〉。只可惜田家眼巴巴地看着春雨流失，布穀鳥還在處處催人下種。淇水畔苦戰的兒郎們！快一鼓作氣結束戰鬥歸來吧——家中妻子正苦思夢想。天哪！怎樣才能請來壯士橫挽天河，淨洗甲兵永不再用！

【研　析】浦起龍稱：「此篇是初唐四家體（按，即所謂初唐四傑王、楊、盧、駱的風格），貌同而骨自異。」王嗣奭則指出：「一篇四轉韻，一韻十二句，句似排律，自成一體。」綜合起來看，誠如施補華所說：「〈洗兵馬〉隊仗既整，音節亦諧，幾近初唐四家體，然蒼勁之氣，時流楮墨，非少陵不能作也。」《峴傭說詩》關鍵就在於杜甫是以樂府「即事名篇」的精神來整合前人的藝術經驗的，這才自成一體：整齊中透出沉雄，沉雄中透出悲壯，麗詞偉義，別是一番氣象。意義形式是情志的具象化。那麼，這首詩又體現了詩人怎樣的情志？或者說，文本的意指是什麼？這就不能不提到一起注杜的公案。

注杜名家錢謙益認為：「〈洗兵馬〉刺肅宗也。刺其不能盡子道，且不能信任父之賢臣，以致太平也。」「問寢」句注又說：「肅宗即位，下制曰：復宗廟於函洛，迎上皇於巴蜀，道鑾輿而反正，朝寢門而問安。朕願畢矣。……此詩援據寢門之詔，引太子東朝之禮以諷喻也。鶴駕龍樓，不欲其成乎為君也。」意思是：杜甫質疑肅宗皇帝的合法性，引其詔書反諷其虛偽。由此，他將詩的箋釋引向黨爭，認為是肅宗親自「鉤黨」，將他在靈武即位的功臣與玄宗的「舊臣」視同水火不相容的兩黨，極力排斥房琯為首的「舊臣」，以至於「太平之望亦邈矣」，而杜甫詩正是為此而發。

此論一出，引來注評諸家群起而攻之，認為有失詩人忠厚之本，是深文刻論，乃至壞心術、墮詩教。然而論者又不能不承認該詩頌中寓諷。平心而論，錢箋所論，都有文獻的依據，尤其是兩年後的上元元年（西元七六〇年）所發生的「移仗」事件，肅宗借宦官李輔國之手將玄宗軟禁於西內，的確充分暴露了肅宗對其父的猜忌之心。然而，歷史乃一前後相承相續的發展過程，不容前後倒置，以末為本。何況詩與史的文體不同，表現形式也大異其趣。史家往往是事後對時事作追憶，而詩家卻是對「當下」情事的感言。〈洗兵馬〉之妙，就在於能將時事與即時的情感溶為一爐，表現當時唐王朝臣民上下對天下太平充滿期盼的「喜躍之象」，而篇末點題更是「一人心，乃一國之心」，充分發露了全篇主旨所在。從這一點上說，錢氏所論有悖文本的基本意指。然而文本的含義與其潛在的意義還是有區別的：作者寫進含義，讀者則圈定意義。也就是說，讀者與作者的對話，可發掘文本的各種潛在意義。凡是優秀作品，在具有歷史性的同時，也具有開放性，能與時俱進，釋放出新意味。所以，不同歷史文化情景下的讀者可能、也可以從文本中看到某些前人未曾看到的意義，是所謂「作者未必然，讀者未必不然」。錢氏以其深陷明末黨爭的經驗，體會到「舊臣」與「靈武功臣」之間的鬥爭，揭發肅宗深藏不露的內心猜忌，從而敏感地領會文本頌中寓諷的含義，應當說是深刻的。如果我們不是就一時一事而議，則〈洗兵馬〉在整部杜詩中有其特殊的意義：它處於詩人對肅宗中興的期望值最高的時刻，緊接下來發生的一系列現實，使他迅速跌入失望之淵，終於導致遠離朝廷西去的結果。緊接下來的「三吏三別」正是思想劇烈矛盾的產物，終於，他毅然決然離開朝廷西去，在〈秦州雜詩〉中道出決裂的原因：「唐堯真自聖，野老復何知！」此後一直以「野老」的身分批評時政。不妨說，〈洗兵馬〉與「三吏三別」共構了杜詩情感跌宕的分水嶺：前者是詩人對朝廷期望值的最高點，後者則是幻覺破滅，自覺轉向「在野」角色的起點，可以看成是後半部杜詩的前奏曲。從這一點上看，錢注是富有啟發性的。

曲江二首

（七律）

【題解】這兩首詩作於乾元元年（西元七五八年）春。張綖注：「二詩以仕不得志，有感於暮春而作。」

其一

一片花飛減卻春，風飄萬點正愁人❶。
且看欲盡花經眼，莫厭傷多酒入脣❷。
江上小堂巢翡翠，苑邊高塚臥麒麟❸。
細推物理須行樂❹，何用浮名❺絆此身。

【章旨】前四句寫曲江景事，後四句寫曲江感懷。及時行樂的外表下，深藏着仕不得志的慨歎。

【注釋】❶一片二句　《而庵說唐詩》：「『一片花飛減卻春』，妙絕語，然有所本：古詩有『飛此一片花，減卻青春色』之句。」此句與「一葉知秋」同樣具有哲理味，且襯出對句「風飄萬點」之愁。《瀛奎律髓彙評》：「『一片花飛』且不可況於『萬點』乎？」❷且看二句　經眼，過眼。「經」字下得細，因為寫的是飛花。對句意為：不要因為酒喝多了會傷身體就不喝酒。❸江上二句　苑，指芙蓉苑，在曲江西南。《唐宋詩舉要》引吳曰：「襯筆更發奇想驚人，盛衰興亡之感，故應爾爾。」

安史之亂，曲江建築多被毀，公卿多被殺，小堂無主，故翡翠來巢；高塚絕後，故石獸撲臥而無人修復。杜甫往往以麗句寫荒涼，此其一例。❹細推句　此句承上句而來。物理，指事物盛衰變化之理。《圍爐詩話》：「因落花而知萬物有必盡之理。『細推』者，自一片、萬點、落盡、飲酒、塚墓，皆在其中，以引末句失官不足介懷之意。」❺浮名　《杜臆》云：「浮名非名譽之名，乃名器之名，故用『絆』字有味。如官名『拾遺』，必能補袞職之缺才稱，否則浮名耳，何用將此官絆其身乎？」

【語　譯】落花才見一片，春色已覺頓減；何況飛紅萬點，叫人怎不愁怨？眼看春深花欲盡，明知多喝傷身酒仍勸。小堂荒蕪巢翡翠，高塚石像麒麟倒花邊。推尋物理盛衰變，及時行樂何須浮名違我願！

其二

朝回日日典❶春衣，每日江頭盡醉歸。
酒債尋常❷行處有，人生七十古來稀。
穿花蛺蝶深深見，點水蜻蜓款款飛❸。
傳語風光共流轉，暫時相賞莫相違❹。

【章　旨】上四句寫曲江酒興，下四句寫曲江春景。「傳語風光」，從無情中看出有情，自見生趣。

【注　釋】❶典　典當。典衣買醉，與前章「行樂」呼應，見仕不得志。❷尋常　原指隨處，但古人以八尺為尋，兩尋為常，尋常則成量詞；故又以此與對句「七十」借對。❸穿花二句　《石林詩話》：「『深深』字若無『穿』字，『款款』字若無『點』字，皆無以見其精微如此。然讀之渾然，全似未嘗用力，此所以不礙其氣格超勝。」❹傳語二句　二句用擬人手法。《杜詩鏡銓》云：二詩以送春起，以留春住。傳語，猶傳告。共流轉，猶共盤桓。

【語　譯】天天下朝便去典春衣，日日得錢曲江買醉歸。所到之處有酒債，人生苦短七十稀。蛺蝶穿過花叢深處去，蜻蜓點水緩緩停空飛。寄個話兒給春光，請再暫時與我共流連。

【研 析】《而庵說唐詩》曾說過：「大率看公（指杜）詩，另要一副心肝、一雙眼睛待他才是。」比如此詩言及時行樂，其實是「憂憤而託之行樂者」（《杜臆》）。葉嘉瑩說得好：「這『朝回』跟『盡醉』是很強烈的對比。以杜甫那『致君堯舜』和『竊比稷契』的理想，以杜甫那『許身』的執着，如果他不是非常失望，如果他不是無可奈何，他為什要天天這樣做？」這叫別具隻眼，而宋代道學家程頤將「穿花蛺蝶深深見」視為「閑言語」，則屬少了一雙看杜詩的眼睛。正因為杜甫強烈感到自己在浪費寶貴的生命，所以反而對眼前的春光更加珍惜，觀察自然入微。《杜臆》所評較近情理：「余初不滿此詩，國方多事，身為諫官，豈行樂之時？後讀其『沉醉聊自遣，放歌破愁絕』二語（按，見〈自京赴奉先縣詠懷五百字〉），自狀最真，而恍然悟此二詩，乃以賦兼比興，以憂憤而託之行樂者也。」

奉贈王中允維（五律）

【題 解】此詩作於乾元元年（西元七五八年）。王維，盛唐名詩人。中允，太子中允，東宮官屬，正五品下。

中允聲名久，如今契闊❶深。
共傳收庾信❷，不得比陳琳❸。
一病緣明主，三年獨此心❹。
窮愁應有作，試誦〈白頭吟〉❺。

【注　釋】❶契闊　此言離合聚散。契，合也。闊，離也。❷收庾信　《周書・庾信傳》載梁元帝命庾信為御史中丞。此喻唐肅宗遷王維為太子中允。❸陳琳　《三國志・魏書》載袁紹使陳琳典文章，袁敗歸魏武帝曹操。操謂曰：「卿昔為本初移書，可罪狀孤而已，何乃上及祖父耶？」琳謝罪，操愛其才，不之責。❹一病二句　《舊唐書・王維傳》載祿山陷兩都，維為其所得。維服藥取痢，偽稱瘖病。拘於洛陽普施寺，作詩「萬戶傷心生野煙，百官何日再朝天」云云，此指其事。三年，指天寶十五載陷賊至乾元元年責授太子中允，計三年。❺白頭吟　卓文君〈白頭吟〉：「願得一人心，白頭不相離。」以比王維事君無二心。此聯仇注云：「維經患難，必多悲憤之作，故復索詩以見其苦情。」

【語　譯】王中允的才藝早就大有名聲，只是久不相見至今別意深深。都傳說朝廷對您既往不究，就像梁元帝收用了庾信；這怎能與陳琳降曹相比，那是改換門庭。當年拒受偽職一病稱瘖，囚禁中還作詩懷念唐室；又有誰知這三年來是一片耿耿忠心？想必心中鬱結不能不吐，真想一讀您近來所寫的那些〈白頭吟〉。

【研　析】仇注引《杜臆》云：「此詩直是王維辯冤疏。」玄宗奔蜀，百官多扈從不及被俘而受偽職者。收京後分六等定罪，王維因為曾稱瘖並作懷念唐室的詩，所以責授太子中允，算是從寬發落。杜甫曾身陷長安，對當時的具體情況是瞭解的，所以理解其苦衷，並表示同情，表現了一個仁者應有的胸懷。但不管怎麼說，這總是件尷尬事，要說也必須有個分寸。此詩的技巧就在此：巧用典故，以古典述今事，達難達之情。

講究用典是律詩尤為看重的一種手法。所謂用典，就是用濃縮在一個片語、乃至一個詞當中的歷史故事，隱喻當前的事情。只要一提這個片語或詞，整個歷史事件就會隨之出現，再現其複雜的語境，與當前發生的事態形成對比，所以又叫「用事」。高友工〈律詩美學〉說得對：「他（指杜甫）有意通過用典來建造一個意象世界，因為事典可以引入簡單意象無法表達的複雜的意義維度。」如「共傳收庾信，不得比陳琳」便是。裡面有兩個外表相似、實質卻不同的歷史故事。庾信，南朝大作家。史載庾信曾為蕭梁皇太子侍臣，侯景作亂，簡文帝命其率軍駐紮於朱雀航北，侯景至，棄軍走。後來梁元帝不究，任命他為御史中丞，之後又出仕魏、周，忍垢含恥，有名着〈哀江南賦〉表達內心痛苦。而王維安史亂中被俘送洛陽，強加偽職，肅宗也責授太子中允，有〈謝除太子中允表〉，自責「臣進不得從行，退不能自殺，情雖可察，罪不容誅」，深表悔恨。

庾、王的遺際有內在的相似性。陳琳情況則不同，他本是袁紹陣營的人，作檄文痛詆曹操，被俘後謝罪授官，此後忠於曹營。杜甫特意指出：王維似前者值得同情，而與後者情況絕異，故云「不得比陳琳」。通過兩個歷史名人，便將兩種複雜的情況提出來加以區分，化繁為簡，疏而不漏，將頗難分說的事委婉道出，可謂舉重若輕。

義鶻（五古）

【題解】當是乾元元年（西元七五八年）在長安作。這是一首難得一見的寓言詩。《杜臆》云：「是太史公一篇義俠客傳，筆力相敵，而敘鳥尤難。」鶻，猛禽，又名隼。

陰崖有蒼鷹，養子黑柏顛。
白蛇登其巢，吞噬恣朝餐。
雄飛遠求食，雌者鳴辛酸。
力強不可制，黃口❶無半存。
其父從西歸，翻身入長煙。
斯須領健鶻，痛憤寄所宜。
斗上捩孤影❷，噭哮❸來九天。

修鱗脫遠枝，巨顙拆老拳❹。
高空得蹭蹬，短草辭蜿蜒❺。
折尾能❻一掉，飽腸皆已穿。
生雖滅眾雛，死亦垂千年❼。
物情❽有報復，快意貴目前。
茲實鷙鳥最，急難心炯然❾。
功成失所往，用捨❿何其賢。
近經潏水⓫湄，此事樵夫傳。
飄蕭覺素髮，凜欲衝儒冠⓬。
人生許與分，只在顧盼間⓭。
聊為義鶻行，用激壯士肝。

【注釋】❶黃口　指雛鷹。❷斗上句　斗上，猝然急上。捩，扭轉，此指鶻在空中翻轉。❸嗷哮　號呼聲。《杜詩鏡銓》：「寫出猛勢，刻畫處，十分痛快淋漓，如有殺氣英風，閃動紙上。」❹修鱗二句　巨顙，指蛇首。拆老拳，拳，喻鶻之爪，這裡只是用典。《晉書・載記》：石勒引李陽臂笑曰：「孤往日厭卿老拳，卿亦飽孤毒手。」《劉賓客嘉話錄》以此為例稱：「為詩用僻字，須有來處。」後人也往往以「無一字無來處」稱杜詩，不足為訓。❺高空二句　二句寫蛇被鶻從高空擲下，在草叢中再也不能自如遊走了。蹭蹬，挫折。此借寫由上墜下貌。❻能　猶恁，如此這般。唐人口語。❼垂千年　永為鑒戒。

浦注：「猶所謂『遺臭萬年』也。」❽物情　事物之常情常理。❾茲實二句　鷙鳥，猛禽。最，傑出者。急難，急人所難。心炯然，心地磊落。❿用捨　進退。⓫潏水　在長安杜陵附近，自皇子陂流入渭水。⓬飄蕭二句　此聯意為：聽了鶻的義舉，只覺白髮直欲衝冠。飄蕭，稀疏貌。⓭人生二句　此聯意為：對一個人的評價（在大是大非面前），有時一下子就能判定。

【語　譯】背着陽光的懸崖上，老柏樹的樹梢有一窩子蒼鷹。一條大白蟒盤到牠的巢裡，吞食掉所有的雛鷹當作早餐。那時雄鷹已到遠處尋找食物，母鷹只好無助地苦苦哀叫。白蛇是那麼粗壯難以制服，黃口小鷹被吞噬是一隻也沒剩。小鷹的父親終於從西方回來了，看到這樣的慘狀翻身又衝向雲霄。只過一會兒，便領來一隻矯健的雄鶻，蒼鷹滿懷悲憤地向牠訴說着冤情。雄鶻一聽義憤填膺，一飛沖天又在空中翻轉身。牠呼嘯着從九天俯衝而下，身影好似一道閃電。頓時長蛇已被擒離了樹枝，碩大的蛇頭被利爪撕抓，從高空一擲而下，剛吃飽的蛇肚子被摔破淌出腸子，雖然尾巴還這麼擺了一擺，可是從此別想在草叢中爬。蛇呀蛇，你活時雖然殘滅了一群小鷹，但你死後只留下千秋的罵名！常言道：「惡有惡報，時候未到」，可哪有這現時就報來得痛快！這義鶻啊，真是猛禽中的矯矯者，那急人所難的忠心義膽多麼光明磊落。功成不居翻然遠去，其進其退又何其賢也！我最近從潏水之濱走過，聽樵夫將這個故事告訴我，聽得我稀疏的白髮也要衝冠而起！有時候人生的大是大非，在剎那間便可判定。為此，我寫下這首義鶻行，希望它能激起男子漢們的良心。

【研　析】《杜詩鏡銓》：「記異之作，憤世之篇，便是聶政、荊軻諸傳一樣筆墨，故足與太史公爭雄千古。得之韻言，尤為空前絕後。」即使不從舊道德去作評價，這個見義勇為的故事也是有益於世道人心的，何況寫得如此生動。《杜臆》稱讚說：「『斗上捩孤影』八句，模神寫照，千載猶生。」

至德二載，甫自京金光門出，間道歸鳳翔；乾元初，從左拾遺移華州掾，與親故別，因出此門，有悲往事（五律）

【題解】乾元元年（西元七五八年）六月，杜甫因疏救房琯事，被賀蘭進明彈劾，貶為華州司功參軍。詩作於是時，這是杜甫政治與創作的一個轉捩點。金光門，長安外郭城之中門。間道，小路。移，貶官的婉辭。掾，屬官之通稱，此指華州司功參軍。

此道昔歸順❶，西郊胡正繁。
至今殘破膽，應有未招魂❷。
近得歸京邑❸，移官豈至尊❹。
無才❺日衰老，駐馬望千門❻。

【注釋】❶歸順　指脫賊歸唐。❷至今二句　言當時情形，至今回想起來還膽戰心驚。❸京邑　華州離京城不遠，故稱京邑。❹移官句　暗寓皇帝聽信賀蘭進明等人的讒言。❺無才　不言被讒，反自稱無才，是反語。❻駐馬句　此句言依依不忍離去。千門，指宮殿。

【語譯】我曾此門出，脫賊直向靈武奔。西門郊野外，無處不胡塵。當年魂飛魄又散，至今恐怕還沒召回所有魂。最近移官到京畿，又要過此門。也許皇上無此意，忮刻自有人。是該走了，無才如我老且昏。駐馬回頭望，千門宮殿深。

【研析】這首詩歷代都說是「怨而不怒」的典型。如《義門讀書記》稱：「不無少望（怨望），然淡淡直敘，怨而不怒，諷刺體之聖也。」「怨而不怒」的確是中國士大夫的鐵門檻。毋庸諱言，「詩聖」杜甫也過不了這個檻。誠如顧宸所指出：「移官豈至尊」與王維「執政方持法，明君無此心」有相似處。然而同中有異：王維是授偽職之人，自己沒底氣，只有解脫之辭，不敢有所怨望。杜甫呢，卻是發牢騷。杜甫這個牢騷並非「淡淡直敘」，而是棉裡藏針。他自己就說過「向所論事，涉近激訐，違忤聖旨，既下有司」（〈奉謝口敕放三司推問狀〉），是「至尊」親自降罪的，所以話中有話。這次的牢騷對他來講是深刻的，影響了他此後的言行。這是他轉向的一個樞紐，使他很不情願卻又是堅定不移地一步一步走向民間而離朝廷愈來愈遠。就在出金光門後不久，他寫下了彪炳中國詩史的「三吏三別」。「駐馬望千門」是他向皇室最後的一瞥，寫下「三吏三別」後不久，他終於擺脫長期以來「生逢堯舜君，不忍便永訣」、「揮涕戀行在，道途猶恍惚」的情結，拂袖西行，走上「漂泊西南天地間」的征途，此是後話。

望岳（七律）

【題解】 乾元元年（西元七五八年）杜甫抵華州時作。岳，指西岳華山，在今陝西華陰南。此詩亦為拗律。《杜詩鏡銓》引邵子湘曰：「語語是望嶽，筆力蒼老渾勁，此種氣候極難到。」

西岳崚嶒竦處尊❶，諸峰羅立如兒孫。
安得仙人九節杖，拄到玉女洗頭盆❷？
車箱入谷無歸路，箭栝通天有一門❸。
稍待西風涼冷後，高尋白帝問真源❹。

【注釋】 ❶西岳句　崚嶒，高峻貌。竦處，最高處。❷安得二句　九節杖，《列仙傳》：「王烈授赤城老人九節蒼藤竹杖，行地馬不能追。」玉女洗頭盆，《集仙錄》：「明星玉女居華山祠，前有五石臼，號曰玉女洗頭盆。」❸車箱二句　《太平寰宇記》載，華陰縣西南二十五里有車箱谷，又名車水渦，深不可測。箭栝，即箭筈，箭之末端。岐山有箭筈嶺，此或借用其字面形容山路狹長，一線通天。❹高尋句　白帝，西方之神，名少昊，治華山。真源，群仙所居之地。《而庵說唐詩》：「乾元戊戌，公為房琯事，出為華州司功，作是詩應在是時。薄宦不得遂意，託於遐舉，其殆有去志乎？明年去官入蜀。」

【語　譯】西岳突兀在最高處稱尊，眾山環繞膝下好比諸兒孫。要從哪兒弄來仙人的九節杖，一拄便到玉女的洗頭盆？車箱谷深去無回，一徑指天似箭尖。稍等秋風颯颯起，登高我欲尋神仙。

【研　析】杜甫寫過三首〈望岳〉，一寫東岳泰山，一寫西岳華山，一寫南岳衡山，而各具面目。《唐詩快》稱：「同一望嶽也，『齊魯青未了』，何其雄渾；『諸峰羅立如兒孫』，何其奇峭！此老方寸間，固隱然有五嶽。」是的，同是一望，望泰山是橫幅取景，平面展開，不但「齊魯青未了」浩淼廣闊，天際混茫，「盪胸生曾雲，決眥入歸鳥」也是平視之境；望華山則是條幅取景，層疊而上，不但「西岳崚嶒竦處尊」突兀奇竦，頂天立地，「車箱入谷無歸路，箭栝通天有一門」也是由深處上指，直逼天門。而此詩奇妙處還在頷聯：「安得仙人九節杖，拄到玉女洗頭盆？」張謙宜《絸齋詩談》看得細：「『西嶽崚嶒竦處尊，諸峰羅立如兒孫』，筆勢自上壓下，『安得仙人九節杖，拄到玉女洗頭盆』，自下騰上，才敵得住；不對，所以有力。若移五、六在此，便軟。此是拗格，不是句拗，唐人多有之。」外在景觀與內在氣勢相侔，這才造成蒼老渾勁之總體效果。這就是《唐詩歸》引鍾云：「真雄、真渾、真樸，不得不說他好！」

早秋苦熱堆案相仍（七古）

【題　解】題下舊注：「時任華州司功。」則此詩為乾元元年初秋在華州時作。

七月六日苦炎蒸，對食暫餐還不能。

每愁夜中自足蠍❶，況乃秋後轉多蠅。
束帶❷發狂欲大叫，簿書何急來相仍❸。
南望青松架❹短壑，安得赤腳踏層冰？

【注　釋】❶自足蠍　蠍子已夠多了。❷束帶　穿衣束帶，表示着裝整齊。《晉書・陶潛傳》：「郡遣督郵至縣，吏白應束帶見之。潛歎曰：『吾不能為五斗米折腰，拳拳事鄉里小人邪！』」束帶於此有受官場拘束的特殊內涵。❸簿書句　簿書，官方各種文書冊簿。相仍，這裡有相逼的意思。仍，重複。此指簿書重疊堆放。❹架　橫生。

【語　譯】七月六日真是熱得夠嗆，對着菜飯怎能下嚥。夜裡的蠍子已夠討厭，怎受得了秋後更有蒼蠅撲面。上班整冠束帶本來就讓人大叫發狂，那些沒緊沒要的檔案報表還堆積如山。支頤南望青松橫生溝壑之上，哦，打赤腳踩在層冰上那才叫爽！

【研　析】這首詩有的說是「吳體」拗格，有的說是古詩，還有的說「作律詩讀尤老」——沒明說到底算不算律詩。紀曉嵐乾脆不客氣說：「此杜極粗鄙之作。」仇注則引朱瀚推開一步說：「此必贋作也。命題既蠢，而全詩亦無一句可取，縱云發狂大叫時戲作俳諧，恐萬不至此，風雅果安在乎？」說到底是嫌這詩不登大雅。《讀杜心解》講得比較實在：「借苦熱泄傲吏之憤，即嵇康『七不堪』意。老杜每有此粗糙語。」杜甫為人有狂狷的一面，文字有粗豪一路，這是事實。此詩正是二者相匹配的例子。嵇康〈與山巨源絕交書〉有這樣的文字：「性復疏懶，筋駑肉緩，頭面常一月十五日不洗；不大悶癢，不能沐也。每常小便而忍不起，令胞中略轉，乃起耳。」又曰：「此猶禽鹿，少見馴育，則服從教制；長而見羈，則狂顧頓纓，赴蹈湯火。」又曰：「危坐一時，痹不得搖，性復多虱，把搔不已，而當裹以章服，拜揖上官，三不堪也。」這樣的文字你說是雅還是不雅？內容與形式融洽無間，辭善達意，便是化俗為雅。「每愁夜中自足蠍，況乃秋後轉多蠅。束帶發狂欲大叫，簿書何急來相仍」，雖然粗糙，但寫得很有現實感，很傳神。粗糙並不是粗鄙。杜甫這首詩通過厭苦熱而表達一種對官場吏事的不耐煩，十分率真生動，體現其狂狷的一面，何粗鄙之有！終究還是王嗣奭說得深入，仇注乃引《杜臆》云：「公以天子侍臣，因直言左遷，且負重名，長官自宜破格相視。公以六月到州，至七月六日而急以簿書，是以常掾畜之，殊失大體，故借早秋之熱，蠅蠍之苦，以發鬱伊愁悶之懷，於簿書何急，微露意焉。」讀此詩可知此人，因此乃選人所不選，以為諸君隅反之資。

觀安西兵過赴關中待命二首（五律）

【題解】《通鑑》：乾元元年（西元七五八年）六月，李嗣業為懷州刺史，充鎮西北庭行營節度使。九月，命郭子儀、魯炅、李嗣業七節度使及平盧兵馬使董秦等將步騎二十萬討安慶緒。此前，李嗣業率部自懷州（今河南沁陽）赴關待命，經華州，則此詩是乾元元年秋在華州時作。長安謂之關中，西以隴西關為限，東以函谷關為界。

其一

四鎮❶富精銳，摧鋒皆絕倫。
還聞獻❷士卒，足以靜風塵。
老馬夜知道，蒼鷹飢著人❸。
臨危經久戰，用急始如神❹。

【章　旨】首章觀安西兵過，而歸美李嗣業。前四句述前功以鼓舞其立新功；後四句言慣戰以表達對其信任。

【注　釋】❶四鎮　《舊唐書》：龜茲、毗沙、疏勒、焉耆四鎮都督府，皆安西都護所統。至德後，河西、隴右戍兵皆徵集，收復西京。❷獻　仇注：「曰獻，志在報國也。」則「為國獻身」之「獻」。又，《新唐書》本傳云：「嗣業忠毅憂國，不計居產，有宛馬十疋，前後賞賜，皆上於官以助軍云。」此亦「獻」之義也。王嗣奭曾疑此「獻」字誤，否。❸老馬二句　老馬，《韓非子》：齊桓公伐孤竹還，迷失道，管仲曰：「老馬之智可用也。」乃放老馬而隨之。蒼鷹，《晉書・載記》：「慕容垂猶鷹也，飢則附人，飽則高飛。」老馬，喻主將李嗣業之慣戰。蒼鷹，喻軍士之聽命勇往。❹臨危二句　四鎮之兵，皆李嗣業所統，此二句稱讚其勇敢善戰。史載：李嗣業討小勃律，執一旗，引陌刀，緣險先登，力戰，大破之。及收西京時，官軍幾敗，嗣業肉袒、執長刀，立於陣前，當其刀者人馬俱碎。乃帥前軍各執長刀如牆而進，所向披靡，賊遂潰。故以臨危久戰、用急如神稱之。

【語　譯】安西四鎮兵多精，衝鋒陷陣皆絕倫。聽說此次無私獻部隊，有此部隊可以定乾坤。將如老馬慣征戰，士如飢鷹附主人。曾經危難歷久戰，愈到關鍵愈如神。

其　二

奇兵不在眾，萬馬救中原。
談笑無河北，心肝奉至尊❶。
孤雲隨殺氣，飛鳥避轅門。
竟日留歡樂，城池未覺喧❷。

【章　旨】次章稱李嗣業忠勇，並志其紀律嚴明，故能預期無敵。

【注　釋】❶談笑二句　無，目中無人之無，蔑視之也，與「所向無空闊」、「意無流沙磧」同意。葛立方《韻語陽秋》：「杜甫〈觀安西兵過〉詩云：『談笑無河北，心肝奉至尊。』故東坡亦云：『初聞指揮築上郡，已覺談笑無西戎。』蓋用左太沖〈詠史〉詩『長嘯激清風，志若無東吳』也。王維云『虜騎千重只似無』句，則拙矣。」河北，指安史叛軍，時安慶緒猶據河北七郡六十餘城。下句言其忠於唐室。❷竟日二句　言師行有紀，民情安堵。《舊唐書》本傳載：「嗣業自安西統眾萬里，威令肅然，所過郡縣，秋毫不犯。」

【語　譯】出奇制勝不在人馬多，救中原安西有鐵騎萬匹。看他們忠心赤膽效力唐室，談笑自若河北叛軍那堪一擊。陣雲帶着殺氣，飛鳥見軍門忙着迴避。但兵過整天只給人留下歡樂，號令嚴明過市井一派肅穆靜寂。

【研　析】詩人從外在的軍容、氣勢，到內在的赤膽忠心、紀律嚴明，寫出觀感，而襯以老馬蒼鷹、孤雲飛鳥諸飽滿貼切的意象，使人印象深刻，如目擊安西兵過而充滿期待。再細讀之，便會發現詩人其實是在塑造一位心目中平叛將領的英雄形象。杜甫一年前（至德二載）曾寫下〈徒步歸行〉送李特進（即李嗣業），對李有很高的期許：「明公壯年值時危，經濟實藉英雄姿。國之社稷今若是，武定禍亂非公誰。」這並不是瞎吹捧，《舊唐書・李嗣業傳》載：「及祿山反，兩京陷，上在靈武，詔嗣業赴行在。……至鳳翔謁見，上曰：『今日得卿，勝數萬眾，事之濟否，實在卿也。』」嗣業之忠勇善戰，史載歷歷在目，自不必言。「心肝奉至尊」一句，可謂不幸而言中。過華州後不久，即次年（乾元二年）二月，李嗣業攻鄴城時為流矢所中，瘡欲愈，忽聞戰鼓聲，大叫，血出注地而卒。這不是「心肝奉至尊」又是什麼？而其治軍紀律嚴明，不擾百姓，也是有史可查（見本題其二注❷所引）。詩如史之實且史成詩之美，詩史合讀，可歌可泣，一位全面傑出的平叛將領之形象，躍然紙上矣！

留花門　（五古）

【題解】題為「留花門」，其實是對留花門這件事的評議，故《杜臆》曰：「題曰〈留花門〉，病在『留』字。」史載，至德二載（西元七五七年）十月，回紇葉護奏以「軍中馬少，請留其兵於沙苑」云云，此指其事。花門，即花門堡，在居延海以北。天寶年間回紇常駐軍於此，故唐人以花門稱之。此詩當作於乾元元年（西元七五八年）秋，時杜甫在華州。

北門天驕子，飽肉氣勇決❶。
高秋馬肥健，挾矢射漢月。
自古以為患，詩人厭薄伐❷。
修德使其來，羈縻❸固不絕。
胡為傾國至，出入暗金闕❹？
中原有驅除，隱忍用此物❺。
公主歌黃鵠，君王指白日❻。
連雲屯左輔，百里見積雪❼。
長戟鳥休飛，哀笳曙幽咽。
田家最恐懼，麥倒桑枝折。
沙苑臨清渭，泉香草豐潔。

渡河不用船，千騎常撇烈❽。
胡塵踰太行，雜種❾抵京室。
花門既須留，原野轉蕭瑟。

【注釋】❶北門二句　天驕子，指回紇為畜牧民族，善騎射，得天獨厚。《漢書》：「南有大漢，北有強胡。胡者，天之驕子也。」餉肉，指回紇以肉為主食。❷詩人句　詩人，指《詩・六月》的作者。詩云：「薄伐玁狁，至於太原。」薄伐，征伐。薄，發語詞。❸羈縻　聯繫並加以約束。❹暗金闕　使宮殿為之失色，意指回紇兵驕橫，隨便出入宮殿。與〈北征〉「陰風西北來，慘澹隨回紇」同參。❺中原二句　有驅除，指安祿山之亂，這時史思明還存在。此物，指回紇兵，這個詞有着傳統的「華夷之見」。❻公主二句　上句用漢烏孫公主故事，武帝以公主嫁烏孫王，公主悲秋作歌，有云：「願為黃鵠兮歸故鄉」，以喻時事：乾元元年七月，肅宗把幼女寧國公主嫁給回紇可汗，親自送至咸陽磁門驛，公主泣辭說：「國家事重，死且無恨。」肅宗灑涕而還。次年，回紇懷仁可汗死，公主拒絕按其俗殉葬，但也為之剺面而哭，因無子歸唐。這是一齣悲劇，杜甫有〈即事〉詩紀事，參閱本書選譯。指白日，即指天發誓。《詩・大車》：「謂予不信，有如皎日。」肅宗曾指天發誓，求回紇援救。❼連雲二句　左輔，即下之「沙苑」，在馮翊縣南。回紇之俗，衣冠皆白，旗幟亦白，故曰「見積雪」。❽撇烈　搖擺跳躍之狀。❾雜種　指史思明。史思明為突厥雜種胡人。史載，史思明陷洛陽，故下稱「抵京室」。

【語譯】回紇軍駐紮在我大唐北邊門戶，牛羊肉吃到飽，生性兇悍好鬥，自古以來他們就是禍源。秋高馬肥，他們總是挾着弓箭來漢地掠奪，周詩中就已對與其征戰感到厭倦。經長期實行懷柔政策，終於使之接受大唐的冊封與約束。這次出兵幫助平叛是好事，可是誰讓你傾國而至，在京城耀武揚威？話說回來，我中原平叛須要幫助，只好對這些傢伙予以容忍再三克制。我們的君王為此指天發誓，還將寧國公主下嫁回紇可汗——就像那遠行未歸的黃鵠。現在他們就屯兵在京城左邊的沙苑，白旗白衣白帽子，好似百里積了雪。長戟如林鳥兒難飛越，哀笳破曉聲音悲涼淒切。最感到恐懼的還是種田人家，他們所到之處無不桑樹斷折麥田被殘踏。

沙苑呵沙苑，面臨着清清的渭水，泉水香，草豐美。可現在成了兵營，看回紇兵渡河不用船，千騎萬騎下水多踴躍。想想吧，叛軍正越過太行山，史思明直抵洛陽城！花門不得不留呵，只是老百姓又要遭殃，原野上將只剩一片荒蕪。

【研　析】對回紇援唐的評價是一個頗為複雜的問題。將它放在唐史的大平臺上觀照，范文瀾《中國通史簡編》認為：「回紇與唐的關係，是一種歷史上罕見的和好關係。」它不但在安史之亂中幫助肅宗收復兩京，「此後，即使回紇很強，唐較衰弱，但可汗繼位總要唐加冊封，從不大舉侵唐邊境和奪取唐土地。」在唐代邊境各遊牧民族尚處於「以殺戮為耕作」的原始階段，是極為難得一見的民族關係。這是歷史的客觀評價。從倫理上看，回紇兵的搶掠成性、對唐朝百姓造成的損害則是不可接受的。杜甫一千多年前在這兩方面已有頗為均衡的認識。在情感上，他對回紇頗反感，主要是對其搶掠成性的厭惡；在理智上，則清醒地看到當時用回紇的必要性，他強調「羈縻」——控制使用。這才是問題的癥結所在。唐肅宗出於一己之私，不但對功臣郭子儀、李光弼猜忌、抑制，而且出賣了百姓。史載，肅宗欲速得京師，與回紇約定：「克城之日，土地、士庶歸唐，金帛子女皆歸回紇。」回紇造成的危害，相當重要的原因是肅宗的主動出賣。肅宗其實不但害了自己，也害了回紇。《通鑑》有云：「初，回紇風俗樸厚，君臣之等不甚異，故眾志專一，勁健無敵。及有功於唐，唐賜遺甚厚，登里可汗始自尊大，築宮殿以居婦人，有粉黛文繡之飾，中國為之虛耗，而虜俗亦壞。」這就是歷史的辯證。杜甫可貴之處就在於，他是站在百姓的立場上來評判得失的。在〈喜聞官軍已臨賊境二十韻〉中，他強調以本國軍隊為主導：「元帥歸龍種，司空握豹韜。」不排拒外援：「花門騰絕漠，拓羯渡臨洮。此輩感恩至，羸俘何足操。」在〈觀安西兵過赴關中待命〉詩中則對守紀律的安西四鎮兵進行歌頌：「孤雲隨殺氣，飛鳥避轅門。竟日留歡樂，城池未覺喧。」對嚴格控制的外援他是歡迎的。至於本詩，《唐詩歸》引鍾云：「說盡客兵之害，千古永戒。然此外還有隱憂。」隱憂何在？不但在史思明，還在昏君。當然，杜甫只能是點到輒止：「花門既須留，原野轉蕭瑟。」他痛苦地意識到，最終付出代價的還是百姓。

九日藍田崔氏莊（七律）

【題解】約作於乾元元年（西元七五八年）為華州司功時。九日，指農曆九月九日重陽節。藍田，長安藍田縣，距華州八十里。崔氏莊，崔季重的別業。唐代士大夫多在藍田置別業，如詩人王維有著名的輞川莊。

老去悲秋強自寬，興來今日盡君歡。
羞將短髮還吹帽，笑倩傍人為正冠❶。
藍水遠從千澗落，玉山高並兩峰寒❷。
明年此會知誰健，醉把茱萸❸子細看。

【注釋】❶羞將二句　吹帽，《晉書・孟嘉傳》：「（嘉）後為征西桓溫參軍，溫甚重之。九月九日，溫燕（宴）龍山，寮佐畢集。時佐吏並着戎服。有風至，吹嘉帽墮落，嘉不之覺。溫使左右勿言，欲觀其舉止。嘉久如廁，溫令取還之。命孫盛作文嘲嘉，着嘉坐處。嘉還見，即答之，其文甚美。」後人用此典表示遊興酣暢。倩，請。請旁人正冠與「落」帽相左，楊萬里云：「嘉以落帽為風流，此以不落為風流，最得翻案妙法。」❷藍水二句　藍水，《三秦記》載藍田有川，方三十里，其水北流，出玉石，會溪谷之水，為藍水。玉山，《太平寰宇記》載藍田山在藍田縣西三十里，一名玉山，一名覆車山，灞水之源出此。兩峰，《華山志》載嶽東北有雲臺山，兩峰崢嶸。朱注以為兩峰即此雲臺山。❸茱萸　植物名。《續齊諧記》載費長房對桓景說：「九月九日，汝家有災，急令家人各作絳囊盛茱萸繫臂，登高，飲菊花酒。」後來於重陽插茱萸成為風俗。

【語譯】老來逢秋易悲，只能強自寬慰。今日鼓興到山莊，自然要與君等盡歡。髮短羞比孟嘉風流落帽，笑請旁人為我正冠。千澗奔匯藍水，遠眺半空飛湍；玉山並峙雙峰，高處不勝其寒。明年重陽再會，健在知是誰還？避邪的茱萸在手，醉裡看再三。

【研　析】這是一首七律的典範之作。全詩嚴格遵守詩律，頓挫起伏，感情悲喜變化，形成一個流動的整體。首聯表白當時特殊的情感：乾元元年張鎬罷相，房琯貶為邠州刺史，賈至、嚴武出為刺史，這些都是與杜甫志同道合的人；六月，老杜自己也被視為房琯同黨而貶為華州司功參軍。這樣的情勢叫人怎麼高興得起來？所以說是「老去悲秋強自寬」。「興來」一句補足「強自寬」，為下聯留下地步。浦起龍以「老去」「興來」為一篇之綱領，是。「羞將」一聯為「流水對」（一句話分兩句說），用古典寫今情，借孟嘉之風流活現今日宴會之風神。「短髮」二字暗藏「老去」，而有別於孟嘉，也還是「強自寬」之意；不僅典雅，且自然切合自己的現狀。「藍水」一聯工整有力，喚起一篇精神。所謂工整，就是上下句同一位置上詞與詞之間從聲律到意義嚴格對等，整合成一個相對獨立的自足的意境。此聯上句寫水，下句寫山，隨着「鏡頭」的移動，我們看到藍田最具特色的清麗景色。四句又相互映襯寫出遊興，其中仍含「老去悲秋」淡淡的情愫。許印芳稱「結句收拾全題，詞氣和緩有力，而且有味」；陳貽焮《杜甫評傳》則以王維名句「遙知兄弟登高處，遍插茱萸少一人」與本詩作比較，稱：「兩詩俱佳，但一在念親人，一在傷遲暮，思想感情有少年和老年之別。」兩說皆是。這一聯也就與首聯「悲秋」相呼應，整首詩以情感起伏為起伏，圓滿自足。

崔氏東山草堂（七律）

【題　解】與上一首詩同作於乾元元年（西元七五八年）。崔氏，即上詩之崔氏山莊主人崔季重；東山草堂即上詩所云之「崔氏莊」。《唐風定》引邢昉曰：「輕清婀娜，吳體中變調也。」即此詩為拗格。

愛汝玉山草堂靜，高秋爽氣相鮮新❶。
有時自發鐘磬響，落日更見漁樵人。
盤剝白鴉谷口栗，飯煮青泥坊底芹❷。
何為西莊王給事❸，柴門空閉鎖松筠？

【注　釋】❶相鮮新　言秋色與秋氣競先給人予新鮮的感覺。仇注引張綖曰：「杜牧詩『南山與秋色，氣勢兩相高』，即秋氣相鮮之意。」❷盤剝二句　白鴉谷，《長安志》：「在藍田縣東南二十里，其地宜栗。」青泥坊，即青泥城。《長安志》：「青泥城在藍田縣南七里。」❸何為句　王維晚年，得宋之問藍田別墅，即輞川莊。王給事，肅宗還京，維為太子中允，復拜給事中。王維輞川莊在藍田，與崔莊東西相近。崔氏草堂在東山，可稱東莊，則輞川可稱為西莊。

【語　譯】最愛玉山草堂靜，靜察秋色秋氣競鮮新。有時鐘磬自鳴響，日之夕矣漸見漁樵歸來人。盤中剝得白鴉谷口所產栗，飯菜煮有青泥坊下新採芹。借問西莊王給事，如此山居何以鎖柴門？——閒了一院青松與綠筠。

【研　析】杜甫貶華州司功參軍，平時的心情不可能好，難得在山莊一舒抑鬱。人與環境的互動往往是「情往似贈，興來如答」。面對藍田秀色，王維與杜甫有相似的感受。王維輞川詩有云：「谷口疏鐘動，漁樵稍欲稀」；杜甫則云：「有時自發鐘磬響，落日更見漁樵人」。王維云：「積雨空林煙火遲，蒸藜炊黍餉東菑」；杜甫則云：「盤剝白鴉谷口栗，飯煮青泥坊底芹」。難怪浦二田會說是：「崔堂之野趣即是西莊之野趣，手寫此而神注彼。」睹景思人，老杜難免想起不久前同朝賦詩唱和的王維了，其中不無由王維的遭遇觸起對自己仕途多舛的厭倦之情。然而這些複雜的情緒都只是淡淡地從字裡行間散發出來。仇注引王嗣奭曰：「藍田詩悲壯，東山詩則渾成，不煩繩削，自有蕭散之致，各見其妙。然前詩人猶可學，此詩人不能到。」我想，〈崔氏東山草堂〉之所以比〈九日藍田崔氏莊〉難學而不能到，或在於所表達的意緒更微妙，「自有蕭散之致」，好比一縷輕煙散入高秋爽氣之中，如何把握？

閿鄉姜七少府設鱠戲贈長歌（七古）

【題解】此乾元元年（西元七五八年）冬自華州至東都作。閿鄉縣，唐屬虢州，今併入河南靈寶。少府，縣尉，專主水火盜賊之事。錢注引趙次公曰：「公背冬涉春，行渡潼關，東至洛陽。閿鄉，初出潼關道也。」鱠，細切的魚肉。

姜侯設鱠當嚴冬，昨日今日皆天風。
河凍味魚❶不易得，鑿冰恐侵河伯宮❷。
饔人受魚鮫人手，洗魚磨刀魚眼紅❸。
無聲細下飛碎雪，有骨已剁觜春蔥❹。
落砧何曾白紙濕，放箸未覺金盤空❺。
偏勸腹腴❻愧年少，軟炊香飯緣老翁。
新歡便飽姜侯德❼，清觴異味情屢極。
東歸貪路自覺難，欲別上馬身無力❽。

可憐為人好心事，於我見子真顏色❾。
不恨我衰子貴時，悵望且為今相憶。

【注　釋】❶味魚　錢注引潘淳《詩話》：「韓玉汝云：河中府三面是黃河，惟有味魚，似鯽而肥短，味亦美。杜詩味魚謂此。」又朱注引《本草》：有鮇魚，出黃河口。❷鑿冰句　謂欲鑿冰捕魚，又恐侵擾河伯（黃河神）的水下宮殿。❸饔人二句　饔人，此指廚師。鮫人，此指捕魚者。魚眼紅，或云冬日魚鮮，其眼多紅。❹無聲二句　飛碎雪，狀鱠之色白。下句言魚骨已剁碎，口感如食春蔥之脆。❺落砧二句　言鱠之作法。《齊民要術》載，切鱠不得洗，洗則濕。仇注引邵云：「凡作鱠，以灰去血水，用紙以隔之。」放箸，拿筷子放開了吃。❻腹腴　魚腹部的肉，據稱最肥美。❼新歡句　此言姜七讓我吃飽的是鱠，但我深受感動的是他的德行。新歡，新結識的朋友。飽德，《詩・既醉》：「既醉以酒，既飽以德。」意為已醉的是酒，但已飽的卻是德。❽東歸二句　貪路，急着趕路。仇注引《杜臆》：「貪路本宜急往，今反覺難行，而上馬無力者，以不忍相別故也。」❾可憐二句　意為：你的好心善行，從善待我這件事上已表露出本真。浦注：「少府設鱠，曲盡敬老之誠，贈此志感也。與〈病後過王倚飲贈歌〉一類。」

【語　譯】姜侯設鱠宴，正當嚴寒冬。昨日到今日，整天颳北風。味魚難獲黃河凍，鑿冰取之又怕驚擾河神宮。廚師手接漁父魚，洗魚磨刀尾撲通。刀下無聲雪片飛，剁骨做成脆如蔥。乾淨俐落無血水，放手夾菜不覺盤已空。年少知禮吾愧對，腹腴再三勸老翁。更有米飯為我煮，噴香潔白軟且鬆。既醉以酒飽以德，與君初會興沖沖。清酒與異味，情意更醇濃。只因東歸趕路難為別，欲別跨馬體龍鍾。好心美行今已見，乃知你之待我是性情中。我衰你貴我不恨，只是惆悵今日之會難再逢！

【研　析】《讀杜心解》曰：「少府設鱠，曲盡敬老之誠，贈此志感也。與〈病後過王倚飲贈歌〉一類。」杜甫對困境中幫助過他的人，無論是管一餐飯還是借一次馬，他總是銘記在心，贈以詩歌。這種感恩心與其憐憫心，是其人性中「社會性」的兩個重要的方面，也是傳統文化中有價值的基因。而一條普通的魚，一碗常見的米飯，在他筆下竟成罕見的美食，廚師也成了藝術家。這就叫「既醉以酒，既飽以德」。在其感性形式中，反射出杜甫對「善」的衷心讚美。「新歡便飽姜侯德，清觴異味情屢極。」理性溶入感性之中，感性中又透出鮮活之情。這就是杜詩講道德而毫無「頭巾氣」的原因。

瘦馬行

（七古）

【題　解】乾元元年（西元七五八年）冬貶官華州司功後所作，借寫馬以寄身世之感。

東郊瘦馬使我傷，骨骼硉兀❶如堵牆。
絆之欲動轉欹側，此豈有意仍騰驤❷？
細看六印❸帶官字，眾道三軍遺路旁。
皮乾剝落雜泥滓，毛暗蕭條連雪霜。
去歲奔波逐餘寇，驊騮不慣不得將❹。
士卒多騎內廄馬，惆悵恐是病乘黃❺。
當時歷塊誤一蹶❻，委棄非汝能周防。
見人慘澹若哀訴，失主錯莫❼無晶光。
天寒遠放雁為伴，日暮不收烏啄瘡。

誰家且養願終惠，更試明年春草長❽。

【注釋】❶硉兀　崖石突兀之狀。這裡形容馬的瘦骨聳起。❷騰驤　飛躍。❸六印　《唐六典》：「諸牧監（宮馬坊），凡在牧之馬，皆印印。右髆以小官字，右髀以年辰，尾側以監名。皆依左右廂。……二歲始春，則量其力，又以『飛』字印印其左髀、髆。細馬次馬以龍形印印其項左。送尚乘者，尾側依左右閑（馬廄）印以三花。其餘雜馬進尚乘者，以『風』字印印左髆，以『飛』字印印左髀。」❹驊騮句　此言非慣戰的驊騮不得參與逐寇。驊騮，古良馬名。將，參與。❺士卒二句　內廄，皇家馬廄。乘黃，古良馬名。因為三軍多騎內廄的馬，所以推測此瘦馬本來恐怕也是內廄的好馬。❻當時句　歷塊，王褒〈聖主得賢臣頌〉：「過都越國，蹶如歷塊。」形容馬行之速。誤一蹶，暗示詩人當時疏救房琯，觸怒肅宗，一跌不起，有似此馬。❼錯莫　猶落寞、惆悵。❽誰家二句　意為：哪戶人家能施恩惠暫且豢養，明春草長便能一試駿材。顏延年〈赭白馬賦〉：「願終惠養。」

【語譯】看到東郊那匹瘦馬真叫我傷心：那副瘦骨高聳的樣子就像一塊醜石、一堵斷牆。你只要絆牠一下，恐怕都會搖搖晃晃東歪西倒，這哪裡還有一點縱橫騰躍的駿馬模樣？細看那髒兮兮的身上，居然還帶着內廄馬的官印呢。眾人都說，這是三軍遺棄在路旁的。乾巴巴的皮毛有的已剝落，印花似地塗着泥巴。毛色是那麼灰暗，像是被嚴霜打蔫了的枯草。回想去年，官軍東征西戰逐敗掃殘，凡是不慣征戰的驊騮也不得參與此役。將士們騎的可都是皇家內廄裡的良馬呵，那末這匹失意惆悵的瘦馬，恐怕也就是當年參戰的駿馬。只為在飛騰中偶失前蹄，防不勝防竟然因此被遺棄！可憐的瘦馬見人便慘淒，好似在哀訴那失去主人的落寞惆悵，灰頭土腦神情萎靡。遠被流放唯有雁兒為伴，日暮天寒沒人管，只有烏鴉啄病瘡。嗚呼！誰家肯將這匹瘦馬好心收留豢養？明年鶯飛草長，一試便知此馬有多驃悍！

【研析】仇注：「公疏救房琯，至於一跌不起，故曰『歷塊誤一蹶』、『非汝能周防』。落職之後，從此不復見君，故曰『見人若哀訴』、『失主無晶光』。身經廢棄，欲展後效而不可得，故曰『誰家願終惠』、『更試春草長』。寓意顯然。」仇注雖然將該詩的寓意說清楚了，但一一對應杜甫事蹟，難免給人只是影射的感覺。其實詠物詩就是要「體物」，寫出物之形與神來，既不粘皮着骨，又不流於影射，貴在不即不離、亦真亦幻，引發讀者的相關聯想。還是張上若說得好：「雖是借題寫意，而寫病馬寂寞狼狽光景亦盡。」

得舍弟消息（五律）

【題解】此與前二首大約先後之作。

亂後誰歸得？他鄉勝故鄉。
直為心厄苦，久念與存亡。
汝書猶在壁❶，汝妾已辭房。
舊犬知愁恨，垂頭傍我床❷。

【注釋】❶汝書句　猶在壁，潘岳詩：「遺掛猶在壁。」此用典，只取「汝書猶在」之意。❷舊犬二句　陸機有駿犬，名曰黃耳。機在洛，久無家問，笑語犬曰：「汝能齎書取消息否？」犬尋路至家，得報還洛。這裡因書而連及犬，只取舊犬戀主之意。

【語譯】安史之亂以來，還有誰能回家安居？他鄉稍安，就比老家好。痛入內心更覺悲傷，只想和你同存共亡！你的書信還在，可你的侍妾卻已人去房空。只有那舊家犬，想主人呵趴在我床下耷拉着頭。

【研析】杜甫一生寫了不少憶弟妹的詩，而這一首則抓住兩點來深度刻畫：一是未得消息，直欲同與存亡；二是既得消息，又恨己情莫達。前者有三個層次：先講天下大亂，人人無家可歸；進言「他鄉勝故鄉」，他鄉亂，故鄉更亂，無奈中乃至以他鄉為勝；再進而入內心之厄苦：「久念與存亡」，這就是〈自京赴奉先縣詠懷五百字〉「庶往共饑渴」的再現，而這正是最具杜甫個人特質的「已饑已溺」——我雖無法改變現狀，但我願與你共度難關。後者寫雖得弟之消息，但現狀使之更覺厄苦：你的妾已離你而去，只有舊犬還在，彷彿因你不在而垂頭喪氣——厄苦的現狀還是改變不了，苦日子還長着呢！

贈衛八處士（五古）

【題　解】約作於乾元二年（西元七五九年）春，華州司功任上。處士，沒當過官的讀書人。八，是衛處士排行。蕭滌非先生說：「由於這首詩表現了亂離時代一般人所共有的『滄海桑田』和『別易會難』之感，同時又寫得非常生動自然，所以向來為人們所愛讀。」

人生不相見，動如參與商❶。
今夕復何夕，共此燈燭光。
少壯能幾時，鬢髮各已蒼。
訪舊半為鬼，驚呼熱中腸。
焉知二十載，重上君子堂。
昔別君未婚，兒女忽成行。
怡然敬父執❷，問我來何方。

問答乃未已，兒女羅❸酒漿。
夜雨翦春韭，新炊間❹黃粱。
主稱會面難，一舉累十觴。
十觴亦不醉，感子故意長。
明日隔山嶽，世事兩茫茫❺。

【注　釋】❶參與商　參商，二星名，一出一沒，永不相見。❷父執　父親的好友。❸羅　羅列；擺出。❹間　攙和的意思。❺明日二句　《杜詩詳注》引周甸云：「前日『人生』，後日『世事』，前日『如參商』，後日『隔山嶽』，總見人生聚散不常，別易會難耳。」

【語　譯】人生好比海上逐波浪，要想相聚也真難；又像天上星座參與商，永遠是天各一方。今晚呵是怎樣的一個夜晚，我們居然能相對一燈旁。少壯能有幾多時光？各自鬢髮已蒼蒼。一打聽熟人故友，大半已不在人間，令人驚呼悲滿腔！怎知道二十年後的今天，還能重新登上你家廳堂？當年惜別時你還沒結婚，不覺間你已是兒女成行。孩子們誠心悅意地禮敬父親的好友，輕聲細語地問我來自何方？話還沒等說完，桌上已擺出菜肴和酒漿：有那夜雨中剪下的春韭，還有新蒸的飯裡摻和些噴香的黃粱。主人殷勤勸，說是亂世會面實在難，咱倆要一舉喝十觴！十觴也不會醉呵，深感老友你的情意長。明天我又要奔波在旅途上，世事難料，音信茫茫，從此相隔何止萬重山！

【研　析】「道始於情」。情是中國文化血脈中的血，人心與人心靠它溝通。杜甫這首詩體現了這種人性精神。胡曉明〈唐詩與中國文化精神〉對此有深透的分析：「我每次讀這首詩，都覺得這裡頭的感情，就像好酒一樣，味長而美。古人評這首詩：『語語從肺腑流出』。用我們今天的話來說，真是寫得掏心掏肺的。第一句『人生不相見」五個字，樸素得不得了，像聊天拉家常，又厚實得不得了。在茫茫宇宙背景中，生命與生命之間的聚散，太不容易了。「今夕」兩句，如歌如歎，又隨意又深情。「少壯」四句，全是老友重逢的普通人情。「驚呼」兩字，寫得神情活現，一片童真，一點都沒有主客的隔閡。「昔別」四句，場面氣氛非常真切，我們今天讀來，就像我們的老同學的子女，在叫我們一聲伯伯叔叔的時候，我們忽然就感覺到了生命的流逝，人生的短暫。「怡然」這兩個字，何等的真誠，何等的古道！老輩與小輩之間，再也沒有客氣。接下來就是酒漿、春韭、黃粱飯，就是比十觴還要濃、穿過萬水千山的情義。」

新安吏

（五古）

【題　解】題下原注：「收京後作，雖收兩京，賊猶充斥。」蕭滌非先生認為：這以下六首詩，歷來稱為「三吏」「三別」。是杜甫有計畫、有安排而寫成的組詩。從文學源流來說，它們是《詩經》、漢樂府的苗裔，是白居易諸人的新樂府的祖師，從杜甫本人創作過程來說，則是他的現實主義的一個光輝的頂點。這六首詩的寫作年代是乾元二年（西元七五九年）的三月間。是月初三，郭子儀、李光弼、王思禮等九個節度使的兵六十萬大敗於鄴城，「戰馬萬匹，惟存三千，甲仗十萬，遺棄殆盡」。結果「諸節度各潰歸本鎮」，「子儀以朔方軍斷河陽橋保東京（洛陽）」。為了迅速補充兵力，統治者便實行了漫無限制、毫無章法、慘無人道的公開的拉夫政策。《通鑑》說，鄴城敗後，「東京士民驚駭，散奔山谷」，杜甫大概就是在這時由洛陽趕回華州，所以有機會親眼看到這些可歌可泣可悲可恨的現象，從而創作了這六首傑作。

客行新安❶道，喧呼聞點兵。
借問新安吏，「縣小更無丁❷？」

「府帖❸昨夜下，次選中男❹行。」
中男絕短小，何以守王城❺？
肥男有母送，瘦男獨伶俜❻。
白水暮東流，青山猶哭聲❼。
「莫自使眼枯，收汝淚縱橫。
眼枯即見骨，天地終無情。
我軍取相州❽，日夕望其平。
豈意賊難料，歸軍星散營❾。
就糧近故壘，練卒依舊京。
掘壕不到水，牧馬役亦輕。
況乃王師順，撫養甚分明❿。
送行勿泣血，僕射如父兄⓫。」

【注釋】❶新安　今河南新安。❷借問二句　更，此處通「豈」。難道。丁，成年男子。❸府帖　唐實行府兵制，其徵兵名單叫府帖。❹中男　《舊唐書・食貨志》：「天寶三年……制以十八為中男，二十二為丁。」則「中男」是猶未成年的男子。❺王城　唐之東都洛陽，即周之王城。❻肥男二句　有母送，暗示已經無父。伶俜，孤單貌。暗示係孤兒。❼白水二句

《杜臆》：「此時瘦男哭，肥男亦哭，肥男之母哭，同行同送者哭；哭者眾，宛若聲從山水出。而山哭，水亦哭矣！至暮，則哭別者已分手去矣，白水亦東流，獨青山在，而猶帶哭聲，蓋氣青色慘，若有餘哀也。」❽相州　即鄴城，今河北臨漳。❾豈意二句　《通鑑》：郭子儀等九節度使圍鄴城，久不下，上下解體。史思明自魏州引兵趣鄴。三月壬申，官軍步騎六十萬陳於安陽河北，思明自將引精兵五萬敵之。大風忽起，吹沙拔木，天地晦，咫尺不相辨。兩軍大驚，官軍潰而南，賊潰而北，棄甲仗輜重委積於路。此兩句寫該戰役。❿況乃二句　王師順，官軍名正言順，合乎正義。撫養，體恤。⓫僕射句　僕射，官名，相當平宰相，此指郭子儀。史載郭子儀愛護士卒，有云：「朔方將士思郭子儀，如子弟之思父兄。」

【語　譯】過客途經新安道，聽得點兵喧且鬧。為何新兵盡少年？忙向差官來請教：「怎沒成丁？是不是縣太小？」回我：「昨夜州府文件到，成丁不足補年少！」唉，十八男子還沒長高，這些孩子又怎能守城壕？你看胖些的男孩還有慈母送，可憐那瘦骨嶙峋的孩子孤零零。白水無情東流去，青山如哭色慘青。聽我無奈一聲勸：「莫哭莫哭淚如澠，任爾眼枯直見骨，呼天天不應，叫地地不靈！我軍日夜攻鄴城，就是盼望早平定。不料叛賊狡且狠，一觸兩潰不成軍。王師就近依糧倉，背靠洛陽再練兵。雖挖戰壕不必深，牧馬差役也算輕。何況我師屬正義，賞罰體恤也分明。此番送行休泣血，愛兵如子是郭將軍。」

【研　析】李白愛寫樂府，杜甫也喜歡寫樂府。不過李用舊題，而杜多自創新題，「三吏三別」六首即是是杜甫自創的新題樂府。杜之新，不但題新，寫法也新。鄧魁英、聶石樵《杜甫選集・前言》道：「樂府歌辭本來是以敘事為主，是一種敘事詩。但杜甫這類新體樂府，在敘事中卻有強烈的抒情性。他不把自己的思想觀點明白地說出，而是融化在客觀的具體描寫中，通過強烈的抒情表露出來。」又說：「〈新安吏〉在敘述抓兵的過程之後，把握住征人和母親生離死別的一剎那情景，發出『白水暮東流，青山猶哭聲』的申訴，表現了對被抓士兵的深切同情。至於〈新婚別〉、〈垂老別〉、〈無家別〉、〈前出塞〉和〈後出塞〉等詩，作者都是以故事中主人公的身分出現的，因此其敘事和抒情結合得更緊密。在敘事中就包蘊着熾烈的感情、鮮明的態度，使全詩凝成滾動着熱情的完整形象，增強了震撼人心的藝術力量。這是杜甫的創造，也是以後其他寫新樂府的詩人所不能企及的。」

潼關吏

（五古）

【題解】潼關，在今陝西臨潼東北三十九里，古為桃林塞，是洛陽通向長安的咽喉。史載天寶十四載（西元七五五年）十二月，河西、隴右節度使哥舒翰召拜兵馬副元帥，大軍號二十萬，拒安祿山叛軍於潼關。次年六月，在玄宗屢遣中使的催促下引兵出關，大敗，殘眾入關者才八千餘人。乾元二年（西元七五九年），九節度使敗於鄴城下，朝廷恐洛陽失守，叛軍復入潼關，故再修建此關以備守禦。詩用與關吏對話的形式，寫目擊之事實。

士卒何草草❶，築城潼關道。
大城鐵不如，小城萬丈餘。
借問潼關吏，——修關還備胡❷。
要❸我下馬行，為我指山隅。
「連雲列戰格❹，飛鳥不能踰。
胡來但自守，豈復憂西都。
丈人視要處，窄狹容單車。
艱難奮長戟，萬古用一夫❺。

哀哉桃林戰，百萬化為魚❻。
請囑防關將，慎勿學哥舒❼。」

【注　釋】❶草草　忙忙碌碌。《詩・巷伯》：「驕人好好，勞人草草。」這裡形容士卒的疲苦不堪。❷借問二句　備胡本是修關應有之義，偏用以問吏，意在強調一「還」字，強調前次失關的慘痛教訓：哥舒翰失潼關，關鍵就在不據險拒胡，為末句囑防關將云云伏筆。❸要　同「邀」。❹戰格　防禦用的戰柵。❺艱難二句　此二句謂：潼關險要，在艱危時刻能發揮「一夫當關，萬夫莫開」的作用。艱難，指戰事到艱危時刻。❻哀哉二句　桃林戰，桃林乃潼關古名。《元和郡縣志》：「河南道陝州靈寶縣：桃林塞自縣以西至潼關，皆是也。」桃林戰指天寶十五載哥舒翰大敗事。化為魚，《後漢書・光武帝紀》：「故趙繆王子林說光武曰：『赤眉今在河東，但決水灌之，百萬之眾，可使為魚。』」此指唐軍潰兵溺死黃河者無數。❼請囑二句　這兩句是關吏由於自己身分低下，故請「丈人」轉告守將的話。《杜詩闡》：「我為吏者，但知築城，至於防關，自有大將，請丈人屬防關者以哥舒為鑒，此則我所云『胡來但自守』意也。」

【語　譯】嗨喲嗨喲！士兵為啥這般忙碌？嗨喲嗨喲！潼關要塞需修築。小城萬丈高，大城比鐵固。借問關吏為哪般？答我「修關為禦胡」。邀我下馬走幾步，為我指示關防處：「戰柵高入雲，飛鳥不得渡。胡兵來時只自守，還用擔心西京失守護？您老再看看這山旮旯，只容單車羊腸路。危難之時奮起舞長戟，萬古以來守此只要一武夫。可悲當年桃林那一仗，輕率出關大敗溺水死無數。還請您老轉囑防關將，千萬千萬不可學哥舒！」

【研　析】在「三吏」、「三別」中，此篇似較平直，《讀杜劄記》稱：「其實〈潼關吏〉一首專論形勢，無關民隱，別是一意。」固然，是篇寫的是一個低級官吏的思想情感，與他篇所寫平民遭遇的視角不同，但其對形勢之憂慮與愛國心則一也，仍是組詩中重要的和聲。詩採用樂府常用的對話形式，讓主人公說話，不着詩人自己的議論，反映民意更具客觀感，故《唐宋詩舉要》引李子德曰：「以敘述為議論，自見手筆。」

石壕吏

（五古）

【題解】石壕村，在今河南陝縣東南。吏，古時地方政府的小官，此指抓丁的官差。此篇為「三吏」中最精彩的一篇。不着議論，靠敘事本身感動人，嗚咽悲涼。仇注稱：「詩云三男戍，二男死，孫方乳，媳無裙，翁逾牆，婦夜在，一家之中，父子、兄弟、祖孫、姑媳，慘酷至此，民不聊生極矣。」

暮投❶石壕村，有吏夜捉人。
老翁踰牆走，老婦出門看。
吏呼一何怒，婦啼一何苦❷。
聽婦前致詞，三男鄴城戍。
一男附書❸至，二男新戰死。
存者且偷生，死者長已矣。
室中更無人，惟有乳下孫。
有孫母未去，出入無完裙。
老嫗力雖衰，請從吏夜歸。

急應河陽役❹，猶得備晨炊。
夜久語聲絕，如聞泣幽咽。
天明登前途，獨與老翁別❺。

【注釋】❶投　投宿。❷吏呼二句　一何，何其，「一」是加強語氣。《唐詩鏡》評曰：「其事何長，其言何簡。『吏呼』二語，便當數十言。」詩中雖然沒有將惡吏如何「呼」一一寫出，但從老婦所「啼」的內容可想見：先索男丁，再索年輕人，最後索性將老嫗帶走。讀者細思自得。❸附書　捎信。❹河陽役　時唐軍敗於鄴城，郭子儀退守河陽。河陽，黃河北岸，即今河南孟津。❺夜久四句　《唐詩選脈會通評林》：「『夜久語聲絕』二句泣鬼神語；結句尤難為情。」獨與，暗示老嫗已被捉去。

【語　譯】行色匆匆，暮色沉沉。我投宿趕往石壕村，碰上差役夜捉人。這家老翁翻牆跑，是位老婦去應門。差役大呼小叫何其兇，老婦哭哭啼啼何其苦！聽她上前哭且訴：「三個孩兒都入伍，一個新近寄信來，說是鄴城之戰哥倆死！死的已死無話說，活的也只是偷生能幾時？家裡如今再沒個像樣人，只有一個還在哺乳的小孫孫。為有孫在媳婦沒離開，可憐衣不蔽體難見人。別嫌老嫗年邁力又衰，還能跟差爺連夜趕路回。急急趕到河陽去，為隊伍煮個早飯還來得及。」夜如死水靜，似有低泣聲。破曉登程別主人——白髮蕭蕭孤單身。

【研　析】這首詩很寫實，應是作者親歷親見的事。通過精心地取捨、結構安排、突出某些細節，便取得感人至深的藝術效果。誠如周祖譔先生《隋唐五代文學史》所論析：「例如〈石壕吏〉一詩，其主題在揭露統治階級強抓壯丁的殘酷。由於詩人對這一本質認識得非常深刻，所以他能選擇一個最典型的事件，予以突出的表現。在這首詩裡，詩人把被抓的對象放置在這樣一個環境，即她是一個三子都已從軍而其中二子又已犧牲的烈軍屬，這樣的家庭，依情理來說，是沒有任何理由再抓他家裡的壯丁的，但是官吏竟到這樣的人家來抓丁，這首先揭露了統治階級以這種人家作為抓壯丁的對象的毫無人性。但詩人還不停滯於此，並進一步指出這被抓走的對象又是一個老嫗，因為如果是一個年強力壯的男人，在當時種族危機如此深重的時候，被抓去了，還可能得到原諒的。但現在所抓的是個老嫗，其殘酷也就更明白了。通過這一事件，必然會使讀者進一步想到這一烈軍屬家庭的老嫗竟被抓走了，那麼其他人家的遭遇就可想而知了。」其中細節描寫極其感人，如：「室中更無人，惟有乳下孫。有孫母未去，出入無完裙。」寥寥數語，不但掩護了老翁（「更無人」），也力拒惡吏的搜查（「無完裙」則吏不應入室），同時訴說了三子參軍後家境的悲慘，並為以下自己挺身而出作了鋪墊。我們感受到的是一位偉大女性的自我犧牲精神。對於結構，周先生也作了如下分析：「在這首詩裡，結構的嚴謹正是達到了天衣無縫的程度。最明顯的一點，即前後的照應，第一句『暮投石壕村』，與最後兩句：『天明登前途，獨與老翁別。』這是一看即知的。更主要的是作者通過老嫗的答語而刻畫了一句話都沒有說的『吏』的形象。這我們只要把老嫗的話分成三段來理解就很清楚：在『聽婦前致詞』前，我們可以知道一定有一段『吏』的話，話的內容大概不外是『叫男人趕快出來，跟我走』之類；在『死者長已矣』後，一定又有『吏』要進去搜查的話；在『老嫗力雖衰』前面一定又有『吏』要堅持進去搜查的話，但是作者都沒有寫出來。只要把老嫗的話分成三段來理解，依他的生活經驗來補充老嫗每一段話前官吏所說的話，那麼，官吏這一個形象就很清楚了。這就是依照了這特定事件特定環境之下人與人之間的互相作用而進行描繪的，這樣的結構確是到了很高的境界。」這種寫法，雖然詩人似乎只是「旁觀者」，但只要不帶偏見，我們並不難從中感受到詩人強烈的情感傾向。

新婚別（五古）

【題　解】與「三吏」有所不同，「三別」通篇作本人語氣，是另一種寫法。此篇尤得樂府民歌之精髓，不但口吻酷肖，且所表達之情緒是如此之矛盾複雜，幾於前無古人。

兔絲附蓬麻，引蔓故不長。
嫁女與征夫，不如棄路傍❶。
結髮為妻子，席不暖君床。
暮婚晨告別，無乃❷太匆忙。
君行雖不遠，守邊赴河陽❸。
妾身未分明，何以拜姑嫜❹。
父母養我時，日夜令我藏。
生女有所歸，雞狗亦得將❺。
君今往死地，沉痛迫中腸。
誓欲隨君去，形勢反蒼黃❻。
勿為新婚念，努力事戎行。
婦人在軍中，兵氣恐不揚❼。
自嗟貧家女，久致羅襦裳❽。
羅襦不復施，對君洗紅妝❾。
仰視百鳥飛，大小必雙翔。

人事多錯迕⑩，與君永相望。

【注　釋】❶兔絲四句　四句以菟絲子纏繞蓬麻為比興，歎女嫁征夫之不可靠，難以白頭偕老。兔絲，即菟絲子，蔓生植物。蓬、麻，均屬短小植物，菟絲附其上，自然難以延伸。❷無乃　猶今語「不是……嗎」。寫出新婦無奈口吻。❸君行二句　此二句有深意。蕭先生認為：第一，它點明了造成新婚別的根由；第二，它說明了當時進行的戰爭是一次守邊衛國的正義戰爭；第三，從詩的結構上來看，它也是下文「君今往死地」和「努力事戎行」的張本；第四，這兩句還含有一種言外之意，是一種帶刺兒的話。即守邊竟守到河陽，守到自己家裡來了，這豈不可歎？❹妾身二句　未分明，古禮：婦人嫁三日，告廟上墳，謂之成婚。今暮婚晨別，婚事未完整，所以說是媳婦的身分尚未明確，如何去拜見公婆？姑嫜，丈夫之母曰姑，丈夫之父曰嫜。❺雞狗句　即俗語：「嫁雞隨雞，嫁狗隨狗。」將，隨也。❻誓欲二句　此聯意為：本想和你同往，但又怕事情反而弄得更糟糕。寫出新娘子進退兩難、心亂如麻的心態。《唐詩歸》引鍾云：「五字吞吐難言，羞恨俱在其中。」蒼黃，同「倉皇」。❼兵氣句　古人認為婦女隨軍不吉利。《漢書・李陵傳》：「陵曰：吾士氣少衰而鼓不起者，何也！軍中豈有女子乎？」❽自嗟二句　致，籌辦。襦，短衣。裳，裙子。此句言嫁衣來之不易。❾羅襦二句　不復打扮，表示專一，如怨如訴。《鶴林玉露》：「〈國風〉：『豈無膏沐，誰適為容？』杜詩：『羅襦不復施，對君洗紅妝。』尤為悲矣。〈國風〉之後，唯杜陵為不可及者，此類是也。」❿錯迕　錯雜交迕。

【語　譯】菟絲子纏在短小的蓬麻上，藤蔓呀又怎能牽得長？女孩子嫁給當兵的，還不如一出生就將她遺棄在路旁。我們說是結髮為夫妻，可連床兒我都還沒來得及坐暖；傍晚結婚天明就告別，豈不是太過匆忙？你要去的地方雖說不太遠——如今守邊竟守在家門口的河陽縣！可是身分不明婚禮尚未全，叫我怎樣與公婆相見？當初父母將我嬌養，就像是珠玉一般深藏。女大當嫁，嫁雞隨雞嫁狗也只得隨狗。你如今無疑去送死，扯斷愁腸又如何是好？我決心要隨你去，卻又怕把事情弄得更糟。嗐，你還是走吧，當好你的兵不必把新婚人牽掛。聽說婦女在軍中，影響士氣容易出差。自歎貧家女，一襲嫁衣費我幾多年華。對着夫君洗盡紅妝，打疊起羅襦從此不再穿它。仰天看那百鳥飛翔，不論大小都是成雙成對。就我們人事呀，偏與自然相違！從今而後只能心相隨，淚眼兒呵望斷秋水！

【研　析】此詩顯係虛構，或者說是將耳聞的事再加創作。它塑造了一位賢淑深情且深明大義的新娘子形象。由於細節的真實、身分的準確把握，以及嚴格地按照生活的邏輯運思、合乎情理，使這首詩富有藝術的真實感。蕭滌非先生尤其讚賞此篇人物語言的個性化：「在〈垂老別〉裡，杜甫化身為老漢，說着老頭子的話；在〈無家別〉裡，杜甫又化為單身漢，說着另一套話。但這都還不算難，因為類似的生活經驗，杜甫還是有的。只有在〈新婚別〉裡，他得化身為新娘子，說着新娘子式的話，這才真有些難。」杜甫成功之處就在於人心的溝通，從心靈的最深處發露了新娘子情結不可解而強為之解的痛楚，猶莎士比亞《泰特斯・安德洛尼斯》所形容：「像堵塞的爐膛，把心靈燒成灰燼！」情與理於此一片血肉模糊。

垂老別

（五古）

【題　解】此篇寫子孫亡盡，老者從戎，使讀者遂下千古之淚。然而老者投杖而起，並非有人說的那樣，是徹底的失望，破罐破摔；其中當有國家多事，匹夫有責，至殺身不顧的英雄主義。別妻一節，情感上一波三折、往而復返的描寫，尤其感人。

四郊未寧靜，垂老不得安。
子孫陣亡盡，焉用身獨完❶。
投杖出門去，同行為辛酸。
幸有牙齒存，所悲骨髓乾❷。

男兒既介冑❸，長揖別上官。
老妻臥路啼，歲暮衣裳單。
孰知❹是死別，且復傷其寒。
此去必不歸，還聞勸加餐❺。
土門壁甚堅，杏園度亦難。
勢異鄴城下，縱死時猶寬❻。
人生有離合，豈擇衰盛端❼。
憶昔少壯日，遲迴竟長歎。
萬國盡征戍，烽火被❽岡巒。
積屍草木腥，流血川原丹。
何鄉為樂土？安敢尚盤桓。
棄絕蓬室居，塌然❾摧肺肝。

【注釋】❶子孫二句　此聯是老人應徵的直接動機，憤詞。首四句痛怨交集。焉用，哪用。身，自身；自己。完，全也；活也。❷幸有二句　要殺敵，就得活着，故曰「幸有」；但當兵畢竟太老，故曰「所悲」。❸男兒句　男兒，老人自稱，與上文「投杖」合看，表現老人倔強的性格。介冑，猶甲冑，謂軍服。陳貽焮《杜甫評傳》：「神氣活現，儼然一個強老頭！可惘，亦復可敬。」❹孰知　即「熟知」。明明知道。❺加餐　〈古詩十九首〉：「棄捐勿復道，努力加餐飯。」寫夫妻繾綣情深。❻土門四句　四句為寬慰老妻語，也是全詩情感轉折的支點。馮至《杜甫傳》：「訴苦到極深切的時刻，一想到國家的災難，便立即轉變出振奮的聲音。」土門，即土門口，為太行八陘之五。杏園，在河南汲縣東南，都是當時控制河北的要地。《日知錄》：「土門在井陘之東，杏園疲在衛州汲縣，臨河而守，以遏賊，使不得渡。」郭曾炘《讀杜劄記》、鄭文《杜詩槩詁》皆認為當時形勢危急，唐軍專力守河陽，故土門、杏園當在其附近，而不應遙在獲鹿、汲縣。中國之大，地名雷同，比比皆是。所言近是，待考。鄴城下，指九節度使鄴城下之潰敗。❼人生二句　此聯意為：人生必然有離合，少壯者與衰老者都一樣，豈能由自己選擇（所以我們老夫妻也難免這次的生離死別）。端，此指盛與衰兩端（兩頭）。❽被　披。❾塌然　頹喪貌。最後回筆寫老人離老家時五內俱焚的痛楚，更合乎人情，更顯出其投杖從軍的難能可貴。

【語　譯】王城的郊野還在戰亂中，到老來還是不得安寧。子孫都因征戰犧牲，我活着還有什麼意思！扔下拐杖我毅然出門投軍，一起走的人都為我酸楚動情。所幸還有幾顆牙在，能吃能活就還能上陣；所悲的是年老骨乾，戰場上如何馳騁？哎！男子漢既然穿上戰袍決不回頭，揖別長官我昂首就走。只見老妻趕來相送，橫臥路上哭成一團。不忍心看她寒風中還穿着單衣，明明知道這是死別卻還牽掛她着涼。這一去呀必死無疑，扭頭便走，耳旁響着她的哭啼，叮囑我要吃飽飯保重身體……不由我停步寬慰她幾句：我軍土門壁壘很堅固，杏園敵軍搶渡也困難。現在的形勢不比鄴城大潰退，就是會死也得等一段時間。人生本來就有生離與死別，不管你是青年還是老年。想起往日少壯時光，不禁徘徊又長歎。如今四面八方在征戰，烽火狼煙遍岡巒。草野屍骨臭，川原血汙染。哪裡還會有樂土桃源？走吧，不再徘徊幻想。訣別老家破屋草房，叫人裂肺撕肝！

【研　析】梁啟超〈中國韻文裡頭所表現的情感〉將此詩作為「回蕩的表情法」一例，認為這「是一種極濃厚的情感蟠結在胸中，像春蠶抽絲一般，把他抽出來。」又說：「他最瞭解窮苦人們的心理。所以他的詩因他們觸動情感的最多，有時替他們寫情感，簡直和本人自作一樣。」《杜詩鏡銓》引蔣弱六也認為：「通首心事，千回百折，似竟去又似難去。至『土門』以下，一一想到，尤肖老人口吻。」這就是杜甫之為杜甫，他的悲天憫人並非站在道德高地向下俯視的同情，而是以我心置你腔中的生命共振。「無情未必真豪傑」，他雖然決然慷慨從軍，但對老妻仍關愛有加：「老妻臥路啼，歲暮衣裳單。孰知是死別，且復傷其寒。此去必不歸，還聞勸加餐。」從中透出老夫老妻相濡以沫、繾綣情深，誠如周凱所評：「哀戀極情，痛心酸鼻。」

無家別 （五古）

【題解】 鄧魁英等《杜甫選集》云：「此詩託一鄴城敗潰回家又被征服役的士兵的自述，反映天寶之後的喪亂景象。戰亂後，出征者已不存家屬，故名『無家別』。」

寂寞天寶後，園廬但蒿藜❶。
我里百餘家，世亂各東西。
存者無消息，死者為塵泥。
賤子❷因陣敗，歸來尋舊蹊❸。
久行見空巷，日瘦氣慘悽❹。
但對狐與狸，豎毛怒我啼❺。
四鄰何所有？一二老寡妻。
宿鳥戀本枝，安辭且窮棲。
方春獨荷鋤，日暮還灌畦。

縣吏知我至，召令習鼓鞞❻。
雖從本州役，內顧無所攜❼。
近行止一身，遠去終轉迷。
家鄉既蕩盡，遠近理亦齊。
永痛長病母，五年委溝溪❽。
生我不得力，終身兩酸嘶❾。
人生無家別，何以為蒸黎❿！

【注　釋】❶寂寞二句　天寶後，指天寶十四載安祿山造反以來。但，只是；僅僅。但蒿藜，意為家園什麼都沒了，只剩蒿草、灰菜之類的雜草。❷賤子　無家者自稱。❸蹊　小路。❹日瘦句　日光黯淡。《杜臆》：「日安有肥瘦？創云『日瘦』，而慘悽宛然在目。」❺怒我啼　對我兇狠地嚎叫。《杜臆》：「狐啼而加一『豎毛怒我』，形狀逼真。」❻習鼓鞞　練習聽從軍中戰鼓的指揮。古代軍隊往往以鑼鼓聲指揮進退，故以鼓鞞指代軍訓。❼雖從二句　意為近行到底比遠去為幸，而下面「家鄉」一聯，轉思既已無家，又何喜遠近？翻進一層作意。❽溝溪　同「溝壑」。野死之處。❾酸嘶　痛哭。❿人生二句　蒸，眾也。黎，黑也。蒸黎指老百姓。此句浦注：「可作六篇總結，反其言以相質，直可云：何以為民上？」矛頭已指向最高統治者。

【語　譯】天寶戰亂後，四海一蕭條。滿目是瘡痍，家園剩蒿草。鄰里百餘家，逃亡四處漂。活的沒消息，死的化為泥。敝人因敗陣，撿命舊路歸。故里斷垣成空巷，日光無力色淒淒。只見狐與狸，竟敢對我咆哮毛如蝟！四鄰還剩誰？一個兩個老寡妻。鳥兒尚且戀故樹，我豈能拋棄這生我養我的家鄉土！正逢春回獨荷鋤，種地灌園到日暮。哪知縣裡官吏得消息，急來召我回營演練聽指揮。雖說服役在本州，家徒四壁莫回顧。近行一人無牽掛，遠行畢竟覺生疏。轉思家鄉空蕩蕩，走近走遠有啥不一樣？最是痛心長年多病的老母，每思五年來拋屍荒野欲斷腸！生兒不孝沒能力，塵世黃泉兩辛酸。為人在世無家別，這樣的百姓怎麼當！

【研　析】是篇可視為六篇的總結。《杜詩鏡銓》引盧元昌曰：「先王以六族安萬民，使民有室家之樂，今新安無丁，石壕遣嫗，新婚怨曠，垂老訣絕，至戰敗逃歸者亦不免焉。唐之百姓，幾於靡有孑遺矣，其不亡也幸哉。」的確，〈無家別〉已將「三吏三別」推上絕壁，忍無可忍。再進一步，便是東漢樂府〈東門行〉：「拔劍東門去，舍中兒母牽衣啼……吾去為遲，白髮時下難久居！」當然，杜甫畢竟是士大夫，只能把筆尖停在：「人生無家別，何以為蒸黎？」然而此組杜詩主題的深化乃表現在對個體與群體利益之間矛盾關係的處理上。以〈新安吏〉為例，詩人既要揭露統治者慘無人道的拉夫政策，又要勸勉人們隱忍一切痛苦去支持救亡圖存的戰爭，從而在客觀上體現人民自我犧牲的愛國精神。但其中的矛盾是如此的不可調和，而強行調和不可調和的矛盾終於撕裂了詩人的肝肺，迸發出「眼枯即見骨，天地終無情」的呼天搶地式的大慟！整組「三吏」、「三別」都有如是矛盾張力所形成的「拱形結構」，使讀者千載之下猶能感受到詩人心靈負載的沉重。最細膩地體現這一情感的，當以〈新婚別〉為最。新婚之日竟成生離死別之時，詩人對戰爭殘酷性的揭露不可謂不深刻。然而支持朝廷，將鎮壓叛亂的戰爭繼續進行下去，在詩人看來又是正義的、必要的、義不容辭的，所以不能不忍心讓新娘子說出「勿為新婚念，努力事戎行」的苦澀的話來。愈是顧全大局，愈是柔腸寸斷，愈是催人淚下！如果不是以天下國家為己任而又與百姓同其呼吸，怎能如此深入地反映這種複雜矛盾的思想感情？可見與底層人民共患難促使杜甫在相當程度上超越了儒家仁學，將中國文化中固有的人文精神推向一個新的高度。

佳人（五古）

【題解】此詩黃鶴繫於乾元二年（西元七五九年）在秦州作。仇注認為是實有其人，故形容曲盡其情；《詩比興箋》則以為全是寄託；黃生則云：「偶有此人，有此事，適切放臣之感，故作此詩。」此解最準確。在佳人身上，我們看到詩人自身的影子。蕭滌非先生云：「我認為這首詩的寫作過程和白居易的〈琵琶行〉差不多，只是杜甫沒有明白說出『同是天涯淪落人，相逢何必曾相識』而已。」

絕代❶有佳人，幽居在空谷。
自云良家子，零落依草木❷。
關中昔喪敗❸，兄弟遭殺戮。
官高何足論，不得收骨肉❹。
世情惡衰歇，萬事隨轉燭❺。
夫婿輕薄兒，新人美如玉❻。
合昏❼尚知時，鴛鴦不獨宿。
但見新人笑，那聞舊人哭。
在山泉水清，出山泉水濁❽。
侍婢賣珠迴，牽蘿補茅屋。
摘花不插髮，采柏動盈掬❾。

天寒翠袖薄，日暮倚脩竹❿。

【注　釋】❶絕代　舉世無雙。❷自云二句　二句說自己是出身清白有身分人家，流落村野。良家子，猶「正經人家」子弟。《史記・李將軍列傳》：「而廣（李廣）以良家子從軍擊胡。」《索引》引如淳曰：「非醫、巫、商賈、百工也。」❸關中句　關中，此指長安。喪敗，指天寶十五載（西元七五六年）六月，安祿山叛軍陷長安。❹收骨肉　收屍骨。❺世情二句　二句慨歎人情冷暖，世態炎涼。轉燭，《草堂詩箋》：「轉燭，言世態不常也。燭影隨風轉而無定。」❻夫婿二句　輕薄兒，輕佻放蕩之輩。新人，新娶的女人。❼合昏　植物名，又名夜合，其花朝開夜合。❽在山二句　黃生云：「二句似喻非喻，最是樂府妙境。」暗示佳人寧在山守志。❾摘花二句　上句言無心修飾，故摘而不插；下句寫甘於清苦。柏味苦，以此為比。❿天寒二句　仇注：「楊億詩『獨自憑闌干，衣襟生暮寒』，本杜『天寒翠袖』句，而低昂自見。」陳貽焮《杜甫評傳》認為楊詩去掉「翠袖」、「脩竹」這些冷清孤寂的意象，顯得單調，故不如杜。按，不必正面寫佳人容貌，只寫其心靈、風韻情境，佳人之端莊美麗自見。末二句尤其傳神。

【語　譯】有一位絕代佳人楚楚可憐，寂寞地居住在狹谷深山。自說是清白人家女子，流落在村野與草木相伴。關中那場大動亂，兄弟不幸被叛軍殺完。官當再大又有何用？死了連屍骨都沒人收殮！世態炎涼讓人心寒，萬事就好比風中搖曳不定的燭焰。夫婿輕佻，看到我娘家衰敗，竟又娶了個美豔嬌娘。合昏花朝開夜合，鴛鴦鳥兒成對成雙。人連花鳥都不如呵，只見新人笑，不管舊人哭。泉水在山中是那麼清洌，泉水出了山便會變濁。保貞節我堅守幽谷：家中拮据且變賣珠玉，與侍婢牽藤蘿補我茅屋。山花何必摘來插鬢，苦柏葉倒要採滿握。哦，天寒日暮，袖薄衣單，她久久地倚着翠竹，斜影兒落在地上是那麼修長。

【研　析】這首詩可以說是敘事詩走向抒情化、意象化的典型之作。前十二句基本上是賦，後十二句更多的是比興。這一虛化的處理，使讀者從對佳人遭遇的關注，轉向對佳人情感與氣質的欣賞，終於凝成「天寒翠袖薄，日暮倚脩竹」這樣一個「亂世佳人」的淒美的形象，是那麼柔弱卻又剛強。

就比興而言，這首詩也有別於《詩經》傳統那種「索物以托情」、「觸物以起情」的個別句子的比興，也有別於《楚辭》那種「環譬託諷」，以許多神話故事、香草美人聚合成一個象徵世界；而是黃生所說的那樣：「偶有此人，有此事，適切放臣之感，故作此詩。」所謂「放臣」，就是被朝廷放逐不用之臣，杜甫乾元二年離開朝廷往秦州，正其時也，適遇此事，故作此詩。黃生又云：「後人無其事而擬作與有其事而題必明道其事，皆不足與言古樂府者也。」黃生的意思是：詩妙不在記實，也不在虛構，乃在「適切相遇起情」，是樂府敘事為主的寫法，其比興之效果全在引發讀者的聯想，存天機於滅沒之間。換句話講，「天寒翠袖薄，日暮倚脩竹」的意象乃是「棄婦」與「放臣」相感應的產物，二者不離不即，在似與不似之間，不可看死，所以能取得「即之愈稀，味之無窮」的效果。

月夜憶舍弟

（五律）

【題解】杜甫有四弟：穎、觀、豐、占。杜甫在秦州時，惟占相隨。舍弟，對人稱自己的弟弟。詩作於乾元二年（西元七五九年）流寓秦州時。

戍鼓斷人行，邊秋一雁聲❶。
露從今夜白，月是故鄉明❷。
有弟皆分散，無家問死生。
寄書長不達，況乃未收兵。

【注釋】❶戍鼓二句　戍鼓，戍樓所擊禁鼓。戍鼓一擊，人行即斷。一雁，古人以「雁行」喻兄弟，「一雁」已含兄弟分散之意。❷露從二句　上句點明今日節令已至白露。《杜臆》：「只『一雁聲』便是憶弟。對明月而憶弟，覺露增其白，但月不如故鄉之明，憶在故鄉兄弟故也，蓋情異而景為之變也。」

【語　譯】戍鼓鳴，斷絕街上人行。邊城秋夜，只聽孤雁聲聲。節氣到白露，露珠從此夜夜晶瑩。何處無明月，明月還是家鄉最清明。可歎老家已毀兄弟散，誰生誰死誰知情？寄信相問久難到，何況天下至今未收兵！

【研　析】「日月常見常新」。思念兄弟之情也是人之常情，正因其是人之常情，所以最容易引起普遍的共鳴，也是個「永恆的主題」。唐詩中就有許多思念兄弟的好詩，如王維「遙知兄弟登高處，遍插茱萸少一人」；韋應物「把酒看花想諸弟，杜陵寒食草青青」；白居易「想得家中夜深坐，還應說着遠行人」。這些都是言人之所欲言的佳句，其共同點乃在他們都還有一個家，說的還都是一家子裡的話。唯獨老杜，可是「有弟皆分散，無家問死生」啊！連家這個聚焦點也散失了啊！它已融進戰亂中的家家戶戶——「況乃未收兵」，他是從自家說到大家，這也是杜甫無時不在的極具個性的情志的自然流露，所以此詩寫來似乎淺淺淡淡，卻是情意廣且深。同時，此詩在語言形式上也別具一格。「露從今夜白，月是故鄉明」一聯，蕭滌非先生釋云：「二句是上一下四句法，露、月二字應略頓。露無夜不白，但感在今夜，又適逢白露節，故曰『露從今夜白』。月無處不明，但心在故鄉，故曰『月是故鄉明』。儘管頭上所見乃是秦州的月亮，卻把月亮派給了故鄉。」這種故意的「偏見」與上一下四奇崛的句法，不但造成「陌生化」的效果，而且將普遍情感個性化了。

夢李白二首　（五古）

【題　解】此詩作於乾元二年（西元七五九年）秋流寓秦州時。至德二載（西元七五七年），李白因李璘事繫潯陽獄，乾元元年（西元七五八年）長流夜郎（在今貴州桐梓境），乾元二年二月至巫山遇赦還。但杜甫一直未能得到李白的消息，憂思成夢，乃作是詩。

其一

死別已吞聲，生別常惻惻❶。
江南瘴癘地，逐客無消息❷。
故人入我夢，明❸我長相憶。
恐非平生魂❹，路遠不可測。
魂來楓林青，魂返關塞黑❺。
君今在羅網，何以有羽翼❻？
落月滿屋梁，猶疑照顏色❼。
水深波浪闊，無使蛟龍得❽。

【章旨】首四句寫致夢之因，中八句寫夢中情況，末四句寫夢後心事。

【注釋】❶惻惻　憂傷、悲痛貌。❷江南二句　瘴癘地，濕熱地區多流行瘟疫，此指李白流放途中的南方。逐客，被放逐者，指李白。❸明　證明。❹平生魂　生時之魂。與「江南瘴癘地」相應，杜甫擔憂李白可能已死於獄中或道路。❺魂來二句　寫夢境如真如幻。江南多楓，故云「魂來楓林青」，寓《楚辭．招魂》「湛湛江水兮上有楓」之意；秦州多關塞，故云「魂返關塞黑」。青、黑，寫夜間景色。《唐宋詩舉要》引吳曰：「『長相憶』下倒接『恐非平生魂』二句，疑真疑幻之情，千古如生，再以『魂來』、『魂返』寫其迷離之狀，然後入『君今』二句，纏綿切至，悱惻動人。」❻君今二句　羅網，法網。應「逐客」。下句「羽翼」由此引申，驚喜李何以脫禍飛來。❼落月二句　此為名句，《唐詩選脈會通評林》引楊慎曰：「『落月』二語，言夢中見之，而覺其猶在，即所謂『夢中魂魄猶言是，覺後精神尚未回』也。」妙在以覺後真景與夢中幻境相聯繫，情景相生，味愈出。❽水深二句　再三叮囑，暗示政治環境險惡。

【語譯】死別止於一慟，生離則時時讓人掛懷。江南濕熱，有那麼多的瘟疫！被放逐的人呵，你挺得過嗎？是生是死，消息全無……夜，淹沒了思念。你也知道我對你苦苦的相思？所以老朋友，你特意乘着依稀的夢到來。這是你的生魂嗎？要走那末長的路。江南多楓林，你來時穿過多少青青的楓樹？秦州多關塞，歸去，又將越過多少黑黝黝的烽火臺？哦，你不是深陷羅網嗎？你的雙翅是打從哪兒得來？月色灑在屋脊上，一片虛白。夢中？夢外？月色裡你不是還在？一路好走呵老朋友！小心江湖波濤洶湧，水深處有那要命的蛟龍！

其二

浮雲終日行，遊子久不至❶。
三夜頻夢君，情親見君意❷。
告歸常局促，苦道來不易。
江湖多風波，舟楫恐失墜。
出門搔白首，若負平生志。
冠蓋滿京華，斯人獨顦顇❸。
孰云網恢恢，將老身反累❹。
千秋萬歲名，寂寞身後事❺。

【章　旨】此章以夢中李白為主，將自家情思化為對方情意，深為之悲。

【注　釋】❶浮雲二句　〈古詩十九首〉：「浮雲蔽白日，遊子不顧反。」又，李白詩：「浮雲遊子意，落日故人情」。浮雲之飄蕩與遊子的浪跡相似，但如今只見浮雲日至而遊子不歸。遊子指李白。❷三夜二句　因遊子久不至，故三夜頻夢之。不說自己思之切，反說君情親，是杜甫常用手法。❸冠蓋二句　冠蓋，冠服與車蓋，指官僚。京華，京城。華，喻京城之壯麗。斯人，這個人，此指李白。顦顇，同「憔悴」。困頓萎靡狀。《楚辭・漁父》形容屈原：「顏色憔悴，形容枯槁。」❹孰云二句　孰云，誰說。網恢恢，《老子》：「天網恢恢，疏而不失。」天網，猶天理。恢恢，廣大貌。❺千秋二句　陶潛〈飲酒〉：「雖留身後名，一生亦枯槁。」此用其意。

【語　譯】你不是說浮雲就像那遊子？可是浮雲日至你卻不見歸來。連連三個晚上呵，頻頻夢見君，君竟如此情深！來去匆匆，為何老是這般局促？你皺着眉頭說：「來得不容易呵，江湖多風波，乘舟真險惡！」搔着白頭，走出門去，惆悵呵你壯志難酬！京城裡滿街是衣冠華蓋的官僚，為什麼憔悴枯槁的就單單你一個？誰說「天網恢恢，疏而不失」？天才如李白，將老反受害，天理何在，天理何在！雖說你有大名行將千秋不朽，可那畢竟是寂寞一生後的虛名！

【研　析】釋夢大師佛洛伊德曾將夢比成拼圖遊戲，各種圖像是互相疊加的，邏輯性被同時性所取代，形成所謂的「夢魂顛倒」。杜甫當然沒讀過佛洛伊德的理論，但他對夢的傳神描寫，倒是可以證實佛氏的話是有道理的。首先看第一首詩的結構，那種夢魂顛倒的寫法，連注杜名家仇兆鰲也不理解。他將第十一、十二兩句「君今在羅網，何以有羽翼」調到第七、八兩句「恐非平生魂，路遠不可測」之前，並加注云：「『君今』二句，舊在『關塞黑』之下，今從黃生本移在此處，於兩段語氣方順。」先質疑其在羅網何以有翼，再疑其非生魂，邏輯上的確是「方順」，但也就失去夢思之象。其實是仇氏誤讀了黃生的原意。黃生《杜詩說》云：「此詩以錯敘成章。『君今』二句，本在『恐非』二句之上；『落月』二句，本在『魂來』二句之上。乍疑乍信，反復盡情。」云云。仇氏忽視了最關鍵的一句：「以錯敘成章」。這裡「本在」是「按說本來應該在」的意思，並非「杜詩原在」。《杜詩說》點校者徐定祥說得好：「此乃寫夢境，忽疑忽真，實感和夢幻交織，極傳恍惚無定之神，黃生評說之精神亦正在此。若拘於條分縷析，求之於理，則非夢矣，亦難見老杜憐念李白之深情。」不妨說，此詩自「故人」以下各聯，都可獨立，都可互置，表現的正是拼圖式的「同時性」。仇氏的理順，不但失去黃生評說之精神，也失去杜甫寫夢思之傳神。

說到寫夢思之傳神，「落月滿屋梁，猶疑照顏色」「出門搔白首，若負平生志」二句最工，那種夢裡夢外疑似之間的感覺，結合自己的經驗，讀者自能得之。誠如佛洛伊德所說：「每一個夢都與做夢本人有關。」夢中形象隱藏着做夢者自己。天才李白不幸的遭遇，正是天才杜甫自己的不幸遭遇。

遣興五首（五古）

【題解】此組詩創作年代不詳，黃鶴注編在乾元二年（西元七五九年）秦州作，不知何所據而云然，姑仍其舊。杜甫有多組同題〈遣興五首〉之作，各種版本五首之組合各不相同，今用仇注本。組詩詠嵇康、孔明、龐德公、陶潛、賀知章、孟浩然諸歷史名人，有感而發，信手拈來，故曰「遣興」。

其一

蟄龍❶三冬臥，老鶴❷萬里心。
昔時賢俊人，未遇猶視今❸。
嵇康不得死，孔明有知音❹。
又如隴坻松，用捨在所尋❺。

大哉霜雪幹，歲久為枯林。

【章　旨】仇注：「此詩見賢者在世，貴逢知己。後四章，皆發端於此。在六句分截。上言抱志欲伸，今古皆然。下言遭遇不同，榮辱遂異。」可以說此首是五首的總綱。

【注　釋】❶蟄龍　冬眠之龍。《易》：「龍蛇之蟄，以存身也。」此暗喻下文的孔明。孔明人稱「臥龍先生」。❷老鶴　此暗喻下文的嵇康。《世說》：有人語王戎曰：「嵇延祖卓卓如野鶴之在雞群。」答曰：「君未見其父耳。」其父即嵇康，故曰「老鶴」。❸猶視今　《漢書・京房傳》：「臣恐後之視今，猶今之視昔也。」此言俊賢抱志欲伸，今古一也。❹嵇康二句　上句指嵇康因鍾會之讒，死於非命；下句指孔明（諸葛亮）因徐庶之薦，受知於劉備。❺又如二句　張華〈鷦鷯賦〉：「戀鍾岱之林野，慕隴坻之高松。」隴坻，即隴山。（按，秦州屬隴右，舊注大概據此將此詩繫於杜甫在秦州時作，但此為用典，不足為據。）用捨，《論語・述而》：「子謂顏淵曰：『用之則行，舍之則藏，唯我與爾有是夫。』」根據形勢決定自己或出仕或隱居，是士大夫較普遍的處世原則。

【語　譯】有時，飛龍也會蟄伏而冬眠；有時，老鶴也會嚮往萬里雲程。賢才不遇於時，不分古今。君不見俊逸如嵇康，而死於非命；睿智如孔明，卻君臣際會得知音。又好比那隴山上的青松，是不是大材就看人家用與不用。大哉！那久經風霜的巨大樹幹，歲月久了還不一樣歸於腐朽！

其二

昔者龐德公❶，未曾入州府。
襄陽耆舊間❷，處士節獨苦。
豈無濟時策，終竟畏羅罟❸。

林茂鳥有歸，水深魚知聚❹。
舉家隱鹿門❺，劉表焉得取？

【章旨】此首吟龐德公。仇注：「此言不能如孔明之救時，則當如龐公之高隱，上四敘述其事，下六推見其心。」

【注釋】❶龐德公 《後漢書・逸民列傳》：龐德公居峴山南，未嘗入城府。荊州刺史劉表就候之，謂曰：「夫保全一身，孰若保全天下乎？」龐公笑曰：「鴻鵠巢於高林，暮而得所棲；黿鼉穴於深淵之下，夕而得所宿。夫趣舍行止，亦人之巢穴也，且各得其棲宿而已，天下非所保也。」表歎息而去。後遂攜妻子，登鹿門山，采藥不返。❷襄陽句 襄陽，今湖北襄樊。耆舊，年老有聲望的人。❸豈無二句 濟時策，救世的辦法。羅罟，古代捕魚鳥之具，此指陷害人的陰謀。❹林茂二句 言龐德公以山林為歸宿，即注❶所引「鴻鵠巢於高林，暮而得所棲；黿鼉穴於深淵之下，夕而得所宿」之意。《淮南子・說山訓》：「水積則魚聚，木茂而鳥集。」❺鹿門 即鹿門山。《襄陽記》：「鹿門山，舊名蘇嶺山。建武中，襄陽侯習郁立神祠於山，刻二石鹿，夾神道口，俗因謂之鹿門廟。遂以廟名山也。」

【語譯】古時候有個龐德公，足跡從來沒到過城市。在襄陽老輩有聲望的人當中，就他守節最為清苦。並非他沒有濟世的才能，而是畏懼官場無處不在的羅網。啊，鳥兒也知道選擇茂密的樹林子棲息，魚兒也會在深淵裡聚集。走吧，龐德公舉家遷入鹿門山隱居。想讓他當官的劉表喲，你如何將他尋覓？

其三

陶潛❶避俗翁，未必能達道❷。
觀其著詩集，頗亦恨枯槁❸。

達生❹豈是足，默識❺蓋不早。
有子賢與愚，何其掛懷抱❻。

【章　旨】此首專吟陶潛。仇注：「蓋借陶集而翻其意，故為曠達以自遣耳，初非譏刺先賢也。」浦注：「嘲淵明，自嘲也。假一淵明為本身像贊。」

【注　釋】❶陶潛　後人稱為「古今隱逸詩人之宗」。《晉書》：陶潛，脫穎不羈，任真自得，為鄉鄰之所貴。為彭澤令。郡遣督郵至縣，吏白應束帶見之，潛歎曰：「吾不能為五斗米折腰，拳拳事鄉里小兒耶。」解印去縣，乃賦〈歸去來辭〉。❷達道　達，此處作動詞，達道則意為通達事理。仇注引《墨子》：「未必達吾道。」❸恨枯槁　陶潛〈飲酒〉詩：「雖留身後名，一生亦枯槁。」❹達生　通達於性命之情，不受世事牽累。《莊子・列御寇》：「達生之情者傀。」注：「傀，大也。」❺默識　存於心而不忘。❻有子二句　陶有〈責子〉詩：「白髮垂兩鬢，肌膚不復實。雖有五男兒，總不好紙筆。」又〈命子〉詩云：「夙興夜寐，願爾斯才。爾之不才，亦已焉哉。」

【語　譯】陶潛是個避俗的長者，可是連他也未必能參透大道理。不信你就讀一讀他寫的詩集，不也在怨恨一生活得貧窮孤寂？人生不只為了不受世事牽累，可惜他並沒有早一點認識這個道理。生兒賢慧或愚昧，瞧，他總是往心裡去。

其　四

賀公雅吳語❶，在位常清狂。
上疏乞骸骨，黃冠歸故鄉❷。
爽氣不可致❸，斯人今則亡。

山陰❹一茅宇，江海日淒涼❺。

【章　旨】賀知章的清狂風流，及其能全身歸鄉過太平日子，都是杜甫在困境中所嚮往的事情，也是當時「不可致」者，尾聯「山陰一茅宇，江海日淒涼」表達了這種惆悵的情緒。

【注　釋】❶賀公句　賀公，指賀知章，盛唐名詩人。性曠達，自號「四明狂客」，曾呼李白為「謫仙人」，為「飲中八仙」之一。雅吳語，常說吳語。吳語，今江蘇無錫、蘇州一帶方言。❷上疏二句　天寶三載，賀知章上疏請度為道士，求還鄉里，仍舍本鄉宅為觀。玄宗許之。❸爽氣句　《世說・簡傲》：王子猷作桓車騎參軍，桓謂王曰：「卿在府日久，比當相料理。」初不答，直高視，以手版拄頰云：「西山朝來，致有爽氣耳。」為官不任事的清狂態度，是所謂「魏晉風度」。❹山陰　越州，在會稽山北面，故名。賀知章是越州永興（今浙江蕭山）人。❺江海句　仇注：「山陰西有浙江，東有曹娥江，兩江近海，隨潮出入，故有江海淒涼之句。」

【語　譯】賀公知章操着吳語說話，當官時還是那末清狂。晚年上疏請求當道士，戴着黃冠他如願回到故鄉。西山朝來爽氣不再有人欣賞，賞爽氣的人呵已經消亡。山陰如今只剩一棟茅屋，江潮聲裡日見淒涼……

其　五

吾憐孟浩然❶，裋褐即長夜❷。
賦詩何必多，往往凌鮑謝❸。
清江空舊魚，春雨餘甘蔗❹。
每望東南雲，令人幾悲吒❺。

【章　旨】此首專寫布衣詩人孟浩然，盛讚其詩。《杜臆》：「浩然之窮，公亦似之，憐孟正以自憐也。」

【注　釋】❶孟浩然　初名浩，後以字行。《舊唐書》：「孟浩然，隱鹿門山，以詩自適。年四十來遊京師，應進士不第，還襄陽……不達而卒。」王士源〈孟浩然詩集序〉稱其「常貧」，「聚不盈甑室，雖屢空不給，自若也。」❷裋褐句　此句謂孟浩然只有裋褐應對漫漫的長夜，暗示其窮困而死。趙次公注引范曄獄中題扇云：「去白日之炤炤，即長夜之悠悠。」今排印本《南史》「即」作「襲」。裋褐，貧民所穿的一種粗布衣。即，就而近之。❸凌鮑謝　凌，逼近。逼近南朝詩人鮑照、謝靈運。❹清江二句　仇注：「空、餘二字，見物在人亡。」舊魚，《襄陽耆舊傳》：「漢水中鯿魚甚美，即槎頭鯿。」孟浩然〈峴山作〉：「試垂竹竿釣，果得查頭鯿。」甘蔗，王士源〈孟浩然詩集序〉：「灌園藝圃以全高。」舉甘蔗示其藝圃也。
❺吒　慨歎。

【語　譯】我最憐愛詩人孟浩然，穿着那身粗布衣，他走向長夜漫漫。賦詩何必太多，要的是經常有佳句能超越謝靈運或鮑照。清江呵，空有你舊時垂釣的槎頭鯿；春雨呵，瀝瀝淅淅灑在你當年種下的甘蔗上。每當我望着東南方的雲霞，一抹悲哀惆悵就會在我心中彌漫。

【研　析】此五首雖然是有感而發，信手拈來，但還是有其內在聯繫的。第一首如仇注所云：「此詩見賢者在世，貴逢知己。後四章，皆發端於此。」可謂之總序；第二首以龐德公為榜樣，道不行則卷；第三首是關鍵，仇注解得透：「蓋借陶集而翻其意，故為曠達以自遣耳，初非譏刺先賢也。」表明內心對出與處的矛盾；第四首的賀公不妨說是羨慕的對象，但「不可致」；第五首寫孟浩然，與杜自身能詩、布衣、貧困情境最為相近，以悲吒作結。與〈自京赴奉先縣詠懷五百字〉「以茲悟生理，獨恥事干謁。兀兀遂至今，忍為塵埃沒？終愧巢與由，未能易其節」同參，可體會杜甫「在野」後進退維谷的心態。

大凡矛盾複雜的心態最能體現人性的深度。陶之偉大就在其人格之真淳、不自欺。他的隱逸是以「孔顏之樂」式的安貧樂道為底子，與道家的委順自然、釋家的隨緣任運雖有會通的一面，但畢竟有分別。陶之安貧樂道是付出沉重代價的。他在〈與子儼等疏〉中說：「僶俛辭世，使汝等幼而饑寒……抱茲苦心，良獨內愧！」他所謂的「樂道」，只能是〈詠貧士〉所說的「貧富常交戰，道勝無戚顏」，說到底是一種執着。用道、釋的標準看，陶的確是「未必能達道」。王維已看到這一點，其〈與魏居士書〉云：「近有陶潛，不肯把板屈腰見督郵，解印綬棄官去，後貧，〈乞食〉詩云：『叩門拙言辭。』是屢乞而多慚也。嘗一見督郵，安食公田數頃，一慚之不忍，而終身慚乎！……君子以布仁施義，活國濟人為適意，縱其道不行，亦無意為不適意也。苟身心相離，理事俱如，則何往而不適！」王維是以禪宗「身心相離」、「無自性」的觀點發問的，濟世不濟世都「無可無不可」，而這與杜甫的「窮年憂黎元」恰恰針鋒對麥芒。杜對陶的「未達道」，則是「操戈入室」，翻出陶的底牌：「有子賢與愚，何其掛懷抱」。親子之情正是儒家人際關懷的倫理學之基點，如何能放棄？這也正是杜甫自家的底牌（關於這一點，我在本書導讀中已有詳論）。杜甫後來有一首〈謁真諦寺禪師〉云：「未能割妻子，卜宅近前峰。」他說不能近禪釋的原因是「未能割妻子」，與陶之「何其掛懷抱」可相視而笑矣！當然，杜之正視現實，為理想百折不回的擔當力，與陶也是有區別的。明瞭這一層，就不難讀懂杜的自嘲，而從這五首詩中對諸隱者的品評看，「隱居」未必是老杜自己的最佳選擇。事實上，是孔明而不是龐德公，於杜甫入蜀後日漸成為他仰慕的對象。至德年間所寫的〈送韋十六評事〉有云：「傷哉文儒士，憤激馳林丘。」再明白不過地說出對隱居的看法了。這是一把打開心扉的鑰匙。

天末懷李白（五律）

【題解】此詩當與〈夢李白二首〉同為乾元二年（西元七五九年）寓秦州之作。天末，猶天邊。秦州地當邊塞，故稱。陸機：「佳人渺天末，遊宦久不歸。」李白流放夜郎，至巫山遇赦歸，因關山阻隔，杜甫不知，乃作是詩。

涼風❶起天末，君子意如何。

鴻雁幾時到，江湖秋水多❷。
文章憎命達，魑魅喜人過❸。
應共冤魂語，投詩贈汨羅❹。

【注釋】❶涼風　北風。《爾雅・釋天》：「北風謂之涼風。」❷鴻雁二句　二句言關於李白的消息全無。古稱魚雁傳書，即在雁足上繫書信，鯉魚肚子裡藏尺書。上句明說鴻雁，下句暗寓鯉魚；《杜臆》：「江湖水多，鯉不易得，使事脫化。」❸文章二句　與「詩窮而益工」意近，言文章與命運二者不可兼善。《杜詩說》：「『文與命仇意，而『憎』字驚極。」的確，用「憎」字使李白之文學天才與其命運遭際之間的衝突更覺驚心動魄，它使人聯想到法國詩人皮埃爾・勒韋迪的警句：「作品的價值是與詩人同他自身命運的劇烈衝突成比例的。」魑魅，山澤之鬼怪，捕人而食，故見有人經過則喜。李白流夜郎，經山澤之地，故云。《唐宋詩舉要》引邵云：「一憎一喜，遂令文人無置身之地。」❹應共二句　冤魂，指屈原。屈原忠而見逐，投汨羅江而死。漢代賈誼被貶長沙，過汨羅作文弔屈原。李白參加永王璘幕府被放，情似屈原，故設想其過汨羅當與屈原共語而投詩為贈。

【語譯】天邊颳起了北風，君子呵你的感受如何？鴻雁幾時能到？江湖浩淼鯉魚難得。啊，有誰能為我傳遞你的消息！文才總被命運所憎惡，吃人的魑魅卻喜歡有人經過。想必你會與屈原的冤魂共語，像賈誼那樣同病相憐投詩文於汨羅。

【研析】「文章憎命達」是一個很深刻的命題，能使人「下千古之淚」。在漫長的中國官僚宗法社會中，文章只是「雕蟲小技」，只能充當幫閒的小角色。李白文章風采深受玄宗賞愛，唐人段成式《酉陽雜俎》云：「李白名播海內，玄宗於便殿召見，神氣高朗，軒軒然若霞舉，上不覺忘萬乘之尊。因命納履，白遂展足與高力士曰：『去靴！』力士失勢，遽為脫之。及出，上指白謂高力士曰：『此人固窮相。』」可見玄宗之於大文豪，也只是「倡優畜之」耳。難怪司馬相如為了表示自己也能「幫忙」，另備一篇〈封禪書〉，以見「真本領」。在

「官本位」的社會中，文章之佳與榮華富貴的「命達」並不掛鉤。反之，「作品的價值是與詩人同他自身命運的劇烈衝突成比例的」，真性情才是文章成功的條件，這也是李杜之為大詩人的根本。然而真性情恰好違背了官場的「遊戲規則」，成了「命達」的障礙。誠如羅隱〈讒書序〉所說：「他人用是以為榮，而予用是以辱；他人用是以富貴，而予用是以困窮。苟如是，予之書乃自讒耳！」自讒，這才是「文章憎命達」之「憎」的確解。反過來說，窮愁潦倒逼使詩人瞭解底層社會，更深刻、真切地感受現實，所以古人也說是：「窮愁之音易好」，「病蚌成珠」，窮愁痛苦才能鬱結為璀璨的藝術明珠。只要社會還是官僚宗法社會，「文章憎命達」就是「真理」。杜甫與李白性情相通，對李白的同情也是對天下古往今來英才的同情，對不公社會的指控。

遣興五首（五古）

【題解】舊編在乾元二年（西元七五九年）秦州詩內，姑仍之。是時杜甫度隴羈旅，閒居中國事家事自身事交感，因多作雜詩，拉雜寫以自遣，故曰遣興。因所寫皆從現實中感悟得來，且具象徵意義，故《杜詩鏡銓》曰：「信手拈來，自覺可歌可泣。」

其一

朔風飄胡雁，慘澹帶砂礫❶。
長林何蕭蕭，秋草萋更碧❷。
北里富薰天❸，高樓夜吹笛。
焉知南鄰客，九月猶絺綌❹。

【章　旨】此章歎貧富之不均。上四深秋之景，下四炎涼之況。

【注　釋】❶朔風二句　朔風，北風。胡雁，雁居塞北，古為胡地，故稱。❷萋　茂盛。〈古詩十九首〉：「回風動地起，秋草萋已綠。」❸北里句　北里，唐皇城在城北，富貴之家多居之，故往往以「北里」指富貴之家，不必拘於長安。薰天，形容氣炎之盛。❹絺綌　葛布，其細者曰絺，粗者曰綌，皆為夏衣之布料。

【語　譯】北風動地起，昏天黑地挾着亂沙碎石，一個勁地吹。塞外的雁兒身不由己，隨風飄逸。高樹疏林蕭蕭響，秋草萋萋寒更碧。北里呀北里，富貴人都在此聚居，氣炎薰天地。他們白日尋歡作樂，夜裡還在高樓吹笛；哪知南鄰有客旅，九月風寒猶着夏時衣？

其　二

長陵銳頭兒，出獵待明發❶。
騂弓金爪鏑，白馬蹴微雪❷。
未知所馳逐，但見暮光滅。
歸來懸兩狼，門戶有旌節❸。

【章　旨】憶長安豪勢之家少年，尚武驕縱，徒以遊獵為事。

【注　釋】❶長陵二句　長陵，漢高祖陵墓，與惠帝安陵、景帝陽陵、武帝茂陵、昭帝平陵合稱「五陵」，為唐時富豪之家的聚居所，在今陝西咸陽東北。銳頭兒，尖頭的人。據說秦之武安君「小頭而銳，斷敢行也」，後人作為典型的果決善戰的武人形象。明發，將旦而光明始發，即天亮。❷騂弓二句　騂弓，調整好的弓。《詩・角弓》：「騂騂角弓」。金爪鏑，如金爪狀的銳利箭簇。蹴，踏。❸旌節　皇帝頒發給將帥的信物。旌以專賞，節以專殺。《杜詩說》：「末句有隱諷，言其恣意遊獵，乃恃父兄貴勢而然。」

【語　譯】五陵那群尖頭明目好武的紈袴，要出獵等待着天明。備好良弓利簇，白馬蹴踏着薄薄的晨雪。不知他們在追逐什麼，只覺彈指間暮色也已熄滅。馬懸兩狼歸來，他家門前赫然樹着旌節。

其　三

漆有用而割，膏以明自煎。
蘭摧白露下，桂折秋風前❶。
府中羅舊尹，沙道尚依然❷。
赫赫蕭京兆，今為時所憐❸。

【章　旨】此章借物託興，慨趨炎附勢之徒自招其害，蕭京兆可為前車之鑒。

【注　釋】❶漆有四句　借物託興，喻勢利小人終致摧折。《莊子．人間世》：「山木自寇也，膏火自煎也。桂可食故伐之，漆可用故割之。」《漢書．龔勝傳》：「薰以香自燒，膏以明自銷。」❷府中二句　府，指丞相府。尹，指京兆尹，京師的最高長官。天寶年間，丞相常將京兆尹收羅為私黨，如蕭炅便是李林甫的私黨。沙道，《唐國史補》：「凡拜相，禮絕班行，府縣載沙填路，自私第至子城東街，名曰『沙堤』。」于兢《大唐傳》：「天寶三載，因京兆炅奏，於要路築甬道，載沙實之，屬於朝堂。」❸赫赫二句　蕭京兆，當指蕭炅，天寶二年（西元七四三年）為京兆尹，依附李林甫，後為楊國忠所排，貶汝陰太守。為時所憐，漢成帝時歌謠：「故為人所羨，今為人所憐。」

【語　譯】事物總是自招其害，你看漆樹有用才招來割取，膏油能照明便被點燃；幽蘭香草為霜露所摧殘，桂樹也讓秋風吹折。京兆尹總是成了宰相的私黨，他們你來我去不斷更換，只有拜相的沙道至今依然。就那赫赫有名的蕭京兆，不也應了歌謠所唱：「故為人所羨，今為人所憐！」

其四

猛虎憑其威，往往遭急縛❶。
雷吼徒咆哮，枝撐❷已在腳。
忽看皮寢❸處，無復睛閃爍。
人有甚於斯，足以勸元惡。

【章旨】此章以虎為喻，警示強梁作威福者沒有好下場。

【注釋】❶猛虎二句　急縛，緊捆。《後漢書・呂布傳》載：曹操縛呂布，布曰：「縛太急！」操曰：「縛虎不得不急。」錢注：「此詩蓋指吉溫之流。溫嘗云：『若遇知己，南山白額虎不足縛也。』故借以為喻。」吉溫為唐之酷吏，曾依附李林甫、蕭炅，後死於獄中。見《唐書・酷吏傳》。事雖近似，但吉溫言欲縛虎，杜詩則言虎之被縛，所言是強梁者沒好下場，不必泥於一人一事。❷枝撐　指用來縛虎的木柱。❸皮寢　虎皮被剝下作墊褥。

【語譯】猛虎總是恃威肆虐，卻因此往往遭到緊緊的捆縛。到此時響雷般的咆哮也無濟於事——牠的腳已被綁在柱樁上。牠的皮被剝下來當墊褥，牠的眼睛不再閃爍着凶光。可是有些人的下場比這還糟，足以懲戒那些作虐的首惡！

其五

朝逢富家葬，前後皆輝光。

共指親戚大，緦麻百夫行❶。
送者各有死，不須羨其強。
君看束練❷去，亦得歸山岡。

【章　旨】此章寫富家送葬之盛，感慨貧富同為一死，又何足羨也，是對富貴者徹底的否定，以終前四章之義。

【注　釋】❶共指二句　大，此指顯貴。緦麻，喪服，用細麻布製成。百夫行，許多人排列成隊。❷束練　一作「束縛」。指簡單裹束而葬。

【語　譯】早上遇到富貴人家出殯，風風光光好大的排場。都指點着說送行的親戚多是顯貴，披麻帶孝的成群結隊。不管相送的人是多是少是貧是貴，終歸一樣是個死字，又何必羨慕誰人強勢？你看那些草草裹束下葬的人，不也一樣同歸山巒大地！

【研　析】《唐詩解》評此組詩云：「〈遣興〉詩，章法簡淨，屬詞平直，不露才情，有建安風骨。」雖說是「屬詞平直」，卻巧用典故，直中隱曲。舉例說吧，其三之前四句：「漆有用而割，膏以明自煎。蘭摧白露下，桂折秋風前」，就暗含好幾個典故。一是《莊子．人間世》：「山木自寇也，膏火自煎也。桂可食故伐之，漆可用故割之。」二是《漢書．龔勝傳》：「薰以香自燒，膏以明自銷。」「桂折秋風」又與尾聯「赫赫蕭京兆，今為時所憐」合用了第三個典故，即《漢書．五行志》所載漢成帝時之歌謠：「邪徑敗良田，讒口亂善人。桂樹華不實，黃爵（雀）巢其顛。故為人所羨，今為人所憐。」如此繁密複雜的用事，卻如鹽入水般不見痕跡，只見「平直」，不露才情，實在難得。誠如陳貽焮所說：「不知語之出處也能看懂，知有出處更覺生動。」讀者諸君細品慢嚼自能得其味。

卷三

秦州雜詩二十首（五律）

【題解】秦州，今甘肅天水市。肅宗乾元二年（西元七五九年）秋，杜甫終於下決心離開朝廷，來到秦州。《新唐書》本傳：「關輔飢，輒棄官去，客秦州。」但這只是外因，內因則是對朝廷深深的失望。乾元二年可以說是杜甫一生中最顛沛流離的一年：「一年四行役」，春月由洛陽回華州，七月即棄官由華州翻越隴山往秦州，十月又攜眷赴同谷，十二月一日再奔蜀川，可謂歷盡艱辛。然而這一年又是杜甫創作的豐收之年，且不說往華州路上寫下的震爍古今的「三吏三別」，單在隴右不到半年時間就寫下一一七首詩，題材豐富、形式多樣，各具藝術個性。朱東潤《杜詩敘論》對此期詩予以高度評價：「乾元二年是一座大關，在這年以前杜甫的詩還沒有超過唐代其他的詩人，在這年以後，唐代的詩人便很少有超過杜甫的了。」本組詩二十首都是五律，是杜集中大型的組詩。

其一

滿目悲生事，因人作遠遊❶。
遲回度隴怯，浩蕩及關愁❷。

水落魚龍夜，山空鳥鼠秋❸。
西征問烽火，心折此淹留❹。

【章旨】首章言至秦州之由，及回顧一路棲惶，又因憂吐蕃而只在此暫作棲託的心思。浦起龍認為：「二十首大概只是悲世、藏身兩意。」則首章已囊括了兩意，故李因篤曰：「題曰雜詩，則前後各不相謀。然此首實有籠罩全詩之意。」

【注釋】❶滿目二句　生事，此指謀生之事。因為當時戰火未熄且「關輔飢」，百姓都不得安生，故曰「滿目悲」。因人，附人；投靠人。浦注：「因人之人，或指姪佐。公之來此，以姪佐在東柯也。」但從杜甫到秦州後的住行看，似並無確定的舉家可依附之人，杜佐只是當初擬想的人選之一。❷遲回二句　隴，指隴山，亦名隴阪。《三秦記》：「隴阪九回，不知高幾里，欲上者七日乃得越。」〈隴頭歌辭〉云：「朝發欣城，暮宿隴頭。寒不能語，捲舌入喉。」又云：「隴頭流水，鳴聲幽咽。遙望秦川，心肝斷絕。」因度此山之難，故曰「怯」。浩蕩，此言心事浩茫無邊。關，指隴關，又名大震關，在今陝西隴縣西之隴山下。《杜詩說》：「『遲回』貼『怯』字說，『浩蕩』貼『愁』字說。」❸水落二句　魚龍，指魚龍川，今名北河，源出隴縣西北。鳥鼠，山名，傳渭水水源所出，以鳥鼠同穴得名。黃生云：「五六本以魚龍水，鳥鼠山敘所經之地，乃拆而用之，則魚龍鳥鼠皆成活物，益見造句之妙，莫如杜公矣。」❹西征二句　西征，時杜甫往西行。問烽火，指打聽戰事。當時秦州雖尚無戰事，但吐蕃蠢蠢欲動的形勢並不令人樂觀，三字寫出詩人當時忽忽未隱的心情，故有下句。心折，心驚；心傷。江淹〈別賦〉：「心折骨驚。」淹留，久留。

【語譯】生計荒年觸處悲，遠去他鄉投靠誰？幾回欲攀隴阪心中怯，到了隴關無邊浩愁齊上眉。夜靜魚龍川淺魚龍動，秋來鳥鼠山空鳥鼠且相隨。西來一路且走且打聽，只恐烽火忽相危。驚心忽忽自難隱，無奈此地作棲遲。

其二

秦州城北寺，勝跡隗囂宮❶。
苔蘚山門古，丹青❷野殿空。
月明垂葉露，雲逐渡溪風。
清渭無情極，愁時獨向東❸。

【章　旨】張溍稱：「此詩專賦一事，因城北寺見渭水而思歸也。」初到便思歸，更見出西行之無奈。

【注　釋】❶秦州二句　城北寺，在今甘肅天水市秦州北山，俗稱皇城。《秦州直隸州新志》：「東北壽山上有古城遺跡，傳為隗囂宮，城後為北坪寺，即杜甫所云『秦州城北寺』者。」隗囂，天水成紀人，王莽地皇四年（西元二三年）割據於隴右稱帝，國號「復漢」，為東漢光武帝劉秀所攻滅。城北寺一作「山北寺」，舊注引《方輿勝覽》：秦州麥積山之北，舊有隗囂避暑宮。指此避暑宮為詩中之城北寺，非是。❷丹青　此指寺中殘存之壁畫。❸清渭二句　清渭，指渭水。源自甘肅渭源鳥鼠山，東經長安城北。城北寺所在之皇城山頂可俯視渭水。《薑齋詩話》：「情語能以轉折為含蓄者，唯杜陵居勝，『清渭無情極，愁時獨向東』……之類是也。」戴鴻森箋云：「句中即景而言，渭水了不管人愁思，逕自東向流往長安，豈非『無情』？句外寓意而言，則『無情』之渭水尚自東向流往長安，己心東悲之情，又何能自禁邪？」蓋理性的東西不是沖喉而出，而是以暗喻感性化而後出之，則具詩歌含蓄之美。

【語　譯】秦州城北北坪寺，風景絕佳本是隗囂宮。苔痕斑駁更顯山門古，壁畫猶殘荒殿卻已空。月光照亮了葉尖上欲滴的露，片雲裊裊好似在追逐着過溪的風。渭水清清最無情，獨往長安逕自東；了不管人正愁思，東望鄉關茫茫歌哭中！

其　三

州圖領同谷，驛道出流沙❶。
降虜兼千帳，居人有萬家❷。
馬驕珠汗落，胡舞白題斜❸。
年少臨洮子，西來亦自誇❹。

【章　旨】總寫秦州形勢與風俗：地當衝要，羌民雜處，俗近蕃風。楊倫云：「言習俗驕悍，居民亦然，尤見此邦可憂。」

【注　釋】❶州圖二句　州圖，秦州版圖。《唐書・地理志》：「秦州都督府，督領天水、隴西、同谷三郡。」驛道，古時能通車馬的國道。出，延伸。流沙，此指甘肅西北部的沙漠地帶。《唐六典》：「隴右道東接秦州，西逾流沙。」寫出秦州乃唐時通安西、北庭之要道。❷降虜二句　虜，與下文之胡，皆指當地雜居的非漢族人。帳，游牧民族居住的帳篷。《杜臆》：「降人兼千帳，而居人止萬家，則虜多而民少矣；故『馬驕』、『胡舞』，氣勢強盛。」❸馬驕二句　珠汗，傅玄〈乘馬賦〉：「流汗如朱。」珠，一作「朱」，則〈郊祀歌〉：「太一況，天馬下，沾赤汗，沫流赭。」赤汗即朱汗，傳說大宛國有汗血馬，汗從肩髆出，如血。白題，胡人戴的氈笠。❹年少二句　臨洮，唐縣名，今屬甘肅岷縣。自誇，謂身為漢人的臨洮少年，也以矯捷相誇尚，可見民風已深受外族影響。

【語　譯】秦州版圖領有南邊的同谷，大道則延伸到西北的沙漠。秦州的居民只有萬家，降人就有帳篷千座。胡馬矯健奔馳珠汗落，胡兒斜戴氈笠舞婆娑。西來的臨洮漢家子，也要自誇身手胡兒不能過。

其　四

鼓角緣邊郡❶，川原欲夜時。

秋聽殷地發，風散入雲悲❷。
抱葉寒蟬靜，歸山獨鳥遲❸。
萬方聲一概，吾道竟何之❹。

【章　旨】寫在邊地聽鼓角，倍覺淒苦。本為避亂來，卻鼓角聲聲仍無寧日，乃感慨無處安身。

【注　釋】❶緣邊郡　緣，因為，指鼓角聲起是因為地處邊郡。秦州當時為邊疆之州郡，故云。或以「緣」乃沿、周邊，謂鼓角沿着邊郡而發，亦通；只是太周折，與尾聯「萬方聲一概」也不一致。❷秋聽二句　上句寫鼓。下句寫號角，高入雲天而其聲悲涼。殷，雷聲。雷聲本在天，今卻聞雷響在地，故曰「殷地發」，實指鼓聲如雷動地。❸抱葉二句　寫夜景：寒蟬都已寂靜，個別鳥兒還遲遲而歸。❹萬方二句　上句謂處處都是鼓角之聲。道，外在含義為道路之道，則詩人原以為秦州太平，今聞鼓角殷地，乃不知往何方為宜；內在含義則為道理之道，儒家文治之道，如仇注所引王洙曰：「時方以武事為急，吾道將何所用之？」杜甫後來有云：「此邦今尚武，何處且依仁？」足以明之。

【語　譯】鼓角因邊郡而起，曠野日之夕矣。秋天裡忽聞雷從地發，原來是鼓聲驚天動地。號角聲更高入雲天，哀哀地散播那莫名的悲淒。寒蟬抱着木葉不再吱聲，還有一隻遲歸的鳥兒在昏暗中孤飛。處處響遍鼓角，我這個儒生還能往哪兒去？

其　五

南使宜天馬❶，由來萬匹強。
浮雲連陣沒❷，秋草遍山長。
聞說真龍種，仍殘老驌驦❸。

哀鳴思戰鬥，迥立向蒼蒼。

【章旨】由隴右原產大批駿馬而今只剩下老馬，觸起感慨。《讀杜心解》稱：「只就馬說，壯心自露。」

【注釋】❶南使句　南使，唐時牧馬官，《舊唐書・職官志》：「凡諸群牧，立南北東西四使以分統之。」又《新唐書・兵志》：「其後突厥欵塞，玄宗厚撫之，歲許朔方軍西受降城為互市，以金帛市馬，於河東、朔方、隴右牧之。」則此句謂南使所轄之隴右，適宜牧養良馬。❷浮雲二句　二句謂馬群被高深的秋草所淹沒，與「風吹草低見牛羊」意境相反而相成。或引《西京雜記》，謂浮雲為馬名，漢文帝九匹良馬之一。朱注：「《通鑑》：是年者三月，九節度之師潰於鄴城，戰馬萬匹，惟存三千。此詩『浮雲連陣沒』，正其事也。」字詞偶有相近便附會詩意，應屬誤導。浮雲，形容馬群之大且動。陣，本指軍隊的戰鬥行列，此處用指馬群。沒，被遮蔽。❸聞說二句　龍種，指駿馬。《魏書・吐谷渾傳》載，以良牝馬置青海湖內之小山，所孕駒皆駿異，號龍種。驌驦，駿馬名。或以為此暗喻郭子儀，其實不必，詩中戰馬的形象自能感人。

【語譯】南使所轄的隴右適合良馬生長，向來都有上萬匹在此牧放。飛奔的馬群像天上的浮雲，一群群沒入那遍野秋草的波浪。如今雖然風光不再，但聽說真龍種還殘存一匹老驌驦。牠奮蹄揚鬃渴望着戰鬥，昂首嘶向天穹蒼蒼！

其六

城上胡笳奏，山邊漢節❶歸。
防河赴滄海，奉詔發金微❷。
士苦形骸黑，旌疏鳥獸稀。
那聞往來戍，恨解鄴城圍❸。

【章　旨】詩人看到徵兵使節從山邊歸來，聯想到戍卒遠涉之疲苦，追及鄴城之敗，可以看作是對當局的問責。

【注　釋】❶漢節　漢使。此指唐往西北邊疆徵兵的使者。❷防河二句　防河，防守河北，此指與河北叛軍對抗。滄海，滄、景諸州皆古渤海郡地，黃河於此入海。金微，唐羈縻州有金微都督府隸安北都護府。❸那聞二句　往來戍，西北邊兵本自內地徵發，如〈兵車行〉云：「況復秦兵耐苦戰，被驅不異犬與雞。」今因鄴城之潰又急召入防河，兩頭奔波，故云。下句《讀杜心解》云：「結句點清徵兵之由，圍不日潰而曰解，諱之也。」恨，以鄴城之敗為「恨」，遺憾之極也。詩人對「祇殘鄴城不日得」的形勢本極樂觀，希望能畢其功於一役，不料九節度使敗於城下，致使戰火綿延至今，故深以為恨。

【語　譯】城上又吹起胡笳，原來是朝廷的使節從西北歸來。詔書徵調金微一帶的邊兵，讓他們奔往河北戰場直赴滄海。士卒疲於奔命個個土木形骸，疏林鳥獸少秋風哀哀。誰還受得了這樣時西時東的兩頭征戍，怨要怨上回鄴城決策不當所造成的潰敗！

其七

莽莽萬重山❶，孤城山谷間。
無風雲出塞，不夜月臨關❷。
屬國歸何晚，樓蘭斬未還❸。
煙塵獨長望，衰颯正摧顏❹。

【章　旨】前四句寫秦州景色，莽莽蒼蒼；後四句感懷時事，寄意深遠。《唐宋詩醇》云：「氣調蒼深。」

【注　釋】❶莽莽萬重山　《說詩晬語》：「起手貴突兀。王右丞『風勁角弓鳴』，杜工部『莽莽萬重山』、『帶甲滿天地』，岑嘉州『送客飛鳥外』等篇，直疑高山墜石，不知其來，令人驚絕。」❷無風二句　二句寫塞上風景奇異，景中含有邊愁。沈德潛云：「起手壁立萬仞。無風二句奇語，偶然寫出。或以無風、不夜為地名，不但穿鑿，亦令杜詩無味。」地面無風，但山多雲生，高空氣流，故常能出塞；西北邊關晝長，且地勢高迥，故月已臨關尚未入夜。❸屬國二句　二句謂當時唐與吐蕃等外族的關係未能理順。屬國，蘇武留匈奴十九年，回漢朝任典屬國（外交官）。樓蘭，西域國名，傅介子斬樓蘭王頭歸漢。❹摧顏　摧人衰老。

【語　譯】莽莽蒼蒼萬重山，一片孤城就在山谷間。無風雲也常出塞，尚未入夜月已臨邊關。和蕃使者無消息，出征將士未見還。煙塵路旁久眺望，獨立蕭瑟秋風促衰顏。

其　八

聞道尋源使，從天此路回。
牽牛去幾許❶，宛馬❷至今來。
一望幽燕隔，何時郡國開❸。
東征健兒盡，羌笛❹暮吹哀。

【章　旨】仇注引趙汸曰：「因秦州為西域驛道，嘆漢以一使窮河源，且通大宛，如此其易。今以天下之力，不能戡定幽燕，至今壯士幾盡，一何難耶。是可哀也。」

【注　釋】❶聞道三句　三句用張騫尋河源故事。《歲時記》：「漢武帝令張騫尋河源，乘槎而去。」下句因秦州為西域驛道，乃設想張騫從天上返回或經此路。牽牛句，《博物志》稱，傳聞天河與海通，有人乘槎至牽牛渚遇牛郎、織女。後人乃將張騫尋河源事與此捏合為一，如《荊楚歲時記》稱：張騫乘槎西行經月，至一處，見一女子織布，一丈夫牽馬於河邊飲水。杜甫沿用之。❷宛馬　西域良馬。《漢書・張騫傳》稱張騫得大宛汗血馬，稱「天馬」。❸一望二句　幽燕，指幽州、薊州一帶，皆為古燕國地，故稱幽燕。時為叛軍史思明地盤，故曰「隔」。郡國開，指平定叛軍，郡國復歸。❹羌笛　古羌族管樂器。

【語　譯】聽說漢代尋源使，打從秦州驛道天上回。不知銀河相去幾多里喲，但見大宛良馬至今來。遠者尚可通，近者卻阻塞！回望幽燕隔豺虎，何時河山還我來？健兒全都東征去，羌笛日暮訴悲哀。

其　九

今日明人眼，臨池好驛亭。
叢篁低地碧，高柳半天青。
稠疊多幽事，喧呼閱使星。
老夫如有此，不異在郊坰❶。

【章　旨】偶見驛站，居然幽勝，惜乎不得家居。老杜渴求安定之意自在其中。

【注　釋】❶郊坰　遠郊。浦注：「言今白始得此一處，層然勝地矣。其奈仍為騷擾之區何。若使我而有此，堪作幽人別墅。乃倥傯若是，豈不負此好點哉！」

【語　譯】今日眼前一亮，池邊驛亭真好！竹叢拂地碧綠，翠柳半空輕搖。幽景隨處疊見，使臣忽來喧鬧。老夫如擁此地，何異身處遠郊？

其　十

雲氣接崑崙❶，涔涔❷塞雨繁。

羌童看渭水，使客向河源❸。
煙火軍中幕，牛羊嶺上村。
所居秋草淨，正閉小蓬門❹。

【章　旨】枯寂中靜觀秦州雨景，卻從沉寂中透出某種不穩定的因素。

【注　釋】❶雲氣句　此句言雨勢直接西蕃。崑崙，崑崙山在今甘肅酒泉西南。〈黃河賦〉：「雲氣浩漫，遠接昆侖。」❷涔涔　雨水下流貌。❸使客句　此句言使節不避泥濘西行，暗示形勢的某種緊張。使客，使臣。河源，河源軍，在鄯州，唐時隴右節度使所在地，今屬青海西寧。❹蓬門　柴草紮的簡陋門扉，古人常以蓬門篳戶稱貧窮之家。

【語　譯】濛濛雲氣接崑崙，涔涔秋雨塞上頻。羌童喜看渭水漲，使節急向河源軍。炊煙起處雜軍幕，牛羊嶺上知有村。秋草漫長居所淨，正值寂寞閉柴門。

其十一

蕭蕭古塞冷，漠漠秋雲低。
黃鵠翅垂雨，蒼鷹飢啄泥。
薊門誰自北，漢將獨征西❶。
不意書生耳，臨衰厭鼓鞞❷。

【章　旨】寫雨景，黃鵠、蒼鷹為比興，引出對身隨此世而艱辛的感慨。

【注釋】❶薊門二句　薊門，在今北京城西南，用指燕薊敵佔區。此言往昔只有遣將西征的分兒，哪有誰竟敢自薊北洶洶席捲而來？漢將，唐人喜以漢喻唐，此借指唐盛時之將領。❷臨衰厭鼓鞞　厭，通「猒」。飽也；足也。鞞，通「鼙」。鼓的一種。《杜律啟蒙》：「書生之耳，本不欲聞鼓鼙，況以衰老之年，而且厭聞之乎？意凡三折。」

【語譯】秋風蕭蕭古塞冷，秋雨漠漠秋雲低。已濕黃鵠垂雙翅，長飢蒼鷹也啄泥。如今叛軍竟自薊北入，往昔但聞漢將能征西。不料書生生雙耳，臨老飽聽戰鼓擂！

其十二

山頭南郭寺❶，水號北流泉❷。
老樹❸空庭得，清渠一邑傳。
秋花危石底，晚景臥鐘邊。
俯仰悲身世，溪風為颯然。

【章旨】記閑遊古寺，寺中秋景蒼然，引起身世之悲。

【注釋】❶南郭寺　位於今甘肅天水市城南郊之慧音山。《天水縣志》：「南郭寺在縣治東南慧音山凹，背負幽林而面臨耤水，杜甫所謂『山頭南郭寺』者是也。」詩中之「老樹」、「北流泉」尚存。❷北流泉　南郭寺內今存一石井，即「北流泉」，因泉水北流得名。《秦州直隸州新志》載：「唐杜甫所云『山頭南郭寺』者，有泉旱盈潦縮。」❸老樹　南郭寺內有兩古柏，支撐古柏一石碑，上刻有民國初之〈新修天水南郭寺古柏圍牆記〉：「出天水縣治之南，約行三四里，緣山而上，白雲深處有古剎焉，曰南郭寺，又名妙勝院，……而松柏蒼翠，宮觀參差，名勝之區此為最早，唐以前不復考矣。」

【語譯】山頭便是南郭寺，寺中井稱「北流泉」。為有老樹空庭美，更看清渠一縣穿。秋花競出危石下，日腳已到臥鐘邊。廢寺觸目悲身世，溪風為我颯颯寒。

其十三

傳道東柯谷❶，深藏數十家。
對門藤蓋瓦，映竹水穿沙。
瘦地翻宜粟，陽坡可種瓜。
船人近相報，但恐失桃花❷。

【章旨】杜甫在秦州聽說東柯村之勝，遂以想像之筆述其情景，表達隱居其村的意願。

【注釋】❶東柯谷　在今甘肅天水市麥積區甘泉鎮柳河村。❷船人二句　用桃花源故事。陶淵明〈桃花源記〉稱，有漁人偶逢桃花源，遂於村中盤桓數日。「既出，得其船，便扶向路，處處誌之。及郡下，詣太守說如此。太守即遣人隨其往，尋向所誌，遂迷不復得路。」二句仿此意，謂東柯如桃源，雖近日船人（即上引「得其船」的漁人）來相報，猶恐失之。不必泥「船人」實有其人。或謂二句乃叮囑船家近東柯時要預告，以免失去看桃花（源）的機會。但那樣倒像是在寫「路過」，與寫「傳道」不符合，不取。《讀杜心解》：「家藏於谷，屋又藏於藤，水又藏於竹，而又宜粟宜瓜，直將桃源畫出，故知落句有根。」

【語譯】聽說東柯谷，深藏數十戶人家。門對門青藤爬滿屋瓦，水面映着竹影汩汩濕透岸沙。瘦地反而好種粟，向陽坡上也可以種瓜。近日有漁人來相報，趕緊前去莫遲疑，再失桃源空長嗟！

其十四

萬古仇池❶穴，潛通小有天❷。

神魚❸人不見，福地❹語真傳。
近接西南境，長懷十九泉❺。
何時一茅屋，送老白雲邊。

【章旨】此組詩其二十云：「讀記憶仇池。」此即讀記引起的想像之辭。《讀杜心解》：「因上避世桃源語，忽然想到仇池，乃空中樓閣，非實境也。」與上一首詩同樣是反映杜甫當時隱居的想法。

【注釋】❶仇池　山名，在今甘肅西和南八十里處。《水經注》：「仇池壁峭峙孤險，其高二十餘里，羊腸蟠道，三十六回，山上豐水泉。」周朝仇偉隱居於此，故名仇池山。此山又是神仙家煉丹的洞天福地，也叫仇池穴。❷小有天　仇池穴傳說為伏羲觀天象之所，洞頂有一石縫，據稱，晝可觀滿天星斗，是所謂「小有天」。❸神魚　傳說仇池有神魚，食之者仙。❹福地　道教稱有三十六洞天，七十二福地，為神仙居所。❺十九泉　即注❶引《水經注》：「山上豐水泉」。據說泉有九十九，此舉其勝者。

【語譯】天荒地老仇池穴，暗洞石隙能窺天。神魚如今已不見，神仙福地仍相傳。近在秦州西南境，令人嚮往此山十九泉。何時能着一茅屋，養老就在白雲邊。

其十五

未暇泛滄海❶，悠悠兵馬間。
塞門❷風落木，客舍雨連山。
阮籍行多興，龐公隱不還❸。

東柯遂疏懶，休鑷鬢毛斑❹。

【章旨】在秦州嚮往東柯谷，再言歸隱東柯谷之意。

【注釋】❶泛滄海 《論語・公冶長》：「子曰：『道不行，乘桴浮於海。』」此翻用其意，謂兵馬倥傯，無法顧及泛海。❷塞門 閉門。❸阮籍二句 阮籍乃魏晉名士，《世說新語》載：「阮籍常率意獨駕，不由徑路，車跡所窮，輒慟哭而反。」此只取其率意而行之意，用比自家閒居秦州常往四處遊逛，行跡與阮相近。龐公，指東漢隱士龐德公，不仕，攜妻子隱鹿門山。此句又羨龐公歸隱。❹東柯二句 杜甫是時有〈示姪佐〉、〈佐還山後寄〉諸詩，表示要在東柯谷歸隱。其中有云：「舊諳疏懶叔，須汝故相攜。」此「疏懶」，用示狂狷的性格。遂，實現；了卻。上句謂希望在東柯歸隱，以了自由任性、不為吏事束縛的願望。下句用左思〈白髮賦〉：「星星白髮，生于鬢垂。將拔將鑷，好爵是縻。」謂拔除白髮好求個美差。此反用其意，言既不準備出仕，幹嘛要用鑷子拔白髮？《杜臆》：「阮興已窮，龐隱可法。欲隱此不出仕矣。」

【語譯】道雖不行無暇浮海去，只為長年奔波兵馬間。閉門不出聽落葉，旅居偏逢雨連山。遊同阮籍常率意，心羨龐公隱不還。且去東柯閒居任疏懶，何必鑷除白髮求當官？

其十六

東柯好崖谷，不與眾峰群。
落日邀雙鳥，晴天養片雲❶。
野人矜險絕，水竹會平分❷。
采藥吾將老，兒童未遣聞❸。

【章　旨】此詩大概是杜甫到東柯谷作實地考察後，描繪下當時的印象，再次表示要歸老東柯。

【注　釋】❶落日二句　日暮鳥歸，本是應有之事，着一「邀」字，則化無意為有情，倍覺生動。即景會心，與詩人應邀而來不期而合，是所謂「現量」。「養」字也妙，與「邀」相稱，如許晴天只「養」片雲，其自由自在的寬裕感也就是一種奢侈了。與杜甫當時對隱居的奢望大致相近。養，一作「卷」，更覺天成。❷野人二句　野人，山野之人，指當地人。矜，自誇。會，應當。《杜詩言志》云：「其地幽僻，野人所矜為險絕，不欲與凡俗相通者。我則適獲於心，會當與之半分其水竹。」❸采藥二句　謂吾當如龐德公入山採藥不歸，但暫且不必讓兒女輩知曉，他們是不會理解的。

【語　譯】東柯崖谷美，眾山難同倫。落日有情邀來雙飛翼，晴天無際舒捲一片雲。山野人呵莫矜險難到，咱可要來與你們平分水竹景色好。我將在此地採藥歸老，孩兒們暫且不必讓他們知道。

其十七

邊秋陰易久，不復辨晨光。
簷雨亂淋幔❶，山雲低度牆。
鸕鷀❷窺淺井，蚯蚓上深堂。
車馬何蕭索，門前百草長。

【章　旨】緊扣「久雨」寫山居，以白描狀物，貼切生動，不可移易。尾聯透出寂寞心情。

【注　釋】❶幔　簾幔。❷鸕鷀　一種善潛水捕魚的水鳥，俗稱水老鴉、魚鷹。

【語　譯】邊城山秋易逢淫雨，冥冥漠漠難辨晨光。簷下雨溜似淩亂的簾幔，沉沉的黑雲低低地掠過短牆。鸕鷀窺探淺井中的游魚，蚯蚓耐不住濕土竟爬向廳堂。來往的車馬何等稀少，門前任他百草漫長。

其十八

地僻秋將盡，山高客未歸。
塞雲多斷續，邊日少光輝。
警急烽❶常報，傳聞檄❷屢飛。
西戎外甥國，何得迕天威❸。

【章　旨】寫邊城與吐蕃接戰的緊張氣氛。浦注：「一、二就谷中寫，三、四引到邊塞，五、六落到烽檄，七、八點明吐蕃。妙在逐層拓出。」

【注　釋】❶烽　烽火。《史記・魏公子列傳》：「西北境傳舉烽。」趙次公注引甘氏〈天文占〉曰：「虜至則舉烽火十丈。如今井桔槔，火錘其頭，若警備急，然火其頭，放之權重，本低，則末仰見烽火也。」❷檄　告急文書。❸西戎二句　西戎指吐蕃。《唐書・吐蕃傳》：「開元十年，贊普請和，上表曰：『外甥是先皇帝舊宿親，千歲萬歲，外甥終不敢先違盟誓。』」迕，逆也。天威，皇帝之威嚴。

【語　譯】邊城地僻秋天已近，山高地迥我作客未歸。塞上陰雲斷而復續，邊地太陽明而復暗少光輝。這裡是烽火常舉，告急的羽檄常飛。西戎啊西戎，你自認是外甥國，怎敢來冒犯大唐天威！

其十九

鳳林❶戈未息，魚海❷路常難。

堠火雲峰峻，懸軍幕井乾❸。
風連西極❹動，月過北庭❺寒。
故老思飛將，何時議築壇❻。

【章旨】此詩借秋景以慨時事，憂亂而思良將。

【注釋】❶鳳林　唐代縣名，屬河州，縣治在今甘肅臨夏南。❷魚海　地名，在河州之西，今甘肅民勤東北。《新唐書·玄宗本紀》：天寶元年「河西節度使王倕克吐蕃漁海。」漁海，即魚海。❸堠火二句　堠火，即烽火。堠，同「侯」。上句謂烽火之熾，其冒出的烽煙如雲峰之高峻。懸軍，深入敵後之軍。幕井，《易》：「井收勿幕。」注：「井口曰收。」意為井口不必遮蓋。浦注認為：「此借言軍幕之井。」是。則下句謂孤軍深入敵後又遇軍營中水井已乾，其危急如此。❹西極　極西的地方，此指吐蕃。❺北庭　北庭都護府，屬隴右道，轄今新疆烏魯木齊附近地區。❻故老二句　飛將，匈奴稱李廣為「漢之飛將軍」。仇注：「是年（郭）子儀召還，故望築壇而任飛將。」則飛將當指郭子儀。陳貽焮《杜甫評傳》則據《杜詩鏡銓》所云：「『飛將』舊指子儀，與上六句不洽，當指從前征吐蕃有功者」，認為李嗣業事跡足以當之。謹錄供讀者辨識。築壇，漢高祖築壇拜韓信為大將軍。

【語譯】鳳林戰事未平息，魚海道路不暢通。烽煙翻出雲峰峻，孤軍深入卻遇營中井枯水不供。風連西極萬里動，月移北庭灑寒光。故老思念飛將軍，何時築壇拜將展雄風？

其二十

唐堯真自聖，野老復何知❶。
曬藥能無婦，應門幸有兒。

藏書聞禹穴，讀記憶仇池❷。
為報鴛行舊，鷦鷯在一枝❸。

【章　旨】全詩多用反說法。仇注：「末章，慨世不見用而羈棲異地也。」此為二十首總結。

【注　釋】❶唐堯二句　唐堯，指唐肅宗。自聖，天生聖明。仇注：「見讒言不能入。」也就是說，直言、善言都聽不進去了，與「禹拜讜言」相反。蕭滌非先生注：「首二句彷彿是說：古人說『後從諫則聖』，而你陛下卻真是天生的聖帝，我這老匹夫又懂得什麼呢！」下句以野老自稱，王嗣奭曰：「有決絕長往之意矣！」❷藏書二句　二句寫秦州境內多可遊之處，與上聯皆以「野人」自得之樂回應肅宗對詩人的冷落。禹穴，相傳為夏禹藏書之處。禹穴有多處，舊注多稱在紹興會稽山上。今人馮國瑞、李濟阻經考證，分別著文認定在今甘肅永靖炳靈寺石窟中。仇池，見其十四首注❶。❸為報二句　鴛行舊，指同朝舊友。古人以鴛行、鵷行指稱朝班。鷦鷯，一種小鳥。《莊子・逍遙遊》：「鷦鷯巢於深林，不過一枝。」意為容易滿足。

【語　譯】當今皇上天生是聖明，我這野老又知甚！曬藥哪能缺老伴，應門也還有孩兒們。藏書曾聞有禹穴，讀記便憶仇池近。告訴同朝舊僚友：我是鷦鷯一枝足且剩。

【研　析】去兩京而客秦州，是杜甫離開朝廷政治中心的決定性一步，從此不再回頭。這是杜詩一大關節，隴右詩稱得上是杜詩從思想到形式整體性轉折之樞紐。從本質上看，杜甫此後雖未改變其「思朝廷」與「憂黎元」之初衷，但二者間的重心有較大之調整，其表現形式也有所改變。問題是，當年安祿山作亂前夕，「幼子餓已卒」的情況下，他在〈自京赴奉先縣詠懷五百字〉中猶曰：「生逢堯舜君，不忍便永訣。當今廊廟具，構廈豈云缺？葵藿傾太陽，物性固莫奪！」安史亂作，唐肅宗即位靈武，詩人竟把家小撇在羌村，隻身奔赴行在，不幸被俘。後經歷千辛萬苦，終於「麻鞋見天子，衣袖露兩肘」（〈述懷〉）。即使肅宗厭惡他，讓他回鄜州探親，他在〈北征〉中猶「拜辭詣闕下，怵惕久未出。雖乏諫諍姿，恐君有遺失……揮涕戀行在，道途猶恍惚。」甚至被貶為華州司功參軍，出城門猶三步一回頭，戀戀不能去：「近侍歸京邑，移官豈至尊。無才日衰老，駐馬望千門！」（〈至德二載，甫自京金光門出……〉）如今何以僅為「無錢居帝里」就毅然決然而去，甚至後來唐代宗都召不回頭？〈秦州雜詩〉（其二十）道出深刻的內在原因：「唐堯真自聖，野老復何知！」滌非師注：「古人說『後從諫則聖』，而你陛下卻真是天生的聖帝，我這老匹夫又懂得什麼呢！」這當然是對肅宗的諷刺。仇注：「自聖，見讜言不能入，何知，見朝政不忍聞。」這才是老杜挈妻子離朝廷的內在原因。浦起龍《讀杜提綱》稱：「客秦州，作客之始。當日背鄉西去，為東都被兵，家毀人散之故。河北一日未蕩，東都一日不寧。曉此，後半部詩了了。」的確，秦州詩乃至整個隴右詩，對往昔的深刻反思，為我們窺見杜甫內心帶根本性的變化打開一扇窗扉（下文相關章句我們將隨時點醒），也為下半部杜詩預示其端倪，值得我們細讀詳說。

本組詩所感非一事，所作非一時，但誠如《唐宋詩醇》所評：「即事命意，觸景成文，或繫於國，或繫於己，要以達其性情則一。」那末他所要達之性情又是什麼呢？《杜詩鏡銓》引張上若曰：「是詩二十首，首章敘來秦之由，其餘皆至秦所見所聞也：或游覽，或感懷，或即事；間有帶慨河北處，亦由本地觸發。大約在西言西，反覆於吐蕃之驕橫，使節之絡繹，無能為朝廷效一籌者。結以唐堯自聖，無須野人，惟有以家事付之婦與兒，此身訪道探奇，窮愁卒歲，寄語諸友，無復有立朝之望矣。公之志可知也。」此論可謂綱舉目張，抓住杜甫憂國愛民卻又無可奈何，只好寄意於「求田問舍」這一矛盾情結，將秦地所見所聞一以貫之，遂成波瀾壯闊之景觀。其中有兩股情緒最糾結：一是對吐蕃威脅的憂慮，一是對東柯谷為中心的隱居所在的尋求或嚮往。前者用文史名家繆鉞《杜甫》一書中的一段話可明之：「自安祿山亂起，唐朝將河西（甘肅黃河以西地區）隴右（甘肅隴山以西地區）的邊防軍都調去平內亂，吐蕃統治者乘機東進。當杜甫到秦州時，吐蕃的勢力已經逼近洮州（甘肅臨潭）、泯州（甘肅岷縣），離秦州不遠了。杜甫是富於愛國心的，他很憂慮這一件事，他的〈秦州雜詩〉中曾描繪出當時緊張不安的局面，『警急烽常報，傳聞檄屢飛。』在杜甫離開秦州後不久，七六三年（代宗廣德元年），秦州果然被吐蕃占領。」至於後者，老杜自己的一聯詩句也足以明之：「傷哉文儒士，憤激馳林丘。」（〈送韋十六評事充同谷防禦判官〉）然而現實才是真正有力的推手，杜甫在秦州「鷓鴣在一枝」的最低願景還是破滅。總體說來，隴右詩是杜甫對安史之亂以來現實進行深刻反思之起始，此後杜詩最多反思之作，不再是潼關時期那種以同步反映現實鬥爭的戰地記者式的「報導」。

至於本組詩的藝術特色，《後村詩話》云：「若此二十篇，山川城郭之異，土地風氣所宜，開卷一覽，盡在是矣。綱山〈送蘄帥〉云：『杜陵詩卷是圖經』，豈不信然！」「圖經」這一特色在此後一路南行入蜀的創作中得到強化，這是後話了。

宿贊公房

（五律）

【題　解】題下原注：「京中大雲寺主，謫此安置。」具體安置地點，即杜甫與贊公相見的贊公房在何地，有多種揣測，較可能的地點或當在西枝村（今甘肅天水市麥積區甘泉鎮元店村）。民國二十五年編纂的《天水縣志》云：「西枝村，在縣城東南六十五里，俗名元店。唐杜甫姪名佐，曾流寓於此。甫有〈西枝村尋置草堂地夜宿贊公土室〉詩。」此詩作於乾元二年（西元七五九年）深秋。

杖錫❶何來此，秋風已颯然。
雨荒深院菊，霜倒半池蓮。
放逐寧違性，虛空不離禪❷。
相逢成夜宿，隴月向人圓❸。

【注　釋】❶杖錫　執持錫杖。錫杖是僧人的法器，此指代僧人贊公。❷放逐二句　二句稱讚公之徹悟，隨緣任化，不以遷謫動心。違性，違背佛性。虛空，趙次公注：「虛空字，指言世放逐之也在空寂之處。《莊子・徐无鬼》篇曰『逃虛空者，聞人足音而喜』是已。夫有道之人，豈以放逐而遂改其性？況其空寂之處正亦是禪家所宜矣。」《杜臆》云：「性本虛空，視放逐猶幻影；本不違性，何至離禪？」❸隴月句　寫實景而暗用佛典，以示二人情好藹然圓滿。仇注引《華嚴經》：「如來於此四天下中，或名圓滿月。」

【語　譯】公為僧人何謫此？秋風颯颯引人思。雨，使一院菊花荒蕪；霜，凍殘荷葉半池。放逐豈能改變佛性？性本虛空禪定自持。相逢抵足同床語，恰是隴山月圓時。

【研　析】贊公，本為長安大雲寺住持僧，身世無考，因何事被謫也無確考。〈西枝村尋置草堂地夜宿贊公土室二首〉朱注有云：「贊公不知以何事謫秦州。師古注：『贊公與房琯遊從，琯既得罪，贊公亦被謫。』此語未詳所本，姑存其說，以俟博聞。」我們確切知道的只是他在長安大雲寺時，已經與老杜有密切的交往，曾關照過杜甫，供飲食、送履巾，還很談得來。杜甫〈大雲寺贊公房詩〉稱：「晤語契深心」、「近公如白雪，執熱煩何有」，看來還頗能為老杜解憂呢！所以這次在秦州邂逅，真叫杜甫喜出望外。「放逐寧違性，虛空不離禪」，寫贊公，同時也是自勉。尾聯「相逢成夜宿，隴月向人圓」，正是燥熱盡解境界。

杜甫受佛家影響其實是個不爭的事實，不但是時代風氣，也是「孔子救不得，如來救得」的戰亂時期宗教的特殊作用使然。關於杜甫與佛教禪宗的關係，在這一方面研究甚深的陳允吉教授曾在〈略辨杜甫的禪學信仰〉一文中總結說：「杜甫生活在唐代中葉佛教發展鼎盛的時期，早年就受到佛教思想的薰染陶冶，而在開元天寶間盛行於中原京洛的北宗禪學，給予他的影響尤為顯著，……杜甫作為一個偉大的現實主義詩人，具有兼濟天下的廣闊胸懷，在國破家亡的艱危時世中，敢於直面慘澹的人生，終生堅持進步的理想，在他的世界觀中，禪學思想的影響只是一個很次要的方面。」

東樓

（五律）

【題解】乾元二年（西元七五九年）在秦州作。東樓，秦州城東門城樓，為過秦州城西行必經之地。《通志》：「東樓跨府城上，形制尚古。」

萬里流沙道❶，西征過此門。
但❷添新戰骨，不返舊征魂。
樓角凌風迥❸，城陰帶水昏。
傳聲看驛使❹，送節向河源❺。

【注釋】❶流沙道　通往西北沙漠地帶的驛道。❷但　只。❸迥　高聳。❹驛使　經過驛之使者，即下句持節者。此句與〈秦州雜詩〉「喧呼閱使星」同意。❺送節句　節，使臣所持之象徵性符節，此指使臣。向河源，用漢使張騫尋河源事，此指出使吐蕃。當時唐與吐蕃關係緊張，故往彼和談之使節頻繁經此東樓，由此觸起杜甫的憂慮。

【語譯】通向沙漠的驛道萬里，征西的健兒都從這道門出去。一次西征鋪一層新骨，卻不見征人兮魂來歸！樓角凌風高高翹起，夕照將城樓的暗影送入水底。驛站來使吆喝聲起，又送走持節使臣西行急急。

【研析】杜甫極善於捉住事物的特殊性，牽一髮而動全身，使熟視無睹的平常之物能發聾振聵，乃至於觸目驚心。秦州東樓稱得上是大唐西邊的國門，為東來西往者必經之地。經詩人的聚焦，從這個門洞中可窺見人們的命運，乃至國運，而且也可窺見詩人對當時秦州之形勢與吐蕃日逼的國勢無處不在的憂心。「但添新戰骨，不返舊征魂。」可謂寫盡古代征人的宿命，也是古代戰爭史的宿命。在結構上此篇也具特色，浦注：「通首先遠而後近，故有闊勢。先往事而後今事，益見可悲。蓋言昔之去者無還矣；今去者又去，其謂之何！」

雨晴(五律)

【題解】乾元二年(西元七五九年)在秦州作。

天際秋雲薄,從西萬里風。
今朝好晴景,久雨不妨農。
塞柳行疏翠,山梨結小紅。
胡笳樓上發,一雁入高空❶。

【注釋】❶胡笳二句　仇注:「末二當分合看。笳遇晴而倍響,雁因晴而向空,此分說也。雁在塞外,習聽笳發,而翔入空中,此合說也。」其實此聯所謂「分合」之妙,乃在於能將詩中零碎的詩味提取出來,提升為「一片境」。

【語譯】天邊飄着薄薄的秋雲,西邊吹送來萬里秋風。今早好個雨後天晴,高原易瀉水,雖是久雨也並不害稼傷農。塞上幾行疏柳搖翠,原野數點山梨綴紅。倚樓胡笳忽起,一雁突入高空。

【研析】此詩寫得空明,的是秦州特有的秋雨初晴景象。意象間有一種奇妙的和諧:薄薄的雲,疏疏的柳,小小的紅果;萬里西風,樓上胡笳,高空孤雁。這一切都像一池明淨而參差的水中影,在輕輕搖曳。這不就是音樂的和聲?而最後一句便是高八度的領唱。

寓目(五律)

【題　解】乾元二年（西元七五九年）在秦州作。

一縣蒲萄❶熟，秋山苜蓿❷多。
關雲常帶雨，塞水不成河。
羌女輕烽燧，胡兒制駱駝。
自傷遲暮眼❸，喪亂飽經過。

【注　釋】❶蒲萄　即葡萄，原產自西域。❷苜蓿　一種原產自西域的牧草，也可用作綠肥。❸遲暮眼　即所謂「老眼」。

【語　譯】全縣葡萄都熟了，正是秋山苜蓿最盛的時候。邊關的雲常攜帶雨，塞上的水難匯成河。羌族婦女不在乎烽火，胡人男兒能馴服駱駝。傷心哪，我已老眼昏花反應遲鈍，只為喪亂看得太多。

【研　析】如果說上一首詩是以秋天景物組成和聲，此詩則以異地風物為和弦，而尾聯則以淡定的口吻寫生澀的感受，有意打破和諧，追求一種情感上「拗」的效果，這正是杜甫當時追求安定而不可得的苦惱心緒之反映。

山寺（五律）

【題　解】乾元二年（西元七五九年）在秦州作。山寺，指秦州麥積山之瑞應寺。《杜工部草堂詩箋》引趙次公〈秦州雜詩二十首〉其十三注云：「《天水圖經》載：隴城邑南，唐杜工部故居、工部姪佐草堂，（在）東柯谷之南，麥積山瑞應寺上。山形似積麥，佛龕刳石，閣道縈旋，上下千餘尺。山下水縱橫可涉。」

野寺殘僧少，山園細路高。
麝香眠石竹，鸚鵡啄金桃❶。
亂水通人過，懸崖置屋牢❷。
上方❸重閣晚，百里見秋毫。

【注釋】❶麝香二句　麝香，即香獐。一說小鳥名，隴蜀人謂之麝香鶵。石竹，多年生草本植物，約高三十公分。鸚鵡，《舊唐書．音樂志》：「鸚鵡秦隴尤多，亦不知重。」金桃，唐時康國所貢西域果品，此或借指當地所產山核桃之類。仇注引趙汸曰：「鸚鵡二句，本狀寺之荒蕪，以秦隴所產禽獸花木言之，語反精麗。」鸚鵡實指當地之物，麝香則是虛襯，不必坐實。❷亂水二句　亂水，即《天水圖經》所云：「山下水縱橫可涉」。下句，仇注引《玉堂閒話》：「麥積山梯空架險而上，其間千房萬室，懸空鑷虛。」現麥積山距地面數十公尺處仍存近二百間歷代窟洞，為中國四大石窟之一。❸上方　即佛寺。

【語譯】偌大的野寺剩沒幾個和尚，高高的山園要從仄徑繞上。小香獐竟臥在石竹叢裡，鸚鵡吵鬧着啄食金桃。行人涉過淩亂的溪澗，懸崖上牢牢架着佛閣僧廊。登上寺裡重疊的樓閣，能看到百里外的纖毫。

【研析】「山寺即麥積山之瑞應寺」，有人認為並無確證。但無論如何，浦起龍稱「山野荒墟中，廢寺如畫」，卻是的評。為什麼廢寺會如畫呢？當然中間兩聯（尤其是頷聯）給我們強烈的畫面感，使我們從「廢」中看到美。王夫之《薑齋詩話》有云：「夫景以情合，初不相離，唯意所適。」也就是說，內情與外景是對應的。不過這種對應不一定是「一致」，所以又說：「以樂景寫哀，以哀景寫樂，一倍增其哀樂。」反襯更有力。「麝香眠石竹，鸚鵡啄金桃」一聯則是以麗辭寫廢寺，同樣取得反襯的效果。換一個角度看，余秋雨的散文〈廢墟〉說：「廢墟有一種形式美，把拔離大地的美轉化為皈附大地的美。」廢寺之妙，就在人工美正處於皈附自然美的過程中；而趙汸曰：「鸚鵡二句，本狀寺之荒蕪，以秦隴所產禽獸花木言之，語反精麗。」寺之荒蕪被禽獸花木之美所取代，講的不也同樣是這個道理？

即事（五律）

【題解】乾元二年（西元七五九年）八月後在秦州作。我們在上一卷〈留花門〉「公主歌黃鵠，君王指白日」注中已提到：「乾元元年七月，肅宗把幼女寧國公主嫁給回紇可汗，親自送至咸陽磁門驛，公主泣辭說：『國家事重，死且無恨。』肅宗灑涕而還。次年，回紇懷仁可汗死，公主拒絕按其俗殉葬，但也為之剺面而哭，因無子歸唐。」而這首詩就是聽說公主歸來時寫下的感慨。即事，就是寫當下之事。

聞道花門破❶，和親❷事卻非。
人憐漢公主，生得渡河歸。
秋思拋雲髻，腰支勝寶衣❸。
群凶猶索戰❹，回首意多違❺。

【注釋】❶花門破　回紇戰敗。《唐書・回紇傳》載：「乾元二年三月，回紇從子儀戰於相州城下，不利，奔西京。」❷和親　漢族皇帝通過與其他民族首領聯姻的方式（一般是嫁出同宗女），形成某種同盟關係，或避免之間的戰爭的政策，就叫和親。杜甫認為這不是好辦法。❸人憐四句　四句即寫公主的悲慘遭遇，塑造了公主哀哀動人的形象。漢公主，指唐肅宗第二女寧國公主。乾元元年始許回紇毗伽闕可汗以和親，可汗死，欲以公主殉葬，公主以中國禮拒之，但也用回紇禮以刀割面大哭，終因無子於乾元二年八月歸唐。拋雲髻，頭髮散亂。勝寶衣，不勝寶衣，形容腰肢之瘦弱無力。❹群凶句　此指史思明叛軍是年九月濟河來犯，李光弼棄洛陽，守河陽拒之。❺回首句　謂反思當初和親，本為借兵平叛，如今卻事與願違。

【語譯】聽說回紇鄴城敗，和親失策事可哀。國人共憐唐公主，生渡黃河始歸來。異邦秋思懶梳洗，瘦損腰身不勝衣。至今叛軍猶來犯，回看和親與願違！

【研析】「和親」從本質上說，就是最高統治者以弱女子作政治交易。當然也有文成公主和蕃的成功例子，但大多數是只釀成悲劇而於事無補。先不去論它，只說這寧國公主，我看她就是個巾幗英雄！在磁門驛，公主泣辭說：「國家事重，死且無恨。」何等感人！文武將相士大夫又有幾個說得出做得來？而在殉葬一事上，她以中國禮拒之，同時也用回紇禮以刀割面大哭。這又是何等有理有節有智慧，又有幾個持節使臣想得來辦得到？杜甫在否定和親的同時卻又把濃重的同情傾注在這位可敬的公主身上，即使王安石的名著〈明妃曲〉，也缺少這種顧及民族大義與個體生存權利之「兩邊」的複雜而沉厚的情感。為省讀者翻檢之勞，茲附錄王詩於後以供比照。

【附錄】

明妃曲

王安石

明妃初出漢宮時，淚濕春風鬢腳垂。低徊顧影無顏色，尚得君王不自持。歸來卻怪丹青手，入眼平生幾曾有？意態由來畫不成，當時枉殺毛延壽。一去心知更不歸，可憐着盡漢宮衣。寄聲欲問塞南事，只有年年鴻雁飛。家人萬里傳消息，好在氈城莫相憶。君不見咫尺長門閉阿嬌，人生失意無南北。

遺懷（五律）

【題解】乾元二年（西元七五九年）在秦州作。遺懷，以詩排遣某些不愉快的心緒。

愁眼看霜露，寒城菊自花❶。
天風隨斷柳，客淚墮清笳。
水淨樓陰直，山昏塞日斜❷。
夜來歸鳥盡，啼殺後棲鴉❸。

【注釋】❶菊自花　仇注引趙汸曰：「天地間景物，非有所厚薄於人，惟人當適意時，則情與景會，而景物之美，若為我設。一有不嫌，則景物與我漠不相干。故公詩多用一『自』字，如『寒城菊自花』、『故園花自發』、『風月自清夜』之類甚多。」❷天風四句　句中因果關係按邏輯順序應為：柳斷因天風，客淚因聞笳，陰直因水淨，山昏因日斜。則「天風隨斷柳」、「山昏塞日斜」二句的因果關係是顛倒的，這種有別於常規語言習慣的陌生化處理，造成某種形式美，所以《杜律啟蒙》云：「一逆一順，一順又一逆，極盡回環之妙。」❸夜來二句　後歸之鴉因無枝可棲而啼，即用曹操「繞樹三匝，無枝可依」詩意，又暗寓於秦州卜居無地之歎。

【語譯】眯着悲愁的眼，我瞅着邊城霜露中自開自落的菊。西風飛捲折下的柳枝，一聲清笳讓旅人雙淚墮地。水面絲紋不動，水中樓影筆直呆立。日已西斜，塞上層巒抹上了嵐氣。夜幕落，鳥兒盡歸。啼殺那遲來的鴉鵲喲，可憐牠無枝可依！

【研析】張志烈主編《杜詩全集》認為該詩「是一首借景抒懷的作品。有什麼樣的心懷須排遣，詩中沒有明說，引起人們的紛紛猜測。趙汸說是尋置草堂未遂，託棲鴉而遣懷。《杜臆》更是句句比附。雖然均有一定道理，但似覺牽強。仇注說：『此邊塞淒涼，觸景傷懷，而借詩以遣之。句句是詠景，句句是言情，說到酸心滲骨處，讀之令人欲涕。』這一見解平實中肯，可謂知杜之言。杜公胸懷天下，體恤民情，情繫親友，萍跡天涯，不順心的事多矣，此可為人所知，而又不可一一坐實。即是抒情作品的共有特性。」所言甚是。

在藝術表現手法上，此詩也有特色：八句「句句是詠景，句句是言情」。如果說〈秦州雜詩二十首〉「所感非一事，所作非一時」，「即事命意，觸景成文，或繫於國，或繫於己，要以達其性情則一」，是一串珍珠項鍊；那末此詩便是一粒多面的小小水晶，由多個「面」折射出一團絪縕的晶光。霜菊、斷柳、樓影、斜日、棲鴉，諸種意象各各從不同角度共同營造出衰颯的秋意，而與心中排遣不開的莫名愁緒相映襯。

天河

（五律）

【題　解】乾元二年（西元七五九年）秋月在秦州作。此期杜甫寫下十幾首以二字為題的詠物之作。可以組詩視之。

常時任顯晦，秋至輒分明。
縱被微雲掩，終能永夜清。
含星動雙闕❶，伴月照邊城。
牛女❷年年渡，何曾風浪生。

【注　釋】❶含星句　雙闕，宮門有雙闕，用指朝廷。與「每依北斗望京華」同意，表示對朝廷的思念。❷牛女　牛郎與織女。

【語　譯】銀河呵平時或明或暗，到了秋天總是亮亮晶晶。縱然偶被微雲遮蔽，最後還是徹夜清明。你是長長流動的星帶，那端纏繞着巍巍的宮闕，這端伴月垂照寂寂的邊城。牛郎織女年年渡河相會，何曾有風浪阻停。

【研析】寫銀河而不露題字，明淨有味。頸聯二句各用雙動詞，句中波瀾，充滿動感。「含」，掩卷如見眾星粒粒晶瑩，繁而不亂，融而不混。「動」、「伴」、「照」，一氣而下如流水。妙寫銀河所綰繫在邊城、宮闕兩端，心思自見。

如【題解】所說，此期杜甫寫下一組詠物詩如〈初月〉、〈促織〉、〈苦竹〉、〈除架〉、〈廢畦〉、〈螢火〉、〈病馬〉等，有十幾首之多，題材之多樣，規模之大，皆前所未見；其中又大都為弱者、棄物，與此前詠物詩多寫蒼鷹、驄馬之類壯美之物大異其趣，這些都是入秦州後的新取向，這預示其情志的轉型，為後半部杜詩之嚆矢。

初月（五律）

光細弦❶豈上，影斜輪未安。
微升古塞外，已隱暮雲端。
河漢不改色，關山空自寒❷。
庭前有白露，暗滿菊花團❸。

【題解】乾元二年（西元七五九年）在秦州作。初月，上弦月。詳注❶。

【注釋】❶弦　半月之狀，一邊曲，一邊直，如弓弦。農曆初七、八稱上弦，二十二、二十三稱下弦。❷河漢二句　河漢，即銀河。《杜律啟蒙》：「樂府有〈關山月〉曲，月為初月，故『關山空自寒』耳。然稍晦。」意思是：關、山、月三者的組合，已經是古人的「現成思路」，是意象的「三結義」，今因初月光細，似不相當，故曰「關山空自寒」。❸團　通「漙」。露多貌。

【語　譯】月眉不足稱上弦，月輪只露小彎彎。剛剛探頭出古塞，便又埋沒暮雲端。光弱難遮銀河色，關山月暗空自寒。君看庭院降白露，暗裡已凝菊花滿。

【研　析】這是一首繼承六朝傳統的詠物詩，注重以形傳神，未必有什麼政治上的深意。首聯用比喻寫，「光細」是初月的特徵，由此以「弦」為喻，而初八、九之月才稱「上弦」，它是初五、六之初月，連上弦也不夠格，故曰「弦豈上」。接着用曲喻手法，由弦進而說弦只是圓的一部分，所以未能成全圓的「月輪」，又由月輪聯想到車輪，故曰「輪未安」。這種連續推進的聯想豐富了比喻的趣味性。頷聯正面寫初月之短暫一現，頸聯側面寫初月光細不能影響星空之明亮（月明則星稀），鋪墊至尾聯而傳初月之神：「庭前有白露，暗滿菊花團。」借露菊寫出初月之「光細」，故曰「暗滿」；不但寫出露菊的形，也傳出「細光」朦朧的神。《能改齋漫錄》云：「謝惠連詩：『團團滿葉露』，謝玄暉『猶沾餘露團』，庾信〈挹得胥臺露〉詩：『惟有團階露，承睫共沾衣。』杜詩所本也。」說的就是對六朝詠物詩的繼承。當然，從以上分析看，由曲喻到層層渲染也是創新。

擣衣

（五律）

【題　解】乾元二年（西元七五九年）在秦州作。擣衣，蕭滌非先生注：「楊慎《丹鉛錄》：『古人擣衣，兩女子對立執一杵如舂米然，今易作臥杵。』按王建〈擣衣曲〉：『月明庭中擣衣石，掩帷下堂來擣衣。婦姑相對神力生，雙揎白腕調杵聲。』則唐時擣衣仍為二人對立。但不必拘於二人。」

亦知戍不返，秋至拭清砧❶。

已近苦寒月，況經長別心。

寧辭擣熨倦，一寄塞垣深❷？

用盡閨中力：君聽空外音❸！

【注　釋】❶亦知二句　起句與〈垂老別〉「孰知是死別，且復傷其寒」同其沉痛。安此一句於首，便覺通篇字字是至情。砧，擣衣石。❷已近四句　《唐詩選脈會通評林》引周珽曰：「此詩因聞砧而托擣衣戍婦之辭，曰『亦知』、曰『已近』、曰『況經』、曰『寧辭』、『一寄』，通篇俱用虛字播弄描寫，何等宛轉嗚咽。」擣，俗作「搗」，捶打。❸君聽句　這一句化用王灣〈擣衣〉「風響傳聞不到君」之意。

【語　譯】明知你征戍難生還，秋來我還是把搗衣砧板掃。搗！搗！嚴寒逼近催人老。搗！搗！搗！久經別離繫心早。為寄塞上風煙遠，敢辭搗熨日夜勞？閨中哪怕用盡力，響徹天外你又怎能聽得到！

【研　析】有人說：站在死看生，對生倍加熱愛。同理，站在死看愛，愛便有崇高感。「亦知戍不返，秋至拭清砧」、「孰知是死別，且復傷其寒」，愛得純淨，愛得沉重，愛得執着，愛得崇高。尾聯「用盡閨中力：君聽空外音」，連最後的一點慰藉也破滅了，情何以堪！梁啟超稱老杜為「情聖」，良有以也。

促織（五律）

【題　解】乾元二年（西元七五九年）秋，在秦州作。

促織❶甚微細，哀音何動人。
草根吟不穩❷，床下意相親❸。
久客得❹無淚？故妻難及晨❺。
悲絲與急管，感激異天真❻。

【注釋】❶促織　蟋蟀。❷吟不穩　指其叫聲時東時西不固定。❸床下句　《詩・七月》：「十月蟋蟀入我床下。」❹得　豈能。❺故妻句　句謂其難入眠，捱到天亮。故妻，棄婦或寡婦。❻悲絲二句　絲管，泛指樂器。朱注：「絲管感人不如促織之甚，以聲出天真故也。」

【語譯】蟋蟀雖然弱小，但牠哀鳴又何其動人！牠在草叢中忽東忽西地叫着，秋來還鑽到床下與人親近。久在客中聞之豈能不下淚？棄婦聽此一夜難捱到天明。胡琴洞簫之類也能哀婉感激，但怎比得上牠的叫聲來得自然天真。

【研析】《覲齋詩談》：「〈促織〉詠物諸詩，妙在俱以人理待之，或愛惜，或憐之勸之，或戒之壯之。全付造化，一片婆心，絕作絕作！」又曰：「詠物諸作，皆以自己意思，體貼出物理情態，故題小而神全，局大而味長，此之謂作手。」的確，小小促織牽動的是一顆「民胞物與」的偉大的心！

除架

（五律）

【題解】乾元二年（西元七五九年）在秦州作。除架，拆除棚架。楊倫謂此詩有「自傷零落之意」。

束薪❶已零落，瓠葉轉蕭疏。
幸結白花了，寧辭青蔓除。
秋蟲聲不去，暮雀意何如。
寒事今牢落，人生亦有初❷。

【注　釋】❶束薪　本指捆綁好的木柴，此指搭架的竹木。❷寒事二句　牢落，寥落。下句言人生無不有盛衰，語出《詩・蕩》：「靡不有初，鮮克有終。」誰都有個好開始，但很少能保持到最後啊！楊倫云：「只半句妙極含蓄。」

【語　譯】竹木棚架已零散，水葫蘆瓜兒葉全凋。所幸白花結瓜了，敢辭青青瓜蔓一旁撩？唯有秋蟲還在叫，夕陽烏雀何事尚相邀？天寒物候草木自荒疏，人生盛衰憶當初。

【研　析】有些詩讀起來好比喝淡茶，初覺無味，尋思之則漸有回甘，此詩是也。《杜詩鏡銓》引王阮亭曰：「天涯逐客，落寞窮途，不覺觸物寄慨，以為譏刺則非。」逐客看除架，難免感發其始盛終衰之慨，卻不是有意要諷刺什麼。詩人之眼，總能從平凡乃至人不屑一顧的事物中發現某種詩意。說到底還是詩人的主體性使然，故仇注引申涵光云：「杜公遇廢棄之物，便說得性情相關，如〈病馬〉、〈除架〉是也。」

廢　畦

（五律）

【題　解】乾元二年（西元七五九年）在秦州作。廢畦，荒蕪的菜畦。

秋蔬擁霜露，豈敢惜凋殘。
暮景數枝葉，天風吹汝寒。
綠霑泥滓盡，香與歲時闌。
生意春如昨，悲君白玉盤❶。

【注釋】❶生意二句 浦注曰：「公詩云：『春日春盤細生菜』，蓋唐別有立春頒賜之典。」又箋曰：「回思玉盤春荐，曾幾何時，而今零落如許，是可悲也。」檢杜甫大曆二年所作〈立春〉云：「春日春盤細生菜，忽憶兩京全盛時。盤出高門行白玉，菜傳纖手送春絲。」兩相比較，詩意就顯豁了：玉盤春菜喻昔日盛世，玉盤秋蔬喻今日衰世。

【語譯】秋之菜蔬經霜凍，豈敢自惜怨凋殘。垂暮但剩幾片葉，秋風瑟瑟吹更寒。泥漿玷汙不見綠，香氣也隨歲暮完。春時生意猶昨日，如今白玉盤空為君歎。

【研析】上幾首詩接連多次出現「寧辭」、「豈敢」之類的辭句，借不同的人、事、物表達了當時詩人總是揮之不去的「無奈」的情緒。由此我們也許能體味到情志與意象之間那種微妙的若即若離的對應關係。「秋蔬擁霜露，豈敢惜凋殘。」「秋蔬」而曰「豈敢」云云，顯然是「以人理待之」，非喻人事而何？黃生曰：「古詩：『委身玉盤中，歷年冀見食。』此言『悲君白玉盤』，委身知不再，歌後成句。」這「菜」頗有點「毛遂自薦」的意思。不過我看杜詩講的是整個「廢畦」，不應只薦自己一棵「菜」。如果「君」指君王，「畦」喻用人機制、賢路，則如今肅宗朝小人當道，諸賢如郭子儀、李泌、房琯乃至自己，盡在被排擯之列，賢路廢塞，諸賢似「擁霜露」而凋殘之「秋蔬」。菜畦既廢，諸蔬凋殘，玉盤遂空，所以「悲君白玉盤」也。此解是否曲解？還請讀者諸君評判。

夕烽（五律）

【題解】乾元二年（西元七五九年）在秦州作。夕烽，傍晚的烽火。

夕烽來不近，每日報平安。
塞上傳光小，雲邊落點殘❶。
照秦通警急，過隴自艱難❷。
聞道蓬萊殿，千門立馬看❸。

【注釋】❶塞上二句　傳光小，仇注：「凡平安火止用一炬，故傳光小而落點殘。」❷照秦二句　秦，秦地，此指長安。隴，隴山。下句言隴山高大，傳烽火自不易。浦注則認為是「致戒于守者」云：「唯邊將『照秦』知『警』，則蕃兵『過隴』斯『難』，所謂『將軍且莫破愁顏』也。」亦通，但不如六句一氣而下寫烽火之傳遞為佳。❸聞道二句　蓬萊殿，即唐當時的主殿大明宮。下句寫朝廷對西線報警的高度關注，正是浦注所云：「乃從平安內看出警急。」

【語譯】傍晚的烽火從遠處傳來，每天還報着平安。一點亮光在塞上閃爍，遞到雲端更微火闌珊。它緊揪長安人的心哪，一站一站翻越隴阪真艱難！平安火呵平安火！聽說大內蓬萊殿前，每到此刻便打開宮門千道，多少人正勒馬矚目看。

【研析】此詩渲染氣氛頗具特色：隨着那點平安火的傳遞，由遠而近，或落雲邊，或過隴阪，飄忽閃爍，牽繫人心；結句忽然逆向迎去，朝廷上下屏氣守候那點「平安火」的到來，其氣氛之緊張竟與接到「報警火」

無異，誠如浦起龍所云：「乃從平安內看出警急。」我們幾乎也同時聽到詩人提到嗓眼上那顆忐忑的心在怦然跳動。

秋笛
（五律）

【題解】作於乾元二年（西元七五九年）秋。

清商欲盡奏，奏苦血霑衣❶。
他日傷心極，征人白骨歸。
相逢恐恨過❷，故作發聲微。
不見秋雲動，悲風稍稍飛❸。

【注釋】❶清商二句　清商，五音之一，主肅殺。《禮記・月令》：「（孟秋之月）其音商。」《三禮圖》：「商弦最清而獨悲」。二句謂秋笛之音悲苦，不堪盡情奏之。《杜詩鏡銓》引王右仲曰：「起似尾後餘意，而用作起句，語突而意倍慘。」❷恨過　傷恨太過。❸不見二句　《韓非子・十過》載：師曠奏〈清徵〉之曲，「一奏之，有玄雲從西北方起；再奏之，大風至。」此聯上承「發聲微」，故悲風只是「稍稍飛」耳。

【語譯】肅殺之音如欲盡情奏，只怕奏出悲苦血淚沾人衣！昔日曾聽傷心曲，那是淒涼迎得征人白骨歸。如今相逢只怕太怨恨，只作低聲輕輕吹。悲風不摧秋雲動，悲聲且自稍稍飛。

【研析】此詩結構頗奇特：不是泛泛詠笛，而是着意渲染其微吹之音。先用逆筆作勢，說笛聲悲苦，不堪盡情奏之，「征人白骨」尤令人駭目驚心，所以只發微聲，雖不至悲風大作，但悲情已作矣。秋笛之悲一時托出。《讀杜心解》乃云：「筆筆凌空，著紙飛去。律體至此，超神入化。」正言其善渲染也。

日暮（五律）

【題解】乾元二年（西元七五九年）秋，作於秦州。

日落風亦起，城頭烏尾訛❶。
黃雲高未動，白水已興波。
羌婦語還笑，胡兒行且歌。
將軍別換馬，夜出擁雕戈❷。

【注釋】❶烏尾訛　訛，動。烏鴉的尾在擺動。《後漢書·五行志》：「桓帝時，童謠云：『城上烏，尾畢逋。』」此寫日暮時實景。❷將軍二句　別換馬，言警報時聞，將軍不敢懈怠，日暮猶換新坐騎繼續巡邊。換馬不換人，乃見將軍鞍馬之勞，不得休息。雕戈，刻鏤飾紋的武器。

【語譯】太陽下山，寒風隨起。城頭上棲滿烏鴉，擺動着牠的尾。高空的雲不動，水面興波散綺。牧歸的胡兒走着唱着，傳來帳篷中羌婦的笑語。巡邊的漢將卻緊張地換上坐騎，連夜出城還帶着武器。

【研析】此詩着力營造一種緊張氣氛。仇注引《杜臆》云：「日落風起，雲屯波撼，此虜將入寇之象，故羌婦笑而胡兒歌。羌胡，蓋降夷也。邊將擁戈夜出，其惶急可知矣。」是為善讀詩者。可與〈夕烽〉對讀，老杜心事可知。

空囊（五律）

【題解】乾元二年（西元七五九年）在秦州同谷時作。囊，錢袋。《杜詩鏡銓》：「寫窮況妙在詼諧瀟灑。」

翠柏苦猶食，晨霞高可餐❶。
世人共鹵莽，吾道屬艱難❷。
不爨井晨凍，無衣床夜寒❸。
囊空恐羞澀，留得一錢看❹。

【注釋】❶翠柏二句　翠柏，《列仙傳》：「赤松子好食柏實。」晨霞，即朝霞。司馬相如〈大人賦〉：「呼吸沆瀣餐朝霞。」不說沒飯吃，卻說學仙人辟穀，自嘲口吻。❷世人二句　此聯意謂「眾人貴苟得」，得過且過，自己則意在行兼濟之道，故難免艱難過日。鹵莽，草率；不鄭重。❸不爨二句　這兩句實寫空囊。上句寫無食，下句寫無衣。不爨句，即無米不必舉火做飯，也不必打水，故井凍。爨，燒飯。床寒，無衣被可知。❹囊空二句　羞澀，不好意思。看，看守。以幽默口吻寫苦況，與起句呼應。《韻府群玉》：「阮孚持一皂囊，遊會稽。客問：『囊中何物？』曰：『但有一錢看囊，恐其羞澀。』」詼諧中自有豪氣。

【語譯】再苦的翠柏我還是吃，朝霞雖高也想法弄來充飢餓。世人呵儘是草率貴苟得，我堅持原則直道而行日子難過。無米可炊自然不必打水也不必升火，沒有衣沒有被縮在床上一夜凍坐。空錢袋呵你莫羞澀，我還留有看守呢——銅錢一箇！

【研　析】胡適之曾說過：「杜甫很像是遺傳得他祖父的滑稽風趣，故終身在窮困之中而意興不衰頹，風味不乾癟。他的詩往往有『打油詩』的趣味：這句話不是誹謗他，正是指出他的特別風格。」這話似是而非。滑稽打油是淺薄，杜甫卻是幽默，調侃而不失莊重，是「含淚的笑」。其所從來也不是什麼「遺傳」，是對生活抗爭的強力精神，得自民間樂府諧趣的傳統，是杜甫倔強性格的特殊表現形式。「世人共鹵莽，吾道屬艱難。」是浦注所說：「以莊語見清操。」當與尾聯合看。

病馬（五律）

【題　解】乾元二年（西元七五九年）在秦州作。這也是一首有寄託的詠物詩。

乘爾亦已久，天寒關塞深。
塵中老盡力，歲晚病傷心❶。
毛骨豈殊眾？馴良猶至今。
物微意不淺，感動一沉吟。

【注　釋】❶塵中二句　蕭滌非注：「這兩句句法，一句作三折。在風塵之中，而且老了，還在為我盡力；當歲晚天寒之時，況又有病，那得不使人為之傷心。」

【語　譯】馬兒呵你載我已很長時間，如今到了塞上冬寒暮氣侵。風塵中你老了盡力了，也病了走到頭了令人傷心！看你外表沒什麼特別，可你一直是那麼馴良忠心。馬之為物雖然卑微，但牠對人的情分自深深。我為之感動，我為之沉吟。

【研析】申涵光曰：「杜公每遇廢棄之物，便說得性情相關，如病馬、除架是也。」「性情相關」四字道出詠物之關鍵。蕭先生注尾聯說：「馬之為物雖微，可是對人的情分倒很深厚，使我不禁為之感動而沉吟起來。沉吟二字感慨很深，有人不如馬之嘆。杜甫既受到統治者的棄斥，同時又很少得到人們的關懷和同情，這也是他為什麼往往把犬馬——特別是馬看成知己朋友並感到它們所給予他的溫暖的一個客觀原因。……其所以如此，是和他自己便是一個『廢棄之物』的身世密切相關的。」我在「導讀」中也從另一個角度提到：杜甫「真善一體」的主體性形成其獨特的「新感覺」，體現為獨特的審美趣味而無往非新。與盛唐好豐腴的審美趣味不同，主張「書貴瘦硬方通神」，批評大畫家韓幹畫肥馬是「忍使驊騮氣凋喪」，而偏來寫瘦馬、病馬；這就是杜甫感性中的社會性，社會性中的個性。一言以蔽之：「性情相關」也。

蕃劍

（五律）

【題解】乾元二年（西元七五九年）作於秦州。蕃劍，吐蕃所造之劍。

致此自僻遠，又非珠玉裝。
如何有奇怪，每夜吐光芒。
虎氣必騰上，龍身寧久藏❶。
風塵苦未息，持汝奉明王❷。

【注釋】❶虎氣二句　《吳越春秋》：「闔閭死，葬以扁諸之劍，金精上揚，為白虎據其上，號曰虎丘。」龍身，《豫章記》載：「吳未亡，恒有紫氣見牛斗間。張華問雷孔章，孔章言寶物之精，在豫章豐城。遂以孔章為豐城令。至縣，掘獄得二劍，其夕牛斗氣不復見。孔章乃留其一，匣而進之。後，華遇害，此劍飛入襄城水中。孔章臨亡，戒其子恒以劍自隨。後，其子為建安從事。經淺瀨，劍忽於腰間躍出，見二龍相隨逝焉。」❷明王　賢明的君王。

【語譯】此劍得自荒僻，又無珠玉為飾，為何會如此神奇：每夜吐出光芒熠熠？龍劍豈能久藏，其中自有虎氣！劍呵劍，如今戰火苦未息，安得持汝隨明君殺敵！

【研析】《讀杜心解》：「借薔劍聊一吐氣，作作有芒。」的確，老杜雖離開朝廷，但心仍繫之，借此劍將胸中卓厲之氣一時吐出！其中「奉明王」從反面道出對肅宗的不屑。老杜的「奉」是有前提的。

銅瓶（五律）

【題解】乾元二年（西元七五九年）在秦州作。銅瓶，此指宮中銅製汲水器。《杜詩說》：「以銅為瓶，而以金飾其上為蛟龍。此宮中之物，亂後散於民間，或有得其缺折之餘者，故因所見而起興。」

亂後碧井廢，時清瑤殿深❶。
銅瓶未失水，百丈有哀音❷。
側想美人❸意，應悲寒甃沉。
蛟龍半缺落，猶得折黃金❹。

【注　釋】❶亂後二句　時清，與「亂後」相對，指往昔清平時。首聯便作工對，古人稱為「偷春格」。此聯利用對偶將今昔興廢和盤托出。洪邁《容齋三筆》云：「此篇蓋見故宮井內汲者得銅瓶而作，然首句便說廢井，則下文翻覆鋪敘為難，而曲折宛轉如是，他人畢一生模寫不能到也。」❷銅瓶二句　二句想像當年銅瓶尚未沉入井中時宮人汲水的情景。未失水，指瓶尚未沉井中。百丈，指很長的汲綆，以見井之深。哀音，轆轤轉動時發出低沉的聲音。❸美人　指宮女。❹蛟龍二句　蛟龍，應指以蛟龍形象為飾物之瓶耳。折，當也；相當於；抵得上。此言雖「半缺落」其瓶耳，然其製作精美，猶抵得上黃金之價值。

【語　譯】看戰亂之後玉井廢，想清平時節瓊樓玉宇自深深。當初銅瓶尚汲水，長綆轆轤聲低沉。失手綆斷銅瓶落，誰知美人悲惜心？蛟龍瓶耳半缺落，估值猶能抵黃金。

【研　析】此詩歷來選本不選，其實是一首運思巧妙的杜詩。從殘缺的銅瓶之精美，見出當年宮中之奢華，意在憶盛世而悲時艱。殘缺，往往為讀者留下更廣闊的想像空間，名塑「斷臂的維納斯」是也。《韓非子・解老》有云：「人希見生象也，而得死象之骨，案其圖而以想其生也。」杜甫從一缺殘之銅瓶中遙體人情，以揣以摩，活現了當年宮中某個生活片斷，其中宮女一閃之身影已覺哀婉動人，使讀者惻然有思。中唐詩人張籍有《楚妃怨》一首，恰好「補出」此片斷。詩曰：「梧桐落葉黃金井，橫架轆轤牽素綆。美人初起天未明，手拂銀瓶秋水冷。」不止此也，這個缺殘銅瓶還有另一層美學上的意義，那就是它無意間記錄下的歷史滄桑，成為附着在它身上的「社會美」。知否知否，詩人眼中「猶得折黃金」並非古董商眼中的「猶得折黃金」，未曾經歷過戰亂的人是估不出「太平」的價值的。

野　望（五律）

【題　解】乾元二年（西元七五九年）秋在秦州作。

清秋望不極，迢遞起層陰❶。
遠水兼❷天淨，孤城隱霧深。
葉稀風更落，山迥日初沉。
獨鶴歸何晚，昏鴉已滿林❸。

【注釋】❶清秋二句　望不極，望不到盡處。迢遞，深遠貌。層陰，層層陰雲。❷兼　連。❸獨鶴二句　與「夜來歸鳥盡，啼殺後棲鴉」同意而進一層：賢路已為小人所佔斷。

【語譯】清秋極目望不清，遠處層層雲自陰。清波空曠連天淨，孤城冥冥霧埋深。風吹殘葉稀更落，山遠嵐升日初沉。孤鶴歸飛來何晚？已是昏鴉棲滿林！

【研析】通篇情景兩兩對立，清秋與層陰並舉，水天兼淨與孤城隱霧並舉，葉稀野曠與日沉山暝並舉，獨鶴與群鴉並舉，清者彌清，濁者愈濁，其意自見。故《唐詩解》乃云：「此賦野望之景以成篇，無他托意而興味自佳。」

佐還山後寄三首（五律，選一）

【題解】乾元二年（西元七五九年）秋在秦州作。杜佐，殿中侍御史杜暐之子，杜甫之族姪，仕履不詳。〈示姪佐〉題下原注：「佐草堂在東柯谷。」還山，指杜佐回到東柯谷。杜甫此時可謂是「苟全性命於亂世」，此詩其一有云：「須汝故相攜」，甚至有過到東柯村隱居的打算，所以杜佐對他很重要。

白露❶黃粱熟，分張素有期❷。
已應舂得細，頗覺寄來遲。
味豈同金菊，香宜配綠葵❸。
老人他日愛，正想滑流匙❹。

【注釋】❶白露　農曆節氣之一，在農曆七月間。❷分張句　此句意謂：分別時早有過（分餉的）約定。分張，分別。素，向來；早先。期，約。❸味豈二句　二句狀小米飯：其香味勝過黃菊，正宜以綠葵為菜就飯也。《詩・七月》：「七月亨葵及菽。」❹老人二句　他日，以後；將來。點明後四句所寫小米之炊，只是經驗與想像之辭。滑流匙，此寫小米粥傳神。新米粘稠，故云。蔣弱六云：「只如白話，韻言化境。」

【語譯】白露時節黃粱熟，曾有期約許相分。估摸新米舂已細，趕緊寄來莫逡巡。新米香味過金菊，綠葵相配更絕倫！來日定是老夫之最愛，想見滑膩粥稠流入脣。

【研析】這本是一首充滿功利性質的求人送小米的「催貨單」，卻能給人予美感者，就在於能將填飽肚子的「吃飯」這一實實在在的日常生活經驗，通過「想像」之手虛化、提升為一種獨特的審美情感。杜甫棄官「因人作遠遊」，為的是士的尊嚴，守護的是自家的理想，但在秦州卻孤立無助，甚至無立錐之地。〈示姪佐〉云：「多病秋風落，君來慰眼前。」姪兒微薄的物質救助不但成為其生存的支柱，且其中體現的親情幾乎成了他唯一的安慰。然而他對此只一句帶過：「分張素有期」，從「期」字又生發出「期盼」，於是詩人將重點放在對新熟小米的嚮往之情上：「已應舂得細」一句，將經驗化為想像，「頗覺」二字帶出嚮往之情。以下四句則讓意味回到感性，二者融而為一，在舌尖上品味生活，品味人倫，品味人生。於是乎極為平常的小米在詩人筆下遂煥發出誘人的色香味，超金菊而配綠葵。老人與粥，是如此和諧對應；「滑流匙」三字更將新米粥之形神攝出，也將老人嚮往之情托出。然則，區區一粥，竟成「老人他日愛」，豈不可悲？詩味在斯，詩味在斯！

從人覓小胡孫許寄（五律）

【題　解】乾元二年（西元七五九年）在秦州作。胡孫，即猢猻，猴子。此詩句序，趙次公認為第四句當與第八句互易。詳見【研析】。

人說南州路，山猿樹樹懸❶。
舉家聞若駭❷，為寄小如拳。
預哂愁胡❸面，初調見馬鞭❹。
許求聰慧者，童稚捧應癲❺。

【注　釋】❶人說二句　南州路，或云指兩粵為南州路，大概是認為那裡才有可能「山猿樹樹懸」；但清順治《秦州志》載：「又二十里曰仙嶺，其嶺有仙坪，其平如掌，多猿猴、鸜鵒。」則南州路泛指秦州以南地區可也。❷駭　《豫章黃先生別集》卷四〈杜詩箋〉云：「當作咳。禺屬惟猿猴喜怒飲食常作咳。」❸愁胡　指猢猻。傅玄〈猨猴賦〉：「揚眉蹙額，若愁若嗔；既似老公，又類胡兒，所謂愁胡也。」❹初調句　舊注或引《齊民要術》：「常繫獼猴于馬坊，令馬不畏，辟惡，消百病。」意謂以此猴馴馬如見馬鞭一樣有效。如此則與上下文無關聯，不如按字面直解：此猴初次調馴，只要用馬鞭便可馴伏。言其不難馴養而供孩童玩樂也。❺癲　歡極而雀躍。

【語　譯】聽人說城外某處南邊，樹樹懸著山猿。全家人聽了都覺得驚奇，孩子們抱着牠該高興得發癲！想見牠那愁胡似的揚眉蹙額真可笑，調教牠也只要稍稍用用馬鞭。謝謝你答應我的請求，將寄來一隻聰慧的猢猻小如拳。

【研　析】莫礪鋒於宋人劉昌詩《蘆蒲筆記》卷十檢得趙傁（即趙次公）注云：「合移斷章『童稚捧應癲』作第四句；卻於『許求聰慧者』下云『為寄小如拳』。」調整後全詩如下：

人說南州路，山猿樹樹懸。
舉家聞若駭，童稚捧應癲。
預哂愁胡面，初調見馬鞭。
許求聰慧者，為寄小如拳。

莫礪鋒認為：如此則頷聯屬對工整，末句以請求收尾，語氣妥當，全詩布局也更為合理。即使沒有版本依據，也是一種值得參考的意見。甚是。

寄彭州高三十五使君適、虢州岑二十七長史參三十韻（五排）

【題　解】題下原注：「時患瘧病。」乾元二年（西元七五九年）秋在秦州作。彭州，今四川彭州。高三十五，指高適（其排行第三十五）。使君，刺史。是年五月，高適拜彭州刺史。虢州，今河南靈寶。岑二十七，指岑參（其排行第二十七）。是年四月岑參署虢州長史。《杜詩鏡銓》引李長蘅曰：「高岑偉人，兼公夙契（老朋友），故其詩渾雄沉著，冠絕古今。」是一首頗為著名的五言排律。

故人何寂寞❶，今我獨淒涼。

老去才難盡❷，秋來興甚長。
物情尤可見，辭客未能忘❸。
海內知名士，雲端各異方。
高岑殊緩步，沈鮑得同行❹。
意愜關飛動，篇終接混茫❺。
舉天悲富駱，近代惜盧王❻。
似爾官仍貴，前賢命可傷。
諸侯非棄擲，半刺已翱翔❼。
詩好幾時見，書成無信將❽。

【章　旨】首段由懷故人喚起詩興，賓主互用；又由讚高岑而道出自家詩法，終以惜前賢而勵友人，參錯變化，意氣飛動。

【注　釋】❶何寂寞　仇注：「何嘗寂寞也。」❷才難盡　《南史・江淹傳》：「江淹晚節才思微退……為詩絕無美句，時人謂之『才盡』。」此反用其意。❸物情二句　二句謂雖明知物情涼薄之理，仍對詩友耿耿不忘。物情，事理人情。辭客，即詞客，詩人。此指高、岑。❹高岑二句　二句言高岑詩藝已平視沈鮑輩。殊緩步，縱舒自如狀。沈鮑，六朝著名詩人沈約、鮑照。❺意愜二句　二句言高岑之詩文采風揚，詩意表達能盡興，篇終而餘韻無窮，似與天地相接渾然一氣。事實上也是杜甫夫子自道。《滄浪詩話》稱：「詩之極致有一，曰入神。」二句表達的正是「入神」的具體表現。浦注乃云：「識得『意愜關飛動，篇終接混茫』二語，方許讀杜。」金針度人，讀者切莫放過。飛動，指作品神采飛揚，氣韻生動。接混茫，謂詩之氣象雄渾，意象氤氳，元氣淋漓。❻舉天二句　舉天，舉世；天下。富駱，富嘉謨與駱賓王。盧王，盧照鄰與王勃。四人皆為初唐傑出的文人，皆不得善終。❼諸侯二句　諸侯，指高適，刺史相當於古諸侯。半刺，指岑參。長史即州丞、別駕，唐高宗時改稱長史。庾亮〈答郭豫書〉曰：「別駕舊與刺史別乘，其任居刺史之半。」岑參時任長史，故曰「半刺」。❽信將　信，信使。將，送；傳。

【語譯】老朋友們哪！你們或許並不寂寞，可我卻孤單而淒涼。雖說江郎老去才已盡，秋來詩興卻常起。我固然參透世態炎涼明事理，但對詩友仍耿耿難忘情依依。你們都是當今海內名士，只是雲山遠隔各在一方。誰人不知高岑平視沈謝，可齊名並列？你們的詩是如此氣勢飛動思與境偕，篇終總是餘韻無窮直與天地連接。哦，普天下的人都同情富駱盧王的不幸，而你們卻能保持官運通達，更顯得前賢的命運多麼可悲。刺史似古諸侯不能說是不被重視，長史算半個刺史也稱得上高升。心閒氣定哪——幾時才能再拜讀到你們的好詩？我信已寫好，奈何沒人傳遞。

男兒行處是，客子鬥身強❾。
羈旅推賢聖，沉綿抵咎殃❿。
三年猶瘧疾，一鬼⓫不銷亡。
隔日搜脂髓，增寒抱雪霜。
徒然潛隙地，有靦屢鮮妝⓬。
何太龍鍾極，於今出處妨⓭。

無錢居帝里，盡室在邊疆。
劉表雖遺恨，龐公至死藏⑭。
心微傍魚鳥，肉瘦怯豺狼。

【章　旨】第二段寫詩人自己的困境，感傷而不頹廢，堅持士的自尊與出處的情操。

【注　釋】⑨男兒二句　二句謂男兒當四海為家，客中亦當使身體強健，以鬥疾病（題下自注「時患瘧病」）。《讀杜心解》：「『男兒』、『客子』，提掇聳拔。本欲自說淒涼，偏能着此健筆。」男兒、客子皆自指。⑩羈旅二句　推賢聖，王弼《易注》：「仲尼為旅人，即推聖賢意。」沉綿，上承「鬥身強」，指瘧病久不癒。抵咎殃，算得上是場災禍。⑪一鬼　指瘧疾。《後漢書・禮儀志》注引《漢舊儀》云：「顓頊氏有三子，生而亡去，為疫鬼。一居江水為瘧鬼。」⑫徒然二句　寫逃瘧。朱注：俗云：「避瘧鬼必伏於幽隙之地，不爾即畫易容貌。」⑬何太二句　龍鍾，衰老貌。出處，出仕與隱居。⑭劉表二句　杜甫以龐德公不附劉表自喻。

【語　譯】好男兒當四海為家，出門在外全仗一副好身架。羈旅中對賢聖之言最能體驗，我就因為沒個好身骨久患瘧疾遭了殃。三年此疾在，瘧鬼至今不銷亡。每隔幾天搜脂吸髓來一回，陣陣發冷勝似浸冰霜。逃瘧僻處真徒勞，偽裝改容也枉然。病體殃殃能幹啥？無論隱居或當官。因為無錢不敢住長安，舉家跋涉遷邊疆。劉表招賢不來頗惆悵，龐公逃祿不出至死藏。幽心且樂觀魚鳥，無術無勢最怕近官場。

隴草蕭蕭白，洮雲片片黃⑮。
彭門劍閣外，虢略鼎湖旁⑯。

荊玉簪頭冷，巴箋染翰光⑰。
烏麻蒸續曬，丹橘露應嘗⑱。
豈異神仙宅，俱兼山水鄉。
竹齋燒藥灶，花嶼讀書床。
更得清新否，遙知對屬忙⑲。
舊官寧改漢，淳俗本歸唐⑳。
濟世宜公等，安貧亦士常㉑。
蚩尤終戮辱，胡羯漫倡狂㉒。
會待妖氛靜，論文暫裹糧㉓。

【章　旨】一枝筆寫三地情事，如浦注所云：「巧借彼此地名，攏合作線。」既羨之，又勉之，終冀太平相聚。

【注　釋】⑮隴草二句　隴，隴阪。洮，洮水。二者皆近秦州。仇注：「草白雲黃，乃邊塞蕭條之象。」則二句寫詩人所處之秦州秋色。⑯彭門二句　彭門，指彭州。《水經注》：「李冰為蜀守，見氐道縣有天彭山，兩山相對，其形如闕，謂之天彭門。」劍閣，入川之要塞。虢略，即虢州治所弘農縣。鼎湖，在虢州，相傳黃帝於此鑄鼎升天。⑰荊玉二句　荊玉，鼎湖南有荊山，出美玉。巴箋，東川所產之紙。《紙譜》：「蜀箋紙盡用蔡倫法，有玉箋、貢餘、經屑、表光之名。」染翰光，指用筆書寫。⑱烏麻二句　左思〈蜀都賦〉：「戶有橘柚之園。」上句以中原所產之胡麻指代岑參所在之虢州，下句以蜀地所產之橘柚指代高適所在之彭州。烏麻即胡麻、芝麻，養生之物。《本草》：「陶隱居曰：『胡麻當九蒸九曝，熬搗充餌，似烏者為良。』」丹橘，紅橘。⑲更得二句　清新，指寫詩。對屬，詩的對仗。李因篤云：「對屬有二義：詞欲其對，情欲其屬也。若詞對而情不屬，雖工無益。」⑳舊官二句　上句言刺史原為漢代所設，下句言虢州有唐堯之遺風。《杜詩鏡銓》：「《詩傳》：『成王封叔虞于唐，其俗有堯之遺風。』以虢州本晉地，故云。」㉑安貧句　此句詩人自謂。《列子》：「貧者，士之常也。」㉒蚩尤二句　蚩尤，古部落首領，為黃帝所殺。此指安祿山。胡羯，指史思明，其時尚作亂。㉓裹糧　攜糧遠行。

【語　譯】隴阪衰草蕭蕭白，洮水暮雲朵朵黃。劍閣之外彭門山，虢州遙在鼎湖旁。鼎湖荊玉作簪似冰冷，彭州蜀箋書成墨鮮妍。中原芝麻九蒸曝，東川紅橘帶露嘗。所居堪比神仙宅，兩地都屬山水鄉。竹屋宜立煉丹灶，花洲且安讀書床。近來可得清新句？遙知作詩對屬忙。官稱刺史本沿漢，虢地淳俗上承唐。達則兼濟看公等，窮則獨善我如常。賊酋終是受戮辱，猶有胡羯正倡狂！須等玉宇妖氛淨，訪君論文不怕路長帶乾糧！

【研　析】肅宗乾元二年（西元七五九年）對杜詩創作而言是個頗奇特的年分。上半年杜甫寫下「三吏三別」等名篇，多緣事而發，形式自由的古體詩為其首選。這些詩皆以敘事為主線，直道其事，通過細節、對話、自白、視覺畫面，追求一種連續的現場感。下半年卻大寫五律組詩，還有不少三十韻、五十韻的排律。這是另一種敘述方式，是以情志為內線，或敘事，或議論，或抒情，拉雜錯綜，重視的是即語繪狀、切割畫面、鋪采摛文的賦法。

這種急速的轉向耐人尋味。

大凡文體之通變，其內驅力源乎內容與形式之矛盾。杜甫乾元二年上半年正處於戰亂中心的京洛間，目睹身受許多重大的歷史事件，豐富不盡的直接經驗在內心湧動，需要的正是古體詩這種自由而直捷的表現形式，一吐為快。而乾元二年下半年，甫「無錢居帝里，盡室在邊疆」，遠離政治中心，較少接觸軍國大事，而異地風光、風俗，草民細事、索居孤獨、身家生命，日漸成了詩要表達的主要對象，形式不得不變。此時接連寫下一些寄人的排律，正是要尋求與新內容相適應的新形式。這是一個老杜至死方休的長期探索的體裁，有成有失，有譽有毀，說來話長。

這裡只想談談本詩「跳脫」的敘述方式。這是杜甫將古體精神運於排律，藉以打破排律慣常的板滯結構。杜、高、岑三人可謂是「文章有神交有道」，此詩遂以論文為主線。《杜詩鏡銓》云：「高、岑特以詞客見懷，故只於結末略及世事，篇中帶定言詩處，脈理一絲不走。」有了主線，敘事則用跳脫法，彼此錯綜，時此時彼時己，瑣屑變幻，「一枝筆寫三家事」。以第三大段為例，「隴草蕭蕭白，洮雲片片黃。彭門劍閣外，虢略鼎湖旁。荊玉簪頭冷，巴箋染翰光。烏麻蒸續曬，丹橘露應嘗。」巧用地名與土產，三人天各一方可知，境遇不同可知；「濟世宜公等，安貧亦士常。蚩尤終戮辱，胡羯漫倡狂。」勉友、自歎、期盼、傷時，在排比中一時寫出。誠如浦注所云：「賓主互用，筆如游龍。」

總而言之，排律句句對偶，一聯兩句自足回環，這種形式本是敘事流暢之障礙，老杜以跳脫之法，從此畫面跳至彼畫面，化靜為動，化短為長，既保留鋪采摛文之本色，又在空間剪接中得「蒙太奇」之效果，是相當成功的嘗試。

寄岳州賈司馬六丈巴州嚴八使君兩閣老五十韻（五排）

【題解】 此詩作於乾元二年（西元七五九年）。賈司馬六丈，指排行第六的賈至，丈是尊稱之。汝州刺史賈至於鄴城下九節度師潰時，棄汝州奔襄鄧，貶為岳州司馬。嚴八使君，即排行第八的巴州刺史嚴武。《舊唐書・房琯傳》載，乾元元年六月詔曰：「武可巴州刺史。」則嚴武是因為被皇帝視為「房琯之黨」而貶為岳州刺史的。閣老，唐代中書省和門下省的官員互稱閣老。嚴、賈二人與杜甫為同道，有很深的友誼。《杜詩鏡銓》引李子德云：「敘事整贍，用意深苦，章法秩然，五十韻無一失所，如左（左丘明）、馬（司馬遷）大篇文字，精神到底，卓絕百代矣。」

衡岳猿啼裏，巴州鳥道邊❶。
故人俱不利，謫宦兩悠然。
開闢乾坤正，榮枯雨露偏❷。
長沙才子遠，釣瀨客星懸❸。

【章　旨】王阮亭稱「雙起健筆凌雲，唱歎而入。」八句總挈大旨，「開闢」、「榮枯」二句為全篇關鍵。

【注　釋】❶衡岳二句　衡岳，南岳衡山，用指賈至貶所岳州。巴州，治所在今四川巴中縣。鳥道，鳥才可能度越的山路，形容入川道路之險峻難攀。❷開闢二句　開闢，指官軍收復兩京，撥亂反正，猶開天闢地。榮枯句，喻恩寵處罰不公，是為賈、嚴抱屈而委婉言之。❸長沙二句　上句以賈誼喻賈至。《漢書》：賈誼謫長沙王太傅。〈西征賦〉：「賈生洛陽之才子。」下句以嚴光喻嚴武。《後漢書．嚴光傳》：嚴光與光武帝劉秀同學，共臥，太史奏客星犯帝座。嚴光後來歸耕富春山，後人名其釣處為嚴陵瀨。

【語　譯】岳州四面哀猿啼，巴州欲度鳥飛疲。老友雙雙不順利，一時貶謫各千里。恭逢中興重開局，豈料賞罰無是非！長沙古有賈誼貶，嚴光垂釣在江湄。

憶昨趨行殿，殷憂捧御筵❹。
討胡愁李廣，奉使待張騫❺。
無復雲臺仗，虛修水戰船❻。

蒼茫城七十，流落劍三千❼。
畫角吹秦晉，旄頭俯澗瀍❽。
小儒輕董卓，有識笑苻堅❾。
浪作禽填海，那將血射天❿。
萬方思助順，一鼓氣無前。
陰散陳倉北，晴熏太白巔⓫。
亂麻屍積衛，破竹勢臨燕⓬。

【章旨】此段寫肅宗在鳳翔轉敗為勝，士氣大振的過程，為「開闢乾坤正」鋪墊。

【注釋】❹憶昨二句　行殿，行宮，指肅宗在鳳翔的臨時住處。至德二載四月，杜甫曾從淪陷區間道奔赴鳳翔。殷憂，深憂。下句謂任肅宗近侍左拾遺。❺討胡二句　李廣，漢代名將，曾為匈奴所擒，以此指代哥舒翰潼關兵敗被安祿山叛軍所擒。張騫，以漢使張騫通西域喻唐使往回紇借兵。❻無復二句　雲臺仗，指宮廷儀仗。庾信〈哀江南賦〉：「非無北闕之兵，猶有雲臺之仗。」盧修句，《西京雜記》：「武帝作昆明池以習水戰，中有戈船樓船數百艘。」二句言長安陷落，守兵同虛設，玄宗西走。❼蒼茫二句　上句以燕將樂毅破齊七十餘城，喻安史亂起，勢如破竹。劍三千，《莊子》：「趙文王喜劍，劍客來者三千餘人。」此指肅宗到靈武收潰散的唐軍將士，準備再戰。❽畫角二句　畫角，有雕飾的軍中號角。旄頭，星名，即昴宿。古人以為旄頭星亮，主有戰爭發生，此言唐軍與安史叛軍將決一死戰。澗瀍，二水名，在洛陽附近。❾小儒二句　小儒，東漢末袁紹，出身世家士族，但見識不高，故稱「小儒」。即使是他，也敢於說：「天下健者，豈唯董公！」董卓是東漢末叛臣，苻堅是十六國時篡位的前秦皇帝，以二人喻安史叛將。二句謂唐方面士氣大振，安史必敗已成唐軍共識。❿浪作二句　浪，濫也。浪作，猶輕舉妄動。禽填海，《山海經》：「赤帝之女溺死東海，化為鳥，名精衛，取西山木石填海。」那，「奈何」合音。那將，《史記・殷本紀》：「帝武乙無道，為偶人，謂之天神，與之搏，令人為行，天神不勝，乃僇辱之。為革囊盛血，仰而射之，命曰『射天』。」二句借指安史不自量力作亂。⓫陰散二句　陳倉，古縣名，唐時屬鳳翔府。太白，山名，在鳳翔境內。二句言肅宗朝廷駐鳳翔，正氣之所在。⓬亂麻二句　衛，衛州。乾元元年郭子儀大敗安慶緒於衛州。燕，安史叛軍老巢范陽，古屬燕地。

【語譯】回想當年我亦投鳳翔，如履薄冰左拾遺。平叛不力將帥愁，巴望借兵使者歸。當年皇帝威儀不復在，形同虛設守軍潰。叛賊勢如破竹下，散兵游勇漸來歸。號角秦晉大地再度吹，旄頭星照兩京戰事起。士子已是輕敵酋，有識更笑叛軍愚。逆賊妄動自找死，填海射天嗟何及！萬方一心思助順，扭轉乾坤無不摧。陰霾已散陳倉北，陽光燦燦太白巍。敵屍如山積，劍指敵巢危。

法駕還雙闕，王師下八川⓭。
此時霑奉引⓮，佳氣拂周旋。
貔虎開金甲，麒麟受玉鞭⓯。
侍臣諳入仗，廄馬解登仙⓰。
花動朱樓雪，城凝碧樹煙。
衣冠心慘愴，故老淚潺湲。
哭廟悲風急，朝正霽景鮮⓱。
月分梁漢米，春給水衡錢⓲。

內蕊繁於纈，宮莎軟勝綿⑲。
恩榮同拜手，出入最隨肩。
晚著華堂醉，寒重繡被眠。
轡齊兼秉燭，書枉滿懷牋⑳。

【章旨】此段二十四句鋪排皇帝回長安以後盛事，憶及與賈、嚴同官之樂。

【注釋】⑬法駕二句　法駕，皇帝的車駕。雙闕，指京城的皇宮。八川，關中有灞、滻、涇、渭、灃、滈、潦、潏八水，以此指代關中地區。⑭奉引　為皇帝前導引車，指當時杜甫為左拾遺。⑮貔虎二句　貔虎，猛獸，用指武士。麒麟，此指皇帝的駿馬。⑯侍臣二句　諳入仗，熟悉進入儀仗隊的行列。下句錢注：玄宗「教舞馬百匹，銜杯上壽。祿山克長安，皆運載詣洛陽。收京後，當復舊也。」⑰哭廟二句　哭廟，《舊唐書》載，太廟為叛軍所焚。玄宗還京，謁廟請罪。肅宗素服，向廟哭三日。朝正，古代諸侯和臣屬在正月朝見天子。⑱月分二句　粱漢米，謝承《後漢書》：「章帝分粱、漢儲米給民。」水衡錢，《漢書》應劭注：「水衡與少府，皆天子私藏。」此泛指國庫所藏金帛。⑲內蕊二句　內蕊宮莎，宮內的花草。纈，有彩文的絲織品。⑳轡齊二句　並駕齊驅。秉燭，〈古詩十九首〉：「何不秉燭遊。」言連夜行樂。枉，屈尊。此謙稱賈、嚴二公屈尊給我書信。

【語譯】天子鳳輦入宮闕，王師乘勝下八川。我為拾遺備前驅，祥雲繚繞佳氣旋。武士金甲開道路，皇帝駿馬還加鞭。侍臣諳熟入儀仗，皇家廄馬會蹁躚。花動朱樓灑香雪，城綴碧樹凝曉煙。感此百官心悽愴，故老迎駕淚漣漣。皇上太廟放悲聲，雨過天晴好朝天。每月分到粱漢米，春來還賜國庫錢。大內繁花勝織錦，宮苑莎草軟於綿。群臣受恩齊羅拜，出入同僚相並肩。夜在華堂一起醉，寒疊繡被同床眠。並轡秉燭遊至晚，懷揣二公賜書箋。

每覺昇元輔㉑，深期列大賢。

秉鈞方咫尺，鎩翮再聯翩㉒。

【章旨】中腰四句轉折，言房琯事件後的形勢，詳言二人及己之遭遇。

【注釋】㉑元輔　宰相。㉒秉鈞二句　秉鈞，執掌國政。鎩翮，即鎩羽，剪去翅膀的主羽。聯翩，指賈、嚴二人一起被貶。

【語譯】二公才器當至相，深盼朝廷用大賢。執政只有一步遙，豈料二位一起遭貶遷！

禁掖朋從改，微班性命全㉓。

青蒲㉔甘受戮，白髮竟誰憐？

弟子貧原憲，諸生老伏虔㉕。

師資謙未達，鄉黨敬何先㉖？

舊好腸堪斷，新愁眼欲穿。

翠乾危棧竹，紅膩小湖蓮㉗。

賈筆論孤憤，嚴詩賦幾篇㉘？

定知深意苦，莫使眾人傳。

貝錦無停織，朱絲有斷絃㉙。

浦鷗防碎首，霜鶻不空拳㉚。
地僻昏炎瘴，山稠隘石泉。
且將棋度日，應用酒為年㉛。

【章旨】此段先言當時自己的處境，進而對二公提出告誡，《讀書堂杜詩注解》引張溍曰：「意極真，語又渾。至其忠告處，皆遠害全身要道。此豈尋常投贈？」

【注釋】㉓禁掖二句　上句言賈、嚴被貶後，自己在朝廷中的同伴也改換了。微班，指地位卑微的自己。㉔青蒲　青色的蒲團。《漢書・史丹傳》：元帝欲易太子，史丹直入臥內，伏青蒲上泣諫止。此用其事指言自己曾冒死救房琯。㉕弟子二句　原憲，孔子的弟子，字子思，安貧樂道。伏虔，誤與服虔相混淆，當作伏勝，又稱伏生，故秦博士。漢文帝求能治《尚書》者，伏生已年九十餘，不能行，使晁錯往受之，故曰「老伏虔〔勝〕」。《日知錄》卷二十七：「古人經史，皆是寫本。久客四方，未必能攜。一時用事之誤，自所不免，後人不必曲為之諱。子美〈寄岳州賈司馬六丈巴州嚴八使君〉詩曰：『弟子貧原憲，諸生老伏虔』，本用濟南伏生事，伏生，名勝，非虔。」此以二人自比窮困潦倒，但仍以儒生自居。㉖師資二句　謙言己不敢以師自居，但鄉里仍敬重之。以上十句言當時自己的狀況。㉗翠乾二句　翠乾，言鋪設棧道之竹排已枯乾變脆，故危之，借言嚴武在蜀之處境。膩，厭也。此言湖蓮也已紅透而令人生厭，借言賈誼在岳州處境。㉘賈筆二句　筆，文章，與詩相對而言。孤憤，韓非囚秦，著〈說難〉、〈孤憤〉。此言其文中有牢騷。此二句互文，即指嚴、賈皆有詩文，而難免都發些牢騷，故下文有「防碎首」之勸。不必泥於賈只作文，嚴唯賦詩。㉙貝錦二句　貝錦句，言羅織也，喻羅織罪狀。朱絲，鮑照詩：「直如朱絲繩。」下句謂直而易斷也。㉚浦鷗二句　浦鷗，水邊的沙鷗，喻嚴、賈二公。霜鶻，喻酷吏讒臣。不空拳，此謂進讒者期於必中。《杜詩鏡銓》引周甸曰：「鶻拳堅處，大如彈丸。鳩鴿中其拳，隨空中墮。」鶻能拳擊，恐屬附會，實暗用典耳。〈義鶻〉亦云：「巨顙拆老拳。」宋人王得臣認為典出〈石勒傳〉。《晉書・石勒傳》：石勒謂李陽曰：「孤往日厭卿老拳，卿亦飽孤毒手。」「賈筆」以下六句是對友人的忠告，《讀杜心解》：「諄諄以詩文之禍為誡。世故不深者不能言，交情不篤者亦不肯言。」㉛且將二句　趙次公注：「既戒之以勿使所作詩傳播，恐因掇禍，而炎瘴之地，亂山之間，復何為哉？

以棋酒為事而已。」

【語　譯】從此朝中換同事，卑位只保性命全。盡職伏諫甘冒死，至今白髮有誰憐？孔門弟子原憲貧，伏生至老布衣焉。未達不敢稱師資，鄉里何為敬在先？二公遠謫我腸斷，新來愁緒望眼穿。枯竹鋪棧蜀道危，岳州厭看小湖蓮。君文或有論孤憤，君詩近來賦幾篇？深知二公衷心苦，詩文慎莫眾人傳。羅織罪名未停機，直言從來禍相連。江邊沙鷗防頭碎，須知鷹隼搏擊逃脫難！岳州地僻多瘴氣，巴州亂山多細泉。勸君無事且下棋，愁時不妨酒度年。

典郡終微眇，治中實棄捐㉜。
安排求傲吏，比興展歸田㉝。
去去才難得，蒼蒼理又玄。
古人稱逝矣，吾道卜終焉㉞。
隴外翻投跡，漁陽復控弦㉟。
笑為妻子累，甘與歲時遷。
親故行稀少，兵戈動接聯。
他鄉饒夢寐，失侶自迍邅㊱。
多病加淹泊，長吟阻靜便㊲。

如公盡雄俊，志在必騰騫㊳。

【章　旨】末段先揣摸二公心事，並為之歎息；繼言己之困窮，終則憂時而勉二公待時奮起，一氣吹激。

【注　釋】㉜典郡二句　典郡，掌一郡之事，指嚴武為刺史。治中，《通典》：「治中，舊州職也。……開皇三年，改治中為司馬。武德初，復為治中。高宗即位，改諸州治中並為司馬。」此指賈至貶岳州為司馬。二句謂用二公為刺史、司馬，以其才器言之，官太小，等同廢棄也。㉝安排二句　《莊子・大宗師》：「安排而去化，乃入於寥天一。」郭象注：「安於推移，而與化俱去，故乃入於寂寥，而與天為一也。」傲吏，莊子為漆園吏，楚莊王使往聘，莊子持釣竿不顧，世稱「傲吏」。比興句，言以詩託興，展示其歸田之情志耳。二句仇注：「安心而受外吏，托興而念歸田，則一官不足戀矣。」㉞古人二句　《漢書・楚元王傳》：楚元王禮敬穆生，常為設醴。及王戊即位，忘設醴，穆生退曰，可以逝矣，不去楚人將鉗我於市。卜，預計。終焉，止於此。二句謂古有不合則去之人，預計我濟世之道也只能到此為止了。杜甫不幸而言中，此後就不再有入朝為官的機會了。㉟隴外二句　隴外，即隴右，此指自己寓居的秦州。漁陽，即范陽，安史叛軍的巢穴。控弦，張弓，此指史思明叛軍復反。㊱迍邅　處境艱難。㊲靜便　清靜自適。㊳如公二句　一作「公如盡憂患，何事有陶甄？」騰騫，飛黃騰達。趙次公曰：「此言二公不久當復用也。一作云『公如盡憂患，何事有陶甄？』句法費力，非是。然不應押兩『騫』字。」

【語　譯】貶為刺史終歸官卑微，司馬更是形同被廢棄。安於遷謫成傲吏，詩託比興且寄歸田意。人才難得被排擠，天理難知玄奧極。古人穆生知進退，吾道看來止於此。棄官投隴西，叛亂仍不息。自笑身為家庭累，甘心隨時作推移。親人故友日見少，兵戈頻仍連不已，他鄉多客夢，舉步維艱失朋侶。多病久滯留，悲吟少閒趣。豈如二公皆才俊，志堅騰飛必有期！

【研　析】此詩背後暗藏着一大政治事件。錢謙益《讀杜二箋》曰：「此詩云『秉鈞方咫尺，鎩羽再聯翩。』知至與公及武後先貶官也。按十五載八月，玄宗幸普安郡，下詔制置天下（指分封諸王事），此詔實出至（賈至）手。此事房琯建議而至當制。賀蘭（進明）之譖已入，至安能一日容於朝廷？琯將貶而至先出守，其坐琯黨明矣。至父子演綸，受知於玄宗，肅宗深忌蜀郡舊臣，其再貶岳州，雖坐小法，亦以此故也。『每覺昇元輔，深期列大賢。』蓋琯等用事，則必引用至、武，故其貶也，亦聯翩而去。貝錦以下，雖移官州郡，而以憂譏畏讒相戒，未能一日安枕也。公送至出守詩，『西掖梧桐樹』，不勝遷謫之感。太白亦云：『聖主恩深漢文帝，憐君不遣到長沙。』可以互見。」知道這一層，對杜甫與賈、嚴之間的同道之誼，及諄諄告誡，會有更深切的理解。

寄李十二白二十韻（五排）

【題解】乾元二年（西元七五九年）在秦州作。或云當作於上元元年（西元七六〇年）定居成都後，待考。仇注引王嗣奭曰：「此詩分明為李白作傳，其生平履歷備矣。白才高而狂，人或疑其乏保身之哲，公故為之剖白，……總不欲使才人含冤千載耳。」

昔年有狂客，號爾謫仙人❶。筆落驚風雨，詩成泣鬼神。
聲名從此大，汩沒❷一朝伸。文彩承殊渥❸，流傳必絕倫。
龍舟移棹晚，獸錦奪袍新❹。白日來深殿，青雲滿後塵❺。
乞歸優詔許，遇我宿心親。未負幽棲志，兼全寵辱身❻。
劇談憐野逸，嗜酒見天真。醉舞梁園夜，行歌泗水春❼。
才高心不展，道屈善無鄰❽。處士禰衡俊，諸生原憲貧❾。
稻粱求未足，薏苡謗何頻❿。五嶺⓫炎蒸地，三危⓬放逐臣。

幾年遭鵩鳥，獨泣向麒麟⓭。蘇武元還漢，黃公豈事秦⓮。

楚筵辭醴日，梁獄上書辰⓯。已用當時法，誰將此義陳。

老吟秋月下，病起暮江濱⓰。莫怪恩波隔，乘槎與問津⓱。

【注　釋】❶昔年二句　狂客，指賀知章，盛唐詩人，自號「四明狂客」。謫仙人，李白〈憶賀監詩序〉：「太子賓客賀公，於紫極宮一見，呼余為謫仙人。」又，孟棨《本事詩》：「白自蜀至京師，賀監知章聞其名，首訪之。請所為文，白出〈蜀道難〉示之，稱嘆數四，號為謫仙人。」❷汩沒　埋沒。❸殊渥　超常的恩澤。❹龍舟二句　龍舟，范傳正〈李白新墓碑〉：玄宗泛白蓮池，召公作序。時公已被酒翰苑中，命高力士扶以登舟。獸錦，繡有獸形的錦袍。《唐書》：武后令從臣賦詩，東方虬先成，賜以錦袍。宋之問繼進詩，尤工，於是奪袍賜之。❺白日二句　白日，形容李白的神彩奕奕。青雲句，《史記‧伯夷列傳》：「閭巷之人，欲砥行立名者，非附青雲之士，惡能聲施於後世哉？」此指文士之追隨者如後塵之常滿。❻兼全句　謂李白能寵辱不驚，全身而退。❼醉舞二句　二句追述天寶三載李杜同遊事。梁園，即梁苑、兔園，漢梁孝王所建，常聚文士於此。泗水，《家語》：「孔子行歌于泗水之上。」❽道屈句　《論語》：「德不孤，必有鄰。」此言道窮，故善而無鄰。❾處士二句　禰衡，後漢處士，英才卓躒，此喻李白。原憲，孔子弟子，不辭貧賤，亦喻李白。❿薏苡句　《後漢書‧馬援傳》：馬援征交趾，載薏苡種歸，人謗之，以為明珠。喻李白受謗事。⓫五嶺　《廣州記》：大庾、始安、臨賀、桂陽、揭陽為五嶺。⓬三危　《括地志》：「三危山在沙州敦煌縣東南二十里，山有三峰，故曰三危。」五嶺、三危指代李白流放地夜郎。⓭幾年二句　遭鵩鳥，鵩似鴞，古人以為不祥鳥。漢代賈誼貶長沙，有鵩入舍，乃作〈鵩鳥賦〉自傷悼。下句用孔子作《春秋》止於「西狩獲麟」事，傷李白道窮。⓮蘇武二句　二句為李白陷永王璘事辨冤，認為李白雖從永王，並無變節。蘇武使匈奴，囚於北海，不失漢節，十九年乃歸。黃公，指夏黃公，商山四皓之一，隱士，義不仕秦。⓯楚筵二句　上句以穆生辭醴事喻李白辭官放還。《漢書‧楚元王傳》載：穆生不嗜酒，楚元王為設醴。至元王孫王戊即位，忘設，穆生謝病而去。下句用鄒陽獄中上書事喻李白之含冤。仇注：漢鄒陽見怒於梁王，下獄，遂從獄中上書。太白〈書懷〉詩「半夜水軍來，尋陽滿旌旃。空名適自誤，迫脅上樓船。徒賜五百金，棄之若浮煙。辭官不受爵，翻謫夜郎天」，與此詩相發明。⓰老吟二句杜甫自寫為李白悲慨不能已。或云江濱即錦水之濱，時杜甫已定居成都草堂。⓱莫怪二句　有「天意高難問」之意，言將如傳說中乘槎上天河般上天為李白討個公道。

【語　譯】四明狂客賀知章，稱你「謫仙」連擊掌。筆夾風雨落如雷，詩成鬼神泣夜半。聲名從此日中天，往昔陰霾一朝散。文采絕倫傳久遠，君主恩賜常超常。天子召來龍舟晚，新詩又奪錦袍還。光彩照人入深殿，從者如雲盡衣冠。賜金放還了心願，東都一見如故披膽肝。不負往昔幽棲志，寵辱皆忘身亦全。共賞疏放侃談，痛飲之間天真見。泗水春，行歌遍，梁園醉舞夜開宴。才高自是心不展，道窮此身唯獨善。君不見禰衡才俊終處士，諸生清貧有原憲。謀生尚未飽空腹，薏苡之謗何頻仍？五嶺三危炎蒸地，從來多有放逐臣。幾年頻遭鵩鳥侵，欲如孔子泣麒麟！蘇武牧羊猶存漢，黃公皓首豈事秦？穆生失醴辭歸日，卻成鄒陽獄中辨誣辰。當時已用三尺法，誰肯翻案把冤伸？老病為君起徘徊，秋江月下一沉吟。莫怪皇恩遠隔君門深，願乘仙槎一問津！

【研　析】這首排律不算長，區區二百字耳。然而，《唐詩別裁》卻說是：「太白一生，具見於此。」之所以能如是，一在取材功夫，二在敘事的獨特方式。

先說其取材。李白傳奇的一生，我曾用「醉」與「夢」二字概括言之。「醉」是李白布衣傲骨的體現，他想兼濟又要獨善，想當官卻又以「不屈己，不干人」為原則，這種近乎自己與自己過不去的行為準則，使之畢生在「出」與「處」兩間徘徊，使生命一直處於「酒神精神」式的「痛苦與狂喜交織的顛狂狀態」（請參看拙作〈李白歌詩的悲劇精神〉，《文學遺產》一九九四年第四期）。而「盛唐夢」則是李白「不屈己，不干人」，一心要與帝王建立「非師則友」關係的心理依據。現實與理想強烈對撞成就了幾於空前絕後的李白詩。事實上杜甫該詩正是抓住李白現實與理想相較勁的幾件重大事件，疏而不漏、淋漓盡致地上演了李白一生的悲喜劇。

再說其敘事方式。該詩以大量用典取代了場景、事件、細節、對話的描述。尤其是「醉舞」以下，幾乎句句用典。固然，對普通讀者它無疑造成了隔膜，防波堤似地減弱了詩情的衝擊力。然而，對熟悉典故的讀者（在古代這是一般士人所必備的素質）而言，卻極大地擴張了詩的空間，增進了聯想的趣味。陳寅恪曾在〈讀哀江南賦〉中十分精切地指出這種敍述方式是：「用古典以述今事。古事今情，雖不同物，若於異中求同，同中見異，融會異同，混合古今，別造一同異俱冥，今古合流之幻覺，茲實文章之絕詣，而作者之能事也。」將一段歷史往事濃縮在一個詞組中，只要用這一詞組，乃至一提當事者的人名或發生地點，就能勾起聯想，一串相關事件則隨之浮現，以少總多，可謂是「袖裡乾坤」。而聯想所造成的「古事今情」，就好比古銅器上斑駁的銅鏽，是歷史滄桑的「附加值」，所造成的「今古合流之幻覺」更是難得的美學效果。以「龍舟移棹晚，獸錦奪袍新」一聯為例，李白受玄宗眷顧的多少美好回憶以及傳說，任由你聯想翩翩。單其中「龍舟」二字，既可聯想到范傳正〈李白新墓碑〉「玄宗泛白蓮池，召公作序。時公已被酒翰苑中，命高力士扶以登舟」云云；也可聯想到杜甫〈飲中八仙歌〉「天子呼來不上船，自稱臣是酒中仙」云云；還可能聯想到其他傳說；它還可以勾起對大唐盛世敬重文士風氣的美好回憶。再如「蘇武元還漢，黃公豈事秦。楚筵辭醴日，梁獄上書辰」四句，連用四個典故，從不同角度表明李白從永王璘的心跡，將「已用當時法」的案子翻了過來，言難言之事（其中「楚筵辭醴日，梁獄上書辰」一聯尤見委婉而含悲憤：穆生失醴辭歸日，卻成鄒陽獄中辨誣辰！忠而見責，正與李白自己於事後所作「徒賜五百金，棄之若浮煙。辭官不受爵，翻滴夜郎天」云云不謀而合）；且蘇武含辛茹苦不失漢節、夏黃公不肯事秦而後輔立漢太子、穆生的自尊求去、鄒陽獄中不屈且自辯等事跡，又於「融會異同」之中為李白從璘事着上積極的色彩，同時也融進杜甫對李白的一片真情。庾信賦中以古典敍今情的敍事方法，在杜甫詩中得以發揚光大。

兩當縣吳十侍御江上宅（五古）

【題解】乾元二年（西元七五九年）作。兩當縣，在今甘肅徽縣。吳十侍御，即吳郁。吳郁曾與杜甫同在鳳翔肅宗行在共事，因直言被謫。江上宅，謂吳郁故宅臨嘉陵江。杜甫是否到過兩當？如有，又是從何地出發往兩當？注家頗有爭議。一曰：自秦州往同谷，再經兩當入蜀；一曰：自秦州到兩當，再到同谷，從同谷入蜀；一曰：詩人根本沒去過兩當縣，只是遙想之詞耳。從詩中「行邁心多違，出門無與適」一聯看，分明是訪後口吻，應該到過吳宅才是，末一種說法似未妥。其他兩種說法也存在路途遙遠的問題（據熟悉當地情況的學人說，從秦州到兩當要走四百里以上，由栗亭往兩當來回也得走三百四十多里）。看來杜甫何時、如何往兩當縣的？問題尚難定論。今姑仍《杜詩鏡銓》之次序，排在〈發秦州〉之前。

寒城朝煙澹，山谷落葉赤。
陰風千里來，吹汝江上宅❶。
鵾雞號枉渚，日色傍阡陌❷。
借問持斧翁，幾年長沙客❸。
哀哀失木狖，矯矯避弓翮❹。
亦知故鄉樂，未敢思夙昔。
昔在鳳翔都，共通金閨籍❺。
天子猶蒙塵，東郊暗長戟❻。
兵家忌間諜，此輩常接跡。

臺中領舉劾，君必慎剖析❼。
不忍殺無辜，所以分白黑。
上官權許與，失意見遷斥❽。
仲尼甘旅人，向子識損益❾。
朝廷非不知，閉口休歎息❿。
余時忝諍臣，丹陛實咫尺⓫。
相看受狼狽，至死難塞責⓬。
行邁心多違，出門無與適⓭。
於公負明義，惆悵頭更白。

【注釋】❶寒城四句　寫兩當吳宅景色。❷鶗雞二句　鶗雞，似鶴，黃白色。《楚辭・九辨》：「鶗雞啁哳而悲鳴。」枉渚，在今甘肅兩當西坡鄉。《兩當縣志》：「琵琶洲在縣南三十里，其地洲渚迂迴，人跡罕至，亦名『枉渚』，杜甫『鶗雞號枉渚』即此。」阡陌，田間小路。南北為阡，東西為陌。❸借問二句　持斧翁，指御史吳郁。《漢書・王訢傳》載：武帝末年，「繡衣御史暴勝之，使持斧逐捕盜賊」。後人遂以「持斧」稱御史。長沙客，漢帝時，賈誼遭讒毀貶為長沙王太傅，用比吳郁。❹哀哀二句　二句借離開樹木的猿、躲避弓箭的鳥喻吳郁被謫後的棲棲皇皇。狖，長尾猿。翮，鳥翼，代指鳥。❺昔在二句　鳳翔都，唐肅宗至德二載行在鳳翔（今陝西鳳翔），即以鳳翔為臨時的朝廷所在地，故稱「鳳翔都」。金閨籍，名籍署於金馬門，以此出入宮廷。共通金閨籍，指同朝為官。❻天子二句　上句言皇帝尚在流亡中，下句言鳳翔以東的西京長安與東京洛陽正在血戰。❼兵家四句　兵家以下八句，浦注：「詳述其得罪之由。當時軍興戒嚴，凡關津隘口，多有以平民跡類間諜而罹禍者，吳竟以辨冤招尤也。」接跡，即繼踵，不斷地來。臺，御史臺。領舉劾，負責彈劾。❽上官二句　二句言長官雖然當面姑且表示同意（吳郁的意見），但心存忌恨，吳郁因此終於被貶謫。朱鶴齡注此兩句云：「時必有賊間中傷朝臣，吳為分剖是非，以此失執政意，雖權許與而終斥之，但其事無考。」權，苟且；暫且。許與，許可。❾仲尼二句　仲尼，即孔子。旅人，旅行者，指孔子周遊列國，顛沛流離。向子，向長，東漢名士。《後漢書‧逸民傳》載：向子讀《易》至「損」、「益」卦，喟然嘆曰：「吾已知富不如貧，貴不如賤，但未知死何如生耳！」❿朝廷二句　仇注：「朝廷心知而不及問，則遷斥之後，又何須嘆息？」⓫余時二句　余，我。忝，謙詞，愧於。諍臣，諫官，時杜甫為左拾遺。丹陛，宮殿臺階漆為紅色，借指朝廷。⓬相看二句　二句言眼看着吳郁受冤而不能救，成終生的內疚。窘迫狀。塞責，此為補過之意。⓭行邁二句　二句寫心緒煩亂。行邁，《詩‧黍離》：「行邁靡靡，中心搖搖。」無與適，不知要往哪兒走。

【語　譯】晨嵐淡煙罩城寒，山谷落葉赤如丹。陰涼的秋風橫千里，吹到你臨江老宅聲更乾。聽那鵾雞悲啼，徘徊在田間小路夕陽殘。昔日持斧的御史今遷客，借問長沙謫居已幾年？好比離樹猿猴哀哀叫，飛竄的小鳥避彈丸。誰人不懂回鄉樂？往事莫提傷心肝。當年鳳翔朝廷曾共事，金馬門內同為官。於時天子正蒙難，東郊城外戰猶酣。兵家最忌是間諜，何況此輩來聯翩。御史臺負彈劾責，君慎剖析怕有冤。豈可殺無辜，黑白不容顛！上司表面雖稱善，意見相左遭貶遷。孔子傳道甘流離，向子富貴視如煙。可歎皇上無是非，事已至此休長歎。我在當時充諫官，陛下相去咫尺間。相看狼狽不能救，此疚至死心不安！出得門來心緒亂，欲往何處終惘然。明義有負公，惆悵兩鬢斑。

【研　析】這首詩可看成是〈秦州雜詩〉（其二十）「唐堯真自聖」句的「補充說明」。仇注：「自聖，見讜言不能入；何知，見朝政不忍聞。」滌非師注：「古人說『後從諫則聖』，而你陛下卻真是天生的聖帝。」可見杜甫離開朝廷最主要原因是認定肅宗皇帝已聽不進批評意見，剛愎自用，吳御史蒙冤便是一例。以下十六句是事件始末：「兵家忌間諜，此輩常接跡。臺中領舉劾，君必慎剖析。不忍殺無辜，所以分白黑。上官權許與，失意見遷斥。仲尼甘旅人，向子識損益。朝廷非不知，閉口休嘆息。余時忝諍臣，丹陛實咫尺。相看受狼狽，至死難塞責。」在當時敵我混雜、間諜四至的情況下，吳御史慎剖析、分黑白無疑是負責任的、正確的。然而草菅人命的「上官」卻當面一套、背後一套，要貶斥吳君。「朝廷非不知」，卻不願主持正義《杜詩鏡銓》謂：「況遷斥非人主意，又何怨乎？」顯然是為肅宗開脫，曲解了原意）。朝廷上下昏庸一氣如此，諫臣又如何盡職？杜甫不久前才因諫房琯事被斥，此時只好眼睜睜地看着吳君蒙冤被貶不敢言，留下了終生的內疚。杜甫之「真性情」，就在於不掩飾過失，能反省。這與他對「干謁」終生愧悔，至晚年還耿耿於懷，是一致的。（請參看上文〈奉贈韋左丞丈二十二韻〉之研析。）二者都是杜甫嚴於自律的典型事例。杜甫如果真的不辭數百里之遙，特意到兩當訪吳宅，我輩雖難以想像，卻符合古人重道義之交的真性情。

發秦州 （五古）

【題解】 題下舊注：「乾元二年（西元七五九年），自秦州赴同谷縣紀行十二首。」（以下所選〈送遠〉一首雖是發秦州後作，但為五律，詩體與內容均與組詩不類，不在此十二首之數。）此為第一首，有「序詩」的意味。詩言「十月交」，知從秦州出發是在這年十月。唐時同谷，在今甘肅成縣。

我衰更懶拙，生事不自謀❶。
無食問樂土，無衣思南州❷。
漢源十月交，天氣涼如秋。
草木未黃落，況聞山水幽❸。
栗亭名更嘉❹，下有良田疇。

充腸多薯蕷，崖蜜亦易求❺。
密竹復冬筍，清池可方舟❻。
雖傷旅寓遠，庶遂平生遊。
此邦俯要衝❼，實恐人事稠。
應接非本性，登臨未銷憂。
溪谷無異石，塞田始微收。
豈復慰老夫，惘然難久留。
日色隱孤戍❽，烏啼滿城頭。
中宵驅車去，飲馬寒塘流。
磊落❾星月高，蒼茫雲霧浮。
大哉乾坤內，吾道長悠悠❿。

【注　釋】❶我衰二句　此二句也是大實話，古代士大夫大多專注讀書求仕，往往缺乏其他的謀生手段。生事，衣食之事。❷無食二句　問，尋求。樂土，《詩・碩鼠》：「適彼樂土。」樂土指百姓能安居樂業的地方。南州，此指同谷，同谷在秦州之南。南方氣暖，因無衣故思往南方地區。❸漢源四句　寫同谷氣暖。漢源，同谷鄰縣。蕭先生注：「『聞』字緊要。下面八句也是根據傳聞來寫的。杜甫此時尚未至同谷。」❹栗亭句　栗亭，唐屬同谷縣，即今甘肅徽縣栗川鄉。今存遺跡有杜公祠、杜公釣臺等。名更嘉，因栗可食，對「無食問樂土」的杜甫說來，自然是嘉名。❺充腸二句　薯蕷，俗名山藥。崖蜜，一名石蜜，野蜂在山崖所釀之蜜。❻方舟　兩舟並行。此指泛舟。❼此邦句　此邦，指秦州。要衝，要道或要塞。❽日色句　日色以下八句才是寫發秦州時實景。孤戍，猶孤城。❾磊落　錯落分明。❿大哉二句　吾道，雙關語，既指征途，又暗喻追求理想之路。可與前〈空囊〉詩「吾道屬艱難」互參。《杜詩鏡銓》：「言以乾坤之大，無容身之所，長此奔馳，未知何日方得休息耳。」

【語　譯】我到老來更笨拙懶散，謀生無計生活困難。沒得吃且去找個樂土新甸，沒得穿便往南邊的同谷避寒。漢源縣已是孟冬十月，卻涼爽一似秋天。草木尚未搖落變黃，山水聽說也蠻清幽可羨。栗亭地名起得好，下有良田一大片。充飢山藥多，石蜜採方便。又有茂密的竹林出冬筍，陂池寬能蕩方舟。雖說道路漫漫怕行走，就算遂了平生之願愛遠遊。再說秦州臨要道，迎來送往多應酬。生性本就怕應接，登高未能銷我愁。溪谷之間少奇石，塞上瘠田總薄收。老夫疲憊之心怎寬慰？對此迷惘難久留。漸看暮色隱孤樹，難耐鴉噪滿城頭。半夜趕車便上路，寒塘飲馬波光流。星月錯落高天上，下有蒼茫雲霧浮。天地真大呀，我要走的路沒個盡頭！

【研　析】老杜終於告別了他西行的首站——秦州。他在這裡住了三個月，留下九十五首詩。三個月裡，他對秦州的感情是複雜的，有變化的。剛從關中平原來到這邊塞高地，他感到新奇。他頗為興奮地寫下許多面目一新的感受。他讚歎這裡的山水：「莽莽萬重山」、「雲氣接崑崙」、「無風雲出塞」、「遠水兼天淨」、「秋花危石底」、「麝香眠石竹」、「東柯好崖谷」等等。他還曾熱衷於求田問舍，準備終老此地，這從〈寄贊上人〉詩中對老朋友說：「一昨陪錫杖，卜鄰南山幽……茅屋買兼土，斯焉心所求。近聞西枝西，有谷杉漆稠。亭午頗和暖，石田又足收……柴荊具茗茶，徑路通林丘。與子成二老，來往亦風流」云云，便可看出是真心實意。然而，隨着經濟上接濟乏人，日見困頓，且由於當時形勢是吐蕃逼近，唐軍又已大量抽調本地壯丁東征，使此地守備空虛，不能不使詩人感到緊張。這種情緒在上文所選如〈秦州雜詩〉、〈夕烽〉等詩中已觸目可見。面對這一胡漢雜居、華夷異俗的多元並存的文化區域，「降虜兼千帳，居人有萬家」、「羌女輕烽燧，胡兒制駱駝」，他心裡更是忽忽不安：「此邦今尚武，何處可依仁？」他對秦州的感覺轉向了，只要將上舉詩中景物與當下寫的「溪谷無異石，塞田始微收。豈復慰老夫，惘然難久留」云云對看，就不難覺察。在〈法鏡寺〉中，他明白無誤地說出心中最大的擔憂：「身危適他州。」詩人的直覺是準確的，才過兩年，吐蕃就攻陷秦州、成州。

送遠

（五律）

【題解】乾元二年（西元七五九年）冬離開秦州時所作。所謂「送遠」是送人遠行，其實是自個兒送自個兒。浦注：「不言所送，蓋自送也。知公已發秦州。玩下四，當是就道後作。上四，從道中追寫起身之情事，感慨悲歌。五六，乃眼前身歷之景。」則第二句「君」字乃杜甫自謂。杜甫有〈官定後戲贈〉一詩，也是自贈自的。該詩不在〈發秦州〉等組詩十二首之數。

帶甲❶滿天地，胡為❷君遠行！
親朋盡一哭，鞍馬去孤城❸。
草木歲月晚，關河霜雪清❹。
別離已昨日，因見古人情❺。

【注釋】❶帶甲　披甲的士兵。❷胡為　猶何為。❸鞍馬句　寫離開秦州情景。❹草木二句　此為拗句：上句五字全是仄聲，下句「雪」字外其他四字全平。黃生評此句云：「接聯更作一幅關河送別圖，頓覺班馬悲鳴，風雲變色，使人設身其地，亦自慘然銷魂矣。」❺別離二句　是說別離已成過去，至此方知古人所以殷殷惜別的心情。仇注：「方當別離，又成昨日，古人於此，每難為情，我何為獨不然乎？十字之中，凄折無限。」

【語　譯】到處都是披堅執銳的兵，你幹麼還要遠行？親朋相送一聲哭，馬兒踽踽離孤城。草木搖落歲已暮，關河一片霜雪清。別離已成昨日事，始知古人惜別情。

【研　析】這一首雖是小詩，卻寫來氣爽聲沉，歷來為人所清賞，康有為就曾手書「草木歲月晚，關河霜雪清」聯，或當賞其矯健沉雄。而《唐詩品彙》引劉云：「如畫出塞圖矣。」《唐詩歸》云：「響與氣渾。」《杜詩鏡銓》引王西樵云：「感慨悲壯，不減『蕭蕭易水』之句。」亦各有得，足見杜詩的豐富性。

送人從軍

（五律）

【題　解】乾元二年（西元七五九年）冬，作於秦州。原注：「時有吐蕃之役。」

弱水應無地，陽關已近天❶。
今君度沙磧，累月斷人煙。
好武寧論命，封侯不計年❷。
馬寒防失道，雪沒錦鞍韉。

【注　釋】❶弱水二句　弱水，《寰宇記》：「弱水，東自刪丹縣界，流入張掖縣北二十三里。今甘肅張掖河。」陽關，《漢書・西域傳》：「厄以玉門，陽關。」孟康注：「二關皆在敦煌西界。」近天，岑參詩：「走馬西來欲到天。」我國西部地勢高曠，故曰。二句寫將遠征至天涯海角。《讀杜心解》：「若將上兩聯倒轉，便平坦。如此起勢，分外突兀。」❷好武二句寧論命，豈顧惜生命。不計年，不論遲速。

【語譯】弱水已是地盡頭，陽關去天只抬手。君今遠征度沙漠，累月難見有人口。尚武男兒豈顧命，管他哪年才封侯！寒天凍地慎迷路，大雪已積錦鞍厚。

【研析】初讀似與盛唐邊塞詩相類，細品則別有一番滋味。將「好武寧論命，封侯不計年」置於前後六句的慘澹中，則誠如浦起龍所說：「既悲之，復壯之，又叮嚀之，恩誼備至。」乃見老杜情感色階豐富之本色。

赤谷（五古）

【題解】乾元二年（西元七五九年）十月在秦州往同谷途中作。赤谷，距秦州西南七里，即今甘肅天水市秦州區西南的暖河灣河谷。谷之兩崖呈紅色，故名。這是組詩的第二首。此後十首皆屬此組詩。

天寒霜雪繁，遊子有所之❶。
豈但歲月暮，重來未有期❷。
晨發赤谷亭，險艱方自茲❸。
亂石無改轍，我車已載脂❹。
山深苦多風，落日童稚飢。
悄然村墟迥，煙火何由追❺。

貧病轉零落，故鄉不可思。
常恐死道路，永為高人嗤❻。

【注釋】❶有所之　有要去的地方，此指同谷縣。❷豈但二句　歲月暮，本指年底，但〈發秦州〉剛說是「十月交」，遠非年底。蓋杜甫言歲暮，有時只是指一年過半耳。〈避地〉云：「避地歲時晚」；〈得舍弟消息二首〉云：「憂端且歲時」，都是同一情況。❸晨發二句　晨發，〈發秦州〉云「中宵驅車去」，大概至赤谷亭稍事休息，天明才重新出發。方自茲，從這裡開始。❹亂石二句　無改轍，不能改道。載脂，給車軸上油。❺悄然二句　迥，遠也。煙火，此指飯食。❻常恐二句　高人，指隱士。嗤，嗤笑。《杜臆》：「故鄉之亂未息，故不可思，言永無歸期也。公棄官而去，意欲尋一隱居，如龐德公之鹿門以終其身，而竟不可得，恐死道路，為高人所嗤。」

【語譯】天寒莫道多霜雪，遊子還得趕路程。惆悵豈只歲月逝，重來無期亦傷情。清晨赤谷亭前重上路，艱險征途始初登。亂石鋪谷無選擇，車軸上油任崎嶇！山深谷長苦多風，日暮孩子腹已飢。四顧寂然村莊遠，何處覓食捻斷髭。如今棄官貧病無依靠，家鄉戰火連連不敢思。只怕流離道上死，永為高人笑我癡。

【研析】第一天上路便顯出艱難。〈發秦州〉云：「中宵驅車去」，至此又云「晨發赤谷亭」，下文又云「落日童稚飢」；不太長的路走了一整天，則一家子拖兒帶女的，前途之險艱可預料矣！難怪浦起龍會說：「『險艱自茲』一語，直將各首（指本組詩）通盤提起。」杜甫組詩針線之細密，於斯可見。

鐵堂峽（五古）

【題解】乾元二年（西元七五九年）在秦州往同谷途中作。由赤谷南行，進入鐵堂峽。鐵堂峽位於今甘肅天水市秦州區西南的天水鎮東五里，距天水市八十里。《明一統志・陝西統部・鞏昌府》：「鐵堂峽，在秦州天水廢縣東五里。峽有石筍青翠，長者至丈餘，小者可為礪（磨刀石）。唐杜甫詩『峽形藏堂隍，壁色立積鐵』，謂此。」此峽谷口狹窄，峽中寬敞如堂室，峽壁成鐵青色，故稱鐵堂峽，其名至今沿用。

山風吹遊子，縹緲❶乘險絕。
硤形藏堂隍，壁色立積鐵❷。
徑摩穹蒼蟠，石與厚地裂❸。
修纖無垠竹，嵌空太始雪❹。
威遲❺哀壑底，徒旅慘不悅。
水寒長冰橫，我馬骨正折。
生涯抵弧矢❻，盜賊殊未滅。
飄蓬逾三年，回首肝肺熱❼。

【注釋】❶縹緲　此指衣衫飛動貌。邵子湘云：「起語亦爾縹緲。」意為這一開頭給人飄逸的感覺。❷硤形二句　硤，通「峽」。堂隍，大堂。積鐵，一作「精鐵」。❸徑摩二句　摩穹蒼，迫近蒼天。下句形容峽之險峻如同大地裂開的一條縫。❹修纖二句　修纖，細長。無垠，無邊無際。太始，猶云太古。下句言遠處高山上長年未融的積雪，銀白一痕，就像是鑲嵌在藍天上。舊注：「嵌空，玲瓏貌。」於「太始雪」無義，不取。❺威遲　迂迴曲折。❻生涯句　生涯，有限的生命。《莊子》：「吾生也有涯。」抵弧矢，趙次公注：「抵者，逢抵之抵。抵弧矢，遭用兵之時也。」❼飄蓬二句　飄蓬，《商君書》：「夫飛蓬遇飄風而行千里。」逾三年，自至德二載（西元七五七年）放還鄜州，到乾元二年（西元七五九年）發秦州，已過了三個年頭。這三個年頭，詩人都在漂泊之中。肝肺熱，形容內心焦慮。

【語　譯】山風吹我揚衣袖，遊子登高臨絕壁。峽內一似藏大堂，崖色好比精鐵立。小路摩天蟠曲上，石谷地裂成此隙。竹海無邊長直細，山嵌藍天古雪跡。風號谷底曲折行，一家子單獨趕路更慘慼。澗水徹寒橫長冰，我馬涉之骨欲折。不幸生遭兵燹際，叛亂至今猶未息。蓬飛他鄉逾三年，不堪回首焚肝肺！

【研　析】《甌北詩話》稱杜詩「有題中未必有此之義，而冥心刻骨，奇險至十二、三分者」，乃舉此詩「徑摩穹蒼蟠，石與厚地裂」句為例。其實此詩句句逼入奇險之境，給人一種壓鬱感，而這種感覺是聲律與內容之互動的結果。以領聯「硤形藏堂隍，壁色立積鐵」為例，上句「硤」字外，連四字平聲；下句五字皆入聲，造成拗峭之感。而頸聯「徑摩穹蒼蟠，石與厚地裂」之句式也復相似，下句雖然未能五字皆入聲，卻也是五字皆仄。仇注云：「入蜀諸章，用仄韻居多，蓋逢險峭之境，寫愁苦之詞，自不能為平緩之調也。」甚是。

鹽井（五古）

【題　解】乾元二年（西元七五九年）在秦州往同谷途中作。《元和郡縣志》：「山南道成州長道縣：鹽井在縣東三十里，水與岸齊，鹽極甘美，食之破氣。鹽官故城，在縣東三十里，在嶓冢西四十里，相承營煮，味與海鹽同。」其地在今甘肅禮縣東三十里之鹽官鎮。唐時共有鹽井六百四十處，此其一。

鹵中草木白，青者官鹽煙❶。
官作既有程❷，煮鹽煙在川。
汲井歲榾榾，出車日連連❸。

自公斗三百，轉致斛六千❹。
君子慎止足，小人苦喧闐❺。
我何良歎嗟？物理固自然❻。

【注釋】❶鹵中二句　二句謂草木受鹵地之氣，故凋枯而呈白色；其青色者，是煮鹽之煙氣。鹵，西方之鹹地曰鹵，東方謂之斥。❷官作句　作，作坊。程，期限；定量。❸汲井二句　汲井，從鹽井中汲取鹽水。榾榾，用力貌。連連，不斷貌。❹自公二句　自公，定自官價。轉致，商販轉賣。斛，十斗為一斛。鹽稅是中唐朝廷重要收入，《新唐書・食貨志》稱：「至大曆末，(鹽利) 六百餘萬緡，天下之賦，鹽利居半。宮闈服御、軍饟、百官祿俸，皆仰給焉。」❺君子二句　君子，指官家。止足，猶知足，指不與小民爭利。小人，此指鹽商。喧闐，嘈雜嚷嚷，指爭價吵鬧。兩句則所謂「君子喻於義，小人喻於利」。❻我何二句　良，甚；深。物理，事物固有之法則。下句言君子、小人不同的義利取向是事物固有的、自然不變的法則。

【語譯】鹹地草木枯且白，唯有煮鹽冒青煙。官坊煮鹽限期有定量，煮鹽煙起漫山川。一年到頭井底汲鹽使盡力，運鹽車子日相連。官家定價斗三百，轉手一石賣六千！君子喻義要知足，奸商爭利吵翻天。我又何必長歎息？人各有性難改變。

【研析】仇注：「『自公』，謂官價。『轉致』，謂商販。斗錢三百，石至六千，倍獲其息也。『君子』，譏『自公』。『小人』，指『轉致』。物情爭利，不足嗟嘆，亦慨時之語。」「轉致」二字是關鍵。何以轉手之間便可獲十倍之利？故詩人委婉地勸說「君子」要知足，不可像那些無奸不商的小人。但他也知道現實中捨義取利是那些人的本性，只好「良歎嗟」了。鄧魁英、聶石樵《杜甫選集》說得對：「詩旨在揭露官商勾結，剝削人民。此種社會問題的題材，杜甫以前未嘗入詩，實是他對詩歌領域的新開拓。」宋人柳永有〈煮海歌〉，細寫鹽民之苦難，其取材不無受此詩之影響。

寒硤（五古）

【題解】乾元二年（西元七五九年）在秦州往同谷途中作。寒硤，一作「寒峽」。即今甘肅西和長道鄉通向漾水河谷的祁家峽，又名大晚家峽。明代陳繼儒稱：「此與〈鐵堂〉、〈青陽〉二篇，幽奧古遠，多象外異想，悲風泣雨，入蜀人不堪多讀。」

行邁日悄悄，山谷勢多端❶。
雲門轉絕岸，積阻霾天寒❷。
寒峽不可渡，我實衣裳單；
況當仲冬交❸，泝沿增波瀾❹。
野人尋煙語，行子傍水餐❺。
此生免荷殳，未敢辭路難❻。

【注釋】❶行邁二句　行邁，遠行。日悄悄，整天憂心忡忡。《詩・柏舟》：「憂心悄悄。」多端，變化莫測。❷雲門二句　雲門，即峽口。絕岸，陡峭的崖岸。積阻，指重山。謝朓〈和蕭中庶直石頭〉：「九河亙積岨。」霾，陰霾，大氣中懸浮大量煙塵所造成的混濁現象，這裡當動詞用。霾天寒，山谷裡充滿森寒。❸仲冬交　接近農曆十一月。❹泝沿句　泝，即溯。沿，緣水而下。泝沿，謂沿水逆流而上。仲冬風急，所以「增波瀾」。以上三句寫「不可渡」。❺野人二句　野人，山野之人。尋煙語，蔡夢弼云：「謂尋火煙，乃得野人與之語，則知路少行人也。」行子，行旅之人，此自指。❻此生二句　二句與〈自京赴奉先縣詠懷五百字〉「生常免租稅，名不隸征伐」意同。殳，兵器。

【語譯】遠行終日憂心忡忡，山形谷勢變化無窮。進入谷口便崖岸陡起，重山障阻峽底寒氣濁濃。寒峽不可渡，我實在是衣裳單薄經不起凍。何況時已逼仲冬，沿水逆流更頂風。想找個問話的卻連炊煙也不見，趕路的人呵只好在水邊就餐。唉！咱畢竟當官免征戰，如今怎敢埋怨行路難？

【研析】仇注對此詩之串講很好，先讀一讀：「首記峽中勢險而氣寒。雲門乍轉，卻逢絕岸，積阻之處，又霾天寒，此所謂勢多端也。單衣仲冬，沖寒而度峽，旅人之困如此。……末嘆峽行之艱苦。尋煙傍水，皆荒山闃寂之象。路難猶勝荷殳，此自解語，實自傷語。」仇注所謂「路難猶勝荷殳，此自解語，實自傷語。」雖然有一定的道理，但如陳貽焮所指出：「仍應看到此老自身難保尚能念及戍卒之苦的一片好心。」再者，詩人過寒峽恰逢仲冬之交，於是便有對其「峽」之「寒」的深刻體會。「我實衣裳單」一句，吳瞻泰云：「一『實』字，哀訴如聞。『聽猿實下三聲淚』，亦妙在『實』字。」就其內在的意義講，這「實」就是實際的體驗，決非泛泛。所以末句雖然與〈自京赴奉先縣詠懷五百字〉「生常免租稅，名不隸征伐」意同，但一月映萬川，同一思想在不同的情景中自有其不可取代的個性，仍能感人至深。

法鏡寺

（五古）

【題解】乾元二年（西元七五九年）在秦州往同谷途中作。聶大受主編《詩聖隴右行吟》稱：「法鏡寺在甘肅西和縣石堡村，是座頗具規模的石窟寺，約創建於北朝初期。原址在村中三佛崖前，南、北兩崖共有三十一座石窟，現存雕像十三尊。寺廟因被洪水沖毀，後遷至寺廟背後的五臺山上。原址還有雕像遺存。」

身危適他州，勉強終勞苦。

神傷山行深，愁破崖寺古。
嬋娟碧鮮淨，蕭摵寒籜聚❶。
回回山根水，冉冉松上雨❷。
洩雲蒙清晨，初日翳復吐❸。
朱甍半光炯，戶牖粲可數❹。
拄策忘前期，出蘿已亭午❺。
冥冥子規叫，微徑不復取❻。

【注釋】❶嬋娟二句　二句寫竹：竹子入冬猶碧綠婀娜，而竹筍脫落的殼則已枯黃。嬋娟，形容形態美好。蕭摵，草木黃落貌。籜，竹筍外殼。❷回回二句　回回，迂迴貌。冉冉，柔弱貌。❸洩雲二句　二句寫陰轉晴的天氣。洩雲，猶出雲。翳，遮掩。❹朱甍二句　二句寫陽光下寺內建築的景色。甍，屋脊。炯，明亮。牖，窗。粲，鮮明。❺拄策二句　拄策，拄杖。前期，前面要趕的路程。蘿，藤蘿。亭午，正午。❻冥冥二句　冥冥，高遠貌。子規，即杜鵑鳥，啼聲淒苦，又名催歸。此鳥多在春天啼叫，仲冬似不聞。此處應是作比興式的氣氛渲染。下句言要趕路所以不敢再走小路搜奇觀勝。

【語譯】因為感到處境危險，所以我遷往其他州府。雖不情願，也得任勞忍苦。跋涉深山正無精打采，忽見古寺破愁鼓舞。篁竹娟娟碧綠又鮮淨，冬筍紛紛脫殼滿地枯。山腳流水蜿蜒曲，松針雨珠垂楚楚。天邊洩出的雲霧遮清晨，初升的朝陽雲中吐。屋脊向日半邊紅，窗戶暢開明可數。拄杖緩步忘旅程，穿過藤蘿才知已正午。遠處杜鵑催歸長短啼，莫戀小徑通幽快趕路。

【研析】《杜臆》評曰：「山行而神傷，寺古而愁破。極窮苦中一見勝地，不顧程期，不取捷徑，是此老胸中無宿物，於境遇外，別有一副心腸，搜冥而搆奇也。」在大自然中修復自己的心靈創傷，正是杜甫健全人性的體現。中國人講「天人合一」，其實是一種「人的自然化」。所謂「胸中無宿物」，就是跳出逆境，暫時捨去利害關係，投身大自然，「以物觀物」，「於境遇外」安頓心靈，汲取力量，獲得再生。這也是老杜屢蹶屢起，永不言敗的一個奧秘。

青陽峽（五古）

【題解】乾元二年（西元七五九年）在秦州往同谷途中作。青陽峽，則青羊峽，以峭壁有石穴似青羊得名，在今甘肅西和東南五十里。

塞外苦厭山，南行道彌惡。
岡巒相經亘❶，雲水氣參錯。
林迴硤角來❷，天窄壁面削。
溪西五里石，奮怒向我落❸。
仰看日車側，俯恐坤軸弱❹。
魑魅嘯有風，霜霰浩漠漠❺。
昨憶踰隴阪，高秋視吳岳❻。

東笑蓮華卑，北知崆峒薄❼。
超然侔壯觀，已謂殷寥廓❽。
突兀猶趁人，及茲歎冥寞❾。

【注　釋】❶經亘　縱橫。❷林迥句　迥，一作「迴」。硤，峽也。人在行走時有錯覺：近的景物倒退，遠者則似隨我而行。此句寫出這種感覺。❸溪西二句　寫石的危側，傾斜欲落。《杜臆》：「『林迴硤角來』，『石（奮）怒向我落』，一經公筆，頑石俱活。」❹仰看二句　上句言山高憂日車碰撞而傾覆，下句言巨石沉重，怕地軸也承受不了。日車，古代神話云：日神乘坐六龍拉的車，由羲和駕御。側，傾斜。坤軸，地軸。❺魑魅二句　魑魅，山澤之鬼怪。霰，水氣凝成的冰晶微粒。❻昨憶二句　隴阪，即杜甫來秦州時翻越的隴山。吳岳，吳山，在今寶雞市北，唐肅宗至德二載改稱西岳。❼東笑二句　蓮華，指華山之蓮花峰。卑，低小。崆峒，唐時有三崆峒，此或指吳岳北面原州之崆峒。薄，輕微單薄。❽超然二句　侔，相等。殷，仇注：「上聲，一作隱。」其義難通。《杜詩鏡銓》注：「殷，當也。」又云：「殷寥廓，猶雲其高極天。」則二句的意思是：吳岳超然眾峰已極見壯觀，以為已經頂天立地難尋其匹。❾突兀二句　二句意為：到此忽見青陽峽之高峻突兀，遂疑是吳岳逐人而來，這才驚歎造化之冥寞難測。趁，追逐。冥寞，幽險難測。

【語　譯】塞外已厭山太多，往南更是地形惡。岡巒地脈互縱橫，雲氣水氣相滲透。近處樹林行漸退，遠處峽角迎面迫。斧削崖壁直，頓覺天地仄。溪西五里皆危石，好似奮怒向我落。仰看日車憂傾覆，俯視地軸恐壓折。山澤鬼怪嘯成風，霜霰彌漫廣漭漠。忽憶當初越隴阪，秋清遠眺見吳岳。東笑蓮華峰卑小，北輕崆峒山單薄。吳岳超然已壯觀，頂天立地遠且闊。到此突兀見峽壁，疑是吳岳逐人始驚愕，乃歎造化冥寞不可測！

【研　析】杜詩總是在追求對事物描述的個性化、感覺化。此行同是寫山寫石，寫峽寫谷，一路寫來卻各具面目。這一首最大特點是：描寫有很強的主觀性，抓住此峽「隘而險」的特徵，任想像馳騁，可謂是「神用象通」。不但「溪西五里石，奮怒向我落」直以主觀取代客觀，如王嗣奭所稱：「一經公筆，頑石俱活」；而且後八句「視通萬里」，借吳岳襯托青陽峽之突兀，「仰看日車側，俯恐坤軸弱」、「東笑蓮華卑，北知崆峒薄」云云，極盡誇張之能事，比肩李太白矣！老杜風格之多樣化，不愧是「集大成」者也。《寒廳詩話》引俞犀月曰：「少陵五言古詩〈發秦州〉至〈鳳凰臺〉，〈發同谷縣〉至〈成都府〉；各十二首，爭奇競秀，極沉鬱頓挫之致。各首變化，絕無蹊徑雷同，極得畫家濃淡相間之法。」信非虛譽。

龍門鎮（五古）

【題　解】乾元二年（西元七五九年）在秦州往同谷途中作。龍門鎮，由龍門寺而得名。乾隆六年《成縣新志》云：「龍門鎮，西和縣西七十里。杜工部詩『石門雪雲隘，古鎮峰巒集』即此，後改成府城集。」或云杜子美所云之龍門鎮，為今西和縣之坦途關，待考。

細泉兼輕冰❶，沮洳❷棧道濕。
不辭辛苦行，迫此短景❸急。
石門雪雲隘❹，古鎮峰巒集。
旌竿❺暮慘澹，風水白刃澀❻。
胡馬屯成皋，防虞此何及❼。
嗟爾遠戍人，山寒夜中泣❽。

【注釋】❶輕冰　薄冰。❷沮洳　低窪泥濘之地。❸短景　景，日光。短景指冬天日短。❹石門句　此句謂龍門因雨雪而顯得狹窄。石門，即龍門。龍門鎮處高山間，形勢如門。❺旌竿　戍軍之旗。❻白刃澀　兵刃因風寒而顯得鈍澀。❼胡馬二句　成皋，地名，即今河南滎陽西北汜水鎮。史載：乾元二年史思明攻佔洛陽，據成皋。龍門鎮遠距成皋，故與防患叛軍無涉，或諷部署不當，徒勞百姓而已。❽嗟爾二句　蕭滌非先生說：「觀『夜』字，杜甫是在龍門鎮上住宿的，但他分明沒有睡著。戍卒在哭泣，詩人在嗟嘆。」

【語譯】細泉流呵雜薄冰，低窪泥濘棧道濕。不辭辛苦遠遷徙，冬天日短趕路急。龍門雨雪顯狹隘，古鎮峰巒似湊集。軍旗慘澹暮色裡，風寒兵刃也鈍澀。叛軍已據成皋地，此鎮戍兵鞭長也莫及！可歎爾等遠戍人，山中夜寒潛哭泣。

【研析】此詩較無特色，但仍體現杜甫一貫的仁者之心。《杜詩鏡銓》引黃淳耀曰：「時東京為思明所據，秦成間密邇關輔，故龍門有兵鎮守。然旌竿慘澹，白刃鈍澀，既無以壯我軍容，況此地又與成皋遠不相及，則亦徒勞吾民而已。」所言亦是。

石龕（五古）

【題解】乾元二年（西元七五九年）在秦州往同谷途中作。石龕，猶石室，鑿崖壁而成，內供仙佛，其時途中常有之，不必確指。

熊羆❶咆我東，虎豹號我西。
我後鬼長嘯，我前狨❷又啼。

天寒昏無日，山遠道路迷。
驅車石龕下，仲冬見虹霓。
伐竹者誰子？悲歌上雲梯。
「為官采美箭，五歲供梁齊。」
苦云「直簳盡，無以充提攜❸。」
奈何漁陽騎，颯颯驚烝黎❹！

【注　釋】❶羆　熊的一種，體形較大。❷狨　猿類，尾作金色，俗稱金線猴。❸為官四句　以上四句是伐竹者的答辭。采美箭，準確地講是採做美箭的細竹竿，以勁直者為美。梁齊，指河南、山東一帶。其時唐與叛軍作戰多在此地區。苦云，極口稱說。簳，一種適宜做箭的小竹。充提攜，應征用。❹奈何二句　漁陽騎，安祿山所部皆漁陽突騎，此泛指叛軍。颯颯，本風聲，這裡形容軍聲。烝黎，老百姓。

【語　譯】我的東邊熊羆在咆哮，我的西面虎豹在低嚎。身後山鬼作長嘯，身前狨猴又啼叫。天寒昏昏不見日，山重水複迷道路。驅車直抵石龕下，仲冬卻見虹霓出。忽有悲歌上雲梯，誰家子弟來伐竹？聽他極言來申訴：「五年採竹應官征，齊梁打仗催箭速。可憐大地直簳盡，苦搜孑遺難充數。」無奈叛軍仍囂張，風聲鶴唳百姓苦！

【研　析】這首詩是我們所熟悉的「三吏三別」的風格，採用對話的形式敘事，反映民間疾苦。《杜臆》云：「起來數語，全是寫其道途危苦顛沛之懷，非賦石龕也。即伐竹者亦以悲歌當泣。」是。值得一提的是此詩開頭句式，仇注云：「魏武帝〈苦寒行〉：『熊羆對我蹲，虎豹夾路啼。』此句意所本。劉琨〈扶風歌〉：

『麋鹿游我前，猿猴戲我側。』此句法所本。《楚辭・九思》：『將升兮高山，上有兮猿猴；將入兮深谷，下有兮虺蛇。左見兮鳴鵙，右睹兮呼梟。』此東西前後疊句所本。」其實不必泥於出處，主要還是實地感受，杜甫只是善於汲納眾家之長為我所用耳。

積草嶺 （五古）

【題解】乾元二年（西元七五九年）在秦州往同谷途中作。仇注謂：「原注：同谷界。」則積草嶺在同谷縣界，具體地點待考。

連峰積長陰，白日遞隱見❶。
颼颼林響交，慘慘石狀變。
山分積草嶺，路異鳴水縣❷。
旅泊吾道窮❸，衰年歲時倦。
卜居尚百里，休駕投諸彥❹。
邑有佳主人，情如已會面。
來書語絕妙，遠客驚深眷❺。
食蕨不願餘，茅茨眼中見❻。

【注　釋】❶連峰二句　謂眾山連日陰天，太陽時隱時現。❷山分二句　山分，仇注引蔡夢弼曰：「從此嶺分路，東則同谷，西則鳴水。」路異，歧路。鳴水縣，在今陝西略陽西。《舊唐書・地理志》：「鳴水縣屬興州，本漢沮縣地，隋為鳴水縣。」❸吾道窮　與〈秦州雜詩〉「萬方聲一概，吾道竟何之」、〈空囊〉「世人共鹵莽，吾道屬艱難」、〈發秦州〉「大哉乾坤內，吾道長悠悠」同一意思，是該時期杜甫對自己的抱負未能實現而常發的慨歎。❹卜居二句　卜居，《楚辭》有〈卜居〉篇，舊傳為屈原所作，後人用指擇地而居。此指目的地同谷縣。休駕，暫時的休息。彥，士的美稱，此指所要投靠的士子。❺深眷　眷顧；器重。❻食蕨二句　蕨，蕨薇，一種野菜。《史記・伯夷列傳》：「伯夷、叔齊隱於首陽山，采薇而食。」不願餘，左思〈詠史〉詩云：「飲河期滿腹，貴足不願餘。」茅茨，此指茅屋。

【語　譯】連峰屯雲久陰天，白日昏昏時隱現。林風颼颼作交響，石色慘淡石形變。積草嶺分東西道，歧路是往鳴水縣。旅居秦州無出路，年老歲暮更厭倦。此去卜居同谷尚百里，投靠諸賢暫休息。縣裡幸有好主人，神交如晤似知己。來信句句都妙極，遠客深受眷顧擔不起。對此雖吃野菜心亦足，安居的茅屋彷彿在眼裡。

【研　析】「邑有佳主人」的「佳主人」是誰？「諸彥」又是誰？舊注多以為「佳主人」指同谷縣宰，「諸彥」則指投宿之家（或云即〈乾元中寓居同谷縣作歌七首〉中之「山中儒生」）。然而「邑有佳主人」並非「邑之佳主人」，斷言此人必是縣宰，無據。從後來杜甫一家子在同谷衣食無着，男呻女吟，幾皆餓死的慘狀看，如果「佳主人」真是縣宰，有權有勢的他要幫助解決點問題並不是件難事，而竟既邀之又棄之，實屬不必要，也太不合情理。看來這位主人只是當地一名有點地位的士紳而已。故施可齋《讀杜詩說》質之曰：「而此所謂佳主人者，竟不一顧，想是狡情薄分一流，慕公之名而寄書，假為語妙，以盡世情，初不料公信它，竟挈妻子捨秦州而來也。」社會上的確有這種人：話說得十足熱情，一旦你真的信了，需要他來「熱情」一下，他便「瞻之在前，忽焉在後」，飄然而去了。話說回來，「來書語絕妙，遠客驚深眷」，信裡似乎只是極口稱許老杜，乃至讓「遠客」受寵若驚，似乎並沒說到要邀他來此卜居。「初不料公信它，竟挈妻子捨秦州而來也。」可齋的推理是頗到位的。雖然「佳主人」現已不可考，但杜甫當時的窘境倒是於斯可見。〈秦州雜詩二十首〉劈面便道：「滿目悲生事，因人作遠遊。」所「因」何人？事實證明他並沒有明確可「因」之人。那末一大家子，連親姪兒杜佐也承受不了，何況這回的「佳主人」尚未謀面。杜甫西行的主因是「關輔飢」，是「唐堯真自聖」，並非有人預約他到秦州來。這回也一樣，是「身危適他州」，有沒有「佳主人」他都要走，走一步算一步。此後去蜀、離夔、下湘，都是如此。目標既定，勇往直前，不計後果。這就是杜甫，不可以常人度之。

泥功山（五古）

【題解】乾元二年（西元七五九年）在同谷作。泥功山，在今甘肅成縣西北四十里。《成縣新志》：「泥功山，縣西北三十里，上有古剎，峰巒突兀，高插雲霄。」《杜詩鏡銓》云：「記地之作，樸老如古樂府。」

朝行青泥上，暮在青泥中。
泥濘非一時，版築勞人功❶。
不畏道途永，乃將汨沒同❷。
白馬為鐵驪❸，小兒成老翁。
哀猿透卻墜，死鹿力所窮❹。
寄語北來人，後來莫匆匆。

【注釋】❶版築句　版築，此指土木營造之事。因道路泥濘，故須人用木版夾土夯實。❷不畏二句　道途永，遠也。乃將，猶只怕。汨沒，埋沒。❸鐵驪　黑馬。❹哀猿二句　承「汨沒」，寫猿、鹿陷泥漿中之慘況。透，跳出泥漿。墜，指猿猴跳出泥漿卻又墜落回去。

【語　譯】早上在黑泥巴中跋涉，傍晚了還跋涉在黑泥巴中。道路泥濘已非一日，常要夾版夯實費人功。怕的不是路途遠，只怕深陷便與活埋同！白馬濺泥成黑馬，小孩濺泥成老翁。猿猴哀叫着跳出泥漿又墜回，山鹿掙扎到死力已窮。北方來客聽我言：要過此山莫匆匆。

【研　析】《杜臆》：「古云：成州有八景樓，泥功山與鳳凰臺居其二。公詩止言其濘，不言其勝，何也？」《峴齋詩談》恰好回答了這個問題：「發秦州諸詩，道路之苦皆客情，莫作寫景看。」以「客情」為主，有時甚至不怎麼寫景（如〈石龕〉並不賦石龕），這是杜甫山水詩與二謝、王維山水詩之間最明顯的區別，也是我們看這組山水詩應有的視角。

鳳凰臺（五古）

【題　解】乾元二年（西元七五九年）冬在同谷作。臺在同谷縣（今甘肅成縣）東南七里飛龍峽口的鳳凰山。山腰有高臺，傳說漢時有鳳凰棲息其上。此詩主旨，盧元昌說是為肅宗惑於張良娣，殘害諸子而作，附會史實，未免將杜甫懷抱囚於一家一姓。浦注：「是詩想入非非，要只是鳳臺本地風光，亦只是老杜平生血性，不惜此身顛沛，但期國運中興，刳心瀝血，興會淋漓。」《十八家詩鈔》也引張廉卿云：「孤懷偉抱，忽爾噴溢，成此奇境。」這首詩的確是大文章！誠如蕭先生《杜甫研究》所指出：「一部杜詩，便是杜甫『我能剖心血……一洗蒼生憂』的實踐。」

亭亭鳳凰臺，北對西康州❶。

西伯今寂寞，鳳聲亦悠悠❷。
山峻路絕蹤，石林氣高浮❸。
安得萬丈梯，為君上上頭？
恐有無母雛，飢寒日啾啾❹。
我能剖心出，飲啄慰孤❺愁。
心以當竹實，炯然忘外求❻。
血以當醴泉，豈徒比清流❼？
所重王者瑞，敢辭微命休？
坐看綵翮長，舉意八極周❽。
自天銜瑞圖，飛下十二樓❾。
圖以奉至尊，鳳以垂鴻猷❿。
再光中興業，一洗蒼生憂。
深衷正為此，群盜何淹留⓫？

【注釋】❶亭亭二句　亭亭，聳立貌。西康州，即同谷縣，今甘肅成縣。❷西伯二句　西伯，周文王。傳說文王時鳳鳴岐山。寂寞，謂死去。亦悠悠，也聽不見了。浦注：「西伯二句為一篇命脈。茲臺非岐山鳴處，公特因臺名想到鳳聲，因鳳聲想到西伯，先將注想太平之意，於此逗出。」❸山峻二句　原注：「山峻，人不至高頂。」陳貽焮云：「這注很有意思，可幫助我們理解是什麼觸發了老杜的詩思。……勾引起君門九重、忠悃無由上達的慨嘆。」石林，筆者目睹鳳凰臺山麓至山頂，有成片石筍狀的石峰林立。❹恐有二句　啾啾，鳥鳴聲。漢樂府〈隴西行〉：「鳳凰鳴啾啾，一母將九雛。」恐有二字，領起下文，全是想像之辭。❺孤　指無母雛。❻心以二句　竹實，即竹米。《莊子・秋水》「夫鵷鶵（鳳凰類）……非練實不食，非醴泉不飲。」傳說鳳凰非竹實不食，今以心為竹實，故不必尋求於外。忘，一作「無」。❼血以二句　醴泉，甘泉。傳說鳳凰非醴泉不飲。豈徒比，意為心血勝過醴泉。清流，此指醴泉。❽坐看二句　坐看，猶行看或立見，意謂不久。彩翮，彩色的羽翼。舉意，猶言放懷。八極周，周遊八方。❾自天二句　瑞圖，《春秋元命苞》：「黃帝游玄扈、洛水之上，……，鳳皇銜圖置帝前。」十二樓，傳說崑崙山有玉樓十二，為仙人所居。❿垂鴻猷　垂盛德於後世。⓫深衷二句　我之甘剖心血，深意實在為國為民。群盜，指安史餘孽。何淹留，怪群盜久未滅。末句諷刺當時諸將。《杜臆》：「篇末兩句可汰。」的確，這兩句的內容已包含在「再光中興業，一洗蒼生憂」之中，可刪去以免重複，且以「再光」一聯收住更大氣。

【語　譯】鳳凰臺呵高高聳立，北面正對着西康州。周文王早已沒人提起，鳳凰也遙遙離去聲悠悠。高臺險峻無道路，石峰如林嵐氣浮。哪能找到萬丈梯，讓我直達最上頭？臺上怕有無母小鳳雛，飢寒交迫整天叫啾啾。我願剖心血，以供飲啄慰鳳愁。我心且以充竹米，朗然何必外尋求？我血也可代醴泉，又豈醴泉所能儔？若為王國護祥瑞，怎敢辭避此命休！願見鳳凰展彩翼，放飛八方任周遊。從天銜下祥瑞圖，來從崑崙十二樓。瑞圖獻皇帝，鳳之盛德垂千秋。再廣我唐中興業，一洗天下蒼生憂。深意就在為國與為民，安史餘孽何故尚殘留？

【研　析】我們在前選〈秦州雜詩二十首〉的【研析】中已指出：「隴右詩是杜甫對安史之亂以來現實進行深刻反思之起始，此後杜詩最多反思之作。」其反思的一個重點是：國亂尚武，文治乃廢。國亂尚武本無可厚非，問題是尚武而棄儒術不用，「詩書遂牆壁，奴僕且旌旄」（〈避地〉），於是文治既廢，道德淪喪，群小趁機「攀龍附鳳勢莫當，天下盡化為王侯」（〈洗兵馬〉），亂上添亂。杜甫客秦州以後，對這個問題作了深刻的反思：「萬方聲一概，吾道竟何之！」（〈秦州雜詩〉之四）「此邦今尚武，何處且依仁？」（〈寄張十二山人彪三十韻〉杜甫認為大亂更需要文治相輔，使百姓安定下來才是根本大計。關於這一點，〈秦州見敕目薛璩畢曜遷官〉詩中有明確的表述：

上將盈邊鄙，元勳溢鼎銘。
仰思調玉燭，誰定握青萍？

「盈」、「溢」不無諷刺意味。蓋遍地上將元勳，何以烽火未停？仇注云：「欲調玉燭，青萍誰屬？言當專任李郭，以致太平。」所注未達一間。《爾雅・釋天》：「四時調和謂之玉燭。」調和陰陽是宰相、諸文臣的職責，則「調玉燭」與「握青萍」並列，文武當並用也。後來在梓州所作〈有感五首〉強化了這一主張：「莫取金湯固，長令宇宙新。不過行儉德，盜賊本王臣！」〈送陵州路使君赴任〉又云：「戰伐乾坤破，瘡痍府庫貧。眾寮宜潔白，萬役但平均！」這些就是「調玉燭」的具體內容。老杜思考的結果是：只有讓百姓安定，支持朝廷，才能平息戰亂。其「思朝廷」的出發點仍是「憂黎元」，而燮理陰陽的「儒術」才是治亂的根本。

杜甫在秦州所作的這一重要反思，集中反映在〈鳳凰臺〉這首詩中。浦起龍說得對：「西伯二句為一篇命脈。茲臺非岐山鳴處，公特因臺名想到鳳聲，因鳳聲想到西伯，先將注想太平之意，於此逗出。」杜甫寫鳳凰，是為了引出周文王。周文王，是儒家行「王道」（即禮治文化）的象徵性人物。《論語・子罕》：「子曰：『文王既沒，文不在茲乎？』」孔子以周文王之後的文化載體自許，杜甫則以「奉儒」自許。刳心瀝血護持鳳凰，也就是護持儒學，護持文治思想，護持天下太平，護持自己的理想。然而，從「鳳凰臺」聯想到「鳳鳴岐山」，周室中興，這還不算奇特。奇特的是：他想像中的鳳凰並非給人們馬上帶來祥瑞與太平的鳳凰，而是一隻嗷嗷待哺的小鳥：「恐有無母雛，飢寒日啾啾。」要讓牠帶來祥瑞首先必須養活牠，哺育牠。杜甫不是坐等太平天賜，而是要以心血親自哺育出太平：「我能剖心出，飲啄慰孤愁。心以當竹實，炯然忘外求。血以當醴泉，豈徒比清流？所重王者瑞，敢辭微命休？」這不就是魯迅所說的「我以我血荐軒轅」嗎？不就是〈離騷〉所云「長太息以掩涕兮，哀民生之多艱……亦余心之所善兮，雖九死其猶未悔」嗎？在鳳雛的意象中，無疑凝結着中華民族精英的文化基因。它與前期所作〈奉贈韋左丞丈二十二韻〉云「致君堯舜上，再使風俗淳」

的理想是相承的，不過重心已從「致君」移向「致太平」，「再光中興業」不再是僅為一家一姓，而是為百姓「一洗蒼生憂」。他開始把希望更多地寄託在士子百姓一邊，「炯然忘外求」，而不是把希望只押在「致君」上。

杜甫是認真的。他居然「計畫外」地在鳳凰臺下臨時找了個村子住下，成為陳貽焮《杜甫評傳》所說的鳳雛的「供養人」。他實踐了「血以當醴泉」的誓言，在困頓中寫下令人刻骨銘心的「同谷七歌」便是最好的說明。它與入蜀後的名篇〈茅屋為秋風所破歌〉遙相呼應。直至詩人逝世前一年，在漂泊途中，詩人又寫下〈朱鳳行〉，再次堅申其誓言：「願分竹實及螻蟻，盡使鴟梟相怒號！」

讀〈鳳凰臺〉，我心有慼慼焉。

乾元中寓居同谷縣作歌七首（七古）

【題解】乾元二年（西元七五九年）農曆十一月在同谷作。同谷，成州同谷縣，即今甘肅成縣。杜甫在離開同谷入蜀路上所作〈木皮嶺〉云：「首路栗亭西，尚想鳳凰村。」此「鳳凰村」，當在萬丈潭北之鳳凰臺下，是老杜在同谷之最後寓居地，「同谷七歌」即作於此。由於〈積草嶺〉中述及的「佳主人」並未接待，生計無着，杜甫一家幾陷絕境，遂長歌當哭，寫下這組呼天搶地的七古長句。《讀杜心解》稱此組詩：「亦是樂府遺音，兼取〈九歌〉、〈四愁〉、〈十八拍〉諸調，而變化出之，遂成杜氏創體。」

其一

有客有客字子美❶，白頭亂髮垂過耳。
歲拾橡栗隨狙公❷，天寒日暮山谷裏。

中原無書歸不得，手腳凍皴❸皮肉死。
嗚呼一歌兮歌已哀，悲風為我從天來！

【章旨】這是杜甫一生中最苦的一段時日，像這七首所寫的，真是到了「慘絕人寰」的境地。首章自述形容哀颯，呼出「哀」、「悲」二字，以下諸歌不多言悲哀而聲聲悲哀矣。在結構上，七首相同，首二句點出主題，中四句敘事，末二句感歎。

【注釋】❶有客句　有客，杜甫是寓居，故自稱有客。子美，杜甫的字。❷歲拾句　歲，此指歲暮。橡栗，即橡子，荒年可充飢。狙，獼猴。狙公，養猴人。❸皴　皮膚因受凍而坼裂。

【語譯】過客過客字子美，白髮散亂漫耳垂。歲暮且隨狙公拾橡子，天寒日落還在山谷裡。手腳凍裂皮肉死，家鄉音訊斷絕不得歸。嗚呼開口一唱聲哀哀，悲風颯颯為我從天來！

其二

長鑱❶長鑱白木柄，我生託子❷以為命！
黃獨❸無苗山雪盛，短衣數挽不掩脛。
此時與子空歸來，男呻女吟四壁靜❹。
嗚呼二歌兮歌始放，閭里為我色惆悵！

【章旨】第二首寫雪中掘黃獨無所獲，家小飢寒臥病，苦況貼身入骨。

【注　釋】❶鑱　鋤鏟一類的農具。❷子　此稱呼長鑱。因要靠此鑱掘黃獨為生，性命交關，所以叫得親切。❸黃獨　薯蕷科植物。蔡夢弼注：「黃獨俗謂之土芋，根惟一顆而色黃，故謂之黃獨。飢歲土人掘食以充糧食。江西謂之土卵。」❹男呻句　靜，《讀杜心解》云：「呻吟則盈耳嘈嘈矣，卻下一『靜』字，愈妙。」因為這個「靜」字只是心理上的死寂，並非物理上的無聲，猶「鳥鳴山更幽」，是以實托虛。蕭先生注：「空室之中，除單調的呻吟聲外，別無所有，別無所聞。愈呻吟，就愈覺得靜悄悄的。」葉嘉瑩也說：「『呻吟』不也是聲音嗎？可他為什麼說『四壁靜』？是除了飢餓的呻吟外沒有一個人說一句話——既沒有話說，也沒有力氣說話了。」

【語　譯】長鑱長鑱白木的柄，這回全仗你救命！雪大黃獨無蹤影，短衣再拉也遮不到脛。扛着長鑱空手回，忍聽四壁唯有男呻女吟心似灰！嗚呼再唱放悲聲，鄰居為我惆悵也動情。

其　三

有弟有弟在遠方，三人❶各瘦何人強？
生別輾轉❷不相見，胡塵暗天道路長。
東飛駕鵝後鶖鶬❸，安得送我置汝旁！
嗚呼三歌兮歌三發，汝歸何處收兄骨？

【章　旨】第三首寫思念遠方的弟弟，天各一方，音信杳茫，情真意切。

【注　釋】❶三人　杜甫有四弟：穎、觀、豐、占。趙次公注：「此謂三弟者，穎、豐、觀也。一弟占，隨子美。」❷輾轉　到處流轉。❸東飛句　駕鵝，野鵝，似雁而大。鶖，即禿鶖。鶬，鶴類，毛蒼色。

【語　譯】有弟有弟在遠方，三個弟弟都瘦沒有一個強。各自流浪難一見，只為相隔路遠叛軍正囂張。東飛的駕鵝呀後隨的鶖與鶬，真想乘上牠們飛到你們身旁。嗚呼悲歌第三唱，諸弟歸時兄骨知是葬何鄉？

其　四

有妹有妹在鍾離❶，良人早歿諸孤癡❷。
長淮浪高蛟龍怒❸，十年不見來何時？
扁舟欲往箭滿眼，杳杳南國多旌旗❹。
嗚呼四歌兮歌四奏，林猿為我啼清晝！

【章　旨】第四首寫懷念寡居的妹妹。此詩與思弟不同，連及諸孤，更切女子形態，悱惻如聞哀弦。

【注　釋】❶鍾離　今安徽鳳陽。❷良人句　良人，丈夫。杜甫有妹嫁韋氏，喪夫寡居。諸孤癡，幾個孤兒都還稚小無知。❸長淮句　鍾離在淮水南。蛟龍怒，形容水路艱險。❹扁舟二句　二句極言兵亂。箭滿眼，形容戰事劇烈。浦起龍云：「『滿眼』上箭著一『箭』字，雋絕。」杳杳，深遠貌。南國，猶南方，指江漢一帶。

【語　譯】有妹呀有妹在鍾離，夫君早喪留下無知幾孤兒。淮水流長蛟龍惡，十年未見見何時？欲乘扁舟前往箭亂飛，遙遠的南方到處晃軍旗。嗚呼悲歌起兮第四唱，林中哀猿為我白晝啼。

其　五

四山多風溪水急，寒雨颯颯枯樹濕。
黃蒿古城❶雲不開，白狐跳梁❷黃狐立。

我生何為在窮谷？中夜❸起坐萬感集！

嗚呼五歌兮歌正長，魂招不來歸故鄉❹！

【章　旨】第五首仍寫同谷而忽然變調，寫得山昏水惡，雨寒狐立，魂驚欲散，以此表現萬感交集之意緒。

【注　釋】❶黃蒿古城　蔡夢弼云：「同谷，漢屬武都郡，唐天寶元年更名同谷，其城皆生黃蒿，故云古城。」❷跳梁　猶跳躍。❸中夜　半夜。❹魂招句　仇注：「招魂句有兩說：《杜臆》謂：魂離形體，不能招來，使之同歸故鄉。此順解也；胡夏客謂：身在他鄉而魂歸故鄉，反若招之不來者。此倒句也。依後說，翻古出新，語尤奇警。」

【語　譯】四面山風奔湍急，凍雨淋透枯樹濕。雲埋古城生黃蒿，白狐竄來黃狐立。命運為何拋我在窮谷？夜半起坐萬感競糾集！嗚呼長歌當哭第五唱，魂返故鄉不附體！

其　六

南有龍兮在山湫❶，古木巃嵸枝相樛❷。

木葉黃落龍正蟄，蝮蛇東來水上游。

我行怪此安敢出，拔劍欲斬且復休❸。

嗚呼六歌兮歌思遲，溪壑為我回春姿❹！

【章　旨】第六首因潛龍蝮蛇起興，慨歎時事，並表達對太平的渴望。

【注釋】❶山湫　此指同谷萬丈潭，《方輿勝覽》載：「萬丈潭在同谷縣……相傳有龍自潭飛出。」❷古木句　巃嵸，高峻貌。樛，枝椏糾結貌。❸木葉四句　蟄，藏伏，一般指爬蟲類的冬眠。蝮蛇，一種響尾蛇科的毒蛇。這句是說冬天蛇也應冬眠不出，而今蝮蛇竟敢出遊於龍湫，未免可怪。此四句應有所指，歷來眾說紛紜，莫衷一是。《讀杜心解》注云：「『龍在山湫』，君當厄運也。『枝樛』、『龍蟄』，干戈森擾也。『蝮蛇東來』，史孽（史思明叛軍）寇逼也。『我安敢出』，所以遠避也。『欲斬且休』，力不能殄也。」錄供參考。❹嗚呼二句　遲，舒緩。回春姿，大地回春，此謂渴望太平。

【語　譯】南邊有潭潭有龍，古木高聳枝交攻。黃葉紛落龍冬蟄，竟有蝮蛇東來游水中。我行見此怪異不敢出，拔劍欲斬力難從。嗚呼六唱聲舒緩，大地為我回春風！

其七

男兒生不成名身已老，三年飢走荒山道❶。
長安卿相多少年，富貴應須致身早❷。
山中儒生舊相識，但話宿昔傷懷抱。
嗚呼七歌兮悄終曲，仰視皇天白日速❸！

【章　旨】第七首與首章相呼應，對社會不公充滿憤激。《杜臆》：「歌聲既窮，而日晚暮矣。」

【注　釋】❶三年句　從至德二載（西元七五七年）至乾元二年（西元七五九年），為三年。其間詩人投鳳翔、貶華州、逾隴阪、徙同谷，歷盡苦難。❷長安二句　肅宗朝李輔國等排斥老臣，多援新進，杜甫對此是有意見的。〈行次昭陵〉稱太宗時「朝廷半老儒」，後來在〈為閬州王使君進論巴蜀安危表〉中也主張「在近擇親賢，加以醇厚明哲之老為之師傅，則萬無覆敗之跡」云云。故此二句與〈秋興八首〉「同學少年多不賤，五陵衣馬自輕肥」同含譏刺。❸仰視句　白日速，光陰快速地流逝。仇注云：「首尾兩章，俱結到『天』，蓋窮則呼天之意耳。」

【語　譯】男兒功業未就身已老，三年飢腸轆轆奔走荒山道。君看長安新進卿相多年少，富貴自當取及早。深山舊識亦儒生，話說當年盡潦倒。嗚呼七唱已是聲氣盡，日暮途窮仰天嘯！

【研　析】此七歌頓挫淋漓，歷來評價甚高。《唐詩品彙》引李薦《師友記聞》云：「太白〈遠別離〉、〈蜀道難〉，與子美〈寓居同谷七歌〉，〈風〉、〈騷〉之極致，不在屈原之下也。」文天祥則於國亡家破之際，仿杜此作，堪稱國殤。仇注附有文天祥之仿作，今依例也引為附錄，以見影響。

當然，也會有異議。鑒賞力頗高的宋道學家朱熹，對此七歌可謂有褒有貶。其〈跋杜工部同谷七歌〉云：「杜陵此歌，豪宕奇崛，詩流少及之者。顧其卒章嘆老嗟卑，則志亦陋矣，人可以不聞道哉！」末章是不是有「嘆老嗟卑」？有。問題是杜甫這首詩的「嘆老嗟卑」是否「志亦陋矣」？同為宋人的張戒，也認為子美有「長安卿相多少年」之羨，也有自傷，但他認為：「讀者遺其言而求其所以言，三復玩味，則子美之情見矣。」（《歲寒堂詩話》）是的，詩就是要反覆涵泳，「而求其所以言」。「老」與「卑」是主題詞，也是杜甫當時的實際情況。老，包括衰病，包括〈發秦州〉所謂「我衰更懶拙，生事不自謀。」卑，不但指沒官當，地位低，還包括「沒話語權」，面對錯事、不平事也無可奈何，「拔劍欲斬且復休」是也。所以「男兒生不成名身已老」不能孤立地看，要與「三年飢走荒山道」合看，與「長安卿相多少年，富貴應須致身早。山中儒生舊相識，但話宿昔傷懷抱」合看，與前六首合看，乃至與前半部杜詩一片看。這樣求其所以言，就可能別有會心。如「山中」二句的「儒生」，浦起龍謂杜甫晚年〈長沙送李十一銜〉云：「與子避地西康州」，西康州即同谷，李銜即此詩「舊相識」的儒生。是也。不過這裡的儒生或不止李銜一人，此「儒生」與上聯的「少年卿相」是相對應的，當與杜甫天寶年間在長安所作〈奉贈韋左丞丈二十二韻〉「紈袴不餓死，儒冠多誤身」有關聯。在長安以儒術求仕不成，是個普遍性問題，應是杜與儒生「話宿昔」的內容，也是「嘆老嗟卑」的主因。回頭再讀「長安卿相」二句，就不難意識到此二句與〈秋興八首〉「同學少年多不賤，五陵衣馬自輕肥」同含譏刺。其志何陋之有？清人施鴻保《讀杜詩說》駁朱子曰：「今按朱子此說，蓋以君子居易行法言也；

然人誠如杜陵之才之學，許身稷契，欲置君於唐虞，而使之終老不遇，既卑且貧，至於飢寒流落，白首無依，如此七章所述，則感慨亦自不免。……朱子特未遭此境耳。」「居易行法言」便是「站着說話不腰疼」，雖高明如朱子也難免。隔岸觀火還發議論，足為迂論者戒。

【附錄】

同谷歌體

文天祥（仿杜甫作）

有妻有妻出糟糠，自少結髮不下堂。亂離中道逢虎狼，鳳飛翩翩失其凰。將雛一二去何方，豈料國破家亦亡。不忍捨君羅襦裳，天長地久終茫茫，牛女夜夜遙相望。嗚呼一歌兮歌正長，悲風北來起傍徨。

有妹有妹家流離，良人去後攜諸兒。北風吹沙塞草淒，窮猿慘澹將安歸？去年哭母南海湄，三男一女同歔欷。惟汝不在割我肌，汝家零落母不知，母知豈有瞑目時。嗚呼再歌兮歌孔悲，鶺鴒在原我何為。

有女有女婉清揚，大者學帖臨鍾王，小者讀字聲琅琅。朔風吹衣白日黃，一雙白璧委道旁。雁兒啄啄秋無粱，隨母北首誰人將？嗚呼三歌兮歌愈傷，非為兒女淚淋浪。

有子有子風骨殊，釋氏抱送徐卿雛，四月八日摩尼珠。榴花犀錢落繡襦，蘭湯百沸香似酥，欻隨飛電飄泥塗。汝兄十三騎鯨魚，汝今知在三歲無。嗚呼四歌兮歌以吁，燈前老我明月孤。

有妾有妾今何如？大者手將玉蟾蜍，次者親抱汗血駒。晨妝靚服臨西湖，英英雁落飄璚琚，風花飛墜鳥嗚呼，金莖沆瀣浮汙渠。天摧地裂龍鳳殂，美人塵土何代無。嗚呼五歌兮歌鬱紆，為爾逆風立斯須。

我生我生何不辰？孤根不識桃李春。天寒日短重愁人，北風隨我鐵馬塵。初憐骨肉鍾奇禍，而今骨肉相憐我。當在北兮嬰我懷，我死誰當收我骸？人生百年何醜好，黃粱得喪俱草草。嗚呼六歌兮勿復道，出門一笑天地老。

萬丈潭

（五古）

【題　解】題下原注：「同谷縣作。」即乾元二年（西元七五九年）冬在同谷作。萬丈潭，在今成縣東南七里的飛龍峽內，古稱萬丈潭，傳說有龍自潭出，今稱龍潭。《杜詩鏡銓》引楊德周曰：「刻畫之中，元氣渾淪；窈冥之內，光怪迸發。」

青溪合冥寞，神物有顯晦❶。龍依積水蟠，窟壓萬丈內❷。
跼步凌垠堮，側身下烟靄❸。前臨洪濤寬，卻立蒼石大❹。
山色一徑盡，崖絕兩壁對。削成根虛無，倒影垂澹瀨❺。
黑如灣澴❻底，清見光炯碎❼。孤雲到來深，飛鳥不在外。
高蘿成帷幄，寒木壘旌旆❽。遠川曲通流，嵌竇潛洩瀨❾。
造幽❿無人境，發興自我輩。告歸遺恨多，將老斯遊最⓫。
閉藏修鱗⓬蟄，出入巨石礙。何事炎天過，快意風雨會⓭。

【注　釋】❶青溪二句　青溪，即東河，至此飛流成瀑入潭中。冥寞，幽深貌。神物，指龍。顯晦，時隱時現。❷龍依二句　積水，指深淵。《荀子・勸學》：「積水成淵，蛟龍生焉。」蟠，盤曲貌。壓，上承「積水」，言龍窟被壓進厚重的積水下。開頭四句以神龍渲染一種神秘感，故王嗣奭稱其「有大力量」。❸跼步二句　跼步，促步；局促的小步。垠堮，崖端；山頂。

側身，身子傾側下俯。煙靄，嵐氣。❹前臨二句　二句云下山後前臨入潭之急流，只好後退到大石邊站立，極言山腳潭邊窄狹無立足之地。洪濤，王嗣奭謂指嘉陵江，恐非是。卻，後退。❺削成二句　上句謂山陡如削，而山腳因煙靄遮蓋似懸於虛空。澹瀩，水光蕩漾。❻濆　旋流。❼光炯碎　波光粼粼。❽高蘿二句　上句言藤蘿交織如屋形大帳，下句言寒風中搖曳的樹木如豎起的旗幟。帷幄，屋形大帳。壘，立。康協〈終南行〉：「楓丹杉碧，壘旌立旆。」❾嵌竇句　此句謂石縫嵌着洞穴，水從此暗中泄出。竇，洞穴。瀨，石上急流。❿造幽　猶探幽。造，前往。⓫告歸二句　告歸，指棄官華州。斯遊最，這一次遊興最高。⓬修鱗　此指長龍。⓭何事二句　過，此指重遊。下句設想炎天龍騰，作風雲際會。

【語　譯】東河匯入深潭裡，神龍一見豈容易！積水成淵龍蟠屈，龍窟壓在萬丈底。促步惴惴上崖端，傾身下山穿嵐氣。前臨無地洪流寬又急，退倚巨石蒼然側足立。山險小路斷，兩岸對絕壁。山如削成懸空虛，倒插崖影漾波詭。水色碧黑旋渦深，粼粼波光清且碎。潭中孤雲來如沉，飛鳥落影滯不去。岸邊藤蘿成幔帳，寒風動樹豎搖旗。遠處河道曲相通，石根洞穴暗流逸。探幽訪勝無人境，發興先登我輩力。自從棄官恨事多，將老唯有此遊最愜意。遺憾蟄龍冬藏閉，巨石障阻自悒悒。何當炎暑得重遊，快哉眼見此龍劈石騰飛挾風雨！

【研　析】到過萬丈潭然後讀此詩的人，都要驚歎杜甫非凡的想像力。不過杜之神思畢竟與李白有別，他是句句扣緊實地奇景，卻又句句匪夷所思。蔣弱六云：「字句章法，一一神奇。發秦州後詩，此首尤見博虎全力。」這就是說，杜甫的天馬行空是與功力相關的，如皎然《詩式．取境》所說：「夫不入虎穴，焉得虎子？取境之時，須至難、至險，始見奇句。成篇之後，觀其氣貌，有似等閑，不思而得。」杜甫此詩是開中唐後風氣的。陳貽焮先生講得好：「詩人將敘述和抒情、現實和想像、山川神異傳說和社會政治感嘆，一一巧妙地結合起來，並層次分明而又渾然一體地完成了這一佳什的創作。我國山水詩開山祖謝靈運之作，寫景、說理往往斷為二橛，了不相關。相形之下，這詩在藝術表現上無疑已達到了大氣磅礴、運傳自如、出神入化的境界了。」（《杜甫評傳》中卷）

發同谷縣（五古）

【題解】題下原注：「乾元二年十二月一日自隴右赴劍南紀行。」赴劍南，指赴成都。唐時成都屬劍南道。這組赴蜀的紀行詩十二首，《杜詩話》稱：「大山水詩須有大氣概，方能俯仰八方，吐納千古。少陵〈發同谷縣〉十二首較〈秦州〉詩更為刻劃精詣。」

賢有不黔突，聖有不暖席❶。
況我飢愚人，焉能尚安宅❷？
始來茲山中，休駕❸喜地僻。
奈何迫物累，一歲四行役❹！
忡忡去絕境，杳杳更遠適。
停驂龍潭雲，回首虎崖石❺。
臨岐別數子，握手淚再滴。
交情無舊深❻，窮老多慘慼。
平生懶拙意，偶值棲遁跡❼。

去住與願違，仰慚林間翮❽。

【注　釋】❶賢有二句　二句謂聖賢也不能安居。班固〈答賓戲〉云：「孔席不暖，墨突不黔。」賢指墨翟，聖指孔丘。黔，黑。突，煙囱。不黔突，言墨子在家，連煙囱都來不及熏黑就又匆匆離去。席，指座席。不暖席，言孔子連座席都未坐暖就走了。❷安宅　安居。❸休駕　暫住。❹奈何二句　物累，指衣食之累。下句指乾元二年詩人自洛陽回華州，又由華州來秦州，復由秦州至同谷，而今又赴成都，故云「四行役」。❺虎崖石　俗稱子美崖，在同谷縣西。《成縣新志》稱虎崖在縣南五里之仙人龕。❻交情句　蕭先生注：「杜甫和同谷的人們原是萍水相逢的新交，但他們的情誼卻如此深厚，所以說『交情無舊深』，猶言交情不舊而深。是贊嘆語，也是銘感語。」❼偶值句　言偶爾遇到可隱居的地方。❽去住二句　承上句，謂雖有機會隱居，卻因衣食無着不得不離開，事與願違，有愧林中自由來去的鳥兒。翮，羽翅，指代鳥。

【語　譯】賢如墨翟不能安心吃頓飯，聖如孔子坐不暖席常奔走。何況窮愁潦倒愚似我，想要安居樂業怎能夠！剛到此山中，愛它地僻願作卜居謀。奈何吃飯成問題，可歎今年四遷徙。憂心忡忡離開與世隔絕地，前路茫茫拖兒帶女又遠去。停車踟躕龍潭雲，回眸難捨虎崖壁。歧路揮別相送人，握手無語淚再滴。交往雖新情如舊，窮老死別最慘戚！平生懶拙性，恰遇隱居邑。事與願違難留此，仰頭愧對林間鳥兒任鼓翼。

【研　析】杜甫在同谷，住了不超過一個月的時間，因為沒飯吃，只好再次出發，直下蜀川。不過這次與發秦州時的情感有所不同，他對同谷還是留戀的。發秦州與發同谷縣這兩組詩，宋人網山稱之為：「杜陵詩卷是圖經。」「圖經」二字非常貼切。《苕溪漁隱叢話》引《少陵詩總目》云：「兩紀行詩，發秦州至鳳凰臺，發同谷縣至成都府，合二十四首，皆以經行為先後，無復差舛。昔韓子蒼嘗論此詩筆力變化，當與太史公諸贊方駕。」的確，將紀行詩與山水詩合而為一，使數千里山川在人目中，是這二組詩最大的特色。其中成功的關鍵之一是善用組詩這一形式。莫礪鋒如是說：「蜀道山川，自古聞名遐邇。從張載的〈劍閣銘〉到李白的〈蜀道難〉，無數騷人墨客詠嘆過它的險峻雄壯。但是那些作品往往未能展示它的全貌，因為它確實不是一篇詩文的篇幅所能包涵的。只有當杜甫找到了組詩這種方式，極大地擴展了詩的容量之後，才有可能對蜀道山川的全貌進行描繪。……很難想像，除了這種組詩的方式之外，還有什麼別的詩歌形式能夠描摹出千里蜀道的全部雄姿。」是為不刊之論。

木皮嶺 (五古)

【題　解】乾元二年(西元七五九年)冬作。木皮嶺，今甘肅成縣東南二十里，徽縣栗川鄉境內。《徽縣縣志》：「木皮嶺，西南三十里，一名柳樹崖。」因山上遍布木蘭花掌(又名辛夷樹)，其皮可入中藥，故名。

首路栗亭西，尚想鳳凰村❶。季冬攜童稚，辛苦赴蜀門❷。
南登木皮嶺，艱險不易論。汗流被我體，祁寒為之暄❸。
遠岫爭輔佐，千巖自崩奔❹。始知五岳外，別有他山尊。
仰干塞大明，俯入裂厚坤❺。再聞虎豹鬥，屢跼風水昏❻。
高有廢閣道❼，摧折如短轅。下有冬青林，石上走長根。
西崖特秀發❽，煥若靈芝繁。潤聚金碧氣，清無沙土痕。
憶觀崑崙圖，目擊懸圃❾存。對此欲何適，默傷垂老魂。

【注　釋】❶首路二句　首，向也。首路，路的取向，此言起程向栗亭之西。栗亭，唐時屬同谷縣，在今成縣城東五十里，即今徽縣栗川鄉。今存有關杜甫的遺跡有：杜公祠、杜公釣臺。鳳凰村，今無考，陳貽焮認為當在鳳凰臺下萬丈潭北，為杜甫寄寓處。❷季冬二句　季冬，冬季的最後一個月，即農曆十二月。蜀門，即劍門關。一說徽縣西南七十里的虞關，地勢險絕，史稱蜀門，是入蜀之捷徑。下文所選〈水會渡〉即在虞關下。❸祁寒句　祁寒，嚴寒。暄，暖和。❹遠岫二句　形容木皮嶺之高峻突兀，遠山為它拱衛，眾峰對之崩倒。❺仰干二句　上句言山高蔽日。坤，地也。下句言山深植於大地，好似要撐裂它。干，犯也。一作「看」。大明，太陽。❻屢跼句　此句謂屢屢為風險而深感局促不安。跼，局促。❼閣道　棧道。❽西崖句　西崖，《徽縣縣志》：「地壩山，西南六十里，突兀高峰，雲煙萬迭，是為西南屏障。杜甫詩『西崖特秀發』是也。」秀發，秀美煥發。❾懸圃　即玄圃。《神仙傳》：「昆侖一名玄圃。」

【語　譯】起程且向栗亭西，心裡惦念鳳凰村。寒冬臘月攜兒女，辛苦趕路赴劍門。南登木皮嶺，艱險非所聞。汗流浹我背，嚴寒竟熱身。遠山爭拱衛，連峰勢如崩。才知五嶽外，還有他山亦稱尊。仰看遮天又蔽日，俯視插地厚土分。常聽虎豹鬥，屢對疾風飛湍欲眩昏。高處廢棧道，敗如短轅尚殘存。下有冬青樹成林，石上蜿蜒伸長根。西邊崖壁最亮麗，似有叢生靈芝秀彩自氤氳。其溫潤也似聚金碧氣，其清空也朗朗自絕塵。憶昔曾觀崑崙圖，今則目擊仙山真。對此不忍去，傷心垂老羈旅欲斷魂！

【研　析】此詩可以說是上一首詩「去住與願違」情感的深化、具體化。明代的江盈科曾稱讚杜詩是「春蠶結繭，隨物肖形」，妙極！杜甫的寫實並非攝影式的酷似，也不是大寫意山水式的所謂「神似」，而是「春蠶結繭」式的「隨物肖形」。他是把自創的帶着濃郁情感的意象，蠶繭也似地附着在客觀的描寫對象上，處於似與不似之間。木皮嶺哲理味之崇高，西崖帶仙氣之秀麗，是從詩人不願離去而又不得不離去的眼中看出，所謂「興象」是也。我們不但在讀畫，也在讀心。

白沙渡（五古）

【題　解】乾元二年（西元七五九年）冬作。此白沙渡非劍州之白沙渡，乃位於今甘肅徽縣西南四十里之小河廠附近。《徽縣志》：「白水江，西南五十里。自下店子西，兩川合流，經木皮嶺、地壩諸山左麓，繞出大河堡，又折東南，流達白水峽曰白水江。又迂迴而東十五里，乃與嘉陵江合而南流。」據聶大受主編《詩聖隴右行吟》稱：白水江「上游山脈多花崗岩、石英岩，分化顆粒流入峽谷，故而形成了杜甫詩中所說『水清石礧礧，沙白灘漫漫』的特有景觀。」其地果然風景如畫。

畏途隨長江，渡口下絕岸。差池上舟楫，杳窕入雲漢❶。
天寒荒野外，日暮中流半。我馬向北嘶，山猿飲相喚。
水清石礧礧❷，沙白灘漫漫。迥然洗愁辛，多病一疏散❸。
高壁抵嶔崟❹，洪濤越凌亂❺。臨風獨回首，攬轡復三歎❻。

【注　釋】❶差池二句　差池，先後不齊。杳窕，深遠貌。雲漢，天河。❷礧礧　分明貌。礧，同「累」。漢樂府〈豔歌行〉：「水清石自見，石見何累累。」❸迥然二句　迥然，遠貌。此指憂愁遠去。仇注：「對境爽心，故覺愁洗而病散。」❹嶔崟　高峻貌。❺凌亂　此狀起伏的波濤。❻臨風二句　二句朱注云：「言水清沙白風景可娛，及已渡回首，見高壁洪濤之可畏，故為之三嘆也。」攬轡，勒住馬韁。

【語　譯】可怕的征途呵沿着長江，到渡口呵要直下斷岸。先後參差總算上了船，波浪起伏恍若送我上雲端。身在荒野感天寒，日暮舟到江心晚。馬兒北來向北嘶，山猿飲水相招喚。水清江底石分明，沙白灘平水漫漫。洗卻愁苦心頓寬，疲病一時都消散。岸上高崖頂絕壁，江中洪濤逐波瀾。臨風勒馬獨回首，險山惡浪再三歎。

【研　析】《杜詩鏡銓》引張上若云：「一渡分作三層寫，法密心細。」分哪三層？沒說。但從心理變化上我看大略可分兩層：一是杜甫山路走怕了，視為畏途，所以上船便舒了一口氣。於是雖然野曠天寒鼓棹中流，他還是饒有興味地注意到一些風景的細節：馬鳴猿嘯，水清沙白。於是一路的憂愁與一身疲病，頓時煙消雲散。二是上了岸回頭看洪濤峭岸，又不免有些害怕，且瞻望前程，「畏途」依然，自然要臨風三歎了。這就再次印證了杜甫山水紀行詩是「心畫」的特徵。

水會渡

（五古）

【題解】乾元二年（西元七五九年）冬作。水會渡，位於徽縣西南七十里虞關下之嘉陵江邊。上一首寫的是白天的渡口，這一首寫的則是夜裡的渡口，皆慘澹經營，各具個性。

山行有常程❶，中夜尚未安。
微月❷沒已久，崖傾路何難。
大江❸動我前，洶若溟渤❹寬。
篙師❺暗理楫，歌笑輕波瀾。
霜濃木石滑，風急手足寒。
入舟已千憂，陟巘仍萬盤❻。
回眺積水外，始知眾星乾❼。
遠遊令人瘦，衰疾慚加餐❽。

【注釋】❶山行句　荒山中趕路，野曠人稀，往往要考慮到何時何地投宿的問題，不可隨意行止，故曰：「有常程。」❷微

月　新月。❸大江　此指嘉陵江。❹溟渤　指大海。❺篙師　船老大；船夫。❻陟巘句　陟巘，登山。萬盤，舊注咸以為指山路千迴萬轉；但古人認為杜詩「字字不閒」，如果「萬盤」是指山路，則與上下文無干係，顯得突兀扞格，「仍」字也無着落。細觀上下文，「仍」者，當從上句「已」字來，則謂上船之千憂並未散去，登山時仍然是驚恐萬端盤於胸中，故有下聯「回眺」云云。其意脈深藏連貫如此。❼回眺二句　仇注：「水外星乾，岸上回視也。曹孟德〈碣石觀海〉詩：『星漢粲爛，若出其裡。』此俯視水中之星；杜詩：『回眺積水外，始知眾星乾。』此仰觀水外之星。又陸放翁詩：『水浸一天星』，與『水外眾星乾』參看更明。」❽慚加餐　本應努力加餐飯，卻因衰病未能，故曰「慚」。

【語　譯】山中路程有計算，任是半夜不得安。新月早西沉，崖壁傾斜真難攀。大江晃！眼前忽現海般寬。船夫暗裡行舟慣，長歌自在笑波瀾。霜濃上岸石階滑，風急更覺手足寒。下船時已千種憂，登山之後恐懼仍在胸中萬迴旋。回頭眺望浪拍天，始嗔眾星何以乾？遠行辛苦令人瘦，慚愧衰病難加餐。

【研　析】《文心雕龍・物色》云：「寫氣圖貌，既隨物以宛轉；屬彩附聲，亦與心而徘徊。」雖然這是一個雙向建構的過程，但力度並非總是均衡。杜甫此詩興象之創構，其特點恰好就在於同化強於順化，「與心徘徊」的力度要大於「隨物宛轉」。他是自內觀外，通過內心看世界，物皆着我之顏色焉。畫面被心理化。「大江動我前」，《唐詩歸》引鍾云：「動字靈警。」深夜江面模糊，只能感覺到其洶動。何江不動？此「動」字主要是寫出此時此刻「我」最特殊的感覺。「回眺積水外，始知眾星乾。」歷來評論多以為下此「乾」字險。眾星如何有乾濕？但經歷了「入舟已千憂」的驚險之後，有此奇特的感受是可以理解的：當時以為一切都浸在波濤中，而今抵岸回看，乃嗔怪何以眾星沒在急流轟浪中被打濕，其惝恍之情如畫。故《唐詩歸》又引鍾曰：「險，想卻真。」此「真」者，心理上之真也，非眾星之真也。對杜甫的「寫實」，我們是不是應當有一個全新的理解？

飛仙閣　（五古）

【題解】乾元二年（西元七五九年）冬作。在今陝西略陽東三十里飛仙嶺上。《重修廣元縣志稿》稱：「飛仙嶺二里許，有閣巍然，三面絕壁，俯臨關門，有飛起之勢，所謂飛仙閣也。」此地崇山峻嶺，閣道遺址至今猶存。《唐詩歸》引鍾惺曰：「極細畫手。」此詩的確如一幅工筆山水。

土門山行窄，微徑緣秋毫❶。
棧雲闌干峻，梯石結構牢❷。
萬壑欹疏林，積陰帶奔濤❸。
寒日外淡泊，長風中怒號❹。
歇鞍在地底，始覺所歷高。
往來雜坐臥，人馬同疲勞❺。
浮生有定分❻，飢飽豈可逃？
歎息謂妻子，我何隨汝曹❼？

【注釋】❶土門二句　此言山路緣山而上，一似秋毫之細，既見路之仄，又見山之巨。土門，未詳。或泛指以土壘門者。秋毫，鳥獸秋天新長之細毛。❷棧雲二句　仇注：「高棧連雲，外設闌干，壘石成梯，堅於結構，言閣之險而固也。」❸萬壑二句　上句謂山中溝谷縱橫，而林樹斜倚之。積陰，山嵐陰氣。《讀杜心解》：「奔濤，即疏林之欹勢。身度林壑之上，俯瞰陰林擺動，如濤奔也。」❹寒日二句　淡泊，恬靜貌。《讀杜心解》：「外淡泊，內陰而光在遠也。中怒號，度狹而聲愈猛也。」冬日於薄雲中只顯其輪廓，光線不強，故有「淡泊」之感；山谷中空，故長風怒號而出。❺往來二句　仇注引王嗣奭云：「解鞍坐臥，人馬俱疲，蓋險與遠俱有之。」❻浮生句　浮生，人生。《莊子・刻意》：「其生若浮，其死若休。」定分，命定也。❼歎息二句　楊倫注：「言若非衣食計，亦何至來此地也。」其實此句當與〈自京赴奉先縣詠懷五百字〉「誰能久不顧，庶往共飢渴」互參，聯繫上文「浮生有定分」，既是「命定」，與妻兒共甘苦自無怨悔意也。蕭滌非先生認為此句是「出之以幽默詼諧」（詳見下文所選〈石櫃閣〉之【研析】）。讀者思之自得。

【語譯】經過土門路變窄，細徑緣山似秋毫。高棧連雲闌干護，壘石為梯結構牢。疏落叢樹斜倚壑，山嵐如帶林如濤。冬日淡光透輕雲，山谷中空長風號。解鞍歇息在地底，仰視方覺過處高。隨地錯雜任坐臥，人呀馬呀都疲勞。人生本是有定數，或飢或飽焉能逃？一聲長歎對妻子，我與爾等共飢飽！

【研析】學者或拈出「細」字言杜之詩藝，讀此便知為讀杜有得之言。起頭兩句連用「窄」、「微」、「秋毫」，給人「鏤刻」的深刻印象。接着於高棧連雲的遠景中卻又細筆描畫出闌干、梯石，潑墨似的眾壑縱橫而又斜密地點出叢林。從用字造句到全局精心經營布置，無不在大背景下體現一個「細」字。「往來雜坐臥，人馬同疲勞」二句，更是大幅山水圖中所點綴之人物，頓使山水生色。然而這種「細」，絕無細碎之弊，恰好是以此細緲反襯出崇山巨壑，渾然而成磅礴之大氣。仇注云：「蜀道山水奇絕，若作尋常登臨覽勝語，亦猶人耳，少陵搜奇抉奧，峭刻生新，各首自辟境界。」各首能各具面目，當得力於細心體物，使之各具細節耳。

五盤（五古）

【題解】乾元二年（西元七五九年）冬作。五盤，五盤關在五盤嶺上，川陝交界處，距今四川廣元城北一百四十里。或曰棧道盤曲有五重，故名。

五盤雖云險，山色佳有餘。

仰凌棧道細，俯映江木疏。
地僻無網罟，水清反多魚。
好鳥不妄飛，野人半巢居❶。
喜見淳樸俗，坦然心神舒。
東郊尚格鬥，巨猾何時除❷？
故鄉有弟妹，流落隨丘墟。
成都萬事好，豈若歸吾廬。

【注釋】❶地僻四句　四句寫此地尚處於半原始狀態，故無網罟而好鳥不驚，水清本少魚，但因無人捕捉乃反多魚，當地人仍半巢居於樹。網罟，捕魚鳥的羅網。巢居，遠古之人構木為巢而居。❷東郊二句　東郊，此指東都洛陽。史載，乾元二年十月，史思明攻河陽。巨猾，罪大惡極者。此指史思明。

【語譯】五盤嶺雖然險峻，景色卻叫人着迷。凌峰仰上棧道細，俯江倒映樹影疏。此地偏僻無網罟，所以水清反多魚。美麗的鳥兒不驚飛，土人半數仍巢居。樂見風俗真淳樸，令人神情舒暢無憂慮。遙知洛陽猶苦戰，元兇巨惡何時除？家鄉流落存弟妹，如今何處依丘墟？成都即使萬事好，怎如歸去守吾廬！

【研析】這首是寫入蜀棧道所見。吳農祥云：「〈飛仙〉至〈石櫃〉，皆寫棧道之危：一壁山，一壁水，棧乃駕空而行者也。曰『棧雲闌干峻，梯石結構牢』，曰『仰凌棧道細，俯映江木疏』，曰『危途中縈盤，仰望垂線縷』，曰『石櫃曾波上，臨虛蕩高壁』；正看側看，前瞻後顧，圖畫所不及。合太白〈蜀道難〉讀之，則王陽三畏（峻坂）在目睫矣。」同中見異，是杜之好身手。

龍門閣 (五古)

【題解】乾元二年(西元七五九年)冬作。龍門閣在利州綿谷縣龍門山，即今四川廣元東北。龍門山一名蔥嶺山，上有石穴如門，俗稱龍門。

清江下龍門，絕壁無尺土❶。
長風駕高浪，浩浩自太古。
危途中縈盤，仰望垂線縷❷。
滑石欹誰鑿，浮梁裊相拄❸。
目眩隕雜花，頭風吹過雨❹。
百年❺不敢料，一墜那得取。
飽聞經瞿塘，足見度大庾。
終身歷艱險，恐懼從此數❻。

【注釋】❶絕壁句　無尺土，言棧道懸空。《方輿勝覽》：「他閣道雖險，然山在腰亦微有徑，可以增置閣道。惟此閣石壁斗立，虛鑿石竅，架木其上，比他處極險。」❷危途二句　縈盤，縈繞盤旋。垂線縷，形容閣道之細窄且長。❸滑石二句　二句言：誰人在滑溜的石壁之上斜鑿洞竅架梁木，以支撐起浮橋般的懸空棧道。浮梁，本指浮橋，此指懸空之棧道。裊，上浮貌。拄，支撐。❹目眩二句　形容見險使人頭暈目眩，而有天花亂墜、滿眼星雨之幻象。趙次公注：「目之昏眩，如見雜花之隕；頭或生風，如過雨之吹。皆言其地險絕而然也。」故有下文生命難料之憂。頭風，一種頭痛病。此處坐實「風」字，雙關出「吹」來，是修辭上的曲喻。❺百年　指人之生命。❻飽聞四句　瞿塘，長江三峽之一，在今重慶奉節以東。大庾，大庾嶺，在今江西西南面。二處皆險絕。徐仁甫《杜詩注解商榷》云：「『飽聞』與『足見』互文，『見』猶『聞』也。」仇注引《杜臆》：「瞿唐、大庾之險，未曾親歷，今涉此危途，則恐懼當從此數起也。上文目眩頭風，正是恐懼之狀。」然則杜甫舉二地以言人生之路還有許多艱險在等着他，故末句乃云：此處只是恐懼之始耳。

【語　譯】清江一氣下龍門，石壁泥土半點無。長風駕浪似驅馬，自古浩蕩長奔馳。五盤可畏棧道旋，仰看垂天一線粗。平滑崖壁誰開鑿？撐起棧道似橋浮。久視目眩天花墜，頭暈星雨風亂舞。人之生死誰能料？失足萬丈難尋骨。飽聽捨命過瞿塘，人言大庾如談虎。屈指平生所履險，親歷這回恐怖才算數！

【研　析】此詩捉住「惟此閣石壁斗立，虛鑿石竅，架木其上，比他處極險」（《方輿勝覽》）之特點，極寫上仰雲天，下俯激流，棧道晃如浮橋的險境，將自己頭為之暈、目為之眩的體驗傳達給讀者，使人有現場感。

石櫃閣（五古）

【題　解】乾元二年（西元七五九年）冬作。石櫃閣，在今四川廣元城北十里。《重修廣元縣志稿》：「縣北十里，千佛崖南首，石壁峭刻，秦漢架為棧。唐韋抗乃鑿石成道，立閣如櫃，因以為關。」

季冬日已長，山晚半天赤。
蜀道多早花，江間饒奇石。

石櫃曾❶波上，臨虛蕩高壁❷。
清暉回群鷗，暝色帶遠客❸。
羈棲負幽意，感歎向絕跡❹。
信甘孱懦嬰，不獨凍餒迫❺。
優游謝康樂，放浪陶彭澤。
吾衰未自由，謝爾性所適❻。

【注釋】❶曾　同「層」。❷臨虛句　言臨水故反光蕩漾，映在高壁之上。❸清暉二句　暝色，暮色。《杜臆》云：「風致奕奕動人。二句五平五仄作對，偶然得之亦奇。」❹羈棲二句　謂羈旅之中過此如鳥之暫棲，辜負幽景，故對之感歎不已。❺信甘二句　信，任憑；聽任。甘，甘心；甘願。嬰，繞也。此指拖累。❻優游四句　四句言我雖然羨慕陶、謝任性、適性的田園生活，但我衰病且甘於家小拖累，不得自由，實在是不如你們的瀟灑啊！優游，閒暇自得貌。謝康樂，南朝詩人謝靈運，襲封康樂公，故稱。放浪，放蕩不羈。陶彭澤，東晉詩人陶淵明曾為彭澤縣令，故稱。謝，遜謝。

【語譯】十二月白晝已拉長，山中晚霞半天赤。蜀道冬溫花開早，江上奇石多如積。石櫃倒影落層波，波光動碧映高壁。沐浴清暉群鷗回，暮色引領遠方客。疲於逆旅少棲息，可歎空對此幽僻——辜負尋幽意！甘於妻兒孱懦有拖累，非但凍餒交相逼。遊蕩不羈謝康樂，放浪形骸陶彭澤。適性而作愧不如，有心無力難展翼！

【研析】「羈棲負幽意，感歎向絕跡。信甘孱懦嬰，不獨凍餒迫。」仇注：「羈棲絕跡，有負幽意，實以身弱，不能搜奇，非但迫於飢寒也。」他注多從之。不過從上下文看，「實以身弱」云云，似未穩妥，謹獻疑如下：「信甘」句，謂甘心於被孱懦所拖累（見注❺）。如果以「孱懦」指杜甫自身的病弱，則「信甘」何解？

故此「孱懦」當指家中弱者如妻兒等。如是，則二句言幽居不得，主要是甘受妻兒拖累，不只是迫於凍餒。此即下文所稱「吾衰未自由，謝爾性所適」者也。性所適者，任性而行。我因甘嬰家小之累，自然是「未自由」了，故不得任性而行。甘嬰與任性是對立的，不可忽略。再者，當與〈木皮嶺〉「季冬攜童稚，辛苦赴蜀門」；〈飛仙閣〉「歎息謂妻子，我何隨汝曹」；以及後來所作〈謁真諦寺禪師〉「未能割妻子，卜宅近前峰」同參，進而整體回顧杜甫一生，他最割捨不下妻兒，所以總是「庶往共飢渴」（〈自京赴岸去縣詠懷〉），「甘受雜亂聒」（〈北征〉），而無怨無悔。蕭先生《杜甫研究》有一段話說得最透徹：「窮困潦倒中，詩人惟一的安慰，就是夫妻之愛和父子之愛，這在詩中我們常常可以看到。有時出之以幽默詼諧，如〈飛仙閣〉：『歎息謂妻子，我何隨汝曹？』有時出之以輕鬆愉快，如〈進艇〉：『晝引老妻乘小艇，晴看稚子浴晴江。』……有時又出之以深沉哀婉，如〈入宅〉：『只應與兒子，飄轉任浮生。』」以大觀小，則「信甘孱懦嬰」當作如是解，諸君以為如何？

桔柏渡

（五古）

【題解】乾元二年（西元七五九年）冬作。桔柏渡，又作吉柏渡，在今四川廣元南八十里嘉陵江畔。時渡口架有竹索橋，詩即寫此。

青冥❶寒江渡，駕竹為長橋。
竿濕煙漠漠，江永❷風蕭蕭。
連笮動嫋娜❸，征衣颯飄颻。

急流鴇鷁❹散，絕岸黿鼉❺驕。
西轅自茲異，東逝不可要❻。
高通荊門路❼，闊會滄海潮。
孤光隱顧眄❽，遊子悵寂寥。
無以洗心胸，前登但山椒❾。

【注釋】❶青冥　幽遠貌。❷江永　江水源遠流長。❸連笮句　笮，竹索。《梁益記》：「笮橋，連竹為之，亦名繩橋。」嫋娜，也作「裊娜」。搖晃貌。❹鴇鷁　水鳥名。鴇似雁而大，鷁善飛，羽蒼白色。❺黿鼉　黿，大鱉，俗名癩頭黿。鼉，鱷類，俗名豬婆龍。❻西轅二句　二句言車朝西行，水往東流，不能相邀同行。西轅，車往西走。要，同「邀」。❼高通句　高，指水位高。荊門，即荊門山，在湖北宜都西北之長江南岸，與北岸虎牙山對峙如門。如果杜甫從四川水路回鄉，當經此門。❽孤光句　此句言夜之微光中無所見。孤光，微光。❾無以二句　二句謂過此橋則轉入山路，不再有江水為伴可一洗胸中憂鬱。山椒，山頂。謝靈運〈從遊京口北固應詔詩〉云：「稅鑾登山椒。」

【語譯】茫茫淼淼的寒江渡口呵，架起竹子作長橋。水濕竹竿霧蒙蒙，江水長流風蕭蕭。竹索長繩裊裊動，江風颯颯衣飄飄。流急水鳥散，斷岸鱷鱉驕。過此車向西，東流伴難邀。高浪通荊門，水闊匯海潮。夜裡微光空顧眄，遊子失伴悵寂寥。江水澄心惜不再，前途崎嶇且登高。

【研析】旅途中老杜對水是頗有好感的，〈白沙渡〉云：「水清石礧礧，沙白灘漫漫。迥然洗愁辛，多病一疏散。」幾天沿嘉陵江下來，和江水更是結下不解之緣。然而寫橋是為了寫水，寫水還是為了寫情——東流水向荊門山，是回鄉的路。浦起龍〈讀杜提綱〉認為杜甫自離洛陽後總「望其掃除禍本，為還鄉作計」、「口口只想出峽」、「口口口只想北還」云云，不為無見。

劍門（五古）

【題解】乾元二年（西元七五九年）冬作。劍門，嘉慶《一統志》：「大劍山在保寧府（府治在今四川閬中）劍州（今劍閣縣）北二十五里，蜀所恃為外戶。其山峭壁中斷，兩崖相嵌，如門之辟，如劍之植，故又名劍門山。」懸崖有棧道三十里，自古為關中入蜀必經之道。詩意在提醒朝廷，注意鎮蜀人選，並減輕剝削，以防割據。與李白〈蜀道難〉「所守或非親，化為狼與豺」同旨。陳式《杜意》：「此驚心劍門之作也。起八句極言劍門為天下之險，……又想到英雄之併吞割據，起而憑險，萬一有此，勢必可進而不可出，歸期永斷。是此一時驚心劍門之情也。」

惟❶天有設險，劍門天下壯。
連山抱西南，石角皆北向❷。
兩崖崇墉倚，刻畫城郭狀❸。
一夫怒臨關，百萬未可傍❹。
珠玉走中原，岷峨氣悽愴❺。
三皇五帝前，雞犬各相放❻。
後王尚柔遠，職貢道已喪❼。

至今英雄人❽，高視見霸王；
并吞與割據，極力不相讓。
吾將罪真宰，意欲鏟疊嶂❾！
恐此復偶然❿，臨風默惆悵。

【注釋】❶惟　發語詞。❷連山二句　二句言地勢顯然有利於地方割據。西南，指蜀地。北向，指向中原。❸兩崖二句　二句言兩崖高聳如城牆，且紋理刻畫如城郭狀。崇墉，高大的城牆。❹一夫二句　《歲寒堂詩話》：「余嘗聞之王大卿俁曰：『一夫怒』乃可，若不怒，雖臨關何益也？」甚是。與〈潼關吏〉「百萬化為魚」對讀，便見下得此「怒」字好。❺珠玉二句　以下十二句發議論。珠玉二句，上句言蜀地珠寶日輸中原。《韓詩外傳》：「夫珠出於江海，玉出於山，無足而至者，猶（由）主君好之也。」此「走」之義。下句言蜀民窮困，以致山川因失去精華而氣色悽愴。言下之意，是勸皇帝不要誅求太甚，以免生亂激變。岷峨，岷山與峨眉山。❻三皇二句　二句謂上古時代，四川未通中原，人們不分彼此，雞犬亂放，相安無事。潘岳〈西征賦〉：「渾雞犬而亂放，各識家而竟入。」此句寓有老子「鄰國相望，雞犬之聲相聞，民各安其俗」（《史記・貨殖列傳序》）的意思。三皇，指燧人、伏羲、神農。五帝，指黃帝、顓頊、帝嚳、堯、舜。❼後王二句　後王，指夏、商、周及以後的帝王。柔遠，對邊遠地區採取懷柔政策。這裡其實是「無能」的委婉說法。職貢，諸侯向中央述職納貢。❽英雄人　此指地方割據者。❾吾將二句　真宰，老天爺；造物主。罪真宰，譴責天公，因天公不該造此險要，有利於割據。疊嶂，即「抱西南」的群山。意欲鏟之，因為它有利於割據。西晉張載〈劍閣銘〉：「一夫荷戟，萬夫趑趄。形勝之地，非親勿居。」❿復偶然　重複發生（割據）。

【語譯】造化設下險阻，劍門最為雄壯。群山連袂抱西南，石角齊齊對北方。兩崖高聳似城牆，紋理刻畫城郭狀。一個好漢怒把關，百萬人馬避鋒芒。蜀中珠玉輸中原，岷峨從此色淒涼。憶昔三皇五帝前，雞犬相聞不相妨。後來帝王「懷柔」何堂皇，諸侯述職納貢規矩喪。至今何人是英雄？高視闊步稱霸王！你併我吞爭割據，頭破血流不相讓。呵呵，我責天公設此險，恨不一氣鏟疊嶂！只恐前朝割據今又見，臨風無語獨惆悵。

【研　析】該詩在這組山水紀行詩中別樹一幟——有大段的議論。然而此議論是與劍門之特殊地貌相應的。其妙處就在於：前八句對劍門形勢之描繪不可或缺，它與後半首之議論如形影之關係，無此山之「形」則不能有此議論之「影」。誠如《峴傭說詩》所云：「〈劍門〉詩，議論雄闊。然惟劍門則可。蓋其地古今阨塞，英雄所必爭，故有此感慨。若尋常關隘，即作此大議論，反不稱矣。此理不可不知。」

鹿頭山 （五古）

【題　解】乾元二年（西元七五九年）冬作。鹿頭山，在今四川德陽北三十里，臨錦江，山有鹿頭關，乃漢之綿竹關。《新唐書・高崇文傳》：「鹿頭山南距成都百五十里，扼二川之要。」是通往成都的最後一道屏障。

鹿頭何亭亭，是日❶慰飢渴。連山西南斷，俯見千里豁。
遊子出京華，劍門不可越。及茲阻險盡，始喜原野闊。
殊方昔三分，霸氣曾間發❷。天下今一家，雲端失雙闕❸。
悠然想揚馬❹，繼起名硉兀❺。有文令人傷，何處埋爾骨。
紆餘脂膏地，慘澹豪俠窟❻。杖鉞非老臣，宣風豈專達❼？
冀公❽柱石❾姿，論道邦國活。斯人❿亦何幸，公鎮逾歲月。

【注　釋】❶是日　這一天。❷殊方二句　殊方，遠離中原的地方。此指蜀地。三分，即蜀、魏、吳的三國時代。霸氣，即上一首所謂「高視見霸王」，指割據者。間發，時有發生。❸失雙闕　雙闕指代（割據者的）宮殿。失雙闕，用指割據已平息。❹揚馬　揚雄、司馬相如。皆蜀人。❺繼起句　此句言司馬相如與揚雄相繼成為傑出的文人。硉兀，突出。❻紆餘二句　紆餘，遼遠貌。脂膏地，富裕地區。慘澹，形容其不振。豪俠窟，豪富俠客聚居地。《華陽國志・蜀志》：「始皇克定六國，輒徙其豪俠於蜀，資我豐土。家有鹽銅之利，戶專山川之材，居給人足，以富相尚。」❼杖鉞二句　二句言蜀中非用老臣坐鎮則不足以行教化。杖鉞，統帥軍隊。天子遣大臣出師，假借黃鉞以重其權威。❽冀公　裴冕至德二載封冀國公，乾元二年六月拜成都尹，充劍南西川節度使。❾柱石　國之柱石，是擔當國家重任的人，恭維語。❿斯人　指此地人，蜀人。

【語　譯】鹿頭山，立亭亭，今日才慰飢渴身。連綿群山至此斷，俯瞰大地千里平。自從遊子離京華，直至劍門逾嶙峋。到了這裡險阻盡，才見原野開闊最喜人！往昔三國此偏僻，也曾霸氣一時尊。天下如今大一統，王霸宮闕已不存。遙想揚雄與相如，先後高名誰比倫！口頌美文令人悲，於今何處尋君墳？這片福地仍是肥流油，這窟豪俠窩呵卻已漸不振。上達民情宣風教，怎能不用杖鉞舊大臣？須知裴冀公乃柱國姿，論道經邦能使天下春。裴公鎮蜀亦多時，蜀人真幸運！

【研　析】歷盡艱辛，終於看到成都平原。老杜舒了一口氣，讀者隨着也舒一口氣。他追思蜀國歷史、蜀地先賢，拉雜寫來，實在沒有上一首的精彩。後面幾句恭維話自然是不着邊際，其實裴某是個平庸之輩，還巴結當權的宦官李輔國，總之歷史評價不高。杜甫這回到成都，估摸也想投靠這個人，所以先說點好話。窮困中的老杜不能免俗，說項依劉，不應苛責。李長祥評此詩云：「自秦州至此，山川之奇險已盡，詩之奇險亦盡，乃發為和平之音，使讀者至此，別一世界，情移於境，不可強也。」說得倒也還平實在理。

成都府（五古）

【題　解】乾元二年（西元七五九年）冬十二月剛到成都時所作。從此杜甫便開始了他「漂泊西南天地間」的生活。

翳翳桑榆日❶，照我征衣裳。
我行山川異，忽在天一方。
但逢新人民，未卜見故鄉。
大江東流去，遊子日月長❷。
曾城填華屋，季冬樹木蒼。
喧然名都會，吹簫間笙簧❸。
信美無與適，側身望川梁❹。
鳥雀夜各歸，中原杳茫茫。
初月出不高，眾星尚爭光。
自古有羈旅，我何苦哀傷！

【注　釋】❶翳翳句　翳翳，朦朧貌。桑榆日，即夕陽。《太平御覽‧天部‧日上》引《淮南子》：「日西垂，景在樹端，謂之桑榆。」❷大江二句　二句是說此後遊子生涯像長流的大江，還長着呢。大江，此指岷江。日月長，猶歲月長。❸曾城四句　四句寫大都市成都的繁華，在當時有「揚一益二」（益州即成都）的說法。曾城，猶重城。當時成都有大城、少城、州城三層，都建滿華屋豪宅。季冬，臘月寒冬。間，夾雜着。❹信美二句　二句寓無所依靠之意。信美，的確是美。適，往也；

歸也。無與適，沒有可去的地方。王粲〈登樓賦〉：「雖信美而非吾土兮，曾何足以少留。」川梁，指橋。

【語譯】落照樹影正迷離，一抹餘暉在旅衣。我行山川風景異，天涯遠方忽在茲。只逢陌生人，故鄉能否歸？大江東去流日夜，遊子如斯歲月移。三重城中豪宅滿，臘月寒冬樹青翠。名都市井如鼎沸，笙簧簫管夾雜吹。川流難渡尚有橋，美則美矣何所依？烏鵲入夜各歸巢，故鄉遙遙茫無緒。月牙出時尚低垂，眾星兀自爭光輝。自古難免有羈棲，我何苦來獨傷悲！

【研析】仇注引朱鶴齡曰：「此詩語意，多本阮公〈詠懷〉。『翳翳桑榆日，照我征衣裳』，即阮之『灼灼西頹日，餘光照我衣』也；『側身望川梁』，即阮之『登高望九州』也；『鳥雀夜各歸，中原杳茫茫』，即阮之『飛鳥相隨翔，曠野莽茫茫』也；『自古有羇旅，我何苦哀傷』，又翻阮之『羇旅無儔匹，俯仰懷哀傷』以自廣也。『初月出不高，眾星尚爭光』，則本子建〈贈徐幹〉詩『圓景光未滿，眾星粲以繁。』公云：『熟精《文選》理。』於此益信。」字字有出處，句句有來頭，是自宋以來注杜的老毛病。其實「熟精《文選》理」之「熟」，不是死記，而是通過熟能生巧，將古人的審美經驗與創作經驗內化了，遇到眼前景、心中事要表達，就能自然而然地用上。我們讀杜甫這首詩，字字句句都指向杜甫當下自個兒的情志，與古人何干？至於用字、修辭、句式之類，相似性則有之，但也如鹽入水，融入有機之整體矣！老杜至成都，艱苦的歷程告一段落。新的苦難與輝煌在等着他。

卷四

卜居（七律）

【題解】卜居，選擇定居處。《楚辭》有〈卜居〉詩，題即源於此。杜甫於乾元二年（西元七五九年）年底到成都，先是寄居成都西郊的草堂寺，次年上元元年（西元七六〇年）春，在友人資助下築室於草堂寺外三里處的浣花溪畔，即著名的成都杜甫草堂，總算是有了個自己的家。自唐至今，草堂歷代均有修葺、擴建，現為全國重點文物保護單位，為世人所共仰。

浣花流水水西頭，主人為卜林塘幽。
已知出郭❶少塵事，更有澄江銷客愁。
無數蜻蜓齊上下，一雙鸂鶒對沉浮❷。
東行萬里堪乘興，須向山陰上小舟❸。

【注釋】❶郭　城的周邊加築的一道牆，即外城。❷無數二句　鸂鶒，水鳥名，又叫紫鴛鴦。齊上下，寫蜻蜓之飛入神。

對沉浮，寫物情，更寫出詩人與物俱適之情。❸東行二句 尾聯化用二典故。萬里，浣花溪東有萬里橋。《華陽國志》：蜀使費禕聘吳，孔明送之，禕嘆曰：「萬里之行，始於此矣。」草堂在萬里橋西，故云。又，《世說新語》載，王子猷居山陰，雪夜乘舟訪戴安道，造門而返。人問其故，曰：「吾本乘興而行，興盡而返，何必見戴？」黃生云：「因居近萬里橋，故即所見以寓興，堪可也。言有時乘興便可東行萬里，直上小舟而向山陰矣。」從中透露出杜甫雖居蜀而終將東遊的素志。

【語　譯】就在浣花溪水的西邊上游，當地的主人為我選下林塘幽靜的居處。那兒遠離市井的塵囂，更有澄澈的江水可以消除遊子的鄉愁。看那江面上有無數的蜻蜓齊上齊下，一對鸂鶒相伴着或沉或浮。從這裡乘興下船便可東行萬里直抵吳越，在雲蒸霞蔚美不勝收的山陰道上重遊。

【研　析】可憐的老杜，經過「一年四行役」的折騰之後，終於找到一個歇腳處了。詩的前三句寫出杜甫艱難備嘗始得一安身之處的適意，末句又從萬里橋生情，一瀉萬里，境界為之一寬。可歎的是，在生命最後這十一年（西元七六〇～七七〇年），他始終沒有實現重遊吳越的願望，而是漂泊西南天地間，天才大詩人貧病交加，最後死在洞庭湖一條船上。可這十一年卻又為我們留下一千零七十二首詩，佔現存杜詩百分之七十三強，極大地豐富了中國文學寶藏。

到成都後，杜詩翻開新的一頁，敘情詩唱了主角。

蜀　相（七律）

【題　解】上元元年（西元七六〇年）春，杜甫居成都，遊武侯祠時所作。蜀相，即三國時蜀漢劉備的丞相諸葛亮。《唐宋詩醇》云：「此為謁祠之作，前半用筆甚淡，五、六寫出孔明身分，七、八轉折而下，當時後世，悲感並到，正意注重後半。」

丞相祠堂何處尋，錦官城外柏森森❶。
映階碧草自春色，隔葉黃鸝空好音❷。
三顧頻煩天下計，兩朝開濟老臣心❸。
出師未捷身先死，長使英雄淚滿襟❹。

【注釋】❶丞相二句　丞相祠堂，即武侯祠，在成都南郊，晉人所建。現存殿宇為清代重建，並於劉備昭烈廟。錦官城，故址在成都市南，蜀漢時管理織錦之官駐此，後以錦官城稱成都。《唐詩貫珠》：「『森森』二字有精神。」❷映階二句　此聯寫祠內實景，但「自」、「空」二字有意味。舊注：「介甫（王安石）云：『映堦、隔葉一聯，非止詠孔明，而托意其中。』」《杜詩解》：「碧草春色，黃鸝好音，入一『自』字、『空』字，便淒清之極。」春光花鳥依舊，而英雄已矣，寄託無限感愴之意。❸三顧二句　三顧，諸葛亮〈出師表〉：「三顧臣於草廬之中。」天下計，指〈隆中對〉所言之東連孫權、北抗曹操、西取劉璋的基本國策。兩朝開濟，指孔明佐劉備（先主）開基創業，又佐劉禪（後主）濟美守成。《唐詩別裁》：「隱括武侯生平，激昂痛快。」❹出師二句　上句指諸葛亮多次出師伐魏，病死軍中，匡復漢室之志終未實現。杜甫身當亂世，報國無門，故於此有強烈的感應。《杜詩解》稱：「當日有未了之事，在今日長留一未了之計，未了之心。」下聯「長使」二字正寫出這種歷史的感應。如《宋史．宗澤傳》載，抗金名將宗澤病危吟此聯，三呼「過河」而薨。即詩人孤忿之深，其詩感染力之強可見。此詩押「侵」韻，筆者曾親聆黃典誠教授以閩南方言吟誦，森、音、心、襟皆閉口音，更覺潛氣內轉，盪氣迴腸。

【語譯】武侯祠喲在何方？走出城來就在森森翠柏深處藏。階前春草空自碧，葉底黃鸝好誰聽？當初先主三顧茅廬問大計，開創蜀國兩朝基業費盡老臣心！可憐匡復漢室壯志未酬身先死，長使千古英雄為之淚滿襟。

【研析】紀昀稱此詩「前四句疏疏灑灑，後四句忽變沉鬱」，正是這種現實空間向歷史空間的轉換，使諸葛孔明這一歷史人物具有強烈的現實感。事實上杜詩的孔明意象，是其對皇帝為首的朝廷從期待到失望，再到新的期待、新的失望的循環過程中，逐漸調整自己理想使之更接近現實的產物。細讀此詩，句句貼切蜀相而其意不崗在蜀相事跡，而在乎孔明與劉備間的「君臣相得」。如果說李白的個性突出地體現了社會化的人對自然的回歸，那末杜甫的個性則深刻地體現了人性內在的矛盾並力圖解決之。蕭滌非先生曾指出：「杜甫入蜀以後，思想上有一個很突出的變化，那就是他不再『自比稷與契』，而嚮往於諸葛亮。」為什麼？我想原因就在於杜甫在肅宗朝短暫的任職，使他痛感到朝廷的黑暗（尤其痛感於「唐堯真自聖」，我們在上一卷已多處講到這個問題），「思朝廷」與「憂黎元」難以兩全。在苦苦思索中，他捉住孔明這一歷史意象，幻想有一個孔明與劉備之間那種「君臣相得」（其實這也只是個歷史敘述中的虛構，且不深究它）的政治環境，得到「明君」充分的信任，放手濟世。於是乎人格獨立與得志行道，「思朝廷」與「憂黎元」在孔明這一意象中得到統一。當然這種「統一」只能是一種相互制約的張力。借用浦起龍的話講：「曉此，後半部詩了了。」

王十五司馬弟出郭相訪兼遺營草堂貲（五律）

【題解】此詩作於上元元年（西元七六〇年）春初營草堂時。司馬，郡守的佐官，輔郡守治地方軍政。王司馬不知其名字，乃杜甫之表弟，排行十五。貲，通「資」。資金。杜甫營草堂靠眾人資助，王十五為其中一人。

客裏何遷次？江邊正寂寥❶。
肯來尋一老❷，愁破是今朝。
憂我營茅棟，攜錢過野橋。
他鄉惟表弟，還往莫辭遙。

【注　釋】❶客裏二句　遷次，移居。何遷次，移向何處居住。杜甫初至成都，寓居城西浣花溪畔的草堂寺，〈酬高使君相贈〉乃云：「古寺僧牢落，空房客寓居。故人供祿米，鄰舍與園蔬。」寄居寺廟終不是個辦法，但又能移向何處去？他很想有一個自己的家，苦乏資金，是為「江邊正寂寥」。恰好王司馬送貲來，故有下文「愁破」云云。❷一老　一個野老，杜甫自稱。

【語　譯】異鄉客裡無定居，江邊無計正獨愁。今朝憂愁忽打破，居然有人訪老醜。攜來銀兩過野橋，助我造屋為我謀。他鄉親人唯表弟，還望柴扉常來扣。

【研　析】以日常生活入詩，是杜甫入蜀後題材的一大變化，莫礪鋒以「平凡事物的美學昇華」概括成都草堂時期杜詩特點，是很準確的。如此詩所記，只不過是一筆「人情債」，但我們從中感受到的是一種人際間美好的溫情。在「人情世界」的中國，人間情味本身就是美。

憑韋少府班覓松樹子栽（七絕）

落落出群非櫸柳❶，青青不朽豈楊梅。
欲存老蓋千年意，為覓霜根數寸栽❷。

【題　解】這也是營草堂時所作詩。當時，詩人以詩為書信，向親友乞得許多松、桃、竹之類的樹種，種在草堂四周美化環境，此為其中一首。憑，請託。少府，唐人稱縣尉為少府。韋少府班，即涪江縣尉韋班。

【注　釋】❶落落句　落落，高聳貌。櫸柳，落葉喬木。❷欲存二句　老蓋，指松的樹冠。《酉陽雜俎》：「松千歲方質平偃蓋。」霜根，指松樹栽，因松耐寒，故稱。

【語　譯】枝幹挺拔但不是落葉的櫸柳，青青不凋卻又不是低矮的楊梅。我想要的是那千年樹冠如華蓋的蒼松，特地向您要幾棵幾寸高而能經霜歷雪的小松栽。

【研　析】仇注說：「不露一『松』字，卻句句切松。」從數寸的「霜根」聯想到千年後的幢幢「老蓋」；從孔子「歲寒然後知松柏之後凋」的比德，聯想到詩人本人倔強崇高的人格，真所謂「課虛無以責有，叩寂寞而求音」（〈文賦〉），留給人以無限遐思。事實上杜甫本人對松的愛好的確有比德的意思，名聯如「新松恨不高千尺，惡竹應須斬萬竿」，愛憎分明。而後在梓州寫下〈寄題江外草堂〉又滿懷深情地提到這些小松樹：「事跡無固必，幽貞愧雙全。尚念四小松，蔓草易拘纏。霜骨不甚長，永為鄰里憐。」回草堂後又馬上寫下〈四松〉詩：「會看根不拔，莫計枝凋傷。幽色幸秀髮，疏柯亦昂藏……覽物紋衰謝，及茲慰淒涼。清風為我起，灑面若微霜。足以送老姿，聊待偃蓋張。我生無根帶，配爾亦茫茫！」這已經脫離了比德，誠如《唐詩歸》所說：「待此四松竟是一相厚老友。」情之所鍾我便是松，松便是我！霜根、霜骨，既為小松塑像，也為詩人自己塑像。

杜甫寫絕句，是入蜀以後才多起來的。籌建草堂時，他以詩代箋向友人乞求各種東西，如〈憑何十一少府邕覓榿木〉、〈從韋二明府續處覓綿竹〉、〈又於韋處乞大邑瓷碗〉等。金啟華《杜甫詩論叢》稱其：「寫來莊諧兼施，風趣盎然，誠所謂不減晉人雜帖。」良是。

堂　成

（五律）

【題　解】堂成，草堂落成。或云在上元元年（西元七六〇年）暮春。聞一多《少陵先生年譜會箋》曾據杜詩考明草堂之規模、結構、方位等。大略說來，草堂規模約一畝，「亭臺隨高下，敞豁當晴川」，視野頗開闊。其方位則背城郭，在西郊碧雞坊石筍街外，萬里橋南，百花潭北，浣花溪西，北望西嶺。又據〈寄江外草堂〉

云：「經營上元始，斷手寶應年。」上元元年（西元七六〇年）至寶應元年（西元七六二年），首尾三年。舊注多依黃鶴將此詩編在上元元年，初成粗就便急着寫「堂成」詩（現在農村常有人家蓋房子，才蓋一半就搬進去住，往往要好久以後才全蓋完），對當時喜能立錐安宅的杜甫來說，是可能的。不過真正全部完工，還在寶應元年。何義門云：「此詩句句是初成語。」

背郭堂成蔭白茅，緣江路熟俯青郊❶。
榿林礙日吟風葉，籠竹和煙滴露梢❷。
暫止飛烏將❸數子，頻來語燕定新巢。
旁人錯比揚雄宅，懶惰無心作〈解嘲〉❹。

【注　釋】❶背郭二句　背郭，負郭；背靠城郭。近郊也。蔭，覆蓋。白茅，一種茅草，又稱絲茅草，花絲狀，銀白色。路熟，與「堂成」對舉。熟，反覆也，指經反覆踐踏，已出現一條路。青郊，東方的綠野。《讀杜劄記》：「草堂在西郭，故曰『俯青郊』。小謝詩：『結軫青郊路』。李善注引《周禮》：『東方謂之青。』」❷榿林二句　榿，一種落葉喬木。礙日，指樹蔭蔽日。籠竹，又稱慈竹、羅浮竹。❸將　攜也。❹旁人二句　揚雄，東漢文豪，其故居「草玄堂」在成都。揚雄曾閉門著書，為人所嘲，遂作〈解嘲〉。杜甫草堂雖然亦在成都，但無心學揚雄作〈解嘲〉，故曰「錯比」，其中有甘於寂寥的意思。

【語　譯】靠近城郭的白茅草堂已經落成，緣着浣花溪水早踏出一條路來通向東面的綠野。慈竹含煙高梢滴着垂珠露，遮天蔽日的榿樹林舞弄着吟風葉。烏鵲帶着幾隻雛鳥來暫棲，呢喃的燕子商量着定居在寒舍。旁人錯把草堂比作揚雄居，我心自足哪會去寫什麼〈解嘲〉也。

【研　析】回想當初杜甫在隴右，求一立錐之地而不可得；如今得眾人相助，或為選地，或贈果樹，或送瓷碗，或資銀兩，草堂已初成，其樂可知。此亦其不作〈解嘲〉發牢騷的原因。其中「暫止飛烏將數子，頻來語燕定新巢」二句尤其有意味。《聞鶴軒初盛唐近體讀本》評曰：「寫堂成不作正說，只將『烏止』、『燕來』借襯形容，更是徑別。」沒錯，這是第一層意思；還有第二層意思，如《鶴林玉露》所云：「『暫止飛烏將數子，頻來語燕定新巢。』蓋因烏飛燕語，而喜己之攜雛卜居，其樂與之相似；此比也，亦興也。」讀罷，我們也真為有個寄身之屋的詩人高興。

為農（五律）

【題　解】此詩作於上元元年（西元七六〇年）初夏。

錦里煙塵外❶，江村八九家。
圓荷浮小葉，細麥落輕花。
卜宅從茲老，為農去國賒❷。
遠慚勾漏令，不得問丹砂❸。

【注　釋】❶錦里句　錦里，即指成都。成都號稱「錦官城」，故曰錦里。煙塵，古人多用作戰火的代名詞。這時遍地干戈，唯成都尚無戰事，故曰煙塵外。❷去國賒　賒，遠也。去國，指離開長安。杜甫始終不能忘懷國事，即此可見。❸遠慚二句　勾漏令，指晉葛洪。《晉書．葛洪傳》載，洪年老欲煉丹以求長壽，聞交趾出丹砂，因求為勾漏令，帝以洪資高，不許。洪曰：非欲為榮，以有丹耳。帝從之。杜甫到邊遠地區是「為農」，並非有意求仙，所以說「慚」，隱含不得已之意。丹砂，即朱砂，古人用以煉丹。

【語　譯】錦官城啊有幸遠離戰火，江村疏疏落落才八九家。荷塘浮着小小的圓葉，麥浪搖落那輕細的花兒。我終於找到一處歸老的地方，在遠離朝廷的異鄉務農種莊稼。慚愧呵我不是自求勾漏令的葛洪，怎有那福分求仙煉丹砂。

【研　析】這首詩也可以算是田園詩，但與陶淵明、王摩詰（維）的手法有所差別。就像讀者熟悉的說法：陶以心託物，其意象有很強的概括性，如寫鳥，往往不辨何鳥，只是其意念的具象化，語言更是質樸無華而飽含意蘊。至如唐代田園詩高手王維，所描寫之自然景物就細多了。試讀其〈春園即事〉：「宿雨乘輕屐，春寒著弊袍。開畦分白水，間柳發紅桃。草際成棋局，林端舉桔槔。還持鹿皮几，日暮隱蓬蒿。」分明是色彩鮮麗而線條清晰的一幅畫。是的，王維田園詩創構的生活場景總是極力追摹自然生機活潑的細節，卻又融入無機心、得自在的情感背景，在美的畫面中呈露其自得的風神。杜甫此詩則話語的生活化與意蘊的豐富似陶，意象的畫面化與細節的巧妙安排似王，頗得二家之長。然而少陵更注重景與情之互相感發：「江村八九家」是與「錦里煙塵外」血脈相連的——因其遠離戰亂，所以「八九家」之小村子不覺其荒涼，但覺其祥和幽清。繼之頸聯觀物之細，能從平常事物中感受其美，則又託出詩人平靜自足的情緒。由此又引發出雖遠離家鄉也甘老於茲的感慨。而最後二句又拉回來露出畢竟不能、也不願脫離現世間的真我，又與王維分道揚鑣矣。頷聯寫景與整首詩關係是如此血肉一體，這也許正是杜甫田園詩寫景物之特色。

賓至（七律）

【題　解】上元元年（西元七六〇年）居成都時作。賓，賓客；貴客。從「再拜」、「車馬」看，來的大概是位達官貴人。與下一首〈客至〉對讀，待客之熱情存在明顯的溫差。

幽棲地僻經過少，老病人扶再拜難。
豈有文章驚海內，漫勞車馬駐江干❶。
竟日淹留佳客坐，百年粗糲腐儒餐❷。
不嫌野外無供給，乘興還來看藥欄❸。

【注釋】❶江干　江邊。❷竟日二句　竟日，整天。淹留，久留。上句寫無話可談卻又保持着禮貌的客氣。百年，終生。粗糲，粗糙的食品。腐儒，迂腐無用的儒生，杜甫常用來自稱，自嘲中寓牢騷。❸不嫌二句　蕭先生注：「末二句也含不滿之意。無供給，沒有美酒佳餚來款待。藥欄，花藥之欄檻。看藥欄，意即看花。一方面杜甫不欲以能文自居，另一方面這位客人也不是文章知己，所以只請他來看看花。」

【語譯】我棲之所太幽僻，客人很少經此地。老病要人扶，難於再拜真失禮。哪有文章驚海內，尊客所言太過譽，枉勞江邊停車騎。佳客整日來坐對，勿怪寒士平生相待唯粗糲。所幸不嫌野外無供給，乘興還請藥欄看花卉。

【研析】葉嘉瑩教授認為此期杜甫七律的風格特點是「一種脫略疏放的意致」，此詩可為代表。該詩通篇賓主對敘，如仇注所云：「直敘情事而不及於景，此七律獨創之體，不拘唐人成格矣。」就內容而言，葉教授分析道：「首句『幽棲地僻』既本無意於賓之訪，次句『老病人扶』自亦無怪其禮之疏，而於此疏懶之致中，卻偏偏用了『經過』『再拜』等謹嚴的客套字樣，寫得狂而不率，情致極佳。次聯『豈有文章驚海內，漫勞車馬駐江干』二句，『文章』與『車馬』及『海內』與『江干』之對句，用字頗端謹，而『豈有』與『漫勞』二字之口吻，則又極為疏放自然。『文章』一句似謙退之語，而隱然亦可見文章之有聲價，『車馬』一句似推敬之言，而隱然亦見車馬之無足羨。至於頸聯『竟日淹留佳客坐，百年粗糲腐儒餐』以『淹留』對『粗糲』，字面便極脫略。佳客自無妨為竟日之留，而腐儒則唯有粗糲之供，一片疏放真率之情，寫得極自然可喜。」《杜甫〈秋興八首〉集說・代序》末句則如蕭滌非先生所云：「一方面杜甫不欲以能文自居，另一方面這位客人也不是文章知己，所以只請他來看看花。」整首詩的確是有疏放脫略之特點。

客至（七律）

【題解】 題下自注：「喜崔明府相遇〔過〕。」唐人稱縣令為「明府」。仇注引邵氏注：「公母崔氏。明府，其舅氏也。此是草堂既成後春景。黃鶴編在上元二年（西元七六一年）。」

舍南舍北皆春水，但見群鷗日日來❶。
花徑不曾緣客掃，蓬門今始為君開❷。
盤飧市遠無兼味，樽酒家貧只舊醅❸。
肯與鄰翁相對飲？隔籬呼取盡餘杯❹。

【注釋】 ❶舍南二句　《唐詩摘鈔》：「經時無客過，日日有鷗來。語中雖見寂寞，意內愈形高曠。前半見空谷足音之喜，後半見貧家真率之趣。」❷花徑二句　流水對。黃生云：「花徑不曾緣客掃，今始緣君掃；蓬門不曾為客開，今始為君開。上下兩意交互成對。」佳客不至今日至，一句到題，喜意溢乎紙上。❸盤飧二句　飧，熟食。兼味，指兩種以上的菜肴。醅，酒之未漉者。唐人好新酒，以舊醅待客，故示歉意。❹肯與二句　肯，這裡是徵求的語氣，意即：尊客（縣令）您肯與田父野老同飲一杯嗎？

【語譯】屋前屋後都漫着春水，只見群鷗天天飛來。平日無客任落花滿徑，柴門今天專為您開。遠離市集抱歉盤中只是單樣菜，家貧慚愧酒也只有味薄的舊醅。明府肯否與鄰居野老同一樂，叫來隔着籬笆牆盡此杯？

【研析】首聯說地僻少客，但只寫春水群鷗便顯得高曠自得；頷聯寫迎客，有陶淵明「清晨聞叩門，倒裳往自開」之趣；頸聯為招待不周致歉意，則見極力張羅；尾聯用商量的口吻請貴客與村人同樂，更得真率之趣。全首流轉如彈丸，《初白庵詩評》稱：「自始至末，蟬聯不斷，七律至此，有掉臂遊行之樂。」《聞鶴軒初盛唐近體讀本》也說得是：「落句作致，在着『隔籬呼取』字。」正是村野氣象。

狂夫（七律）

【題解】此詩作於上元元年（西元七六〇年）夏。

萬里橋西一草堂，百花潭水即滄浪❶。
風含翠篠娟娟淨，雨裛紅蕖冉冉香❷。
厚祿故人書斷絕，恒飢稚子色淒涼❸。
欲填溝壑唯疏放，自笑狂夫老更狂❹。

【注釋】❶百花句　此句謂百花潭上之草堂便是我的歸隱處也。百花潭，就是浣花溪。滄浪，《孟子・離婁》引孺子歌曰：「滄浪之水清兮，可以濯我纓。」滄浪為水清貌。《楚辭・漁父》中漁父歌〈滄浪歌〉勸屈原歸隱自全，後以「滄浪」指歸隱處。❷風含二句　篠，細竹枝。娟娟，美好貌。裛，沾濕。蕖，荷花。冉冉，漸至狀。曹植〈美女篇〉：「柔條紛冉冉。」

《鶴林玉露》：「上句風中有雨，下句雨中有風，謂之互體。」❸厚祿二句　蕭先生認為此聯每句各有四層意。上句：既是故人，又做大官，卻連信也沒有，則新交可知；下句：飢而曰恒，乃及幼子，至於形於顏色，則全家可知。這些都是吃了狂放的虧。❹欲填二句　填溝壑，指死亡。疏放，疏於禮節，放浪不拘檢。杜甫以疏放對抗逆境，難怪《杜詩鏡銓》要說：「讀末二句，見此老倔強猶昔！」

【語　譯】萬里橋西邊一座小小的草堂，清清的百花潭呵就是我隱居的地方。風裡雨裡翠竹輕擺着明淨的枝條，濕漉漉的紅荷散出陣陣清香。高薪的大官熟人不再來信，老挨餓的小兒女們臉色怎能不淒涼？就是要餓死了我也依然不拘檢，自己也覺得好笑呵狂夫到老更疏狂！

【研　析】欲填溝壑而竟有雅興留連雨荷風竹，此老真鐵骨「童」心。事實上少陵的幽默感往往就出現在艱難時刻，如前選〈北征〉：「海圖坼波濤，舊繡移曲折」、「移時施朱鉛，狼藉畫眉闊。」〈空囊〉：「囊空恐羞澀，留得一錢看。」正是這種自我消解鬱悶的機制使杜甫人性不為現實所扭曲，得以保持其健全；反過來，又以其健全使自己在現實的巨大壓力下具擔荷力。而此詩則更深刻地揭示其抗拒異化的深層結構——「真」與「狂」之彈力結構。子曰：「不得中行而與之，必也狂狷乎！狂者進取，狷者有所不為也。」《論語・子路》這是儒者在「道不行」情況下不得已的選擇。在逆境中積極進取或消極抵抗總比不死不活的「鄉愿」好！「狂」在特殊的歷史環境中，是「士」捍衛個體尊嚴的一種武器。日本學者宇野直人曾統計過從《詩經》到魚玄機的詩中出現的「狂」字的使用頻率，其中李白現存九九七首出現二十六次（此首則直接以「狂夫」命題），可見「狂」對兩位偉大詩人之重要性。老杜卓爾不群處就在乎他無論處逆處順，一直是在人倫秩序中捍衛着個體人格之尊嚴，取嵇康、阮籍之狂狷而不流於誕，取陶潛質性自然而不避現實，以其真性情為「獨化」，擔荷着生命之重。老杜之狂，蘇東坡稱之為「清狂」，這就接觸到「人的自然化」問題，即詩中自然景物與陶冶性情之關係。我們將在本卷所選〈江畔獨步尋花七絕句〉之【研析】中另作詳析。

又，仇注引楊升庵謂：「詩中疊字最難下，唯少陵用之獨工。今按七律中，有用之句首者，如『娟娟戲蝶過閑幔，片片輕鷗下急湍』，『短短桃花臨水岸，輕輕柳絮點人衣』，『青青竹笋迎船出，白白江魚入饌來』，是也。有用之句尾者，如『信宿漁人還泛泛，清秋燕子故飛飛』，『小院回廊春寂寂，浴鳧飛鷺晚悠悠』，『客子入門月皎皎，誰家搗練風淒淒』，是也。有用之上腰者，宮草霏霏承委佩，爐煙細細駐游絲，『江天漠漠鳥雙去，風雨時時龍一吟』，雲石熒熒高葉晚，風江颯颯亂帆秋，『山木蒼蒼落日曛，竹竿嫋嫋細泉分』，是也。有用之下腰者，如『穿花蛺蝶深深見，點水蜻蜓款款飛』，『風含翠篠娟娟淨，雨裛紅蕖冉冉香』，『無邊落木蕭蕭下，不盡長江滾滾來』，『碧窗宿霧濛濛濕，朱拱浮雲細細輕』，是也。聲諧義恰，句句帶仙靈之氣，真不可及矣。」的確，用疊字摹聲摹狀是杜甫的絕活，因其逼真見意，能渲染氣氛，所以往往下此兩字則句、篇之精神皆出。

田舍（五律）

【題解】 此詩作於上元元年（西元七六〇年）初夏居成都草堂時。

田舍❶清江曲，柴門古道旁。
草深迷市井❷，地僻懶衣裳❸。
櫸柳枝枝弱，枇杷樹樹香❹。
鸕鶿西日照，曬翅滿魚梁❺。

【注　釋】❶田舍　此指草堂。❷迷市井　仇注引《風俗通》云：「古者二十五畝為一井，因為市交易，故稱市井。」唐時有一些散見於渡口村側、城郭近郊的非正式集市，稱草市、圩市。詩中「市井」當屬此類。因在郊野鄉村，草木叢生，市井掩映其間，故曰「迷」。❸懶衣裳　懶得着裝打扮。❹櫸柳二句　櫸柳，一種類似柳的樹，又名柜柳、楓楊。樹樹，一作「對對」，突現的是果實，似更佳。❺鸕鷀二句　鸕鷀，即魚鷹。魚梁，用以捕魚的堤堰，留缺口以笱承之，魚隨流入笱，則捕獲之。莫礪鋒《杜甫評傳》稱：「尾聯是唐代田園詩中少見的佳句」，王、孟諸人從未寫過這種「充滿泥土氣息的詩句」。

【語　譯】一灣清清的浣花水環繞草堂，我家的柴門哟就在古道邊上。圩市在深草中迷失，住在僻遠的鄉村懶得着裝打扮。櫸柳枝枝婀娜是多麼柔弱，一對對枇杷果子散發出陣陣的清香。夕陽下鸕鷀站滿堤堰，悠悠然曬着自己的翅膀。

【研　析】《讀杜心解》云：「敘意在前，綴景在後，倒格見致。」其實這種結構不純是什麼技巧上着意翻新，而是達情的需要；其詩美也不在什麼「倒格」，而在暢情。還是陳貽焮先生《杜甫評傳》說得好：「這首詩的好處在於捕捉住了一個個鮮明的感官印象，而情趣即在其中了。」也就是說，杜甫於後半首只讓飽滿且清新的意象凸出，自己野居的情趣不必說也已經逗露。

江村（七律）

【題　解】此詩作於上元元年（西元七六〇年）夏居成都草堂時，一種合家怡然自足的情調較為少見，故黃生云：「杜律不難於老健，而難於輕鬆。」仇注乃云：「蓋多年匍匐，至此始得少休也。」

清江一曲抱村流，長夏江村事事幽❶：
自去自來堂上燕，相親相近水中鷗❷；

老妻畫紙為棋局，稚子敲針作釣鉤❸。
但有故人供祿米，微軀此外更何求❹？

【注釋】❶清江二句　寫出草堂落成後杜甫的一段輕鬆心情。「事事幽」為下面四句張本。《唐詩選脈會通評林》引周敬曰：「最愛其不琢不磨，自由自在，隨景布詞，遂成〈江村〉一幅妙畫。」❷自去二句　燕則來去自在，鷗則與人相近無猜，襯出主人的直率無機心，且以鳥的和諧自得，興起下句家人相處之和融。❸老妻二句　《杜工部草堂詩話》引《螢雪叢說》云：「以老對稚，以其妻對其子，如此之親切，又是閨門之事，宜與智者道。」與上聯合讀，一片和融之象；又〈進艇〉：「晝引老妻乘小艇，晴看稚子浴清江」，意境相似，當屬寫實。❹但有二句　此句意為：我只須些少生活必需品，此外別無所求。注意，這裡指的是物質需求，至於濟世活民、比興風雅的理想，杜甫畢其一生追求是無窮無盡的。祿米，相當於現在的「薪水」、「工資」。杜甫在草堂時常接受一些有祿米的當官朋友的接濟，這裡也隱隱透出一點不能自立的憂慮，可與「厚祿故人書斷絕」同參。微軀，賤軀，杜甫自稱。

【語譯】清江水彎起臂膀環抱江村，長長的夏日裡事事都那麼可意悠閒。你看那堂上的燕子自來自去，水中的鷗鳥又是那麼相親相憐。老妻認真在紙上畫着棋局，小兒敲着針兒一心要做枚釣鉤玩。只要還有老熟人願提供些許錢糧，卑賤的我此外還有什麼掛牽？

【研析】「老妻畫紙為棋局，稚子敲針作釣鉤」，此聯誠為蕭閒即事之筆，頗見生趣。但此聯也招來不少非議，斥為「瑣碎近俗」，是「千家詩聲口」（申涵光語），「杜詩之極劣者」（許印芳語），「工部頹唐之作」（紀昀語）。開「由雅入俗」的宋詩風是真，「極劣」、「頹唐」則不然。《小清華園詩談》云：「昔人謂獅子搏象用全力，搏兔亦用全力。余以為杜詩亦然。故有時似淺而實不淺，似淡而實不淡，似粗而實不粗，似易而實不易，此境最難，然其秘訣只在『深入淺出』四字耳。」是。無論雅俗，關鍵還在有提煉，出意象。如畫棋局、敲釣鉤在當時都是新意象，而新意象的產生則往往帶來鮮活的趣味。此詩之妙，正在能將生活瑣碎之事出情入詩，或者說是能從生活瑣碎之事中提取出詩意來。」

野老（七律）

【題解】此詩作於上元元年（西元七六〇年）秋居成都草堂時。王夫之《唐詩評選》評云：「境語蘊藉，波勢平遠。」

野老❶籬前江岸回，柴門不正逐江開❷。
漁人網集澄潭下，賈客船隨返照來❸。
長路關心悲劍閣，片雲何意傍琴臺❹？
王師未報收東郡，城闕秋生畫角哀❺。

【注釋】❶野老　杜甫自稱。❷柴門句　草堂座北朝南，而柴門則順浣花溪向東開，故曰「不正逐江開」。❸漁人二句　下，指下網。澄潭，即百花潭。賈客，估客；商人。前選〈田舍〉云：「草深迷市井」，則草堂附近為草市，故有賈客往來，〈絕句〉：「門泊東吳萬里船」是也。「船隨返照」，則倍覺畫面的光線強烈，色彩鮮明。❹長路二句　長路，指歸鄉的漫漫長途。劍閣，杜甫來時必經之地。片雲，杜甫自喻。琴臺，《玉壘記》載，司馬相如琴臺在浣花溪北。此句言滯留蜀地不得還鄉。黃生云：「劍閣乃由蜀入京之道，因盜賊未寧，歸途有梗，故作歇後云：長路關心，悲劍閣之難越；片雲何意，傍琴臺而不歸。」此聯承上估客船來引起鄉愁，又牽出下聯兩京戰事。《讀杜心解》：「臨江晚望而成。始望而得野趣，久望而動愁腸也。」下四句正是晚望勾出的漂泊感。❺王師二句　東郡，指東京及周圍諸郡，其時尚在叛軍手中。畫角，軍中所用的一種有彩繪的吹奏樂器，如同現在的軍號。城闕，指兩京。宋本尾句下有舊注云：「南京同兩都，得云『城闕』也。」此注當非杜甫自注，此時成都並無戰事，畫角乃從「王師」想像出。

【語　譯】野老茅舍的籬笆喲，沿着江岸曲折迂迴。柴門歪歪斜斜喲，順着浣花水向東面開。漁舟聚在澄清的百花潭下網喲，生意人的船隻隨着夕陽返照來。關心還鄉路喲悲劍閣之迢迢，孤雲何事徘徊不歸喲老傍着琴臺？王師至今尚未收復東都諸郡，京城秋來依舊聽那畫角哀哀！

【研　析】自入隴右以後，杜甫常強調其在野身分。此詩雖是以首二字為題，但從關心國家命運的內容看，「野老」二字頗能表達其矛盾無奈的心情。此詩還透出老杜即使是已有草堂安身還是心繫洛陽老家的信息。至成都之初，不有云乎：「成都萬事好，豈若歸吾廬！」「背井離鄉」一直是古老農業國人民銘心之痛，正是這種內驅力促成老杜去蜀、離夔、下湖湘，思歸鄉之情老而彌篤。

遣　興（五律）

【題　解】作於上元元年（西元七六〇年）秋。遣興，此指借詩以自排遣當下湧起的情緒。

干戈猶未定，弟妹各何之❶。
拭淚霑襟血，梳頭滿面絲❷。
地卑荒野大，天遠暮江遲❸。
衰疾那能久，應無見汝時❹。

【注　釋】❶各何之　各奔何方。❷絲　指白髮。❸地卑二句　地卑，成都平原四遠皆山，故覺其地勢低下。遲，指水流之平緩，這是原野平曠的特殊感覺。二句與弟妹分散呼應，寫出詩人的孤獨感。《唐宋詩醇》：「悲慨之言，又極沉雄。」❹衰疾二句　久，久於人世。汝，兼指弟妹。此自傷語。

【語　譯】戰火未平息，弟妹各奔何處去？衣巾拭淚見啼血，梳頭滿臉白絲垂。荒野空曠覺地低，天遠暮色江流滯。老病漂泊命難久，料無與爾相見時。

【研　析】《唐詩歸》引鍾云：「極婉極細，只是一真。」應當說是杜詩善於將真情具象化為感人的細節。《瀛奎律髓彙評》引許印芳云：「前半固是平常，五、六寫景不著一情思字，而孤危愁苦之意含蓄不盡。結語尤為沉痛。此等詩老杜外更無二手。」這話說得不是很到位。比興總是要在賦的基礎上感發出來才是，前四句白描將情意具象化為細節如見，尤其是「滿面絲」的意象，極具悲涼之意，誠如《讀杜心解》所揭示：「傷離嘆老，一詩之幹。以三、四作轉樞；『沾襟血』申上句『弟妹何之』之慘，『滿臉絲』起下『衰疾那久』之悲。」婉、細、真具足，怎能說是「平常」？「地卑荒野大，天遠暮江遲」固然寫來沉雄含蓄，但其特殊之情感是從上四句得來，單獨提出，也只是寫景闊大，未必內涵深厚。解詩重興輕賦也是一病。

戲題畫山水圖歌（七古）

【題　解】題下原注：「王宰畫。宰，丹青絕倫。」唐人朱景玄《唐朝名畫錄》載：「王宰家於西蜀，貞元中韋令公以客禮待之。畫山水樹石出於象外，故杜員外贈歌云：『十日畫一松（原文如此），五日畫一石。能事不受相促迫，王宰始肯留真跡。』……又於興善寺宅畫四時屏風，若移造化風候雲物，八節四時於一座之內，妙之至極也。故山水、松石，並可躋於妙上品。」此詩舊編在上元元年（西元七六〇年），從之。

十日畫一水，五日畫一石。

能事不受相促迫❶，王宰始肯留真跡。
壯哉崑崙方壺❷圖，掛君高堂之素壁。
巴陵洞庭日本東，赤岸水與銀河通，
中有雲氣隨飛龍❸。
舟人漁子入浦漵❹，山木盡亞❺洪濤風。
尤工遠勢古莫比，咫尺應須論萬里。
焉得并州快剪刀，剪取吳松半江水❻。

【注釋】❶能事句　藝事只有從容不迫，才能充分體現畫家的主體性。於此見杜甫對藝術規律認識之深刻。❷崑崙方壺　傳說神仙所居，在東海。❸巴陵三句　極言王宰之畫山水，咫尺有萬里之勢：山是仙山，水則由巴陵山下之洞庭湖東連赤岸、日本國，上接銀河，其間雲隨龍飛，浩淼迷濛。赤岸，地名。枚乘〈七發〉：「淩赤岸，篲扶桑。」李善注：「似在遠方。」或云與傳說中的扶桑相近。❹浦漵　水邊。❺亞　通「壓」。低伏。❻焉得二句　并州，今山西太原，時此地以剪刀著名。吳松，即吳淞江，黃浦江支流。仇注：「公少游吳越，故對畫而思及松江。」張志烈主編《杜詩全集》謂：「末二句借用晉代索靖故事：索靖看見名畫家顧愷之的畫，十分讚賞，說：『我恨沒帶并州快剪刀來，剪松江半幅練紋歸去。』」又，李賀〈羅浮山人與葛篇〉：「欲剪湘中一尺天，吳娥莫道吳刀澀。」韓愈、李賀頗學杜詩「奇」的一面。

【語譯】十天畫一道水，五日畫一塊石。只有耐心等候任從容，王宰才肯留下墨蹟氣韻自生動。壯哉！好一幅崑崙方壺圖，高掛在你的大廳白壁之正中。巴陵山，洞庭湖，水連赤岸日本東，浩淼直與銀河通，上下雲氣隨飛龍。舟師漁父靠岸邊，驚看掀濤壓樹畫生風。咫尺丹青萬里勢，古來此技王宰應最工。噫！恨不帶并州快剪刀，剪取一段吳越山水置囊中。

【研　析】六朝人題畫，形同詠物。至唐以詩詠畫，始別開生面，詩心畫意相得彌彰。王漁洋《蠶尾集》乃云：「杜子美始創為畫松、畫馬、畫鷹諸大篇，搜奇抉奧，筆補造化。……子美創始之功偉矣。」就茲篇而言，捉住「咫尺萬里」馳想，化靜為動，波湧龍飛，攝入渾茫。其細節則寫狂風暴至，漁人舟子避之恐不及，涉想成趣，筆墨遂成氣韻、意境。且其首四句言畫理，亦極見精彩，故清代大畫家惲南田發揮道：「十日一水，五日一石。造化之理，至靜至深。即此靜深，豈潦草點墨可竟。」「靜深」二字，便是四句精髓，亦是子美高明處。

題壁畫馬歌（七古）

【題　解】題下原注：「韋偃畫。」朱景玄《唐朝名畫錄》載：「韋偃京兆（長安）人，寓居於蜀，以善畫山水、竹樹、人物等，思高格逸。閒居嘗以越筆點簇鞍馬人物、山水雲煙，千變萬態，或騰或倚，或齕或飲，或驚或止，或走或起，或翹或跂，其小者或頭一點，或尾一抹……可居妙上品。」舊編在上元元年（西元七六〇年）居成都草堂時。唐人好在牆壁上作畫或題詩，這裡的壁，當是草堂的牆壁。

韋侯別我有所適，知我憐君畫無敵❶。
戲拈禿筆掃驊騮，欻見騏驎出東壁❷。
一匹齕草一匹嘶，坐看千里當霜蹄❸。
時危安得真致此？與人同生亦同死❹！

【注　釋】❶韋侯二句　韋侯，即韋偃。侯，尊稱。別我，向我告別。有所適，要去某地。憐，愛。韋偃知杜甫愛他的畫，故一來告別，二來作畫留跡。❷戲拈二句　驊騮、騏驎皆指良馬。欻，忽然。蕭先生注：「這句是加一倍寫法。孔子說『工欲善其事，必先利其器』，現在韋偃畫千里馬卻只用禿筆。說『戲拈』，寫韋造詣之高。畫來全不費力，只如遊戲。」❸一匹二句　齕，嚼。坐看，猶眼看。當，對也。這句謂千里之遙，將要眼看就消失在霜蹄之下。可與「所向無空闊」（〈房兵曹胡馬〉）一句互參。《莊子・馬蹄》：「馬蹄可以踐霜雪。」故謂馬蹄為霜蹄。❹時危二句　見駿馬而思戰鬥，是少陵本色。可與「真堪托死生」（〈房兵曹胡馬〉）互參。

【語　譯】韋侯遠行來別我，知我最愛其畫世無敵。戲拈禿筆一揮就，剎時駿馬出東壁。一匹吃草一匹嘶，立看千里蹄下失。當此亂世哪得此？能與我輩共生死！

【研　析】中唐畫論家朱景玄親見韋偃所畫群馬圖，稱其「千變萬態，或騰或倚，或齕或飲，或驚或止，或走或起，或翹或跂，其小者或頭一點，或尾一抹」云云，與此詩對讀，乃見寫實，亦見杜詩與韋畫之交融。然而杜詩並不止於此，他更重視「興」，由畫馬想到真馬，又由真馬發興及於時局與人。所以浦起龍曰：「結句，見公本色。」今人論中國畫，極口稱讚莊子精神，卻往往忽略了儒家對畫中「興」與「氣骨」之影響，惜哉！

戲為雙松圖歌（七古）

【題　解】題下舊注：「韋偃。」《唐朝名畫錄》載其「畫高僧、松石、鞍馬、人物，可居妙上品。」此詩舊編在上元元年（西元七六〇年），從之。

天下幾人畫古松，畢宏❶已老韋偃少。
絕筆長風起纖末，滿堂動色嗟神妙❷。

兩株慘裂苔蘚皮，屈鐵交錯回高枝❸。
白摧朽骨龍虎死，黑入太陰雷雨垂❹。
松根胡僧憩寂寞，龐眉皓首無住著❺。
偏袒右肩露雙腳，葉裏松子僧前落❻。
韋侯韋侯數相見，我有一匹好東絹❼，
重之不減錦繡段。
已令拂拭光凌亂，請公放筆為直幹。

【注釋】❶畢宏　《封氏聞見記》載：畢宏，天寶中御史，善畫古松。《唐朝名畫錄》稱其「攻松石，時稱絕妙。置於能品上。」張彥遠《歷代名畫記》載：「畢宏，大曆二年為給事中，畫松石於左省廳壁，好事者皆詩詠之。改京兆少尹，為左庶子。樹石擅名於代，樹木改步變古自宏始也。」❷絕筆二句　絕筆，畫畢停筆。纖末，筆毫之端。或云「纖末」即「木末」，指樹梢，誤。動色，人為之動容。❸屈鐵句　屈鐵，赭黑色的樹枝如屈曲之鐵筋，形容松枝畫得拗折有力。回，盤繞狀。現代大畫家黃賓虹論畫有云：「用筆以萬毫齊力為準。筆筆皆從毫尖掃出，用中鋒屈鐵之力，由疏而密。」以此悟入上四句，易得畫意。❹白摧二句　二句上寫其筆，下寫其墨，筆墨兼備，則氣韻自然生動。太陰，陰氣之極盛者。二句朱注：「皮裂，故幹之剝蝕如龍虎骨朽；枝回，故氣之陰森如雷雨下垂。」這裡恐怕還涉及韋氏的筆墨技巧。《唐朝名畫錄》載其「山以墨斡，水以手擦，曲盡其妙。」則韋偃是很大膽地用水墨新法畫松石的。白摧，正是形容其用燥筆飛白，筆力勁健。黑入，則言其水墨淋漓，如雷雨並作。❺龐眉句　龐眉皓首，形容畫中胡僧寬眉毛，白髮蒼蒼。無住著，《楞嚴經》：「名無住行，名無著行。」此言高僧超脫不執着。❻偏袒二句　偏袒右肩，佛教徒以袒右肩表示對佛的恭敬。袒，露出肉體。《杜詩鏡銓》引蔣云：「寫入定僧宛然。」❼韋侯二句　數，屢次；頻繁。東絹，四川鹽亭出產的素絹，或稱鵝溪絹。

【語　譯】天下有幾人古松畫得好？畢宏老矣韋偃正年少。筆停長風出毫端，滿場觀者動容歎神妙。青苔老皮慘深裂，高枝盤錯似屈鐵。飛白勁筆龍虎骨，墨韻森森雷雨垂。有個胡僧寂寞倚松根，粗眉白髮自超脫。右肩肉袒露雙腳，葉裡松果跟前落。韋侯韋侯常相見，熟人說話恕直言：我有一匹鵝溪絹，珍藏不下錦繡段。已去滑膩光凌亂，請公為我放筆更畫新松作直幹！

【研　析】《杜臆》：「起來二句極寬靜，而忽接以『絕筆長風起纖末』，何等筆力！至於描寫雙松止四句，而冥思玄構，幽事深情，更無剩語。後入『胡僧』，窅冥靈超，更有神氣。」甚是。但《杜臆》又以為東絹長二丈，如何能「放筆為直幹」？是「所以戲之」；此則不然。蓋杜詩有云：「新松恨不高千尺，惡竹應須斬萬竿。」「放筆為直幹」正是杜甫所追求的剛健的審美趣味。杜甫於馬反對畫肥馬，於書法倡「瘦硬通神」，畫松既欣賞其慘裂屈曲、飽含滄桑，又要求其「放筆為直幹」。不同流俗如此，也是杜甫正直人格在審美意識上之體現。

南鄰（七律）

【題　解】詩當作於上元元年（西元七六〇年）在草堂時。杜甫有〈過南鄰朱山人水亭〉，則杜甫草堂南面住的是位姓朱的隱士。詩寫與鄰居串門，竟日淹留，關係融洽。

錦里先生烏角巾❶，園收芋栗不全貧。
慣看賓客兒童喜，得食階除鳥雀馴❷。
秋水纔深四五尺，野航恰受兩三人❸。

白沙翠竹江村暮，相對柴門月色新。

【注　釋】❶錦里句　錦里先生，指南鄰朱山人。因其在「錦官城」隱居，故自稱「錦里先生」。烏角巾，隱士常戴之黑色有棱角的頭巾。❷慣看二句　階除，臺階。黃生云：「三見兒童，化其好客。四見鳥雀，與為忘機。三句尤深，蓋富翁好客不難，貧士好客為難，貧士家人不厭客為尤難。非平日喜客之誠，浹入家人心髓，何以有此？」意思是說：從兒童和鳥雀可看出主人平常時的好客厚生之道。❸秋水二句　《杜臆》：「『野航』乃鄉村過渡小船，所謂『一葦杭之』者，故『恰受兩三人』；作『野艇』者非。」此聯與下聯四句寫告別主人回家，疏落而饒意趣。

【語　譯】錦里先生好戴烏角巾，園中還有芋粟不算是赤貧。慣迎客人兒童臉帶笑，常餵鳥雀階前不畏生。門前秋水才深四五尺，渡船雖小恰能承受兩三人。別時沙白竹翠江村暮，對過柴門便是我家月初臨。

【研　析】老杜筆底，尋常的人際關係也有濃郁的詩意，百寫不厭，炙之愈出。這不但因其真性情，還與他善用形式表情達意有很大關係。《杜詩鏡銓》引申涵光云：「今人作七律，堆砌排耦，全無生氣，而矯之者又單弱無體裁。讀杜諸律，可悟不整為整之妙。」不整為整，就是要自然天成又不落於散漫，不煩繩削而自合七律之規矩。《網師園唐詩箋》所云「落筆似不經意，而拈來俱成眼前天趣」是也。如「錦里」與「烏角巾」並列，現成卻又色彩相映成趣；「秋水纔深四五尺，野航恰受兩三人」一聯，天然成對，而「纔深」、「恰受」，銖兩相稱，「受」字尤與小船兒的承載量切合，極見其工，卻不費力。《杜工部草堂詩話》乃引《螢雪叢說》曰：「老杜詩詞，酷愛下『受』字，蓋自得之妙。」下字之細，源於平時觀察之細，鍛成獨具個性的字符，是所謂「冰凍三尺，非一日之寒」者也。再回看全篇，層次分明，誠如《唐詩摘鈔》所說：「前段敘事，語簡而意深；後段寫景，語妙而意淺。蓋前面將主人作人行徑，逸韻高情，一一寫出，卻只是四句；後面不過只寫一『別』字，卻也是四句，深淺繁簡之間，便是一篇極有章法古文也。」果然是「不整為整」，好一首七律。

恨別（七律）

【題　解】上元元年（西元七六〇年）夏，成都作。《杜詩鏡銓》引邵氏評此詩云：「格老氣蒼，律家上乘。」

洛城一別四千里，胡騎長驅五六年❶。
草木變衰行劍外，兵戈阻絕老江邊❷。
思家步月清宵立，憶弟看雲白日眠❸。
聞道河陽近乘勝，司徒急為破幽燕❹！

【注　釋】❶洛城二句　洛城，即東都洛陽。首二句領起恨別。「四千里」言其遠，「五六年」言其久。❷草木二句　劍外，劍門之外，指蜀地。變衰，指杜甫乾元二年冬由劍門入蜀，其時草木已衰謝。下句言因戰事使其滯留錦江之畔。❸思家二句　此為名聯。憶弟看雲，陶淵明〈停雲〉詩序：「停雲，思親友也。」停雲思親成為古人的現成思路，如《野客叢談》：「梁暄不歸，弟璟每望東南白雲，慘然久之。」《杜臆》：「宵立晝眠，起居舛戾（不正常、顛倒錯亂），恨極故然。」同時還寫出其無聊、無奈之情緒，故《義門讀書記》乃云：「『清宵立』、『白日眠』，兼寫出老態來。」是。❹聞道二句　河陽，今河南孟州。近乘勝，《通鑑》載：「上元元年三月光弼破安太清於懷州，夏四月破史思明於河陽西渚。」司徒，指李光弼。幽燕，指叛軍老巢河北一帶。杜甫力主直搗幽燕，徹底平息叛亂。

【語　譯】故鄉洛陽一別四千里，叛軍作亂已經五六年。當初冬來走劍外，如今因亂老江邊。想家踏月半夜裡，念弟望雲日昏睡。聽說官軍近日河陽連連勝，李帥快快直搗叛軍老巢去！

【研　析】《唐詩別裁》評頸聯云：「若說如何思，如何憶，情事易盡，步月、看雲，有不言神傷之妙。」心理形象不可言說，如果直寫「如何思，如何憶」易流於概念化。「夫象者，出意者也」（王弼語），所以要用「步月」、「看雲」的「象」來「出意」，這是所謂「言其用而不言其名」的手法，也就是蕭滌非先生所說：「通過日常生活細節來表達思家憶弟的深情，極具體，極深刻。」從行為窺見內心，不做直接詳盡的心理描寫，是中國文學中極寶貴而富有特色的表情方式，杜詩為典型。就全詩而言，誠如蕭滌非先生釋題所說：「由於叛亂未定，以至長別家園，故熱望祖國早日復興。句句不說恨，卻句句都是恨。」起句老蒼，是歷盡滄桑語。其沉痛直貫全詩，是浦起龍所謂「公之長別故鄉，由東都再亂故也」，亂乃恨別之根苗也。以下行劍外、老江邊、步日看雲，無不由此起情。至情氣鬱結之極，尾聯忽然放開：「聞道河陽近乘勝，司徒急為破幽燕！」一吐而盡，「急」字反襯出「恨」之深，故「句句不說恨，卻句句都是恨」矣！

建都十二韻（五排）

【題　解】詩作於上元元年（西元七六〇年）冬，時居成都草堂。史載：至德二載（西元七五七年）以成都為南京，鳳翔為西京，長安為中京。上元元年（西元七六〇年），唐肅宗從呂諲議，改置荊州為南都，革南京為蜀郡，是為「建都」。杜甫此詩為之痛憤。

蒼生未蘇息，胡馬半乾坤。
議在雲臺上，誰扶黃屋尊[1]。
建都分魏闕，下詔闢荊門[2]。

恐失東人望，其如西極存❸。
時危當雪恥，計大豈輕論。
雖倚三階正，終愁萬國翻❹。
牽裾恨不死，漏網辱殊恩❺。
永負漢庭哭，遙憐湘水魂❻。
窮冬客江劍❼，隨事有田園。
風斷青蒲節，霜埋翠竹根❽。
衣冠空穰穰，關輔久昏昏❾。
願枉長安日，光輝照北原❿。

【注釋】❶議在二句　二句謂朝中大臣有話語權，卻不為國家皇朝之根本着想，也就是下文指出的雪恥大計，只斤斤於建都之議，昏庸透頂。雲臺，東漢朝廷議事之處，指代朝廷。黃屋，帝王以黃繒為車蓋，指代帝王。❷建都二句　上句言為建都而分建宮殿，下句言皇帝下詔置荊州為南都。建都，指置南都事。魏闕，宮門外巍峨的闕門，指代宮殿。荊門，即荊州。❸恐失二句　兩句謂：你們建都無非是為了安慰荊州人，但又怎比得上長安存在的重要？言外之意是：當前最要緊的是穩固關中，傾力平叛，而不是汲汲於建都。東人，指荊州人。西極，指長安，長安稱西京，故云西極。❹時危四句　輕論，輕易議定。言建都事大，不是輕易就可以議定的。從表面上看，「計大」是指建都之事，實際上「時危當雪恥」才是杜甫心目中的重中之重！三階，星象，即上臺、中臺、下臺六星。三階正，則三階平。《漢書・東方朔傳》注引《黃帝泰階六符經》曰：「泰階者，天之三階也。上階為天子，中階為諸侯公卿大夫，下階為士庶人。……階平則陰陽和，風雨時，社稷神祇咸獲其宜，天下大安，是為太平。」萬國，泛指全國各地。這四句是全詩核心。「計大」、「三階正」只是讓皇帝下臺階的門面話，「時危當雪恥」、「終愁萬國翻」才是杜甫一貫的主張與對建都失大計的憂慮。❺牽裾二句　牽裾，指冒死進諫。《魏書・辛毗傳》：辛毗諫移民，「帝不答，起入內，毗隨而牽其裾。」借喻杜甫為右拾遺時，冒死疏救房琯事。下句言肅宗貶杜甫為華州司功，免死。❻永負二句　二句謂愧未能效法屈原與賈誼。負，辜負。漢庭哭，《漢書・賈誼傳》：賈誼上疏漢文帝，有「可為痛哭者一，可為流涕者二」云云，後貶死於長沙。湘水魂，屈原自投於湘江支流之汨羅江。❼江劍　錦江與劍外（蜀地）。❽風斷二句　二句自喻被摧折凋零如此。青蒲節，意似有雙關。皇帝臥內以青規地亦曰「青蒲」，用指皇帝內庭。任昉〈天監三年策秀才文〉：「日伏青蒲，罕能切直。」杜甫〈壯遊〉：「斯時伏青蒲，廷諍守御床。」即以「風斷青蒲節」喻諫房琯事，頗切合。青蒲，即蒲草，水生植物。❾衣冠二句　衣冠指朝官們。穰穰，眾多。關輔，扶風、馮翊、京兆為三輔。此指京城地區。昏昏，指時局萎靡不振。❿願枉二句　二句期盼皇帝將關注建都之心，轉向河北，救民於水火。枉，回轉。一作「駐」。長安日，喻指皇帝。北原，指河北地區，時為叛軍所據。

【語　譯】可憐天下蒼生傷慟尚未平復，叛軍胡騎還在到處橫行；高高在廟堂上的袞袞諸公，卻在大發建都的議論，又有誰來真心扶佐皇尊？大臣們忙着規劃新都魏闕，促成天子下詔另闢南都荊門。一心只怕那荊州眾人怨望，可這又怎比得上穩固關中京城要緊？艱危時大計莫過平叛雪恥，建都之事要切切三思而行。雖說朝廷是名正言順苟得「太平」，終歸亂象堪憂四海尚沸騰。想當初我也曾冒死諫自恨不死，如漏網魚有辱皇上殊恩。至今愧對賈誼屈原耿耿忠魂！再也沒有如此機會了，那年冬我遠離朝廷旅居劍外，在這錦江畔聊事躬耕，好比是風吹斷青蒲之節，霜埋葬了翠竹之根。朝臣們還在眾口囂囂空發議論，難怪關中政局久久萎靡不振。嗚呼！願我皇像太陽一般破開雲霧，把光輝照向河北敵佔區那芸芸眾生！

【研　析】此為典型的「以議論為詩」，故浦起龍《讀杜心解》認為「可作一篇諫止南都疏讀」。然而少陵畢竟是「知詩之為詩」者，其議論仍帶情以行，這才是有益的經驗。詩以「蒼生未蘇息」起情，如針引線，將關心民病之「線」貫穿全篇。詩並不注重建都利弊之論析，只是緊緊圍繞着「時危當雪恥」的大計說事：斥大臣之昏庸，期君王之覺悟，恨自己之無可奈何，所有出發點都在「蒼生」二字。期期然活畫出一位忠君愛國病民的老詩人形象，筆筆見血，豈諫疏可比哉！

村夜（五律）

【題解】詩當作於上元元年（西元七六〇年）冬，居草堂時。

蕭蕭風色暮，江頭人不行。
村春❶雨外急，鄰火夜深明。
胡羯❷何多難，漁樵❸寄此生。
中原有兄弟，萬里正含情。

【注釋】❶村春　村裡傳出的春米聲。❷胡羯　指安史叛軍。❸漁樵　打漁砍柴，借指為農。

【語譯】暮色風蕭蕭，江畔沒人走。雨中傳來村人春米聲聲急，鄰居有事徹夜明燈火。自從安史亂起災難多，聊託此生漁樵過。中原亦有親兄弟，萬里之外含情正思我。

【研析】風雨夜燈，村春鄰火，棖觸憂思融於景色之中；客愁與思親之情，也渾然一體，不覺其律詩的形式。就好比小小的一粒橄欖，含久滋味漸出。

和裴迪登新津寺寄王侍郎（五律）

【題解】題下原注：「王時牧蜀。」王指名詩人王維之弟王縉，善文辭，後為唐代宗的宰相，時當與高適交接蜀州（今四川崇州）刺史，故以其憲部侍郎之舊銜稱之（用陳貽焮、鄧紹基說）。裴迪，詩人，與王維兄弟親善。新津寺，在蜀州東南七十里之新津縣。詩當作於上元元年（西元七六〇年）秋末。

何恨倚山木？吟詩秋葉黃。
蟬聲集古寺，鳥影度寒塘。
風物悲遊子，登臨憶侍郎❶。
老夫貪佛日❷，隨意宿僧房。

【注釋】❶風物二句　風物，此指景物。侍郎，指王縉。❷老夫句　佛日，喻佛法廣大如日之普照。貪佛日，謂貪戀此地淨土，故有下句留宿云云。

【語譯】詩人呵，你何以靠着山中樹木緊鎖愁眉？因為秋葉黃落呵我正發興成詩。古寺裡蟬聲四起，飛鳥的影子掠過水池。風景蕭瑟使人悲，登高思念王侍郎呵未相隨。老夫我貪戀這佛家淨地，今晚隨意在此僧房一睡。

【研析】因為是即興唱和，大概難免要與裴迪原作（已佚）趨同，內容上沒多少新意。但造句寫景還是頗有意味的，使人不禁想起《紅樓夢》第七十六回凹晶館聯詩時，史湘雲聯句云：「寒塘度鶴影」，雖是從杜詩脫出，卻也使才女林黛玉「又叫好，又跺腳」的。

和裴迪登蜀州東亭送客逢早梅見寄（七律）

【題　解】此詩當作於上元二年（西元七六一年）初春成都草堂。時裴迪為蜀州（今四川崇州）刺史之幕僚，寫詩贈杜，此為杜之和詩。查慎行稱此詩云：「看老手賦物，何曾屑屑求工？通體是風神骨力，舉此厭卷，難乎為繼矣。」評價之高，令人刮目。

東閣官梅動詩興，還如何遜在揚州❶。
此時對雪遙相憶，送客逢春可自由❷。
幸不折來傷歲暮，若為看去亂鄉愁❸。
江邊一樹垂垂發❹，朝夕催人自白頭。

【注　釋】❶東閣二句　東閣，即題中之蜀州東亭。官梅，官府所植之梅。何遜，梁朝詩人，錢注謂遜曾在揚州為建安王記室，有〈詠早梅〉詩。裴迪時為王縉幕僚，故以比何遜。❷此時二句　對雪，何遜〈詠早梅〉：「銜霜當路發，映雪擬寒開。」此用其意，當屬寫景。一說：梅花白，故以雪喻之。下句「逢春」，一作「逢花」，「春」同樣是指梅花。亦通。可，猶稱意。此句言送客看花，自由自在，稱心如意。❸幸不二句　此句言所幸未折梅枝相贈，免我晚年增愁也。大概裴迪詩中有未能寄贈之語。歲暮，晚年老景。若為，那堪。❹垂垂　漸漸。

【語　譯】梅花引發詩興在東亭，你呀就好比是何遜在揚州低吟。梅花映雪承蒙遙想起故人，送客看梅我真企羨你自由稱心！幸而不曾折一枝梅花相寄送，免我晚年看花觸動鄉愁淚涔涔。眼前江邊呵一樹梅花也漸開，那堪朝夕相對催人白髮侵。

【研　析】雖然這不是文學史上第一首詠梅詩，但也是較早的一首。與六朝人的詠物詩不同，老杜不是把全副精神用在梅花上，而是把梅花作為溝通裴、杜情懷之中介，兩頭綰繫。故《詩筏》云：「作詩必句句着題，失之遠矣。子瞻所謂『賦詩必此詩，定非知詩人。』如詠梅花詩，林逋諸人，句句從香色摹擬，猶恐未切。……杜子美但云『幸不折來傷歲暮，若為看去亂鄉愁』而已，全不粘住梅花，然非梅花莫敢當也。」不從香色摹擬，只從看梅起興。詩之前四句寫裴送客逢春之得意，反襯出後四句自家看梅傷春之愁緒，春冬之交唯破寒的早梅可發此興，故曰「非梅花莫敢當也」，於此寫出梅花獨特之情調來，是為「興象」，為「神骨玉映」。

再進一層看，全詩句句扣緊梅花這一意象寫，誠如《杜詩說》所指出：「此詩直而突曲，樸而突秀。其暗映早梅，曲折如意，往復盡情。」說到曲折盡情，仇注解得好：「玩第三聯語氣，必裴詩有不及折贈之句，故答云幸不折來，免傷歲暮。若使一看，益動鄉愁矣。既而又自嘆曰：此間江梅漸發，亦覺催人頭白。蓋當衰老之年，觸處皆足傷情也。」先說怕折梅花蝕愁，故曰「幸不折來」；接着又說眼前自家江畔梅花已漸發矣，想躲也躲不了，難免還是要「朝夕催人」，真是婉曲之意層層渲染疊加，故能盡情而深厚。

再就其語言結構上看，《瀛奎律髓》乃云：「此詩脫去體貼，於不甚對偶之中，寓無窮婉曲之意，惟陳後山得其法。」《杜詩鏡銓》也引吳東巖云：「用意曲折飛舞，自是生龍活虎，不受排偶拘束，然亦開宋人門庭。」的確，此詩少工對，多用虛字（如「可」、「幸不」、「若為」等），所以顯得文氣連貫而靈動，質樸乃能「生龍活虎」，這對宋人產生很大的影響。

奉酬李都督表丈早春作（五律）

【題解】此詩當作於上元二年（西元七六一年）春，居成都草堂時。奉酬，酬唱、奉和。都督，州郡軍事長官。表丈，表叔伯。

力疾❶坐清曉，來詩悲早春。

轉添愁伴客❷，更覺老隨人。
紅入桃花嫩，青歸柳葉新。
望鄉應未已，四海尚風塵。

【注　釋】❶力疾　扶病強起。❷轉添句　轉，反而。客，詩人自指。

【語　譯】清晨扶病強起坐，展讀來詩悲早春。讀罷反增愁纏我，更覺老病影隨身。桃花孕紅初綻放，春回柳葉青復青。望鄉望鄉望不斷，只為四海仍風塵！

【研　析】現在我們該談談「煉字」了，因為此詩頸聯「紅入桃花嫩，青歸柳葉新」，是詩話中常被用來作為煉字的典型。中國詩往往講究精煉，其中五律更被劉昭禹《郡閣閑談》稱為：「四十個賢人（指五律共四十個字），著一屠沽兒（市井俗人，用指詩中不當的字）不得。」有些關鍵字用得不當，的確會影響全句乃至全詩的意味。反之，用得精當，便會使全句乃至全詩的意味更醒豁，更健舉，更雋永，好比一對靈動有神的眼睛之於臉面，故又稱之為「詩眼」。楊載《詩法家數》乃云：「詩要煉字，字者眼也。如老杜詩：『飛星過水白，落月動檐虛』，煉中間一字；『地坼江帆隱，天清木葉聞』，煉末後一字；『紅入桃花嫩，青歸柳葉新』，煉第二字。非煉『歸』、『入』字，則是兒童詩。」紅對青，桃花對柳葉，不就是童蒙學做對子麼？但著一「入」字，著一「歸」字，則耐人品味——彷彿是春天女神親手將紅色輸入花苞，又將綠色還給了柳葉，於是那「春回大地」的意味可掬。

還有一種意見要辨析。胡應麟《詩藪》謂：「盛唐句渾涵，如兩漢之詩，不可以一字求；至老杜而後，句中有奇字為眼，才有此句法，便不渾涵。昔人謂石之有眼，為硯之一病。余亦謂句中有眼，為詩之一病。」漢魏詩如〈古詩十九首〉、曹、陶諸人之詩，的確是渾涵不可以字句摘者。他們以直覺的認知去感受並發露生話的意義本身，為後人所難及。然而由簡單趨於複雜是事物發展的必然，正是由於社會的複雜化，又促成寫詩技巧的進步——人們必須從複雜的感受中提取出醇厚的意味，並以明快簡易的語詞表達之。宋人蘇東坡對陶淵明「悠然見南山」與「悠然望南山」之辨析，便是後人審美意識細膩化對前人詩藝所做出的新反應。事實上作為明代人的胡應麟也意識到這一點，他在《詩藪》中還說：「老杜字法之化者，如『吳楚東南坼，乾坤日夜浮。』『碧知湖外草，紅見海東雲。』『坼』『浮』『知』『見』四字，皆盛唐所無也，然讀者但見其閎大並不覺其新奇。又如『孤嶂秦碑在，荒城魯殿餘。』『古牆猶竹色，虛閣自松聲。』『在』『餘』『猶』『自』四字意極精深，詞極易簡，前人思慮不及，後學沾溉無窮，真化工不可為矣！」合胡氏兩說，則顧及渾涵與精切兩端，工而能化，方為上乘。也就是說，「眼」要放在臉面上，才談得上生動不生動，「傾國須通體，誰來獨賞眉？」「紅入」、「青歸」必須融入早春的大語境中，如鹽着水，才顯得有意味。再推及全詩：讀早春詩而「轉添愁伴客，更覺老隨人」，為何「轉」？因為其時觸目「紅入桃花嫩，青歸柳葉新」的實景，春來得愈耀眼，就愈能激起詩人的傷春歎老之情緒。蓋「更覺老隨人」無異站在死看生，越發覺得生命之寶貴也。由此又牽出思親懷鄉一段情來，倍感亂世之可憂可恨！煉字乃能牽一髮而動全身，煉字者於此不可不察。

遣意二首（五律）

【題解】作於上元二年（西元七六一年）春，居草堂時。遣意，王嗣奭云：「意有不快，則借目前之景物以遣之。」浦起龍評云：「二詩輕圓明秀，在集中另為一格。」

其一

囀枝黃鳥近，泛渚白鷗輕[1]。

一徑野花落，孤村春水生。
衰年催釀黍，細雨更移橙❷。
漸喜交遊絕，幽居不用名❸。

【章　旨】隨着鏡頭的移動，映出村野一派春光，又合攏成幽居的適意。

【注　釋】❶囀枝二句　囀枝，指樹枝上鳥在啼鳴。黃鳥，黃鸝。泛渚，在水中沙洲畔浮游。❷衰年二句　釀黍，以糯米釀酒。崔豹《古今注》：「稻之黏者為黍。」移橙，移植橙樹苗。❸漸喜二句　交遊絕，與人交往斷絕。下句言既已隱居，自然是隱姓埋名，不再須要使用名字了。

【語　譯】枝上婉囀的黃鸝與人近，遠處沙洲白鷗浮水似雲輕。野花片片落滿徑，孤村漫漫春水生。老來無事催着要釀米酒，趁着細雨趕緊移柑橙。我漸漸喜歡上這無友無朋的日子，獨自逍遙何須再使用姓名？

其　二

簷影微微落，津流脈脈斜❶。
野船明細火，宿雁聚圓沙❷。
雲掩初弦月❸，香傳小樹花。
鄰人有美酒，稚子夜能賒❹。

【章　旨】此寫夜景，月色迷離中以動見靜。末句同樣收攏來，賒酒既見其興致，也見其有所欲排遣者。

【注釋】❶簷影二句　微微落，一點一點漸漸下落。津流，渡口流水。脈脈斜，緩緩流，似含情之脈脈。斜，指水由高向低流。❷野船二句　細火，微弱的火光。圓沙，呈圓形的小沙洲。❸初弦月　半月曰弦。農曆初八、初九，月缺上半，稱上弦、初弦。❹賒　欠帳取貨。

【語　譯】屋簷夕影漸垂落，渡口的水喲含情緩緩流。郊野閃爍着船家微弱的燈光，夜宿的雁兒圍聚在圓圓的沙洲。微雲掩映着上弦的月兒，晚風中傳送着小樹的花香。鄰人家藏有美酒，我的小兒夜裡仍能賒來幾盅。

【研　析】《杜臆》引《杜通》云：「世有大可憂者，眾人不憂，唯君子憂之；然世有可適意者，眾人不知所適，唯君子獨取之。如『一徑野花落，孤村春水生』、『雲掩初弦月，香傳小樹花』，此景趣誰不見之？而取之以適者，君子也。」所謂君子，也就是士大夫。中國士大夫往往以出、處為自我調節機制，順境則出仕濟世，逆境則隱居獨善。其中隱居獨處還有其歸化自然陶冶性情的意義。這兩首詩題曰「遣意」，正是陶冶性情之意，好比是井底微瀾，被社會邊緣化的寂寞在大自然的陶冶中得以排遣。是的，人在大自然中獨處，心理的傷口易得到癒合。第二首寫夜尤其能體現這一點。從詩裡我們看到詩人沉浸於夜色的靜謐之中，盡情地欣賞自然之美。「香傳小樹花」一句見煉意功夫：夜裡看不見小樹有花，只從流香中識得，即姚崇〈夜渡江〉云「聞香暗識蓮」意也（見陳貽焮《杜甫評傳》）；然非沉浸其中，又豈易識來？尾後一聯云「鄰人有美酒，稚子夜能賒」，最得一時忘情之真趣，窮日子的艱辛暫被拋在腦後。「詩可以興」，信然。

漫成二首（五律）

【題　解】作於上元二年（西元七六一年）春，居草堂時。王嗣奭云：「二詩格調疏散，非經營結構而成，故云『漫成』。」

其一

野日荒荒白，春流泯泯清❶。
渚蒲❷隨地有，村徑逐門成。
只作披衣慣，常從漉酒生❸。
眼前無俗物，多病也身輕❹。

【章旨】仇注：「首章，對景怡情，有超然避俗之想。」

【注釋】❶野日二句　二句言原野春陽於迷霧中不甚分明，而春水漫流甚清澈，狀其地其時春景如此。其中用疊字「荒荒」、「泯泯」，有效地增強了詩的表現力，歷來為評論者所稱許。荒荒，暗淡迷茫貌。泯泯，清澈貌。❷渚蒲　渚，水邊之地。蒲，昌蒲，一種生於水邊的草。❸只作二句　兩句用陶淵明自況。仇注：「披衣習慣，言疏放已久，漉酒為生，見醉鄉可樂。」披衣，陶淵明詩：「相思則披衣，言笑無已時。」從，仿效。漉酒，濾酒。《宋書・陶潛傳》：「郡將候潛，值其酒熟，取頭上葛巾漉酒，畢，還復著之。」言其疏放如此。❹眼前二句　俗物，《世說新語》：嵇、阮、山濤在竹林酣飲，王戎後往，阮曰：「俗物已復來敗人意。」

【語譯】郊野春日在霧中白光泛泛，浣花溪春水湧動清澈漫漫。水邊蒲草隨處可見，村中小路伸向各家門前。疏懶慣老是披着衣裳，串門飲新酒打發日子。只要眼前沒有那些追逐名利的俗物，我就是帶病也覺得渾身舒服。

其二

江皋已仲春❶，花下復清晨。
仰面貪看鳥，回頭錯應人。

讀書難字過，對酒滿壺傾❷。
近識峨眉老❸，知余懶是真。

【章旨】這一首詩側重表現內心活動，末句「知余懶是真」托出二詩主旨。

【注釋】❶江皋句　江皋，江邊高地。仲春，農曆二月。❷讀書二句　謂讀書時放過那些難讀之字，不作考索；而飲酒則反是，必求其盡。陶潛〈五柳先生傳〉：「閑靜少言，不慕榮利。好讀書，不求甚解；每有會意，便欣然忘食。性嗜酒，家貧不能常得，親舊知其如此，或置酒招之。造飲輒盡，期在必醉。」二句用其意。「不求甚解」只是強調讀書不鑽牛角尖，但求會意，也是「不慕榮利」的一種表現。❸峨眉老　篇末舊注：「東山隱者，又作陳山。」大概是杜甫新近結識的一位隱者，用「峨眉老」表示其不凡。蓋峨眉山又稱大光明山，是道教「第七洞天」、佛教普賢菩薩道場，隱居此山自然身價加倍了。

【語譯】江岸二月天，花下又清晨。只為仰面貪看飛鳥易出神，回頭才知錯答了人。讀書不求甚解放難字，唯有對酒定教滿壺盡。最近結識隱者峨眉老，知我疏懶本是真性情。

【研析】疏懶在現實生活中不是什麼好德性，但在詩文中卻往往成了標榜不受羈束、存其天性的行為模式。其典型者不但有我國嵇康的〈與山巨源絕交書〉，連舉「七不堪」、「二不可」自證疏懶；國外也有普希金喜寫自己的疏懶，乃至在〈我的墓誌銘〉中稱：「這兒埋葬着普希金，他和年青的繆斯，愛情與懶惰，共同消磨了愉快的一生。」文學創作中的疏懶之所以有美感，就在於它暗示了背後那蔑視、反抗世俗規矩的個性。「眼前無俗物」、「知余懶是真」二句道出個中真諦。

杜甫二詩之妙，還在於針線的細密，寫「懶」具體生動。總體上說，是以心理、景物的內外感應寫「懶」。第二章仇箋：「前章上四句，說花溪外景。此章上四句，說草堂內景。前章披衣漉酒，樂在身閑。此章讀書對酒，樂在心得。末云『懶是真』；總不欲與俗物為緣。」是的，白日荒荒，春水泯泯，蒲草隨處滋長，連小路也因來往自然踏出，景物是那麼獨化渾成；披衣漉酒，看鳥讀書，行為是如此寫意忘機。尤其是「仰面貪看鳥，回頭錯應人」二句，寫「出神」之狀可掬，可與陶潛「采菊東籬下，悠然見南山」媲美。而「讀書難字過」用典更是有味無痕。《讀杜心解》云：「『難字過』，正見懶趣。」「懶趣」二字，道出化腐朽為神奇的奧妙。厭俗物，輕名利，追求精神上的獨立自由，才是老杜的真性情之所在。故《杜臆》引趙汸云：「公詩中屢言懶，非真懶也，平日抱經濟之具，百不一試，而廢棄於岷山旅寓之間，與田夫野老共一日之樂，豈本心哉？況又有俗子溷之，其懶宜矣。」斯言得之。

春夜喜雨

（五律）

【題　解】作於上元二年（西元七六一年）春，居草堂時。全詩圍繞着一個「喜」字來寫，是《讀杜心解》所謂「喜意都從罅縫裡迸透」者。

好雨知時節，當春乃發生❶。
隨風潛入夜，潤物細無聲❷。
野徑雲俱黑，江船火獨明❸。
曉看紅濕處，花重錦官城❹。

【注　釋】❶發生　應時而降。《莊子》：「春氣發而百草生。」❷隨風二句　二句屬流水對，實寫「好雨」。仇注：「雨驟風狂，亦足損物。曰潛、曰細，寫得脈脈綿綿，於造化發生之機，最為密切。」蕭先生注：「因雨細而不驟，才能潤物。細雨之來，不為人所覺察，故曰潛入夜。『潤物細無聲』，寫出好雨的靈魂。」❸火獨明　更襯出「雲俱黑」，寫雨意之濃入神。

❹曉看二句　此為詩人對明日雨後情景的想像語。花重，即張謂「柳枝經雨重」之「重」。花因雨濕而重，恰到好處，不至殞落。錦官城，即成都。

【語　譯】好雨應時降喲，正當百草生而春氣動。細雨潛入夜色中，無聲卻行潤物功。烏雲壓路雨意濃，只有船家的燈火幾點光明送。破曉且看四處淋漓紅，那是錦官城的花兒經雨濕且重。

【研　析】李文煒《杜律通解》云：「小雨應期而發生，則知時節之當然矣，寧不謂之好雨乎？其隨風也，知當晝則妨夫耕作，而潛入夜焉；其潤物也，知過暴則傷其性情，而細無聲焉，是其能因風以澤物，而不爽乎時，不違乎節矣，何喜如之？然而無聲之雨，何以知其細能潤物也？待曉看錦官城之花，垂垂而濕，較不雨尤加重焉，而不見其飄殘，此雨之所以好，此雨之所以可喜也。」說得活透。對一個靠天吃飯的古代農業國而言，有時一場及時雨就關係到國計民生，我們的詩人能不點點滴滴在心頭？從通首那絮絮自語的語調中，我們能不感受到詩人的喜悅之情？難怪浦起龍要說：「喜意都從罅縫裡迸透。」

詩與哲學，好比山坡的正背，總是在山脊處交匯。這首詩中也透出一種理趣：「好雨知時節」、「潤物細無聲」。這種哲理無需解說，只求細心去感悟——此理生活中在在都有。

春水生二絕（七絕）

【題　解】作於上元二年（西元七六一年）春二月，居草堂時。《杜詩鏡銓》引孫季昭云：「子美善以方言諺語點化入詩，正不傷雅，如此類甚多。」

其　一

二月六夜春水生，門前小灘渾❶欲平。

鸕鶿鸂鶒莫漫喜，吾與汝曹俱眼明❷。

【章　旨】浣花溪春天常漲水，「舍南舍北皆春水」（〈客至〉）。此寫見景生情，末句與鳥兒對話，頗具童心。

【注　釋】❶渾　簡直；幾乎。❷鸕鶿二句　鸕鶿，即魚鷹。鸂鶒，又名紫鴛鴦，一種水鳥。漫喜，空歡喜。汝曹，爾等；你們。二句浦注：「言莫便獨夸得意，吾亦不輸與汝曹也。」

【語　譯】桃花汛，二月初六春水生。門前看，小灘幾乎被淹平。鸕鶿鸂鶒且莫自高興，好景色我和你們一樣看得清！

其二

一夜水高二尺強，數日不可更禁當❶。

南市津頭有船賣，無錢即買繫籬旁❷！

【章　旨】此首寫連日水漲而生憂，因起欲買船防備之心。用方言俗語點化入詩，特覺生動欲活。

【注　釋】❶一夜二句　二尺強，二尺多。更禁當，抵擋不起。❷南市二句　津頭，渡口。末句感歎無錢買船防水災。

【語　譯】一夜水漲二尺多，幾天下來可奈何！南市渡口有船賣，要是有錢買來籬旁拴一個。

【研　析】歷來對杜甫的絕句評價不甚高，即使是為之回護的沈德潛，在《唐詩別裁集・凡例》中也只是說：「唐人詩無論大家名家，不能諸體兼善，如少陵絕句，少唱嘆之音。」用盛唐的標準看興許如此。不過也有看出些道道來的，如李重華《貞一齋詩說》認為：「杜老七絕，欲與諸家分道揚鑣，故爾別開異徑，獨其情懷，最得詩人雅趣。」今人程千帆先生在為《唐人七絕詩淺釋》所作的引言中，對此分析道：「杜甫七絕如〈江南逢李龜年〉、〈贈花卿〉等篇，聲調情韻，和王、李諸家的區別是不大的，可見他並不是沒有能力寫出那樣的作品來，但由於追求藝術上的獨創性，確實在這方面有意和另外一些詩人立異，而其成績也很可觀。如在題材方面，他創造了〈戲為六絕句〉這種論詩的體裁。在篇章結構方面，他運用古人寫雜詩的方法創作了〈漫興〉、〈解悶〉等組詩。在格律方面，不但時時突破當時已經固定的律化絕句的音節，採用當時民歌的聲調；而且有的時候，還愛押仄韻，故意仿效唐以前的古歌謠。李重華能夠看出杜甫在七絕方面有意『別開異徑』，是有見解的，但認為這種作品為『最得詩人雅趣』，則未免有些過分了。」分析全面公允，足資參考。至於「最得詩人雅趣」，李氏則說反了，應是「由雅入俗」。《藏海詩話》云：「老杜詩云：『一夜水高二尺強，數日不可更禁當。南市津頭有船賣，無錢即買繫籬旁。』與〈竹枝詞〉相似，蓋即俗為雅。」此論近之。俗，通俗之俗。老杜打開一條中唐至北宋的大道，形成文壇趨勢。我在〈中晚唐文壇大勢〉一文中有詳論（此文收入《詩國觀潮》），此不贅。因此，杜甫「別開異徑」具有「子美集開詩世界」的意義，不容小覷。以大觀小，這二首小詩也應從其以俗語入詩成趣方面着眼。李東陽《麓堂詩話》云：「杜子美〈漫興〉諸絕句，有古竹枝意，跌宕奇古，超出詩人蹊徑。」李氏點出此詩與民間竹枝詞之關係，可謂中的。我在本書前言中說到杜詩充滿樂府精神，此亦一例證。下文我們還會就這一問題從不同角度再作具體分析。

江上值水如海勢聊短述（七律）

【題解】作於上元二年（西元七六一年）春。聊，姑且。春汛如潮，老杜有興寫長詩，卻苦於老去乏佳句，姑且作此短篇，故曰「聊短述」。紀昀曾批評此詩不稱題，許印芳發揮其說云：「詩於江水如海，全未着筆。五、六雖說水卻是常語，不稱『如海』之勢，故曉嵐（紀昀字）貶之。」其實題意說的正是無佳句形容此海勢，這才只作短述；如何「不稱題」？還是同為《瀛奎律髓彙評》所引的查慎行說的近理：「此篇借題以寓作詩之法。」即借未寫海勢表現其不輕易着筆的認真態度，與「語不驚人死不休」的藝術追求。

為人性僻耽❶佳句，語不驚人死不休！
老去詩篇渾漫與，春來花鳥莫深愁❷。
新添水檻供垂釣，故著浮槎替入舟❸。
焉得思如陶謝手，令渠述作與同遊❹！

【注釋】❶耽　嗜好。❷老去二句　渾，簡直。漫與，隨意付與。二句趙注曰：「耽佳句而語驚人，言其平昔如此。今老矣，所為詩則『謾與』而已，無復有意於驚人也，故寄語花鳥無用深愁耳。」蕭先生注：「這話不能死看，杜老年作詩也並不輕率，不過由於功夫深了，他自己覺得有點近於隨意罷了。」莫深愁，蕭先生注：「愁，屬花鳥說。詩人形容刻劃，就是花鳥也要愁怕，是調笑花鳥之辭。韓愈〈贈賈島〉詩：『孟郊死葬北邙山，從此風雲得暫閑。』又姜白石贈楊萬里詩：『年年花月無閑處，處處江山怕見君。』（〈送朝天集歸誠齋時在金陵〉）可以互參。」❸新添二句　水檻，水亭的欄杆。故著，昔日置辦下的。槎，木筏。❹焉得二句　意為讓陶謝來作詩，我則陪同遊覽。陶謝，陶淵明與謝靈運，都是南朝的大詩人。渠，他們。

【語　譯】我這個人哪，僻性就是醉心於寫出好詩句。出語要是不能讓人震住，我是死也不肯停筆。老來寫詩已不如過去，簡直是隨意付與；春天的花鳥啊，你們再不必怕我窮形畢貌苦相逼。新添置的水邊圍欄只供垂釣，昔日編成的木筏可替代船楫。啊，怎能找到陶謝似的詩伯，讓他們對景同遊揮毫愜我意！

【研　析】天才型的李白作詩舉重若輕，「一噴便是半個盛唐」，自然為人們所景仰企羨。然而美是多元的，以功力為詩之美也是無可替代的，就看讀者的品味如何耳。何況欣賞一件藝術品與看賽跑並不是一回事，不必按秒錶以寫得快為佳。杜甫「語不驚人死不休」，精益求精的精神正是其成功之要訣，與天才其實是相通的，李白不也有「鐵杵磨成針」的傳說嗎？

對此詩葉嘉瑩教授別有新解，撮其要於下，供參考：此詩從詩題開始，就表現了杜甫一種脫略疏放的意致，於「江上值水如海勢」之下，輕輕只用「聊短述」三字，非其不能寫，只是不欲逞才刻意為之耳，故妙。開端二句「為人性僻耽佳句，語不驚人死不休」，乃寫前時為人，為次聯「老去詩篇渾漫與，春來花鳥莫深愁」作反襯。四句乃云：當年必求語出驚人，是少年盛氣光景；而今老去，意興蕭疏，江水勢如海亦不復動心。寫出杜甫其時一片疏放之情，乃與「聊短述」相映照。此詩充分表現了杜甫此一階段的內容與格律兩方面的疏放脫略的境界。成善楷教授則以為：陶詩沖和閒淡，謝詩刻畫精工，故老杜篇末備致嚮往，蓋感於只管「語不驚人死不休」易流於刻意做作，而只管「渾漫與」又易流於平易輕靡，正欲合陶謝湯追求一種新詩風。二說頗富啟迪，錄供參考。

水檻遣心二首（五律）

【題解】作於上元二年（西元七六一年）春。檻，欄杆。水檻，指草堂水亭。題謂憑欄眺望以自排遣。

其一

去郭軒楹敞❶，無村眺望賒❷。
澄江平少岸❸，幽樹晚多花。
細雨魚兒出，微風燕子斜。

城中十萬戶，此地兩三家。

【章　旨】仇注：「八句排對，各含遣心。」即從遠離鬧市的角度寫出郊居野趣，及詩人貼近自然的清心。

【注　釋】❶去郭句　此句謂水亭因遠在郊野，所以顯得很開闊明敞。去郭，遠離城郭。軒楹，軒乃堂前之欄，楹乃堂前之柱；此指草堂水亭。❷賒　遠。❸平少岸　因水漲與岸平，故岸看去比平時「少」。

【語　譯】郊外水亭明敞，遠眺無村遮蔽。暮春花繁樹暗，澄江水漲岸低。細雨魚兒浮起，微風燕子斜飛。城中十萬人家繁華，豈如清曠三家村里。

其二

蜀天常夜雨，江檻已朝晴。
葉潤林塘密，衣乾枕席清。
不堪祗老病，何得尚浮名❶。
淺把涓涓酒，深憑❷送此生。

【章　旨】由遠眺轉近觀，由雨景勾起悲涼。

【注　釋】❶不堪二句　上句言難於忍受衰老與疾病；下句言怎會去崇尚、追求浮名呢？尚，一作「向」。此句以下情緒由清曠轉入悲愴。傷心畢竟難遣，恰如請代人寫的〈醋葫蘆〉所云：「幾番上高樓將曲檻憑，不承望愁先在樓上等！」❷深憑　全仗；深靠。

【語譯】蜀地春天常夜雨，朝來江檻已放晴。水塘林密葉猶濕，枕席清爽衣裳乾。難忍老病揮不去，哪有心情顧浮名。低斟淺酌酒不斷，全仗此君送此生！

【研析】詩不但要觀其大略，還要注重細節，於細微處見精神正是杜甫的一手絕活。《石林詩話》云：「詩語固忌用巧太過，然緣情體物，自有天然工妙，雖巧而不見刻削之痕。老杜『細雨魚兒出，微風燕子斜』，此十字殆無一字虛設。雨細著水面為漚，魚常上浮而淰，若大雨則伏而不出矣。燕體輕弱，風猛則不能勝，唯微風乃受以為勢，故又有『輕燕受風斜』之語。……然讀之渾然，全似未嘗用力，此所以不礙其氣格超勝。」在草堂較為平靜的日子裡，杜甫頗關注些小凡物，如：「仰蜂粘落絮，行蟻上枯梨」「芹泥隨燕嘴，蕊粉上蜂鬚」，觀察入微，但都不如「細雨魚兒出，微風燕子斜」，的確是「讀之渾然」。難怪《峴傭說詩》會說：『澄江平少岸，幽樹晚多花。細雨魚兒出，微風燕子斜。』此白描寫生手。彼云杜詩粗莽者，知其未曾細讀也。」但是我仍要補充說：「細雨」一聯之妙，還在乎與第一首詩整體清曠氣象相融合，故雖小而大；於是乃知細節與整體相互建構之關係。

後遊（五律）

【題解】上元二年（西元七六一年）春，杜甫曾至新津縣遊修覺寺，有〈遊修覺寺〉詩。此為重遊所作。

寺憶曾遊處，橋憐再渡時。
江山如有待，花柳更無私❶。
野潤煙光薄，沙暄日色遲❷。

客愁全為減，捨此復何之？

【注釋】❶江山二句　二句言江山花柳如等待人去欣賞，細思便得大自然無私的道理。目擊道存，所以劉辰翁認為：「必如此，可言氣象。」如有待，好像在等待（我再度來遊）。❷野潤二句　此聯寫暮色極細膩：原野濕潤，故蒸發出薄薄一層煙嵐；暮色遲留，故沙地尚暖。下句為倒裝句。暄，暖和。

【語譯】重來修覺寺，憶起曾遊處。漫步過此橋，愛它今再渡。江山多嬌如待我，花柳隨緣無偏私。原野滋潤煙嵐輕，沙地溫暖日下遲。異鄉異客愁為減，難捨此地立踟躕。

【研析】《說詩晬語》云：「杜詩『江山如有待，花柳更無私』；『水深魚極樂，林茂鳥知歸』；『水流心不競，雲在意俱遲。』俱入理趣。邵子則云：『一陽初動處，萬物未生時』，以理語成詩矣。」杜詩的理趣與邵雍的理語的區別，就在於一是賦物明理，心物兩契；一是取譬於近，言理而無趣。「江山」一聯的理趣正是包藏於大自然的「氣象」之中，是仇注所謂：「蓋與造化相流通矣！」錢鍾書《談藝錄》說得透徹：「鳥語花香即秉天地浩然之氣；而天地浩然之氣，亦流露於花香鳥語之中。此所謂例概也。」理趣即詩意，渾然互涵不可分。是以《唐詩歸》引鍾曰：「『無私』二字解不得，有至理。」講的就是這種直覺認識。如果硬要抽繹出個「理」來，那就是：客觀不因主觀意志而轉移，萬物皆自然而然。只是情感色彩被抽乾，句子便顯得乾巴巴、硬邦邦的，還有什麼詩意？

春　水
（五律）

【題解】上元二年（西元七六一年）春作。

三月桃花浪❶，江流復舊痕。
朝來沒沙尾，碧色動柴門❷。
接縷垂芳餌，連筒灌小園❸。
已添無數鳥，爭浴故相喧❹。

【注　釋】❶桃花浪　春汛時正值桃花開，故稱桃花水。❷朝來二句　沙尾，沙洲露出水面的頂端。碧色，用指江水。下句言柴門倒影在水中搖曳。也可以解讀為波光在柴門上晃動。❸接縷二句　二句言水滿之樂。接，猶續。接縷，連續的釣魚線。連筒，《杜臆》云：「昔在蜀，見水車連綴竹筒子轉輪上，以灌田園。」❹已添二句　寫眾鳥爭浴的喧鬧，遂使畫面聲色並作，故《杜詩鏡銓》引李因篤曰：「結語俊宕，添毫妙手。」（傳說顧愷之畫裴楷，於頰上添三根毫毛而生氣頓出。）

【語　譯】三月裡來桃花水，江漲又到舊時痕。晨起沙洲已沒頂，碧波瀲灩映柴門。續絲垂釣沉魚餌，綴筒水車灌小園。更添飛來無數鳥，爭浴嘎嘎復叫喧。

【研　析】唐詩善用畫面說話，如「妖童寶馬鐵連錢，娼婦盤龍金屈膝」、「山下孤煙遠樹，天邊獨樹高原」、「雞聲茅店月，人跡板橋霜」，畫面的連續便是詩中語法。這些當然是極端的例子，卻也表明畫面語言在唐代已發展到極至。許多事物是可以感受到的，但是其個別性卻是很難用詞語的概念加以精確表達，所以古人說是「盡意莫若象」，詩正是要用這「象」來盡意，所以才會出現這種「卡通」式的畫面語。我們讀這首詩，不也是從逐一出現的活潑潑畫面中感受到春天的氣息嗎？而詩人當下其樂也融融的愉悅情感不就在其中了嗎？

江亭（五律）

【題解】上元二年（西元七六一年）春作。

坦腹❶江亭暖，長吟野望時。
水流心不競，雲在意俱遲❷。
寂寂春將晚，欣欣物自私❸。
故林歸未得，排悶強裁詩。

【注釋】❶坦腹　露腹，無拘束狀。❷水流二句　此聯歷來稱為「理趣」名句。錢鍾書的解釋是：「吾心不競，故隨雲水以流遲；而雲水流遲，亦得吾心之不競。此所謂凝合也。」❸寂寂二句　物自私，仇注：「按此章云『欣欣物自私』，有物各得所之意，前詩云『花柳更無私』，有與物同春之意。」二章合看，無論「自私」、「無私」，都指向萬物的「獨化」，不與人事。此章則透出萬物各得其所而己身卻在物外的孤獨感。《瀛奎律髓彙評》引紀昀曰：「春已寂寂，則有歲時遲暮之慨；物各欣欣，即有我獨失所之悲，所以感念滋深，裁詩排悶耳。」從玄言式的超拔中回歸現實，是杜甫之所以為杜甫的特質。

【語譯】江亭日暖坦胸腹，郊野眺望長吟時。水流緩緩心亦靜，雲行遲遲意如斯。春已寂寥時將暮，欣欣萬物各自私。雖有故鄉歸不得，為排鬱悶強作詩。

【研析】《杜工部草堂詩話》引張子韶《心傳錄》曰：「陶淵明辭云：『雲無心而出岫，鳥倦飛而知還。』杜子美云：『水流心不競，雲在意俱遲。』若淵明與子美相易其語，則識者往往以謂子美不及淵明矣。觀其云『雲無心』，『鳥倦飛』，則可知其本意；至於水流而心不競，雲在而意俱遲，則與物初無間斷，氣更渾淪，難輕議也。」文人強分高下的習氣實在不怎樣。如果要這麼挑剔的活，「心不競」、「意俱遲」不也一樣「可知其本意」嗎？倒是「欣欣物自私」、「花柳更無私」頗能「船過水無痕」地達到舉物即寫心的效果。只要能做到言理而有趣，各有各的美感，又何必強分高下？

獨酌（五律）

【題解】上元二年（西元七六一年）春作。獨酌，題示獨飲獨開懷也。全詩由此展開，故《杜臆》云：「首二句見幽閒自適之趣。三、四，根『步履〔屧〕』句來，紀深林所見，此物之適也，五、六，根『開樽』句來，獨酌而自怡，此閒居之適也。」

步屧❶深林晚，開樽獨酌遲❷。
仰蜂黏落蕊，行蟻上枯梨❸。
薄劣慚真隱，幽偏得自怡❹。
本無軒冕意，不是傲當時❺。

【注釋】❶步屧　漫步。❷遲　此指慢慢喝酒。❸仰蜂二句　蕊，蕊是花心，此指花粉；下選〈徐步〉「花蕊上蜂鬚」句，「花蕊」一作「蕊粉」可證。上句謂山蜂倒爬在花心上，粘上花粉；與「花蕊上蜂鬚」意同。蕊，一作「絮」。《艇齋詩話》：「老杜寫物之工，皆出于目見。如『花妥鶯捎蝶，溪喧獺趁魚』，『芹泥隨燕〔嘴〕〔觜〕，花〔粉〕〔蕊〕上蜂鬚』，『仰蜂黏落絮，行蟻上枯梨』……非目見安能造此等語？」❹薄劣二句　薄劣，才疏學淺，詩人自稱，自謙中有憤懣。《杜臆》引《杜詩通》曰：「凡古之真隱，抱濟世之才者也；若我薄劣，不過幽偏自怡而已。」❺本無二句　二句與上聯合讀，謂「真隱」們往往是「假隱自名，以詭祿仕」（《新唐書・隱逸傳》）的名士，我本無求官之意，所以只在此僻處自怡而已，哪裡是居傲於當世。軒冕，軒車冕服，此指高官厚祿。

【語　譯】在深林裡久久漫步，獨自一人慢慢飲酒開懷。閒看蜂兒仰面花心粘花粉，螞蟻一行直上枯梨來。無才如我愧對「真隱士」，僻處幽居只自怡。本來就無求官願，豈敢奇貨自居傲當世！

【研　析】人於悠閒之時才會關注到瑣細的事物，「人閑桂花落」、「細數落花因坐久」之類是也。《懶真子》云：「古人吟詩，絕不草草，至於命題，各有深意。老杜〈獨酌〉詩云：『步屧深林晚，開樽獨酌遲。仰蜂黏落絮，行蟻上枯梨。』……且獨酌則無獻酬也，徐步則非奔走也，以故蜂蟻之類，細微之物，皆得見之。……舅氏曰：『〈東山〉之詩，蓋嘗言之：「伊威在室，蠨蛸在戶。町疃鹿場，耀耀宵行。」此物尋常亦有之，但人獨居閒時，乃見之耳。杜詩之原出於此。』」是的，杜甫「仰蜂黏落蕊，行蟻上枯梨」二句正是要以此獨居閒時所見尋常之細物，表達其幽偏自怡的題旨。如果只是孤立地解讀這兩句，便會認作賈島式的僻細，難免有紀昀「小巧似姚武功，不為杜之佳處」之譏。

徐　步（五律）

【題　解】上元二年（西元七六一年）春作。

整履步青蕪，荒庭日欲晡❶。
芹泥隨燕觜，花蕊上蜂鬚❷。
把酒從衣濕，吟詩信❸杖扶。
敢論才見忌，實有醉如愚。

【注釋】❶整履二句　整履，穿鞋。青蕪，青草。晡，日趨下時，約下午三至五點時分。❷芹泥二句　芹泥，泛指田園中的濕泥，燕子往往以此築巢。觜，通「嘴」。此指鳥喙。花蕊，一作「蕊粉」。❸信　隨意。

【語譯】穿好鞋子踏草地，荒蕪的庭院日午時。燕子嘴上銜濕泥，蕊粉粘滿蜂兒鬚。吟詩信步扶竹杖，持酒徐行任沾衣。不敢說是才高被人忌，實在是糊塗常醉裡。

【研析】此題與上一首之題旨、題材、結構、意象皆相近，好比「一魚兩吃」，可視為杜甫對同一意指多種表達手段的探索，二詩又可互訓。比較而言，上一首〈獨酌〉寫得更含蓄些，末句「本無軒冕意，不是傲當時」也更有力度。

江畔獨步尋花七絕句（七絕）

【題解】這七首一組的絕句，寫於上元二年（西元七六一年）春，居成都草堂時。或云當於寶應元年（西元七六二年）作，時已安居，且是年李光弼克許州，吐蕃請和，朝廷形勢相對平穩，詩人這才有心情作此頗為浪漫的組詩。錄以備考。黃生云：「諸絕中，多入方言，益知其仿『竹枝』（民歌）。」就結構言，此組絕句屬「連章體」，的確是「首尾銜接，一氣貫珠」，意脈清晰可循。《杜詩胥鈔》云：「〈江畔獨步尋花〉，命題最佳，詩更有致。似喧而實靜，似放而實微，似頑醜而實纖麗。」可為讀此組詩之指南。

其一

江上被花惱不徹，無處告訴只顛狂❶。
走覓南鄰愛酒伴，經旬出飲獨空床❷。

【章　旨】仇注：「首章乃尋花獨步之由。《杜臆》：『顛狂二字，乃七絕之綱。不逢酒伴，故獨步花前耳』」。

【注　釋】❶江上二句　江上，指江邊。惱，苦惱；氣人。此為反語，愛之甚乃曰「惱恨」。杜詩：「韋曲花無賴，家家惱殺人！」不徹，不盡。《杜詩鏡銓》引蔣云：「着一『惱』字，尋花癡景，不描自出。」顛狂，情意迷亂。❷走覓二句　旬，一旬十天。題下原注：「斛斯融，吾酒徒。」

【語　譯】江花撩人惹人惱，無處訴說情迷亂。跑去南鄰找酒伴，出飲已久剩空床。

其　二

稠花亂蕊畏江濱，行步欹危實怕春❶。
詩酒尚堪驅使在，未須料理白頭人❷。

【章　旨】寫尋花至江濱。對花曰「畏」，對春曰「怕」，對詩酒曰「驅使」，對白頭人曰「料理」，詞語的反常用法活畫出個倔老頭兒。

【注　釋】❶稠花二句　二句謂因花繁盛而「畏」至江濱；非「畏江濱」也，「實怕春」耳；非「怕」春也，因春色撩人而自傷其老也，與「歡娛恨白頭」同意。畏，一作「裹」，言花滿兩岸如夾裹，與「稠花亂蕊」相應，亦佳。❷詩酒二句　或云「在」乃唐人口語，可作「得」字解。其實不必捨近就遠，此「在」與「國破山河在」之「在」同，用其本義：存也。於此有強調其自信的作用，言吾身猶在，堪作詩酒之驅使，毋煩他人照料也。料理，照料；關照。白頭人，詩人自稱。兩句具不服老的精神，故劉須溪乃云：「每頌數過，可歌可舞，能使人老復少。」

【語　譯】花繁畏到江之畔，蹣跚老人怕傷春。身存尚得拼詩酒，毋煩關照白頭人。

其三

江深竹靜兩三家，多事❶紅花映白花。
報答春光知有處，應須美酒送生涯。

【章旨】寫其獨步江濱所見，及思以飲酒報答春光。

【注釋】❶多事　指花不必要地挑引情緒，與「被花惱」同一機杼。《杜臆》：「紅花白花，人不屑道，而添上『多事』，便奇。」

【語譯】江水深，竹林靜，三家兩戶共江春。紅花白花真多事，相映撩人開紛紛。我知一處可報春：酒家痛飲送餘生。

其四

東望少城花滿煙，百花高樓更可憐❶。
誰能載酒開金盞，喚取佳人舞繡筵。

【章旨】此為眺望少城，馳想高樓宴飲之詞。上承首章招飲無人，所以望樓興嘆。

【注釋】❶東望二句　少城，即小城。《元和郡縣志》：「少城在成都縣西南一里。」少城為秦時張儀所築，今仍存地名，有少城公園。花滿煙，《杜臆》：「變煙花為花滿煙，化腐為新。」可憐，可愛。

【語譯】東望少城煙花開，花擁高樓更可愛。誰能載酒召我飲？華筵歌舞佳人來。

其五

黃師塔前江水東，春光懶困倚微風❶。
桃花一簇開無主，可愛深紅愛淺紅❷。

【章　旨】此尋花行至黃師塔前之作，從人的感受中傳春光之神。

【注　釋】❶黃師二句　黃師，姓黃的和尚。塔，此指葬和尚之塔。倚，靠也，此作沉醉其中解。《杜臆》曰：「『春光懶困倚微風』，似不可解，而於『惱』、『怕』之外，別有領略，妙甚。」指出此句與「惱」、「怕」一樣是反常用法，只能意會。其意為：春光讓人又懶散、又困倦，我於是沉醉在微風中。蕭先生認為「倚」是「倚杖」，言其於微風中倚仗小憩也。❷桃花二句　開無主，言此桃花開在園林之外，故可任人觀賞。仇注引朱注：「疊用『愛』字，言愛深紅乎？抑愛淺紅乎？有令人應接不暇意。」即謂深紅、淺紅皆可愛，愛都愛不過來。

【語　譯】黃師塔前水向東，沉醉春風懶倦中。無主桃花開一簇，已愛深紅更淺紅。

其六

黃四娘家花滿蹊❶，千朵萬朵壓枝低。
留連戲蝶時時舞，自在嬌鶯恰恰啼❷。

【章　旨】尋花至人家，與上一首「一簇開無主」者異，故極寫其繁盛之趣。

【注　釋】❶黃四娘句　黃四娘，姓黃而排行第四的婦女。蹊，小路。❷留連二句　此聯對屬工整，其中用了雙聲對，聲調特別和諧婉轉。恰恰啼，或以為「恰恰」為象聲詞，形容鶯啼之聲。史炳《杜詩瑣證》則以為：恰，用心。恰恰啼，用心啼也。而宋人趙次公注云：「恰恰字，如王無功（績）之言『恰恰來』也。」王績〈春日〉詩：「年光恰恰來，滿瓮營春酒。」蕭滌非先生進而釋之：所謂恰恰來，即正好來。春光可貴，不宜錯過，故欲多釀酒。按「恰恰」乃唐人口語，此一口語，宋仍沿用。黃山谷〈同孫不愚過昆陽〉詩：「田園恰恰值春忙，驅馬悠悠昆水陽。」此「恰恰」應解作正好，更無可疑。杜此詩題為「獨步尋花」，蝶時時舞，而鶯則非時時啼；今獨步來時，鶯鳥正好叫喚起來，有似迎客，故特覺可喜耳。

【語　譯】黃四娘家路欲迷，繁花萬朵壓枝低。隨處戲蝶翩翩舞，恰逢嬌鶯一聲啼。

其　七

不是愛花即肯死❶，只恐花盡老相催。
繁枝容易紛紛落，嫩蕊商量細細開❷。

【章　旨】末首總結惜花之意：悲老惜少。每篇都寫尋花、惜花，但章法、手法各各不同。

【注　釋】❶不是句　此句口吻頗幽默，杜另有詩云：「山鳥山花吾友于」，視花鳥不啻兄弟，正出於他的「民胞物與」的真性情。肯，一作「索」，一作「欲」。言並非愛花就不要命了。❷繁枝二句　此聯上、下句有因果關係：因其繁花容易落，故望嫩蕊細細開也。蕊，一作「葉」。嫩蕊，含苞待放的花骨突。仇注：「繁枝易落，過時者將謝；嫩蕊細開，方來者有待。亦寓悲老惜少之意。」蕭先生云：「商量二字生動，一似花真解語。」

【語　譯】不是愛花愛到不要命，只怕春光易逝老相催。繁花盛極終會紛紛落，新苞可否次第慢慢開？

【研　析】性格複雜情感豐富的蘇東坡稱得上是杜子美的知音，他早就看出杜甫健全人格之端倪。他一方面在〈王定國詩集敘〉中指出「古今詩人眾矣，而杜子美為首，豈非以其流落飢寒，終身不用，而一飯未嘗忘君也歟？」另一方面又欣賞其「清狂」不合時宜。〈書子美黃四娘詩〉云：「子美詩云：『黃四娘家花滿蹊，千朵萬朵壓枝低。留連戲蝶時時舞，自在嬌鶯恰恰啼。』東坡云：此詩雖不甚佳，可以見子美清狂野逸之態，故僕喜書之。」他深深理解子美之清狂正是對儒學之執着，故〈書子美屏跡詩〉又以打趣的口吻說：「『用拙存吾道，幽居近物情。桑麻深雨露，燕雀半生成。（下略，原詩見本卷所選〈屏跡三首〉）』子瞻云：『此東坡居士之詩也。』或者曰：『此杜子美〈屏跡〉詩也，居士安得竊之？』居士曰：……今考其詩，字字皆居士實錄，是則居士詩也，子美安得禁吾有哉！」打趣中有嚴肅的議題。的確，「用拙存吾道，幽居近物情」具有普遍性，大凡以儒學為底子的士大夫總是能從退避中自舔傷口，恢復元氣，從回歸大自然（「近物情」）中走出困境，獲得心態新的平衡。他們好比氣球，你將它捺到水底，手一鬆，球隨即躍出水面，並未屈服。蘇東坡本人就是典型，所以他能體會到杜甫清狂的意義。如果我們將杜甫成都草堂時期的「閒適詩」如〈江村〉、〈漫興〉、〈遣意〉、〈漫成〉等等成片讀去，並與前期在兩京忍辱負重、在朝廷無可奈何時所作詩相比較，就會發現此際的杜甫清狂與率真融為一體，人與人之間、人與自然之間，春水花徑、田父野老，相處十分融洽。前期正如杜甫自己說的：「驅馳喪我真」；反之，草堂暫時的安定則有助於殘損的身心得以修復，真性情得以提升，使其詩作更多地指向自己的內心世界，咀嚼人生經驗，進行深刻的反思，「民胞物與」中「物我與也」的一面得以深化，而其人格也因之展現出一種自由之精神。難怪《舊唐書》本傳會說：「甫於成都浣花里種竹植樹，結廬枕江，縱酒嘯詠，與田夫野老相狎蕩，無拘檢。」草堂時期杜甫的「閒適」有其陶冶性情的積極意義，不可等閒視之。至於此組詩以方言口語入詩，誠如黃生所說，是向民歌如「竹枝詞」學習的結果。這也是杜甫後期詩歌藝術探索的方向，容下一組詩之【研析】續論之。

絕句漫興九首（七絕）

【題解】上元二年（西元七六一年）春至初夏作。《杜臆》：「興之所到，率然而成，故云『漫興』。」這一組絕句與上選七絕句同樣是向「竹枝詞」學習的成功之作，有濃郁的民歌味。蕭先生注：「杜甫對絕句往往縱筆所之，不甚留意。但正因為如此，所以他的絕句別有一種天然標格和風趣。」絕句向來被認作是唐人所偏長獨至，杜之絕句可謂是百花園中一奇葩，讀此可知。

其一

眼見客愁愁不醒，無賴春色到江亭❶：
即遣花開深造次，便教鶯語太丁寧❷！

【章旨】《杜臆》：「客愁二字，乃九首之綱。」以「罵春」襯客愁之百無聊賴，別開生面。

【注釋】❶眼見二句　《杜詩解》：「眼，春之眼也。眼見客愁，可應暫避。今全然不顧，客自愁，春自到，毫無半分相為之意，則無賴之至也。」這組詩往往將春天擬人化，而這一句則是詩人的「自我分離」。德國學人莫芝宜佳《〈管錐編〉與杜甫新解》云：「詩的第一句，詩人與春天調換了位置，為的是用春天的眼睛從外面審視自己。」又云：「『愁不醒』，使人想到『醉不醒』。」其造語的確有奇趣。❷即遣二句　二句「指責」春光讓花開得太魯莽，且使鶯啼擾人太甚。全詩與〈江畔獨步尋花七絕句〉之「花惱」、「怕春」用意相似，頗得民歌風趣之情調。造次，倉卒；匆忙。太丁寧，厭其煩絮。元曲有云：「無情杜宇閑淘氣，頭直上耳根底，聲聲聒得人心碎。你怎知、我這裡，愁無際。」可互參。

【語譯】春光見我愁不醒，便遣春色耍賴到江亭：安排百花撩人倉卒開，指使啼鶯煩人叫不停！

其二

手種桃李非無主，野老❶牆低還是家。
恰似春風相欺得，夜來吹折數枝花❷。

【章旨】仇注：「此章借春風以寄其牢騷。」前一組七絕寫的是外出獨步尋花，這一組則是在自家及周邊看花。

【注釋】❶野老　詩人自稱。❷恰似二句　二句言春風吹折花，似是有意欺人；仍是「春色無賴」。《杜臆》以為「吹折花枝」與下首「點汙琴書」、「接蟲打人」都是有所指，是「遠客孤居，一時遭遇，多有不可人意者」，則又太過敏了。還是黃生評得好：「意喜之而語故怨之，口角趣絕。」相，音悉，仄聲。仇注引陸放翁（游）云：「白樂天用『相』字，多作入聲，如『為問長安月，如何不相離』是也。此詩亦當從入聲讀。」此處「相」字表示單方面發出的施為，是對「我」的。即春風欺我。用法與〈古詩為焦仲卿妻作〉「及時相遣歸」、王昌齡〈芙蓉樓送辛漸〉「洛陽親友如相問」之「相」字的用法同。得，語助詞。

【語譯】桃李親手種，不是無主花。野老牆頭低，也是一個家！春風欺人甚，夜來吹折數枝斜。

其　三

孰知茅齋絕低小，江上燕子故來頻❶。
銜泥點汙琴書內，更接飛蟲打着人❷。

【章旨】此章借燕子寓感慨，以白描狀物尤為傳神。

【注釋】❶孰知二句　二句言燕子雖熟知茅屋非常低小，偏要來此築巢。孰知，即熟知，唐時俗語，指燕子說。茅齋，即草堂。故，故意。❷銜泥二句　接，迎也。打着人，指燕子捕飛蟲時低飛，其翅撲打到人。寫燕子低飛捕蟲入神。黃生云：「亦假喜為嗔之辭。」

【語譯】明知我茅屋非常矮，江上燕子偏常來。築巢銜泥泥時落，點汙書籍和琴臺。更有捕蟲低飛急，翅羽撲面令人駭。

其四

二月已破❶三月來，漸老逢春能幾回？

莫思身外無窮事，且盡生前有限杯❷！

【章旨】寫春光易逝，引發暮年慨歎。

【注釋】❶破　突過，此指由二月忽至三月，言時光易逝。❷莫思二句　《世說新語・任誕》載張翰曰：「使我有身後名，不如即時一杯酒。」王嗣奭云：「亦無可奈何而自寬之詞。」

【語譯】突破二月進三月，漸老春光還能看幾回？身外萬事甭去想，且來喝光生前有限這幾杯！

其五

腸斷江春欲盡頭，杖藜徐步立芳洲❶。

顛狂柳絮隨風舞，輕薄桃花逐水流❷。

【章旨】江春欲盡，託物諷人，寫出心中煩苦。

【注釋】❶腸斷二句　江春，一作「春江」，非。杖藜，拄着拐杖。芳洲，芳草之洲。此指江畔草地。❷顛狂二句　柳絮輕，隨風起舞，故曰「顛狂」；桃花落，隨波逐流，故曰「輕薄」；二句為慨世語。仇注曰：「顛狂輕薄，是借人比物，亦是托物諷人，蓋年老興闌，不耐春事也。」

【語譯】江春將盡痛斷腸，拄杖慢行來立芳洲上。冷眼顛狂柳絮隨風舞，可歎桃花輕薄逐波浪。

其六

懶慢無堪不出村，呼兒日在掩柴門❶。
蒼苔濁酒林中靜，碧水春風野外昏❷。

【章旨】此首寫己之懶慢，閉門自得其樂。

【注釋】❶懶慢二句　懶慢，懶散簡慢。無堪，不堪。趙次公注：「懶慢而無所堪任，所以不出村，乃嵇康性疏懶而有七不堪是也。」嵇康〈與山巨源絕交書〉自稱「情意傲散，簡與禮相背，懶與慢相成」；又稱有「七不堪」，所舉都是些不堪禮教束縛的行為。杜以「懶慢無堪」概括其意，以言自家現狀。日在，猶云日日。❷昏　昏暗，指春陰幽深。宋蘇舜欽有「春陰垂野草青青」句，即此意境。

【語譯】吾性懶散且簡慢，不堪應酬不出村，呼兒日日掩柴門。獨酌最愛林中靜，石臺座有蒼苔痕，碧水春風野垂陰。

其七

糝徑楊花鋪白氈，點溪荷葉疊青錢❶。
竹根稚子無人見，沙上鳧❷雛傍母眠。

【章旨】此首細寫園中景如畫，別無寓意。

【注釋】❶糝徑二句　糝，雜也，以此形容落花錯雜之小路。青錢，銅錢。❷鳧　野鴨子。

【語　譯】楊花雜亂地鋪在小路如白色的地氈，荷花點綴小溪又好比那重疊的銅錢。竹根下的春筍沒人看見，沙上的小野鴨依偎在母鴨傍睡眠。

其　八

舍西柔桑葉可拈，江畔細麥復纖纖❶。
人生幾何春已夏，不放香醪❷如蜜甜。

【章　旨】此章寫初夏田園裡桑青麥秀，乃得農桑之樂。

【注　釋】❶纖纖　狀麥穗之秀。❷香醪　秀醇的美酒。

【語　譯】農舍西角的桑葉嫩可採，江邊地裡的麥穗已細長。人生幾何轉眼春入夏，我豈肯放過香甜的美酒不品嘗！

其　九

隔戶楊柳弱嫋嫋❶，恰似十五女兒腰。
誰謂朝來不作意❷，狂風挽斷最長條。

【章　旨】《讀杜心解》：「此與『手種桃李』章不同，乃『好物不堅牢』之意，蓋以自況也。」黃生云：「此首是竹枝本色。」此組詩受蜀地民歌竹枝詞的影響，寫得活潑風趣。特別是假喜為嗔的口吻，最得民歌神韻。

【注釋】❶嫋嫋　纖長柔美貌。鮑照〈在江陵嘆年傷老〉：「翾翾燕弄風，嫋嫋柳垂腰。」❷作意　留意。

【語譯】戶外風擺楊柳枝嫋嫋，恰似十五六歲的女孩腰。誰說今朝老天是不留意，分明是用狂風挽斷那最長條！

【研析】杜甫的絕句現存約一百多首，絕大部分寫於居成都後，分量不可謂不重，且歷來評價眾說紛紜，這裡總的說一說，提個醒。

仇注引申涵光曰：「絕句，以渾圓一氣，言外悠然為正。王龍標其當行也；太白亦有失之輕者，然超軼絕塵，千古獨步。惟杜詩別是一種，能重而不能輕，有鄙俚者，有板澀者，有散漫潦倒者，雖老放不可一世，終是別派，不可效也。李空同處處摹之，可謂學古之過。『恰似春風相欺得，夜來吹折數枝花』，語尚輕便。『莫思身外無窮事，且盡生前有限杯』，似今小說演義中語。『糝徑楊花鋪白氈』，則俚甚矣。」從詩的「大傳統」看去，申氏所指摘不為無據，誠是「別派」，但以此貶杜之絕句則大誤！古人往往「繼承」有餘而創新不足，對「小傳統」（主要是民間「俗」的傳統）取蔑視的態度。事實上變風、變雅比雅、頌更具活力，是文學史前進的內驅力。從這一角度看去，杜於絕句之創新（「別派」）應大力肯定。金啟華《杜甫詩論叢》總結杜甫絕句的四項特色，頗有見地，茲摘其大要於下，以饗讀者諸君：

首先，杜之絕句聯篇多，單篇少。蓋絕句短小，反映事物快，像速寫與攝影之抓拍，但容量有限，遇大事、複雜事，則須以組詩表達。上文所選〈江畔獨步尋花七絕句〉、〈絕句漫興九首〉，及下文所選〈承聞河北諸道節度入朝歡喜口號絕句十二首〉、〈戲為六絕句〉、〈夔州歌十絕句〉等皆是。這些組詩都寫來首尾銜接，一氣貫珠，迭唱不衰。至於手法，多激切直率，賦筆居多，也有微婉含蓄之章，夾用比興。

其次，除常調外，多拗體，以免平板，音調更為豐富。如本組詩其二：「手種桃李非無主，野老牆低還是家。恰似春風相（音悉，仄聲）欺得，夜來吹折數枝花。」此平起式第一句第二字應為平聲，卻用了仄聲；第二句第五字應仄而平，第三句第六字應仄而平，構成了拗體。至如〈夔州歌十絕句〉之「中巴之東巴東山」，全用平聲，讀來幾乎每字一頓，便覺頓挫峭拔。這就是杜甫創新處。

再次，其絕句是直切與蘊藉兩種手法都具備，風格之多，也構成一種特色。如〈贈花卿〉「錦城絲管日紛紛」一首，蘊藉得很，婉而多諷，連一向以貶杜為能事的楊慎也在《升庵詩話》中說：「公之絕句百餘首，此為之冠。」如果將〈江南逢李龜年〉「岐王宅裡尋常見，崔九堂前幾度聞。正是江南好風景，落花時節又逢君」，與李白〈越中覽古〉「越王勾踐破吳歸，義士還家盡錦衣。宮女如花滿春殿，只今惟有鷓鴣飛」；王昌齡〈浣紗女〉「錢塘江畔是誰家？江上女兒全勝花。吳王在時不得出，今日公然來浣紗」作一比較，則有並駕齊驅處，亦有分道揚鑣處。〔今按：金氏於異同未及詳言，黃子雲《野鴻詩的》一段話可作補充：絕句「龍標（指王昌齡）、供奉（指李白）擅場一時，美則美矣，微嫌有窠臼……往往至第三句意欲取新，作一勢唱起，末或順流瀉下，或回波倒捲。初誦時殊覺醒目，三遍後便同嚼蠟。浣花（指杜甫）深悉此弊，一掃而新之；既不以意勝，直以風韻動人，洋洋乎愈歌愈妙。如〈尋花〉也，有曰：『詩酒尚堪驅使在，未須料理白頭人。』又曰：『桃花一簇開無主，可愛深紅愛淺紅。』」所謂「第三句意欲取新，作一勢唱起」者，是說首二句不妨平鋪直敘，至第三句則使轉有力，如上引李之「宮女如花滿春殿」一句，將昔日繁盛推至巔峰，為的是在第四句猛跌入今之荒涼，是為蓄勢。王作第三句亦同，「吳王在時不得出」，說盡當時越王搜盡美女獻吳事，猛轉入「今日公然來浣紗」，顛覆了昔日的情境。這種跌宕功夫唐人絕句在在都有，一旦成為模式，就有必要加以陌生化，杜甫絕句的「別派」是已。杜與深婉輕靈的傳統寫法不同，不以「第三句作轉」的模式寫絕句，如上舉「桃花一簇開無主，可愛深紅愛淺紅」，兩句如流水不可斷，寫出愛花心性來，「直以風韻動人」耳。〕

最後，杜之絕句在造句、遣詞、着色方面也具特色。其中如用多對偶句，卻能寫來流暢自然。如〈絕句漫興九首〉之六：「懶慢無堪不出村，呼兒日在掩柴門。蒼苔濁酒林中靜，碧水春風野外昏。」後聯對偶，但整體仍流利自然，讀來音調鏗鏘。至如〈絕句四首〉之三：「兩箇黃鸝鳴翠柳，一行白鷺上青天。窗含西嶺千秋雪，門泊東吳萬里船。」一句一意，卻色彩鮮明，音節跳動，一氣呵成。金啟華尤其着重指出：杜甫絕句創作學習了當地民歌，這是他超出詩人蹊徑的關鍵。蕭滌非先生有云：「總的說來，杜甫絕句的藝術特色，在於它既保持了民歌自然、樸實、通俗、清新的本色，又體現了詩人獨具匠心的大膽創造。自然美、心靈美與藝術美相結合，形成了別具一格的天然風趣。」至於杜甫絕句中引入「重、大、拙」以及所謂「俗」的風格諸問題，下文我們還要論及。這裡只想引胡適《白話文學史》一段話以點醒杜甫此類小詩的特色：「凡好的小詩都是如此：都只是抓住自然界或人生的一個小小的片段，最單一又最精采的一小片段。老杜到了晚年，風格老辣透了，故他作這種小詩時，造語又自然，又突兀，總要使他那個印象逼人而來，不可逃避。他控告春風擅入他家吹折數枝花；他嘲笑鄰家楊柳有意和春風調戲，被狂風挽斷了她的最長條；他看見沙頭的鸕鷀，硬猜是舊相識，便同他訂約，要他一日來一百回；他看見狂風翻了釣魚船，偏要說是風把花片吹過去，把船撞翻了！這樣頑皮無賴的詼諧風趣便使他的小詩自成一格，看上去好像最不經意，其實是他老人家最不可及的風格。」

進艇

（七律）

【題解】上元二年（西元七六一年）夏作於成都草堂。進艇，即划小船。

南京久客耕南畝，北望傷神坐北窗❶。
晝引老妻乘小艇，晴看稚子浴清江。
俱飛蛺蝶元相逐，并蒂芙蓉本自雙❷。
茗飲蔗漿攜所有，瓷罌無謝玉為缸❸。

【注　釋】❶南京二句　南京，指成都，唐玄宗入蜀以成都府為南京，上元元年（西元七六〇年）罷南京。蕭先生注：「詩作於初罷不久，為了與下句作對，故仍以南京代成都。杜甫並未躬耕南畝，但在草堂也從事種樹、種藥、刈草等勞動。」北望，北望中原。因朝廷和故鄉都在北方，故云。按，南京、南畝對北望、北窗，南、北字疊用，老杜喜用之，如「舊日重陽日，傳杯不放杯」、「即從巴峽穿巫峽」、「桃花細逐楊花落」是也。但也有人認為「村氣」。只要用得合適，不濫用，則能對映成趣，何村氣之有？❷晝引四句　賦而兼比。元，原本。元相逐，本自雙，亦見夫婦聚處合乎天性自然。芙蓉，即荷花。❸茗飲二句　茗飲，茶水。蔗漿，甘蔗汁。上句謂自攜茶水、蔗漿這些家中現有之物出遊。罌，小口大肚罐，盛茶漿之器。無謝，蕭先生注：「猶不愧或不讓。是說比之富貴人家所用玉缸並無遜色。」

【語　譯】客居久在南京耕南畝，黯然神傷北望坐北窗。白日帶上老妻坐小艇，晴天閒看幼子嬉水在清江。蝴蝶雙飛是本性，芙蓉並蒂自成雙。農家茶水糖漿瓷罐裝，此樂豈減富家玉為缸！

【研　析】明代陸時雍《唐詩鏡》評此詩云：「善自遣者。老杜嘗云：『老去詩篇渾漫興。』篇中得此居多。古人善於托言，唐人長於漫興。」陸氏的意思是：古人作詩講究「比德」（譬如說〈關雎〉是「以色喻於禮」、「樂而不淫」、「后妃之德也」，等等），而唐人是「長於漫興」的，只是觸物起興而成詩。杜甫「老去詩篇渾漫興」，在草堂期間寫下的許多詩便是一時間的感動興發，是用來遣愁去悶的，與古人的「托言」不同。古人作詩是否都是用來「比德」，自當別論；但說杜甫漫興詩是用來「自遣」，則大致不錯。以本詩為例，「晝引老妻乘小艇，晴看稚子浴清江」與「俱飛蛺蝶元相逐，并蒂芙蓉本自雙」形成對等關係，都是自然而然合乎本性者。於是乎人的行為與自然形式取得同構反應，從中感悟到人性與自然本性的同一（天人合一），於是產生美感。這也是杜甫能在長期逆境中陶冶性情自我修復，不致被擊倒，保持人性健全的一個重要原因。與陸氏同為明代人的何景明（大復）則沒這麼通達，他在〈明月篇序〉中說：「夫詩本性情之發者也，其切而易見者，莫如夫婦之間。是以『三百篇』首乎雎鳩，六義首乎風。而漢魏作者，義關君臣、朋友，辭必托諸夫婦，以宣鬱達情焉，其旨遠矣！由是觀之，子美之詩，博涉世故，出於夫婦者常少，至兼雅頌，而風人之義或缺，此其調反在四子（指初唐之王、楊、盧、駱）之下與？」何氏只是用「比德」的舊眼光看杜詩，所以不滿。

杜甫的確對以夫婦比「君臣之義」不感興趣，但他寫伉儷情篤以「宣鬱達情」，則比比皆是。《韻語陽秋》就曾指出：「老杜〈北征〉詩云：『經年至茅屋，妻子衣百結。……平生所嬌兒，顏色白勝雪。見耶背面啼，垢膩腳不襪。』方是時杜方脫身於萬死一生之地，得見妻兒，其情如是。洎至秦州，則有：『曬藥能無婦，應門亦有兒。』至成都，則有『老妻憂坐痹，幼女問頭風』之句。觀其情悰，已非〈北征〉時比也。詩則曰：『晝引老妻乘小艇，晴看稚子浴清江』……其優游愉悅之情，見於嬉遊之間，則又異於在秦、益時矣。」老杜在不同境況下寫出夫婦共患難、同甘苦的人倫之美、人性之美，跳出「比德」、「義關君臣」的圈繢，正是杜詩一大貢獻。

寄杜位

（七律）

近聞寬法❶離新州，想見懷歸尚百憂。
逐客雖皆萬里去，悲君已是十年流❷。
干戈況復塵隨眼，鬢髮還應雪滿頭。
玉壘題書心緒亂，何時更得曲江遊❸？

【題解】杜位乃杜甫之族弟，宰相李林甫的女婿。李林甫死，親黨多貶斥，位遂流放嶺南新州（今廣東新興）。詩作於上元二年（西元七六一年）秋，時在青城縣。

【注釋】❶寬法　依法從寬處理，此指上元二年九月大赦。杜位後來移住江陵，為行軍司馬。❷逐客二句　二句謂雖然放逐之人都要長流萬里，但更可悲的是你被流放的時間長達十個年頭。杜位天寶十一載（西元七五二年）被流放，至上元二年（西元七六一年）遇赦，計十年。逐客，被放逐的罪臣。❸玉壘二句　玉壘，玉壘山在青城縣（今四川都江堰市）西北，杜甫時在青城，作此詩。曲江，即長安曲江池，為風景名勝之地。題下原注：「位京中宅近西曲江，詩尾有述。」即杜位在長安曲江有宅，杜甫困守長安時曾有〈杜位宅守歲〉之作。題書，指賦此詩。

【語　譯】近來聽說你遇赦離新州，想必是思歸心煩煎百憂。逐臣雖說都貶萬里外，可悲的是你一去十春秋。何況至今干戈猶滿眼，應是鬢髮如雪白了頭。我在玉壘寄詩心緒亂，何時再到曲江作同遊？

【研　析】七律歷來被認作是各種詩體中最精美者，而對偶的工整、眾多畫面的切割，又易流於板滯。入蜀後杜甫生活較安定，開始大量寫七律，且變工麗為脫略，運古入律，克服了這些束縛，此詩便是成功的例證。首聯「近聞」與「想見」，頷聯「雖皆」與「已是」，頸聯「況復」與「還應」，都形成上下關聯流水也似的關係；且在意脈上如《杜詩鏡銓》所評：「中四一句一轉，玩通首全用虛寫，具見纏綿愴惻。」也就是說，句法上一句一轉，情感上卻反覆纏綿，感同身受地想像對方的窘境，一氣流注，所以讀來朗朗上口，遂使人不覺其格律之嚴。

送韓十四江東覲省（七律）

兵戈不見老萊衣，歎息人間萬事非❶！
我已無家尋弟妹，君今何處訪庭闈❷？

【題　解】舊編在上元二年（西元七六一年），姑從之。覲省，省視父母。十四，是韓的排行。玩末句，韓十四當是杜甫之同鄉。

黃牛峽靜灘聲轉，白馬江寒樹影稀❸。
此別還須各努力，故鄉猶恐未同歸❹。

【注釋】❶兵戈二句 《藝文類聚》引《列女傳》：「老萊子孝養二親，行年七十，嬰兒自娛，著五色彩衣。」意思是老萊子為盡孝，七十歲了還像嬌兒一樣戲於親側。韓十四是去尋訪父母的，故用老萊子故事。首二句感慨甚深，既表揚了韓十四在戰亂中猶能思盡孝道，又對國事日非憂心忡忡。這種家國之憂的情緒噴薄而出，籠罩全詩，如古人所稱：首聯破題「欲如狂風卷浪，勢欲滔天」。❷我已二句 二句是愁人對愁人，意尤沉痛。頷聯是流水對。無家，指在洛陽故鄉已無家室，弟妹四散。庭闈，父母所居，即指父母。❸黃牛二句 黃牛峽，長江一峽，在今湖北宜昌西。《水經．江水注》：「江水又東，逕黃牛山，下有灘，名曰黃牛灘，南岸重嶺疊起，最外高崖間有石，色如人負刀牽牛，人黑牛黃，成就分明，既人跡所絕，莫得究焉。此巖既高，加以江湍紆迴，雖途逕信宿，猶望見此物，故行者謠曰：『朝發黃牛，暮宿黃牛。三朝三暮，黃牛如故。』」韓十四赴江東，此為必經之路，「灘聲轉」正含《水經注》「江湍紆迴」之意。白馬江，屬長江水系，在今四川崇慶東北。杜甫當於此地送韓十四。《杜詩鏡銓》引朱瀚曰：「灘聲樹影二句，在韓是一片歸思，在杜是一片離情。氣韻淋漓，滿紙猶濕。」❹此別二句 各努力，各自努力為歸鄉之計。前分後合，盡相濡以沫之意。

【語譯】戰亂膝下誰承歡？人間萬事盡可歎！我今無家兄弟散，君往何處父母得團圓？遠行紆迴人跡少，三朝三暮黃牛灘。白馬江畔離別意，唯覺樹影稀疏江水寒。此別各自須努力，故鄉同歸怕已難！

【研析】此詩七言八句，起承轉合，一氣旋轉，極沉鬱頓挫之致。起句逆入，似從半天跌落，猛觸起亂離心緒，開篇便響；頷聯以己作襯，以韓為主，彼此夾發為流水對；頸聯與頷聯上下相生，以景寫情，峽靜灘轉以見訪庭闈之難，江寒樹稀更覺無家之淒涼；結句「各」字雙收，兜轉合寫，多少期盼，意自蒼茫。紀昀稱之：「純以氣勝而復極沉鬱頓挫，不比莽莽直行。」所評良是。

楠樹為風雨所拔歎（七古）

【題解】上元二年（西元七六一年）在成都時所作。楠樹，則《爾雅》所稱之梅枏，似杏實酸。草堂前有大楠樹，杜甫深愛此楠樹，目擊楠樹與風搏鬥，卒為所拔，因作此歎。「歎」本是曲調的一種，如「歌」、「行」、「吟」之類，這裡兼具表情作用。浦注：「淚痕血點，人樹兼悲。」

倚江楠樹草堂前，故老相傳二百年。
誅茅卜居總為此，五月髣髴聞寒蟬❶。
東南飄風動地至，江翻石走流雲氣。
幹排雷雨猶力爭，根斷泉源豈天意❷！
滄波老樹性所愛，浦上童童一青蓋。
野客頻留懼雪霜，行人不過聽竽籟❸。
虎倒龍顛委榛棘，淚痕血點垂胸臆。
我有新詩何處吟？草堂自此無顏色❹！

【注釋】❶倚江四句　起四句追敘楠樹未拔之前，對此樹之鍾愛。故老，當地有經驗之老者。誅茅卜居，剪除茅草，營建草堂。總為此，全都為了這棵楠樹。五月句，言楠樹茂葉簌簌，五月就彷彿聽到秋天寒蟬的鳴叫。仇注：「五月寒蟬，是詠樹，不是詠蟬。」❷東南四句　正面描寫楠樹與狂風博鬥，終為旋風所拔，頗似詩人倔強的個性。浦注：「猶力爭，壯其節也。豈天意，非其罪也。」飄風，旋風；暴風。《詩・卷阿》：「飄風自南。」傳皆訓飄風為回風，即旋風。❸滄波四句　寫拔後回思沉痛之情，兩句切自己寫，兩句寫一般人。浦上，水邊。童童，茂盛貌。青蓋，青色傘蓋。野客，指過往行人。竽籟，笙簫之類樂器。蕭先生注：「樹大蔭濃，可避雪霜，故野老頻留樹下；樹高迎風，如吹笙竽，故行人低回傾聽，不忍即過。見得楠樹，人所共愛。」❹虎倒四句　末四句深致哀悼。虎倒龍顛，寫老楠僵仆之狀，雖偃仆不改其雄姿也。杜有〈病柏〉詩云：「偃蹙龍虎姿。」委，委棄。浦注：「虎倒龍顛，英雄末路，淚痕血點，人樹兼悲。無顏色，收應老辣。歎楠耶；自歎耶？」

【語譯】草堂楠樹靠江邊，鄉里老人傳說已經二百年。闢荒築居只為愛此樹，五月風葉簌簌似寒蟬。不料東南旋風動地來，翻江走石雲徘徊。蒼幹虯枝奮起鬥雷雨，無奈九泉根斷天亦哀！我與老樹性相近，滄江浦上亭亭一樹青。過往行人頻留樹下避霜雪，駐足且聽風葉吹竽笙。如今虎倒龍僵棄荊棘，淚痕血點滿胸襟。我有新詩何處吟？草堂生氣忽消沉。

【研析】杜甫還有一首〈高楠〉詩：「楠樹色冥冥，江邊一蓋青。近根開藥圃，接葉製茅亭。落景陰猶合，微風韻可聽。尋常絕醉困，臥此片時醒。」按，柟、楠都是「枏」的俗字，所以高柟就是高楠，寫的都是草堂前水邊的同一棵大樹。〈高楠〉寫的是楠樹未拔前景象，與這一首合讀互參，可感受到杜甫平日裡對此楠樹愛之深，不覺以人視之，忽遇其顛覆，自然是十分傷心。有人把此詩說成是比嚴武之死，這就不符合實際了。

茅屋為秋風所破歌 （七古）

【題解】上元二年（西元七六一年）秋作於成都草堂。《唐詩鏡》：「子美七言古詩氣大力厚，故多局面可觀。」的確，這首詩噴薄而出，且感情深厚，如決黃河，最能體現杜甫的仁者之心，在藝術上也有特色。北宋大政治家王安石〈杜甫畫像〉詩云：「吾觀少陵詩，為與元氣侔：力能排天斡九地，壯顏毅色不可求。……

惜哉命之窮，顛倒不見收，青衫老更斥，餓走半九州，瘦妻僵前子仆後，攘攘盜賊森戈矛。吟哦當此時，不廢朝廷憂，常願天子聖，大臣各伊周。寧令吾廬獨破受凍死，不忍四海寒颼颼。傷屯悼屈止一身，嗟時之人我所羞。所以見公畫，再拜涕泗流，惟公之心古亦少，願起公死從之遊！」能從大量杜詩中拈出此詩力唱，可謂隻眼獨具。

八月秋高風怒號，卷我屋上三重茅。
茅飛渡江灑江郊，高者掛罥❶長林梢，
下者飄轉沉塘坳❷。
南村群童欺我老無力，忍能對面為盜賊❸。
公然抱茅入竹去，脣焦口燥呼不得。
歸來倚杖自嘆息。
俄頃❹風定雲墨色，秋天漠漠向❺昏黑。
布衾多年冷似鐵，嬌兒惡臥踏裏裂❻。
床頭屋漏無乾處，雨腳如麻❼未斷絕。
自經喪亂少睡眠，長夜沾濕何由徹❽？
安得廣廈千萬間，大庇天下寒士俱歡顏，

風雨不動安如山。
嗚呼！何時眼前突兀❾見此屋？
吾廬獨破受凍死亦足！

【注釋】❶罥　纏繞。❷塘坳　低窪積水處。❸南村二句　忍，忍心。能，猶「恁」，如此。此句謂：居然會如此忍心當面為賊。這是氣話，可見這些茅草對大雨即至的老屋有多重要，看下文可知。同時，這些「南村群童」與「老無力」的主人公也形成對比，更覺栩栩如生。❹俄頃　片刻。❺向　猶「近」。❻布衾二句　布衾，布被。惡臥，睡得不老實，亂蹬踢。❼如麻　言雨點之密。❽自經二句　蕭先生注：「喪亂，指安史之亂。自七五五年到七六一年的這幾年間，杜甫的確是經歷了千辛萬苦的。他的少睡，和逃難漂泊有關，所謂『征途乃侵星』，和年老多病也有關，所謂『氣衰甘少寐』。但主要是由於他的關心國事。比如他做官時是『不寢聽金鑰』，棄官後是『不眠憂戰伐』。徹，徹曉。何由徹，是說怎樣才能挨到天亮呢。痛苦的時間總是覺得特別長的。」❾突兀　高聳貌。

【語譯】八月本是秋氣高，誰料狂風忽咆哮，捲走屋上三重茅。茅草飄灑過江邊，高的纏掛大樹梢，低的旋落沉浮水塘坳。南村那群頑童欺我老無力，居然忍心當面做賊盜。公然大搖大擺抱着茅草入竹林，害得我追着喊着脣焦口又燥。回得屋來可奈何，拄杖自歎把頭搖。　片刻風停雨又到，冥冥漠漠轉昏黑。布被多年又冷又硬一似鐵，怎禁嬌兒睡不穩來亂蹬裂。屋漏床頭全打濕，點點滴滴整宿不肯歇。自從戰亂以來少睡好，濕漉漉的又如何挨過此長夜？　哦，怎得千間樓房萬座屋，天下寒士盡受庇護笑開顏，風雨不動穩如山。嗚呼！何日驀地此屋眼前現？那時縱使我屋獨破凍死也甘願！

【研析】這首詩最突出的是詩中煥發出來的那種崇高感。康德曾指出，在理性的道德律令與感性個體的利益相衝突的情況下，道德理性便會顯示出其超越自己的一種人格力量而無比崇高。【題解】中所引王安石詩，表述的就是杜詩中這種出自人格力量與倫理風範的崇高感。當然，也有人對這種捨己為人的崇高感表示極不理解。如申鳧盟語云：「『安得廣廈千萬間』，發此大願力，便是措大想頭。」《唐詩援》引之，並按曰：「此語最妙，他人定謂是老杜比稷、契處矣。」在這些人看來，杜甫此時窮愁潦倒，自顧不暇，還會想到「安得廣廈千萬間，大庇天下寒士俱歡顏」，無非是窮措大的空想，算什麼「自比稷與契」？申鳧盟們無意中歪打正着地道出了杜甫「自比稷與契」的獨特之處。自比稷契、致君堯舜，本是「士」的普遍追求，杜甫在〈奉贈韋左丞丈二十二韻〉提出這一理想；其時，他選擇的是出仕輔君致治之路，與眾人並無大差別。然而仕途不斷碰壁，而戰亂又將其捲進社會底層，親歷身受的社會現實使之痛感到「致君堯舜上」與「窮年憂黎元」之間的距離。作於「安史之亂」前夕的〈自京赴奉先縣詠懷五百字〉已露端倪：詩的前半訴說紆徐糾結的情感，「葵藿傾太陽」的本性使其與朝廷「不忍便永訣」，而後半部分展示「用彤庭所分帛，本自寒女出。鞭撻其夫家，聚斂貢城闕」的現狀又使之不能不意識到向朝廷靠攏的錯誤，「獨恥事干謁」。正是這兩種情感的糾結，「以志定言」，憑藉杜甫深厚的文學修養與文字天才，寫出沉鬱頓挫的傑作。在安史之亂中所作的「三吏」、「三別」，其中對戰亂中無助百姓之同情，與對朝廷之體諒、維護，對製造亂象的叛軍之敵愾，多股複雜情感的糾結激蕩，不但形成沉鬱頓挫的文氣，更促成杜甫「上感九廟焚，下憫萬民瘡」（〈壯遊〉）的道德情懷，而且愈來愈多地傾注於後者。經過社會底層生活的歷練，可以說，杜甫「致君堯舜」的理想內涵更豐富了，具有更多個性化的東西，有着質的變化。至〈茅屋為秋風所破歌〉，其不可及處就在已達成超越個體利害的道德情感，在窮愁潦倒自救不暇的境況中發大願力，求「大庇天下寒士俱歡顏」，乃至不惜「吾廬獨破受凍死」。白居易也有兩首仿作，即前期的〈新製布裘〉與後期的〈新製綾襖成感而有作〉。前者云：「安得萬里裘，蓋裹週四垠！穩暖皆如我，天下無寒人。」後者云：「宴安往往歡侵夜，臥穩昏昏睡到明。百姓多寒無可救，一身獨暖亦何情。心中為念農桑苦，耳裡如聞飢凍聲。爭得大裘長萬丈，與君都蓋洛陽城！」從少壯到老年，從布裘到綾襖，白氏不改初衷地關心百姓，雖然是「推身利以利人」，即以不損害自己的利益為前提，但應當說已是難能可貴了。然則老杜是「寧苦身以利人」，白、杜在不同情境下分別發出的呻吟與吶喊，哪個更具衝擊力還容置辯嗎？明代王嗣奭《杜臆》曾一針見血地指出：「人多疑『自許稷契』之語，不知稷契元無他奇，只是己溺己飢之念而已！」然而要實踐這種「元（原）無他奇」的己溺己飢，又談何容易！即使放在現代社會，又有幾人能做到？

然而，一首感人至深的好詩單有崇高的道德內涵是遠遠不夠的，還必須有其高明的藝術手段。此詩極善鋪墊，可分成三層來說。「八月秋高風怒號」至「歸來倚杖自歎息」十句，此為第一層，寫茅屋為秋風所破。狂風忽至，捲我屋上茅草，造成傷害；頑童抱茅而去，又造成第二重傷害。「歸來倚杖自歎息」誠如浦起龍所評：「單句縮住，黯然。」陳貽焮還指出：「前五句每句押韻，押的都是平聲韻，這就使得接連不斷的韻腳產生急劇的節奏，有助於加強詩中緊張的氣氛，而『號』、『茅』、『郊』、『梢』、『坳』這些韻腳，讀起來又彷佛令人感到秋風怒號，蕭瑟滿耳，就像身臨其境一樣。」在這種氛圍下，讀者轉進第二層「俄頃風定雲墨色」至「長夜沾濕何由徹」八句：細寫雨漏衾裂，徹夜難眠。嬌兒惡臥，細節生動，苦況如見；「自經喪亂少睡眠」一句，帶出平日心事，也點出長夜苦思，是為「蓄勢」，終於決堤式地暴發出第三層「安得廣廈千萬間」五句之大願景。全詩波瀾疊起，如《十八家詩鈔》所譽：「沉雄壯闊，奇繁變化，此老獨擅。」

最後，作為一個新的參照系，我想介紹一位外國學人的一種感受。德國莫芝宜佳《〈管錐編〉與杜甫新解》第二章對此詩解曰：「給人以新鮮之感的是那種毫無迎合他人之嫌的自我表現。屈原把自己比喻為骯髒世界中唯一一棵純潔的香草，就是李白也喜歡擺出英雄姿態。而在〈茅屋為秋風所破歌〉中卻相反，在開頭那個罵人的可笑老人與結尾那個心繫天下的老人之間存在着一個很大的矛盾。……見到別人的苦難便忘掉自己的困厄艱危正表現了失意官吏母題的一種變化。這種變化在杜甫之前的中國詩歌中尚未出現。最令西方讀者驚異的或許正是自我同情與同情他人之間那種不同尋常的關聯。恰恰是詩人特有的自我表現成了坦誠面對世人苦難的前提。」我想，西方人比較難理解的大概是：中國人對「我」的定位，並不是從人際關係中孤立出來，反而是強調「我」存在於人際，只有「一人心，一國之心」才是真我、大我。莫芝宜佳無意中道出此詩寫的正是詩人由小我走向真我、大我的過程。

石筍行（七古）

【題解】石筍，指成都西門外的兩根石柱。《華陽國志・蜀志》：「蜀有五丁力士，能移山，舉萬鈞。每王薨，輒立大石，長三丈，重千鈞，為墓誌，今石筍是也。」石筍至南宋已破損，今不復存。仇注編在上元二年（西元七六一年）。

君不見益州❶城西門，陌上石筍雙高蹲❷。
古來相傳是海眼❸，苔蘚蝕盡波濤痕。
雨多往往得瑟瑟，此事恍惚難明論❹。
恐是昔時卿相墓，立石為表❺今仍存。
惜哉俗態好蒙蔽，亦如小臣媚至尊。
政化錯迕失大體，坐看傾危受厚恩❻。
嗟爾石筍擅虛名，後來未識猶駿奔❼。
安得壯士擲天外，使人不疑見本根❽。

【注釋】❶益州　成都漢代為益州治所。❷陌上句　陌，田間小路。石筍，《分類集注杜工部詩》注云：「在衙西門之外大街中，二株雙蹲，一南一北。此筍長一丈六尺，圍極於九尺五寸；南筍長一丈三尺，圍極於一丈二尺。」❸海眼　即泉眼，古人謂與海相通。❹雨多二句　瑟瑟，碧珠。唐人段成式《酉陽雜俎・貶誤》：「蜀石筍街，夏中大雨，往往得雜色小珠，俗謂地當海眼，莫知其故。蜀僧惠嶷曰：『前史說蜀少城飾以金壁珠翠，桓溫惡其大侈，焚之；合在此。今拾得小珠，的有孔者，得非是乎？』」趙清獻《蜀都故事》亦曰：石筍之地為大秦寺遺址，寺以珍珠翠碧為簾。寺毀，每大雨，人多於此拾得珠碧。可見「海眼」的傳說乃臆造。❺表　標識，古人立石於墓前為表記。❻惜哉四句　四句借石筍之訛傳而人們真假不辨，諷喻朝政錯亂，是非不明。小臣，《砦溪詩話》：「小臣非小官也，凡事君不以道，雖官尊位崇，不害為小臣耳。」即「小臣」如「小人」之義。坐看，徒然視之，不為設法。❼嗟爾二句　二句謂後人爭先恐後慕名而來，覲看此「海眼」。擅，據有。駿奔，急走。❽本根　底細。

【語　譯】君不見成都城門西，一對石筍路旁高高踞。古來相傳石筍本為鎮海眼，苔痕斑駁蝕盡往日波濤跡。多雨之時往往拾珠碧，難明就裡傳說自離奇。以理推之怕是前朝卿相墓，立此石柱至今為表記。可憐世俗之人好奇受蒙蔽，好比奸臣巧言令色惑皇帝。政教因此錯亂失大體，受恩諸臣漠然視之任傾危！可歎可恨此石據虛名，後人猶自爭先恐後競來睇。哪得壯士將此雙石擲天外，使人不再迷惑知底細！

【研　析】此詩借世俗人好奇易受蒙蔽一事，諷喻朝廷上下昏庸，政教失大體，表達詩人對國事的憂心。雖是傳統常見「比」的寫法，卻因其能將傳說寫得恍惚迷離而又細節明鮮生動（如「古來相傳是海眼，苔蘚蝕盡波濤痕」、「雨多往往得瑟瑟，此事恍惚難明論」），故給人一種美的感受。這只要將此詩與注中所引《酉陽雜俎・貶誤》、《蜀都故事》對讀，便知其妙。美的意象之創構，詩的活力在焉。

百憂集行（七古）

【題　解】王筠詩：「百憂俱集斷人腸。」題用其意。據詩中「已五十」一語，可斷為上元二年（西元七六一年）所作。固然杜甫於草堂時期生活相對較安定，但畢竟寄人籬下，苦樂由人，老病相隨；與少年時代對比，不由百憂俱集耳。

憶年十五心尚孩❶，健如黃犢走復來。
庭前八月梨棗熟，一日上樹能千回。
即今倏忽已五十，坐臥只多少行立。
強將笑語供主人❷，悲見生涯百憂集。
入門依舊四壁空，老妻覩我顏色同❸。
癡兒不知父子禮，叫怒索飯啼門東❹。

【注釋】❶心尚孩　仍是孩子氣。❷強將句　供，奉應。蕭先生注：「強將笑語，猶強為笑語，杜甫作客依人，故有此說不出的苦處。真是：『聲中有淚，淚下無聲』。主人，泛指所有曾向之求援的人。」傅庚生《杜詩析疑》：「要注意『強將』二字。詩人是一位骨鯁之士，正為他抵死不肯『笑語供主人』，才不能移升遷發跡，也才把偶爾隨順着那些在位的人說上違心的一言半語，便已覺得有損於自己的人格，是莫大的恥辱。」❸入門二句　依舊，言苦況並未因「強將笑語供主人」而有所改變，二字沉痛。顏色同，仇注：各帶憂色。❹癡兒二句　上句《杜詩鏡銓》云：「亦帶恢諧。」恢諧中有生不能養，愧為人父的自嘲。門東，《漫叟詩話》：「庖廚之門在東。」古時住房講究方位，廚房門口一般是朝東。成善楷《杜詩箋記》四句有別解云：「『依舊』指出門時四壁已空，求人無助，歸來乃依舊四壁空。老妻懂事理，故體諒丈夫難處，顏色和順。同，和也。而下一聯則寫癡兒見父什麼也沒帶回來，乃哭鬧。詩人寫妻子、寫癡兒，各盡其態。兩相襯托，妻之和順尤其令人沉重揪心。亦善。

【語譯】當年十五童心在，健如黃犢跑去又跑來。八月院裡梨棗熟，一天爬樹能千回。忽覺如今已五十，多臥少行體已衰。依人作客強笑語，悲此生涯百憂集。回家依舊徒四壁，老妻看我臉色同愁眉。偏是癡兒不懂父子禮，廚房哭鬧索飯急！

【研　析】不必諱言，古來寒士不事生產不從商，所以謀生手段少，沒官當只好去依附人（明清時文人沒官當還可以在當清客之外選擇去當塾師，自食其力，唐時好像還沒有這種慣例）。此詩寫盡詩人在草堂時的尷尬。當時「故人供祿米」與「厚祿故人書斷絕」的情況交替出現，所以飽一頓飢一頓是常態。「強將笑語供主人」如《杜臆》所云：「寫作客之苦刻骨，身歷始知。」此等處最見老杜真性情。

戲作花卿歌（七古）

【題　解】花卿，指花驚定，曾平定段子璋叛亂的將軍。此詩當作於上元二年（西元七六一年）。仇注：「上元二年四月，梓州刺史段子璋反，襲東川節度使李奐於綿州，自稱梁王，改元黃龍，以綿州為黃龍府，置百官。五月，成都尹崔光遠率將花驚定攻拔綿州，斬子璋。〈高適傳〉：西川牙將花驚定，恃勇，既誅子璋，大掠東蜀。天子怒光遠不能戢軍，乃罷之。」

成都猛將有花卿❶，學語小兒知姓名。
用如快鶻風火生，見賊惟多身始輕❷。
綿州副使着柘黃❸，我卿掃除即日平。
子璋髑髏血模糊，手提擲還崔大夫❹。
李侯❺重有此節度，人道我卿絕世無。
既稱絕世無，天子何不喚取守京都❻？

【注　釋】❶卿　古人對男子的美稱。❷用如二句　鶻，又名隼，猛禽。快鶻，言其快捷迅猛。風火生，《南史・曹景宗傳》：「我昔在鄉里，騎快馬如龍，箭如餓鴟叫，平澤中逐獐，渴飲其血，飢食其脯，覺耳後生風，鼻頭出火。」　蓋以曹景宗比花驚定之蠻勇。下句言花驚定大敵當前戰愈勇。《後漢書・光武帝紀》：「劉將軍平生見小敵怯，今見大敵勇。」❸綿州句　綿州副使即段子璋，時以梓州刺史兼綿州副使。着柘黃，穿用柘木汁染成黃色的服裝。隋唐以後帝王專用黃色服飾，以此謂段子璋稱王僭越。❹子璋二句　二句寫出一介武夫剽悍的形象，凜然有生氣。髑髏，指死者的頭。崔大夫，指成都尹崔光遠。❺李侯　指東川節度使李奐。❻既稱二句　此即題中所稱之「戲作」，有調侃意味。杜甫初聞平段子璋之捷報，盛傳花氏之勇，或未及知其掠東川，故有此戲言，亦心仍在兩京之表現。

【語　譯】成都出了個猛將花驚定，連那學語的小兒也能呼其名。烈如風火矯如隼，大敵當前勇更生。綿州副使僭越穿黃衣，將軍馬到擒來一掃平。手提子璋人頭血模糊，帳前擲還崔大夫！李奐這才重當節度使，都說將軍神勇世上無。既稱世上無，天子何不叫來守東都？

【研　析】或質疑花驚定雖然勇能平叛，但大掠東川罪莫大焉，所以推測詩中有諷刺。然而說實在的，文本中很難看出有什麼譏刺。詩寫的是詩人「當下」的事與情，我們不應把它當作《資治通鑑》「蓋棺定論」式的史論來讀。這首詩呢，寫的應是喜聞捷報一時的感觸，重點在表現掃平叛亂的勇將花驚定的神勇。就此而言，花驚定風風火火矯捷剽悍的個性是刻畫得栩栩如生，十分成功的。結尾的戲言也可看出老杜仍心在兩京，平叛才是他當下最大的心願。

贈花卿 （七絕）

【題　解】或作於肅宗上元二年（西元七六一年）花驚定家宴席之上。古人以此為杜甫七絕代表作之一。仇兆鰲云：「風華流麗，頓挫抑揚，雖太白、少伯（王昌齡），無以過之。」

錦城絲管日紛紛，半入江風半入雲❶。
此曲只應天上有❷，人間能得幾回聞。

【注　釋】❶錦城二句　錦城，即成都。沈祖棻《唐人七絕詩淺釋》：「將絲管之聲，分為兩半，一半入風，一半入雲，事實上無此可能，故兩個『半入』，不可呆看，只是極言其無所不在而已，而風雲又作為下文『天上』的伏線。」❷天上有　指此曲應是皇家梨園舊曲，如今流入民間者。黃生云：「予謂當時梨園弟子，沉落人間者不少，如〈寄鄭李百韻詩〉『南內開元曲，當時弟子傳。』自注云：『柏中丞筵，聞梨園弟子李仙奴歌。』所云天上有者，亦即此類。」

【語　譯】錦城日日歌舞昇平，絲管之聲或入江風或入雲。這些曲調啊本在皇宮大內裡，人間能得幾回親耳聽？

【研　析】《杜詩鏡銓》引楊升庵云：「花卿在蜀頗僭用天子禮樂，子美作此譏之。」《古唐詩合解》亦云：「人間不惟不敢作，而且不能聞。其得聞者，有幾回乎？若錦城絲管，惟日紛紛，則得聞天上曲者，殆無數回矣。所以深諷花卿之僭妄也。」僭越是死罪，段子璋着柘黃，正是花驚定平叛之由，杜甫豈能含蓄譏諷了事，且以「花卿」（上一首更用「我卿」）稱之？其實唐人好音樂，宮中有新曲，王公貴族間往往流播。杜甫後來有〈江南逢李龜年〉詩自稱「岐王宅裡尋常見，崔九堂前幾度聞」可證。蓋李龜年為玄宗「特承顧遇」的紅歌手，盛時尚且「尋常見」，安史之亂後梨園子弟流落人間就更不必說了。聽宮樂與「着柘黃」畢竟不是一回事。此詩婉有所諷，也應是指向當時普遍存在的將帥官僚們的奢侈生活，賦中見興。「錦城絲管日紛紛」，已明擺着非花氏一家也。一邊是醉生夢死，一邊是水深火熱，正是杜甫平生所痛心者。《網師園唐詩箋》乃云：「不必果有諷刺，而含蘊無盡。」

病　橘（五古）

485 橘病

【題解】上元二年（西元七六一年）杜甫在草堂因看到一些枯病的樹木，觸景生情，寫下〈病柏〉、〈病橘〉、〈枯椶〉、〈枯柟〉一組詩，以比社會病象，這是其中一首，用刺朝廷徵取四方貢物擾民之弊。

群橘少生意，雖多亦奚為❶？
惜哉結實小，酸澀如棠梨❷。
剖之盡蠹蟲，采掇爽所宜❸。
紛然不適口，豈止存其皮❹？
蕭蕭半死葉，未忍別故枝。
玄冬❺霜雪積，況乃回風吹！
嘗聞蓬萊殿，羅列瀟湘姿❻。
此物歲不稔，玉食失光輝❼。
寇盜尚憑陵，當君減膳時❽。
汝病是天意，吾愁罪有司❾。
憶昔南海使，奔騰獻荔支：
百馬死山谷，到今耆舊悲❿。

【注釋】❶亦奚為　又有什麼用。❷棠梨　俗稱野梨，味酸澀。❸爽所宜　採摘失時。爽，失。表面上是說採摘失時，其實是指於此受災時徵斂，實在是不適宜。❹紛然二句　謂病橘大多不能吃，還要徵斂，難道只是要它的皮。（橘皮可入藥。）❺玄冬　玄，黑色。古人以黑色配北方，又以北方配冬，故稱玄冬。❻嘗聞二句　蓬萊殿，長安有蓬萊宮，即原大明宮，是當時唐皇帝主要的辦事地點。《太真外傳》：「開元末，江陵進乳柑橘，上（玄宗）以十枝種於蓬萊宮。」瀟湘，即湖南湘江，以產橘著稱。瀟湘姿，指橘。鮑照詩：「橘生瀟湘側。」❼此物二句　稔，熟也。玉食，美食。下句謂皇帝的御饌因缺少佳橘而顯得不夠味。❽寇盜二句　憑陵，猶侵凌。下句謂皇帝在安史亂未平時應減膳，以示憂慮，不應求美味，以口腹殘民。❾汝病二句　汝，指橘。有司，指地方官吏。❿憶昔四句　荔支，即今之水果荔枝。耆舊，父老。《唐國史補》：「楊妃（即楊貴妃）生於蜀，好食荔枝，南海所生，尤勝蜀者，故每歲飛馳以進。」《天寶遺事》云：「貴妃嗜荔枝，當時涪州致貢，以馬遞馳載，七日七夜至京。人馬多斃於路，百姓苦之。」四句從貢橘聯想到貢荔枝，是對最高統治者以口腹殘民的控訴。《杜詩言志》評曰：「不觀當日承平之世，徒以荔枝之獻，致南海之濱，萬馬奔騰，死於凶谷間者，至今耆舊猶傳為悲痛也。況當此兵或之後耶？何為視其病而莫之恤也！」此事後來杜牧〈過華清宮絕句〉寫得更含蓄些：「一騎紅塵妃子笑，無人知是荔枝來！」遂成名句。

【語譯】橘林既無生氣，雖多又有何用？可惜結實太小，況且酸澀比棠梨味重。採摘已非其時，剖開都是蠹蟲。都不能吃還得徵斂，難道要用橘皮進貢？可憐病橘依依，不忍離別那半死的枝葉。嚴冬霜雪堆積，何況旋風凜冽。聽說大內蓬萊寶殿，御饌常有佳橘羅列。此物今歲歉收，玉食想必有所失色。世艱寇盜橫行，皇上也該減膳以示體貼。橘啊橘，你病真是天意。我只怕上頭怪罪有關官吏，最後還得百姓兜底！當年南海使者，奔命為送荔枝。百馬累死山谷，至今父老提起猶悲！

【研析】《杜詩言志》曰：「此借病橘以喻窮黎之不足任徵徭，所當急為軫恤也。」杜甫直接地用「比」的手法抨擊朝廷之不公，力度比以往更大。

美學家朱光潛認為：「創造的定義就是：平常的舊材料之不平常的新綜合。」枯椶、病橘是人們熟視無睹的東西，誅求嚴酷也是當時常見的社會病象。然而杜甫一旦將這些「平常的舊材料」進行「不平常的新綜合」，便煥發出新意。病橘猶被採摘，與農家歉收還橫遭徵斂；這二件看似兩不相干的事類，因杜甫的類比聯想而巧妙結合，取得神用象通，物比情合的效果。問題還在於這種類比聯想是頗具個性化的聯想，是老杜主體情志所產生的「新感覺」所特有的（參看前言）。沒有形象的思想只是抽象的概念，形象化的思想則獲得生命力。也可以說「比」是通向詩意的橋梁。所以屬於「醜」的枯病之木，因老杜「善」的情思之浸潤而獲得「美」。

枯椶

（五古）

【題解】上元二年（西元七六一年）作於成都草堂。《杜臆》：「因軍而剝椶。既悲椶之枯，因枯椶而念剝民同之，因悲民之困。蓋朝廷取民，大類剝椶：取之有節則生；既剝且割，則枯死矣！」

蜀門多椶櫚，高者十八九❶。
其皮割剝甚，雖眾亦易朽。
徒布如雲葉，青青歲寒後❷。
交橫集斧斤，凋喪先蒲柳❸。
傷時苦軍乏❹，一物官盡取。
嗟爾江漢人，生成復何有❺？
有同枯椶木，使我沉嘆久。

死者即已休，生者何自守❻？
啾啾黃雀啅，側見寒蓬走❼。
念爾形影乾，摧殘沒藜莠❽。

【注釋】❶蜀門二句　蜀門，猶蜀中、蜀地。椶櫚，即棕櫚，常綠喬木，葉鞘裏有棕毛，浸水不爛，可製繩、帚、刷、棕衣等，故為人所割剝。十八九，十有八九，意為蜀中高樹多為棕櫚。❷徒布二句　上句謂空長有如雲般美茂之葉，承上聯被割剝枯死而言。棕櫚有葉無枝，經冬不凋，狀如蒲葵，其闊大者可製扇子，也是割剝的對象。下句化用《論語・子罕》：「歲寒，然後知松柏之後凋也。」是說棕櫚和松柏一樣經冬不凋。❸交橫二句　此二句與上聯對應，言本是葉茂冬青，奈何橫遭割剝，竟先蒲柳而凋矣。斤，砍刀。蒲柳，即水楊，秋天零落最早，以喻弱質早衰。《晉書・顧悅之傳》：「（顧）對曰：『松柏之姿，經霜猶茂；蒲柳常質，望秋先零。』」❹軍乏　軍用缺乏。❺嗟爾二句　嗟，感歎。江漢，指岷江與嘉陵江，以代蜀地。生成，自然生的與人工養育的。此承「一物官盡取」而言。❻何自守　靠憑什麼生存。❼啾啾二句　啾啾，群雀噪聲。啅，眾口貌。蓬，蓬草，秋後枯斷，遇風飛旋，又叫飛蓬。❽念爾二句　形影乾，謂枯棕的形象，故與一旁的寒蓬連類言之，背景淒涼。沒，掩沒。藜，俗稱灰菜。莠，狗尾草。藜莠泛指野草。

【語譯】蜀地棕櫚數它多，高樹十有八九都一夥。其皮可用遭剝割，剝過頭就死了雖多又奈何！空長如雲茂密葉，冬寒青青仍婆娑；一旦刀砍斧劈橫收穫，反比蒲柳早零落。哀哉亂世匱軍需，稍有一物能用官家都拿走！可歎你呀江漢人，一掃而空貧如裸，一似那枯棕，使我久久歎息雙眉鎖。死的已死了，活的又靠啥子來過活？黃雀樹上叫啾啾，一旁風捲飛蓬過。可憐枯棕形影乾且瘦，漸被狗尾巴草所埋沒。

【研析】早在《詩經》中就有詠物之作，如〈鴟鴞〉便是。《楚辭》也有篇〈橘頌〉。然而總的為數不多，所以《文選》還是將詠物詩歸在「雜詩」類。至南朝齊竟陵王時，他周圍的一群文人如沈約、王融等，才開始大量寫詠物詩。其吟詠的對象有梧桐、兔絲、鏡臺、竹火籠，甚至領邊繡、履之類，純屬文字遊戲，乃至近乎無聊。其風格與當時流行的宮體詩如出一轍。然而就技巧方面講，詠物詩追求「巧構形似之言」，「驅詞逐貌」，促進語言的畫面化，卻是積累了許多寶貴的經驗。而初、盛唐人又加入言志的內容，如駱賓王的〈在獄詠蟬〉，已做到宛轉附物、怊悵切情的地步。但真正以大量成功之作振起詠物詩，使之建軍立旗自成一體，當自杜甫始。

關鍵就在詠物詩不能老停留在「巧構形似之言」，如沈德潛〈南國唱和詩序〉所說：「詩之真者在性情。」詠物還是為了詠性情。詠物詩走上抒情的大道，杜甫是有力地推了一把。王國維〈屈子文學之精神〉云：「詩歌之題目，皆以描寫自己深邃之感情為之素地，而始得以於特別之境遇中，用特別之眼觀之。」杜之詠物，正是以其關心民病的深邃之情，於安史之亂的特別境遇中抒寫出自己獨特的「新感覺」。用他自己的詩句講，就是：「物微意不淺，感動一沉吟。」（〈病馬〉）你看這首〈枯椶〉，起八句寫其枯，突出了棕櫚在蜀之多、之盛，但因其能製多種用具，反招來無情的割剝，「交橫集斧斤」，結果反而是「凋喪先蒲柳」。杜甫馬上聯想到蜀中百姓。其〈為閬州王使君進論巴蜀安危表〉曰：「惟獨劍南，自用兵以來，稅斂則殷，部領不絕，瓊林諸庫，仰給最多。是蜀之土地膏腴，物產繁富，足以供王命也。近者，賤臣惡子，頗有亂常，巴蜀之人，橫被煩費，……伏惟明主裁之，敕天下徵收赦文，減省軍用外，諸色雜賦名目，伏願省之又省之，劍南諸州，亦困而復振矣。」兩相比較，杜甫嗟歎枯椶的良苦用心就再明白不過了。

所思（七律）

【題解】黃鶴注編在上元二年（西元七六一年），姑從之。

苦憶荊州醉司馬，謫官樽酒定常開❶。

九江日落醒何處？一柱觀頭眠幾回❷。
可憐懷抱向人盡，欲問平安無使來❸。
故憑錦水將雙淚，好過瞿唐灩澦堆❹。

【注　釋】❶苦憶二句　荊州司馬，宋本原注：「崔吏部漪。」仇注引蔡夢弼曰：「崔漪，蓋自吏部而謫荊州司馬也。」荊州，即江陵府，今湖北荊州。仇注：「苦憶二字，直貫通章。」❷九江二句　二句寫「醉司馬」顛狂落拓之情狀，「苦憶」則在其中矣。九江，此指湖北荊州地區眾多河流。一柱觀，在今湖北松滋東。《方輿勝覽》：宋臨川王義慶鎮江陵，於羅公洲立觀，因規模宏大而惟一柱，因此得名。❸可憐二句　仇注引《杜臆》：「五六，彼此互言，更見兩情遙企。」可憐句，憐崔司馬也，想是崔司馬滿腹牢騷卻無人可訴。欲問句，言詩人因苦憶而欲問崔氏之平安，亦無使可託。一句已方，一句對方，是杜甫懷人詩常用的句法。❹故憑二句　瞿唐峽，即瞿塘峽，在夔州，過峽則可達荊州。峽口江心有灩澦石，長約四十公尺，寬約十五公尺，江漲則沒入水中，水枯則露水面，高可達二十公尺，船航危之。古諺云：「灩澦大如馬，瞿塘不可下。灩澦大如象，瞿唐不可上。」《杜詩鏡銓》：「二句即太白詩：『我寄愁心與明月，隨風直到夜郎西』意。」心寄明月且能隨風而達，淚雙點能憑江水而過灩澦，二者都要比鯉魚傳書更奇妙。

【語　譯】苦苦相憶啊，荊州那位醉司馬。謫官鬱鬱唻，想必總是自飲自開懷。九江日落時你酒醒何處？一柱觀前你又醉臥過幾回？可憐你滿腔話兒向誰說？我要問你個平安也無信使來。只好憑藉錦江水啊，送上我一雙相思淚。淚滴兒好生去喲，小心瞿塘峽那個可怕的灩澦堆！

【研　析】仇注引王嗣奭云：「此詩『觀頭』惜對『日落』，五六接上失嚴，此不縛於律，所謂不繩削而自合也。」按常規，五、六句應按仄仄平平平仄仄，平平仄仄仄平平來寫，而詩人卻仍用上聯平仄寫，所以失嚴。但這種率意，與內容的率真卻頗相符。《詩源辨體》舉此詩為例云：「以歌行入律，是為大變。」《唐宋詩醇》亦稱：「如此詩可謂古直悲涼矣，其性情真至，自然流露，又在法會之外。」不為律縛是為了表達更率真，如果我們從內在的意脈上去把握該詩，就不難體會。故《昭昧詹言》稱：「此詩妙極，全用虛寫，而以『苦憶』及第六句『無使』為線索。結句更妙，勢似直下，而情事曲折無窮。」讀杜七律不覺拘束者，正在於此。

不見（五律）

【題解】題下原注：「近無李白消息。」這是現存杜甫懷念李白的最後一首詩，當作於肅宗上元二年（西元七六一年）。次年，李白卒於當塗。

不見李生久，佯狂真可哀❶。
世人皆欲殺，吾意獨憐才。
敏捷詩千首，飄零酒一杯❷。
匡山讀書處，頭白好歸來❸。

【注釋】❶不見二句　李生，指詩人李白。佯狂，詐為狂人。❷敏捷二句　飄零，猶飄泊。西元七五七年李白坐永王事，繫潯陽獄，七五八年長流夜郎，七五九年行至巫山，遇赦得釋，此後三年，漂泊於潯陽、金陵、宣城、曆陽等地。張上若云：「二句可括太白一生，品題甚確。」❸匡山二句　匡山，即彰明縣南之大匡山，在今四川江油。郭知達《九家集注杜詩》卷二十四引杜田《杜詩補遺》云：「白厥先避仇客居蜀之彰明，太白生焉。彰明有大、小匡山，白讀書於大匡山，有讀書臺尚存。其宅在清廉鄉，後廢為僧坊，號隴西院，蓋以太白得名。院有太白像，唐綿州刺史高忱及崔令欽記。所謂匡山，乃彰明之大匡山，非匡廬也。」下句用《楚辭・招魂》「魂兮歸來，反故居些」之意。

【語　譯】久矣，不見李白！裝瘋佯狂，真是悲哀。疾恨你的人啊，皆欲殺之而後快。唯獨我啊，偏偏愛憐你的天才。詩思敏捷一揮千首，羈旅飄泊相伴卻只有酒一杯。頭已白兮，何不歸來？故鄉匡山喲，有你的讀書臺！

【研　析】說來話長。李、杜自天寶四載（西元七四五年）山東別後，至今已有十六個年頭，杜甫經常懷念起這位兄長似的天才詩人。安史亂作，唐玄宗逃入蜀中，並於至德元載（西元七五六年）制太子李亨為天下兵馬元帥（時李亨已在靈武即皇帝位，蜀中猶未知也），諸王領各路節度使。諸王中只有永王璘赴鎮。時李白入永王幕府，並因肅宗平永王之叛而受牽連，繫潯陽獄；乾元元年，乃長流夜郎，並於途中遇赦歸，流落潯陽、金陵、宣城等地。杜甫可能只道聽途說李白的一些情況，心中十分牽掛，遂以「不見」為題，寫下此詩。《唐宋詩醇》稱此詩真樸，「若自胸臆流出，所謂文生於情，不求工而自至。」

野望（七律）

【題　解】此詩舊編在上元二年（西元七六一年），時嚴武尚未鎮蜀。紀曉嵐評云：「此首沉鬱。」

西山白雪三城戍，南浦清江萬里橋❶。
海內風塵諸弟隔，天涯涕淚一身遙❷。
惟將遲暮供多病，未有涓埃答聖朝❸。
跨馬出郊時極目，不堪人事日蕭條❹。

【注　釋】❶西山三句　西山，在成都西，一名雪嶺。三城，即松、維、堡三城。三城界於吐蕃，是邊防要塞，常見於杜詩。戍，邊防駐軍營壘。南浦，南面的江邊，即杜甫野望處。萬里橋，在成都市南錦江上。《瀛奎律髓彙評》引許印芳曰：「起句排對，杜律多此。」❷海內二句　上句言戰亂使兄弟分離，下句言孤苦一身遠在天涯。仇注：「臨橋而望三城，近慮吐蕃；天涯而望海內，遠愁河北也。」錄供參考。❸惟將二句　遲暮，指晚年。涓埃，如細流與塵埃，言微末不足道也。二句謂痛惜此身只是「供多病」，而不能「答聖朝」。「供」字寫出多少無奈。《初白庵詩評》云：「中二聯用力多在虛字。」上六句觸目感傷，言簡意透。❹跨馬二句　《杜詩解意》云：「不堪人事蕭條，欲忘憂，反添憂也。時國步多艱，雖有天命，亦由人事，故結句鄭重言之。」

【語　譯】城南錦江萬里橋邊站喲，眺望西山白雪皚皚，那裡有面對吐蕃的三城駐軍。諸弟天各一方喲亂世隔風塵，孤苦零丁流落天涯我孑然一身。暮年的日子都耗在多病上，哪有些微的貢獻來報答朝廷！跨馬郊外放眼望喲：人事日見蕭條更傷心。

【研　析】《瀛奎律髓彙評》云：「此格律高聳，意氣悲壯。唐人無能及之者。」此詩的確是對仗工整（前三聯皆用工對），用意深沉。誠如劉熙載《藝概》所指出：「律詩聲諧語儷，故往往易工而難化。能求之章法，不惟於字句爭長，則體雖近而氣脈入古矣。」蓋對偶在嚴密的對應中造成一聯的意義互足，是一個完整的獨立單位，而聯與聯之間則有所隔膜，搞不好就全詩枝枝節節意脈不暢。所以劉氏又說：「律詩要處處打得通，又要處處跳得起。草蛇灰線，生龍活虎，兩般能事，當一手兼之。」杜甫長句之妙，就在於其立意能高屋建瓴，氣足力大，勢不可當，故讀來通暢無礙且字字皆響。此詩正是以聲諧語儷造成高聳的句法，又以深切的思家之情、誠摯的憂國之忱為意脈打通全詩。《唐詩貫珠》稱：「五、六承四而下，結出野望，自有一種大方渾融之氣。」也就是說，「天涯涕淚一身遙」是與「惟將遲暮供多病，未有涓埃答聖朝」相聯繫的，個人安危與家國安危是一體的，而這些都是野望中觸景生情沛然而出的。而這種憂慮在第一句「西山白雪三城戍」中便已隱伏，而與結句「不堪人事日蕭條」相呼應，國事、家事、過去事、未來事都堪憂。於是乎各句之間互相溝通，形式與內容渾然一體，「自有一種大方渾融之氣」，《唐詩貫珠》所評良是。

得廣州張判官叔卿書使還以詩代意

（五律）

【題　解】張叔卿上元中（西元七六〇～七六一年）為嶺南節度判官。則詩當作於上元二年（西元七六一年）。題意為：張判官在廣州託人致書杜甫，杜又以詩代書託來人帶回作答。

鄉關胡騎遠，宇宙蜀城偏❶。
忽得炎州信，遙從月峽傳❷。
雲深驃騎幕，夜隔孝廉船❸。
卻寄雙愁眼，相思淚點懸❹。

【注　釋】❶鄉關二句　鄉關，故鄉。言故鄉因安史叛軍佔領而遙不可及。遠，一作「滿」。下句極言蜀地處於天涯偏遠之所。❷忽得二句　炎州，南方炎熱之地，此指廣州。月峽，即明月峽，在今四川巴縣境內。峽首南岸壁高四十丈，其壁有圓孔，形若滿月，因以為名。下句言來信是由廣州經明月峽送來的。❸雲深二句　驃騎幕，將軍幕府。此指張叔卿為節度判官。孝廉船，《世說新語・文學》載：晉張憑舉孝廉，自負其才，乘船訪丹陽尹劉惔，清談終日。明日，惔令人尋張孝廉船，召與同載，並邀其同訪大將軍司馬昱，被任命為太常博士，官至御史中丞。杜甫以此喻張叔卿因才能得知遇。❹卻寄二句　卻寄，（以詩）還寄。《杜詩鏡銓》：「言無物可寄，惟有淚點，具見情深。雙愁眼亦兼綰起處遭亂遠客意，不獨離情也。」

【語　譯】胡騎縱橫家鄉遠，蜀地偏在天涯邊。忽得廣州一封信，橫穿月峽千里傳。雲深不見將軍幕，遙夜難近孝廉船。還將愁眼雙雙寄，上面猶有思君淚點懸！

【研　析】李白詩云：「我寄愁心與明月，隨君直到夜郎西。」（〈聞王昌齡左遷龍標尉遙有此寄〉）寄愁心已奇，且寄此心與明月，讓明月載之一路隨友人西行，更奇！杜甫此詩云：「卻寄雙愁眼，相思淚點懸。」寄愁眼與人已奇，且寄懸淚點之眼，更奇！明月似能隨人而行，故推及寄愁心於月，則可乘明月而伴友人直到夜郎西矣；既寄雙愁眼，則連帶雙眼所懸之淚點也一併寄去。如此將虛擬的比喻坐實，添眉加目，效果自然加倍奇特。李、杜於此等處當相視而笑。

贈別何邕（五律）

【題　解】詩當作於肅宗寶應元年（西元七六二年）春，於成都。何邕，時為利州綿谷縣尉，將赴長安。杜甫建草堂期間有〈憑何十一少府邕覓榿木栽〉詩一首。

生死論交地，何由見一人❶？
悲君隨燕雀，薄宦❷走風塵。
綿谷元通漢，沱江不向秦❸。
五陵❹花滿眼，傳語故鄉春。

【注　釋】❶生死二句　生死論交，《史記・汲鄭列傳贊》：「始翟公為廷尉，賓客闐門；及廢，門外可設雀羅。翟公復為廷尉，賓客欲往，翟公乃大署其門曰：『一死一生，乃知交情。一貧一富，乃知交態。一貴一賤，交情乃見。』」❷薄宦　小官。❸綿谷二句　上句指何邕北歸，下句言己滯留。綿谷，即今四川廣元。綿谷之潛水上合於沔陽之漢水，順此水北上可歸長安，故曰「元通漢」。元，原。沱江，長江之支流，南經成都。因其南流，不得北向長安，故曰「不向秦」。秦，長安所在的秦川。❹五陵　長安城北有長陵、安陵、陽陵、茂陵、平陵。以此指代長安。

【語譯】一生一死論交情，關鍵之時何曾來一人？歎君位卑如燕雀，默默奔走逐風塵。所幸綿谷有水北通漢，我惜沱江南流不向秦！長安五陵想必花滿眼，煩將思歸之情訴與故鄉春。

【研析】古時交通不便，遠離有似死別，何況是在戰亂中。將送別友人放在這樣一種特殊的語境下來寫，首聯便能震懾人心。悲君也是自悲。何氏無論如何還是個小官，還有回朝的機會，反襯自己飄泊他鄉無依而歸鄉無期的深愁。末句《杜詩鏡銓》引顧宸曰：「不曰傳語鄉人，而曰傳語故鄉春，非惟風物關心，亦見人情惡薄同調，寂寥故國之思，亦托之無情花鳥而已。」從首聯對世態炎涼的深沉慨歎看，顧氏的現解不無道理。

花鴨

（五律）

花鴨無泥滓，階前每緩行❶。
羽毛知獨立，黑白太分明❷。
不覺群心妒，休牽俗眼驚❸。
稻粱霑汝在，作意莫先鳴❹。

【題解】此為〈江頭五詠〉之五。這是一組詠物自喻的詩。舊注曰「花鴨，戒多言也」，其實是借花鴨以抒憤懣，對直言見斥的不平。組詩或當作於寶應元年（西元七六二年）。

【注　釋】❶花鴨二句　上句以花鴨身上無泥汙，喻自己之潔身自好；下句寫花鴨行動遲緩，所謂「鵝行鴨步」，得其形神，以喻自己之從容自得。❷羽毛二句　獨立，言花鴨黑白分明與眾禽殊。所謂黑白分明，也就是是非分明，善惡分明，喻自己的品德。❸不覺二句　二句謂不引發群鴨的妒心，也不要引起眾鴨的驚異。仇注：「群心眾眼，指諸鴨言。然惟獨立，故群心妒；惟分明，故眾眼驚。」成善楷《杜詩箋記》認為：覺、牽互文見意。覺，發也。牽，引也。❹稻粱二句　稻粱，喻祿位。作意，留意。先鳴，喻直言。霑，沾丐，此為得到餵養。在，成善楷云：用同「矣」，語末助詞。二句意為如果考慮到祿位，你就別直言了。此二句含嘲諷與感慨。《新唐書・李林甫傳》：「林甫居相位十九年，固寵市權，蔽欺天子耳目，諫官皆持祿養資，無敢正言者。補闕杜璡再上疏言政事，斥為下邽令，因以語動其餘曰：『明主在上，群臣將順不暇，亦何所論？君等獨不見立仗馬乎？終日無聲，而飫三品芻豆。一鳴，則黜之矣。後雖欲不鳴，得乎？』由是諫諍路絕。」杜甫自己曾因直言諫肅宗幾罹殺身之禍，故爾感受特深。

【語　譯】花鴨不染泥汙中，階前慢行每從容。羽毛鮮明黑白清，獨立不與眾禽同。休引群心妒，莫使眾鴨驚。稻穀餵了你，小心別先鳴！

【研　析】這也是一首詠物詩，全用「比」法：句句寫花鴨，卻又句句貼切詩人自身的性格與經歷。末四句當活看。舊注以為「戒多言」，未達一間。蓋其中隱含詩人自己痛苦的經驗——為疏救房琯觸犯皇帝的「逆鱗」，差點喪命。然而並不意味着從此杜甫不敢「先鳴」，就在他被貶不久，即寫下「三吏三別」，便足以證明。而且在寫下〈花鴨〉詩後不久，又在送別嚴武的詩中勉勵他：「公若登臺輔，臨危莫愛身！」可見「稻粱霑汝在，作意莫先鳴」意不在「戒多言」，其中有弦外音，正如蕭先生所指出：「諷刺特深」。

畏人

（五律）

【題　解】此詩作於杜甫居成都草堂的第三個年頭，即寶應元年（西元七六二年）。曹丕〈雜詩〉：「客子常畏人。」這首詩即以此為題，寫羈旅之寂寥。

早花隨處發，春鳥異方啼。
萬里清江上，三年落日低❶。
畏人成小築，褊性合幽棲❷。
門徑從榛草，無心走馬蹄❸。

【注釋】❶萬里二句　清江，指浣花溪，東入長江，故稱萬里。三年，杜甫上元元年始營建草堂，「斷手寶應年」，頭尾三年。❷畏人二句　畏人，畏避世俗人事。小築，小屋。褊性，性格褊狹。合，適合。❸門徑二句　門徑，一作「徑沒」。走馬蹄，一作「待馬蹄」。馬蹄，指代車馬來客。

【語譯】春來隨處有花發，他邦也有鳥兒啼。清江萬里看日落，思鄉三年每依依。客子畏人築小屋，褊躁的性子宜隱居。且任門前小道草叢亂，無心等待尊客聽馬蹄。

【研析】是詩寫退隱之志，我想這是真心的。是時，與杜甫世交的嚴武權令兩川都節制，曾贈詩杜甫：「莫倚善題〈鸚鵡賦〉，何須不着鵕鸃冠。」（〈寄題杜二錦江野亭〉）所謂「鵕鸃冠」，是用山雞羽毛裝飾的一種官帽。《漢書》云：孝惠時，郎侍中皆冠鵕鸃。這裡泛指當官，蓋嚴武有勸杜出仕之意。但杜甫〈奉酬嚴公寄題野亭之作〉答以：「奉引濫騎沙苑馬，幽棲真釣錦江魚。」自稱不能濫充官吏，真心隱居，婉言謝絕了。下選〈屏迹三首〉與本詩同樣是明志之作，容後再議。這裡想提請注意的是：詩中氛圍的描寫與歸隱心情的一致性。詩從春來花鳥隨處可見，觸起思鄉之情。「萬里清江上，三年落日低」一聯，寫三年來日日看落日直到「依山盡」，其孤寂心情不言而喻。由此轉入「畏人成小築，褊性合幽棲」，大有「躲進小樓成一統」之慨，「合」字又有寓蜀的多少無奈。而末尾「門徑從榛草，無心走馬蹄」一聯，強化了這種情緒，老杜對時勢的失望不難想見矣！唐詩最講究情與景的和諧交融，此詩亦一範例。

屏迹三首（五律二首、五古一首）

【題解】此組詩當與上一首同作於寶應元年（西元七六二年）。屏迹，隱居絕迹。前二首為五律，後一首為五古，且情緒也較憤激。不過三首都寫退隱之志，仍當視為組詩。

其一

用拙存吾道，幽居近物情❶。
桑麻深雨露，燕雀半生成❷。
村鼓時時急，漁舟箇箇輕❸。
杖藜從白首，心迹喜雙清❹。

【章旨】從全詩看，杜之「屏迹」是對官場與市井而言，對農村生活與大自然反而是更親近。首聯是組詩之綱領。

【注釋】❶用拙二句　用拙，不顯露長處，即題目「屏迹」之用意。近物情，瞭解自然之情理。仇注：「拙者心靜，故能存道；幽者身暇，故近物情。」❷半生成　《杜詩鏡銓》：「一半方生，一半已成也。」《杜臆》：「半生成，謂生者已成，成者又生。半字最佳。」蓋此承上聯之「近物情」，乃謂萬物生生不息。❸村鼓二句　村鼓報時而曰「急」，漁舟泛江而曰「輕」（輕快），渲染出農忙氣氛。其中用疊字增促節奏，且用俗字「箇箇」，與農村氣氛也相宜，較王摩詰「竹喧歸浣女，蓮動下漁舟」，風味自別。❹杖藜二句　藜，一年生之草本植物，莖堅老者可為拄杖。杖藜，拄着藜杖。從，任從。心迹，心靈與行為。此句謂從心靈到行為都清淨無俗氣。

【語　譯】我用拙樸來維護我的信念，幽居使我與自然更親。桑麻在雨露中繁盛，燕雀生息不停。村鼓報時聲聲促急，漁舟泛溪箇箇輕盈。任憑頭白我拄杖其中，心情與行事內外清淨。

其　二

晚起家何事，無營地轉幽❶。
竹光團❷野色，舍影漾江流。
失學從兒懶，長貧任婦愁。
百年渾得醉，一月不梳頭❸。

【章　旨】全詩故作曠達語：懷才不遇無所事事，反曰「地轉幽」；從兒失學任婦長愁，卻道似嵇康有「魏晉風度」。聊自解耳。

【注　釋】❶晚起二句　二句言遲起床是因為家裡沒什麼事可幹，而不事經營反而使居處顯得清幽。無營，不事經營。❷團　凝聚。一作「圍」。❸百年二句　百年，人的一生。渾，皆。二句謂一輩子只求在醉中過卻，懶散到一個月也不梳一回頭。嵇康〈與山巨源絕交書〉：「性復疏懶，筋駑肉緩，頭面常一月十五日不洗。」後人以此為放達。

【語　譯】無事睡起日遲遲，不事經營居處幽。光凝翠竹聚野色，茅舍倒影逐江流。小兒失學隨他懶，老妻常貧任伊愁。人生百年長得醉，一月楞是不梳頭。

其　三

衰顏甘屏迹，幽事供高臥。
鳥下竹根行，龜開萍葉過。
年荒酒價乏，日併園蔬課❶。
猶酌甘泉歌，歌長擊樽破❷。

【章　旨】詩中幽事依舊而幽情不再。「年荒」、「日併」，國事家事事事堪憂。尾聯終於爆出「歌長擊樽破」的一股不平之氣。

【注　釋】❶年荒二句　年荒，年成不好。寶應元年蜀地苦旱，杜甫有〈說旱〉一文述其事。（見附錄）酒價乏，即乏酒價，缺少付酒價之錢。課，稅收，這裡引申為索求。《杜工部詩集輯注》引趙次公曰：「併課園蔬，賣之以充酤值也。」意為日併賣菜的錢去買酒。歷來舊注多用趙說，而鄭文《杜詩檠詁》駁之，認為老杜並非菜農，課園蔬只是自給。「日併」當為「并日」。《禮記》：「儒有并日而食。」即兩天只吃一天的量。為與「年荒」對偶，故顛倒詞序，而意思亦相對應，所謂「瓜菜半年糧」，老杜因年之荒，以至并日而食，課園蔬以自給耳。鄭說良是。❷猶酌二句　上句承「乏酒價」，言無酒則以泉水充之；下句趙次公謂「暗用王大將軍酒後擊缺唾壺事。」《世說新語・豪爽》：「王處仲每酒後輒詠『老驥伏櫪，志在千里。烈士暮年，壯心不已。』以如意打唾壺，壺口盡缺。」此句的確有牢騷在其中。

【語　譯】老醜自甘絕跡，高臥無事幽居。鳥下竹根行走，萍開閒見游龜。年荒酒貴難沽，兩天只吃三頓菜蔬。悠然以泉代酒，長歌擊破杯壺！

【研　析】第一首寫得渾融，每一行詩都透出生命的清純與愉悅，「桑麻深雨露，燕雀半生成。村鼓時時急，漁舟箇箇輕」的畫面極富感染力。而首聯「用拙存吾道，幽居近物情」，以雋永的詩語道出了回歸自然的樂趣，它不但是該組詩的綱領，而且道出為中國文化哲學所塑造的士人人格的一個重要方面，具有永久的普遍意義。

我們沒有絲毫的理由懷疑詩人隱居的真誠。然而，作為儒學堅定的信仰者，杜甫的退隱與陶淵明、王維的退隱並不一致。其最大的差異在於：杜甫在退隱中仍繫心國計民生，內心還是湧動着某些不平之氣。第三首讀者一誦自明，毋庸講；第二首也是話中有話，「故做放達」也是一種不平。「晚起家何事，無營地轉幽。」一個「轉」字，透出一點消息。表面上是說無事可幹更好，其實是對一種無奈的自嘲。後解四句：「失學從兒懶，長貧任婦愁。百年渾得醉，一月不梳頭」；也當作如是觀。唐代禪宗盛行，講究「透徹之悟」，所以陶淵明的曠達還往往被視為不夠徹底。王維〈與魏居士書〉批評陶「不肯把板屈腰見督郵」，是不懂「身心相離，理事俱如」的表現。而杜甫在本書卷三所選〈遣興五首〉中有云：「陶潛避俗翁，未必能達道。……有子賢與愚，何其掛懷抱？」對陶似乎也有微詞。仇注：「蓋借陶集而翻其意，故為曠達以自遣耳，初非譏刺先賢也。」仇注說得對，這是「故為放達」之語。為了借「翻其意」來表示子之賢愚也不掛懷的「達道」，偏說「從兒懶」、「任婦愁」。自嘲自遣是「無可奈何」之解藥。杜甫似乎對嵇康更認可些：「百年渾得醉，一月不梳頭」，用的是與嵇康相關的典故。在現實生活中，「一月不梳頭」是令人厭惡的，但文學總是善於將某些事件從現實中游離出來，重新詮釋，使之成為某種情感的符號。嵇康在他著名的〈與山巨源絕交書〉中，賦與「性復疏懶，筋駑肉緩，頭面常一月十五日不洗」以新的意義，用以表達對世俗「禮教」秩序與規則的反叛。疏懶，從此成為一種放達的象徵。杜詩仍用其意，不必坐實。至第三首，杜甫終於回到「年荒酒價乏，日併園蔬課」的現實（參看【附錄】），唱出與「心迹雙清」截然相反的激越之音——「歌長擊樽破」！其用典的隱語便是「烈士暮年，壯心不已」。於是乎顯露出杜甫田園詩的本色。

【附錄】

說旱

原注：初中丞嚴公節制劍南日，奉此說。

（朱注：寶應元年作。）

《周禮・司巫》：「若國大旱，則率巫而舞雩。」《傳》曰：「龍見而雩。」謂建巳之月，蒼龍宿之體，昏見東方，萬物待雨盛大，故祭天遠為百穀祈膏雨也。今蜀自十月不雨，抵建卯非雩之時，奈久旱何？得非獄吏只知禁繫，不知疏決，怨氣積，冤氣盛，亦能致旱？是何川澤之乾也，塵霧之塞也，行路皆菜色也，田家其愁痛也？自中丞下車之初，軍郡之政，罷弊之俗，已下手開濟矣；百事冗長者，又已革削矣。獨獄囚未聞處分，豈次第未到，為獄無濫繫者乎？穀者，百姓之本，百役是出，況冬麥黃枯，春種不入，公誠能暫輟諸務，親問囚徒，除合死者之外，下筆盡放，使囹圄一空，必甘雨大降。但怨氣消，則和氣應矣。躬自疏決，請以兩縣及府繫為始，管內東西兩川各遣一使，兼委刺史縣令，對巡使同疏決，如兩縣及府等囚例處分，眾人之望也，隨時之義也。昔貞觀中，歲大旱，文皇帝親臨長安、萬年二赤縣決獄，膏雨滂足。即岳鎮方面歲荒札，皆連帥大臣之務也，不可忽。凡今徵求無名數，又耆老合侍者、兩川侍丁，得異常丁乎？不殊常丁賦斂，是老男及老女死日短促也。國有養老，公遽遣吏存問其疾苦，亦和氣合應之義也，時雨可降之徵也。愚以為至仁之人，常以正道應物，天道遠，去人不遠。

少年行（七絕）

【題　解】舊編在寶應元年（西元七六二年）。楊倫評此詩曰：「略似太白。」

馬上誰家白面郎，臨堦下馬坐人床❶。

不通姓氏粗豪甚，指點銀瓶❷索酒嘗。

【注　釋】❶床　胡床，亦稱交椅，是當時人常用的折疊式坐具。❷銀瓶　此指裝酒的器皿。

【語　譯】嗨！這是哪家白面闊少？進院直到階前下馬，逕自上堂便坐胡床。太粗野卻自以為豪爽，連個姓氏也不通報。你看他指着銀瓶叫道：快倒酒來嘗嘗！

【研　析】仇注引胡夏客曰：「此蓋貴介子弟，恃其家世，而恣情放蕩者。既非才流，又非俠士，徒供少陵詩料，留千古一噱耳。」仇注曰：「此摹少年意氣，色色逼真。下馬坐床，指瓶索酒，有旁若無人之狀，其寫生之妙，尤在『不通姓氏』一句。」的確，老杜寥寥數語，便活脫脫勾勒出一個沒教養的闊少的嘴臉，其白描功夫不但在寫作技巧嫻熟，還在乎觀察之深細，攝出貴介公子目空一切的神態來，是所謂「頰上三毫」。（傳說晉時大畫家顧愷之為裴楷畫像，頰上加三毫毛，神氣頓出。）

奉酬嚴公寄題野亭之作（七律）

【題　解】詩作於寶應元年（西元七六二年）。時嚴武以御史中丞兼成都尹。杜與嚴武是世交，又是政治上的同道，嚴武來成都任職對杜甫多有關照，二人之關係非同一般，所以有關嚴武的杜詩都寫得率真。初，嚴武有〈寄題杜二錦江野亭〉詩云：「莫倚善題〈鸚鵡賦〉，何須不着鵕鸃冠。」（原詩見【附錄】），其意為召杜甫出仕，此為酬答詩。

拾遺曾奏數行書，懶性從來水竹居❶。

奉引濫騎沙苑馬，幽棲真釣錦江魚❷。
謝安不倦登臨費，阮籍焉知禮法疏❸。
枉沐旌麾出城府，草茅無徑欲教鋤❹。

【注　釋】❶拾遺二句　拾遺，至德二載（西元七五七年）四月，杜甫逃出淪陷區投奔肅宗，被任命為左拾遺。數行書，指杜甫在左拾遺任上曾經上疏救房琯事。水竹居，臨水傍竹之居，借指隱居。❷奉引二句　二句謂曾充近臣，卻真心退隱，以此婉謝嚴武出仕之請。奉引，為皇帝導引車駕，此為拾遺職事。沙苑馬，唐曾在沙苑（陝西大荔南）置牧監養馬。濫騎，謙語，自稱濫充朝官。❸謝安二句　謝安為東晉大臣，於東山營田園別墅，與子弟遊賞屢費百金。此以謝安比喻嚴武。阮籍，魏晉時著名文人，蔑視禮教，與司馬集團不合作，為「竹林七賢」之一。杜以此自喻。❹枉沐二句　枉沐，謙語，自稱枉自受惠。旌麾，帥旗。時嚴武兼劍南節度使，故以此指代嚴武。下句謂幽居草野，門前連路都沒有，所以要趕緊鋤草闢徑，以示歡迎。

【語　譯】也曾當拾遺奏過幾行書，如今呀性懶散只愛臨水居傍竹。也曾騎官馬導引鳳輦濫充數，如今呀垂釣錦江真知足。君好比謝安遊山水不吝破費，莫嫌我似阮籍禮法疏忽。枉大駕屈尊出城府，蓬篳荒蕪自當令人掃除。

【研　析】自從杜甫看透朝廷腐敗決然西行以來，雖然仍繫心國計民生，但實在是無心出仕，哪怕是深交如嚴武，也一時難以勸回。把握住杜甫此間的在野心態，才能更好地理解此期的詩心。

【附錄】

寄題杜二錦江野亭

嚴武

漫向江頭把釣竿，懶眠沙草愛風湍。
莫倚善題〈鸚鵡賦〉，何須不着鵕鸃冠。
腹中書籍幽時曬，肘後醫方靜處看。
興發會能馳駿馬，終當直到使君灘。

遭田父泥飲美嚴中丞（七古）

【題解】詩作於寶應元年（西元七六二年）春。遭，遇也，不期而遇。田父，老農。泥，去聲，纏着不放的意思。泥飲，執意強留飲酒。嚴中丞，嚴武，時為御史中丞兼成都尹。美嚴中丞，是說田父讚美嚴武，美作動詞用。從這首詩可以清楚地看出杜甫對勞動者的關愛無間，是《舊唐書》所載「與田夫野老相狎蕩，無拘檢」者，詩中塑造了文學史上罕見的勞動者豪爽天真的形象。對詩中的「美嚴中丞」，應看作是對嚴武行善政的勉勵。

步屧隨春風，村村自花柳❶。
田翁逼社日，邀我嘗春酒❷。
酒酣誇新尹：「畜眼未見有！」❸
回頭指大男：「渠是弓弩手。

名在飛騎籍，長番歲時久❹。
前日放營農，辛苦救衰朽❺。
差科死則已，誓不舉家走❻！
今年大作社，拾遺能住否❼？」
叫婦開大瓶，盆中為吾取❽。
感此氣揚揚，須知風化首❾。
語多雖雜亂，說尹終在口。
朝來偶然出，自卯將及酉❿。
久客惜人情，如何拒鄰叟？
高聲索果栗，欲起時被肘⓫。
指揮過無禮，未覺村野醜⓬。
月出遮我留，仍嗔問升斗⓭。

【注釋】❶步屧二句　屧，草鞋。是說穿着草鞋信步去玩春景。即下文所謂「偶然出」。自花柳，村村各自有花紅柳綠的景色。❷田翁二句　逼，逼近。社日，農家祭祀土地神祈豐收的節日。社日有二：春社、秋社。這是春社，在春分前後。春酒，春社日所備之酒。❸酒酣二句　新尹，嚴武是去年十二月做的成都尹，新上任，所以說新尹。畜，同「蓄」。畜眼，猶老眼。下句是說長眼睛以來從未見過這樣的好官。先極口讚美一句，下說明事實。❹回頭四句　大男，大兒子。渠，他。弓弩手，是說被徵兵當弓箭手。《通典》卷一四八：「中軍四千人，內取戰兵二千八百人。戰兵內，弩手四百人，弓手四百人。」飛騎，軍名，《新唐書．兵志》：「擇材勇者為番頭，頗習弩射，又有羽林軍飛騎，亦習弩。」長番，是說得長遠當兵，沒有輪番更換。四句是老農向詩人介紹大兒子的情況。❺前日二句　放營農，放歸使從事農耕生產。衰朽，即衰老，田翁自謂。這句是倒裝句法。順說即「救衰老辛苦」。是年春旱，杜甫作〈說旱〉文奉嚴武，其中有云：「國有養老，公遽遣吏存問其疾苦，亦和氣合應之義也，時雨可降之徵也。愚以為至仁之人，常以正道應物，天道遠，去人不遠。」大概嚴武採納了他的意見，讓兵丁回鄉救災。❻差科二句　田翁表示感激，欲以死相報，無論發生什麼情況都不會舉家遷逃。差科，指一切徭役賦稅。❼今年二句　大作社，是說社日要大大地熱鬧一番。拾遺，杜甫曾做左拾遺，所以田父便這樣稱他一聲，以示尊敬。❽取　斟取酒。❾感此二句　這兩句是杜甫的評斷；也是寫此詩的主旨所在。風化首，是說為政的首要任務在於愛民。田父的意氣揚揚，不避差科，就是因為他的兒子被放回營農。❿自卯句　上午五點到七點為卯時，下午五點到七點為酉時。此句調來了一整天。⓫被肘　肘，作動詞用。是說屢次要起身告辭，屢次被他拖住。⓬指揮二句　指揮，指手劃腳。二字很形象，也很幽默。村野，猶鄙野，相當於現在說的「老粗」。杜甫愛的是真誠，惡的是「機巧」（「所歷厭機巧」），故不覺其為「醜」。《唐書》本傳稱杜在成都草堂，「與田父野老相狎蕩，無拘檢。」這就是明證。⓭月出二句　遮，遮攔，就是攔住不讓走。嗔，嗔怪，就是生氣。田父意在盡醉，所以當杜甫想回家時便生氣地問：你今天才喝了幾多酒？意思是說你尚未盡興。

【語　譯】漫步隨春風，村村有花柳。田父道是社日近，邀我他家嘗社酒。酒到微醺誇新尹，說是如此好官所見未曾有。回頭指着大兒男：「他是軍中弓弩手，名冊登在飛騎軍，當兵至今歲月久。前些日子放歸來務農，耕種辛苦救老朽。感恩願為徭役賦稅死，誓不舉家逃離此。今年春社要大熱鬧，拾遺能否住幾日？」興起叫婦開大瓶，為我瓦盆斟滿酒。感此豪情意氣揚，須知愛民才是教化首！酒後話多雖雜亂，讚美新尹不停口。今朝偶爾到鄉間，不意整天難回走。長年流落惜人情，怎好拒絕熱心如此叟？田父還在高聲叫人備果栗，我想走時屢屢被掣肘。莫說他動手動腳似無禮，真誠動人怎會覺得村野醜？月亮出來還要攔住我，怪我尚未盡興喝幾多？

【研　析】是年春旱，杜甫作〈說旱〉文奉嚴武，有云：「國有養老，公遽遣吏存問其疾苦，亦和氣合應之義也，時雨可降之徵也。愚以為至仁之人，常以正道應物，天道遠，去人不遠。」這與詩中「前日放營農，辛苦救衰朽」、「感此氣揚揚，須知風化首」云云的情景是一致的。無論嚴武是否採納了杜甫的建議，這一回老杜樂老農之所樂，對嚴武的稱讚是出自公心的。然而更值得關注的是，詩中成功地塑造了一個勞動者豪邁的形象。古代文人也有欣賞這首詩的，如《杜臆》曰：「妙在寫出村人口角，樸野氣象如畫。」《杜詩詳注》引劉會孟曰：「此等語，並聲音笑貌，仿佛盡之。」又引郝敬曰：「此詩情景意象，妙解入神。……野老留客，與田家樸直之致，無不生活。昔人稱其為詩史，正使班（固）、馬（司馬遷）記事，未必如此親切。千百世下，讀者無不絕倒。」評價不可謂不高，但大致所賞者在言語之生動耳。如果我們將此詩與前選〈少年行〉：「馬上誰家白面郎，臨堦下馬坐人床。不通姓氏粗豪甚，指點銀瓶索酒嘗。」對讀，則貌似文雅的闊少「白面郎」粗鄙之甚，而看似「指揮無禮」的泥腿子老農卻豪邁甚而不覺其「村野醜」。老杜之愛憎分明矣。言為心聲，豈止是技巧也哉！如果只從語言技巧着眼，難免一葉障目，各是所好。如施補華《峴傭說詩》云：「〈遣田父泥飲美嚴中丞〉一首，前輩多賞之，然此詩實有村氣，真則可，村則不可。」問題不在乎老杜是否「村夫子」，問題乃在「村夫子」就不如「白面郎」？價值取向是已。

三絕句（七絕）

【題　解】詩作於寶應元年（西元七六二年）春。楊慎《杜詩選》：「楸樹三絕句，格調既高，風致又韻，真可一空唐人。」楊氏大概是就其創新而言的。

其一

楸樹馨香倚釣磯，斬新❶花蕊未應飛。
不如醉裡風吹盡，可忍❷醒時雨打稀。

【章旨】花新放不應落而落，且眼巴巴看着它落，於心何忍！一片護花癡情。

【注釋】❶斬新　極新。也作「嶄新」，唐人方言。❷可忍　哪忍，不忍的意思。

【語譯】楸樹花香倚釣臺，花蕊初開便即落。要落也得醉時落，怎忍醒時眼看雨打來！

其二

門外鸕鷀去不來，沙頭忽見眼相猜❶。
自今已後知人意，一日須來一百回。

【章旨】寫自己無機心，能與鳥和諧相處。

【注釋】❶眼相猜　因與鸕鷀別久，故有些生分而猜疑。《列子・黃帝》：有人從漚鳥（即鷗鳥）遊，至者百數。其父曰：「吾聞漚鳥從汝遊，汝取來，吾玩之。」明日之海上，漚鳥舞而不下。此暗用其典故。

【語譯】門外魚鷹久不來，沙洲忽見還相猜。今後既然知我意，一日要來一百回！

其三

無數春筍滿林生，柴門密掩斷人行。

會須上番看成竹，客至從嗔不出迎❶。

【章　旨】寫專心守護新竹而忽視來客。

【注　釋】❶會須二句　二句謂愛竹之甚，至不顧客嗔。會須，猶應須，當時口語。上番，鄧魁英等《杜甫選集》認為：上番即頭批的意思。元稹〈答姨兄胡靈之見寄五十韻〉：「柳愛凌寒軟，梅憐上番驚。」梅花為一年首批開放之花。杜甫看的是春筍頭批成竹者。從嗔，隨他嗔怪。

【語　譯】無數春筍滿園生，柴門緊閉沒人行。應護頭批筍成竹，任從來客怪不迎。

【研　析】這三首寫詩人與大自然的親和關係，「物我與也」。宋楊萬里諸人之絕句似乎繼承了這一路子。陳衍《石遺室詩話》稱：「宋詩人工於七言絕句而能不襲用唐人舊調者，以放翁、誠齋、後村為最：大抵淺意深一層說，直意曲一層說，正意反一層、側一層說。」落花常見，卻反寫一筆花蕊嶄新不應落，且側寫醉看落花猶可，醒時何堪；鳥兒不猜是老話題，則曲一層寫久不見而有猜意，進而言既相知即「一日須來一百回」；「看竹不問主人」是魏晉風度，今翻轉來寫看竹不問客嗔是物我兩忘。誠齋諸人路數，杜詩已見端倪。杜詩開宋人千門萬戶，非虛語也。

戲為六絕句

（七絕）

【題　解】此詩或以為作於上元二年（西元七六一年），或以為作於寶應元年（西元七六二年）。這一組詩開創了頗具特色的「論詩詩」，繼踵者不絕如縷。如南宋戴復古〈論詩十絕〉、金朝王若虛〈論詩詩〉、元好問〈論詩絕句三十首〉，此後蔚然成風，遂成為文評中一奇觀。論詩本是很嚴肅的事，為什麼說是「戲為」呢？有諸多解釋，郭紹虞《杜甫戲為六絕句集解》綜合云：「其謂為寓言自況者，以為嫌於自許故曰戲。其謂為告誡後生者，以為語多諷刺故曰戲。其以為自述論詩宗旨者，則又以為詩忌議論故曰戲。實則上述諸說皆有可通。」此組詩總體說來是針對當時文壇「好古者遺近，務華者去實」的風氣而作，故趙次公云：「公雖謂之『戲』，而中有刀尺矣。」史炳《杜詩瑣證》認為：「前三章警戒後生不可輕視庾、王數公，蓋其文體雖不及漢、魏之高古，然非才美學富，莫之能為……後三章則公不欲以數公自限，而超然出群，由漢、魏，屈、宋，以幾於〈風〉、〈雅〉，亦即以勉勵後生。」這組詩可視為杜甫一生學詩蘄向所在，也是之所以能「集大成」的重要原因。

其一

庾信文章老更成，凌雲健筆意縱橫❶。
今人嗤點流傳賦，不覺前賢畏後生❷。

【章旨】舉庾信以概六朝之前賢，反對以譏評的態度全盤否定該時代的創作。末句即詩題「戲」字的意思，反言見意。

【注釋】❶庾信二句　庾信為南朝詩人，入北周後詩風由綺靡清新轉悲壯蒼涼，即杜甫〈詠懷古跡五首〉所稱：「庾信平生最蕭瑟，暮年詩賦動江關。」此句的「文章」，包括詩、賦，不必拘泥字面看死。老更成，老而彌健。趙注：「文章而老更成，則練歷之多為無敵矣。故公詩又曰『波瀾獨老成』也。」凌雲，喻其筆勢超拔。意縱橫，即所謂「橫逆不可擋」者。楊慎《丹鉛總錄》稱：庾信「綺豔清新，人皆知之；而其老成，獨子美發其妙。」杜詩與庾賦，在沉鬱頓挫的風格上有神似之處，故能相知如此。❷今人二句　嗤點，譏評。流傳賦，指庾信廣為流傳的名作如〈哀江南賦〉等。下句杜甫有意用調侃的語氣批評那些自以為是的後生，《古今論詩絕句》稱：「『不覺』者，憤詞也，非遜詞也。」後生，指那些妄為嗤點的淺學之徒，即下一首所指「輕薄為文」的人。

【語　譯】庾信詩賦晚年更是波瀾老成，筆勢超逸意態恣生。今人對傳世之作竟妄加譏評，前賢能不怕後生？

其　二

王楊盧駱當時體，輕薄為文哂未休❶。
爾曹身與名俱滅，不廢江河萬古流❷。

【章　旨】此詩言四子為文，乃當時典型的風格，不應譏笑，四子之成就將萬古流傳。此首可與下文「轉益多師是汝師」互訓。

【注　釋】❶王楊二句　王勃、楊炯、盧照鄰、駱賓王，是「初唐四傑」。當時體，那個時代之風格。杜甫認為一代有一代的詩體，〈偶題〉乃云：「後賢兼舊制，歷代各清規。」《讀書堂杜詩注解》：「『當時體』三字，文章各代別有體裁，不得執一而論。輕薄為文，即『今人』所作文也。」不過杜甫對四子之評價還是有分寸的，不貶抑，但也有所保留，從「當時體」三字中可體會出來（與下一首「劣於漢魏近〈風〉〈騷〉」合讀）。哂未休，不停地冷笑。❷爾曹二句　爾曹，你們這些人。指譏笑的人們。不廢，猶不害、不傷。江河，喻四傑。是說無損於四傑的萬古流傳。《東泉詩話》：「子美於古人，多所推尊。只特蘇、李、曹、劉為所仰服，即陰、何、鮑、庾亦極口讚揚。下至王、楊、盧、駱，似可少貶焉，猶因江河萬古。此子美所以轉益多師，集其大成，後世學者所當效也。」

【語　譯】王楊盧駱的文體是那個時代的風格，輕薄後生竟然作文冷笑不休！你們這些傢伙難免身名俱滅，無傷四傑聲譽像江河萬古長流。

其　三

縱使盧王操翰墨，劣於漢魏近〈風〉〈騷〉❶。

龍文虎脊皆君馭，歷塊過都見爾曹❷。

【章　旨】郭紹虞箋云：「前首重在辯護四子，故謂為『當時體』，此首重在指斥後生，故又云：『歷塊過都見爾曹』。一於辯護之中，兼含指斥之意；一於指斥之餘，仍兼辯護之辭。合兩詩而統觀之，則意自顯矣。」

【注　釋】❶縱使二句　盧王，即四傑，限於格律字數，舉盧王概楊駱。劣於，二字讀斷。漢魏近〈風〉〈騷〉，五字連讀。是說縱使四傑的作品，不及漢魏之接近〈國風〉和〈楚騷〉，但也有可取之處，不可一概抹殺。而此意則由下文補足，四句須一氣讀。❷龍文二句　龍文、虎脊，都是毛色斑斕的名馬，比喻四傑文采華美。這句承上，言四傑之作，雖不及漢魏，但仍不失為良馬。君，指君王。言四傑如君王所御之良馬，其創作駕輕就熟，驅遣華美詞藻如天馬行空。歷塊過都，王褒〈聖主得賢臣頌〉：「縱騁馳騖，忽如影靡；過都越國，蹶如歷塊。」言馬之神駿，馳過城邦，只如輕越塊土而已。與「爾曹」對比，以喻才分高下。蕭先生注：「這裡比喻創作實踐。意思是說你們哂笑四傑，何不寫寫看，恐怕那時你們就要感到自己不濟事了。」

【語　譯】縱然四傑之創作，尚不及漢魏之近於〈國風〉與〈楚騷〉；但其驅遣華美詞藻如天馬行空，馳騁城邦只如輕越塊土，汝等後生相形見絀矣！

其　四

才力應難跨數公，凡今誰是出群雄❶？
或看翡翠蘭苕上，未掣鯨魚碧海中❷！

【章　旨】此首謂時人但以纖巧見長，悵歎當時缺乏筆力千鈞氣骨厚重之作。

【注　釋】❶才力二句　跨，超過。數公，即上面提到的庾信、四傑諸人。凡今，所有的今人（實際上只是指「後生」們）。

❷或看二句　《歲寒堂讀杜》：「蘭苕，香草；翡翠，小鳥；言小巧如珍禽在芳草之上，不能創大觀也。」掣，牽引。杜甫推崇的是雄渾闊大的藝術風格，是植根於「盛唐氣象」的審美理想。其中有「夫子自道」的意味。

【語　譯】當今文壇誰最出眾？才力恐難超越庾、王數公。間有纖穠或如翠鳥戲蘭苕，哪有磅礴能御鯨魚碧海濤中！

其五

不薄今人愛古人，清詞麗句必為鄰❶。
竊攀屈宋宜方駕，恐與齊梁作後塵❷。

【章　旨】此章指示論詩宗旨在不分今古，總以清麗為主，不廢齊、梁卻不步其後塵。

【注　釋】❶不薄二句　今人、古人，《讀杜心解》：「統言今人，則齊、梁而下，四傑而外，皆是；統言古人，則漢、魏以上，〈風〉、〈騷〉以還，皆是。」針對當時文壇「好古者遺近，務華者去實」的風氣，杜甫主張古今並重，對清詞麗句亦不可不學習。必為鄰，離不開或少不了。因為詩畢竟是精美的語言。❷竊攀二句　竊攀，私心想追攀。屈宋，屈原與宋玉。方駕，並駕齊驅。他曾稱讚高適：「方駕曹劉不啻過。」《杜詩論文》：「接上言，既不必薄今人，不可不愛古人也。清詞麗句，極力模仿，與為比肩；而所云清麗者，必擬屈、宋，但不可過為纖豔，入手齊、梁耳。」鄧魁英等《杜甫選集》注：「兩句言流俗之輩雖欲追攀屈、宋，與之並駕齊驅，但志大才庸，恐僅能為齊、梁後塵。言外之意，如仇兆鰲云：『知古人未易摹倣，則知數公（庾、四傑）未可蔑視矣。』」這裡體現了杜甫較為辯證的文學史觀念：一方面指出「清詞麗句」之於文學，不可或無，今人、古人都有貢獻，也是他不廢齊、梁之原因；另一方面指出向上一路，宜以漢、魏乃至屈、宋為典範，方不至連齊、梁都不如。作後塵，謂反而望齊、梁之後塵而不及。

【語　譯】我愛古人不輕今，但有清詞麗句必親近。欲學屈宋須到位，學乎皮毛得乎下，反遜齊梁望其塵！

其　六

未及前賢更勿疑，遞相祖述復先誰❶？
別裁偽體親〈風〉〈雅〉，轉益多師是汝師❷！

【章　旨】此首示人以學詩之法：前二句戒勿妄加嗤點前賢，後二句勉後人去偽存真，學乎其上，轉益多師。

【注　釋】❶未及二句　上句警告輕薄輩要有自知之明，「未及前賢」是學習傳統應有的謙虛態度。下句言傳統是先後相承的，所謂「歷代各清規」，又豈能割斷歷史妄加揚抑呢。遞，接續。祖述，承前人而有所述作。先，作動詞用，謂推崇。❷別裁二句　別，甄別；審察區分。裁，裁汰。偽體，沒有真性情的作品。風雅，《詩經》的十五〈國風〉和〈大雅〉、〈小雅〉，以此代表有真性情的作品，其稱讚陳子昂則曰：「有才繼〈騷〉〈雅〉，哲匠不比肩。」下句言不論古今，都要多方面學習，獲取教益，他們都是你的老師。這也是杜甫自己的寫照。元稹〈唐檢校工部員外郎杜君墓係銘序〉稱杜「上薄〈風〉、〈騷〉，下該沈、宋，言奪蘇、李，氣奪曹、劉，掩顏、謝之孤高，雜徐、庾之流麗」，可概其「轉益多師」的大要。蕭滌非先生注：「末二句真是語重心長。杜甫個人的成功和他對後來文學的巨大影響，跟他這種善於批判的吸收祖國文學遺產的態度有密切關係。概括地說：『別裁偽體親〈風〉〈雅〉』，主要表明他在詩的思想內容上的主張，而『轉益多師是汝師』，則主要表明他對於詩的藝術形式的看法。前者是思想內容問題，而後者則是關於表現的手法問題，可以博采旁通。杜詩在思想內容方面被稱為『詩史』，在藝術風格方面又被稱為『集大成』，是和他這種全面的觀點分不開的。」

【語　譯】比不上前賢是當然的事，傳統前後相承豈可排坐次？去偽存真親〈風〉〈雅〉，多方獲益皆可師。

【研　析】這組詩可以說是杜甫詩論的精髓。周祖譔先生《隋唐五代文論選》杜甫條稱：「其論詩，主張兼收並蓄，博采眾長，既重視〈風〉、〈騷〉傳統，又不鄙薄齊、梁詩人之清詞麗句、凌雲健筆。其評價作家，亦能注意從當時歷史條件出發。於詩風，反對纖弱小巧風格，提倡能『掣鯨魚碧海』之壯闊意境及『沉鬱』特點。所論較罕偏頗之病。」言簡意賅，〈戲為六絕句〉主旨殆盡矣。對待文學遺產的問題，至今仍是個引人關注的問題，尤其是對六朝文學的評價最為辯證，值得後人三思。金啟華《杜甫詩論叢》說：「杜甫對六朝詩歌的意見，和李白最為不同。李白鄙薄六朝，杜甫則推崇它。他對自己勉勵，是『永懷江左逸』。（〈偶題〉）勉勵兒子，是要『精熟文選理。』（〈宗武生日〉）至於以六朝詩人來讚美他同時代詩人的就更多了。譬如他稱美馬卿，稱『潘、陸應同調。』（〈暮春江陵逢馬大卿公恩命追赴闕下〉）讚美許十一，是『陶、謝不枝梧』（〈夜聽許十一誦詩愛而有作〉），讚美李白，是『李侯有佳句，往往似陰鏗。』（〈與李十二白同尋范十隱居〉）……至於自己對六朝詩人的稱美，是『焉得陶、謝手』（〈江上值水如海勢聊短述〉），是『孰知二謝將能事，頗學陰、何苦用心。』（〈解悶十二首〉）這樣的推崇六朝詩人，實在是『恐與齊梁作後塵』（〈戲為六絕句〉之五）啊。杜甫是想學習六朝，再跨越六朝哪。」所言近是。然而李白（還有陳子昂）處於詩風大變時代的節點上，誠如聞一多〈類書與詩〉所稱：初唐那五十年「說是唐的頭，倒不如說是六朝的尾。」要切斷這條長尾巴，不能不把話說得斬絕些。事實上無論陳子昂，無論李太白，對建安文學是肯定的，尤其李白對六朝優秀作家如大小謝、鮑照的認真學習，也是明擺着的。我們不可據字面便認為李白「鄙薄六朝」，李、杜論詩觀點是對立的，這也才合乎杜甫「當時體」、「歷代各清規」的原意。

這組詩對後代的影響是深遠的，楊松年教授的專著《杜甫〈戲為六絕句〉研究》有相當系統的論述，可參考。當然，作為「論詩詩」，這種形式的局限也是明顯的，它往往只能點到輒止，不能全面展開。如杜甫對漢樂府的學習是下大功夫的，成績也是最突出的，卻只能在〈風〉、〈雅〉的旗幟下被帶過，未做論述，這不能不說是個不小的遺憾。

野人送朱櫻

（七律）

【題　解】野人，田野之人，指當地農家。朱櫻，紅櫻桃。此詩當作於寶應元年（西元七六二年）居成都時，因當地百姓送櫻桃而勾起當年在朝的回憶，感興出於自然，直書目前所見，平易委曲，終篇遒麗。《杜詩鏡銓》評云：「托興深遠，格力矯健，此為詠物上乘。」

西蜀櫻桃也自紅，野人相贈滿筠籠❶。
數回細寫愁仍破，萬顆勻圓訝許同❷。
憶昨賜霑門下省，退朝擎出大明宮❸。
金盤玉箸無消息，此日嘗新任轉蓬❹。

【注　釋】❶西蜀二句　也自紅，是逗起回憶之關鍵。唐人李綽《歲時記》載：「四月一日，內園進櫻桃，寢園薦訖，頒賜百官，各有差。」杜甫心目中所見，是朝廷禮儀中的櫻桃，眼前西蜀櫻桃雖也時至而紅，卻已無頒賜之功用，其所自來，只是野人所贈而已。「也自」二字感慨係之，故《杜詩解》云：「言櫻桃之色之紅，我豈不知？然不過知之於宮中宣賜耳。……若西蜀櫻桃之紅，我乃今日始見，則豈非因野人之贈哉。」筠籠，竹籃。❷數回二句　細寫，小心傾倒。此句言櫻桃之細皮嫩肉，儘管已是小心傾倒，仍然耽心會有破損。訝許同，驚訝於櫻桃千顆萬顆竟然會粒粒都勻圓得如此相似。❸憶昨二句　霑，通「沾」，沾光的沾。謙語，言因在門下省任拾遺，故沾光蒙賜櫻桃。門下省，在宣政殿東。杜甫曾任左拾遺，就屬門下省。擎，捧也。大明宮，有含元、宣政、紫宸諸殿，是朝廷主要的政治活動中心。朝，借為「朝夕」之「朝」，故與「昨」對，是為借對。❹金盤二句　箸，筷子。金盤玉箸，借代朝廷、皇帝。無消息，暗示肅宗已駕崩。嘗新，指品嘗新出的櫻桃。今昔對比，無限惆悵。其中有「每食不忘君」的意味。這種忠君思想與感情在封建士大夫中並不少見。

【語　譯】西蜀的櫻桃哟時至也自紅，農家相贈哟滿滿一筐籠。幾回騰移小心翼翼怕擠破，千顆萬顆如此勻圓驚相同。想當年門下省沾光蒙恩賜，下朝手捧櫻桃退出大明宮。如今肅宗皇帝杳然無消息，我飄泊異鄉獨自嘗新惆悵中。

【研　析】請捉住「細」字。《昭昧詹言》：「前半細則極其工細，後發大議論則極其壯闊。」這種寫法使人聯想到齊白石工筆加大寫意的畫風——沒有細入毫髮的工筆蟲翼，剩下的便只是粗枝大葉。然而杜詩之妙不僅在「比」，更在「興」：以小見大，且以大觀小。擬於心而方於貌的詩中櫻桃，其勻圓細嫩到愁其一擦便破，一方面給人鮮嫩的美感，另一方面也給人易受傷害的傷感。而二者恰好與杜甫酸甜兼有的回憶相拍合，是為「比喻之兩邊」。《唐宋詩舉要》引吳曰：「肖物精微，得未曾有。杜公天才豪邁，復能細心熨貼如此。」因其精微熨貼，才能「毫髮無遺憾」，得物之神；因其得物之神，才能「飛動摧霹靂」，感發心中浩蕩之至情。正是該興象所具有的特質，使同一櫻桃、兩樣情緒自然過渡而不留痕跡。「美人細意熨貼平」。於此，我們對杜詩之「細」，別有會心矣。

大麥行

（七古）

【題　解】唐肅宗寶應元年（西元七六二年），党項羌攻梁州，吐蕃陷成、渭等州。時唐軍腹背受敵，疲於奔命，故麥熟為羌胡所搶收而失保護。詩用代言體為士兵言情（見注❸）。

大麥乾枯小麥黃，婦女行泣夫走藏。
東至集壁西梁洋，問誰腰鐮胡與羌❶！
豈無蜀兵三千人？部領❷辛苦江山長。
安得如鳥有羽翅，託身白雲還故鄉❸？

【注釋】❶東至二句　集、壁、梁、洋，四個州名，唐屬山南西道，以示党項羌來搶收的範圍寬廣。腰鐮，腰插鐮刀。下句蕭先生注：「這一句中，自具問答，上四字問，下三字作答，句法實本後漢桓帝時童謠：『小麥青青大麥枯，誰當獲者婦與姑。』」❷部領　帶兵的將領。❸安得二句　《讀杜心解》云：「〈大麥行〉，大麥謠也。曷言乎謠也？代為遺調者之言也。梁州之民，被寇流亡，諸羌因糧於野，客兵難與爭鋒，思去而歸耳。刺寇橫，傷兵疲，言外無窮愷切。仇氏誤認託身歸鄉為自欲避之，了無意味。且公在蜀中，與梁州風馬牛不相及。」

【語　譯】大麥乾，小麥黃；收穫季節該農忙，卻見婦女泣逃丈夫藏。東起集州與壁州，西至州郡梁與洋；敢問腰插鐮刀是誰人？答道胡羌來搶糧！不是蜀兵有三千？辛苦帶兵難顧江山千里長。唉！怎能如鳥插翅飛？飛入白雲回故鄉！

【研　析】說杜甫是老百姓的代言人，一點也不過分。且不說詩中那己飢己溺的深情，單那學漢代民間歌謠問答口吻畢肖，也可以看出詩人與百姓幾於無間了。漢桓帝時歌謠云：「小麥青青大麥枯，誰當獲者婦與姑，丈夫何在西擊胡。吏買馬，君具車，請為諸君鼓嚨胡！」而此時的唐帝國比乾元年間寫「三吏三別」時更虛弱了，杜甫據實借蜀兵之口道出「安得如鳥有羽翅，託身白雲還故鄉」，不再一味鼓勵「努力事戎行」，是很人性化的！這是無奈中的選擇，也是對無能的朝廷不再寄以希望的痛苦表白。詩中連續的問答增添了現場感與緊張的氣氛。

奉送嚴公入朝十韻（五排）

【題　解】嚴公，指嚴武。肅宗上元二年（西元七六一年）十二月，嚴武為成都尹。次年，即寶應元年（西元七六二年），玄宗和肅宗相繼駕崩，代宗李豫繼位。七月，代宗召武還，充二聖山陵橋道使。於是杜甫親送至綿州奉濟驛才分手，並再三贈詩送別。此為贈詩之一。《義門讀書記》稱其「句句筋兩，字字精神」，的確皆是詩人肺腑之言。

鼎湖瞻望遠，象闕憲章新❶。
四海猶多難，中原憶舊臣❷。
與時安反側，自昔有經綸❸。
感激張天步，從容靜塞塵❹。
南圖回羽翮，北極捧星辰❺。
漏鼓還思晝，宮鶯罷囀春❻。
空留玉帳術，愁殺錦城人❼。
閣道通丹地，江潭隱白蘋❽。
此生那老蜀；不死會歸秦❾。
公若登臺輔，臨危莫愛身❿！

【注釋】❶鼎湖二句　鼎湖，《漢書・郊祀志》：「黃帝采首山銅鑄鼎於荊山下，鼎既成，龍有垂鬍髯下迎，後世因名其處曰鼎湖。」以此暗示玄宗與代宗去世。瞻望遠，因詩人處蜀地，距長安遙遠，故云。象闕，宮門外之望樓，指代朝廷。憲章，法制，意謂新君代宗即位。❷四海二句　上句言海內戰火未息，下句言朝廷仍需舊臣輔佐。舊臣，蕭先生注：「嚴武在玄宗時已為侍御史，肅宗時又為京兆少尹兼御史中丞（時年三十二），所以稱為舊臣。」❸與時二句　與時，順應時勢。反側，反覆顛倒，此指叛貳之人。《詩・何人斯》：「作此好歌，以極反側。」安反側，指嚴武曾從肅宗在靈武靖亂。經綸，用治絲喻治國之才。《易・屯》：「君子以經綸。」❹感激二句　感激，感動奮發。張天步，振起國運。靜塞塵，此指嚴武能安邊鎮蜀。❺南圖二句　南圖，即圖南。《莊子・逍遙遊》：「夫鵬九萬里而圖南。」此指嚴武南來鎮蜀。回羽翮，指嚴武回朝任職。北極，北極星。《論語》：「為政以德，譬如北辰，居其所，而眾星拱之。」星辰，北極五星，其一曰北辰，是天之最尊星，故古人多以喻朝廷或皇帝。此句言嚴武將回朝廷輔佐皇帝。❻漏鼓二句　此二句則據自己以往的經驗，設想嚴武回朝後兢兢業業之情景，為最後一句做鋪墊。漏，古代報時器。漏鼓，報漏刻之鼓。還思晝，等待天明。下句言嚴武七月回朝，宮中春季已過，不聞鶯鳥啼囀。杜甫曾在〈春宿左省〉中形容等待上朝情景云：「不寢聽金鑰，因風想玉珂。明朝有封事，數問夜如何。」❼空留二句　玉帳，指軍帳，主將所居。玉帳術，用兵之術。《新唐書・藝文志》載李靖有《玉帳經》一卷。嚴武去蜀，故云空留。錦城人，成都人，此泛指蜀中百姓。❽閣道二句　上句言嚴武回朝，下句言自己仍滯蜀中。閣道，猶棧道。丹地，以丹漆塗地，指朝廷。江潭，錦江、百花潭，指成都草堂。白蘋，一種水草，俗稱田字草，喻詩人自己，與「丹地」對舉，一賤一貴。❾此生二句　謂自己無論如何也要掙扎回長安。流水對。那，豈。會，定。秦指長安。❿公若二句　公，指嚴武。臺輔，三公宰相之位。此二句以道義相勉。仇注：「法言忠告，令人肅然。夫奉送府主，誰敢作此語，亦誰肯作此語！子美真古人也。」

【語　譯】黃帝升天的鼎湖只能遙遙瞻望，巍巍宮廷正頒下新典章。海內依然多禍難，中原正思老臣起擔綱。順應時勢安反叛，您自昔於此有才幹。在蜀從容能安邊，在朝感發國運張！大鵬南飛今回翅，眾星拱衛共尊王。待上早朝聽漏鼓，宮中春過鶯已藏。蜀中空留用兵計，成都百姓愁斷腸！棧道綿綿通帝殿，白蘋仍漂百花潭。此身豈能蜀地老？不死還得回長安。公若榮登宰相位，臨危殺身要敢前！

【研　析】人世間有一種友情，是以道義相許的，在國家危難之際，能相期以死節，被稱為節義之士，漢末李固、杜喬輩是也。這種人應被視為中國文化中之亮點、之脊梁。唐君毅《中國文化之精神價值》稱：「當人道、國家、民族、文化存亡絕續之秋，人命懸於呼吸之際，則豪傑、俠義之行，皆將無以自見於世，而唯有氣節之士，願與人道、國家、民族、文化共存亡絕續之命。」這種當無可奈何之時而欲以身隨道之往而往的精神足可洗滌乾坤！如果說李白能寫出俠義之士的豪氣，則杜甫善寫此節義之士的正氣，相許以道義，相期以死節，此詩不啻一首正氣歌。

雖然，嚴武在道德修養上未必能與杜甫齊肩，但在當時當地，已是極難得之可造之材，所以老杜總是寄之以希望，砥礪之以道義。《新唐書》本傳云杜甫性傲，多次冒犯嚴武，武欲殺之；實在是太不理解杜與嚴的這份「君子之交」了！蕭滌非先生的一條注值得玩味：「末二句是贈詩主旨。送大將還朝，而預祝其『見危授命』，在他人必不敢，亦不能，以杜甫本身即一『濟時肯殺身』之人也。觀此，知遭田父泥飲之美嚴武（按，見本卷前選〈遭田父泥飲美嚴中丞〉），用意亦在誘導，非阿諛以謀求一己之私利。」可謂得其詩心。以此反觀全詩，則意脈清晰。首四句「鼎湖瞻望遠，象闕憲章新。四海猶多難，中原憶舊臣。」二帝崩而新君立，國難當前便有「天降大任於斯人」的大期待。以下十句反覆肯定嚴武以往的政績，正是為了誘導其更立新功。以下「閣道通丹地，江潭隱白蘋。此生那老蜀；不死會歸秦」四句，誠如《義門讀書記》所說：「亦欲入朝，不徒送公也。」是表示願回長安生死與共，於是推出全詩主旨：「公若登臺輔，臨危莫愛身！」是真性情便有濃烈的詩意。

又觀打魚歌（七古）

【題解】寶應元年（西元七六二年）七月，杜甫親送嚴武赴朝至綿州，因劍南兵馬使徐知道反，成都亂，道阻不得歸，遂滯留綿州。此為陪綿州刺史杜濟在綿州東津觀漁所作，因前有〈觀打魚歌〉，故此首題曰「又」。

蒼江漁子清晨集，設網提綱取魚急[1]。
能者操舟疾若風，撐突波濤挺叉入。
小魚脫漏不可記，半死半生猶戢戢。

大魚傷損皆垂頭，屈強泥沙有時立❷。
東津觀魚已再來，主人罷鱠還傾杯❸。
日暮蛟龍改窟穴，山根鱣鮪隨雲雷❹。
干戈格鬥尚未已，鳳凰麒麟❺安在哉？
吾徒胡為縱此樂，暴殄天物聖所哀❻。

【注　釋】❶蒼江二句　二句寫漁人齊集江邊捕魚的情景。蒼江，指涪江。提綱，提起網上的大繩，所謂綱舉目張。❷小魚四句　四句寫魚被捕殺之慘狀，仇注乃云：「從竭澤而漁處，寫出慘酷可憐之狀，具見愛物仁心。」戢戢，魚張口呼吸的樣子。屈強，即倔強。❸東津二句　承前〈觀打魚歌〉有打魚作鱠歡宴的場景，故曰「再來」、「罷鱠」云云。❹日暮二句　極寫水中群魚逃生。山根，此指山腳水中。鱣，鱘鰉魚，長可達兩三丈。鮪，亦大魚，長者丈餘。隨雲雷，隨蛟龍（逃去）。所謂「雲從龍」，故以雲雷指代蛟龍。❺鳳凰麒麟　皆傳說中的吉祥之物，象徵太平。❻吾徒二句　無所愛惜曰暴殄。暴殄天物，就是任意殘害大自然的萬物。《書・武成》：「今商王受無道，暴殄天物。」聖所哀，謂聖人反對這種濫殺的行為。

【語　譯】涪江漁夫清晨聚，下網舉網急捉魚。高手駕舟疾如風，刺破碧濤魚又入水底。小魚雖然逃脫不知數，已是半生半死張口噓。大魚傷重皆垂頭，有些倔強仍立泥沙裡。東津觀漁者又來，主人宴鱠勸酒猶未已。日暮蛟龍遷窟去，鱣鮪隨之走雲雷。唉！天下干戈格鬥尚未息，太平之世不可期。我輩何以有心縱此樂？須知暴殄天物聖人哀所為！

【研　析】《禮・王制》：「田不以禮，曰暴天物。」古人反對趕盡殺絕，所以主張「網開一面」、「不殺胎」、「不合圍」，今天看來便是與大自然長期共存的智慧。而儒家將這種智慧轉化為道德要求，謂之憐憫心，「民胞物與」之仁心。杜甫詩中體現的就是這種仁心。「小魚脫漏不可記，半死半生猶戢戢。大魚傷損皆垂頭，屈強泥沙有時立。」栩栩如生的描寫，使人深受感染而生不忍之心；而「干戈格鬥尚未已，鳳凰麒麟安在哉」，又使人聯想到當時百姓在官兵與叛軍的夾擊中，猶小魚之「半死半生猶戢戢」的苦況；很好地傳達了詩人悲天憫人的情感。

題玄武禪師屋壁（五律）

【題　解】寶應元年（西元七六二年）杜甫由綿州到梓州，並迎至家屬。客旅遊蹤曾到過梓州所轄玄武縣之玄武山寺廟，作此詩。

何年顧虎頭，滿壁畫瀛洲❶。
赤日石林氣，青天江海流❷。
錫飛常近鶴，杯度不驚鷗❸。
似得廬山路，真隨惠遠遊❹。

【注　釋】❶何年二句　顧虎頭，東晉大畫家顧愷之，小字虎頭，無錫人。顧氏曾在瓦棺寺作維摩詰壁畫，杜甫二十歲時遊金陵見此畫，印象深刻，遂以此形容玄武禪師屋壁之畫，非名手如顧者不能，未必此畫即顧氏所作。瀛洲，海上三仙山之一，仙人居之。一作「滄洲」，濱水之地。皆指畫中山水。❷赤日二句　紅日、青天、山水，言壁上所畫形象，句格雄麗。❸錫飛二句　二句大概因畫中有鶴有鷗，因而轉而讚及禪師，增加壁畫的動感與神秘感。《詩藪》稱其「用事入化」。上句仇注引《高僧傳》：「舒州灊山最奇絕，而山麓尤勝。志公與白鶴道人欲之，同白武帝。帝俾各以物識其地，得者居之。道人以鶴，志公以錫。已而鶴先飛去，至麓將止，忽聞空中錫飛聲，志公之錫，遂卓於山麓。道人不懌，然以前言不可食，遂各於所識築室焉。」下句《高僧傳》載南朝有奇僧能乘木杯渡水，無假風棹，輕疾如飛。❹似得二句　仇注：「惠遠住廬山，一時名人如劉遺民、雷次宗輩，并棄世遺榮，依遠游止。沈氏曰：陶淵明與惠遠游，從結白蓮社，公蓋以陶自比也。」「似得」二字化畫為境，由畫及禪師，再及自身遠遊之思，婉轉寫來，如真如幻。

【語　譯】顧虎頭，何年來？畫下一壁仙人臺。赤日石林生紫氣，青天大江東入海。錫杖黃鶴爭先後，慣見木杯渡人鷗不猜。見畫似入廬山路，身隨惠遠共徘徊。

【研　析】老杜題畫，最關注其「氣韻生動」，所以總是將畫中形象寫得活脫脫地逼真，「舟人漁子入浦漵，山木盡亞洪濤風」、「褒公鄂公毛髮動，英姿颯爽猶酣戰」之類是也。而此詩之妙，還在於借着這個「逼真」，乾脆「當真」，讓自己從畫中的山逕直入廬山而「真隨惠遠遊」了。清代畫家王鑒《染香菴跋畫》稱：「則知形影無定法，真假無滯趣，惟在妙悟人得之。」的確，藝術創構之虛幻空間與現實存在的物理空間，在詩人心中往往是可以隨腳出入的。

客夜（五律）

【題　解】寶應元年（西元七六二年）所作。七月，杜甫送嚴武還朝，一直送到綿州奉濟驛，適徐知道在成都作亂，回家不得，只好轉避梓州。詩作於是時。

客睡何曾著，秋天不肯明❶。
入簾殘月影，高枕遠江聲❷。
計拙無衣食，途窮仗友生❸。

老妻書數紙，應悉未歸情❹。

【注　釋】❶客睡二句　著，猶「睡着」。不肯明，不說失眠人偏覺夜長，卻說是秋夜「不肯明」，倍覺難熬。李益詩：「似將海水添宮漏，共滴長門一夜長。」同為此類感覺。❷入簾二句　仇注引洪仲注云：「高枕對入簾，謂江聲高於枕上，此以實字作活字用。」蕭先生注：「高字屬江聲，不屬枕，不能理解為『高枕無憂』的高枕。但說是『江聲高於枕上』，卻仍費解。私意以為：江聲本來自遠方，但枕上臥而聽之，一似高高出於頭上，故曰『高枕』。因夜靜，故聞遠江之聲亦高。」❸仗友生　靠朋友。❹老妻二句　書數紙，指妻子來信不短，催其回家。或云指寫給老妻的信，亦通。下句承五、六二句，語氣婉轉，猶言「情況如此，你也知道。」是夫妻間口吻。參看上卷所選〈百憂集行〉：「入門依舊四壁空，老妻睹我顏色同。」

【語　譯】客心忽忽如何睡？秋夜耿耿不肯放天明！月入簾幃唯殘影，遠來江濤高懸枕上聲。無衣無食施無計，途窮只好靠友朋。老妻催歸來長信，困蹇如此諒知情。

【研　析】首句寫盡不眠人的心理。頷聯將無邊心事化入不眠人眼耳之感覺中，既實且虛。殘月江聲，恍惚如幻。頸聯兜出心事，計拙途窮，如何能睡？末尾以不必答作答，老夫妻相濡以沫之情滿紙。

唐人善將生命聚焦於一點，濃得化不開，得騷體之美；宋人則喜以理性之輝光照亮生命的露滴，能自解脫，故以陶潛為高。杜雖開宋人門戶，畢竟還是唐人。

客亭（五律）

【題　解】與上首同時作於寶應元年（西元七六二年）秋。亭，古時指人停聚之處所，如郵亭、驛亭。此指客居之宅。劉禹錫〈陋室銘〉：「西蜀子雲亭」，即以亭代宅。

秋窗猶曙色，落木更天風❶。
日出寒山外，江流宿霧中❷。
聖朝無棄物，老病已成翁❸。
多少殘生❹事，飄零任轉蓬❺。

【注釋】❶秋窗二句　謂天還蒙蒙亮，風就來摧殘落葉了。傅庚生《杜詩析疑》稱：「『落木更天風』，正是用風吹落葉的秋景，形容流離顛沛的殘生。此詩義兼比興，寫景之句，同時也是抒情之句。」❷日出二句　宿霧，晨霧。因由昨夜至今，故曰宿。王維詩云：「江流天地外，山色有無中。」清曠之景，向外擴散，故縹緲引想像；此句則山圍霧裏，所謂「寒日出霧遲」，故日出、江流皆有掙脫感，具生命的力度。❸聖朝二句　謂碰着這種「聖朝」，還有什麼話可說？了然語。《唐詩選脈會通評林》引徐中行曰：「說到無聊，只得如此放下。」又引周敬曰「『聖朝無棄物』，比之『不才明主棄』遠矣，渾厚中含自傷。非悲非怨，故自苦心巧舌。」近是。❹殘生　猶餘生。❺轉蓬　言人之飄零無定如蓬草隨風飄轉。

【語譯】秋窗還只是透出熹微的曙色，從天而降的秋風已開始摧殘落葉。初日掙出寒山的重圍，江水破霧而流帶走殘夜。聖明的天朝豈有遺賢？自怪老病衰顏生命已枯竭。餘生能有幾多事？就讓它蓬草飄轉隨風滅！

【研析】有一種誤解，以為話說得含蘊不露，就是「怨而不怒」。不少論者說「聖朝無棄物，老病已成翁」，比起孟浩然的「不才明主棄，多病故人疏」要平和無火氣。如趙次公注曰：「此蓋公不怨天、不尤人之意，與孟浩然『不才明主棄，多病故人疏』之語有間矣。」《瀛奎律髓彙評》也引紀昀的話說：「渾厚之至，是為詩人之筆。」又說：「感慨不難，難於渾厚不激耳。入他人手，多少憤憤不平語！」然而，如果結合「多少殘生事，飄零任轉蓬」二句讀，則明白這是站在灰心絕望邊緣上的了然之言。欲哭無淚難道不比放聲長啼更悲愴？

其實唐人總是用興象說話，不可言說的複雜的情感往往用興象包孕。什麼「兩句言景，兩句言情」；情景相生，馮舒乃曰：「看杜詩何拘情景！」「秋窗猶曙色，落木更天風。日出寒山外，江流宿霧中。」儘管天未明而摧木之風已起，但日仍衝寒而出江還破霧而來。這就是生命的力度。後四句的無奈中應染上前四句的情感色彩。也就是說，語境幫我們感覺到老杜在絕望與無奈中仍然躍動着充滿生命力的悲憤。這就是為什麼讀杜甫的悲情詩並無衰頹的感覺的原因。

秋盡（七律）

【題解】寶應元年（西元七六二年）深秋，客梓州時作。

秋盡東行且未回，茅齋寄在少城隈❶。
籬邊老卻陶潛菊，江上徒逢袁紹杯❷。
雪嶺獨看西日落，劍門猶阻北人來❸。
不辭萬里長為客，懷抱何時得好開❹。

【注釋】❶秋盡二句　東行，指客寓梓州，州在成都東偏北。茅齋，指成都草堂。雖然尚不得回成都，但總是要回去，故草堂曰「寄」。少城，在成都大城之西。隈，角落。❷籬邊二句　陶潛菊，陶潛〈飲酒〉：「采菊東籬下。」江，涪江。袁紹杯，《後漢書・袁紹傳》載袁紹總兵冀州，大會賓客，鄭玄後至，延上座，飲酒一斛。此喻詩人參加梓州官府宴會。徒，徒然；沒多少意思。因不能回草堂飲酒，故曰「江上徒逢」。同年，杜甫有〈寄高適〉詩云：「定知相見日，浪漫倒芳樽。」回草堂與故友痛飲，才是老杜所欲。❸雪嶺二句　雪嶺，即「窗含西嶺千秋雪」之西嶺，在成都西。下句，徐知道起兵反叛，派兵往北斷劍門通道，欲阻斷朝廷北來之援軍，故云。❹不辭二句　二句謂當初不辭萬里來此避亂，不意戰亂不止，且蜀地亦亂，如此長為客，何日心境得舒耶。《唐宋詩舉要》引吳曰：「本作客不得意之辭，乃云『不辭』，千回百折而出之者也。」誤讀。應於「不辭萬里」讀斷。蓋云自長安不辭萬里來蜀耳。

【語　譯】草堂且寄大城西，人在東途秋盡不得歸。陶潛不在籬邊菊花老，袁紹召飲江上虛委蛇。獨看西嶺日西落，劍門叛軍猶阻官軍馳。輾轉萬里來此長為客，太平無望何時能展眉？

【研　析】《瀛奎律髓彙評》引紀昀評曰：「前四語殊平平，後四句自極沉鬱頓挫之致。『袁紹杯』不切『秋盡』。」這種割裂為上下解的方式實在是不適合於用來評杜律。杜甫自寶應元年秋七月送嚴武至綿州，因徐知道之亂不得返成都，輾轉綿、梓間。至秋盡，還是看不到轉機，草堂回不得，頗心灰意懶。《杜臆》首句解得透徹：「『東行未回』，謂到梓未還成都；而『且』字極有含蓄。蓋公無日不思還京，故云秋已盡矣，東行且未得回，何況故鄉！」「秋盡」，是觸興處，故題用此首句二字，真揪心處乃在「茅齋寄在少城隈」之「寄」字，言有「家」回不得——深一層說，事實上連這個「家」也只是客寓，故鄉更回不得，這人生也只是「如寄」！「籬邊老卻陶潛菊，江上徒逢袁紹杯。」上句以陶自擬：我不在草堂，籬邊之菊白開了！因陶潛名句「采菊東籬下」出自〈飲酒〉詩，故又引出下句，言今日雖也在梓州陪「袁紹」者流飲酒，卻屬無聊，（哪比得上與嚴武等故友「浪漫倒芳樽」！）更勾起成都草堂「故園」之思，遂轉入下四句。由此看來，不惟前四句詩思跳躍並不「平平」，「袁紹杯」也仍緊扣秋之情景，豈不切題？且因為酒既不能解憂，遂越過草堂由思「故園」而思及「故鄉」，直連下四句，一氣不可割斷。如果「平平」只是指句法，那就更不對頭了。「籬邊」一聯造語甚奇特，什麼叫「陶潛菊」？什麼叫「袁紹杯」？蕭滌非先生指出：這是實詞虛用，名詞作形容詞用。以之為解，則菊是陶潛東籬之菊，隱喻草堂乃老杜隱居處；杯是袁紹召飲之杯，則梓州涪江上之飲，乃官府權貴召飲者，偶與應對而已。這種組詞法在杜詩中並不僅見：「山簡馬」、「庾公樓」、「鸚鵡粒」、「鳳凰枝」、「啼猿樹」等，皆相類似。或古今時空交錯，或虛實相生如幻，稱得上是老杜的「獨門功夫」。

陳拾遺故宅 （五古）

【題解】拾遺，官名。武則天時置左、右拾遺，掌供奉諷諫。陳子昂，世稱陳拾遺。梓州射洪人，少任俠，年十八始發憤讀書，二十四歲舉進士，後拜右拾遺，以父老歸侍，為縣令段簡陷害，死獄中。子昂為初唐詩歌革新之先驅，反對「彩麗競繁，而興寄都絕」的齊梁詩風，倡「風雅」、「興寄」，對盛唐詩有深巨的影響，故韓愈說：「國朝盛文章，子昂始高蹈。」故宅，故居。子昂故居在射洪縣東七里武東山下。此詩為寶應元年（西元七六二年）杜甫寄寓梓州時，往訪子昂故居之作。

拾遺平昔居，大屋尚修椽❶。
悠揚❷荒山日，慘澹故園煙。
位下曷足傷❸？所貴者聖賢。
有才繼〈騷〉〈雅〉，哲匠不比肩❹。
公生揚馬❺後，名與日月懸。
同遊英俊人，多秉輔佐權。
彥昭超玉價，郭振起通泉❻。
到今素壁滑，灑翰銀鉤連❼。

盛事會一時，此堂豈千年。
終古立忠義，〈感遇〉有遺篇❽。

【注釋】❶修椽　修，長也。椽，承托屋頂的木料，方形曰桷，圓形曰椽。❷悠揚　落日貌，猶言落日遲遲。❸位下句　位下，指陳子昂職位低下。拾遺從八品上。曷，何，疑問詞。❹有才二句　騷雅，〈離騷〉與〈大雅〉、〈小雅〉，用指詩歌的優良傳統。哲匠，賢明有才藝之人，或用稱文人。不比肩，比不上。❺揚馬　指漢代大文豪揚雄與司馬相如。二人皆蜀人。❻同遊四句　秉，秉持；掌握。言陳子昂的友人大多任高官，如趙彥昭、郭振，都是同中書門下三品。超玉價，一作「趙玉價」，言其貴重如玉之價值連城。起通泉，郭振十八歲舉進士，任通泉尉，後進封代國公。❼到今二句　素壁，白壁。翰，翰墨，此指壁上的題字。銀鉤，昔人以「鐵筆銀鉤」形容字寫得好，有骨力。《碑目》載，子昂故宅有趙彥昭、郭振題壁。❽盛事四句　言感事只在一時，故屋也不能長存千年，唯子昂所作〈感遇三十八首〉，作為表露忠義真性情的經典將長久流傳。

【語譯】這是陳拾遺的故居，大屋長椽完好尚如昔。荒山野嶺落日遲，老宅園林煙嵐淒。官小位卑又何妨？品德高尚最可貴。才高能繼〈騷〉與〈雅〉，賢智文人也不敢比。您雖生在文豪揚雄、相如後，名字卻一樣如日月高懸在天際。與您同輩朋友皆英俊，大多已是朝廷重臣掌權力。趙彥昭身價超過連城璧，郭振通泉尉起家直至國公貴。至今白壁平滑尚留題，鐵筆銀鉤氣淋漓。啊，盛事畢竟只一時，此堂千載難免為廢墟。只有您的忠義成典範，〈感遇〉遺篇有光輝！

【研析】從杜甫對唐詩旗手陳子昂崇高的評價中，可領會到杜甫所繼承的創作路數，那就是繼承並發揚《詩經》與屈原的傳統，反對委靡的詩風。在手法上此詩則以實襯虛，誠如《杜臆》所云：「會止一時，堂不千年，獨〈感遇〉之遺篇尚存，此立言而垂不朽者也。」

謁文公上方（五古）

【題解】寶應元年（西元七六二年），杜甫在梓州射洪縣拜謁僧文公，有此作。上方，佛寺。

野寺隱喬木，山僧高下❶居。
石門日色異，絳氣橫扶疏❷。
窈窕入風磴，長蘿紛卷舒❸。
庭前猛虎臥❹，遂得文公廬。
俯視萬家邑，煙塵對階除❺。
吾師雨花外，不下十年餘❻。
長者自布金，禪龕只晏如❼。
大珠脫玷翳，白月當空虛❽。
甫也南北人，蕪蔓少耘鋤❾。
久遭詩酒汙，何事忝簪裾❿。
王侯與螻蟻，同盡隨丘墟。
願聞第一義，回向心地初⓫。
金篦刮眼膜，價重百車渠⓬。

無生有汲引，茲理儻吹噓⓭。

【注　釋】❶高下　言院舍依山勢高下錯落。❷石門二句　石門，山門。絳氣，紅色的霞光。扶疏，紛披的樹木。❸窈窕二句　窈窕，深邃貌。風磴，凌風的石梯。卷舒，此謂風動藤蘿貌。❹猛虎臥　《高僧傳》：釋惠遠居廬山西林寺，屋中常有虎，人畏之，輒驅令上山，人去後還每馴伏。借喻文公法力神通廣大。❺俯視二句　萬家邑，指梓州城。煙塵，炊煙；人煙。階除，臺階。下句謂階前遙對梓州人家。❻吾師二句　二句謂文公於此地講法不下山，已十多年了。雨花，佛教稱佛講法至玄妙精微處，天則降曼陀羅花雨；後來亦用於讚高僧講法。《續高僧傳》云：釋法雲講《法華經》，忽花如飛雪，滿空而下，延於堂內，升空不墜。❼長者二句　二句承上聯，謂文公雖安然平居，不下山十多年，卻能使布施者自至。長者，指給孤獨長者。《賢愚經》謂豪商給孤獨長者買園，祇陀太子施樹，共建精舍獻釋迦牟尼。布金，給孤獨長者欲買祇陀太子之園建精舍，太子戲言布金遍地乃賣。長者乃傾家布金，遂得地立精舍。禪龕，佛龕。晏如，安然。❽大珠二句　二句謂文公禪境明圓如珠之無瑕，月之當空。脫玷翳，言珠之光潔無瑕疵與塵蔽。白月，《楞嚴經》：白月則光，黑月則暗。空虛，天空。❾甫也二句　二句自謙缺乏修養。南北人，《禮記・檀弓》：「孔子曰：『今丘也，東西南北之人也。』」此自謂乃漂泊不定之人。蕪蔓，指心性荒穢。❿忝簪裾　忝，謙語，謂有辱於所稱。簪裾，官宦之服飾。此言也曾當過官（左拾遺）。⓫願聞二句　二句言願聞佛教真諦，回復到空無之初心。第一義，《大乘義章》：「第一義者，亦名真諦。第一是其顯勝之目，所以名義。」心地，猶心田。佛教謂心如大地滋生萬物，隨緣生一切法。而心地之初，本空無一物。⓬金篦二句　金篦，即金錍，印度眼科工具，以金為之，兩頭圓滑，中細似杵，長四五寸，用以塗眼藥。《涅槃經》：「如目盲人為治目故，造詣良醫，是時良醫即以金篦抉其眼膜。」此喻以佛理去心中之蔽障。車渠，玉石之類。⓭無生二句　二句言佛學既有此導引之功，或許當宣揚之。杜甫主儒學，故言及宣揚佛法似有所保留。未敢言必，尚俟高明。無生，佛教謂萬物的實體無生無滅，以此指佛學。汲引，引導。儻，或許。吹噓，宣揚。

【語　譯】野寺樹叢隱沒，僧舍高下錯落。山門日有異色，樹木紛披霞光一抹。石梯風勁入幽遠，長條舒捲多藤蘿。穿過庭前虎橫臥，便進文公居所。俯視城裡萬戶人家，階前正對人間煙火。吾師高座雨花外，十幾年未曾下山來。安然端居對佛龕，布施自至法自在。禪境如月當空照，禪心如珠無塵埃。甫也長年漂泊苦不定，心性蕪雜少剪裁。久遭詩酒染成習，慚愧又曾當官來。貴如王侯賤如蟻，一樣死去一丘埋！悟此願聞真諦義，回向天真心如孩。得此金篦去障蔽，其價高於車渠百千倍。佛學導我無生理，宣揚此理或許也應該。

【研　析】此詩寫杜甫思想的另一個側面，蘇軾頗賞其「王侯與螻蟻，同盡隨丘墟。願聞第一義，回向心地初。」認為讀此「乃知子美詩外尚有事在也。」（《東坡題跋》）大概是賞其入世而能得佛道之超脫。《杜臆》表示不同意：「王侯與蟻同盡，不過襲《莊》、《列》語；『願聞第一義』亦禪門常談。東坡以此四句卜其得道，此窺公之淺者。余讀公詩，見道語不一而足，而公亦不自知也，非以學佛得之。平生飢餓窮愁，無所不有，天若有意鍛煉之；而動心忍性，天機自露，如鐵之以百練而成鋼，所存者鐵之筋也，千年不磨矣。」《杜臆》的見解十分高明。的確，杜甫看得透、看得破，並非從佛道中來，而是從苦難中悟出。譬如「王侯與蟻同盡」，是身陷長安親見皇室子孫遭叛軍屠殺而痛感者，一讀〈哀王孫〉便知。不過杜甫嚮往即世而能出世的佛法，也是實情，不但「三教並用」本是唐人風氣，而杜甫在人生漂泊途中，也亟需某種精神上的借慰。

通泉縣署屋壁後薛少保畫鶴 （五古）

【題　解】寶應元年（西元七六二年）冬，杜甫由射洪縣再往通泉縣所作。通泉縣在梓州東南一百三十里處，東臨涪江。縣署，縣衙。薛少保，即薛稷，字嗣通，官至太子少保，故稱。《唐書》有傳。唐張彥遠《歷代名畫記》載：「稷尤善花鳥人物雜畫，畫鶴知名，屏風六扇鶴樣自稷始。」

薛公十一鶴，皆寫青田❶真。

畫色久欲盡，蒼然猶出塵❷。

低昂各有意，磊落如長人❸。
佳此志氣遠，豈惟粉墨新？
萬里不以力，群遊森會神❹。
威遲白鳳態，非是倉庚鄰❺。
高堂未傾覆，幸得慰嘉賓。
曝露牆壁外，終嗟風雨頻。
赤霄有真骨，恥飲洿池津❻。
冥冥任所往，脫略誰能馴❼。

【注　釋】❶青田　山名，在今浙江青田西北。《永嘉郡記》：「沭溪野去青田九里，此中有雙白鶴，年年生子，長大便去，只餘父母一雙在耳。精勻可愛，多云神仙所養。」❷畫色二句　二句謂畫久已褪色，但逸筆蒼老，猶見其絕俗雅致。出塵，絕俗。❸磊落句　磊落，英奇貌。長人，高個子，形容鶴瘦高的樣子。❹萬里二句　二句言所畫群鶴之飄逸，皆生氣勃勃，顧盼有神。不以力，言鶴翔不費力也。森會，眾盛貌。❺威遲二句　威遲，曲折綿延。白鳳，神鳥，一說即鷫鷞。倉庚，即黃鶯。❻赤霄二句　赤霄，布滿紅霞的天空。真骨，指真鶴。洿，通「汙」。津，此指水也。❼冥冥二句　冥冥，天空。脫略，無拘束。結尾四句因嗟歎壁畫曝露將壞，聯想真鶴能翱翔高天，亦自寓意。

【語　譯】薛公所畫十一鶴，隻隻都是青田仙鶴身。畫久顏色褪欲盡，猶能逸筆老蒼絕俗塵。群鶴或俯或昂神態異，風度翩翩都似偉士紳。志氣高遠真佳畫，豈止筆意墨韻俱新穎？一舉萬里不費力，比翼翱翔顧盼皆有神。上下盤桓似白鳳，哪肯與倉庚之流雜為群！所幸署屋高堂未傾覆，此畫尚得留賞慰嘉賓。終是曝露在外壁，可歎風雨頻相侵。赤霄更有真鶴在，恥飲泥塘汙水渾。青冥浩蕩任飛翔，無拘無束誰能馴！

【研　析】杜甫題畫之妙，往往在於善化空間藝術為時間藝術，使靜止之物呈動態。此詩亦然，寫群鶴顧盼欲活。進一層看，薛公畫鶴靈妙如此，卻暴露於外壁，為風雨所侵蝕，杜公於此發興，浮想聯翩。朱注乃云：「本詠畫鶴，以真鶴結之，猶之詠畫鷹而及真鷹，詠畫鶻而及真鶻，詠畫馬而及真馬也。公詩格往往如是。」朱注道出杜甫題畫詩的一般規律是由畫之逼真返回現實之真，尚未作具體分析；仇注則云：「此從畫壁生慨。壁經風雨，在畫鶴終當滅跡。然看赤霄冥舉，即真鶴有時遁形。」「從畫壁生慨」道出此詩獨特處在由鶴及壁，歎畫寄於壁，自不能久，遂羨真鶴之自由自在，頗近詩心；從全詩意脈看，前十二句寫畫鶴，注重鶴的高潔遠志有君子風度，此為畫鶴與真鶴共同處；而「赤霄有真骨，恥飲洿池津」二句為轉折處，不可忽視。蓋畫鶴寄諸縣署屋壁，不得自由，雖「恥飲洿池津」亦無由「破壁」離去，且將與壁終滅，故有下聯羨真鶴之「冥冥任所往，脫略誰能馴」云。再進一層聯繫杜甫半輩子寄人籬下的境況，則兼自寓意者，正在此「寄」字，謂終究不願寄人籬下耳。尤其此時流寓梓州，生活無着，返鄉無望，見畫泫然，能無羨真骨之翱青冥乎！意味多層，可謂炙之而味愈出。

◎新譯古詩源

馮保善／注譯

中國古典詩歌發展至唐代而達於鼎盛，大放異彩，但唐詩之盛並不是一夕造成的，清人沈德潛編輯《古詩源》一書，其目的便是在明「唐詩之發源」。書中收錄上古以迄漢魏六朝古詩七百餘首，完整且清晰地展示唐以前詩歌發展嬗變的軌跡及其具體成就，成為古詩選本的經典之作。本書注釋翻譯簡潔暢達，評析則能得之於會心，是您閱讀、欣賞古詩的最佳佐助。

◎新譯樂府詩選

溫洪隆、溫強／注譯

「樂府詩」最初指的是由樂府採集、可以配樂演唱的詩歌，主政者可以藉此觀風俗，知民情。由於它來自民間，語言大都生動形象，樸素自然，為古典詩歌注入一股清涼活水，啟發、滋養無數詩人效法創作。宋朝郭茂倩所編的《樂府詩集》，收錄上起陶唐，下至五代的樂府歌辭，內容徵引浩博，被譽為「樂府中第一善本」。本書依其分類，選錄二一二首樂府詩精華加以注譯研析，引領讀者進入樂府詩歌的無邪世界中遨遊。

◎新譯唐才子傳

戴揚本／注譯

中國文學史上，唐代以其詩歌創作的輝煌成就，成為後世無數文人傾心的時代。唐代詩人輩出，華章璀璨，如夏日夜空的燦爛群星，令人仰視時不禁產生無盡的遐想。《唐才子傳》記述了將近四百位唐代詩人的事蹟及其風采神韻，不僅反映唐代詩歌的繁榮盛況，加深我們對唐詩的理解，在文獻和文學批評方面也有其特殊貢獻。本書根據最佳的黎庶昌本《唐才子傳》進行注譯、研析，讓您輕鬆優游唐詩國度。

◎新譯孟浩然詩集

楊軍／注譯

孟浩然與王維齊名，同為山水田園詩派代表詩人，是盛唐詩人中的老大哥。他處於唐詩由初唐向盛唐的過渡期，精研《文選》，轉益多師，漫遊名山大川，親近自然，大力寫作以山水田園為題材的作品，為盛唐山水田園詩派的形成，起到導夫先路的作用。其清新淡遠、自然本色的詩風，受到歷代詩人的高度讚譽。本書依據宋、明刻本《孟浩然詩集》，參考近人研究，完整收錄孟浩然存世的二六四首詩作，校勘精詳，注譯研析面面俱到。

◎新譯白居易詩文選

陶敏、魯茜／注譯

白居易是中唐有名的社會寫實詩人，詩歌作品平易近人，老嫗能懂。他所倡導的新樂府運動，重視文學的實用性，帶動詩歌革新，影響深遠。本書精選其詩文共二二〇首(篇)，入選作品以詩歌為主，並適當選入較多的制、策、奏、判等應用文，以全面反映白居易的文學成就。注釋簡明，語譯淺近，力求保留作品原有的風致和神韻。研析以文本藝術鑑賞為中心，並適時介紹學界相關研究成果。

◎新譯李賀詩集

彭國忠／注譯

有「鬼才」之稱的中唐詩人李賀，詩歌飽含怨悶憂鬱，意象瑰奇豔麗。擅長寫鬼與神仙世界，敷衍祭祀活動與神話傳說，寫得神奇變幻，異彩紛呈，然而在閱讀理解上也有一定的難度。本書是《李賀詩集》的最新全注全譯本，在前人的研究基礎上，輔以精確的注釋與流暢的語譯，各篇題解與研析並詳細介紹詩作的背景與深義，讓李賀詩變得更加親切可讀。